O REGRESSO À VILA DOS TECIDOS

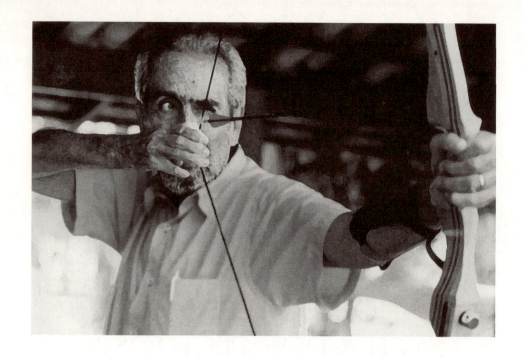

O Arqueiro

GERALDO JORDÃO PEREIRA (1938-2008) começou sua carreira aos 17 anos, quando foi trabalhar com seu pai, o célebre editor José Olympio, publicando obras marcantes como *O menino do dedo verde*, de Maurice Druon, e *Minha vida*, de Charles Chaplin.

Em 1976, fundou a Editora Salamandra com o propósito de formar uma nova geração de leitores e acabou criando um dos catálogos infantis mais premiados do Brasil. Em 1992, fugindo de sua linha editorial, lançou *Muitas vidas, muitos mestres*, de Brian Weiss, livro que deu origem à Editora Sextante.

Fã de histórias de suspense, Geraldo descobriu *O Código Da Vinci* antes mesmo de ele ser lançado nos Estados Unidos. A aposta em ficção, que não era o foco da Sextante, foi certeira: o título se transformou em um dos maiores fenômenos editoriais de todos os tempos.

Mas não foi só aos livros que se dedicou. Com seu desejo de ajudar o próximo, Geraldo desenvolveu diversos projetos sociais que se tornaram sua grande paixão.

Com a missão de publicar histórias empolgantes, tornar os livros cada vez mais acessíveis e despertar o amor pela leitura, a Editora Arqueiro é uma homenagem a esta figura extraordinária, capaz de enxergar mais além, mirar nas coisas verdadeiramente importantes e não perder o idealismo e a esperança diante dos desafios e contratempos da vida.

Título original: *Rückkehr in die Tuchvilla*

Copyright © 2020 por Blanvalet Verlag

Trecho de *Sturm über der Tuchvilla* copyright © 2021 por Blanvalet Verlag

Copyright da tradução © 2024 por Editora Arqueiro Ltda.

Blanvalet Verlag é uma divisão da Penguin Random House Verlagsgruppe GmbH, Munique, Alemanha. Direitos negociados com a agência literária Ute Körner.

Todos os direitos reservados. Nenhuma parte deste livro pode ser utilizada ou reproduzida sob quaisquer meios existentes sem autorização por escrito dos editores.

coordenação editorial: Taís Monteiro
produção editorial: Ana Sarah Maciel
tradução: Thelma Lersch
preparo de originais: Dafne Skarbek
revisão: Carolina Rodrigues e Juliana Souza
diagramação: Abreu's System
capa: Johannes Wiebel
imagens de capa: Richard Jenkins; Shutterstock (Mistervlad / Wolfilser / Ysbrand Cosijn / CCat82 / Jorge Salcedo)
adaptação de capa: Ana Paula Daudt Brandão
impressão e acabamento: Lis Gráfica e Editora Ltda.

CIP-BRASIL. CATALOGAÇÃO NA PUBLICAÇÃO
SINDICATO NACIONAL DOS EDITORES DE LIVROS, RJ

J18r

Jacobs, Anne, 1941-
    O regresso à Vila dos Tecidos / Anne Jacobs ; tradução Thelma Lersch. – 1. ed. – São Paulo : Arqueiro, 2024.
    464 p. ; 23 cm.   (A Vila dos Tecidos ; 4)

Tradução de: Rückkehr in die Tuchvilla
Sequência de: O legado da Vila dos Tecidos
Continua com: Tormenta na Vila dos Tecidos
ISBN 978-65-5565-711-1

1. Ficção alemã. I. Lersch, Thelma. II. Título. III. Série.

24-93071
                    CDD: 833
                    CDU: 82-3(430)

Gabriela Faray Ferreira Lopes – Bibliotecária – CRB-7/6643

Todos os direitos reservados, no Brasil, por
Editora Arqueiro Ltda.
Rua Artur de Azevedo, 1.767 – Conj. 177 – Pinheiros
05404-014 – São Paulo – SP
Tel.: (11) 2894-4987
E-mail: atendimento@editoraarqueiro.com.br
www.editoraarqueiro.com.br

OS RESIDENTES DA VILA DOS TECIDOS

A família Melzer

Johann Melzer (*1852–1919), fundador da fábrica de tecidos dos Melzers
Alicia Melzer (*1858), nascida Von Maydorn, viúva de Johann Melzer

Os filhos de Johann e Alicia Melzer e suas famílias

Paul Melzer (*1888), filho de Johann e Alicia Melzer
Marie Melzer (*1896), nascida Hofgartner, esposa de Paul Melzer, filha de Jakob Burkard e Louise Hofgartner
Leopold ou Leo (*1916), filho de Paul e Marie Melzer
Dorothea ou Dodo (*1916), filha de Paul e Marie Melzer
Kurt ou Kurti (*1926), filho de Paul e Marie Melzer

Elisabeth ou Lisa Winkler (*1893), nascida Melzer, separada de Klaus von Hagemann, filha de Johann e Alicia Melzer
Sebastian Winkler (*1887), segundo marido de Lisa Winkler
Johann (*1925), filho de Sebastian e Lisa Winkler
Hanno (*1927), filho de Sebastian e Lisa Winkler
Charlotte (*1929), filha de Sebastian e Lisa Winkler

Katharina ou Kitty Scherer (*1895), nascida Melzer, viúva de Alfons Bräuer, filha de Johann e Alicia Melzer
Alfons Bräuer (*1886–1917), primeiro marido de Kitty Scherer
Henni (*1916), filha de Alfons Bräuer e Kitty Scherer
Robert Scherer (*1888), segundo marido de Kitty Scherer

Outros parentes

Gertrude Bräuer (*1869), viúva de Edgar Bräuer
Tilly von Klippstein (*1896), nascida Bräuer, filha de Edgar e Gertrude Bräuer
Ernst von Klippstein (*1891), marido de Tilly von Klippstein
Elvira von Maydorn (*1860), cunhada de Alicia Melzer, viúva de Rudolf von Maydorn

Os empregados da Vila dos Tecidos

Fanny Brunnenmayer (*1863), cozinheira
Else Bogner (*1873), criada
Maria Jordan (*1873-1925), camareira
Hanna Weber (*1905), assistente de criadagem
Humbert Sedlmayer (*1896), criado
Gertie Koch (*1902), camareira
Christian Torberg (*1916), jardineiro
Gustav Bliefert (*1889), jardineiro
Auguste Bliefert (*1893), antiga criada
Liesel Bliefert (*1913), ajudante de cozinha, filha de Auguste Bliefert
Maxl (*1914), filho de Gustav e Auguste Bliefert
Hansl (*1922), filho de Gustav e Auguste Bliefert
Fritz (*1926), filho de Gustav e Auguste Bliefert

Parte I

I

Março de 1930

A Sra. Brunnenmayer parou de mexer a massa na vasilha para prestar atenção nas marteladas que vinham do anexo e invadiam a cozinha da Vila dos Tecidos.

– De novo isso – resmungou ela, indisposta. – Quase acreditei que a barulheira já teria acabado a essa altura.

– Longe disso – disse Gertie, sentada à mesa comprida tomando café com leite. – Duas janelas estão com infiltração, e o banheiro ainda não está como a Sra. Elisabeth deseja.

Quase dois anos antes, haviam começado a construir uma ala de dois andares na área dos fundos da Vila dos Tecidos. Ali morariam Elisabeth, a filha mais velha dos Melzers, e seu marido, Sebastian Winkler, junto com os três filhos do casal e criados. As salas e os dormitórios já tinham sido concluídos, bem como vários quartos para a criadagem no sótão. Não seria necessário construir cozinha nem sala de jantar, pois as que ficavam na ala principal da Vila seriam suficientes. Era lá que a família continuaria a fazer as refeições, todos reunidos, pois essa fora a condição de Alicia Melzer para permitir a obra. Mas a construção revelara-se uma novela – mesmo após a mudança, as marteladas continuavam. Um dia desses a própria Sra. Elisabeth chegara a dizer aos suspiros que acreditava que a casa permaneceria um canteiro de obras para sempre.

A Sra. Brunnenmayer balançou a cabeça e voltou a preparar o *spätzle*. Era necessária uma boa quantidade de massa para quatro adultos e cinco crianças, sem contar os criados, que também tinham um bom apetite. Havia guisado de carne para os patrões, enquanto a criadagem tinha que se contentar com um molho de toucinho. Era tempo de economizar na Vila dos Tecidos, e as coisas estavam longe de ser um mar de rosas, tendo em vista que a pobre Alemanha não havia conseguido se reerguer de fato após a derrota. A culpa, evidentemente, era das altas reparações de guerra que o Império Alemão havia sido obrigado a pagar aos vitoriosos.

– E que tipo de banheiro a Sra. Elisabeth deseja? – perguntou Else, que excepcionalmente havia despertado de seu cochilo durante a conversa.

Fazia alguns anos que ela desenvolvera o hábito de cochilar à mesa da cozinha, apoiada nos braços, depois de terminar o trabalho.

– O que ela deseja? – disse Gertie, rindo. – Uma maluquice. Foi Robert quem colocou essa ideia na cabeça dela. Ela quer um chuveiro.

A Sra. Brunnenmayer parou de mexer a massa, pois o braço começava a doer. Já tinha 67 anos, mas nem pensava em se aposentar. Ela dissera uma vez que morreria caso parasse de trabalhar, razão pela qual estava decidida a prestar seu serviço até que – de acordo com a vontade de Deus – caísse dura um belo dia. Seu sonho era, antes disso, poder preparar mais um de seus magistrais menus de cinco pratos, recebendo os mais altos elogios dos patrões por seus talentos culinários. Assim, se curvaria à morte, satisfeita e sem reclamações. Mas, é claro, ela desejava que esse dia não chegasse tão cedo.

– E o que é um chuveiro? – indagou Else.

Gertie se levantou de um pulo para lavar uma mancha de café com leite na saia escura. Desde que começara a exercer a função de camareira para a Sra. Elisabeth, ela tomava bastante cuidado com suas vestimentas. Em geral, usava roupas pretas e de bom corte, e às vezes azul-escuras com uma gola de renda branca. Prendia os cabelos em um coque e calçava sapatos de salto para parecer um pouco mais alta.

– A pessoa é regada de cima para baixo com água. Isso existe na América. Eles chamam de ducha.

– De cima? – disse Else, admirada. – Como se a pessoa estivesse debaixo de chuva?

– Exatamente – respondeu Gertie em meio a risos. – Daria no mesmo ficar pelada no parque, Else. Aí também tomaria um banho de chuveiro.

Else, que nunca havia despido o corpete durante o dia, exceto no hospital, ficou coradíssima só de imaginar tal situação.

– Ah, Gertie – disse ela, fazendo um gesto defensivo com as mãos. – Sempre com suas piadas sem graça!

Enquanto isso, a Sra. Brunnenmayer havia se sentado em uma cadeira da cozinha e batia a massa com a colher com tanto vigor que suava profusamente.

– Venha cá, Liesel! – berrou ela em direção ao fogão, ao qual Liesel acrescentava dois briquetes para que a água do macarrão atingisse logo a fervura necessária.

– Estou indo, Sra. Brunnenmayer!

Liesel, a filha de Auguste, já era assistente de cozinha na Vila dos Tecidos havia dois anos. Era habilidosa, entendia tudo de imediato e sempre percebia o que precisava ser feito, de forma que raramente era necessário dar-lhe instruções. Além disso, não era nem um pouco ambiciosa (ao contrário de Gertie, sua antecessora), mas sim dócil, sempre simpática, e nunca era enxerida. Aliás, nem precisava, pois tinha boa memória e lembrava-se de como os pratos eram preparados. Ela era de fato a ajudante de cozinha mais habilidosa que a Sra. Brunnenmayer havia conhecido em toda a sua longa carreira. À exceção, naturalmente, da jovem Marie Hofgartner, esposa de Paul Melzer já há bastante tempo. Ela, sim, sempre havia sido algo à parte, tendo todos os atributos necessários para ser senhora da mansão, mesmo tendo chegado à Vila dos Tecidos como uma órfã pobre.

– Vamos, continue batendo a massa, Liesel – ordenou a cozinheira, colocando a tigela pesada na mesa diante da menina. – Bata com vigor para que fique menos espessa. E prove para ver se está bom de sal.

Liesel pegou um pouco de massa com uma colher de chá que tirou da gaveta. Já no primeiro dia na Vila dos Tecidos, ela havia aprendido que não se colocava o dedo na comida, usando-se em vez disso uma colher para prová-la.

– Está boa – comentou ela, e a cozinheira assentiu com satisfação.

É claro que a massa estava boa, pois a Sra. Brunnenmayer nunca errava no tempero, mas desejava que Liesel aprendesse. Ela se orgulhava de ensinar tudo o que podia à menina, pois secretamente tinha esperanças de que ela se tornasse sua sucessora um dia.

Gertie, que já havia percebido isso fazia bastante tempo, ficava aborrecida, apesar de ter sido promovida a camareira pouco antes.

– Se você continuar apertando a massa desse jeito, Liesel – disse ela, mal-humorada –, as pessoas vão pensar que você está com raiva de alguém. Do Christian, talvez?

– Por que justamente dele? – perguntou Liesel, constrangida, prendendo debaixo da touca uma mecha de cabelo que havia escapulido.

Gertie deu uma risada irônica e achou divertido perceber que Liesel ficara enrubescida.

– Todo mundo sabe que há algo entre vocês dois – disse ela. – Dá para perceber a quilômetros de distância. Ele sempre fica com um olhar apaixonado quando vê você.

– Você não tem nada melhor para fazer em vez de ficar parada aqui que nem um poste, Gertie? – perguntou a cozinheira, intervindo. – Achei que estaria junto da Sra. Elisabeth, já que é tão indispensável.

Ofendida, Gertie empurrou a xícara vazia para o lado e levantou-se.

– É óbvio que sou indispensável – disse ela. – Ontem mesmo a patroa disse que não saberia o que fazer sem mim. Estou aqui simplesmente porque preciso passar roupa mais tarde e queria garantir que o fogo não apagasse.

– Se é por isso, poderia ter poupado sua visita – resmungou a cozinheira. – Na minha cozinha, o fogo nunca se apaga.

Gertie se dirigiu à escada de serviço com uma lentidão intencional. Deixou a xícara usada em cima da mesa para que Liesel a lavasse.

– Cadê a Hanna? – perguntou ela casualmente. – Não a vi o dia todo.

A Sra. Brunnenmayer levantou-se para dar uma olhada no guisado, deixado no canto do fogão para que se mantivesse aquecido. Precisou fazer certo esforço nos primeiros passos e ficou preocupada com suas pernas, pois elas inchavam quando ela ficava muito tempo em pé.

– Onde você acha que ela está? Na sala de jantar, ajudando Humbert a pôr a mesa – respondeu ela, e pegou uma colher de pau.

– Os pombinhos da Vila dos Tecidos – disse Gertie em tom de fofoca. – Humbert e Hanna e, como se não bastasse, Liesel com o jardineiro Christian. Precisamos ficar de olho para não sermos contagiadas. Não é mesmo, Else?

Ouviu-se uma pancada: a cabeça de Else havia escorregado dos braços e batido na mesa.

– Agora chispa daqui! – resmungou a cozinheira, fazendo Gertie subir as escadas às pressas. – Ela não consegue manter essa boca enorme fechada – grunhiu ela, aborrecida. – Antes era uma moça simpática, a Gertie, mas desde que virou camareira tem me lembrado cada dia mais a Maria Jordan. Que Deus a tenha, coitada. Mas que ela era uma peste, isso era.

Liesel tinha somente vagas lembranças da camareira, pois era uma criança quando Jordan morrera de forma trágica. Seu marido, um degenerado, a havia assassinado. Diziam por aí que ele ainda estava na prisão pagando pelo terrível crime.

– Ah, acho que Gertie não é feliz aqui – disse Liesel para a Sra. Brunnenmayer. – Ela frequenta um curso à noite para aprender a usar máquina de escrever.

Isso era novidade até mesmo para a cozinheira, que geralmente sabia tudo sobre a criadagem. Essa era boa: Gertie queria trabalhar em escritório mesmo tendo sido promovida a camareira. Devia ser daquelas que nunca estavam satisfeitas com nada.

– Uma pena – resmungou a Sra. Brunnenmayer, parada em frente ao fogão com a tábua de madeira e a faca, esperando a água ferver para colocar o *spätzle*.

Ela suprimiu o comentário seguinte e engoliu em seco, pois escutara passos apressados diante da porta da cozinha.

– Meu Deus, é Rosa com as crianças – disse ela para Liesel. – Preste atenção para que nenhum dos pequenos chegue perto do fogão enquanto jogo o *spätzle* na panela.

– Deixe comigo, Sra. Brunnenmayer!

A menina só teve tempo de levar a massa até a cozinheira e a porta da cozinha se abriu, deixando a criançada entrar.

Em tempos passados, era estritamente proibido que os filhos dos patrões ficassem na cozinha se misturando com os empregados. A Sra. Alicia Melzer contava histórias sobre esses anos. Algum tempo depois, na época em que a governanta Serafina von Dobern causava tumulto na Vila dos Tecidos, as crianças também não podiam entrar na cozinha. Somente depois que a Sra. Elisabeth voltara a morar na mansão e tivera seu terceiro filho, dessa vez uma menina, novos costumes haviam sido criados. E Marie Melzer, sua cunhada, não proibia seu querido temporão de 4 anos, Kurt, de frequentar a cozinha com os primos Johann e Hanno.

– Que seeede! – gritou Johann, de 5 anos, o primeiro a chegar à mesa da cozinha. – Sidra, Brunni. Por favor!

Johann tinha ficado ruivo, o que a princípio deixara Elizabeth, sua mãe, horrorizada. Agora ela já se acostumara com a ideia, especialmente porque seu filho mais velho havia desenvolvido um corpo forte de rapazinho e uma personalidade enérgica. O sensível Kurt seguia o primo como uma sombra e ambos eram amigos inseparáveis. Kurt com frequência dormia junto com a tia Lisa no anexo norte da Vila dos Tecidos, pois preferia passar a noite com Johann a pernoitar com os irmãos mais velhos, Dodo e Leo.

Logo atrás de Johann e Kurt veio Rosa Knickbein, a babá rechonchuda e sempre simpática. Ela entrou na cozinha de mãos dadas com Hanno, de 3 anos. Havia levado as crianças para um passeio no parque, e é claro que os três quiseram fazer uma visita à cozinha antes de subirem para trocar de roupa e lavar as mãos.

– Tudo bem, vou lhes dar uma sidra – disse a cozinheira. – Mas só meio copo, senão vocês enchem a barriga de líquido e acabam perdendo o apetite.

Essa desculpa nunca havia impedido nenhuma criança de virar um copo inteiro e enorme de bebida antes de comer, mas a Sra. Brunnenmayer não queria se indispor com os patrões, então cada uma das crianças ganhou meio copo de sidra. Nem mais nem menos.

– Minha barriga é muuuuito grande – resmungou Johann, mostrando sua barriga enorme e derrubando a xícara de café vazia de Gertie com o movimento.

– A minha é muito maior – disse Kurt, abrindo os braços.

Else, que havia despertado com o barulho, quase não conseguiu tirar o copo de sidra da frente dele.

– Isso é macarrão, Brunni? – Johann esticou a cabeça enquanto a cozinheira raspava o *spätzle* da tábua de madeira com a faca e jogava-o rapidamente na água fervente.

– É – disse a Sra. Brunnenmayer. – Depois eles vão pular na sua barriguinha.

Kurt queria saber se os macarrões tinham pernas para pular.

– Como você é burro – falou Johann. – É só brincadeira.

– Ió, ió! – disse Hanno, animado, sentado no colo de Rosa, que lhe levava o copo à boca para que não se sujasse.

– Você também é – disse Johann para o irmão mais novo com um sorriso gentil. – Só que é um burrinho bem bonitinho.

– Nãããão! – gritou Hanno, defendendo-se com raiva. – Não sou nada burro.

O pequeno Hanno havia aprendido cedo a palavra "não", pois compreendera que precisava se defender do irmão e do primo, que eram um pouco mais velhos. Atualmente, ele gritava com violência seu "nãããão" para Johann em qualquer oportunidade que se apresentasse, mesmo que não entendesse exatamente o que estava acontecendo. Melhor prevenir do que remediar.

Enquanto isso, um grande alvoroço se formara diante do fogão. Liesel pescava os macarrões prontos da panela e os colocava em uma das tigelas da melhor louça, de porcelana, para os patrões, enquanto a cozinheira continuava incansavelmente jogando o restante da massa lá dentro. O criado Humbert apareceu no corredor da cozinha para colocar seu paletó azul-escuro de botões dourados, que ele vestia quando servia as refeições no andar de cima. Humbert havia retornado à Vila dos Tecidos arrependido após sua breve incursão no mundo do cabaré de Berlim, e o cargo de criado, que acabara de ficar vago, foi-lhe confiado de bom grado. Fazia anos que ele era amigo próximo de Hanna, a jovem que Marie Melzer havia acolhido na Vila dos Tecidos após um terrível acidente na fábrica. Os dois eram como irmãos, apesar de fofocas de algumas más línguas sugerirem algo a mais.

– Você pode colocar o caldo de carne em duas tigelas de porcelana, Hanna – ordenou a cozinheira. – E salpique um pouco da salsinha picada, ela está ali em cima da tábua de madeira.

Hanna se apressou para seguir as instruções. Era uma pessoa meiga e amável, e nunca lhe passaria pela cabeça se negar a fazer serviços de cozinha por ser assistente de criadagem. Fosse cuidando das crianças, levando o remédio de dor de cabeça para a venerada Alicia Melzer ou batendo os tapetes junto com Else, ela ajudava onde podia.

– Depressa! – disse Rosa Knickbein. – Acabe logo de beber, Kurt. Temos que subir.

Os três meninos saíram da cozinha se queixando e seguiram para o corredor com a babá em direção às escadas. Lavar as mãos, trocar de roupa, pentear os cabelos – nenhum deles gostava desses procedimentos desnecessários, mas vovó Alicia exigia que os netos estivessem sentados à mesa bem-vestidos e de mãos limpas. Assim havia sido em sua juventude, assim ela havia feito com os próprios filhos, e mesmo que os tempos e costumes tivessem mudado, ela fazia questão de manter essa bela tradição.

Humbert levou as tigelas de sopa para o elevador monta-pratos da cozinha. Apesar do ferimento de guerra na mão direita, ele servia os pratos de forma mais elegante e segura do que qualquer outro criado já fizera na Vila dos Tecidos. Só quando havia uma tempestade era que ele entrava em pânico, deixando-se tomar pelas memórias das trincheiras e da chuva de aço. Nesses momentos, escondia-se debaixo da mesa, incapaz de realizar seu trabalho. Seu caráter sensível fora marcado pela Grande Guerra, da qual, como tantos outros, ele havia sido obrigado a participar.

Enquanto ele subia as escadas para começar a servir, Fanny jogou os últimos *spätzle* na panela e começou a refogar as cebolas e o toucinho picado para o molho. Gertie voltou à cozinha para almoçar com os empregados, porém empinou o nariz e fez uma careta.

– Ui, que cheiro terrível! Está uma nuvem de gordura aqui.

– Se não for de agrado da madame, pode comer na lavanderia – respondeu a cozinheira.

– Só estou comentando – disse Gertie, sentando-se em seu lugar. – Porque depois a patroa dirá novamente que minhas roupas estão cheirando a comida.

– Elas poderiam cheirar a coisas piores do que o meu delicioso molho de toucinho.

Liesel havia tirado a sobremesa dos patrões da geladeira, deixando-a pronta para que Humbert a levasse. Um doce de coalhada e nata, acompanhado de compota de cereja em conserva do ano anterior. Um pouco do doce havia sido reservado para os funcionários, mas eles só provariam a compota se os patrões não comessem tudo, o que era improvável, tendo em vista que as cerejas eram especialmente cobiçadas pelos três meninos. E, caso sobrasse uma gota sequer na tigela, Rosa Knickbein a traçaria, já que podia sentar-se à mesa para segurar no colo a pequena Charlotte, de um ano, e cuidar de Hanno.

Como só faltava colocar a refeição dos patrões no elevador, Hanna e Liesel distribuíram os pratos e talheres para os empregados na cozinha. Else se levantou calmamente para pegar os copos para a sidra no armário e o jardineiro Christian entrou pelo portão do jardim para almoçar também. Ele havia trabalhado, tempos antes, para a infeliz Maria Jordan, que tivera uma loja na Milchstraße. Após o terrível acontecimento lá, Christian trabalhou na floricultura de Gustav Bliefert durante algum tempo, onde conheceu Liesel e logo ficou caidinho. Agora o menino loiro e magrinho do passado havia se tornado um jovem apresentável. O trabalho de jardinagem lhe dera ombros largos e braços fortes que atraíam muitas moças. Mas Christian só tinha olhos para Liesel, especialmente desde que Paul Melzer oferecera a ele um cargo na Vila dos Tecidos. Com isso, ele havia se mudado para a então deteriorada casa do jardineiro, antes habitada pelos Blieferts, e a ajeitado com muito amor e competência, deixando todos curiosos para saber se Liesel desejaria se mudar para lá na qualidade de sua esposa. No entanto, ninguém sabia ao certo se o jovem rapaz já havia pedido a mão da moça, pois ele continuava extremamente tímido como sempre fora, ficava constrangido com qualquer coisinha e era de poucas palavras. Por isso, após um breve "bom apetite" para todos os presentes, ele se sentara quieto em seu lugar, ao fim da mesa comprida e perto da geladeira, e agora fitava Liesel com olhos ansiosos enquanto ela colocava na mesa a frigideira pesada com o molho de toucinho.

– Olá, Christian – disse Gertie. – Que lindas cortinas de flores você pendurou nas janelas de seu quarto. Tenho certeza de que sua esposa vai adorar.

Christian ficou vermelho como um tomate, e Liesel mexia tão vigorosamente o molho denso na frigideira que alguns respingos atingiram Gertie.

– Preste atenção! – gritou ela, limpando uma mancha de molho da manga da roupa. – Coloquei este vestido limpinho hoje de manhã.

– Perdão – pediu Liesel com um sorriso travesso. – Sou uma desastrada mesmo.

A refeição tomou seu curso e o único que faltou foi Humbert, que chegaria somente mais tarde, quando os patrões não precisassem mais dele no andar superior. Gertie tomara a palavra e contava com ar importante que o Sr. Winkler, esposo da Sra. Elisabeth, esboçava grandes preocupações com o futuro do Império Alemão.

– Porque novamente um governo precisou se afastar após a Assembleia Nacional não conseguir chegar a um acordo.

Essa notícia não alarmou nenhum dos criados. Else colocou mais uma colher de molho de toucinho no macarrão, Hanna serviu-se de sidra com toda a calma. Mudanças de governos e disputas na Assembleia Nacional tornaram-se parte do cotidiano da República. Muito piores eram as marchas nas ruas dos comunistas e do NSDAP, o Partido Nacional-Socialista dos Trabalhadores Alemães, bem como a temida organização Stahlhelm, cujos membros andavam de uniforme e portavam cassetetes. Isso sem contar quando dois grupos opostos se encontravam, pois aí sim saíam às turras. Batiam uns nos outros sem fundamento algum, e quem tivesse a má sorte de parar no meio de uma confusão dessas não raro acabava no hospital com membros fraturados e a cabeça sangrando.

– Durante o Império não havia essas confusões – comentou Else. – Naquela época a ordem pública reinava. Mas, desde que passamos a ter uma república, ninguém mais está a salvo.

Ninguém a contradisse. A república de Weimar tinha poucos defensores entusiasmados, tanto entre os empregadores quanto entre os criados. Paul Melzer, o chefe da empresa, estava especialmente insatisfeito com a república. Foram Rosa Knickbein e Humbert que contaram a novidade aos outros, visto que ambos ficavam sabendo de muitas coisas no andar superior.

– As coisas não podem continuar assim – dissera o patrão um dia desses. – As decisões urgentes não são tomadas, porque nenhum partido quer que o outro tenha êxito.

O único defensor da república era Sebastian Winkler, que Gertie gostava de chamar de "esposo da Sra. Elisabeth". Mas nem mesmo ele estava satisfeito, tendo em vista que os comunistas não tinham maioria na Assembleia Nacional.

– Por que toda essa agitação? – perguntou a Sra. Brunnenmayer de forma depreciativa, raspando o resto do molho da frigideira. – Afinal, sempre se dá um jeito de seguir em frente, não é mesmo?

Com isso, o tema política foi colocado de lado. Hanna então contou que Leo, agora com catorze anos, passara a ter aulas com uma famosa pianista russa no Conservatório e que sua irmã Dodo folheava o jornal todos os dias à procura de notícias sobre aviação.

– Dodo tem um álbum no qual cola todas as notícias que encontra sobre aviões. Uma verdadeira esquisitice dessa menina.

– Isso não é normal, uma mulher querer voar em um avião – comentou Else, enquanto cutucava os dentes com um palito. – Isso é coisa de homem!

No momento em que Gertie ia contestar o comentário, Humbert voltou à cozinha e, para a perplexidade geral, colocou a tigela com um resto da compota de cereja em cima da mesa.

– Meu Deus! – disse a Sra. Brunnenmayer, agitada. – Por acaso os patrões não gostaram da compota?

– Na verdade, gostaram, sim – respondeu Humbert com um sorriso. – Johann derrubou uma taça chique de vinho, e sua avó privou-lhe da sobremesa.

– Pobre coitado – disse Hanna, suspirando. – Um menino tão meigo, mas sempre tão impetuoso.

A Sra. Brunnenmayer, que era quem mandava na cozinha, passou os olhos pelos comensais e tomou uma decisão.

– A compota de cereja fica para Christian. É ele que tem o trabalho mais pesado, merece ganhar um doce de vez em quando. Aqui, Christian, faça bom proveito.

O favoritismo deixou o jovem envergonhado, mas ele não teve coragem de recusar o doce nem de oferecê-lo a Liesel, que era o que realmente desejava.

Enquanto isso, Humbert também já havia se sentado à mesa, e Hanna lhe serviu uma porção de *spätzle* com molho de toucinho. Não era dos pratos favoritos do rapaz, que já não tinha muito apetite. Ele colocou a mão no bolso do colete, suspirando.

– Aqui – disse ele, tirando um envelope do bolso e entregando-o a Hanna. – Foi o Sr. Melzer que me deu. Estava na caixa de correspondências da fábrica hoje de manhã. É para você.

– Para mim? – perguntou Hanna, incrédula. – Só pode ser engano.

– Sim, vejamos – disse Gertie, que era toda olhos e ouvidos sempre que havia um acontecimento interessante. – Com certeza é uma carta de Alfons Dinter, do departamento de impressão. Faz anos que ele tem uma queda por nossa Hanna.

Hanna nem prestara atenção nas palavras de Gertie, pois tentava decifrar o remetente, mexendo os lábios sem emitir som. A Sra. Brunnenmayer viu a menina ficar subitamente pálida e pensou tê-la visto pronunciar um nome. *Grigorij*.

2

— Veja, tia Lisa – disse Dodo com entusiasmo. – A Messerschmitt continua produzindo o M20. Eles aprimoraram consideravelmente a empenagem, é o que diz aqui.

Elisabeth Winkler estava sentada no sofá com a pequena Charlotte no colo, dando-lhe mingau de semolina. A pequenina abria a boca avidamente e, animada, balançava os bracinhos rechonchudos a cada colherada. Marie já a alertara inúmeras vezes de que alimentava a menina com muita frequência. A pequena era fã de sobremesas, e Lisa não tinha coragem de negar comida à única filha menina.

— Você ouviu o que eu disse, tia Lisa? – indagou Dodo, insistindo. – O M20 é um avião comercial que está sendo produzido aqui em Augsburgo, nas fábricas da Baviera. Tem capacidade para dez passageiros. Fantástico, não acha?

— Ele não caiu uma vez? – perguntou Lisa, dispersa.

Ela cuidava para que Charlotte não lhe tomasse a colher, pois a menina decidira tentar comer sozinha fazia alguns dias.

— Sim, no voo inaugural, há dois anos. A empenagem quebrou – admitiu Dodo. – Mas não vai se repetir. A Deutsche Lufthansa quer comprar três aviões. Imagine só, em breve poderemos voar de avião como passageiros. Quando eu for pilota, levarei todos vocês para a América, tia Lisa.

Enquanto tagarelava sobre o assunto, Dodo cortava um artigo do jornal *Augsburger Neueste Nachrichten*. Ele iria para o caderno no qual ela colava tudo relacionado a aviação.

— Espere, Dodo! – exclamou a tia. – Sebastian ainda não leu o jornal, deixe para cortar o artigo hoje à noite.

Sua sobrinha baixou a tesoura e deu um suspiro.

— O tio Sebastian com certeza não vai se importar.

— Depende do que tenha no verso.

Dodo virou a folha de jornal franzindo a testa.

– É só o obituário. O tio Sebastian com certeza não vai ler isso.

– Está bem então, pode cortar a foto.

Lisa raspou o restinho do mingau do prato, deu à pequenina e limpou-lhe a boca lambuzada. Depois colocou a pequena Charlotte de pé, e ela saiu andando pela sala. Parecia um anjinho roliço e de cachinhos dourados no vestido branco plissado.

Dodo fizera 14 anos em fevereiro e era alta para a idade, mas seu corpo esbelto ainda não tinha formas femininas – fato pelo qual estava muito grata, como sempre afirmava. Os cabelos loiros ondulados cortados em um chanel curtinho combinavam muito com ela e seu charme jovial.

Assim que cortou a preciosa foto, Hanna entrou na sala.

– Dodo, vá ver sua avó, por favor. Ela quer fazer um passeio no parque e precisa de companhia.

Dodo fez uma careta. Passeios com a avó não estavam exatamente entre suas atividades preferidas. Eram entediantes, pois Dodo tinha que caminhar muito devagar e não podia falar sobre aviões de forma alguma. Se puxasse o assunto, era obrigada a ouvir que uma jovem deveria se interessar por belos vestidos e boas maneiras.

– Por que Leo não vai passear no parque?

– Seu irmão precisa praticar piano. A Sra. Obramowa quer que ele toque no conservatório em breve.

– Leo tem sempre uma desculpa – resmungou Dodo, pegando o precioso artigo e entregando a tesoura a Hanna para que a colocasse de volta na gaveta da escrivaninha.

– Ah, sim – disse a assistente de cozinha, voltando-se para Elisabeth. – Perdão, senhora, quase esqueci. A Sra. Grünling está esperando pela senhora lá embaixo no corredor.

– Meu Deus, Hanna! – disse Lisa em tom reprovador. – Por que não me disse logo? Traga-a até aqui e avise na cozinha. Peça chá e biscoitos. O chá não pode ser forte demais, senão Serafina fica com taquicardia.

Às pressas, Hanna pegou o prato e a colher da criança, colocou a tesoura no lugar e saiu correndo. Dodo também decidiu se apressar, pois não estava com nenhuma disposição de encontrar a Sra. Grünling. A razão para isso eram as lembranças sombrias que tinha da antiga preceptora, então chamada Serafina von Dobern.

– Desejo-lhe um agradabilíssimo chá da tarde, tia Lisa – disse a menina junto à porta. – Cuidado para ela não morder você!

– Sua atrevida! – respondeu Lisa, rindo.

Ela levantou-se do sofá para agarrar a filha, que sujava com os dedinhos pegajosos toda a cômoda estilo Biedermeier encerada. Tentou distraí-la com um dos bichinhos de pelúcia espalhados pela sala, que, após certa relutância inicial, Charlotte apertou com carinho junto a si. Emocionada, Lisa contemplou a filha e sentiu uma gratidão profunda pelo destino ter-lhe concedido uma vida plena após muitos caminhos errados. Sebastian era um marido e pai amoroso que lhe dera três filhos saudáveis, e eles viviam protegidos no seio da grande família da Vila dos Tecidos. E desde então Lisa inclusive tornara-se o centro da família. Marie passava o dia todo ocupada com seu ateliê, e Alicia já estava envelhecendo, mas gostava de ver Lisa assumir a organização da casa. Ela era necessária e amada na Vila dos Tecidos, e compartilhava esse amor com todos aqueles que precisavam dele.

Entre essas pessoas estava novamente sua amiga de infância Serafina, nascida Von Sontheim e viúva do major Von Dobern. Após a morte do marido, Serafina passara por maus bocados. Ela e sua mãe ficaram sem um tostão, o que obrigou Serafina a se virar como empregada.

Suas rígidas noções de criação prussianas traziam más recordações ainda hoje aos gêmeos de Marie, Dodo e Leo, e na época haviam destruído sua antiga amizade com a tia das crianças. Lisa não apenas impedira que sua amiga de infância ditasse as regras, como também impusera sua demissão. Depois disso, elas haviam perdido o contato por alguns anos.

Na verdade, Lisa achava que não veria Serafina nunca mais na Vila dos Tecidos. Mas ali estavam elas. A antiga preceptora aceitara um cargo de governanta na casa do advogado Grünling e tornara-se a Sra. Grünling não muito tempo depois. Eles não tiveram filhos e, ao que parecia, não tinham um casamento feliz. Grünling deixara os dias de festa para trás e se submetera ao controle de Serafina de livre e espontânea vontade. Era grato por ela organizar sua vida e conduzi-lo de volta ao caminho virtuoso com sua mão firme. Após tornar-se a Sra. Grünling, Serafina entrara em contato com sua antiga amiga Lisa enquanto lutava com tenacidade para reconquistar sua posição social de antigamente. Sua intenção primordial era restabelecer o vínculo com a respeitável família Melzer, que desempenhava um papel importante na sociedade de Augsburgo. E, como Lisa estava satisfeita com sua vida e não era rancorosa, retomou a amizade apenas com pequenas mudanças: Serafina já fora convidada duas vezes para tomar chá na Vila dos Tecidos, mas Elisabeth declinara seu convite para uma visita recíproca.

– Minha querida e amada Lisa! – disse Serafina teatralmente quando lhe abriram a porta. – Como você está magnífica! E esse anjinho encantador em seus braços? Meu Deus, ela parece saída de uma pintura de Rafael. Toda rosada e rechonchuda como a mamãe!

Sempre fora do feitio de Serafina inserir pequenas alfinetadas em elogios efusivos, mas Lisa decidiu ignorar. Sim, ela desmamara Charlotte fazia somente dois meses e seu corpo ainda podia ser descrito como opulento. Mas estava decidida a perder alguns quilos extras nos meses seguintes. Lisa recebeu pacientemente o abraço da amiga, mas a pequena Charlotte desatou a berrar quando Serafina acariciou sua bochecha com seus dedos frios.

– Que amável receber sua visita, Serafina. Desculpe-me por Lottchen, ela está numa fase de estranhar um pouco as pessoas. Sente-se, por favor, tire o cachorro de pelúcia da poltrona e coloque-o no sofá. Ah, é mesmo, o mordedor vermelho também está aí, já estava me perguntando sobre seu paradeiro.

Serafina deu um leve sorriso, jogou o bichinho de pelúcia e o mordedor no sofá e passou a mão sobre o estofado antes de se sentar. Desde que se tornara a Sra. Grünling, vestia roupas caras e modernas e ganhara um pouco de peso, o que lhe caía bem. Não era mais a antiga preceptora esquálida e vestida de cinza; agora tinha a aparência de uma madame rica que deixava transparecer sua origem nobre.

– Esta sala é mesmo um paraíso para as crianças – comentou ela. – A jovem Hanna nunca arruma as coisas?

– Na verdade, Hanna não é minha criada, Serafina. Ela trabalha para minha cunhada. A babá está com as crianças no parque.

Lisa ficou aborrecida por ter que explicar a bagunça em sua sala. Felizmente, Hanna chegara justo neste momento com o chá e começara a botar a mesa.

– Sinto muito por deixá-la esperando, Sra. Grünling – disse a menina, com a consciência pesada, recebendo um sorriso condescendente.

– Tive a oportunidade de admirar os belíssimos quadros pendurados no corredor, querida Lisa – comentou a Sra. Grünling. – A mãe de sua cunhada realmente foi uma artista extraordinária! Com certeza não é arte para todos os gostos. Foi muito corajoso de Paul pendurar aqueles quadros na entrada da casa.

– Marie tem muito orgulho da mãe – afirmou Lisa em defesa da cunhada, apesar de ela própria achar algumas das obras excêntricas demais.

Até Marie julgara alguns dos quadros inadequados para os olhos das crianças e os cedera permanentemente ao Museu Municipal. Já os mais toleráveis estavam pendurados em locais menos chamativos, como no escritório ou no quarto de Marie e Paul. Na sala de jantar, porém, Alicia não deixara que nenhum dos quadros fosse exibido. Para compensar, Paul levara três deles para a fábrica, onde decoravam seu escritório.

Hanna serviu o chá, colocou um prato com biscoitos em cima da mesa e se retirou, levando a pequena Charlotte junto.

– Que vida tranquila você tem – disse Serafina, colocando creme no chá adoçado. – No sossego da família com seus filhos encantadores. Na verdade, esperava encontrá-la na associação de arte. Teve uma exposição que com certeza teria lhe interessado.

– Você sabe que raramente saio – respondeu Lisa. – Afastei-me da vida social, não me identifico com aquelas conversas sem conteúdo, as fofocas, superficialidades e os dramas frívolos daquele mundo. Há tantas coisas mais importantes nessa vida!

– Com certeza, querida amiga – disse Serafina. – Você tem um marido maravilhoso, que despreza a vida social e coloca os cuidados com a família em primeiro lugar. Além disso, ele ainda encontra tempo para defender os pobres coitados que não conseguem trabalho. Um verdadeiro idealista, o Sebastian. Espero que seu empenho pelo partido comunista não o coloque em maus lençóis qualquer dia desses.

– Certamente que não, Serafina – replicou Lisa, inclinando-se para a frente para colocar o prato de biscoitos diante da amiga de outrora. – Sebastian tem plena consciência de sua responsabilidade para com a família.

– Estou convicta quanto a isso – afirmou Serafina prontamente, mas seu semblante contradizia a afirmação. – Imagine só: meu querido Albert me contou ontem que viu seu marido em uma dessas terríveis marchas da Aliança dos Combatentes da Frente Vermelha. Em tese, estava caminhando junto aos membros uniformizados com um cartaz na mão.

Ela fez uma pequena pausa para beber um gole de chá e elogiou o sabor. Lisa não estava mais escutando o que ela falava. A ideia de Sebastian ter participado de uma dessas marchas a atingiu como uma flecha no coração. Meu Deus, ele lhe prometera de pés juntos que nunca faria algo assim!

– Impossível, Serafina – disse Lisa, com certa dificuldade.

– A primeira coisa que eu disse a Albert foi que ele devia ter se enganado! – exclamou Serafina. – Não seria difícil, pois as vestimentas e o comportamento de Sebastian são praticamente iguais aos dos tais trabalhadores. Ele é uma pessoa de princípios, e isso é uma característica que não devemos subestimar, minha querida.

Não, Serafina não havia mudado nadinha; ainda conseguia encontrar e cutucar as feridas de Lisa como fizera no passado. A decisão de Sebastian de abrir mão de seu cargo de contador para começar na tecelagem como um mero trabalhador gerara um terrível desentendimento com Paul na ocasião. Agora, toda a cidade comentava que o cunhado do diretor da fábrica se vestia como um operário. Embora nunca comparecesse a eventos sociais, Sebastian era membro do KPD, o Partido Comunista da Alemanha, e da comissão de trabalhadores da fábrica, onde fazia exigências constantes e desmedidas pela melhoria de vida dos trabalhadores. Era um inconveniente constante para Paul, e Alicia explicara, desolada, que era isso que acontecia quando alguém se casava com uma pessoa de uma classe social inferior. Só Marie achava que eles não deveriam forçar Sebastian a viver uma vida que não correspondesse a seus princípios. Isso acabaria com ele. Lisa compartilhava da mesma opinião. Amava seu marido e o defendia como uma leoa contra todos que o criticavam.

– Teríamos um mundo melhor – disse ela, com plena convicção – se abraçássemos os ideais de fraternidade e altruísmo da mesma forma que nosso Senhor Jesus Cristo pregou no sermão da montanha. Nesse sentido, a ideia do comunismo é também uma noção profundamente cristã!

Fora assim que Sebastian lhe explicara uma vez a relação entre cristianismo e comunismo, que ela memorizara bem para recitar aos críticos em momentos oportunos. Afinal, ninguém poderia falar nada contra o sermão da montanha. Infelizmente, sua interlocutora não lhe deu mais que um sorriso condescendente. Isso a instigou ainda mais contra Serafina e a impulsionou em direção a hábitos antigos e não tão amigáveis. Lisa sabia retribuir hostilidades muito bem quando necessário.

– Quem teria imaginado no passado, minha querida Serafina, que nós duas nos encontraríamos novamente como esposas felizes e tomaríamos chá juntas – comentou ela, com falsa alegria. – Outro dia mesmo Paul disse que o advogado Grünling se tornou outra pessoa desde que se casou com você.

Serafina ficou visivelmente contente com o elogio, afinal, havia trabalhado duro e se esforçado muito para conseguir alcançar esse renascimento social. De acordo com os boatos que circulavam, no início, Grünling não estivera nem um pouco satisfeito com sua empregada, tendo inclusive cogitado mandar a mulher mandona embora. Mas Serafina conseguira convencer o patrão de suas qualidades, em especial, segundo diziam, entre quatro paredes.

– Bem disse seu irmão, Lisa. Meu Albert é, no fundo, uma pessoa bondosa e amorosa. Ele só precisava de alguém confiável a seu lado, que fizesse seu potencial desabrochar.

Ela pegou um dos biscoitos de nozes com um movimento afetado e colocou-o na boca. Lisa sorriu para ela e disparou a flecha.

– Paul acha inclusive que seu querido Albert se tornou um pouco delicado demais para continuar à frente da assistência jurídica das questões da fábrica. Você sem dúvida sabe que um advogado precisa representar a posição do cliente de forma enérgica.

Ela escutou um estalido alto quando Serafina deu uma mordida no biscoito e levou a mão à boca no mesmo instante.

– Ah, Serafina! – exclamou Lisa, assustada. – Não me diga que você se machucou! Essas avelãs ficam um pouco duras quando saem do forno.

Serafina não respondeu. Mastigou um pouco, tirou um lenço da bolsa e virou-se para que Lisa não visse o que estava fazendo. Ao que pareceu, cuspiu o biscoito.

– Exxxtá duro como pedra – balbuciou ela, limpando a boca. – Inacreditável que seuxxx funcinárioxxx xxxirvam algo axxxim!

– Ah, sinto muitíssimo, minha querida!

Lisa estava sinceramente chocada com o ocorrido, mas sua compaixão só ia até certo ponto. Serviu mais chá, prometeu-lhe repreender a cozinheira e pediu à convidada que não deixasse aquilo estragar seu dia.

– Gostaria de usar o banheiro? Ainda não está totalmente pronto, mas tem um espelho grande e uma pia de mármore.

Serafina recusou a oferta.

– Infelixxmente preciso ir – anunciou ela, de forma quase incompreensível. – Ainda tenho algumaxx vixxitas para faxxxer e não quero privar-lhe ainda maixx de seuxxx afazerexxx doméxxxticos.

– Mas é claro – afirmou Lisa, assentindo com falsidade e sem fazer qualquer tentativa de impedir Serafina. – Quem sabe não nos encontramos novamente? – disse ela, com frieza.

– Xxxertamente, minha cara... E aquilo que Paul dixxxe sobre Albert com certeza foi xxxomente uma piada, não?

– Ah, não, foi com toda a seriedade.

Não era exatamente verdade, pois Paul fizera aquele comentário em tom meio sério, meio de brincadeira. Mas Lisa simplesmente não estava pronta para recuar, apesar do pequeno incidente com o biscoito. Serafina explorara e instigara seus medos de forma violenta demais. A amiga ficou visivelmente mais pálida ainda, pronunciou um tímido *adieu* e caminhou até a porta da sala.

– Hanna! A Sra. Grünling já está de saída!

Em vez de Hanna, apareceu Gertie, que fez uma reverência cortês diante da convidada e a conduziu à casa principal para acompanhá-la até o corredor, onde a ajudou a vestir o casaco. Ela retornou à sala dos Winklers logo em seguida para retirar a louça.

– Meu Deus – disse Gertie, balançando a cabeça. – Pobre Sra. Grünling! Perdeu um dente. Está com um buraco na parte de cima, bem à direita.

– Que desagradável – disse Lisa com uma expressão inocente. – Bem, os dentes dela são falsos mesmo, o dentista certamente poderá ajudar. E diga à Sra. Brunnenmayer que os biscoitos estavam um pouco duros.

– Pode deixar, senhora.

Lisa se levantou e foi até a janela para procurar Rosa e as crianças. O que eles tanto faziam no parque? Sim, era um belo dia de sol, a primavera estava no ar e as flores brotavam nos campos. Mas continuava um pouco frio e ainda se podia ver a geada esbranquiçada que cobria o chão sob os zimbros. Quando abriu o caixilho da janela, ouviu gritos entusiasmados. Meu Deus! Era Sebastian jogando bola com os meninos lá embaixo. Onde eles estavam com a cabeça? Que mamãe não visse isso! Ela achava que futebol era coisa de trabalhador e de pessoas simplórias. E lá estavam o jardineiro Christian e Fritz Bliefert, filho mais novo de Auguste, de 6 anos, jogando também. E como corriam! As calças dos meninos já estavam imundas, pois eles caíam no chão o tempo todo. Até mesmo as roupas de Sebastian estavam deploráveis, o que não o impedia de correr atrás de Christian para roubar-lhe a bola. Esses homens não passavam de crianças grandes.

Aliviada, percebeu que Rosa segurava Hanno nos braços. Ele não parava quieto, mas ela não deixou que fosse para o chão. A ideia de o menino desejar participar daquela brincadeira selvagem aterrorizou Lisa.

– Rosa! – gritou ela da janela. – Traga Hanno para cima. E os outros também.

Sebastian, que ouvira seu chamado, olhou para ela e acenou, contente. Em seguida, bateu palmas e declarou o fim do jogo. Lisa fechou a janela. Eles tinham menos de uma hora para se lavar e vestir roupas limpas para o jantar em família, pois Alicia não gostava de ficar esperando. Hanna preparou a banheira, e Gertie cuidou das roupas.

Quando o sino do jantar soou na casa principal, Sebastian vestiu depressa o paletó cinza que Lisa comprara para ele usar em casa. Fora um acordo feito com Alicia, já que o genro se recusava veementemente a comparecer às refeições de terno, como era o costume na Vila dos Tecidos. Ele achava ruim o suficiente, no início do casamento, Lisa vesti-lo com os ternos do pai, nos quais se sentia péssimo. Dissera-lhe na época que não negaria suas origens e suas convicções sob nenhuma circunstância, caso contrário não conseguiria mais se olhar no espelho com a consciência tranquila.

Enquanto Rosa e Hanna iam para a sala de jantar com as crianças, Lisa fez ao marido a pergunta que pesava em seu coração desde a visita de Serafina.

– Me diga uma coisa, querido. Seria possível que você tenha participado recentemente de uma das marchas de seu partido, com um cartaz na mão?

Mentir nunca era uma opção para Sebastian. Seu rosto imediatamente assumiu uma expressão culpada.

– Foi um favor para um amigo – admitiu ele, envergonhado. – Eu estava passando enquanto eles marchavam, e um conhecido que estava com dores terríveis no braço me pediu para carregar seu cartaz por um momento. Não quis dizer não, você com certeza entende.

– E o que estava escrito no cartaz?

Ele deu de ombros e sorriu, inseguro.

– Acho que estava escrito "Todo o poder aos trabalhadores". Mas juro, Lisa: eu devolvi o cartaz algumas ruas adiante.

– Ah, Sebastian... – disse ela, em tom reprovador. – Eu lhe pedi que nunca participasse de uma marcha como essa. Você sabe que tenho medo que lhe aconteça algo.

Ele colocou gentilmente o braço em volta dela e deu-lhe um beijo na testa.

– Seja mais compreensiva, meu amor. Em breve uma nova Assembleia Nacional poderá ser eleita. Precisamos mostrar visibilidade e força. Os outros partidos estão fazendo o mesmo.

– Não, Sebastian – afirmou ela, veementemente. – Não quero que sob nenhuma hipótese...

Sua frase foi interrompida pelo sino do jantar. Seu marido então aproveitou para tomá-la pela mão e ir para a casa principal.

– Venha depressa. Não podemos deixá-los esperando.

3

— Doutora? A senhora teria um minuto?
Tilly von Klippstein ficou parada no corredor e olhou para dentro do quarto do hospital, cuja porta estava aberta. Uma senhorinha magra na cama do meio estava com a mão levantada como uma aluna envergonhada em sala de aula. Estavam retirando a louça usada do almoço do quarto.

– A doutora está ocupada, Sra. Kannebäcker – disse a enfermeira Martha, repreendendo a paciente. – Os médicos deste hospital não estão aqui somente para a senhora!

Tilly ignorou a repreensão e entrou no quarto. Havia quatro leitos espremidos um ao lado do outro, uma janela à esquerda e a parede com a pia à direita. Do lado da porta havia duas cadeiras de madeira para visitantes, e a isso se resumia o mobiliário do recinto. As bolsas e malas com os pertences dos doentes haviam sido empurradas para baixo das camas.

– O que foi, Sra. Kannebäcker? A senhora está sentindo dor? – perguntou Tilly.

A senhorinha disse que não. Ela sofria de doença cardíaca grave e tinha dificuldade de respirar, mas nunca reclamara. Só seus grandes olhos azuis, que pareciam infantis e desamparados no rosto encovado, deixavam transparecer sua dor. Tilly conversara um pouco com ela outras vezes, o que fizera bem à paciente.

– Queria lhe dizer mais uma coisa, doutora – sussurrou a paciente, acenando à médica para que se aproximasse de sua cama.

Tilly hesitou, pois havia sido chamada para ver um jovem que fora admitido naquela manhã com traumatismo craniano. Seu colega, o Dr. Heinermann, foi quem acompanhara a admissão, mas, ao que parecia, tinha algo de errado. Mesmo assim, ela decidiu dedicar alguns minutos de sua atenção à Sra. Kannebäcker antes de ir até a ala masculina. A cama à esquerda estava vazia, a paciente morrera naquela manhã. As outras duas estavam ocupadas por camponesas com lesões de trabalho.

— O que a senhora queria me dizer, Sra. Kannebäcker?

Tilly se inclinou sobre a senhorinha e pegou sua mão. Estava fria, e era possível sentir cada ossinho embaixo da pele enrugada.

— Sabe, doutora — sussurrou ela. — Não me importo. A senhora entende? Não tenho medo de morrer.

Tilly sabia que a situação da mulher era grave, mas essas palavras a machucaram mesmo assim. Desde que trabalhava na Clínica Schwabinger como médica, havia cinco anos, ainda não conseguia ficar indiferente diante da morte.

— Sra. Kannebäcker — disse ela, de forma encorajadora. — Quem está falando de morrer? A senhora está aqui para ficar boa de novo.

A velha senhora balançou a cabeça obstinadamente e sorriu para a médica como se soubesse mais das coisas. *E talvez saiba mesmo*, pensou Tilly.

— Está tudo bem, estou feliz que chegue ao fim — disse a senhora, baixinho. — Para que continuar vivendo? Meu querido marido e meus filhos já se foram faz tempo e me deixaram sozinha.

Ela contara a Tilly que o esposo e os dois filhos haviam morrido na guerra. O marido fora morto logo no início do combate e os filhos perderam a vida logo depois, após completarem 18 anos. Eles morreram no mesmo dia, como se tivessem combinado. Um deles na Rússia, o outro na França. A mãe ficara sozinha e sem um tostão, pois a loja de tintas do marido falira após a guerra.

— Mas a senhora com certeza tem amigos ou parentes — disse Tilly, sentindo-se impotente. — Sempre existe uma razão para continuar vivendo, Sra. Kannebäcker.

A camponesa na cama ao lado começou a roncar alto, e ouvia-se o barulho de talheres sendo recolhidos e colocados no carrinho no corredor para serem levados à cozinha.

— Não tenho ninguém — disse a senhorinha. — Trabalhei na fábrica durante dez anos. Turno noturno, turno diurno. Fiquei desempregada duas vezes, comi no sopão da cidade e queimei os móveis no inverno para me aquecer. Às vezes a vizinha vinha me pedir um ovo ou uma xícara de farinha. Fora isso, fiquei sozinha. Mas tinha minhas lembranças, que me mantiveram viva. É como digo a mim mesma: já andei sob o lado ensolarado, agora preciso andar um pouco nas sombras.

Ela sussurrou essas frases com esforço, respirando profundamente e com dificuldade. Tilly apertou sua mão e lhe assegurou que as trevas também não durariam para sempre, que tempos melhores viriam. A paciente assentiu e tirou a outra mão que estava embaixo do cobertor.

– Quero lhe dar isso de presente, doutora – sussurrou ela. – Porque a senhora é uma pessoa muito boa e me ouviu com carinho.

Ela abriu a mão e revelou algo brilhante. Sem entender direito, Tilly viu um pequeno pingente de pedra vermelha preso a uma gargantilha delicada de ouro.

– Não posso aceitar, Sra. Kannebäcker – disse ela baixinho. – Não posso aceitar presentes de pacientes.

– Por favor, aceite! Quando eu morrer, alguém vai arrancar a gargantilha do meu pescoço. Quero que a senhora fique com ela. Foi presente de noivado de meu marido e quero que traga sorte à senhora.

Tilly sentiu o coração pesar por não poder realizar o desejo da velha senhora, mas a direção do hospital era rígida, e ela poderia até perder o emprego por isso. Por sorte, nesse exato momento a porta do quarto se abriu, e a corpulenta irmã Martha apareceu.

– A Sra. Von Klippstein está sendo solicitada na ala masculina – disse a enfermeira, seca, aguardando na porta.

– Estou indo, irmã Martha.

Tilly inclinou-se sobre a paciente para se despedir, acariciou sua testa com delicadeza e prometeu visitá-la mais tarde novamente. Depois passou pela irmã Martha e subiu as escadas com pressa em direção à ala masculina.

O trabalho no hospital não era fácil. Só havia mais duas médicas além de Tilly. Apesar de só terem sido contratadas no ano anterior, ambas já haviam feito o doutorado, e uma delas era filha do cirurgião-chefe. Já Tilly tinha recusado seguir o procedimento para alcançar esse nível acadêmico, pois trabalhar como médica e ajudar doentes eram questões mais importantes para ela do que obter um título. Ela se arrependera da decisão, pois especialmente as enfermeiras não a levavam a sério sem esse pronome de tratamento. Havia uma hierarquia rígida no hospital, e as enfermeiras eram implacáveis nas esferas que lhe cabiam, chegando a ponto de dar instruções aos jovens médicos. Por outro lado, eram prestativas com os mais velhos e com os médicos-chefes, trabalhando com diligência e disputando seus favoritismos entre si. Afinal, eram homens. Vez ou outra uma jovem e bela enfermeira conseguia fisgar um médico da clínica e casar-se com ele. Mas isso era raro. O que acontecia na maioria das vezes eram casos amorosos breves e quase sempre sem final feliz, que geravam fofocas entre o pessoal.

Uma mulher de jaleco branco gerava nas enfermeiras desconfiança, ciúme e inveja. Era difícil se impor perante elas. Em cinco anos de hospital, Tilly só conseguira se afirmar em poucos casos. A maioria das enfermeiras, entre elas Martha, estava mais para inimiga feroz.

Ao olhar para o grande relógio na parede do hospital, viu que já eram três da tarde e que só faltava meia hora para seu turno terminar. Não era à toa que estava tão cansada. Não comera quase nada desde manhãzinha cedo, visitara um paciente atrás do outro e ainda passara na emergência, pela qual era responsável juntamente com outro colega. Fora lá que uma hora antes um jovem dera entrada com traumatismo craniano e ficara até então sob os cuidados do Dr. Heinermann, que parecia querer uma segunda opinião sobre algo e por isso a chamara.

Ele estava em pé ao lado do leito de número 14 e examinava o homem deitado.

— Ele está com problemas de visão e está tonto – disse o colega de forma brusca.

— Fizeram raio x?

— É claro. Os resultados do exame foram normais. Provavelmente são consequências do traumatismo craniano. Ele se levantou e caminhou, até tentou abrir a janela.

O jovem parecia forte e trabalhava como taberneiro. Ele se machucara ao brigar bêbado com um colega, caíra para a frente após levar um soco e batera a cabeça em um poste. Quem tinha um crânio tão resistente assim geralmente se recuperava em poucos dias e sem sequelas.

— Seu nariz está sangrando esse tempo todo? – perguntou Tilly ao rapaz, que novamente secava o sangue com um lenço do hospital.

— Isso mesmo. Não para.

Ela aparou algumas gotas do fluido em um lenço de celulose e observou que uma borda transparente se formara em torno do sangue. Aquilo era fluido cerebral!

— Por favor, veja aqui, Dr. Heinermann.

Ele olhou para o lenço e a fitou aborrecido, como se a culpa fosse dela. Fratura da base do crânio. Na verdade, ele deveria ter notado isso sozinho.

– Fique deitado, Sr. Kugler – anunciou o colega. – E não caminhe mais de jeito nenhum. O senhor será examinado novamente pelo médico-chefe.

– Como assim? Mais um médico? Achei que iria para casa amanhã. Minha noiva Mariele fará bolinhos e carne de porco para mim.

– Amanhã ainda não, Sr. Kugler, sua noiva poderá visitá-lo aqui no hospital.

– E se comerem todos os bolinhos?

Depois que os médicos deixaram o quarto, o colega parou por um instante e olhou para o relógio de pulso.

– Que coisa – disse ele. – Seu turno já está acabando, não é mesmo? Que sorte. Pode deixar que resolvo o assunto. O professor Sonius não ficará nem um pouco feliz por ter que operar agora.

Tilly concordou e estava de fato cansada demais para acompanhar a questão. Além disso, já eram três e meia. Ela desejava muito ver o raio x, não para esfregá-lo na cara do colega, mas por interesse próprio. Será que ela teria reconhecido a fratura craniana?

– Pode acontecer com qualquer um – disse ela, confortando-o. – Ainda não é tarde demais para operar.

– Evidentemente que não – disse ele, sorrindo tranquilo. – Bom descanso, Sra. Von Klippstein.

Ele se virou e foi embora rapidamente. Tilly foi até a sala dos médicos para trocar de roupa, mas, assim que parou em frente ao armário, pensou novamente na Sra. Kannebäcker. Apesar de exausta e louca para ir para casa, voltou à ala feminina. A porta do quarto se abriu, e duas enfermeiras jovens deixavam o local.

– Ah, Sra. Von Klippstein, que bom que a senhora veio.

– O que foi?

– A Sra. Kannebäcker faleceu. Deve ter sido uma morte rápida, pois as pacientes ao lado nem perceberam.

Ela tivera uma morte tranquila. Ao examiná-la rapidamente, Tilly percebeu um sorriso sereno no rosto da senhora. Enfim as sombras haviam sido deixadas para trás, e ela agora viveria eternamente na luz.

Cansada e com passos lentos, retornou à sala dos médicos para emitir a certidão de óbito. Após tirar o jaleco para colocá-lo no armário, sentiu um pequeno volume em um dos bolsos. Examinou com a mão: era o colar com o pingente de rubi. Um pequeno coração talhado em ouro com um detalhe em argola.

"Ele lhe trará sorte", dissera a senhora.

A velhinha astuta enfiara o colar no bolso de seu jaleco enquanto ela conversava com a enfermeira Martha.

Tilly hesitou, mas acabou colocando o colar no pescoço. Ela o usaria, pois era uma recordação de uma pessoa querida. Além disso, era muito bonito. Ernst costumava lhe dar joias de presente, em especial no início da relação, mas infelizmente nunca acertara seu gosto. Ela gostava de um estilo simples, e não de gargantilhas ostentosas e caras com brincos combinando. Todos esses presentes bem-intencionados ficavam guardados em sua caixa de joias e ela raramente os usava.

O trajeto de bonde até Pasing foi longo. Ela ficou feliz por pelo menos conseguir se sentar e não precisar ficar de pé o tempo todo. Um pouco antes das cinco, finalmente chegara à entrada da imponente mansão na Menzinger Straße que seu marido comprara alguns anos antes. Ele tinha muito orgulho do imóvel: havia reformado a casa e o jardim sem economizar um centavo e gostava de falar para os conhecidos que eles moravam perto do Palácio Nymphenburg.

O cheiro apetitoso do jantar preencheu a entrada da casa, e a criada se dirigiu a ela para tomar seu casaco e chapéu.

– O que há de delicioso para o jantar, Bruni? – perguntou Tilly, sorrindo.

Bruni era uma pessoa rechonchuda e sempre bem-humorada. Usava os cabelos loiros volumosos e crespos em um coque, mas um tufo sempre lhe escapava e caía no rosto.

– Tem *knödl* e assado de porco, senhora. O prato favorito do patrão. De entrada, uma sopa cremosa. Não posso revelar o que tem de sobremesa, senão a Sra. Huber me trucida.

Seu riso foi tão contagiante que Tilly precisou concordar.

– Então esperamos ser surpreendidos – respondeu Tilly. – Meu marido está no escritório?

– Sim. O senhor está ao telefone.

Tilly entrou na biblioteca, que ficava ao lado do escritório e na qual ela se sentia bem. Podia-se ver o jardim através de três janelas estreitas e altas.

Os primeiros narcisos amarelos já brilhavam nos canteiros naquela época do ano. Os pinheiros azulados que Ernst mandara plantar haviam alcançado uma altura impressionante e precisaram ser podados para não fazerem sombra no jardim. Tilly sentou-se em uma das poltronas macias e quadriculadas, respirou fundo e fechou os olhos por um instante, tentando se livrar dos acontecimentos desagradáveis do hospital. Não conseguiu. Após um suspiro, pegou a correspondência que o criado deixara na mesa de canto para ela como de costume. A anuidade de uma revista de medicina que ela assinara, um convite para um chá da tarde que foi imediatamente jogado no lixo e uma carta de Kitty. Pelo menos isso era algo que poderia render algumas risadas.

Minha querida e infiel Tilly, que nos esqueceu abandonados em Augsburgo...

Minha nossa, sua cunhada Kitty não estava errada. O aniversário de sessenta anos de sua mãe seria comemorado na semana seguinte. Como é que ela se esquecera disso? Estivera tão ocupada com as próprias questões que negligenciara por completo seus parentes em Augsburgo.

Enquanto lia os relatos divertidos de Kitty sobre as mais recentes transgressões de sua filha Henni, escutou a voz de Ernst vindo do cômodo ao lado. Ele parecia agitado, como frequentemente estivera nos últimos meses. Havia multiplicado seu patrimônio em alguns anos por meio de investimentos e compras inteligentes de ações, reinvestindo o lucro, o que o deixara em uma situação bastante confortável. Mas agora o crash na bolsa de Nova York estava repercutindo na Alemanha, e tudo havia mudado. Os investidores americanos exigiam o retorno dos créditos, os bancos e as empresas alemãs enfrentavam dificuldades. Tilly lembrava-se com horror da falência do banco Bräuer na Primeira Guerra Mundial, que fez seu pai, Edgar Bräuer, tirar a própria vida por desespero. *Que bobagem*, pensou ela, tentando se acalmar. *Ernst investiu seu dinheiro com sensatez e enfrentará também essa crise sem grandes prejuízos.*

Pouco depois, Ernst entrou na biblioteca.

– Aqui está você, Tilly – disse o marido, sorrindo de forma um pouco distraída. – Teve um dia cansativo? Quantas vezes terei que lhe dizer para deixar o trabalho no hospital! Minha esposa realmente não precisa trabalhar para ganhar dinheiro.

Como ele mudou nesses últimos anos, pensou Tilly. No início do relacionamento, ele a havia apoiado amorosamente durante o curso de medicina e os primeiros anos de profissão. Sempre a incentivara a seguir sua carreira como médica. Tinha ajudado Tilly a superar obstáculos e até mesmo dissera a todos os conhecidos que estava muito orgulhoso dela.

Hoje ele via a si mesmo como um homem de negócios bem-sucedido e fazia questão de circular na alta sociedade de Munique com os aristocratas e endinheirados. Dizia-lhe que ela deveria largar a carreira para cuidar da casa e do marido como as outras esposas.

– Não trabalho pelo dinheiro, Ernst – respondeu ela, baixinho. – Você sabe muito bem disso.

– Sim, é claro – afirmou ele, esfregando as mãos, um gesto que se tornara um hábito e demonstrava sua inquietação. – Então vamos comer, estou com fome.

Os móveis da sala de jantar eram de estilo inglês antigo e eram do agrado de Tilly. Eles irradiavam a atmosfera acolhedora das casas de campo britânicas que ela vira em sua lua de mel em Kent. O mundo podia sair do controle, os povos podiam virar-se uns contra os outros, mas o lar permanecia. *My home is my castle* – esse era o dogma inabalável do inglês.

Mas, apesar do clima gostoso da sala de jantar, Tilly não sentia o "aconchego" que era de se esperar. Sentia falta de vida, da família, do deslumbramento alegre das crianças que havia na Frauentorstraße, em Augsburgo. Em vez disso, cá estavam ela e Ernst sentados sozinhos à mesa grande e bem-posta. Julius servia seus pratos enquanto eles bebiam vinho misturado com água e se esforçavam para ter uma conversa estimulante, mas que geralmente se degenerava em dois monólogos. Tilly relatava os acontecimentos no hospital e Ernst falava dos negócios e das obrigações sociais às quais ela deveria acompanhá-lo. Ela tinha cada vez mais dificuldade de satisfazer os desejos dele na relação. Ainda ia com prazer à ópera e ao teatro, que estavam associados a reuniões de negócios importantes. Bem piores eram os eventos oficiais aos quais precisava comparecer quem quisesse fazer parte da sociedade. E o pior de tudo desses convites terrivelmente entediantes eram as perguntas e os comentários intermináveis que ela tinha que aturar.

É claro que você só trata mulheres, não é mesmo?
Não é repugnante ver todos esses doentes dia após dia?
Você certamente encontra gente bem simples. Aquelas pessoas que não conseguem se lavar todos os dias.
Você também pode aplicar injeções ou só o médico pode fazer isso?

Era praticamente impossível fazer essas madames estúpidas entenderem que ela não era enfermeira, mas médica, pois elas não compreenderiam. Aqui, o título de doutorado seria de grande auxílio, mas fora ela que o tinha deliberadamente dispensado. Afinal de contas, ele só lhe teria custado tempo e não a tornaria uma médica melhor.

E, ainda por cima, sempre a mesma pergunta:

– Já tem filhos, Sra. Von Klippstein?

– Infelizmente, não.

O aceno de cabeça indulgente. É claro que ela não tinha filhos. Ela trabalhava e não poderia cuidar deles. Mas, em consideração ao marido, nunca mencionava que a causa da ausência de filhos era a ferida de guerra de Ernst.

– Ah, a maior e mais importante missão da mulher é a maternidade, não é mesmo? – replicavam as madames.

Ela tinha reduzido as obrigações que Ernst lhe impunha cada vez mais, alegando diferentes pretextos. Agora só o acompanhava a eventos de importância ímpar nos quais ele poderia causar uma má impressão caso fosse desacompanhado.

Isso também custava um bocado de abnegação a Tilly, mas ela o fazia para agradar-lhe.

Durante a sobremesa, que era sorvete naquele dia, Ernst abordou os acontecimentos políticos mais recentes. Um novo governo tinha se afastado mais uma vez, dessa vez o segundo gabinete de Hermann Müller. Sempre a mesma ladainha nessa república: os senhores deputados faziam intrigas, colocavam uns aos outros fora da jogada e desperdiçavam o tempo em disputas inúteis.

– Quem está governando a Alemanha, afinal? – questionou ele. – Gostaria muito de saber. Quem cuida do futuro da nação enquanto os deputados e ministros trocam palavras de baixo calão? Isso é um crime à luz dos enormes problemas do devastado Império Alemão!

Tilly não tinha muito a dizer sobre o assunto, permanecendo sentada em silêncio e remexendo na sobremesa, que já derretera e se transformara em um creme com gosto de baunilha. Ela tinha tentado fazer uma pergunta vez ou outra, mas Ernst não gostava de ser interrompido em seus monólogos, que sempre terminavam da mesma forma:

– Não se pode governar um país assim. É como na área militar: se os soldados e oficiais começam a discutir em vez de seguir ordens, o exército não consegue avançar. Precisamos de alguém que nos mostre a direção! Uma pessoa de liderança que se imponha. Diga o que quiser, Tilly, mas esse Adolf Hitler é o cara do momento. Nele eu confio para liderar nosso futuro!

Tilly tinha visto fotos desse homem no jornal, e ele de fato causava uma impressão excepcionalmente firme e determinada. No entanto, duvidava que ele também dispusesse da experiência e da prudência necessárias para aquela missão. Por pura intuição, não gostava dele. Mas a política, sempre alegava Ernst, não era questão de sentimento; ela exigia uma mente clara, que, por natureza, só os homens tinham, a seu ver. Para ele, a aprovação do voto das mulheres após a Grande Guerra fora um absurdo e potencialmente uma das causas para a situação infeliz que a Alemanha vivia naquele momento.

Tilly tinha uma opinião diferente, mas estava cansada de brigar sobre isso. Não levava a nada, pois ele nem ao menos ouvia os argumentos dela e só defendia a própria posição de forma obstinada. Sim, ele mudara. Ernst von Klippstein não era mais o homem que tinha se casado com ela cinco anos antes. Seu sucesso nos negócios lhe conferira uma autoconfiança nova e exacerbada com a qual ele disfarçava suas limitações físicas. Comprava roupas em lojas caras, vestia lã de ovelha e casacos de pele, tinha ternos da última moda e vestia fraque em ocasiões especiais. Raramente ainda se queixava das dolorosas cicatrizes que cobriam sua barriga e seu peitoral. O fato desagradável de não poder gerar um filho também não parecia mais incomodá-lo. Era Tilly quem mais desejava filhos, mas ela nunca mais falara sobre o assunto.

– Ah, sim: fui convidado para uma *soirée* na casa do Dr. Breindorfer na semana que vem – disse Ernst após ficar um tempo calado. – Algumas pessoas importantes comparecerão e seria apropriado que você me acompanhasse, Tilly.

– Semana que vem? – perguntou ela, franzindo a testa. – Ah, sinto muito, Ernst. Tirarei folga do hospital para ir a Augsburgo. É o aniversário de 60 anos de minha mãe.

Aborrecido, ele jogou a colher de chá na taça de sobremesa e balançou a cabeça.

– Isso é realmente necessário?

Ela respirou bem fundo para não dizer nada de que se arrependesse depois.

– Acho que sim, Ernst!

4

Que dia magnífico!, pensou Marie ao abrir a porta de seu ateliê e pisar na Karolinenstraße para tomar um pouco de ar fresco e sentir a luz do sol. Muitas pessoas passeavam nas ruas e viam vitrines nesse dia de semana banal. Ainda vestiam o casaco de inverno, mas os chapéus e cachecóis grossos de lã já tinham ficado em casa. Claro que nem todos estavam batendo perna, muitos se viam desempregados e perambulavam pela cidade. Após mais uma onda de demissões, algumas lojas até mesmo haviam fechado nas redondezas. Marie também se preocupava, mas tinha o privilégio de não precisar se manter com os lucros do ateliê.

A primavera está chegando, pensou ela, com ar sonhador. *A folhagem verde brotará dos botões e a natureza despertará para uma nova vida. As coisas vão melhorar.*

Havia duas garotas paradas, cochichando entre si e olhando para ela. *Ai de mim*, pensou Marie, e tentou voltar rapidamente ao ateliê, mas era tarde demais.

– Bom dia – disse uma delas timidamente. – A senhora é a Sra. Melzer, não é mesmo?

Era a mais alta das duas, uma morena esbelta que tinha tomado coragem primeiro. A outra vestia um casaco marrom-escuro de bom corte e usava um chapéu que sem dúvida pertencia à mãe.

– Eu mesma – disse Marie. – Como posso ajudá-las?

Não era a primeira vez que algo semelhante ocorria, e seu coração ficava despedaçado por não poder ajudar. As duas tinham terminado os estudos no ano anterior, depois estudado estenografia e datilografia, mas não tinham encontrado emprego de secretária.

– Pensamos, então, que talvez a senhora pudesse ter um emprego para duas costureiras dedicadas em seu ateliê.

A morena continuou sendo a porta-voz e se saiu até muito bem. Aprendera a costurar com a mãe, uma costureira que começara a trabalhar em casa. Sua amiga ajudava e costurava apliques e costuras finas duas vezes na semana. Elas também sempre fizeram as próprias roupas.

– Voltem em um mês – respondeu Marie, consolando as meninas. – No momento, a quantidade de encomendas não permite que eu contrate novas costureiras.

Os pedidos de fato tinham diminuído drasticamente. Na verdade, ela teria que demitir uma de suas funcionárias. Mas Marie não queria fazer isso de jeito nenhum e, no máximo, as mandava uma hora mais cedo para casa quando não havia mais nada para costurar.

– Em um mês? – disse a jovem, esperançosa. – Faremos isso então. E muito obrigada, Sra. Melzer. Seu ateliê é incrível, sempre paramos aqui em frente para ver os vestidos.

Depois de se despedir das meninas, Marie retornou à loja. Estava com calafrios e percebeu que ainda fazia muito frio do lado de fora e que a luz brilhante do sol enganava, pois o solo ainda estava em parte congelado. Naquele dia, estava sozinha com as costureiras. A Sra. Ginsberg, que geralmente cuidava das clientes junto com ela, estava com uma tosse persistente havia semanas, razão pela qual Marie recomendara que ficasse em casa por alguns dias.

Ela não ficara feliz com essa ordem: a antiga professora de piano gostava de trabalhar com Marie e era inclusive sua melhor e mais confiável funcionária, mas por fim reconheceu que Marie tinha razão. A Sra. Mantzinger chegaria em uma hora para fazer a prova de seu novo casaco de primavera, que já estava pronto. Uma criação magnífica de tecido macio verde-escuro, ajustado na cintura, com mangas amplas e franzidas no punho e uma gola generosa que podia ser usada virada para cima. A cliente era uma das senhoras que, até então, pagava todos os modelos prontamente e sem nenhuma dedução. Ao contrário de tantas outras freguesas que faziam as encomendas e levavam as roupas prontas, mas não tinham pressa alguma em quitar o valor. Marie estava diante de uma grande pilha de faturas não pagas em seu escritório. Tinha enviado notificações e avisos, mas, na maioria dos casos, não podia fazer muito além. As senhoras não tinham dinheiro para pagar, e Marie teria que acionar um advogado e processar judicialmente. Hesitava em fazê-lo, pois quase todas eram clientes fiéis que pagariam assim que a situação econômica se estabilizasse.

O desejo de evitar o envolvimento de um advogado também se devia àquele Sr. Grünling, que Paul contratava nesses casos e que ela achava particularmente desagradável. Isso sem contar sua esposa, a ex-Serafina von Dobern. Para Marie, era absolutamente incompreensível que Lisa tivesse convidado essa pessoa insolente inúmeras vezes para tomar chá na Vila dos Tecidos. No entanto, parecia que a amizade renascida acabara sofrendo um pequeno revés. Gertie lhe contara que a Sra. Grünling havia saído às pressas da Vila dos Tecidos pouco tempo atrás e que todos da casa teriam secretamente se deleitado. Gertie não sabia o que realmente acontecera, já Dodo contara com um sorriso que a "cobra" teria se ferido com a própria "presa", o que fez Marie repreendê-la. Dodo era uma menina tão fora do normal que Marie às vezes achava que a filha teria dificuldades na vida por isso. Ela puxara à avó, a pintora Louise Hofgartner, falecida mãe de Marie. Uma jovem mulher que seguira seu caminho com coragem e de forma inabalável, vindo a falecer desamparada.

Marie olhou brevemente para a sala de costura, onde suas funcionárias trabalhavam com dedicação e executavam alguns pedidos, inclusive alguns para Lisa e Kitty, a cunhada mais nova. Não lhe restava alternativa a não ser ir para seu pequeno escritório, encarar as faturas não pagas e enviar notificações. Talvez tivesse algum sucesso, afinal, precisava de dinheiro para comprar novos tecidos. Aquele mês tinha sido especialmente fraco. Não lhe sobraria muito após pagar as funcionárias e quitar as despesas de material, energia e carvão.

– Marie? Ah, aqui está você, minha querida Marie! Inacreditável! Cá está você enfurnada neste escritório soturno neste dia tão magnífico!

Kitty escancarara a porta do escritório e estava parada na soleira balançando a cabeça, com as mãos apoiadas no quadril. Vestia um dos elegantes trajes esportivos que Marie criara para ela e estava deslumbrante como sempre.

– Kitty! Que alegria receber sua visita – disse Marie, contente, sabendo que a presença da animada cunhada a faria pensar em outras coisas que não notificações.

– Já não era sem tempo – respondeu Kitty, deliciada. – Afinal, preciso provar meu vestido de noite novo. Você conseguiu arranjar as penas de avestruz?

Nem sempre era fácil realizar os desejos excêntricos de Kitty, mas desta vez Marie tivera sorte e conseguira obter algumas penas de avestruz brancas da América. Elas não tinham sido exatamente baratas, mas Robert ganhava bem e pagava docilmente todas as contas da esposa exigente.

– O vestido está pendurado no jardim de inverno, pode experimentá-lo com calma. Quer um *mocaccino* também?

– Um *mocaccino*? Não, obrigada, já bebi duas xícaras de café no Café Brüning. Se eu tomar um *mocaccino*, vou ter um piripaque. Preciso é de você, minha querida, para experimentar o vestido, então largue a contabilidade e venha comigo.

– Claro, Kitty. Mas daqui a pouco a Sra. Mantzinger chegará para experimentar seu casaco.

Kitty não estava mais ouvindo nada. Já estava no jardim de inverno, de onde Marie pôde ouvir seus gritos entusiasmados. Sorrindo, ela seguiu a cunhada, que estava em pé em sua roupa de baixo de seda na área ajardinada. Ajudou-a a entrar no vestido preto ajustado, de comprimento médio e com uma cauda adornada com lantejoulas brancas e tufos de delicadas penas de avestruz.

– Meu Deus, como ficou adorável! – exclamou Kitty, entusiasmada. – Veja como elas flutuam quando me viro. Pareço uma ave-do-paraíso, Marie. Poderia levantar voo de alegria. E quando Robert vir isso...! Ele ficará tão arrebatado que desejará imediatamente despi-lo de mim.

Marie de fato fizera um excelente trabalho naquele vestido de noite. Uma peça única que não poderia ser duplicada, já que era praticamente impossível arranjar penas tão caras desse tamanho e qualidade. Marie puxou com delicadeza o decote das costas, que lhe parecia um pouco profundo demais, mas Kitty estava satisfeita com ele da forma como estava.

– É simplesmente um sonho, Marie – elogiou ela. – Precisarei escondê-lo de Henni. Imagine só, minha filha vai até meu guarda-roupa e veste minhas coisas. E como se não bastasse, minhas roupas cabem nela. Dá para acreditar? Tem 14 anos e veste meu tamanho. E, além disso... – disse Kitty, suspirando.

Marie ouviu-a com paciência enquanto se queixava da única filha. Contou-lhe como era preguiçosa e tirava notas lamentáveis, só sendo surpreendentemente boa em matemática. Negligenciava seu talento na pintura e no desenho, preferindo passar as tardes passeando na cidade para supostamente visitar uma amiga.

– Mas na verdade, foi se encontrar com um menino, imagine só! Ele a buscou na escola e eles ficaram perambulando juntos pelas ruas. Gertrude viu Henni ontem em um banco na catedral, comendo bolo. E, para piorar, estava acompanhada de três rapazes. Um carregava sua bolsa da escola, o outro, seu xale quadriculado, e o terceiro foi quem comprou o bolo para ela!

Marie precisou se esforçar para exibir uma expressão indignada e fazer jus à irritação de Kitty. Henni tinha a mesma idade de Dodo, mas não poderia ser mais diferente. Mais ou menos seis meses antes, desenvolvera pequenos seios, a cintura ficara finíssima, e o bumbum, lindamente arredondado. Henni não demorara para compreender que seus novos atributos femininos intensificaram ainda mais seu poder de atração sobre o sexo oposto, do qual usufruía sem piedade.

Enquanto Marie reagia com tranquilidade, Kitty estava aborrecida.

– Realmente não entendo de quem ela puxou esse lado. Com certeza não foi do pai, meu pobre Alfons, que perdeu a vida tão cedo!

– Não – respondeu Marie, concordando com um sorriso antes que Kitty retomasse a palavra.

– E quanto à Sra. Mantzinger, aquela megera, você realmente não deveria me largar aqui para ir atendê-la. Imagine só o que ela me disse um dia desses...

– Kitty, por favor! Não quero ouvir fofocas!

O pedido de Marie teve pouco efeito sobre Kitty, que prosseguiu, rindo.

– Ah, sei bem que você é a pessoa mais bondosa desse mundo, Marie do meu coração. Ela não falou mal de você, caso contrário eu teria lhe arrancado os olhos com as minhas próprias mãos. Não, a vítima foi a Sra. Ginsberg.

– A Sra. Ginsberg? – reagiu Marie.

Ela estava admirada, pois achava sua funcionária uma pessoa educada e inteligente, adorada por todas as clientes. Seu filho Walter era o melhor amigo de Leo e eles estudavam música juntos no Conservatório de Augsburgo.

– Exatamente! – respondeu Kitty, deixando evidente sua indignação. – Aquela cobra disse que a judiazinha não faz bem à reputação do ateliê. O que me diz?

Marie não podia acreditar. A Sra. Mantzinger nunca tinha dito nada semelhante em sua presença e sempre tinha sido cortês com a Sra. Ginsberg. Talvez um pouco fria, mas educada.

– Tem certeza de que ela realmente disse isso, Kitty? – perguntou Marie, apreensiva.

– Você acha que eu inventaria algo assim? – respondeu a cunhada, fazendo beicinho. – É claro que eu disse na hora que discordava dela. E ela simplesmente deu de ombros. Minha querida Marie, você tem um coração de ouro, preciso lhe dizer. Nem todas as pessoas são sinceras e honestas como você acha. Sou uma notável exceção e sei bem o quanto você valoriza isso!

– Ah, Kitty! – exclamou Marie, abraçando a cunhada. – Claro que valorizo. Agradeço por sua sinceridade, mesmo que você não traga notícias agradáveis.

Kitty ajeitou o vestido com satisfação, olhou mais uma vez de forma crítica no grande espelho de parede e sorriu para seu reflexo. Já estava com trinta e poucos anos e continuava delicada e esbelta. Atualmente usava os cabelos escuros em um corte na altura dos ombros, às vezes prendendo-os em um coque ou fazendo cachos. Fazia quatro anos que se casara em segundas núpcias com Robert Scherer, que se apaixonara perdidamente pela jovem Kitty anos antes, quando ainda era criado da Vila dos Tecidos. Ele então emigrara para a América, onde tivera uma vida conturbada e vivera um amor trágico, retornando à Alemanha desiludido, porém rico. Foi quando reencontrou Kitty, que vivia com a sogra e a filha na casa na Frauentorstraße, único bem que lhes restara como herança após a falência do banco dos Bräuers. Fora a ocasião certa, um daqueles momentos auspiciosos nos quais o destino nos sorri e que precisamos agarrar antes que seja tarde demais. Eles encontraram um ao outro.

Neste momento, Marie escutou a campainha. Provavelmente era a Sra. Mantzinger chegando para a prova. Ela desejou que Kitty não tivesse lhe contado nada!

– Vá lá – disse a cunhada, dando de ombros. – Enquanto isso ficarei aqui vendo seus desenhos. Tem novidades?

Marie sempre bolava novos modelos e os captava com poucos traços. Depois colocava os esboços em uma pasta que ficava aberta em cima da mesa no jardim de inverno, à disposição das clientes.

– É claro, Kitty. Especialmente na pasta azul, vestidos para a tarde e para a noite...

A Sra. Mantzinger se sentara em uma das cadeiras brancas. Já passara dos sessenta anos e estava em excelente forma, se cuidava muito bem. Tirou a luva e esticou a mão para Marie.

– Querida Sra. Melzer, é sempre um imenso prazer encomendar algo. Não há outro ateliê como o seu em Augsburgo, não sei o que faria sem a senhora.

Marie deu um sorriso e se esforçou para não deixar transparecer seu desconforto.

– Ah, por favor, não exagere, Sra. Mantzinger. Assim a senhora me deixa envergonhada. Amo meu trabalho e não fico pensando em ser especial.

Ela pediu à cliente que entrasse no provador e mostrou-lhe o casaco. A peça estava praticamente pronta, à exceção de alguns detalhes. Sobretudo o comprimento precisava ser marcado, pois um dos punhos parecia um pouco apertado, e a cliente escolheria os botões de uma seleção apresentada por Marie.

– Sabe, Sra. Melzer – disse a cliente enquanto analisava os botões –, não são tempos fáceis, mas mesmo assim disse a meu marido: "Temos que garantir que o ateliê da Sra. Melzer seja preservado sob qualquer hipótese."

Ela encomendou duas calças de montaria e um casaco, pois eles passariam o verão na propriedade rural do cunhado em Brandemburgo, e a Sra. Mantzinger queria andar a cavalo. Marie mostrou-lhe vários tecidos apropriados para essa finalidade e prometeu que faria alguns esboços.

– Voltarei na terça pela manhã – afirmou a cliente e olhou para o relógio. – Os esboços e o casaco certamente estarão prontos até lá, não é mesmo?

– Com certeza, Sra. Mantzinger. Desejo-lhe um ótimo dia.

Ela apertou a mão de Marie para se despedir, sorriu cordialmente e calçou a luva branca só quando já estava na rua. Não perguntara nada sobre a Sra. Ginsberg, que costumava estar sempre na loja.

– Já vai tarde – disse Kitty, vindo do jardim de inverno. – Talvez ela caia do cavalo no verão. Quem sabe?

– Kitty! Não devemos desejar mal a ninguém.

– Não lhe desejei nada – respondeu a cunhada, defendendo-se. – Só pensei que ela poderia literalmente cair do...

A porta de entrada abriu com tanta violência que os sinos fizeram um estardalhaço. Henni estava parada à porta com os cabelos loiros desgrenhados e o casaco claro todo manchado.

– Mamãe! Graças a Deus! – exclamou ela, nervosa. – Vi seu carro do outro lado da rua e soube no mesmo instante que você estaria aqui com a tia Marie.

– O que foi, Henni? – disse Kitty, assustada. – O que aconteceu com você? Seu casaco está rasgado na manga?

– Espere até você ver Leo, mamãe. E Walter – disse ela, ofegante. – Eles estão lá fora, você precisa levar Walter ao médico agora mesmo. A mão esquerda dele está quebrada.

As duas mulheres saíram correndo da loja. Pelo amor de Deus, o que acontecera? Teria sido um acidente de trânsito? Quantas vezes elas tinham dito às crianças que prestassem atenção nas carroças e nos carros quando atravessassem a rua. Um grupo de cinco meninos estava parado do outro lado da rua, todos aproximadamente da mesma idade. Marie reconheceu seu filho Leo na hora, pois ele era meia cabeça maior que os outros. Estava sangrando na testa e estancava a ferida com um lenço. A seu lado estava Walter Ginsberg, que era um pouco menor e estava pálido como um fantasma, o rosto todo molhado de tanto chorar.

– Leo! O que aconteceu?

A agitação da mãe e da tia deixou o menino nitidamente envergonhado. Ele lançou um olhar reprovador para Henni antes de responder.

– Não foi nada de mais, mamãe. Mas Walter precisa ir ao médico, sua mão esquerda está paralisada. Ele caiu em cima dela quando o derrubaram.

– Quem derrubou quem? – perguntou Kitty com firmeza.

A resposta que se seguiu foi uma confusão de vozes que Marie conseguiu decodificar aos poucos. Aparentemente, Leo e Walter tinham saído do conservatório e estavam caminhando até o ponto do bonde quando houve uma briga no meio do caminho.

– Foi uma emboscada, mamãe. Willi Abele, da minha turma, também estava lá.

– Eles estavam atrás do Walter, tia Marie. Não tinham nada contra Leo. Eles queriam dar uma surra no Walter. Porque ele é judeu.

– Eram seis ou sete. E nós dois sozinhos contra eles...

– Comece pelo começo, Leo – disse Henni, interrompendo-o agitada. – Porque cheguei em seguida com Rudi, Klaus e Benno. Eu lhes disse que você era meu primo e que eles tinham que ajudar você.

Henni estava muito orgulhosa dessa assistência, pois idolatrava seu primo de dons musicais. Leo era um dos poucos meninos que resistira a seu poder de atração até então.

– Inacreditável – grunhiu Kitty. – Brigando na rua como taberneiros. Não conte nada a Paul, Marie, senão ele terá um ataque do coração.

A essa altura, Marie estava virada para Walter e olhava para sua mão esquerda. O menino soluçava e estava desesperado, pois não sentia os dedos.

– Não vou, não vou poder... mais tocar violino.

– Que bobagem, Walter – afirmou Kitty, consolando-o. – Com certeza é só uma torção e vai ficar tudo bem. Venha, entre no carro que vamos levar você até o Dr. Greiner. Ou melhor, vamos direto ao hospital. Marie, querida Marie. Você cuida dessa gangue de malandros, não é mesmo? Meu Deus, Henni. Seu casaco está completamente destruído! Não me diga que participou da briga? Corra até o ateliê e pegue minha bolsa. A chave do carro está lá dentro.

Marie estava feliz por nenhuma cliente ter marcado de vir. Assim, poderia cuidar dos galos e cortes, fazer curativos e distribuir aos meninos chá e biscoitos de nozes da Vila dos Tecidos.

Mais tarde, Kitty ligou para o ateliê.

– Por favor, leve Henni para casa depois que fechar o ateliê – pediu ela. – Vai demorar até terminarmos aqui na clínica. Walter quebrou o punho e talvez tenha que ser operado.

5

— Está pronto, Maxl? Espere, eu empurro.

Auguste ficou parada e colocou a bolsa em cima da carroça para ficar com as mãos livres. O carro rodava bem na rua pavimentada. Maxl, que já tinha 16 anos, era forte e empurrou a carga para a frente com tanta rapidez que Auguste quase não conseguiu acompanhar o passo. Mas assim que saíram da Haagstraße e viraram na ruazinha para a floricultura, as rodas afundaram no solo enlameado, e o menino empurrou o veículo vacilante com dificuldade. Auguste empurrava com toda a força a traseira de madeira enquanto o barro molhado espirrava e sujava sua saia.

– Eles tinham que jogar cascalho na rua – comentou Maxl, que suava apesar do dia fresco e chuvoso.

– Você pode esperar sentado – resmungou sua mãe. – É mais fácil os senhores da câmara municipal construírem cadeiras de ouro para si do que se importarem com gente do nosso tipo!

Ela estava mal-humorada, porque as vendas na feira haviam sido novamente medianas. Apesar de hortaliças como repolho branco, repolho roxo, alho-poró e nabo terem tido uma boa saída, os amores-perfeitos e os cravos estavam quase todos ainda no carrinho.

Flores eram consideradas um luxo naqueles tempos. Todos evitavam gastos e compravam, no máximo, hortaliças. Isso quando não as plantavam. E mesmo as hortaliças não tinham sido todas vendidas, restando vários maços de alho-poró da estufa e o ruibarbo, ácido demais para o paladar dos clientes. E, quando finalmente conseguiu vender três ramos secos, teve que ouvir mais uma vez que seus buquês eram mais belos no passado – nos tempos em que sua filha Liesel ainda morava com ela.

Mas a menina agora se tornara ajudante de cozinha na Vila dos Tecidos, e não contribuía mais com o trabalho de jardinagem.

Eles deixaram a carroça ao lado da nova estufa, construída no ano anterior para o plantio de pepino, tomate e couve-flor. Como lá as verduras amadureciam algumas semanas antes do que nos canteiros ao ar livre, ela se antecipava aos muitos jardins domésticos da cidade velha e podia atender os clientes ricos.

Maxl era um menino bom e trabalhador, apesar de sempre tirar notas ruins na escola, mas Auguste não via isso como um empecilho para que se tornasse um bom jardineiro. Ele tirou as caixas com as plantas da carroça com naturalidade enquanto a mãe pegou a bolsa com as receitas do dia. Depois olhou para o campo de vegetais, onde seu marido plantava as mudas de repolho com os filhos Hansl e Fritz, de 10 e 6 anos. Que pena que ontem começara a chover, pois as mudas precisavam ser transplantadas agora na terra, não tinha jeito. Assim, só lhes restava trabalhar debaixo de chuva, o que era especialmente penoso para o pobre Gustav, que escorregava com facilidade no solo lamacento com a prótese de pé de seu ferimento de guerra.

– Deixe as hortaliças e as ervas no carro, Maxl – disse Auguste ao filho. – Mais tarde Liesel as comprará para a Vila dos Tecidos.

Depois foi até a casa recém-construída – seu orgulho e alegria. Era pequena: a cozinha e a sala ficavam no térreo, e os três dormitórios e um banheiro de verdade ficavam no andar de cima. Claro que não era tão chique como na Vila dos Tecidos, com a banheira branca apoiada em quatro patas de leão douradas e duas pias de porcelana nas paredes de azulejo. Mas era um sanitário de verdade, e Auguste tinha insistido veementemente nisso. Estava farta de caminhar pelo quintal até o banheiro externo, fizesse chuva ou fizesse sol, e de congelar o traseiro no inverno.

A casa e a estufa foram construídas com um bom financiamento que conseguiram no banco. Apesar das dívidas, estavam relativamente bem. Além disso, como Christian não morava mais com eles, tinham uma boca a menos para alimentar.

Ela tirou a capa de chuva e sacudiu-a vigorosamente antes de entrar em casa. Depois deixou os sapatos sujos diante da porta de casa debaixo do toldo para não danificar o piso de madeira. Dentro de casa só era permitido andar de pantufas. Auguste era bastante meticulosa com a casa nova. Tudo brilhava de tão limpo. Ela tirava o pó dos móveis com frequência e as áreas danificadas do sofá velho ficavam ocultadas sob paninhos de renda. Auguste os fizera alguns meses antes, quando o trabalho de jardinagem dera uma trégua e ela ganhara um belo fio de crochê de Natal da Sra. Alicia. No inverno, ela sempre tinha algumas horas disponíveis para ajudar na Vila dos Tecidos lavando roupas ou fazendo faxina, uma bênção para quem tinha um orçamento doméstico tão controlado.

Depois de contabilizar as receitas do dia, foi trabalhar na cozinha. No fogão ainda havia uma brasa do café da manhã. Ela acrescentou mais carvão, soprou o fogo e esperou até que ele firmasse. Haveria ensopado outra vez, pois bastava um pedaço pequeno de carne para todos, além de batata, cebola e cenoura da despensa e um pouco de alho-poró fresco para dar aquele sabor de primavera. Através da janela da cozinha, pôde ver que Gustav se sentara no banco e calçara uma bota. A maldita prótese devia estar causando atrito outra vez, o que acontecia com frequência. Às vezes o coto até sangrava. Aí ela tinha que passar pomada nele e fazer um curativo, o que complicava as coisas, pois a prótese não ficava mais ajustada e o marido acabava ficando com dores na coluna por ter que andar torto. A guerra, a miserável guerra, já tinha ficado doze anos para trás, mas Gustav carregaria as consequências para o resto da vida.

Ela esperou até quase escurecer e chamou os rapazes para comer. Parada no corredor, prestou muita atenção para que todos tirassem os sapatos, depois levou os casacos e as calças sujas para a lavanderia no porão. Eles tinham que lavar as mãos e o rosto, pentear os cabelos e, se possível, limpar as unhas antes de comer. As regras da casa eram parecidas com as da Vila dos Tecidos: era necessário mudar de roupa para o almoço e o jantar em família, com a mesa belamente servida. Sempre tinha um ramo de flores em um vaso na casa de Auguste, e no domingo ela ainda exibia dois castiçais.

Os homens não tinham conseguido terminar o plantio das mudas de repolho roxo e repolho branco e precisariam continuar no dia seguinte. As mudas que sobrassem poderiam ser vendidas por Auguste na feira.

– Pois é, se Christian ainda estivesse conosco... – disse Fritz. – Aí teríamos facilmente conseguido.

Ninguém contestou a afirmação. Todos estavam felizes com o bom emprego que Christian arrumara na Vila dos Tecidos, mesmo que isso significasse uma grande perda para o trabalho de jardinagem dos Blieferts. Além disso, os três meninos estavam tristes, pois o viam como um irmão mais velho.

Famintos como estavam, devoraram o ensopado após Auguste se certificar de que todos tinham um pedaço de carne no prato. Fritz estava tão cansado que quase deixara a colher cair da mão e precisou ir direto para a cama. Hansl ainda precisava fazer os deveres de casa, o que geralmente achava tranquilo, mas em um dia como hoje ele costumava adormecer em cima dos cadernos. Só Maxl não estava cansado e conversava com o pai sobre as árvores frutíferas que eles haviam plantado no outono, desejando saber quando elas dariam frutos.

– Ainda vai demorar um pouco, rapazinho – disse Gustav, fazendo uma careta enquanto procurava uma posição confortável para a perna. – Teremos que esperar pelo menos dois ou três anos para colher as primeiras maçãs ou peras.

Quando tinham acabado de comer e Auguste ia levar a panela vazia de volta para a cozinha, a campainha tocou.

– É Liesel – disse Hansl, deixando os cadernos de lado para abrir a porta para a irmã mais velha.

Ela colocara um lenço de lã por cima dos ombros e viera com o grande guarda-chuva da Sra. Brunnenmayer emprestado. A menina caíra nas graças da cozinheira, o que era motivo de grande orgulho para Auguste, pois a Sra. Brunnenmayer era bastante seletiva com sua simpatia.

– Chegou tarde, Liesel – disse ela. – Achei que não voltaria mais hoje.

A filha tirou os sapatos e calçou as velhas pantufas que estavam diante da porta.

– Sempre preciso falar com a Sra. Brunnenmayer antes de vir para saber do que ela precisa para o dia seguinte – afirmou a menina, desculpando-se. – E hoje tinha muita coisa acontecendo na Vila dos Tecidos, aí acabou ficando tarde.

– Sente-se e me dê a lista.

A cozinheira não tinha encomendado muita coisa para o cardápio do dia seguinte. Salsa, cebolinha, endro, coentro e três maços de alho-poró, nada mais. Maxl foi até a estufa para buscar tudo e embrulhar os produtos em papel de jornal.

– Mas não pegue as ervas que vocês já levaram à feira – pediu Liesel. – Corte ervas frescas, senão ela as recusará.

– Ela tem que parar de ser tão exigente – resmungou Auguste. – Maxl colocou as ervas na água, estão fresquíssimas.

– Se você continuar assim, mamãe, ela vai parar de comprar de nós.

Descontente, Liesel sentou-se ao lado do pai para perguntar como estava seu pé.

– Sempre a mesma coisa, querida. Às vezes piora, às vezes melhora. Já me acostumei.

Mas Auguste, que acabara de servir um copo de xarope de framboesa diluído, queria saber as novidades da Vila dos Tecidos.

– Nenhuma novidade boa, mamãe. Kurti teve febre alta e dores de barriga terríveis o dia todo. A Sra. Melzer ficou desesperada e mandou chamar o Dr. Greiner, mas ele só chegou de tardinha, quando as manchas já tinham surgido. O pobrezinho está com escarlatina.

– Meu Deus! – exclamou Auguste, batendo as mãos. – Com certeza ele vai contagiar Johann e Hanno. Que sorte que vocês tiveram escarlatina quando pequenos.

Liesel contou que o médico lhe assegurara que escarlatina não passava de uma doença infantil que todos pegam. Muito pior é pegá-la na idade adulta.

– E como está Leo? – perguntou Maxl. – Nossa, se eu tivesse estado lá na semana passada, teria acabado com aqueles moleques.

– Isso não é coisa que se diga, Maxl – falou o pai, em tom de repreensão. – E você não deve bater em ninguém. Só falta essa, a gente ser processado e ainda por cima ter que pagar indenização a alguém.

Auguste era da mesma opinião, mas Maxl garantiu, obstinado, que teria defendido Leo Melzer até a morte.

– Sempre o defendi quando íamos juntos à escola. E agora logo aquele Abele Willi, sempre quis dar uma coça nele. Ele me deu a língua outro dia na feira, aquela peste.

Hansl voltara a se sentar diante dos deveres de casa. Quando fazia uma conta, prendia a língua no canto da boca e olhava para o teto. Depois escrevia o resultado no caderno. Fritz adormecera no sofá.

– Leo está bem, só ficou com um arranhão na testa e um hematoma que praticamente já sumiu – comentou Liesel. – Ele e Hanna visitaram o amigo, Walter, hoje no hospital. Amanhã ele já poderá voltar para casa, mas sua mãe está apavorada e não quer que ele vá para a escola por medo de que lhe aconteça algo.

– E a mão dele? – perguntou Gustav com pena.

– Hanna disse que eles engessaram a mão e o braço até o cotovelo. Uma parte dos dedos ficou para fora na frente, mas ele não consegue movê-los.

Nem quando se esforça muito. Leo precisou consolá-lo, o pobre Walter está muito abatido.

– Veja só o que pode acontecer em uma briga dessas – disse Auguste para Maxl em tom reprovador. – Se Walter ficar com o punho rígido, não poderá tocar violino nunca mais.

– Não estou nem aí – disse Maxl, indiferente. – Não toco violino mesmo.

– Mas você precisa de braços e pernas saudáveis para trabalhar como jardineiro – disse Gustav, em tom de sermão. – Afinal, olhe para mim.

E fez uma careta ao empurrar o pé um pouco mais para a frente.

– Temos muito trabalho por aqui – disse Auguste, mudando de assunto e olhando para Liesel com expectativa. – Seria bom contar com algumas mãos extras para ajudar. Muitas pessoas vieram pedir emprego, mas não temos um centavo para contratar ninguém.

Pressionada, Liesel assentiu e se explicou, dizendo que não precisava de dinheiro para o sustento, já que comia e dormia na Vila dos Tecidos.

– Você não tem motivo nenhum para reclamar – replicou Auguste. – Tem até luz elétrica nos quartos dos empregados. Na minha época, quando eu era governanta na Vila dos Tecidos, precisávamos caminhar com uma lanterna até o banheiro.

Em sua opinião, aquele luxo nos quartos dos criados era um disparate. O piso polido e reformado, as paredes recém-pintadas, e a Sra. Brunnenmayer tinha até uma cama nova, porque a velha quebrara.

– Você se deu bem, Liesel – disse Auguste. – Eles lhe pagaram o salário hoje?

Sua filha recebia 15 *reichsmark* por mês. Era mais do que uma governanta ganhava em sua época. Auguste não estava insatisfeita com seu destino, mas às vezes pensava nos bons tempos em que trabalhava na Vila dos Tecidos, quando só precisava pensar no serviço e não era atormentada por preocupações constantes em relação a família e dinheiro.

– Sim, pagaram – respondeu Liesel, tirando a carteira da bolsa. – Humbert pagou a todos nós hoje de manhã. Aqui: 10, 11, 12... A parte de vocês, mamãe.

Ela geralmente dava 12 *reichsmark* de seus rendimentos aos pais, era o que tinham combinado. Ficava com três, que poupava para comprar algo para si ou um lenço quente para o inverno. O empregador já proporcionava os sapatos e as roupas. Então o que Liesel ia fazer com tanto dinheiro?

Auguste colocou os trocados no cofre. O montante chegara na hora certa, já que os juros do empréstimo estavam prestes a vencer.

— No domingo haverá uma grande festa de aniversário — contou Liesel enquanto guardava a carteira. — Faremos um bolo de massa de pão de ló com cobertura de chocolate. E a Sra. Brunnenmayer me ensinará a fazer rosas de açúcar tingido de rosa.

— É aniversário de quem? Do Sr. Melzer?

— De ninguém da Vila dos Tecidos, mas de Gertrude Bräuer. É a sogra de Kitty Scherer, a mãe de seu primeiro marido, Alfons, falecido no início da guerra, e avó de Henni. Foi só mais tarde que Kitty se casou com Robert Scherer...

— Não precisa me contar isso, Liesel — disse Auguste, rabugenta. — Conheço bem Robert da época em que trabalhei na Vila dos Tecidos. Já naquela época ele corria atrás da senhorita Kitty. Infelizmente não teve sorte, ela gostava de outro naqueles tempos. As reviravoltas da vida.

Auguste nunca tinha contado que ela própria tivera uma queda pelo bem-apessoado rapaz. Até mesmo cogitara empurrar o bebê que esperava, Liesel, para ele. Mas o belo Robert fora esperto demais para cair na armadilha, e foi por isso que ela ficara com o jardineiro Bliefert. É claro que ela era razoavelmente feliz com Gustav, que era um homem bom, fiel e a ajudava com tudo que fosse necessário. Trabalhava como um condenado e nunca reclamava. Ainda assim, não conseguia evitar pensar que poderia ter se saído melhor se tivesse sido um pouco mais astuta no passado. Robert retornara da América como um homem rico, e ela poderia ter sido sua esposa. Ela se irritava em especial com o fato de que o pai biológico de Liesel, Klaus von Hagemann, a deixara na mão com a filha bastarda. Outra mulher não teria sido tão burra em seu lugar, mas teria fisgado o nobre. Else lhe contara que o Sr. Von Hagemann se casara com uma camponesa na Pomerânia. Imagine só isso! Uma camponesa! Ele estaria muito mais bem servido com ela, Auguste. Sim, ela cometera muitos erros na vida, não aproveitara as chances do destino e acabara com um mero jardineiro por causa disso!

Graças a Deus, Gustav nunca a acusara por causa de Liesel e criara a menina como se fosse dele. Quanto a seu pai biológico, Liesel nem sequer sabia quem era e já estava com 17 anos. Eles lhe contariam em breve, especialmente para a eventualidade de Else ou da Sra. Brunnenmayer darem com a língua nos dentes na Vila dos Tecidos.

– Separou tudo, Maxl? – perguntou Liesel. – Vou voltar agora, senão vai ficar muito tarde.

Quando ela acabara de colocar o lenço nas costas, alguém bateu à porta. Era uma batida educada, quase tímida, e Auguste intuiu na mesma hora quem estaria parado lá no escuro desejando entrar.

– Ah, Christian! Você chegou no meio da noite, já estávamos indo nos deitar.

Isso era um exagero, pois quase não passava das nove horas, mas Gustav de fato não ficaria acordado até muito mais tarde.

Christian ficou de fato muito constrangido. Tirou o gorro molhado e girou-o entre as mãos, alisou os cabelos úmidos da chuva e passou por Auguste, acanhado, em direção ao corredor. Era evidente que vira Liesel caminhar até a estufa e esperava poder acompanhá-la no caminho de volta para casa. Christian não era nenhum idiota, mas também não era o mais corajoso dos homens. Graças a Deus que não.

– Sinto muitíssimo, Sra. Bliefert. Eu ainda precisei limpar os equipamentos e acabou ficando tarde – disse ele, gaguejando. – Depois vi que a luz ainda estava acesa na casa da senhora e pensei que ainda estariam acordados...

Nesse momento, Hansl apareceu atrás dela no corredor.

– É Christian! – exclamou ele. – Está todo molhado. Entre, não precisa ficar aí parado na chuva.

O comentário de Auguste sobre o horário avançado foi ignorado. Maxl apareceu e sorriu de orelha a orelha de tanta alegria, Fritz acordou e deu um pulo do sofá, disparou até o corredor e agarrou o visitante pelo pescoço.

– Preciso lhe contar algo, Christian! – disse Fritz. – Temos um ninho de melros na cocheira e tem quatro ovos azul-esverdeados lá dentro...

Enquanto os três arrastavam o visitante para dentro de casa, Auguste quase não conseguiu gritar a tempo para que o rapaz tirasse o sapato, caso contrário ele teria entrado na sala com as botas imundas. E lá estava Liesel, que na verdade já deveria ter ido embora.

– O que você faz tão tarde aqui nas redondezas, Christian? – perguntou ela, sorrindo de forma travessa.

Sua filha era uma sedutora, pensou Auguste. Desafiava o tímido rapaz com seu sorriso e suas bochechas rosadas.

– Vim porque queria encomendar amores-perfeitos e cravos para o canteiro da Vila dos Tecidos.

Aquilo soava bem, pois prometia ganhos gordos. Não deixava de ser uma desculpa, porque as tulipas e os narcisos estavam desabrochando naquela época no canteiro redondo que havia em frente à Vila e demoraria pelo menos duas semanas até que precisassem ser replantados. Mesmo assim ele passou o papel com a encomenda por cima da mesa para Gustav.

– Você tem que dar o papel para ela, Christian – disse Gustav, apontando para Auguste, sorridente. – É a senhora diretora que recebe as encomendas.

– Perdão – disse Christian, cujas orelhas ficaram vermelhas como um tomate enquanto entregava o papel.

Depois ele ficou sem saber o que fazer.

– Você pode me acompanhar até a Vila dos Tecidos – sugeriu Liesel. – Fico feliz de não ter que caminhar sozinha no escuro.

– Maxl também pode acompanhar vocês – disse Auguste, assim que a ideia lhe ocorreu. – Ele pode carregar as coisas para a Sra. Brunnenmayer. Você já vai estar com o guarda-chuva grande e uma lanterna.

Enquanto Maxl se mostrava muito disposto, Christian e Liesel trocaram olhares decepcionados.

Auguste ficou certamente muito satisfeita e acompanhou os três até a porta de casa, desejou-lhes uma boa-noite e agarrou o filho Fritz, que queria sair correndo pelo quintal, pela gola da camisa.

– Veja como está o sofá – disse ela, repreendendo-o. – Você derrubou todos os paninhos. Recolha-os e coloque-os de volta no lugar. E depois já para a cama!

De volta em casa, depois que o resto da família subiu, observou pela janela os três caminhando na penumbra da luz da lanterna, através dos arbustos ainda desfolhados. Liesel abrira o guarda-chuva e estava próxima de Christian, Maxl carregava a bolsa com os legumes e também a lanterna. Será que Christian aproveitaria a oportunidade para dar um beijo gentil em Liesel? Auguste forçou a vista até que seus olhos começaram a lacrimejar. Não, ela se preocupara à toa. Christian conversava animadamente com Maxl enquanto sua filha caminhava calada ao seu lado.

Aliviada, secou os copos e colocou-os no armário. Sua Liesel não era para o bico de Christian. Era um rapaz bom e simplório, não muito diferente de Gustav. Mas era um jardineiro e seria um jardineiro até o fim de seus dias. Já sua filha estava destinada a algo melhor, ela tinha o necessário para subir na vida. Era linda e nem um pouco burra. Estava em boas mãos na Vila dos Tecidos, só precisava largar o trabalho na cozinha o mais rápido possível. Assim, conheceria todos os tipos de pessoa e iria além, alcançando aquilo em que a própria Auguste falhara: uma ascensão a madame.

6

— Você precisa tocar os acordes com ímpeto. Não apenas com força, mas com ímpeto. Você entende, Leo? Como um ataque. Assim...

Sinaida Obramowa colocou o braço direito sobre as teclas do piano, passando muito próximo dele. Leo estremecera tão violentamente por dentro que quase não conseguiu mais se concentrar na música, pois a professora, em seu entusiasmo, encostara em seu peitoral. Isso acontecia com frequência, pois ela sempre se sentava no banco do piano pertinho dele. Em geral, acabava encostando em seu cotovelo ou seu ombro. Mas dessa vez ele sentira nitidamente seu antebraço macio por baixo da blusa, além de seu perfume. Uma fragrância desconhecida e russa que costumava lhe subir à cabeça quando tinha aula com ela.

– Você entende? – perguntou ela, fitando-o com seus olhos pretos. – Quero ouvir de você. Tente de novo.

Ela tinha olhos pretos de verdade. Não castanhos, não castanho-escuros. Pretos como a noite. Assim como os cabelos e as sobrancelhas densas que ela franzia quando ficava com raiva. Ela conseguia ficar furiosa do nada, em questão de segundos, e ele nunca sabia quando isso aconteceria. Nesse momento, os olhos pretos lampejavam em todas as cores do arco-íris e sua voz ficava grave como vinda das profundezas. Assim que isso acontecia, ele congelava de medo, ficava imóvel no banco do piano e esperava o surto passar, fascinado. Em geral, nem sabia mais ao certo por que ela se irritara, mas, quando voltava para casa, conseguia sentir até os dedos dos pés a energia que fora descarregada sobre ele.

Leo assentiu e tocou os acordes, tentando tocar de forma vigorosa, mas sem forçar demais ou errar. Quando se inclinava para a direita para usar os agudos, ela recuava um pouco para não atrapalhá-lo.

– Muito fraco – comentou ela, insatisfeita. – Assim toca professor em escola. Música doméstica para meninas. Não concerto. Não Tchaikovski.

Onde está fogo? Você precisa queimar todos com fogo, todos que escutam no salão. Com fogo da grande música de piano.

– Tentarei de novo, Sra. Obramowa.

– Não dizer tentarei – disse ela, repreendendo-o. – Dizer: eu quero!

– Eu quero tentar.

– Não, não, não! – exclamou ela, esmurrando as teclas do inocente piano.

Houve um barulho estridente como um grito de dor. Leo encolheu os ombros: estava acontecendo outra vez.

– O que você fazer quando estar sentado na sala de concertos? – disse a professora, aborrecida, e sua voz se tornou sombria, quase como uma voz masculina. – Quando estar mais de cem pessoas e desejar ouvir concerto de piano de Tchaikovski. Então você não pode tentar, Leo. Você precisa querer. Com todas forças. Com toda coragem. Você precisa mostrar a todos o que tem no coração. Nos seus dedos. Na sua alma.

Quando pronunciou as palavras coração e alma, bateu com a palma da mão nos seios volumosos que ficavam em evidência especialmente no verão, quando tirava o casaco comprido. Por baixo, sempre vestia blusas claras com um broche de porcelana no decote com a imagem de uma grã-duquesa russa, sua avó. A joia era uma das poucas recordações que sua família conseguira salvar quando fugira da Rússia. Eles haviam fugido dos bolcheviques, os comunistas russos, logo após a eclosão da Revolução de 1917. Vieram para a Alemanha pela Finlândia e pela Noruega, senão teriam sido assassinados. Seu pai lhe explicara uma vez que a Sra. Obramowa e seus pais com certeza haviam passado por coisas terríveis na fuga e que eles tiveram muita sorte de encontrar um novo lar ali em Augsburgo.

– Eu *quero* tocar agora – disse ele quando ela fez uma pausa.

– Muito bem! – respondeu ela, mais calma, e levantou-se para caminhar pelo cômodo.

Ele se sentiu aliviado, pois podia tocar com mais liberdade quando ela não estava sentada ao seu lado. Era naquele momento que Leo era ele mesmo, sozinho com a música, sem as sensações perturbadoras que ela provocava nele. O famoso "Concerto para piano nº 1 em si bemol menor" de Tchaikovski era uma obra muito desafiadora para um pianista de 14 anos. Ele a praticava havia mais de um ano e achava que ainda tinha muito a ser descoberto e desenvolvido musicalmente. Para não mencionar a técnica

– tinha trechos que ele simplesmente não conseguia tocar de forma satisfatória. Ainda assim, Sinaida Obramowa tinha colocado na cabeça do diretor do conservatório, o Sr. Dr. Gropius, que o aprendiz Leo Melzer precisava apresentar essa obra em um concerto de alunos no auditório da instituição. Foi assim que fora formada uma orquestra de alunos e alguns músicos profissionais. O próprio Dr. Gropius regeria a orquestra e já ensaiava com os alunos duas vezes por semana.

– É grande honra – dissera a jovem russa quando anunciara a novidade.
– E grande oportunidade para pianista jovem.

Desta vez, a austera professora ficara relativamente satisfeita com seu desempenho e só o interrompeu quando ele terminou a introdução com os enormes acordes e estava prestes a entrar no primeiro tema.

– Melhor, muito melhor... você vê que consegue quando quer, Leo. Quase bom, ainda falta brilho, mas está bom por hoje. Agora tocar terceiro movimento. Tocar trecho com os saltos... Não rápido, mas devagar e com precisão... Ser difícil. Coragem, você consegue tocar isso.

Na verdade, esses trechos eram muito difíceis para ele. Sempre era uma questão de sorte se ele acertaria os saltos. Ele podia até tocar os trechos acelerados com facilidade na aula, mas provavelmente lhe faltaria a força necessária para tocar os trechos virtuosos no concerto. Sua professora não aceitava esse fato e o exortava a praticar mais.

Hoje as coisas deram errado mais uma vez. Mesmo tocando as passagens em um tempo mais lento, ele errou várias vezes. Sinaida Obramowa andava de um lado para outro, chiava aborrecida a cada nota errada e fazia um estardalhaço com seus passos inquietos, o que o irritava ainda mais.

– Se você tocar assim – declarou ela, finalmente o interrompendo –, eu afundar no chão de vergonha. Onde estar seus pensamentos? Mais uma vez, por favor!

Ela pronunciava a expressão "por favor!" como uma ordem. Leo balançou as mãos e começou do início, desta vez acertando as notas, mas carecendo de expressividade musical. Era deprimente. Ele praticava os trechos todos os dias, mas ainda não estavam bons. O garoto foi tomado pelo desânimo. O concerto era em três meses. E se ele fracassasse, se errasse as notas ou até mesmo tivesse um branco ou ficasse com câimbra nas mãos? E isso tudo na frente do público reunido no auditório. Toda a sua família estaria lá, todos os amigos e conhecidos, além dos alunos e professores do conservatório e talvez até mesmo o prefeito. Ele faria papel de trouxa na frente de todas essas pessoas. E para piorar: faria Sinaida Obramowa se sentir humilhada. Ele preferiria morrer a fazer isso com ela.

– Bom. Por hoje é suficiente – disse ela, caminhando até o piano. – Depois de amanhã você tocar essa passagem para mim sem erros. Não pensar, você tocar com coragem e você achar notas certas.

Com a voz já voltando a ficar suave, ela colocou a mão em sua nuca, acariciando-a. Ela costumava fazer isso com ele e com os outros alunos. Ele ficava incomodado, pois tinha a impressão de que era um pagamento por uma boa prática. Na verdade, seus sonhos eram inundados por várias visões de como ela poderia recompensá-lo por seu bom desempenho. É claro que não passavam de sonhos. Ele de fato sonhava muito com ela. Quase todas as noites.

Leo colocou as partituras, o lápis e suas anotações na pasta de couro, vestiu o casaco e o gorro.

– Então até depois de amanhã.

Ela, que era de seu tamanho, caminhou até ele e despediu-se com um aperto de mão.

– *Do svidaniya*... Até mais – disse, sorrindo para ele.

Em seguida, foi até a janela, apoiou as mãos no parapeito e olhou para o horizonte. Ela sempre olhava para o nordeste, direção de sua terra distante. Ela lhe contara uma vez que pensava muito em sua infância e juventude e que tinha muita saudade da Rússia. Depois disso, ele passara dias pensando em como acalentá-la. Mas, quando abordou o tema, ela não deu corda. Provavelmente carregava mágoas na alma que não abria para ninguém. Era como uma boa música, que só revela sua beleza e sua profundidade àquele que se deixa envolver por inteiro.

O céu se enchera de nuvens cinzentas, o lindo dia de primavera fizera uma pausa e um vento gelado soprava na Maximilianstraße. Leo levantou a gola do casaco e semicerrou os olhos para se proteger da poeira que o vento levantava. Seus ouvidos eram invadidos por notas e melodias, em especial do "Concerto para piano" de Tchaikovski. Além delas, apareciam outras que vinham de dentro dele e que ele prontamente reprimia. Em sua cabeça, imagens e sons costumavam se transformar estranhamente em notas, e às vezes ele tinha medo de ter alguma doença. De todo modo, aquelas notas estranhas não lhe agradavam, pois ele precisava se concentrar cem por cento no concerto de piano.

Na verdade, precisava pegar o bonde e ir direto para casa, já que tinha deveres para fazer e queria estudar piano, mas não teve coragem de abandonar o amigo, Walter, que estava inconsolável em casa por não poder tocar o violino que tanto amava. Assim, se dirigiu depressa à Perlach para subir a Karolinenstraße e chegar até a Spenglergässchen. Desde a briga, Humbert levara Leo para a escola de carro todas as manhãs e fazia um desvio para buscar Walter. Era importante para Marie Melzer que a Sra. Ginsberg não tivesse motivos para se preocupar. Já Leo achava aquela condução toda constrangedora, porque os colegas tiravam sarro deles por isso.

– O Conde de Koks e seu bobo da corte – dissera um deles, caçoando enquanto os dois amigos fingiam não escutar nada.

– Não vale a pena discutir com idiotas – comentara Walter, com o braço apoiado em uma tipoia preta, ainda sem conseguir mexer os dedos.

Além da fratura, os médicos disseram que um nervo importante fora machucado e, com sorte, poderia se regenerar.

Era por isso que Walter ficava sozinho em casa depois da escola, lendo, estudando partituras e tentando aprender a ser paciente. Não era fácil, pois ninguém sabia dizer ao certo se o nervo de fato se regeneraria ou se seus dedos ficariam imóveis para sempre. Leo queria visitar Walter por pelo menos uma horinha para animá-lo e aproveitar para copiar os deveres de matemática dele. Seu amigo era bom em matemática, uma matéria que sempre permaneceria incompreensível para Leo.

Ele teve azar naquele dia, pois, quando estava na Karolinenstraße, cruzou com um carro no qual estavam Robert e Kitty Scherer. Sua tia o reconheceu na hora e acenou enquanto o tio parava o carro no acostamento.

– Entre, estamos indo para a Vila dos Tecidos. Viu quem está aqui no carro com a gente?

Leo não ficou feliz com o encontro, pois era justamente sua prima Henni quem estava sentada na parte de trás do carro. Do lado dela estava Tilly, que morava em Munique e chegara no domingo para comemorar o aniversário da mãe.

– Na verdade, queria visitar um amigo...

– Mas, Leo! – disse Kitty, balançando a cabeça. – Seus pais não querem que você ande sozinho pela cidade. E eu concordo plenamente com isso considerando os acontecimentos recentes.

Não tinha jeito, ele teria que entrar no banco traseiro do carro. Para piorar, tia Kitty começou a contar toda a história constrangedora da briga, porque tia Tilly não ouvira falar do acontecido. E Henni, aquela peste, adornava a narrativa com detalhes sem se ater à verdade, mas dando ênfase a seu papel de heroína que salvara o dia.

– Terrível – disse Robert, afinal. – Foi tudo armado contra Walter Ginsberg. Porque ele é judeu. Vou conversar com a mãe dele em breve.

Leo gostava do tio, principalmente porque ele vivera na América e conhecia o mundo. Ele falava inglês com fluência e até espanhol, amava música e ouvia com atenção quando Leo tocava piano. Não era muito velho, só um pouco mais velho que Kitty, mas já tinha alguns cabelos brancos nas têmporas. Já o pequeno bigode era bem escuro e, segundo a maldosa Henni, ele passava uma pomada de uma latinha redonda nele.

– Quer falar sobre o que com a Sra. Ginsberg, tio Robert? – indagou Leo, obtendo uma resposta só depois de certa hesitação.

– Não precisa ficar assustado – disse o tio por cima do ombro direito. – Se eu fosse judeu e meu filho tivesse sido atacado em plena luz do dia na rua, iria embora.

Leo arregalou os olhos, horrorizado. Será mesmo que tio Robert queria convencer a Sra. Ginsberg a ir embora de Augsburgo? Ele perderia seu melhor e único amigo.

– Para onde eles iriam? – gaguejou ele, triste.

– Robert tem amigos na América – respondeu Kitty. – Eles receberiam a Sra. Ginsberg e a ajudariam. Robert diz que não se pode emigrar sem amigos e um emprego. Eles poderiam contratar a mãe de Walter como vendedora em uma padaria. Não é mesmo, Robert? Não foi o que você disse?

Seu marido assentiu.

– E como seria? – disse Leo, irritado. – Walter precisa de um conservatório. Ele quer ser violinista.

– Também existem bons professores de violino lá, com certeza. Mas não se preocupe à toa, Leo. É só uma ideia, e pode ser que a Sra. Ginsberg decida não ir embora de Augsburgo.

– Ela nunca fará isso! – exclamou Henni. – Ela teria que deixar tia Marie na mão. Ela sempre diz que estaria perdida sem a Sra. Ginsberg em sua butique de moda.

Leo ficou um pouco mais tranquilo depois disso. Henni podia ser uma chata de galocha, mas dessa vez dissera algo muito lógico. Não, a Sra. Ginsberg com certeza não iria embora da cidade.

Outras catástrofes os aguardavam naquele dia. Tio Robert parou o carro na entrada da Vila, onde eles ouviram a voz agitada de Dodo vindo de uma janela do primeiro piso:

– Mamãe! Veja! A tia Kitty chegou e está com a tia Tilly no carro!

Leo achou que até parecia um pedido de ajuda. Enquanto todos olhavam para cima, sua mãe apareceu na janela.

– Tilly! – gritou ela em direção a eles. – Foi um anjo que enviou você! Suba rápido. Kurti quase não está respirando... você precisa nos ajudar, ele está sufocando!

Eles saíram do carro às pressas e correram para a porta de entrada, que Humbert escancarara. Todos os empregados estavam reunidos atrás da porta no corredor, assustados. A Sra. Brunnenmayer tinha uma expressão no rosto que fazia parecer que alguém tinha morrido, Else estava aos prantos e Liesel carregava uma bacia com toalhas molhadas e fumegantes. Tilly disparou pelo corredor como uma atleta, tirando o casaco pelo caminho e jogando-o em cima de Gertie, que o pegou no ar, junto com o chapéu.

– Meu Deus – disse Kitty, que ficara parada junto com os empregados. – Por que o Dr. Greiner não está aqui? Ele costuma vir por qualquer coisinha. Vocês não ligaram para ele?

Hanna chegou da cozinha com os olhos vermelhos de tanto chorar.

– Aconteceu rápido demais – disse ela. – Ontem o menino teve dor de garganta, a Sra. Melzer inclusive brigou com Rosa por ter levado as crianças ao parque, sendo que Kurti tinha acabado de se curar da escarlatina.

Era difícil compreendê-la de tão alto que Else soluçava e assoava o nariz no lenço.

– Realmente foi de muita irresponsabilidade – disse Kitty, aborrecida. – Essa Rosa realmente é burra como uma porta!

– Mas cuidado, com certeza isso não é um simples resfriado – disse Robert. – Está parecendo uma difteria. Ele estava tossindo? Uma tosse seca e estranha, diferente da tosse normal de criança?

A Sra. Brunnenmayer e Liesel não sabiam de nada, Else não estava em condições de falar, mas Hanna, que tinha dormido junto com Kurti, tinha a resposta.

– À noite, não, só hoje de manhã. Ele começou a tossir de forma estranha e a respiração começou a fazer um barulhinho. E ficou bem quietinho, não quis comer nada e não conseguiu engolir o chá morno direito. Foi aí que mandamos chamar o Dr. Greiner, que lhe prescreveu pastilhas para a garganta.

– Pastilhas para a garganta! – exclamou Kitty, olhando para Robert com indignação. – Você ouviu isso? Ele passou pastilhas para o menino. De fato, o Dr. Greiner está ficando velho. Marie deveria ter providenciado outro médico de família há muito tempo...

– O Dr. Greiner já tem um sucessor. Mas ele estava ocupado visitando um paciente, aí o Dr. Greiner veio novamente – replicou Hanna.

De repente, ouviram um alvoroço na cozinha e a voz de Gertie, que pedia água fervente. E uma faca afiada e um tubo fininho...

– Como assim, um tubo? – perguntou a Sra. Brunnenmayer, nervosa.

– Um tubo fininho de metal, como um canudo, só que mais duro... Dê uma olhada na gaveta da cozinha.

– Não temos nada assim – respondeu a cozinheira, correndo de volta para a cozinha.

Kitty encarou Robert com os olhos arregalados de pânico.

– Meu Deus – sussurrou ela. – Uma faca? O que Tilly vai fazer?

Seu marido a abraçou. Ele a puxou suavemente para si e sussurrou algo em seu ouvido. Leo tinha uma audição afiada e entendeu as poucas frases.

– Ela fará uma traqueostomia. É a única salvação. Se tivessem feito isso em minha filha, ela não teria...

Antes que ele terminasse a frase, Kitty envolveu-o com força e se aconchegou junto a ele. Leo ficou bastante envergonhado com o abraço apertado dos dois e com o beijo suave que Kitty deu na bochecha do marido. Robert não contara muito sobre seu primeiro casamento na América além de que fora muito infeliz. Ele teve uma filha pequena que morrera de difteria. Que terrível! De repente Leo foi tomado pela ideia de que a vida de seu irmãozinho estava por um fio. Kurti, aquele menino alegre que andava empolgado com seus carrinhos de brinquedo e às vezes subia em sua cama de manhã para fazer algazarra com ele... talvez ele fosse morrer!

Nada o seguraria mais naquele corredor, ele subiu as escadas para entrar no quarto de Kurti, mas Lisa bloqueou a passagem.

– Você vai atrapalhar, Leo – disse ela. – Vá até a cozinha e pergunte quando é que trarão a água fervente afinal.

Ao mesmo tempo, sua mãe surgiu de seu quarto e o empurrou para o lado, apressada.

– Tem este tubo, Tilly. Serve? É um extensor de lápis.

– Sim, terá que servir. Cadê a água fervente? Vocês ligaram para o médico de novo? Diga a Paul para tentar ligar da fábrica. Coloque as toalhas ali na cama, Gertie.

– Lisa, sabe onde está mamãe? – perguntou Marie de dentro do quarto.

– Está deitada na cama com enxaqueca.

– Graças a Deus!

Leo estava parado no corredor congelado de medo quando Hanna chegou com uma panela fumegante. Ouviu seu irmãozinho chorando e com a respiração ofegante e imaginou que Kurti morreria. Ficou enjoado, cambaleou para trás até encostar no grande armário de roupa de cama e caiu no chão. Ouviu Tilly dando instruções baixinho e depois a campainha tocando, mas ninguém foi abrir a porta.

– Humbert! – gritou alguém. – Cadê você? Pelo amor de Deus! Liesel, abra a porta!

Era a Sra. Brunnenmayer quem gritava, furiosa. Logo depois, Liesel chegou no corredor do segundo andar, seguida de um homem jovem com uma mala de médico de couro na mão.

– Por favor, por aqui, doutor – disse ela, batendo na porta de Kurti.

O médico não esperou, empurrou Liesel para o lado e entrou.

– Doutor Kortner? – perguntou Marie. – Finalmente. Minha parenta fez uma traqueostomia. Ela é médica.

– Foi a coisa certa a se fazer, cara colega – disse o homem. – Espere, vou ajudar a senhora.

Leo não ouviu mais nada, pois fecharam a porta do quarto. Ele reconheceu vagamente sua prima Henni parada diante dele com um copo na mão.

– Beba isso – disse ela, agachando-se ao lado dele. – Quem desmaia precisa beber muito líquido para voltar a se animar.

Obediente, ele pegou o copo e bebeu alguns goles da sidra de maçã, quase sem acreditar que realmente se sentia melhor.

– Kurti vai morrer? – perguntou ele para Henni.

– Ainda não – falou ela, fazendo uma expressão como se fosse a médica.

– A tia Tilly fez um buraco no pescoço dele e enfiou um canudinho lá dentro para ele voltar a respirar. Leo? Oi! Meu Deus! Os meninos realmente são uns fracotes.

Ele mal ouviu a última frase, e tudo ficou preto de uma vez por todas. Fantasmas brincavam na escuridão, cânticos selvagens o entorpeciam, e ele viu Sinaida Obramowa rodopiando rapidamente e com os braços esticados.

Quando voltou a abrir os olhos, estava deitado em sua cama. O rosto preocupado de sua irmã Dodo pairava sobre ele.

– Nossa, Leo, você nos deu um susto tremendo – disse ela. – O Kurti mal acaba de se recuperar e você cai no chão, pálido, sem se mexer.

7

Tilly se sentia feliz e protegida pela primeira vez em muito tempo. Como sentira falta daquela casinha caótica e, ao mesmo tempo, tão aconchegante! De sua afetuosa mãe, que a recebera dois dias antes com um abraço tão caloroso, e de Kitty, que a envolvera com sua torrente de palavras, irradiando tanto carinho e ternura. Até Robert a abraçara sem rodeios e lhe dera as boas-vindas como um irmão. Henni, agora uma jovem bela e encantadora, não saíra de seu lado e lhe confiara que também desejava, custasse o que custasse, trabalhar e ganhar o próprio dinheiro quando crescesse. A menina dizia que Tilly era seu maior exemplo, pois havia estudado e era uma médica de verdade.

Ela passara uma noite longa e agradável com aquelas pessoas queridas – sentira falta daquela familiaridade e conexão. Era como se tivesse andado por anos na neve e no gelo e finalmente chegasse a um lugar com uma fogueira acolhedora. Mais tarde, quando Gertrude, sua mãe, e Henni tinham ido para a cama, e Robert se recolhera em seu escritório, permanecera sozinha com Kitty. E é claro que o instinto de sua cunhada estava correto.

– Diga-me, querida Tilly, por que não tocou no nome de seu marido?

– Não há muito a ser dito – respondeu ela, dando de ombros. – Você sabe que vivemos em um casamento de conveniência. Ernst tem seus interesses, e eu tenho meu trabalho.

– Vocês não parecem um casal feliz.

Kitty se esparramou no sofá, ajeitou as almofadas e colocou os pés para cima. Ela vestia uma blusa de seda e uma calça larga, e deixara adoráveis pantufinhas verdes em cima do tapete. Tilly tentou imaginar o que Ernst diria caso ela aparecesse diante dele com aquele traje pitoresco. Provavelmente ele teria um infarto.

– Bem, a gente chegou a um acordo – disse Tilly, esquivando-se. – Afinal, eu sabia desde o início onde estava me metendo.

Kitty revirou os olhos e pegou sua taça de vinho para degustar o último gole.

– Sabe o que acho, Tilly? Você é extremamente infeliz com Ernst. E talvez ele com você. Vai mesmo passar o resto da vida desse jeito?

– Por que eu seria infeliz, Kitty? Tenho minha profissão, dou apoio ao meu marido na medida do possível, vivemos em uma bela casa...

Sua cunhada se inclinou para a frente para colocar a taça de vinho em cima da mesa e encarou-a como se a desafiasse.

– É mesmo? – perguntou Kitty com atrevimento. – Não vai me convencer disso, Tilly. Olhe para si! Você se tornou uma ratinha cinzenta. Rosto cinza, vestido cinza, expressão cinza. Mais alguns anos e se tornará um rabanete cinza e enrugado e começará a apodrecer. Não, não falo por mal, minha querida Tilly. Fico muito triste quando vejo como você tem passado. Pois sabe de uma coisa? Fique algumas semanas aqui, com certeza resgatarei você de seu enrugamento. Abrirei seus olhos, tirarei as rolhas que estão enfiadas em seus ouvidos e libertarei seu coração das amarras de metal. Vou transformar você em uma princesa alegre e vivaz.

Kitty sempre fora muito efusiva, especialmente quando tinha vinho na jogada, e Tilly acabou não se segurando e rindo do "enrugamento".

– Isso é muito gentil de sua parte, mas vamos nos deitar. Estou bem cansada da viagem.

– Pense em minha sugestão, Tilly. Estou decidida a salvar você – disse Kitty, levantando-se do sofá com um pulo e beijando a prima nas duas bochechas.

No dia seguinte, todos estavam animados e ansiosos. Como Tilly havia ficado assustada quando Marie a chamara apavorada pela janela no dia anterior! É claro que só podia ser difteria. Tratava-se de uma emergência, ficara tarde demais para levar Kurti até o hospital, pois ele teria morrido no caminho. Mas fazer uma operação assim sem instrumentos médicos, sem desinfetante e com um extensor de lápis de metal esterilizado em água fervente fora loucura. Só que era a única chance de salvar a criança. Ela mesma ficara perplexa com a própria calma, dando instruções às ajudantes como se estivesse no hospital. Gertie se destacara em especial. Era uma moça inteligente. Alguns diriam inteligente e habilidosa demais para trabalhar na Vila dos Tecidos como camareira, ou melhor, como assistente de criadagem.

E então acontecera algo que ela não teria imaginado nem em um milhão de anos. Aquele jovem médico, Dr. Kortner, surgira do nada e se derramara em elogios por sua operação improvisada e nascida da necessidade. Não satisfeito, se desculpara por ter demorado para chegar e permanecido tempo demais cuidando de outro paciente, cujo infarto se revelara uma falsa urgência. Em seguida, fora com ela para o hospital e ficara lá até que Kurti estivesse estabilizado e provido de uma cânula medicinal.

– Foi um grande prazer conhecê-la, Sra. Von Klippstein – disse ele ao se despedir. – Espero que nos vejamos outra vez. A senhora com certeza virá visitar o menino no hospital, não é mesmo?

– Amanhã e talvez depois de amanhã – respondeu ela, hesitante. – Depois voltarei para meu marido em Munique.

Por que ela sentira necessidade de mencionar o marido? Teria ficado insegura com o elogio do Dr. Kortner e com seu olhar receptivo e caloroso? Ele era extremamente simpático, talvez por isso ela não desejasse passar uma impressão errada. Ela era uma mulher casada que estava visitando a família. E queria deixar isso claro. O que não mudou o fato de ter gostado de ver certa decepção no rosto dele. Ela apertou sua mão para se despedir, sorridente, e ele a segurou por mais tempo do que teria sido necessário.

O dia seguinte era o aniversário de sessenta anos de sua mãe, Gertrude. Apesar de Tilly ter dormido pouco à noite, acordou antes das sete horas para preparar o café da manhã junto com Kitty e colocar os presentes em cima da cômoda. Para Kitty, acordar cedo assim era incomum e não teria acontecido no passado. Ela mudara desde seu casamento com Robert Scherer. Dizia que havia se tornado mais estável. Não virava mais as noites com os amigos artistas, mas ia com Robert a concertos, exposições e eventos sociais. Ou, ainda, ficavam em casa – Robert trabalhando no escritório e Kitty lendo romances, que ela depois relatava em detalhes ao marido.

– A louça azul na mesa – sussurrou Tilly, andando pelo quarto na ponta dos pés para que sua mãe não notasse os preparativos secretos. – Vou colher um buquê no jardim. Sacrificar algumas tulipas para a comemoração.

A surpresa foi um sucesso. É claro que Gertrude notara que estavam organizando algo, mas esperou pacientemente até que Kitty cobrisse a cômoda com uma toalha indiana e colocasse todos os presentes em cima. Em seguida, chegou ao primeiro andar já vestida para o dia e deu a entender que queria preparar o café da manhã.

– Isto tudo é para mim?

Ela não conseguiu dar mais nenhum passo, pois foi abraçada e beijada com tanta força por Kitty e Tilly que perdeu o fôlego.

– Vocês querem matar esta velha senhora aqui? – grunhiu ela.

– Que velha senhora? – indagou Tilly, rindo. – Você é minha mãe, cada dia mais jovem e linda. Meus parabéns!

– Sim, sim – respondeu Gertrude, emocionada. – Mais alguns anos e voltarei a ir para a escola de uniforme, é isso?

– Você só pode abrir os presentes depois do café da manhã! – exclamou Kitty. – Vamos comer alguma coisa antes. Ah, meu Deus, acho que me esqueci de colocar o café no bule antes de jogar a água.

O café da manhã foi animado e se estendeu até o meio-dia. Mizzi, a criada, fez mais café, Robert correu até a padaria e trouxe um saco enorme de pães, croissants e bagels, Gertrude procurou a geleia de morango que escondera na despensa para ocasiões especiais, mas não conseguiu mais achá-la. Henni apareceu vestida com a camisola de seda da mãe, e, como Tilly dissera que ela lhe caíra muito bem, Kitty foi convencida a dar a cara peça de roupa de presente à filha.

– Que importa? – disse Kitty depois de um tempo. – Ela é tão velha, acho que foi Gérard que a comprou para mim naquela época em Paris.

– Ele de fato tinha bom gosto – disse Robert, sorrindo.

– Ele foi seu amante, não é, mamãe? – perguntou Henni com os olhos brilhando. – Ele raptou você e vocês viveram como dois pecadores. Também quero fazer isso um dia.

Kitty gemeu e afirmou que tudo não passara de uma grande burrice e que não recomendaria a ninguém fazer algo semelhante.

– Morávamos em um sótão minúsculo e horroroso e não tínhamos dinheiro...

Henni não se deixava desencorajar tão facilmente, sobretudo pela própria mãe.

– Vocês não tinham dinheiro? E como foi que ele comprou uma camisola cara de renda, então?

– Justamente por isso que não tínhamos dinheiro. Ele gastou tudo na camisola – argumentou Kitty. – Não sobrou mais nada para comida, bebida e moradia.

– Que burrice – sentenciou Henni, franzindo a testa. – Nem se precisa de camisola para uma noite tórrida de amor.

Gertrude bateu com o punho na mesa com tanta força que as tulipas tremeram no vaso.

– Que tipo de conversinha é esta no meu aniversário? O que Tilly vai pensar de nós?

A repreensão foi seguida de boas risadas, às quais se juntaram as de Tilly. Em seguida, enquanto Robert contava um caso cômico vivido por ele e Kitty durante a lua de mel na América, Tilly lembrou, um pouco triste, que nunca vivera uma noite de núpcias de verdade. Seu grande amor, o jovem Dr. Moebius, morrera na guerra, e os dois nunca puderam se permitir mais que um beijo. E, apesar de compartilhar a cama com Ernst no início do casamento, os toques do marido se revelaram fugazes e desajeitados, e poucos meses depois eles começaram a dormir em quartos separados.

– Meu Deus, Tilly! – exclamou Kitty. – Por que está com esta cara de enterro? Robert, abra uma garrafa de champanhe, hoje é aniversário de Gertrude e até agora só brindamos a ela com as xícaras de café.

– Também quero uma taça de champanhe – pediu Henni. – No aniversário da vovó eu posso, não é mesmo?

Robert estourou a rolha da garrafa no mesmo momento em que a campainha tocou. Era Humbert, equilibrando uma caixa grande nas mãos.

– O bolo!

Com a ajuda de Robert e dos outros, levaram o enorme pacote até a cozinha, onde Humbert o abriu com suas mãos habilidosas. Foi revelada uma obra-prima de dois andares de nata e chocolate, decorada com rosas de açúcar e delicadas folhas de marzipã. E "Parabéns!" escrito em belas letras cor-de-rosa.

– E isso nesses tempos de vacas magras! – exclamou a aniversariante. – Estou extasiada. Exprima meus sinceros agradecimentos aos Melzers. E minha mais alta estima à Sra. Brunnenmayer.

Humbert gentilmente recusou a taça de champanhe oferecida por Robert, pois levaria os pais de Kurti até o hospital.

– Meu Deus – disse Kitty. – Nosso café da manhã se estendeu até a hora do almoço. Daqui a pouco chegarão os convidados para o café da tarde. Agora abra os presentes, Gertrude.

Tilly deu à mãe uma pulseira estreita e trançada de ouro que parecia uma joia que ela tivera no passado e precisara vender mais tarde. O presente de Robert foi o último modelo do rádio de madeira da Telefunken, com detalhes em tecido e um botão que possibilitava selecionar as estações. Kitty mandara fazer um casaco de verão no ateliê de Marie com um chapéu combinando que se assemelhava a uma panela com um véu. Henni, que era sempre sovina com sua mesada, fizera um desenho: *Vovó Gertrude descascando batatas*. A obra apresentava detalhes bem observados: havia cascas de batatas enroladas em cima da mesa da cozinha em meio a xícaras de café, açucareiro, jornal, um molho de chaves e uma lata de manteiga. Atrás de Gertrude, uma leiteira transbordava em cima do fogão e a cerejeira brilhante se esgueirava pela janela aberta. Gertrude achou o desenho particularmente realista e recompensou a neta com um beijo.

– De quem ela herdou o talento para caricatura? – comentou Kitty, vendo o desenho pela primeira vez. – Nada mau, Henni. Não entendo por que desperdiça um talento desses.

Levada pela agitação dos acontecimentos, Tilly sentiu uma inquietação estranha. Não, não visitaria seu pequeno paciente no hospital hoje. Mas amanhã, a caminho da estação de trem, passaria lá. Sim, faria isso com certeza. Talvez então tivesse a oportunidade de se despedir do Dr. Kortner. Ele afinal não lhe perguntara se ela o visitaria no hospital? Ah, mas que tolice dela. Acreditava mesmo que ele ficaria lá, esperando por ela? Provavelmente o champanhe lhe subira à cabeça.

A essa altura, os preparativos para receber os convidados já estavam a todo vapor. Mizzi retirara a mesa do café da manhã e Robert ajudara sua esposa a abrir a mesa de jantar para que ficasse com o dobro do tamanho. Eles trouxeram cadeiras, cobriram a mesa com a boa toalha em damasco da herança dos Bräuers, e Mizzi precisou apressar-se para lavar a louça, pois precisavam de todas as xícaras e de todos os pratos para o café.

– A mamãe vai se sentar na cadeira espanhola de vime. É o lugar de honra – declarou Tilly.

– Só se vocês colocarem cinco almofadas embaixo. Senão minha cabeça vai ficar na altura da mesa de tão baixa que a poltrona é.

— Henni! Você não receberá nossos convidados de camisola! Suba já e troque isso por um vestido bonito.

— Mas esta é a moda de Paris, mamãe.

— Agora!

Tilly apreciou aquela confusão maravilhosa e agitada, as risadas e as discussões, o ir e vir de todo mundo, a vida incrível naquela casinha. Como conseguia aturar o silêncio paralisante da mansão em Munique? Talvez Kitty tivesse um tiquinho de razão quando dissera que ela se sentia solitária e se fechara em si mesma. Quando se olhava no espelho, via uma mulher séria e magra com olhos cansados.

Quando Elisabeth e seu marido Sebastian entraram na sala com Rosa e os três filhos, o nível sonoro aumentou no mesmo instante. Lisa elogiou a bela mesa do café. Johann quis comer algo na hora, Hanno brincava com seu carrinho de metal no chão e a pequena e alegre Charlotte tentava pegar as tulipas coloridas. O único que se contivera fora Sebastian, que dera um buquê de flores a Gertrude e, constrangido, se sentara no lugar que lhe fora indicado com um sorriso.

— Marie pediu que começássemos sem ela — anunciou Lisa. — Ela e Paul estão no hospital com a mamãe e só virão quando o horário de visita acabar.

A mesa se encheu. Mizzi serviu café e Gertrude teve a honra de cortar o maravilhoso bolo de aniversário. Após um pedaço do doce, Tilly teve a sensação de que não comia tanto e em tanta variedade havia muito tempo. Além disso, foi muito elogiada por sua atuação médica do dia anterior. Ainda no tema, Sebastian afirmou que muito mais mulheres deveriam exercer essa bela e importante profissão e que era uma vergonha ter tão poucas mulheres no parlamento. Tilly achou aquela opinião, da qual nem todos à mesa partilhavam, excepcional. O marido de Lisa podia até parecer um pouco estranho, dadas suas convicções, mas ela respeitava suas ideias.

Os Melzers chegaram por volta das quatro e meia. Marie e Paul estavam com ar cansado e preocupado, Alicia queixou-se do coração, Leo parecia distante e com a cabeça em outro lugar. Só Dodo mostrou-se vivaz e cheia de energia, agarrando Tilly pelo pescoço, querendo saber sobre o trabalho no hospital e falando sobre aviação: a tia Tilly já tinha andado de avião? Voar seria muito prático para uma médica, por exemplo, no caso de um acidente de trem. Ou acidente de trânsito. De avião, ela chegaria em um instante no local...

Ao contrário de sua filha eloquente, Marie estava calada e transparecia o medo que sentia pelo filho pequeno, assim como Paul. Graças a Deus, Kurti estava melhor. O inchaço na garganta já diminuíra e ele já respirava normalmente. Os médicos planejavam retirar o tubo no dia seguinte. Ainda não se sabia quando os pais poderiam levá-lo para casa. Mais tarde, o assunto foi a fábrica. Paul informou que até agora não tinham demitido ninguém, mas alguns anos antes as fábricas de tecido haviam passado por algo parecido e precisaram reduzir o quadro de funcionários. Eles esperavam sobreviver incólumes à crise atual, ainda que o volume de encomendas não fosse dos melhores.

– Os comerciantes temem comprar novos produtos, pois as vendas estagnaram. Primeiro estão esvaziando os estoques e aguardando. E justo neste momento nosso governo decide aumentar os tributos. Como é que as pessoas vão comprar algo se têm cada vez menos dinheiro no bolso?

Robert presumiu que haveria novamente uma inflação semelhante à do pós-guerra, mas Paul discordava. Sebastian lamentou o grande número de desempregados; ele era voluntário nas casas operárias na Mittelstraße e via o sofrimento das pessoas dia após dia. Gertrude sussurrou para Tilly que as casas operárias na Mittelstraße eram uma instituição do KPD, o Partido Comunista da Alemanha, e que Lisa se preocupava muito com o envolvimento do marido nele.

– Para os Melzers, é muito desagradável ter um comunista na família – disse ela baixinho. – Mas devo dizer que, para mim, Sebastian nem parece um comunista. É uma pessoa tão adorável...

Mais tarde serviram o caldo de carne quente e a carne assada com legumes, e a conversa divagou para assuntos diversos. Encantada, Dodo falava sobre a possibilidade de voar de avião de Augsburgo para o Marrocos, encher o tanque lá e atravessar o deserto. Lisa se empolgava ao falar sobre um filme novo exibido fazia algum tempo em Berlim e que certamente chegaria aos cinemas de Augsburgo.

– Ele se chama *O anjo azul*. Com o grande Emil Jannings e uma jovem atriz de quem ninguém nunca ouviu falar. Dizem que tem pernas longas e é uma depravada. Tem uma cena em que está vestindo um pequeno colete de fraque, uma cartola e uma calça curtinha... Se chama Marlene, mas não estou me lembrando do sobrenome. Haken? Não. Feile? Também não. É um sobrenome desses usados por ladrões.

– Brecheisen? – sugeriu Gertrude.

– Não, é mais curto...

– Haarnadel? – indagou Dodo.

– Não, bem diferente! Ah, sim, lembrei: Dietrich. Ela se chama Marlene Dietrich.

– Não é um nome muito original – opinou Gertrude.

O telefone tocou e Robert atendeu.

Ele tapou uma das orelhas por causa do barulho na sala e, em seguida, acenou a Tilly para que viesse até ele.

– Uma chamada de longa distância de Munique. Melhor ir para o corredor, aqui está muito barulho.

De Munique? Tilly se espremeu para passar por Gertrude e pegou o aparelho. Robert aumentara a extensão do cabo para que Kitty, que vivia determinada a ficar deitada no sofá enquanto telefonava, não acabasse arrancando a linha da parede sem querer.

– Boa noite, Tilly. – Era a voz do marido, que parecia estranha neste ambiente, quase como a voz de um desconhecido. – Desculpe atrapalhar sua comemoração em família.

– Ah, deseja dar os parabéns à minha mãe?

– Claro. Mais tarde. Infelizmente, tenho uma notícia muito desagradável para lhe dar. Sei que não é o momento ideal, mas acho que você deveria ficar sabendo antes de voltar para Munique amanhã.

O clima alegre da festa familiar desapareceu de uma só vez. A rotina insossa, a casa vazia e a solidão a atingiram novamente.

– O que aconteceu? Espero que nada grave.

Ele pigarreou como sempre fazia quando buscava as palavras certas.

– O hospital ligou para cá. Era o professor Sonius, médico-chefe e diretor da clínica. Você está temporariamente suspensa do trabalho.

Suas frases curtas e entrecortadas não faziam o menor sentido. Suspensa?

– Não... não estou entendendo – afirmou ela, perplexa.

– Bem – disse ele, alongando a palavra. – Pelo que entendi, você está sendo acusada pela morte de um paciente. Um traumatismo craniano que não foi reconhecido a tempo. Parece que foi você a responsável pela admissão dele.

Rapidamente ela entendeu que seu colega invertera a situação. O pobre taberneiro morrera, e ela levara a culpa.

– Isso é uma mentira deslavada! Não fui eu que fiz o raio x, foi o Dr. Heinermann.

– Se isso é verdade, talvez devamos acionar um advogado – sugeriu Ernst. – Contudo, acho improvável que você escape. As enfermeiras confirmaram expressamente que foi você que admitiu o paciente. Além disso, você iria largar o trabalho mais cedo ou mais tarde, não é mesmo? Sendo minha esposa, não tem necessidade de trabalhar.

Não tinha sentido brigar pelo telefone. Ela disse que queria conversar com ele no dia seguinte, com calma, e desligou.

– Aconteceu alguma coisa, Tilly? – perguntou Robert, preocupado, quando ela voltou para a sala e colocou o aparelho em cima da cômoda entre os presentes de forma distraída.

– Como? Não, tudo certo – mentiu ela. – Meu marido manda cumprimentos a todos.

Ela estava entorpecida e seu cérebro se recusava a aceitar aquela notícia monstruosa. Parecia-lhe mais provável que tudo não passasse de um pesadelo.

8

Ficava cada vez mais claro para Paul que ele preferia ficar na Vila dos Tecidos em vez de na fábrica. Isso o preocupava, pois, não muito tempo atrás, ia trabalhar cheio de energia e subia as escadas com passos acelerados para chegar ao escritório, onde as duas secretárias o esperavam com as correspondências do dia. Agora ficava sentado mais tempo do que o necessário na sala de jantar durante o café da manhã e precisava se forçar a largar o jornal. A razão para isso era o fato de que a vida na Vila dos Tecidos seguia um ritmo retraído, que criava em seus habitantes a impressão de paz e proteção, circunstâncias que pareciam quase não existir mais no país e na fábrica de tecidos.

Mas as coisas também tinham mudado na Vila. Fazia algum tempo que não tomavam mais o café da manhã juntos. Paul e Marie chegavam à sala por volta das sete, bem como Leo e Dodo, que precisavam ir para a escola cedo. Sebastian raramente aparecia, pois queria estar na fábrica para o turno da manhã. Abria mão do café para não precisar recorrer tão cedo aos empregados. Alicia, que no passado zelava tanto pela pontualidade de toda a família na primeira refeição do dia, agora preferia comer por volta de oito e meia com Lisa e as crianças.

– Na minha idade, posso me dar ao luxo de ser um pouco desleixada – disse ela, rindo. – E é uma alegria tão grande estar com os pequenos! Ah, se meu querido Johann estivesse aqui vivendo isto...

– Pelo menos o papai conheceu seus netos Leo e Dodo e os aproveitou muito – comentava Paul nessas oportunidades.

Ele ficava um pouco magoado por sua mãe quase não dar mais atenção aos gêmeos de 14 anos, reservando todo o seu amor e cuidado aos menores. Em especial, a Kurti, o temporão, que era a luz de seus olhos. Aquele terceiro e inesperado filho fora um evento especial para Paul e Marie. Antes disso, seu casamento passara por provações, as sombras do passado quase o destruíram, mas, por fim, seu amor fora mais forte que todas as desavenças. O menininho, que se desenvolvera tão gloriosamente e, para a alegria de Paul, brincava com carrinhos de metal e gostava da antiga máquina a vapor, propiciava-lhes felicidade.

E, de forma inesperada, os últimos dias haviam mostrado quão efêmera era aquela felicidade, como a desgraça podia ocorrer de um instante para o outro e levar embora aquilo que temos de mais precioso. Paul fora especialmente afetado pelo ocorrido. Marie telefonara no meio de uma reunião importante com três fornecedores, e ele demorara para fazer algo, acabando por encarregar a secretária de buscar um médico. Só depois se dera conta de que o filho escapara da morte por um triz. Ainda por cima, Leo teve uma crise. Graças a Deus não passara de um ligeiro desmaio pela emoção e pelo susto. Na noite em que Kurti já estava em segurança no hospital, ele conversara sobre o acontecido com Marie, Lisa e sua mãe durante bastante tempo e em detalhes. Agradecera à providência divina por ter levado Tilly até eles no momento mais urgente. Só depois que tinham se deitado, Marie perdera a compostura mantida com tanto esforço e chorara, desesperadamente.

Paul chegara à seguinte conclusão nos últimos dias: todas as preocupações com a fábrica, créditos em risco, vendas estagnadas, o futuro financeiro da Vila de Tecidos e de sua família não eram nada comparados ao medo aterrador de perder o filho. Ele teria sacrificado tudo pela vida do menino.

Naquela manhã, Paul era o primeiro à mesa e cumprimentou Humbert, que lhe serviu o café e perguntou-lhe cordialmente sobre Kurti.

– Está melhor, graças a Deus. Minha esposa está ligando para o hospital agora e, com sorte, terá boas notícias.

Ele sabia que seus fiéis empregados também haviam temido pela vida do pequeno. Até na noite do dia anterior, quando voltaram da comemoração do aniversário de Gertrude, Hanna ainda tinha lágrimas nos olhos.

– O Sr. Winkler já foi para a fábrica por volta das seis da manhã – falou Humbert. – Ele pediu para avisar ao senhor que terá uma reunião com a comissão de trabalhadores e lhe informará os resultados pelo fim da manhã.

Paul não ficou feliz com a notícia. Lá estavam mais uma vez os aborrecimentos superficiais do dia a dia, e ele percebeu, frustrado, que eles o deixavam desconfortável. Mais que incômoda, a atuação de Sebastian na comissão de trabalhadores era ofensiva, pois Paul acreditava que cuidava de seus funcionários melhor do que muitos outros donos de fábricas em Augsburgo e na região. Claro, eles haviam precisado reduzir a força de trabalho, mas o fizeram sem recorrer a demissões de fato. O número de operários e funcionários que foram mandados embora em virtude da idade já fora suficiente. E eles nem efetuaram restrições nos benefícios. Ainda havia a cantina, que oferecia uma refeição quente uma vez por dia, apesar de terem que cortar a sobremesa e reduzir as porções. Para Sebastian, defensor fervoroso dos direitos dos trabalhadores, isso não era suficiente. Ele exigia turnos de seis horas em vez de oito pelo mesmo salário, bebidas grátis e duas semanas de férias pagas tanto para operários quanto para funcionários. Além disso, exigia a reforma das residências dos operários, já há muito necessária, segundo ele. Em sua opinião, faltava o básico. Principalmente a parte que dizia respeito à higiene deixava a desejar, e eles precisavam de banheiros modernos com urgência.

– Temos que estabelecer metas – argumentara Sebastian na última conversa com seu cunhado, Paul, sorrindo. – Sem metas não há luta.

– E quem sabe então metas alcançáveis? – respondera Paul, irritado. – Utopias não servem a ninguém. Você sabe muito bem que no momento estou com dificuldade até de pagar os salários integralmente.

Naquele dia havia outro problema que em muito se sobrepunha a tudo que se passara. Panfletos do KPD tinham aparecido na fábrica, e o porteiro Alois Gruber, que, apesar da idade avançada, ainda estava na ativa com a ajuda de um funcionário mais jovem, alegara que fora o Sr. Winkler quem os havia distribuído. Não dava para saber se isso era verdade, afinal de contas, o velho Sr. Gruber se indispusera com Sebastian desde que ele lhe sugerira que merecidamente se aposentasse.

– Bom dia, papai. Novidades de Kurti?

O abraço impetuoso de Dodo o tirou de seus pensamentos sombrios tão subitamente que seu pão quase caiu na toalha de mesa branca.

– Mamãe está ligando para o hospital. Cadê o Leo? Espero que não tenha perdido a hora de novo.

A enérgica menina afastou a cadeira e sentou-se.

– Não quero chocolate quente, Humbert. Café, por favor. Com muito leite e uma pedra de açúcar… Não, papai, Leo está no banheiro. Está arrancando os dois pelos que cresceram em seu queixo.

– Pelos?

Dodo riu alegremente enquanto se servia da cesta de pães que Humbert lhe dera.

– Eu lhe disse que não passa de uma penugem que ninguém vê. Mesmo assim, ele fica horas diante do espelho cutucando o queixo... Posso ler o jornal?

– Estou lendo, Dodo.

– Só o caderno *Notícias do Mundo*, por favor.

Enquanto Dodo tinha seu desejo realizado, Marie finalmente chegou para o café da manhã. Seu rosto revelava alívio quando deu um beijo na bochecha da filha.

– Ele está bem, graças a Deus. Até conseguiu comer um pouquinho ontem. A ferida está sarando bem, e o mais importante é que está respirando normalmente. Vou ao hospital às duas horas, no horário de visita.

– Então leve os carrinhos dele, mamãe – disse Dodo. – E a locomotiva vermelha que tia Lisa deu de presente de aniversário. Posso ir junto? Minhas aulas terminam ao meio-dia...

– Então me encontre no ateliê depois da escola e iremos juntas – decidiu Marie.

A raiva por Sebastian sumira. Sorridente, Paul observou Marie mexer o açúcar no café e pegar a geleia de morango. Como era linda, sua Marie. As olheiras escuras já tinham quase desaparecido, seu olhar estava claro, sua voz estava tranquila e determinada. Ele acariciou sua nuca, onde um cacho se soltara do coque. Em alguns aspectos, era um marido bastante antiquado, e, por isso, gostava de seus cabelos longos e ficava feliz por ela não seguir a moda tola dos cabelos curtos. Ainda a via como a moça delicada com os grandes olhos escuros por quem se apaixonara perdidamente quando estudante.

Leo chegou um pouco depois da mãe, com duas manchas vermelhas no queixo. A gola da camisa não estava abotoada, a bolsa da escola estava aberta e desarrumada. Até onde Paul podia ver, ela continha mais partituras que livros. Ele cumprimentou os pais com um aceno de cabeça. Beijos ou demonstrações similares de afeto já o envergonhavam fazia algum tempo.

– Um café, por favor, Humbert. Sem açúcar, por favor... Acho que deixei o atlas lá em cima em algum lugar.

Prestativo, Humbert correu até o segundo andar para buscá-lo enquanto Dodo colocava duas fatias de pão com geleia e mel no prato do irmão e ele as engolia.

– Você vem junto para o hospital às duas horas? – indagou ela. – Vamos nos encontrar no ateliê da mamãe depois da escola.

– Tenho aula de piano com a Sra. Obramowa – balbuciou ele. – Só posso depois das quatro...

– Aí o horário de visita infelizmente já vai ter acabado – informou Marie.

– Meu Deus! – exclamou Dodo. – Você bem que poderia deixar de fazer só uma aula de piano pelo seu único irmão mais novo.

Leo não respondeu, pois estava ocupado mastigando a comida e engolindo o café. Só depois que Humbert apareceu com o atlas, levantou-se de um pulo para colocar o livro dentro da bolsa.

– Obrigado, Humbert, precisamos ir para buscar Walter... Mamãe, meu piano precisa ser afinado. Além disso, o revestimento de feltro está muito fino em algumas notas.

– Não é de se admirar, do jeito que você esmurra as teclas – zombou Dodo.

Paul ficou irritado, pois, em sua opinião, Leo estava caminhando para uma vida de artista e de farra tal qual a que Kitty levara no passado. Ele havia se resignado com as aulas de piano do filho, mas não lhe agradava o fato de o menino praticamente só se dedicar à música, negligenciando a escola. Tudo que ele sempre temera.

– Desejo que chegue pontualmente à sala para o café da manhã, Leopold – disse Paul em tom severo. – Com a bolsa da escola pronta e organizada. Quando veremos seu boletim?

– Semana que vem, papai.

A Páscoa já se aproximava e o ano escolar estava chegando ao fim. No outono, Leo trouxera um boletim com notas lamentáveis. "A aprovação para cursar a série seguinte está ameaçada", era o que estava escrito embaixo do documento, e Leo levou um sermão do pai.

Humbert salvou Leo ao anunciar que o carro estava pronto na entrada da casa. O menino pegou a bolsa com pressa, olhou novamente para Paul de forma tímida e acenou para a mãe.

– Até mais tarde. Dê um beijo em Kurti, mamãe. Amanhã eu não tenho aula de piano e posso visitá-lo.

Paul olhou para o filho e balançou a cabeça.

– Não estou gostando nada disso, Marie.

– Nem eu – disse ela, suspirando. – Ele só pensa nesse concerto e ensaia como se estivesse possuído, mas não tenho a impressão de que esteja avançando.

– Talvez a gente deva conversar com a professora dele – sugeriu Paul. – A russa. Qual o nome dela mesmo?

– Obramowa – respondeu Dodo com ênfase depreciativa. – Sinaida Obramowa. Conhecida como a marechala de campo!

– Ah, é mesmo? – disse Marie, franzindo a testa. – Acho que terei uma conversa com ela um dia desses.

Terminaram de tomar o café da manhã. Paul foi ao escritório para buscar alguns documentos. Marie e Dodo dispararam em direção ao corredor, onde Hanna as aguardava com o casaco e o lanche para a escola. Marie levou Dodo de carro até o ateliê na Karolinenstraße, e de lá a jovem foi andando até Sant'Ana, onde ficava o ginásio para meninas. Lá fora, no quintal, Humbert estava ligando o carro da empresa para levar Leo e Walter até o ginásio St. Stefan, o que significava que Paul precisaria ir andando para a fábrica. Não tinha problema, seu pai fora andando a vida toda enquanto fumava seu charuto matutino. Portanto, seu filho seguira seus passos, só que sem o charuto.

Os prédios da fábrica pareciam particularmente cinza e abandonados naquela manhã chuvosa de abril. O reboco estava descascando em dois dos pavilhões, e os vidros dos telhados triangulares precisavam ser limpos, uma tarefa hercúlea que ele procrastinava. No geral, uma pintura mais bonita e mais clara faria bem aos prédios deprimentes, mas, no cenário atual, isso era um luxo com o qual não tinha como arcar.

– Bom dia, Gruber! – gritou Paul ao porteiro, que saiu depressa da guarita para abrir o portão.

– Bom dia, senhor diretor! – respondeu Gruber e ajeitou o gorro enquanto fazia uma reverência. – Que tempinho feio hoje, não é mesmo? Ouvi no rádio que essa chuva vai continuar nos próximos dias.

O aparelho de rádio "Receptor do Povo" era a aquisição mais recente de Gruber. Ele recebera autorização para manter o precioso objeto em sua guarita. Pagava as taxas do próprio bolso e ficava muito feliz em repassar aos funcionários as últimas notícias da emissora local de Augsburgo, como a previsão do tempo e os eventos esportivos.

Os escritórios no segundo andar permaneciam com o aquecimento aceso, pois o frio incomodava a ferida no ombro que Paul sofrera na guerra. As duas secretárias se responsabilizavam por manter a temperatura adequada. Ottilie Lüders limpava as mãos sujas de poeira de carvão na pia quando ele entrou, e Henriette Hoffmann já estava sentada à máquina de escrever.

– Bom dia, senhor diretor! – disseram juntas.

– Bom dia a vocês duas! – respondeu Paul, tirando o casaco com a ajuda da Srta. Hoffmann.

As secretárias perguntaram como estava seu filho e ficaram muito contentes quando ouviram que Kurti estava melhor. Paul queria saber se a Srta. Lüders melhorara do resfriado, e ela disse que sim.

– Chá de sálvia e pastilhas de eucalipto – explicou ela. – Recomendo. E um pano com banha de porco no peito à noite.

Paul não desejava imaginar a cena e foi até o escritório, que seu pai ocupava anos atrás, para cuidar das correspondências. A pilha que a Srta. Hoffmann colocara em cima de sua escrivaninha continha, além de notas fiscais, muitos currículos de trabalhadores qualificados que tinham sido demitidos na região de Munique por motivos financeiros. Havia ainda três cancelamentos de encomendas maiores, mais um duro golpe que a fábrica precisaria suportar. Agora estavam vivendo das reservas, e ele precisaria pagar parte dos salários com o dinheiro que pegara emprestado no banco para realizar investimentos. Se a situação econômica não melhorasse em breve, não lhe restaria opção a não ser paralisar o setor de fiação pelo menos temporariamente. Nesse caso, ele não sabia o que seria dos trabalhadores. Parte deles poderia ficar na tecelagem e na impressão, mas não sob as mesmas circunstâncias. E mesmo os que permanecessem teriam os salários reduzidos e o resto teria que ser demitido. A única coisa que ele poderia fazer por eles seria deixá-los permanecer por algum tempo nos alojamentos para operários da fábrica.

– O Sr. Winkler quer falar com o senhor – anunciou a Srta. Lüders com uma expressão mordaz.

– Diga para ele me esperar no escritório ao lado, já estou indo.

Apesar de seu grande empenho por toda a força de trabalho, os funcionários da administração viam o politicamente engajado Sebastian com desconfiança. Sua colaboração com os trabalhadores que protestavam não lhes agradava e, além disso, sua aparência desajeitada e a forma como se vestia os incomodava. Ele voltara a vestir seu antigo paletó azul com a gola puída e a calça não ajustada e manchada do trabalho nas máquinas de tecelagem. A Srta. Hoffmann reclamara poucos dias antes que o Sr. Winkler havia deixado manchas de óleo no sofá.

Quando Paul entrou, o atual presidente da comissão de trabalhadores estava concentrado, lendo o arquivo que carregava, e então olhou rapidamente para ele.

– Bom dia, Paul!

– Bom dia, Sebastian – resmungou seu cunhado, sentando-se diante dele. – Por favor, seja rápido, estou com pouco tempo e também quero conversar com você sobre algo.

Aqueles olhos azul-claros, que sempre pareciam um pouco sonhadores e ingênuos, o miravam por trás dos óculos. Mas não devia se deixar enganar por eles: Sebastian Winkler sabia muito bem o que queria.

– Eu me juntei às comissões de trabalhadores para fazer uma lista das condições sociais nas quais vivem nossos operários e funcionários – relatou Sebastian, empurrando um arquivo por cima da mesa.

Era uma tabela com nomes, endereços, idade, tempo de serviço, estado civil, filhos, demais parentes dependentes e renda. Além disso, constavam observações sobre o estado de saúde, condições de moradia e adesão a um seguro de saúde. De fato, um trabalho admirável!

– Serve de base para ponderarmos exatamente, caso haja demissões, qual o impacto que o desemprego terá nas pessoas afetadas e em seus parentes – explicou Sebastian, folheando o documento. – A viúva Gebauer, por exemplo, tem três filhos, dois dos quais ainda vão à escola. Uma demissão seria inaceitável nesse caso!

Ele fala como se a comissão de trabalhadores tivesse que me informar disso, pensou Paul, irritado. *Não sabe que conheço meus funcionários e vou refletir muito bem sobre quais deles deverão ser demitidos caso a situação piore? Mas o Sr. Comissão de Trabalhadores acha que sabe mais que todo mundo.*

– Bem – murmurou ele, passando os olhos pela lista.

Pelo menos desta vez ele tinha que dar crédito a Sebastian por não fazer demandas utópicas, mas cuidar de coisas palpáveis, das quais parecia estar muito orgulhoso.

– Os dados estão totalmente atualizados – disse Sebastian, elogiando o próprio trabalho.

Paul assentiu e fechou o arquivo.

– Acho que usaremos isto quando chegar a hora certa. Obrigado por sua atuação diligente e por este levantamento, Sebastian. Contudo, queria falar com você sobre algo desagradável...

Ele foi interrompido pela Srta. Hoffmann, cujo rosto aparecera na porta entreaberta.

– Posso trazer café aos senhores?

– Por favor – respondeu Paul.

– Obrigado, mas para mim não – afirmou Sebastian, sorrindo timidamente para a secretária, que se retirou ofendida.

Paul aguardou até que ela estivesse fora da sala para tirar a prova do crime do bolso do paletó, então alisou-a e colocou-a em cima da mesa.

– Estes panfletos, Sebastian!

Seu cunhado deu uma olhada rápida para o papel, gemeu baixo e se recostou na cadeira.

– Temi que caíssem nas mãos da direção da fábrica.

Paul imaginou coisa pior, mas se controlou.

– Então você sabe do que se trata?

Ele assentiu, tirou os óculos e os limpou com um lenço com as iniciais JM, ou seja, um lenço que pertencera a Johann Melzer, o pai de Paul. Não lhe agradou em nada ver Sebastian usando-o.

– Realmente percebi que estes panfletos estavam circulando pela fábrica – declarou Sebastian. – Alguém inclusive os mostrou para mim e perguntei de onde vinham. Mas não estou disposto a revelar o nome da pessoa em questão. Asseguro-lhe somente, Paul, que tive uma conversa com ela e a alertei sobre ações deste tipo no futuro.

– Então é uma mulher?

– Não disse isso, estava falando de uma pessoa em geral.

Paul sentiu a raiva surgindo dentro de si. Seu querido cunhado conhecia o culpado, mas, em vez de divulgar seu nome, assumia o papel de protetor. O que ele deveria fazer? Se pressionasse Sebastian de maneira séria, corria o risco de causar uma briga em família. Era certo que Lisa ficaria do lado do marido e Alicia ficaria do lado dos dois por medo de que a filha cogitasse deixar a Vila dos Tecidos com os netos.

– Peço encarecidamente que você se assegure de que algo assim nunca mais aconteça, Sebastian – disse Paul, em tom severo.

Em seguida, precisou acalmar-se, pois a Srta. Hoffmann entrou com seu café.

– Não há lugar para engajamento político-partidário aqui na fábrica – disse Paul, prosseguindo assim que a porta mais uma vez se fechou. – Qualquer pessoa pega neste tipo de atividade será demitida sumariamente.

Sebastian assistiu à explosão de raiva de Paul em silêncio. Sua expressão não deixava claro se ele o impressionara. Assim que seu cunhado terminou de falar, começou a dar sua opinião de forma lenta e elaborada.

– Já disse que adverti a pessoa em questão. É claro que, em virtude de minhas convicções pessoais, sou bastante compreensivo quando um trabalhador se engaja pela causa do KPD...

Paul demonstrou o desejo de protestar, porém Sebastian levantou a mão, rogando-lhe que o ouvisse. Continuou:

– Pois, de certa forma, vivo em dois mundos diferentes. Tanto na Vila dos Tecidos, onde vivemos no luxo, quanto na Mittelstraße, onde tentamos evitar que pessoas doentes e miseráveis fiquem desprovidas de um teto sobre a cabeça e uma refeição quente.

– Você disse no luxo? – disse Paul, abrupto.

– Foi exatamente o que eu disse, meu caro. Temo que talvez não esteja claro para você que as refeições abundantes servidas em um dia na Vila dos Tecidos poderiam matar a fome de várias famílias pobres por semanas. Por exemplo, o bolo elaborado de ontem, da festa de aniversário da Sra. Bräuer, uma senhora, aliás, que adoro e que não tem culpa nenhuma pelos gastos excessivos pela sua comemoração. Os ingredientes do bolo: nata, ovos, farinha, açúcar, marzipã e chocolate são tão caros que inúmeras famílias com muitos filhos poderiam ter se alimentado durante semanas...

– Entendo – afirmou Paul, interrompendo-o sarcasticamente. – Você quer que a gente viva de pão e água na Vila dos Tecidos e use o dinheiro economizado para dar suporte às casas operárias na Mittelstraße. É isso mesmo?

Sebastian fez um gesto defensivo com as mãos.

– Nunca pensaria isso, Paul. Mas um maior rigor orçamentário possibilitaria dar um complemento salarial a alguns trabalhadores que precisam alimentar famílias grandes...

Um falatório alto vindo do pátio interrompeu a argumentação de Sebastian a favor das necessidades dos pobres.

— O que está acontecendo? — disse Paul, levantando-se para olhar pela janela.

O velho porteiro Gruber estava parado diante do portão da fábrica junto com seu jovem colega, Samuel Knoll, um homem muito magro e de cabelos escuros com traços fortes. Entre eles havia um homem barbudo de aparência maltrapilha, que falava com eles sem parar e fazia movimentos suplicantes com os braços em direção ao prédio do escritório.

— Um morador de rua — comentou Paul. — Deve estar tentando se infiltrar para roubar os funcionários.

A suposição não era sem fundamento, pois duas vezes ladrões haviam conseguido entrar na fábrica e levaram casacos de inverno, uma carteira e vários pares de sapatos.

Ele foi até as secretárias e pediu à Srta. Lüders que perguntasse se era necessário avisar a polícia.

— Vamos chamar, senhor diretor — disse ela de forma oficiosa. — Contudo... Bom, não tenho certeza, e a Srta. Hoffmann também parece ter a mesma suspeita...

— E de que suspeita se trata, por favor?

A Srta. Hoffmann torceu as mãos, pois provocara a indignação do adorado diretor Melzer.

— Achamos que conhecemos aquele homem lá embaixo. Anos atrás ele veio para cá como prisioneiro de guerra russo.

Paul dirigiu-se mais uma vez até a janela e olhou fixamente para baixo. Um russo? Um prisioneiro de guerra que fora empregado na fábrica? Será que era aquele homem do qual Marie falara? Que se envolvera com a pobre Hanna?

Decidido, abriu as persianas, inclinou-se para fora e falou em voz alta em direção ao pátio:

— Traga-o para cima!

Dois trabalhadores que empurravam um carrinho cheio de pacotes no pátio apoiaram a carga no chão e ajudaram Alois Gruber a levar o desconhecido até o prédio administrativo. Agitadas, as duas secretárias sussurravam no escritório, e Sebastian quis saber se muitos prisioneiros de guerra tinham sido forçados a trabalhar na fábrica naqueles tempos.

Paul fez um gesto com a mão.

– Eu estava na guerra naquela época. Meu pai dirigia a fábrica com o louvável apoio de Marie. Não tenho a menor ideia. Vamos verificar primeiro, talvez as senhoritas tenham se enganado.

O russo não precisou ser conduzido, pois andou voluntariamente na frente dos três homens que o acompanhavam. Quando entraram na sala, a Srta. Lüders tapou o nariz. O estrangeiro não devia trocar de roupa fazia muito tempo. Seu cabelo escuro com algumas mechas grisalhas estava bagunçado e grudado na cabeça, e a barba curta estava cheia de falhas, como se tivesse sido aparada com uma faca.

O morador de rua percebeu na hora que era o homem loiro e bem-vestido no meio da sala quem ditava as regras e curvou-se perante ele, batendo os calcanhares de seus sapatos gastos um contra o outro ao estilo de uma saudação militar.

– Grigorij Schukov – disse ele, apontando para o próprio peito. – Dar asilo, por favor. Ser da Sibéria. Prisioneiro de Stálin. Grande assassino. Todos camaradas mortos em Sibéria. Só eu fugir. Andar até Germânia. Alemanha, Augsburgo... Porque aqui estar minha Channa.

Seguiu-se um silêncio. Paul sentiu os olhos suplicantes daquela pessoa exaurida direcionados para ele. Sebastian queria saber o que significava "Channa".

– Ele está se referindo à Hanna da Vila dos Tecidos – disse a Srta. Hoffmann, levando um cutucão nas costelas da colega.

– Fique quieta!

Alois Gruber não aguentou mais e tomou a palavra.

– É verdade que ele é o Grigorij, senhor diretor. Reconheci-o imediatamente. O senhor pode perguntar ainda a Bernd Gundermann, que também o reconhecerá. Ou a Alfons Dinter, ele estava aqui naquela época, pois estava ferido.

– Tudo bem, Gruber – disse Paul. – Pode voltar a seu posto.

– Pobre coitado – disse Sebastian com piedade. – Por que será que o mandaram para a Sibéria? Deve ter cometido um crime grave. Um assassinato, talvez?

Paul estava indeciso sobre o que fazer e o falatório de Sebastian já estava lhe dando nos nervos.

– Até mesmo você deve saber que o grande Stálin envia milhares de inocentes para a Sibéria. Segundo dizem, estão fazendo uma nova divisão das terras. Na Rússia isso é feito por meio do assassinato brutal dos antigos proprietários, latifundiários e boiardos. Aí estão as bênçãos do comunismo, querido cunhado!

Irritado, Sebastian fez um gesto e calou-se. Paul então ponderou um pouco antes de decidir o que fazer com o russo.

– Infelizmente, precisamos entregar o senhor à polícia, Sr. Schukov. Primeiro o senhor precisa ser verificado e cadastrado. Só depois disso poderemos pensar na possibilidade de um alojamento e um trabalho para o senhor aqui na fábrica.

O russo recuou assustado.

– *Niet! Politsia* – pediu ele. – *Pojaluista niet*, prisão não... Asilo, por favor.

– É para verificação – afirmou Paul, tentando acalmá-lo enquanto sinalizava às secretárias que telefonassem para a polícia.

Schukov parou de resistir. Muito fraco para tentar fugir, sentou-se no chão e começou a chorar.

– Deem-lhe uma xícara de café – disse Sebastian para a Srta. Lüders, que lançou um olhar interrogativo para o diretor, seu chefe.

Paul assentiu.

– E algo para comer.

9

A Sra. Brunnenmayer tirou os óculos do bolso do avental e colocou-os para analisar melhor o cardápio da semana que a Sra. Elisabeth lhe entregara fazia pouco. Mas não era possível!

– Precisamos economizar, Sra. Brunnenmayer – dissera Lisa enquanto dava um biscoito de baunilha à pequena Charlotte. – Carne três vezes na semana é o suficiente nestes tempos. Fora isso, sopa com vegetais, macarrão com queijo e pratos à base de batata... Na sexta-feira, um ensopado de legumes e alguma compota de sobremesa.

– Não posso fazer sopa sem um pedaço de carne – objetou a cozinheira. – E domingo é dia de porco assado com *klöße*, os bolinhos de massa.

– Por mim, tudo bem no domingo. Em compensação, nos dias de semana faremos arroz-doce ou *dampfnudel,* os pãezinhos recheados, como deixei anotado para a senhora. É o que as crianças preferem mesmo.

– Mas os adultos, não – contestou a cozinheira. – O Sr. Melzer odeia arroz-doce, assim como Leo.

– Todos nós temos que fazer sacrifícios nos tempos difíceis em que vivemos – disse a patroa, pegando uma boneca do chão e dando-a à filha, cujos bracinhos estavam esticados. – Por favor, nada mais de bolos elaborados de nata no futuro. Ainda mais de dois andares com chocolate e marzipã como o do aniversário da Sra. Bräuer. Não podemos mais nos dar ao luxo de desperdícios assim, Sra. Brunnenmayer.

A Sra. Brunnenmayer teve dificuldade de permanecer calma. Ela soou tensa quando voltou a falar.

– Se a patroa desejar, posso fazer um belo ensopado de nabo como nos tempos da guerra. Ou uma sopa de água com pedra.

É claro que a patroa entendera a ironia mordaz, lançando um olhar irritado e chamando Hanna com o sino, pois a fralda da pequena escorregara.

– Não será necessário – disse Lisa friamente. – Faça simplesmente o que anotei. A senhora pode voltar à cozinha agora.

A Sra. Brunnenmayer permaneceu firme. Faria cinquenta anos de casa em breve e não podia ser repreendida daquela forma.

– Pagarei pelo bolo de aniversário para a Sra. Bräuer do próprio bolso, senhora – disse ela, de forma enérgica. – Fora isso, gostaria de saber se as novas instruções foram acordadas com o Sr. e a Sra. Melzer para que depois não venham reclamar comigo.

Aquilo não fora uma alegação inteligente, e a patroa ficou irritada por ter sua autoridade questionada. Não havia dúvida de que a Sra. Brunnenmayer tinha uma boa dose de razão ao dizer que Paul Melzer não ficaria feliz em comer arroz-doce, mas sua posição de empregada não lhe permitia fazer tais questionamentos.

– Se quiser pagar o bolo do próprio bolso – respondeu Lisa com frieza –, nada impede que a senhora o faça. E agora não quero mais atrapalhá-la, Sra. Brunnenmayer.

– Como quiser, senhora – respondeu a cozinheira, deixando a sala.

Quando chegou à escada de serviço, sentiu-se revoltada. Era evidente que Lisa não tinha combinado nada com os Melzers. E também era claro de onde vinha aquela súbita inclinação à frugalidade. Só seu marido de tendências revolucionárias poderia ter colocado aquilo na cabeça dela. Na verdade, a Sra. Brunnenmayer não tivera nada contra Sebastian até aquele momento e inclusive o defendia quando Gertie ou Else falavam mal dele. Mas, se ele recusasse um delicioso bolo de nata à Sra. Bräuer e quisesse ser sovina na Vila dos Tecidos, sua boa vontade com ele acabaria aqui. Ele era um avarento, isso sim!

Inacreditável que a mesma Lisa voluntariosa e cheia de personalidade do passado tivesse se tornado tão obediente àquele professorzinho tímido de meia-tigela. A cozinheira suspirou. Uma pena como o amor às vezes transformava as pessoas. Em seus pensamentos, agradeceu por ser solteira e ter um bom cargo, tendo que prestar contas somente aos patrões. Havia alguns anos, tivera muitos pretendentes dispostos a pedir sua mão, mas decidira permanecer como a cozinheira da Vila dos Tecidos. Isso fora muito inteligente de sua parte, pois já testemunhara muitas vezes onde um casamento infeliz poderia dar.

Lá embaixo, na cozinha, Liesel lavava os legumes da sopa para o caldo de vitela. A caçarola de macarrão do jantar precisava ir logo ao forno, e ela queria fazer uma salada de repolho com bacon e cebola. Após bater os tapetes com Gertie e Hanna, Else tirava seu cochilo sentada à mesa longa, como de costume. Ao seu lado, Dörthe bebia um café com leite e tinha um prato com restos de bolo diante de si, que já estava quase vazio. Dörthe, que viera para a Vila dos Tecidos com os Winklers da fazenda dos Maydorns, não levava jeito para os afazeres domésticos e cuidava do parque com Christian. Era uma moça do interior, trabalhava muito e comia ainda mais.

– Chá e bolo de nozes para as senhoras Alicia e Elisabeth – solicitou Humbert ao chegar à cozinha.

Ele se serviu de um café e logo em seguida apareceu Hanna com uma bandeja cheia de louças. Dodo recebera duas amigas em casa e oferecera chocolate quente e bolo.

A Sra. Brunnenmayer observava, mas mantinha sua opinião para si. Ordenar medidas de austeridade e, ao mesmo tempo, pedir bolo de nozes e chá. Os patrões podiam tratar de esquecer isso no futuro. Nozes eram caras, e farinha, ovos e manteiga também não eram dos ingredientes mais baratos. A partir de então, ela faria exclusivamente biscoitos de aveia com margarina e estava curiosa para ver o que os mimados Melzers diriam sobre isso. Ao fim e ao cabo, era nada menos que um escândalo a quantidade de dinheiro que tinham esbanjado até então. Só a construção do anexo custara horrores. Uma banheira de mármore e um chuveiro, além das paredes com azulejos até o teto. Naquela ocasião, ninguém falou em economizar, e acabaram gastando como se dinheiro desse em árvore.

– Que cara é essa, Fanny? – perguntou Humbert gentilmente. – Está aborrecida com alguma coisa?

Aquelas palavras eram o que ela precisava para desabafar a sua irritação. Tirou o cardápio com violência do bolso do avental e jogou-o em cima da mesa.

– Aí está – disse ela, rabugenta. – A partir de hoje só serviremos carne três vezes na semana. É para fazer arroz-doce, ensopado e mingau.

A indignação à mesa não foi tão intensa como imaginara. Humbert passou os olhos pelo papel e deu de ombros. Gertie calou-se, frustrada, e Hanna deu um suspiro. Else ainda estava dormindo e não percebera nada, e Dörthe não ligava para o que comia, contanto que fosse em grandes quantidades. Apenas Liesel achou aquilo uma pena, pois queria aprender a preparar o ganso de Natal.

– Ah, é uma maluquice – disse Gertie de forma depreciativa. – Isso vai passar. Os Melzers têm dinheiro suficiente. Sabemos muito bem que não têm necessidade de comer mingau.

Humbert apressou-se em levar o chá e dois pedaços de bolo de nozes para cima, e Christian entrou na cozinha de meias. Ele deixara as galochas sujas do trabalho no parque do lado de fora como um rapaz educado.

– Se continuar chovendo assim, os arbustos de zimbro que transplantamos vão crescer bem – disse ele, enquanto Liesel lhe servia um café.

– Infelizmente, Dörthe acabou com o bolo – disse a jovem com pesar. – Talvez ainda haja biscoitos.

A Sra. Brunnenmayer decidiu dar-lhe um pedaço do bolo de nozes, que, na verdade, deveria ser servido apenas aos patrões. Alegrou-se em poder pregar uma peça em Elisabeth.

– Vai para seu curso de datilografia hoje de novo, Gertie? – perguntou Liesel, que se sentara do lado de Christian.

– Está curiosa? – respondeu Gertie, ríspida. – Caso esteja pensando em aprender a usar a máquina de escrever, não vale a pena. Passei na prova e até recebi um diploma. E de que me serviu? Nada. Porque não há empregos. Por isso.

Liesel finalmente entendeu por que Gertie estivera tão mal-humorada nos últimos tempos. Pagara caro pelo curso, e não dera em nada.

– Por que você quer trabalhar como secretária em escritório se tem um cargo tão bom aqui com a patroa? – indagou Hanna.

– Porque quero progredir na vida – resmungou Gertie bruscamente.

Hanna não entendeu nada. Christian também balançou a cabeça, perdido, e Liesel quis saber se era difícil aprender a usar a máquina de escrever e se uma secretária de fato ganhava muito dinheiro.

– Uma secretária pode alugar um quarto, comprar roupas bonitas e sair todas as noites – explicou Gertie com condescendência. – Mas isso não é para você, Liesel. Afinal, você já tem o Christian.

Foi naquele momento que Christian deveria ter dito "Nisso Gertie tem razão, Liesel". Ou até mesmo "Quando você se tornar minha esposa, cuidarei de você". Mas estava com a boca cheia de bolo e não pôde se manifestar. Só suas orelhas ficaram vermelhas como um tomate. Mastigou o bolo de forma desajeitada, engoliu-o com o café com leite, e, quando finalmente se preparou para abrir a boca, alguém bateu à porta do quintal bem alto.

– Deve ser Sedlmayer trazendo farinha e as ervilhas secas – comentou a Sra. Brunnenmayer.

Mas, quando Hanna abriu a porta, era Auguste quem estava do outro lado com suas galochas, o casaco e o chapéu encharcados.

– Olá a todos – disse ela. – Christian está aí? Ou Dörthe? Já trouxe os amores-perfeitos. Trarei o resto das coisas amanhã.

Christian levantou-se rapidamente para descarregar o carrinho junto com Dörthe.

– Estão lindos, os amores-perfeitos – disse a moça quando voltaram. – Tem muitos botões. Tomara que não congelem. Você poderia tê-las trazido daqui a uma semana, Auguste.

Após tirar as botas, aceitou com gratidão o café com leite que a Sra. Brunnenmayer lhe dera para aquecê-la, junto com o último e generoso pedaço do bolo de nozes. Enquanto comia, contou que o carvão em casa acabara e, por isso, não tinham mais aquecimento.

– Se pelo menos parasse de chover – disse ela, suspirando e levantando a caneca em direção a Hanna para que lhe servisse mais café com leite. – Maxl está de cama com gripe, e Hansl já começou a tossir. Enquanto isso, as ervas daninhas estão crescendo como loucas por causa da chuva e estão infestando as mudas.

Fez uma pausa e olhou para a cozinheira com esperança.

– Por acaso você não está precisando de mais alho-poró e salsão, está?

– Estou, sim – respondeu a Sra. Brunnenmayer. – Além de cebolas, verduras para sopa e salsinha. Também posso comprar couve se tiver sobrado alguma. Traga tudo que tiver.

Auguste quase não acreditou na sorte da situação, pois a cozinheira compraria dela tudo que não conseguira vender na feira. E havia um bocado de coisa, pois poucos clientes tinham aparecido por causa do mau tempo.

– Agora comeremos refeições sem carne quatro vezes na semana – relatou a Sra. Brunnenmayer. – Amanhã farei ensopado de legumes, pode me trazer um pouco das cenouras do ano passado.

– E o que faremos com o bom caldo de vitela? – indagou Liesel. – Podemos conservá-lo até depois de amanhã?

– Certamente que não – respondeu a Sra. Brunnenmayer. – Precisaremos comê-lo nós mesmos para que não estrague.

Humbert retornou à cozinha com a louça do chá e falou sorrindo:

– Esqueçam as medidas de austeridade.

– Por quê? – perguntou Gertie.

Humbert fitou Auguste com desconfiança enquanto ela olhava embaraçada para a xícara de café na intenção de acabar de bebê-lo. Não era de bom tom fazer comentários particulares sobre os patrões na presença de alguém de fora. Mas como Auguste trabalhara lá antes e, além disso, era a mãe de Liesel, ele continuou baixinho:

– Porque a Sra. Alicia já está brigando com a Sra. Elisabeth. Ela disse que, quando Kurti voltar para casa no sábado, precisará tomar caldo de carne. Para que recobre as forças. E ela não dá a mínima para o fato de ser um dia de comer carne ou não.

– Eu sabia – disse Gertie, triunfante. – Isso tudo não passa de um devaneio. Mas até que faria bem à Sra. Elisabeth viver uns tempos de pão e mingau. Volta e meia preciso afrouxar seus vestidos.

O comentário fez todos rirem. Até Else acordou do cochilo e riu amistosamente com os outros sem saber do que se tratava. Só Auguste deu um sorriso ácido e colocou sua xícara em cima da mesa com um suspiro.

– Gostaria de ter preocupações como essa – afirmou ela, olhando de soslaio para sua filha. – Estamos sobrecarregados com o trabalho de jardinagem. Não aguento mais ver Gustav se queixando. Justamente agora que temos tanto serviço, Maxl está de cama, gripado. Eu mesma passei o dia todo trabalhando na chuva para plantar as mudas de couve-rábano e couve--lombarda. Mas ainda faltam o repolho roxo, o repolho branco e a cebola...

– Vou passar lá na semana que vem – prometeu Liesel, que ficava terrivelmente envergonhada com as lamentações da mãe na Vila dos Tecidos. – Terei minha folga e poderei ajudar.

– Semana que vem é tarde demais, Liesel – reclamou Auguste, virando--se para Christian. – Se ao menos um homem forte pudesse nos ajudar, isso, sim, seria uma bênção.

Percebendo a indireta, Christian assentiu prontamente.

– Temos muito trabalho no parque no momento – disse para Auguste. – Mas posso ajudar durante algumas horas de manhãzinha e à noite.

– Que gentil de sua parte, Christian – respondeu Auguste, agradecida.

– Sabe, é principalmente por Gustav. Ele não diz nada, pois não é do tipo que fica reclamando da vida. Mas sei que está com dor, e o maldito coto está infeccionado.

A Sra. Brunnenmayer achou aquele aliciamento em sua cozinha uma vergonha e arrependeu-se de ter sido tão receptiva a Auguste. Christian trabalhava muitas horas no parque: abria novos caminhos, plantava mudas de árvores e podava as velhas e podres. Agora, como se não bastasse, ainda trabalharia de graça, porque Auguste fingia não poder contratar nenhum ajudante! E o bondoso Christian, pensando em Liesel, faria esse favor para ela.

– Se veio contratar mão de obra de graça – disse a cozinheira, com raiva –, me arrependo de ter-lhe servido café e bolo. Pode trazer os legumes amanhã, mas, por ora, você não é mais bem-vinda aqui.

Auguste reagiu com tranquilidade ao ser expulsa e, descaradamente, perguntou a Christian se já poderia ajudar naquela noite.

– Aí você também pode fazer um pequeno passeio com Liesel – completou ela, com astúcia.

Mas Liesel ficou tão furiosa com seu comportamento quanto a Sra. Brunnenmayer. Além disso, sua mãe a envergonhara na frente dos outros empregados.

– Hoje à noite não tenho tempo. Ainda preciso fazer a limpeza completa do fogão e do refrigerador.

– Então deixe pra lá – replicou Auguste inabalada, pegando suas coisas e saindo.

Já do lado de fora da cozinha, também tentou convencer Dörthe a ajudá-la com o serviço.

– Você é um estúpido por fazer isso – disse Liesel para Christian. – Os desempregados estão fazendo fila lá na floricultura. Mas, com eles, minha mãe precisaria gastar uns trocados...

– Faço com prazer – respondeu Christian, envergonhado. – Pois tenho pena de Gustav. E porque gosto muito de seus irmãos.

– Então você não tem jeito – disse Liesel, resignada, dando de ombros.

– Tem burro pra tudo – comentou Gertie depois que Christian saiu. – Eu não trabalharia de graça para ninguém.

A Sra. Brunnenmayer tinha algumas palavras entaladas na garganta, mas se conteve por causa de Liesel. Sabia muito bem que ela tinha que entregar quase todo o salário para a mãe. Uma vergonha. Nem ao menos um casaco de inverno decente a garota tinha, e suas meias estavam remendadas até dizer chega. Já a casa nova de Auguste tinha belos móveis e inclusive um banheiro com uma banheira enorme. Seu marido e os filhos tinham que trabalhar como condenados para satisfazer seu desejo de viver com pompa. Maxl o fazia de bom grado, pois o trabalho lhe agradava. Hansl, por outro lado, era um menino inteligente, tirava boas notas e poderia ir mais longe na vida. Mas o trabalho pesado na jardinagem praticamente o impedia de fazer os deveres de casa. E até o pequeno Fritz já tinha que contribuir com o serviço. Bem, isso não lhe dizia respeito. Só queria cuidar de Liesel, por quem se afeiçoara. Ela poderia conquistar algo decente na vida. Talvez até mesmo tornar-se sua sucessora na Vila dos Tecidos.

O sino tocou na sala vermelha da mansão, e Humbert levantou-se de um pulo para subir até o segundo andar. Foi o tempo de a Sra. Brunnenmayer colocar o ensopado no fogo e de Liesel mexer e temperar a salada de repolho, quando Humbert voltou e chamou Hanna do corredor:

— Estão pedindo para falar com você na sala vermelha.

A assistente de criadagem ficou pálida de medo. Quando uma funcionária era chamada para comparecer ao segundo andar, quase sempre se tratava de uma reclamação, e Hanna estava convencida de que era a pessoa mais desastrada do mundo.

— Não precisa ter medo — sussurrou Humbert enquanto ela passou por ele, apressada. — Você sabe muito bem que Marie Melzer tem grande apreço por você.

Para a eternamente cansada Else, estava na hora de arrumar os dormitórios dos patrões para a noite, fechar as cortinas e preparar as camas. Depois, arrumaria o banheiro, que fora usado várias vezes naquele dia. Subiu as escadas com passos pesados e relutantes, pois percebera que não iria contar com a ajuda de Hanna.

A cozinha ficou silenciosa enquanto o ensopado cozinhava. Liesel mexeu a salada de repolho e a dividiu em três tigelas de porcelana, colocando-as no elevador. A Sra. Brunnenmayer olhava novamente o cardápio da semana e fazia a lista de compras, frustrada.

Lá fora continuava chovendo e dava para ouvir o barulho das gotas nas calhas. Os vidros das janelas da cozinha estavam cobertos de caminhos transparentes nos quais a chuva seguia sua trajetória até o parapeito da janela. Os incansáveis jardineiros ficariam encharcados lá fora. Para compensar, haveria caldo de vitela com creme de ovos, pão com manteiga e salsicha de fígado para o jantar, já que tudo aquilo precisava ser consumido. Assim que a cozinheira se levantou para buscar os ovos na despensa, Hanna retornou à cozinha.

– E aí? – perguntou a Sra. Brunnenmayer com um sorriso. – Levou uma bronca?

Hanna não respondeu. Simplesmente sentou-se, apoiou a cabeça nos braços e começou a soluçar.

– Mas o que aconteceu, menina? Não pode ter sido tão grave assim.

Liesel já estava ao seu lado, abraçando-a, tentando consolá-la.

– Não fique assim, Hanna. A gente não pode ligar para broncas. Amanhã já estará tudo bem, acredite em mim.

Hanna enxugou as lágrimas e tentou dizer algo, mas mal conseguiu pronunciar as palavras, de tanto que soluçava. Era difícil entendê-la.

– Ele está aqui... Já imaginava, pois ele me escreveu... Da prisão, ele estava lá... e está doente.

A Sra. Brunnenmayer teve um palpite sobre de quem se tratava.

– Na prisão? O que ele aprontou?

Hanna soluçou, assoou o nariz e enxugou as lágrimas com o lenço molhado.

– Nada... Estão verificando se ele é um espião... Mas, quando acabarem, estará livre.

– Mas quem? – perguntou Liesel, impaciente.

– A patroa e o patrão me perguntaram se eu teria algo contra... Porque ele quer trabalhar na fábrica.

– E o que você disse? – perguntou a cozinheira.

Em vez de responder, Hanna começou a chorar novamente.

– Ela disse que tudo bem – falou Humbert da entrada da ala da criadagem. – E é por isso que Grigorij Schukov aparecerá em breve aqui. Tenho certeza de que ninguém ficará feliz com isso. Nem você, Hanna.

Humbert estava zangado como raramente estivera. E Hanna continuou soluçando descontroladamente. Meu Deus! Aqui estava o infortúnio que a cozinheira temia. Aquele russo voltara. O grande amor de Hanna, que quase a levara para a cova.

– E como você sabe disso, Humbert? – indagou Liesel.

É claro que ele escutara tudo atrás da porta.

10

— A senhora deveria ter cuidado do paciente em vez de ir para casa! No escritório do diretor da clínica havia móveis pesados e escuros, além de estantes de livros com obras de medicina atrás da escrivaninha, e aqui e acolá uma fotografia em um porta-retratos prateado, tal como ossos humanos e a representação artística de uma orelha com os canais auditivos. O professor Sonius parecia um gnomo grisalho diante desse cenário, com seus óculos dourados e sua careca. Ainda assim, toda a equipe do hospital morria de medo dele.

– Meu turno havia acabado, senhor professor. De qualquer forma, permaneci no hospital por mais tempo do que precisava e transferi o paciente ao Dr. Heinermann.

Tilly se sentia como uma ré, particularmente porque vestia roupas normais em vez do avental branco que costumava identificá-la como médica da Clínica Schwabinger. Ela estava suspensa, não pertencia mais àquele lugar. Não viera para ouvir críticas, mas para esclarecer os fatos.

– E por que a senhora não esteve presente na admissão do Sr. Kugler? Afinal, a senhora era a responsável pelo pronto-socorro naquele dia.

– Juntamente com o Dr. Heinermann. Ele fez a primeira avaliação do paciente e só depois solicitou que eu comparecesse.

O diretor da clínica folheou uma pilha de formulários preenchidos que tinha diante de si.

– Segundo a irmã Martha, a senhora estava tendo uma conversa particular com uma paciente em vez de ir direto para o pronto-socorro quando o Dr. Heinermann a chamou.

Tilly ficou indignada. Ela não tinha tido "conversas particulares com pacientes". Fora falar com a Sra. Kannebäcker, pois a paciente se queixara de algo.

– A meu ver, a conversa era importante, senhor professor. Não durou mais que alguns minutos. Esse atraso não pode ter sido, de forma alguma, a causa da morte do paciente. Que eu saiba, a encefalite que o matou só ocorreu após a operação.

Sonius mal a ouvia. Apenas mantinha uma expressão glacial enquanto folheava os documentos.

– A senhora sabe muito bem, Sra. Von Klippstein, que cada minuto conta nessas situações. Seja como for, os parentes do Sr. Kugler estão ameaçando processar o hospital. Isso poderia ter sido evitado se a senhora tivesse estado no local pontualmente.

– Eu confiei no diagnóstico de meu colega. O Dr. Heinermann é um médico experiente e de confiança, senhor professor.

– Infelizmente, nesse caso em questão, ele deixou passar algo. O que pode acontecer, é claro, afinal não somos deuses. Mas, se a senhora estivesse no local certo na hora certa, conforme exige seu serviço, teria salvado uma vida com o diagnóstico correto e protegido a clínica de consequências indesejadas. Esses são os fatos.

Ela sentiu que não havia nenhuma chance. Parecia que já tinham decidido jogar a culpa nela. Ela era o bode expiatório de que o professor precisava para salvar seu cargo. Na qualidade de diretor da clínica, ele suspendera e exonerara imediatamente o médico de plantão, neste caso, uma médica. Isso com certeza causaria uma boa impressão nos parentes do paciente. Ela não tinha nem mais forças para mais uma vez argumentar que seu turno já tinha terminado naquele dia fatídico.

– Sinto muito, não há mais nada que eu possa fazer pela senhora.

Ele não sentia nem um pouco, isso estava claro para ela. Estava feliz por se safar de tudo desta forma. Dizia-se por aí que ambicionava assumir a direção de um grande hospital de Berlim, e essa mancha terrível em seu currículo atrapalharia seus planos. Tilly se tornou subitamente consciente de que estivera deslocada naquela clínica desde o início. Isso porque nunca se dedicara somente à carreira, mas priorizava ajudar pessoas, curá-las de doenças, aliviar suas dores, dar-lhes esperança e acompanhá-las de maneira gentil e amorosa quando a morte fosse inevitável.

– Fiz um diagnóstico correto, e o senhor usou isso contra mim – declarou ela, levantando-se. – Contudo, preciso aceitar sua decisão. Por favor, mande os papéis para meu endereço.

Ele sorriu para ela, aliviado.

– Desejo-lhe tudo de bom para o futuro, Sra. Von Klippstein. Esta demissão ocorreu por motivos disciplinares, não tem nada a ver com suas competências como médica, as quais admiro e sempre admirei.

Ela foi até a porta sem dar ouvidos à conversa fiada.

– Boa sorte em sua trajetória, senhor professor!

Em seguida, deixou o escritório do temido chefe da clínica. Enquanto andava pelo longo corredor em direção à saída, sentiu como se tivesse se livrado de um peso enorme. Ele não tinha mais poder sobre Tilly. Ela estava livre. Os médicos-chefes que andavam apressadamente com seus jalecos brancos se achando muito importantes, as enfermeiras perversas e mesmo seu colega, o Dr. Heinermann, que fora poupado da expulsão sabe-se lá por quais motivos, não lhe diziam mais respeito. Ela não pertencia mais àquele lugar. Nunca pertencera.

Seu bom humor rapidamente se deteriorou no bonde, e outros pensamentos vieram à tona. Estava desempregada, suas qualificações médicas pelas quais lutara por tanto tempo estavam sendo desperdiçadas, e a perspectiva de obter um cargo em outra clínica não era das melhores. Com certeza o motivo da demissão constaria em seus documentos e interferiria em suas futuras candidaturas. Exausta, fechou os olhos por um momento e pensou em Ernst.

– Daqui para a frente você estará mais descansada e animada à noite, pois poderá relaxar durante o dia – dissera ele um dia desses, contente. – Vou lhe dar dinheiro para comprar algumas roupas bonitas para o verão. Na posição de minha mulher, você deve estar sempre bem vestida.

Mais nenhuma palavra sobre contratar um advogado para contestar a demissão, como fora inicialmente sugerido. Agora ele compartilhava da opinião de que ela não era de todo inocente naquele "incidente infeliz". Mesmo que a maior parte da responsabilidade, é claro, fosse de seu colega, que errara o diagnóstico.

– Sem dúvida você sabe que o Dr. Heinermann é casado com uma sobrinha do professor Sonius. Uma aliança assim é difícil de romper.

– A responsabilidade é da clínica e do médico que realizou a operação!

– E quem foi?

– O professor Sonius.

Como resposta, ele dera de ombros e mudara de assunto.

Isso acontecera alguns dias antes. Quando desceu do bonde em Pasing e caminhou até sua mansão na Menzinger Straße, estava profundamente abatida. O maravilhoso sentimento de liberdade passara, e ela fora tomada muito mais pela sensação angustiante de ser uma prisioneira.

– Vou lhe dar dinheiro – dissera ele.

Nada incomum ou ofensivo, pois toda esposa que conhecia comprava as próprias roupas com os recursos do marido. Contudo, pelo menos até aquele momento, ela insistira energicamente em manter contas separadas e pagara tudo que fosse relacionado ao seu uso pessoal com o próprio salário. Mas agora aquilo chegaria ao fim.

A mansão linda e bem-cuidada em que viviam era cercada por uma sebe que estava começando a florescer. Aquela era sua casa de fato? Não. Era a casa *dele*. O jardim *dele*, a propriedade *dele*. Da mesma forma, ela era a esposa *dele*. Quando se inclinou para a frente para pegar as chaves de casa na bolsa, sentiu algo no pescoço. Colocou a mão nele e sentiu um pequeno volume sob o tecido do casaco. O coração vermelho no delicado cordão dourado, o presente da pobre Sra. Kannebäcker. Ah, ele não lhe trouxera sorte, talvez devesse se livrar dele.

Ernst estava esperando por ela na sala de jantar, onde diariamente almoçariam juntos, agora que ela tinha ficado sem emprego. Julius, que havia sido criado da Vila dos Tecidos, vestia roupas escuras com um lenço branco e sempre servia primeiro ao patrão, dizendo os nomes dos pratos. Depois se retirava discretamente para não atrapalhar a conversa do casal.

– Este assunto desagradável foi resolvido? – indagou Ernst enquanto atacava a sopa.

– Foi, sim – respondeu Tilly, bruscamente.

– Acho que você precisa de um pouco de descanso – disse ele, sorrindo para ela. – O que acha de passarmos alguns dias no lago Ammersee em algum lugar belo e aconchegante? Podemos caminhar, andar de barco e talvez até mesmo entrar na água.

A ideia de caminhar com Ernst a encheu de pavor. Eles haviam visitado St. Moritz no ano anterior para praticar esportes de inverno, e ela estivera animada para aprender a esquiar, mas logo desistira. Por causa do ferimento de guerra, Ernst não tinha condição alguma de fazer qualquer tipo de esporte e a observara com desaprovação. Até que ela decidiu cancelar o curso e acompanhá-lo em suas caminhadas, nas quais ele só falava sobre si mesmo, seu mal-estar, seus negócios e sobre o dinheiro que ganhava e tinha que reinvestir sem falta.

– Acho que não preciso de descanso – disse ela prontamente. – Quero logo voltar a trabalhar como médica, é a profissão que aprendi e que considero meu propósito.

Ele fez uma careta, pois não gostou da resposta. Ofendido, bufou, pegou a taça de vinho e tomou um gole.

– Você está pensando em abrir seu próprio consultório?

– Por que não?

Ela realmente estivera pensando nisso. Era sua chance de trabalhar por conta própria, sem a hierarquia inconveniente da clínica, sem enfermeiras indisciplinadas ou colegas maliciosos. Ninguém para determinar quanto tempo e quanta atenção deveria dedicar a cada paciente. Contudo, era necessário um investimento significativo para o aluguel e as instalações de um consultório médico. As economias que fizera não seriam suficientes.

Ernst não parecia avesso à ideia.

– Estava torcendo para você ficar ao meu lado como minha esposa e acompanhante. Mas, bem, posso ser persuadido. Se a profissão de médica é seu propósito de vida, estou disposto a apoiar você.

Ela não podia acreditar. Lá estava ele novamente, o homem que lutara por ela, que a encorajara e que a deixara tão grata. Grata a ponto de aceitar seu pedido de casamento e se tornar sua esposa.

– Adquiri vários imóveis no centro de Munique recentemente – explicou ele. – Precisava investir o dinheiro, pois não sei se essa crise econômica vai acabar gerando uma inflação ainda maior. Você poderia abrir um consultório em uma das minhas propriedades. E tenho muitos amigos e conhecidos para lhe recomendar como pacientes.

Então era essa a ideia dele. Um consultório médico no centro para pacientes ricos. Ela conhecia estabelecimentos assim, com médicos da moda que convenciam os pacientes endinheirados a tratarem toda sorte de aflições, prescreviam remédios desnecessários e, em troca, cobravam honorários altíssimos.

– Acho que não desejo trabalhar sob tais condições, Ernst – respondeu ela, enfaticamente. – Em vez disso, pensei em abrir um consultório em Giesing ou Haidhausen para ajudar as pessoas que precisam de um tratamento médico com urgência, mas não têm como pagá-lo.

– Em Haidha...

A consternação fez Ernst engasgar com o vinho e tossir, o que lhe causava dores no peito e na barriga por causa das cicatrizes de guerra. Para Tilly, a espera fora uma tortura, pois Ernst precisou se concentrar na comida por um tempo. Ele aproveitou para formular sua resposta com calma. Ela foi inequívoca.

– Se estiver mesmo pensando em abrir um consultório em um desses bairros, nem pense em contar com minha autorização. Não posso permitir, em minha posição, uma esposa que se associe com trabalhadores sujos e bêbados.

Ele olhou rapidamente para ela para verificar o efeito de suas palavras, depois começou a cortar as fatias de assado no prato. Tilly observou-o por um momento, jogou o guardanapo em cima da mesa e se retirou sem dizer uma palavra. Ela não reagiu a seus apelos, subindo as escadas depressa e trancando-se no pequeno cômodo que lhe servia de quarto de vestir. Afundou em uma das poltronas acolchoadas e ficou olhando para o vazio.

A questão era bastante simples: Ernst ditava as regras. Uma mulher não tinha capacidade jurídica para alugar um apartamento ou um consultório sem o consentimento do marido. Uma esposa tinha praticamente os mesmos direitos que uma criança incapaz.

Ela ficou um bom tempo sentada no quarto de vestir, seu pequeno refúgio naquela casa. Só contava com uma janela bem pequena, mas, ainda assim, era um lugar para ficar sozinha e afastar-se de tudo. Passado algum tempo, ouviu passos e alguém batendo à porta.

– Senhora? A senhora está aqui? O patrão deseja falar-lhe.

O covarde enviara Julius.

– Avise meu marido que não quero continuar a conversa.

– Mas... o senhor está muito aborrecido.

– Por favor, relate o que falei, Julius.

Ela ouviu o criado descer a escada devagar e sussurrar algo a Bruni, que claramente o esperara no pé da escada. Sem querer, Tilly acabou ouvindo a conversa dos dois.

– Agora ela enlouqueceu... Ela vai ter uma surpresa – disse Julius, perturbado.

– Não diga bobagem – chiou Bruni. – Se eu fosse casada com um homem desses, daria no pé. Ele não pode fazer nada na cama. Não sei como a patroa aguenta.

– E vai sobrar para mim – grunhiu Julius. – Ele vai ficar com raiva quando eu lhe der a notícia.

Os criados tinham sua opinião sobre o que os patrões faziam. Mas a observação desrespeitosa de Bruni não era despropositada. É claro que a obstinação rígida de Ernst, sua busca por reconhecimento e suas práticas financeiras imprudentes eram reações às fraquezas físicas que a guerra lhe causara. A impotência, em especial, fazia com que ele se sentisse emasculado. Quando se casaram, Tilly prometera estar sempre ao seu lado, com atenção e paciência. Ela voltaria atrás em sua promessa? Só porque ele se pronunciara contra um consultório para pessoas sem condições? Talvez eles pudessem encontrar um meio-termo entre a médica da moda e o consultório para pobres. Se ambos cedessem um pouco, isso não precisaria ser tão difícil. Levantou-se e andou pelo quarto, refletindo se deveria ir ao encontro dele, onde estava seu próprio limite e o que estaria disposta a aceitar. Quando finalmente ficou em paz, abriu a porta e desceu a escada para falar com ele. Primeiro, iria se desculpar pela reação impetuosa na sala de jantar, pois perdera a cabeça, e, depois, começaria as negociações.

Julius estava no saguão de entrada, pendurando o robe de Ernst em um cabide.

– Se a senhora está procurando o senhor, ele acabou de ir à cidade.

Que bom, pensou ela. *Vai esquecer a raiva fumando. Vamos conversar com calma à noite.*

– Obrigada, Julius. E por favor, traga um café para a biblioteca.

– Perfeitamente.

Ela tentou ler um romance, mas não conseguiu se concentrar. Acabava perdendo o fio da meada, precisava voltar as páginas, tentava distinguir os personagens e entender o enredo. Por fim, deixou o livro de lado. A história do desagradável arrivista Georges Duroy na Paris do século dezenove simplesmente não a interessava.

Ela bebeu o café, já frio, e foi até a estante buscar outra leitura, mas nenhum dos títulos chamou sua atenção. Leu o jornal por algum tempo, mas sua mente não parava de divagar. Ela precisava encontrar uma solução aceitável. Seu futuro dependia daquilo. Seu casamento. Toda a sua vida.

Na casa reinava um silêncio infinito, de vez em quando os móveis antigos estalavam, o pêndulo do relógio fazia tique-taque baixinho e às vezes os passos dos empregados ecoavam pelo corredor.

Subitamente, sentiu saudades da agitação da casa de Kitty e foi até o escritório de Ernst para fazer um telefonema.

– Alô? Aqui é Henriette Bräuer. Como posso ajudar?

Era Henni. Como ela soava adulta ao telefone. E como se fazia de importante. Ela teria rido se a situação não fosse tão triste.

– Aqui é a tia Tilly, tudo bem com vocês?

– Tia Tilly! – exclamou a menina, alegre. – Você está ligando de Munique? Quando vem nos visitar outra vez? Imagine só que mamãe tomou a camisola de seda de mim. Acha que sou muito nova para usá-la. Ela não foi cruel?

– Bem, sinto muito – disse Tilly diplomaticamente. – Ela realmente ficou muito bem em você.

A voz de Kitty surgiu no fundo.

– É Tilly? Passa logo o telefone, Henni. Cuidado com o fio, ele se enrolou em torno do pé da mesa... Não, assim não, pro outro lado.

Então Kitty pegou o telefone. Tilly sentiu a exuberância da vida jorrar sobre ela e absorveu-a avidamente.

– Tilly? Finalmente! Já liguei para aí duas vezes, mas seu marido mal-humorado disse que você não estava em casa. Ele ao menos lhe deu o recado? Henni, pare de beber meu café e chame Gertrude na cozinha. Tilly, querida? Ainda está aí? Não está dizendo uma palavra!

– Você não está me deixando falar.

– Não entendo isso. Eu simplesmente disparo e sempre consigo falar. Preste atenção, preciso dizer-lhe uma coisa importante antes que sua severa mãe escute. Imagine só, aquele médico loiro simpático e lindo de morrer ligou para cá faz uns dias perguntando por você!

Dr. Kortner. Tilly sentiu uma inquietação. Ele não teria lhe dado uma atenção especial? Ah, não, deve ter sido coisa de sua imaginação.

– Ele queria saber em qual clínica você atua, pois tem um colega que também trabalha em um hospital em Munique... É claro que tudo não passou de uma desculpa, acho que ele está doido de paixão por você. Não é maravilhoso?

– Não sei o que há de maravilhoso em um homem solteiro se interessar por uma mulher casada.

– Ah, mal não há quando um homem se interessa por uma mulher. Em especial quando ele é bonito e tem fogo nas calças.

Tilly precisou sorrir mais uma vez. Nossa, como sentira falta da tagarelice maluca de Kitty! Seu entusiasmo, sua postura positiva e alegre diante da vida.

– Tilly? Como você está, minha querida? – disse sua mãe, tomando o telefone. – Por acaso Ernst chateou você? Às vezes tenho a sensação de que você está cada vez mais magra e mais pálida desde que se casou.

Isso era típico de Gertrude, que costumava não ter papas na língua. Ela pediu à Kitty que fizesse silêncio, pois estava fazendo um alvoroço.

– Fique quieta, Kitty. Não estou ouvindo uma palavra.

– Estou bem, mamãe – disse Tilly. – E prometo-lhe que ganharei alguns quilos em breve. Quero abrir meu próprio consultório aqui em Munique.

– Você vai abrir um consultório sozinha? Pensou bem sobre isso? Kitty, você ouviu, ela quer abrir um consultório próprio. Sozinha.

– Uma ideia brilhante! – exclamou Kitty, excitada. – Diga-lhe para abrir o consultório em Augsburgo. Aqui tem muita gente doente, mas muita gente mesmo. Além disso, aqui ela tem a fama de médica excepcional, que salvou a vida de uma criança com uma faca de cozinha e um extensor de lápis.

Tilly ouviu o barulho de um motor chegando. Ela colocou o telefone em cima da escrivaninha e correu até a janela. Era ele. Finalmente!

– Mamãe? Infelizmente preciso desligar. Ernst acabou de chegar em casa. Ligo de novo amanhã.

– Mas por que você precisa desligar imediatamente? – perguntou sua mãe, irritada. – Está aturando coisas demais de seu marido. Ele é um tirano disfarçado, sempre soube disso.

– Até breve, mamãe.

Ela chegara tarde demais. Ernst já subira as escadas quando ela saíra do escritório em direção ao corredor.

– Senhora – disse-lhe Bruni. – Venho com a mensagem de que o senhor deseja trocar rapidamente de roupa e precisa sair mais uma vez logo em seguida. Ele foi convidado para um evento. E a senhora não precisa esperar por ele, pois deve voltar bem tarde.

Ela fez uma reverência e foi embora sem sequer esperar pela resposta de Tilly.

11

— S ra. Melzer! Ah, como estou feliz!

Marie estava abrindo as persianas que protegiam as peças expostas na vitrine do sol quando a Sra. Ginsberg entrou na loja. Ela andara rapidamente da estação de bonde até o ateliê com o casaco aberto e o xale de seda flutuando ao vento.

– Walter? – perguntou Marie, animada. – Ele conseguiu...

A Sra. Ginsberg assentiu com lágrimas nos olhos.

– Sim, desde hoje cedo. Ele disse que já tinha sentido um formigamento estranho ontem à noite. E, quando estava sentado à mesa comigo durante o café da manhã, de repente conseguiu mexer o dedo do meio. E depois o indicador e o anelar. Só ainda não mexeu o dedo mindinho.

Marie olhou nos olhos de sua funcionária, que irradiavam de felicidade, e abraçou-a com força.

– Que bênção, Sra. Ginsberg! Pensei tantas vezes no Walter e fiquei tão preocupada. E Leo que o diga! Ele sofreu tanto junto com o Walter.

– Tudo ficará bem – disse a Sra. Ginsberg, enxugando as lágrimas com o dorso da mão. – Espero que tirem o gesso em breve para ele exercitar a mão e recuperar o tempo perdido de prática do violino.

Marie assentiu, pois sabia que interrupção significava retrocesso. Quem não conseguisse treinar com regularidade, por qualquer razão que fosse, perdia o que aprendera em um ritmo assustadoramente rápido.

– Ele vai tirar de letra, Sra. Ginsberg. A propósito, também temos boas notícias. Amanhã poderemos levar nosso Kurti de volta para casa, o ferimento sarou bem.

Enquanto a Sra. Ginsberg tirava o chapéu e o casaco e rapidamente ajeitava seu penteado diante do espelho, Marie lhe contou que Kurti estava muito impaciente e entediado apesar da cama cheia de brinquedos trazidos ao hospital pelos visitantes.

– Hoje à tarde, minha cunhada Lisa o visitará novamente com os dois meninos. Assim ele fica distraído e não arruma confusão – contou ela, tranquila. – E amanhã é o grande dia.

Em seu entusiasmo, desejava contar sobre os presentes e surpresas que haveria para Kurti, o cartaz de bem-vindo que Dodo desenhara para ele e o bolo de chocolate que a cozinheira fizera por ordem da avó. Mas se deteve a tempo. O salário que pagava à Sra. Ginsberg podia até ser justo, mas não era alto, e só as despesas com o conservatório consumiam parte significativa de sua renda. Walter provavelmente não receberia presentes e com certeza não haveria um bolo de chocolate esperando para comemorar sua recuperação.

– Vou à sala de costura ver se está tudo em ordem – afirmou ela, mudando de assunto. – A senhora diretora Wiesler virá mais tarde para a prova e a saia precisará estar pronta.

A Sra. Wiesler era uma amiga próxima de Kitty. Era a presidente da associação de artes e encomendara muitas peças no ateliê de Marie no passado. Agora trazia peças mais antigas para reformar, sempre usando a justificativa de que seria uma pena descartar uma peça tão bonita daquelas e perguntando se Marie não teria uma ideia para alterá-la de acordo com as tendências de moda. Porém, o verdadeiro motivo era outro. O diretor do ginásio, o Sr. Wiesler, se aposentara havia algum tempo e as ações que adquirira para complementar a pensão se desvalorizaram completamente.

As duas costureiras, a Sra. Schäuble e a Srta. Künzel, estavam batendo papo, e se apressaram para voltar ao trabalho quando Marie abriu a porta. Não havia muito serviço: dois trajes de primavera quase prontos e um vestido de noite para a Sra. Überlinger, que ainda não marcara a prova, o que não era um bom sinal. Marie decidiu dar às costureiras algumas peças de Lisa que precisavam ser terminadas para o dia seguinte. Era melhor que tivessem algo para fazer.

– Por favor, costure esta bainha à mão – ordenou à Srta. Künzel. – Quando tiver terminado, pegue o vestido de noite. Primeiro só alinhave as mangas, quero verificar o caimento do tecido.

Ela assentiu para as duas de forma encorajadora e pensou, a contragosto, em tratar das contas não pagas quando ouviu uma voz conhecida vinda da entrada.

– Está uma linda manhã, Sra. Ginsberg, não acha? Claro que nos conhecemos... A dona do ateliê está disponível?

– A Sra. Melzer? Não sei... Sente-se. Por favor, vou ver.

Marie sentiu o estômago se revirar de repugnância. Aquela descarada ousara vir até seu ateliê. Que audácia!

A Sra. Ginsberg entrou no escritório e fechou a porta com cuidado.

– A Sra. Grünling está lá na entrada – sussurrou ela. – O que devo fazer? Digo que a senhora não está?

– Não, pode deixar, já estou indo – respondeu Marie, inspirando profundamente. – É melhor do que ignorar.

Serafina Grünling se sentara em uma das cadeiras brancas e usava o seu *lorgnon* para analisar os modelos expostos. Marie, que não a via fazia tempo, percebeu que a antiga governanta mudara muito. Estava mais voluptuosa, e os cabelos, antigamente presos em um coque, agora estavam curtos e deixavam seus traços mais suaves. Além disso, estava maquiada.

Seu *tailleur* verde-escuro, apesar do corte sem imaginação e fora de moda, era feito de um tecido nobre.

– Bom dia – disse Marie, friamente, e Serafina gesticulou de forma dramática e tentou dar um sorriso caloroso, mas que pareceu falso.

– Minha querida Sra. Melzer – disse a Sra. Grünling de forma exagerada, levantando-se. – Há quanto tempo não nos vemos. Já passei tantas vezes por este ateliê e admirei seus modelos na vitrine. Então pensei hoje: vou me aventurar e simplesmente entrar. A Sra. Melzer é uma mulher esclarecida, não é mesquinha nem rancorosa.

Que mulherzinha dissimulada! Marie teria adorado expulsá-la do ateliê, mas, infelizmente, isso seria perigoso, pois ela era esposa de um influente advogado sem escrúpulos com quem precisavam ter cuidado. Ela não queria de forma alguma arranjar problemas para Paul, que o contratava de vez em quando.

– Como posso ajudar, Sra. Grünling? – perguntou Marie de forma profissional.

Serafina tivera a intenção de apertar a sua mão, mas, como Marie não dera um passo sequer em sua direção e fez-lhe a pergunta com frieza, se absteve.

– Ah, um dia desses comentei com minha amiga Lisa que precisava de alguns belos vestidos e talvez também de um casaco para a próxima temporada. Ela me disse então que não haveria, na cidade toda, lugar melhor para isso do que o ateliê de sua cunhada na Karolinenstraße.

Isso certamente era uma mentira deslavada, pois Lisa sabia muito bem que Marie nunca perdoaria a insolência daquela golpista no passado. Marie lamentou não ter a língua solta de Kitty. Em vez de responder à Serafina da forma como ela merecia, calou-se.

Infelizmente, Serafina não se deixou afetar nem pelo silêncio de Marie nem por sua expressão fria e desdenhosa.

– Sabe, querida Sra. Melzer, estamos todos no mesmo barco e precisamos nos unir nestes tempos difíceis. Podemos ver que a economia vai mal em toda parte. Segundo dizem, cerca de duzentas pessoas serão demitidas da empresa MAN em breve por causa das vendas estagnadas. Estou muito bem-informada quanto a isso, pois meu amável marido está ocupado com esses assuntos desagradáveis, como cobrança de dívidas e processos por inadimplência. Ele realmente está lotado de clientes, todos nervosos e preocupados com o próprio dinheiro.

O que aquela cobra traiçoeira queria? Gabar-se do dinheiro que o marido ganhava com a miséria das pessoas? Dizer que ele não precisava mais trabalhar para a fábrica dos Melzers?

– Achei que agora seria oportuno encomendar um conjunto de traje e casaco de seu ateliê. Meu marido acha que me visto de forma muito conservadora e que me falta o charme das tendências da moda.

Nisso ele estava certo, aquele Sr. Grünling de pernas tortas. Mas a última coisa que Marie queria era mudar aquela situação, mesmo que Serafina pagasse à vista.

– Infelizmente meu estoque de tecidos está bastante baixo no momento, Sra. Grünling.

Mas como ela era insistente! Disse que, mesmo assim, desejava ver os tecidos disponíveis para escolher um deles.

– Fique à vontade – respondeu Marie de forma rude. – A Sra. Ginsberg, minha funcionária, irá atendê-la. Lamento ter que pedir licença, pois tenho um compromisso importante.

Em seguida, deu meia-volta e saiu da sala de recepção. A Sra. Ginsberg estivera esperando por ela em frente ao escritório e fitou-a, preocupada.

– O que faço com ela, Sra. Melzer?

Marie precisava de ar fresco. Pegou o casaco e o chapéu para não precisar mais aturar aquela intrusa que nenhuma indelicadeza era capaz de repelir.

– Mostre-lhe os tecidos e lhe entregue os catálogos de modelos. Se ela realmente decidir encomendar uma peça, tome suas medidas. O de sempre. Prova em três semanas.
– Devo pedir um adiantamento?
– Não.

Sem se despedir, saiu da sala de vendas, passou por Serafina em direção à porta e deixou o ateliê. Se a Sra. Grünling ainda não tivesse percebido que era indesejada ali, não tinha nada que ela pudesse fazer. Enquanto subia a Karolinenstraße, Marie pensou em bolar uma estratégia com Paul para que aquela mulher insuportável não se infiltrasse mais na Vila dos Tecidos.

Após deixar o ateliê, caminhou sem rumo em direção ao centro e subitamente sentiu-se ridícula por ter fugido da Sra. Grünling. Desacelerou seus passos, ficou parada na praça da prefeitura e ouviu um orador que atraíra um grupo de pessoas a seu redor. O homem gesticulava ferozmente e seu rosto estava vermelho de esforço enquanto vomitava suas palavras de ordem para o público. Mas o que é que ele estava dizendo? Ele falava sobre o "bloqueio burguês fatal", sobre "adeptos da suástica" e sobre a "política de catástrofe" que desejava uma nova guerra. Seria ele do KPD? Não, estava escrito em um dos cartazes: era um comício do SPD, o Partido Social-Democrata da Alemanha. Os presentes não pareciam todos de acordo com ele, alguns se opunham e outros, em um canto, até mesmo simulavam socos no ar. Por precaução, Marie distanciou-se do grupo, voltando à Maximilianstraße, perto do conservatório. Como realmente tinha a intenção de dar uma passada lá, sua fuga pelo menos serviria um objetivo.

O saguão de entrada do antigo prédio era estreito e escuro, mas ampliava-se na parte interna, formando um belo salão com paredes revestidas de painéis de madeira. Por um momento, ficou ali parada, indecisa, ouvindo os sons irregulares vindos das salas de aula, sobretudo de piano, mas também de violino e clarinete. Em seguida, uma porta se abriu, da qual saiu um professor de música, um senhor mais idoso, que viu a visitante solitária parada no salão e foi até ela.

– Bom dia, senhora. Posso ajudar? A senhora está esperando alguém?
– Esperava encontrar a Sra. Obramowa aqui – explicou Marie. – Mas não marquei uma reunião com ela, vim por acaso.
– A Sra. Obramowa? Se a senhora puder esperar um pouco, vou ver.

– Muito obrigada.

Ela teve sorte. Alguns minutos depois, outra porta se abriu. De lá saiu uma menina com uma pasta debaixo do braço e, em seguida, a Sra. Obramowa. Evidentemente tinham lhe avisado que a Sra. Melzer desejava falar-lhe, pois ela sorriu para Marie.

– Sra. Melzer – disse ela com sua voz grave. – Eu ficar feliz que a senhora vir. Entre, tenho intervalo de quinze minutos agora.

A sala de aula estava fria, pois as janelas estavam abertas. Marie observou o piano de cauda surrado em que Leo tinha suas aulas três vezes na semana. Um Bösendorfer que já vira dias melhores. Em casa, Leo praticava em um piano vertical.

A Sra. Obramowa lhe ofereceu uma cadeira e se apressou a fechar as janelas, depois se sentou na banqueta de piano diante dela.

– Sempre preciso ar fresco depois de aula – confessou a professora. – Precisar ter vento na cabeça. A senhora vir para perguntar sobre progressos de Leo? Ser grande talento. Aluno prodígio. Menino muito bom.

A pianista estava mais uma vez com seu casaco longo cinza e uma blusa de seda bege com uma saia cinza na altura das panturrilhas. O mesmo traje que vestira nas apresentações no conservatório. Será que não tinha outras roupas ou não se importava com essas coisas?

– De fato, estou aqui para falar de meu filho, Sra. Obramowa. Ele está praticando aquele concerto de Tchaikovski várias horas por dia...

– Ser grande obra e grande música – comentou a professora, interrompendo-a. – E Leo ser grande intérprete. Apesar de jovem ainda. Ele ter sucesso com este concerto.

– É exatamente essa a questão – replicou Marie. – Meu marido e eu achamos que Leo está sobrecarregado com esta obra tão difícil.

A professora involuntariamente franziu as sobrancelhas escuras e espessas.

– Nunca! Não sobrecarregado, Sra. Melzer. Concerto ser desafio, grande esforço, mas Leo estar à altura da missão. Jovens artistas precisar crescer com grandes tarefas, Sra. Melzer. Leo ser talento especial, será grande pianista.

A fala daquela russa parecia até um canhão atirando para todos os lados, era quase impossível se proteger dela ou conseguir falar. Provavelmente era dali que vinha seu apelido de "marechal de campo". Marie não desejava ser engolida pelo rolo compressor em forma de discurso daquela mulher.

– A senhora não entendeu o que eu quis dizer, Sra. Obramowa – declarou Marie, exaltada. – Eu falei que meu filho está sobrecarregado com esta obra. Ele fica até oito horas sentado no piano todos os dias e está negligenciando a escola. E o que mais me aflige é o fato de que ele não está à altura dos desafios técnicos do concerto.

A Sra. Obramowa não estava nem um pouco disposta a ouvi-la, sua expressão agora se tornara hostil, e ela encarava sua opositora rigidamente com seus olhos negros. Aos poucos, Marie se deu conta da razão pela qual Leo ensaiava como se estivesse possuído: ele estava preso nas garras de uma tirana.

– Isso ser decisão da pedagoga, Sra. Melzer – argumentou a professora.
– Neste caso, decisão minha. Tenho experiência. A senhora não ter nenhuma e não poder julgar. Sou pianista, estudei música em Petrogrado em conservatório com professor famoso!

Que pessoa mais arrogante. Como ela não percebera isso antes? Será que porque todo mundo sempre falou com tanta reverência sobre a famosa pianista russa? Marie decidiu testá-la um pouco.

– A senhora estudou em Petrogrado? E também tocou concertos lá?
– É claro! Eu tocar muitos concertos lá com compositores! Muito famosa! Eu era criança prodígio, já tocar com doze anos em concerto.

Marie não se impressionou com o tom condescendente e presunçoso da russa. Petrogrado agora se chamava Leningrado e não se podia simplesmente viajar até lá, pois a situação mudara de forma radical desde a Revolução de 1917.

– Então a senhora sem dúvida se formou no conservatório com um diploma, não é mesmo? É um diploma assim que desejo para meu filho.

Era uma pegadinha, e a Sra. Obramowa caiu bonitinho.

– Diploma! – exclamou ela. – O que é diploma? Ninguém precisar de diploma para música e artistas. Leo precisar tocar concerto: isso é diploma. Isso é ingresso para grande carreira.

Será que ela nem ao menos se formara no conservatório e obtivera um diploma? Bem, ela poderia facilmente inventar uma desculpa. Muitos documentos se perderam nas turbulências da revolução.

– A senhora tem razão, é claro – respondeu Marie, interrompendo o falatório da Sra. Obramowa. – A senhora também toca concertos na Alemanha? Gostaria muito de vê-la.

Aparentemente a russa percebeu que estava sendo avaliada e reagiu com um discurso furioso, como era de se esperar.

– Na Alemanha, ninguém ajudar nós! – exclamou ela, transtornada. – Minha mãe, meu pai e irmãos pequenos, nós ir para a Alemanha e ser vistos como lixo. Eu ter só dezessete anos. Sem apartamento, sem dinheiro, sem piano para tocar música. Pianista alemão toca concerto, ninguém querer ouvir pianista russa. Ter que dar aula, ganhar dinheiro para meus pais viver...

Então, em tese, ela tinha dezessete anos quando viera da Rússia. Será que já poderia ter sido uma pianista famosa com aquela idade? Talvez uma estrela em ascensão no mundo dos concertos? É possível. Então a revolução destruíra mesmo todas as suas esperanças. Trágico. E ela definitivamente não se tornara uma pianista russa famosa.

– Sinto muito por isso – disse Marie em voz alta para se fazer ouvir em meio à torrente de palavras de sua interlocutora. – Sem querer duvidar de suas capacidades pedagógicas, sou da opinião de que Leo deveria desistir deste concerto.

Ela estreitou seus olhos negros e parecia um gato prestes a atacar.

– Desistir? A senhora querer cancelar concerto de Leo? Isso ser impossível! *Boje moi*, a senhora querer transformar esse menino talentoso em diretor de fábrica! Leo precisar ter boas notas na escola. *Zatchem?* Para quê? Música, isso ser a vida de Leo, a senhora querer proibir? Isso ser grande pecado para seu filho, Sra. Melzer. Deus castigar a senhora por isso! E eu, Sinaida Obramowa, não permitir a senhora proibir. Leo ser meu aluno. Vou tornar ele pianista.

Marie estava farta daquilo. Aquela mulher era incorrigível, ela precisaria de outra estratégia. Mesmo que precisasse tirar Leo do conservatório, protegeria seu filho daquela marechal de campo.

– Não quero tomar seu tempo indevidamente – disse ela e levantou-se. – Manteremos contato, Sra. Obramowa. Tenha um bom dia!

A russa fez uma última ameaça a Marie.

– A senhora precisar perguntar para seu filho! Ele dizer para a senhora que quer tocar concerto. Se a senhora proibir, ele odiar a senhora.

Marie fechou a porta com força depois que saiu. Um menino ruivo estava esperando do lado de fora com as partituras debaixo do braço. Ele a fitou, assustado, com seus grandes olhos azuis de criança.

– Espere mais um pouco antes de entrar – disse Marie, sorrindo para ele. – A Sra. Obramowa precisa arejar a sala primeiro.

Quando estava de volta à rua, sentiu o quanto aquela conversa a perturbara. Que bruxa! Ela parecia ter total consciência do poder que tinha sobre Leo. "Ele vai odiar a senhora!", uma ameaça terrível para uma mãe que amava seu filho. Aquela mulher estava completamente indiferente à possibilidade de Leo ser destruído por aquela tarefa. Queria transformá-lo em um concertista. Por quê? Aquela pianista ambiciosa precisara abrir mão de seu sonho e estava buscando se realizar por meio de outro título. Se não fosse como grande pianista, pelo menos como professora famosa. Uma professora que transformava talentos em prodígios. E escolhera justamente seu pobre Leo para isso. Por que era tão cega? O que ganharia se Leo fracassasse no concerto? Nada!

Ela precisava tomar uma atitude com urgência antes que acontecesse uma catástrofe. Mas qual? Paul resolveria o problema de seu jeito e simplesmente proibiria Leo de tocar o concerto. Era a solução mais fácil, mas com certeza não a melhor. Marie achava importante conversar com Leo para apelar à sua razão. O menino precisava enxergar que aquele concerto extrapolava suas capacidades, ele próprio deveria tomar a decisão. Mas não seria fácil.

Ela chegou ao ateliê justamente a tempo de cumprimentar a senhora diretora Wiesler e fazer a prova de sua saia reformada. Ela a tornara mais justa e inserira uma prega.

– Não tem problema mesmo se eu pagar só na semana que vem? Estive tão ocupada que não tive tempo de ir ao banco.

– Claro que não... Vou anotar aqui, Sra. Wiesler.

Que dia! A Sra. Ginsberg lhe informara que a Sra. Grünling não escolhera nenhum modelo e desejava retornar mais tarde para conversar com a Sra. Melzer pessoalmente. Então ela teria mais um confronto diante de si.

– Sinto muitíssimo – disse a Sra. Ginsberg, suspirando e com a consciência pesada. – Fiz o que pude, mas ela ficou achando defeito em tudo.

– A culpa não é sua, Sra. Ginsberg. Agora vá para casa. Está liberada pelo resto do dia. Pois hoje é um dia de muita alegria para a senhora e para Walter.

A Sra. Ginsberg ficou atordoada. A princípio hesitou em aceitar a oferta, mas, quando Marie insistiu, ela cedeu.

– Ah, Sra. Melzer! Como posso lhe agradecer? Assim posso fazer compras e preparar um almoço para Walter e para mim. Ele vai ter uma surpresa quando chegar da escola!

Marie ficou parada na porta e observou sua funcionária sair apressada. Depois suspirou e foi para o escritório para ver as contas não pagas e escrever notificações que não trariam nada.

12

Liesel estava parada diante da janela da cozinha e olhava para a neve que caía. O tempo primaveril mudara durante a noite, e agora uma camada fina de neve cobria o parque, ocultando as velhas coníferas de forma pitoresca e revelando algumas poucas flores coloridas no canteiro em frente à Vila dos Tecidos.

– Não é tão ruim assim, Liesel – disse Christian, bebendo seu café matinal à mesa da cozinha. – O solo não está congelado, e hoje à tarde o sol com certeza voltará a dar as caras. Aquele pouquinho de neve derreterá antes que a gente perceba.

Liesel deu um suspiro profundo. Era gentil da parte de Christian tentar acalmá-la, mas ela sabia que aquilo não era verdade.

– Não será nada bom para as mudas de repolho se já nevar antes de serem transplantadas direitinho. Aí mamãe vai brigar de novo com papai por tê-las plantado cedo demais.

Quando algo dava errado na jardinagem, Auguste sempre culpava o marido – o bode expiatório para todos os infortúnios. Liesel ficara ao lado dele muitas vezes por achar que a mãe estava sendo injusta, o que fazia Auguste direcionar sua raiva a ela. Por isso seu pai lhe dissera uma vez, quando estavam sozinhos, que ela não precisava brigar por sua causa. Deveria simplesmente calar-se, e sua mãe se acalmaria em algum momento.

Christian colocou a caneca vazia em cima da mesa, limpou a boca com o dorso da mão e levantou-se.

– Até mais tarde, Liesel. Vou varrer o quintal, pois Kurti volta para casa hoje.

É verdade! Ela retirou o que sobrara do café da manhã dos empregados apressadamente, lavou a louça, guardou tudo em seu devido lugar e começou a esfregar o tampo da mesa com uma pasta abrasiva. Quando a

Sra. Brunnenmayer chegasse, daria grande valor àquilo. Ainda não tinha acabado tudo quando ouviu os passos pesados da cozinheira no corredor.

– Eu sabia – disse a Sra. Brunnenmayer com grande satisfação. – No final, é sempre a Sra. Alicia que tem a última palavra na Vila dos Tecidos. Acabaram as proibições ridículas. Chega de dias sem carne. Comeremos menos carne de forma geral, compensando com mais pratos feitos de farinha. Mas o bolo de chocolate para Kurti não vai ser negociado, isso já está decidido. E também já começamos a fazer o caldo de vitela.

Liesel continuou esfregando o tampo da mesa até que brilhasse e perguntou se poderia ajudar a fazer o bolo de chocolate.

– Com certeza, menina. Especialmente a decoração, que você fará sozinha. Porque minhas mãos não são mais tão firmes como antigamente.

Liesel repassou a receita do bolo na cabeça. Primeiro fariam uma base fina de pão de ló, a deixariam esfriar e a cortariam ao meio com a ajuda de um fio. Colocariam geleia de cereja e creme de baunilha entre as camadas, e, no final, cobririam o bolo com chocolate derretido em banho-maria. Quanto à decoração, ela queria desenhar carrinhos feitos de glacê colorido e talvez também um ursinho.

– Agora, mãos à obra! – ordenou a cozinheira. – Você pode preparar os *klöße* sozinha, mas antes corte o repolho roxo em belas fatias fininhas.

Liesel amava dias como aqueles na Vila dos Tecidos, com a cozinha movimentada. Todos tinham que pensar em mil coisas ao mesmo tempo, e havia legumes, ervas, peixe sem espinhas, temperos e o rosbife recheado em cima da mesa comprida da cozinha. Era necessário pensar exatamente sobre o tempo de preparo dos pratos e coordenar todos eles para não errar em nada, como a carne ficar muito crua, ou a sobremesa, dura demais. A Sra. Brunnenmayer quase nunca precisava dar-lhe alguma instrução, pois Liesel tinha o pensamento ágil, e elas trabalhavam em sintonia sem muitas palavras.

Às vezes Gertie ou Hanna entrava na cozinha para preparar chá, chocolate quente ou sanduíches, porque alguém pedira um segundo café da manhã lá em cima, na casa da Sra. Elisabeth. Ou a Sra. Knickbein passava por ali com as crianças, que queriam beber sidra de maçã, e Liesel precisava prestar atenção para que nenhuma delas chegasse perto demais do fogão. Apesar da inconveniência, aquelas interrupções faziam parte do trabalho de uma cozinheira, e Liesel não podia de forma alguma esquecer-se de retirar o pão de ló do forno no momento correto.

Naquele dia, Else causara um problema adicional quando entrara na cozinha para pegar o bule que era mantido aquecido na lateral do fogão. Sem querer, esbarrou na Sra. Brunnenmayer, que estava justamente mexendo o chocolate no banho-maria, e um pouco da água fervente caiu dentro do chocolate derretido.

– Você não consegue prestar atenção, sua desastrada? – ralhou a cozinheira. – Agora estragou a cobertura de chocolate. Justamente hoje!

Else ficou parada com o bule na mão, apavorada, e balbuciou que não fizera de propósito.

– Vá para o outro lado da mesa e não me atrapalhe mais!

Liesel sentiu pena da velha Else, e tomou-lhe o bule das mãos. Depois lhe serviu rapidamente uma caneca cheia de café com leite e colocou-a em cima da mesa, lá atrás. A cozinheira sabia ser bastante grosseira quando algo ia contra sua vontade, apesar de todos saberem que a Sra. Brunnenmayer não fazia por mal, só não sabia controlar sua irritação.

Ela tinha acabado de derramar a cobertura de chocolate levemente diluída sobre o bolo quando ouviu Gertie gritar da janela lá em cima:

– Eles estão chegando, eles estão chegando!

– Justo agora que a água para os *klöße* está começando a ferver – grunhiu a cozinheira, tirando a panela da boca central do fogão e colocando-a na borda.

Não havia jeito, os empregados tinham que ficar em pé no corredor em frente à porta da cozinha em ocasiões como aquela para mostrar que participavam dos acontecimentos familiares dos patrões. E é claro que naquele dia o fizeram com gosto, pois desejavam saber se seu queridinho Kurti estava bem outra vez.

Humbert abrira por completo as portas do saguão de entrada. Gertie e Hanna ficaram a postos para recolher os casacos e chapéus, e lá fora, na escada, Christian e Dörthe aguardavam o retorno do menino com um buquê de amores-perfeitos levemente danificados, pois ainda estava nevando.

– O menino está bem pálido – comentou a Sra. Brunnenmayer quando Kurti saltou do carro.

– Em compensação, continua correndo como um capeta – respondeu Else, alegre.

– Contanto que não leve um tombo, este moleque – preocupou-se a cozinheira.

Kurti subira os degraus correndo e entregara para Humbert o buquê de flores que acabara de receber. Ele já estava quase entrando na cozinha quando Johann e Hanno correram até ele para cumprimentá-lo, entusiasmados. E depois chegou a avó Alicia, descendo as escadas, seguida da Sra. Elisabeth. Atrás delas, vinha a Sra. Knickbein com a pequena Charlotte nos braços. De repente, o saguão de entrada da Vila dos Tecidos se enchera de pessoas alegres. Kurti precisou dar muitos beijos na avó, e a tia Elisabeth o tomou em seus braços maternais. Os adultos também abraçavam uns aos outros. Marie deu um beijo na sogra Alicia, Lisa abraçou seu irmão Paul, e todos falavam ao mesmo tempo antes de subirem.

– O almoço será adiado em uma hora – comunicou Hanna logo em seguida. – Porque Kurti quer abrir os presentes primeiro. E, quando Leo chegar da escola, tocará algo no piano para o irmão.

A Sra. Brunnenmayer não ficou nem um pouco feliz com a notícia, pois agora precisava ver como manteria a carne assada quente.

– Kurti não vai gostar muito se o Leo tocar aquela música russa de novo – resmungou ela. – Ninguém mais aguenta ouvir aquilo aqui na casa.

Todos voltaram para a cozinha para preparar o café que serviriam de tarde. É claro que os senhores da Frauentorstraße viriam, e Gertrude Bräuer, sogra de Kitty e avó de Henni, não se abstivera de fazer um bolo mármore de fermento de pão para Kurti.

De repente ouviram o som do piano.

– O que ele está tocando? – indagou Humbert.

– Aquela música russa é que não é – disse a cozinheira, puxando a panela com os bolinhos mais para a borda, pois a água estava borbulhando.

– É bonito – opinou Gertie. – Não é tão exagerado.

– Sei o que é – disse Hanna para Liesel. – Foi Leo quem compôs. Há muitas partituras com música dele na gaveta de sua escrivaninha. Mas ninguém pode saber, a não ser Dodo, que foi quem me contou.

– E por que ninguém pode saber? – perguntou a Sra. Brunnenmayer, admirada.

– Acho que o pai dele não deseja que ele se torne músico – comentou Humbert.

Liesel terminou a decoração do bolo e ficou bastante satisfeita. Embaixo da frase "Bem-vindo de volta!", escrita com açúcar, havia muitos carrinhos coloridos, um caminhão e até mesmo um bonde. Ainda queria fazer um ursinho marrom e talvez um belo coração vermelho.

Ela estava tão absorta no trabalho que não ouviu a porta do quintal se abrir.

– Liesel? – chamou alguém. – Por favor, não se assuste. Você precisa ir para casa imediatamente.

Era Christian que estava parado ali com suas galochas e o casaco de jardineiro. Ele tirara o gorro e o segurava na mão. Estava com um olhar bastante estranho, como se tivesse chorado, e sua voz estava tão baixa que a princípio ela nem soubera quem a chamara.

– Agora não dá – disse a cozinheira, tentando dispensá-lo. – Não está vendo que estamos trabalhando?

Christian balançou a cabeça.

– Tem que ser agora. Vista o casaco, Liesel, e coloque um lenço sobre a cabeça. Está nevando.

Ela olhou para ele e entendeu que algo ruim acontecera. Algo que era mais importante que o árduo serviço na Vila dos Tecidos. Suas mãos começaram a tremer, a colher caiu no chão e seu coração batia tão rápido que ficou tonta.

– Meu Deus! – exclamou a Sra. Brunnenmayer. – O que aconteceu, Christian?

O rapaz não reagiu, não deu nenhuma resposta, e a cozinheira deixou os dois irem.

– Se você precisar de mim, pode me chamar. Entendeu, Liesel?

– Sim, Sra. Brunnenmayer. Muito obrigada – gaguejou a menina e seguiu Christian em direção à neve.

Após apenas alguns passos, sentiu o ar frio penetrar sua jaqueta leve. Christian ficou parado e tirou o próprio casaco.

– Pegue, Liesel. Estou com calor, pois estava trabalhando aqui fora.

– Diga logo o que aconteceu! – exclamou ela, pressionando-o.

Ele se calou, pegou sua mão e foi andando com ela pelo parque. Abriu o portãozinho do muro, apressou-se ainda mais por entre as pedras, passando por poças e bancos de neve.

– Aconteceu alguma coisa com Maxl? – perguntou ela, receosa. – Ele já está com febre há três dias. –

– Não, Maxl está melhor. É...

Eles chegaram à casa do jardineiro. Os vidros das estufas estavam cobertos de neve, pois eles tinham calculado errado a inclinação do telhado, obrigando Maxl e Hansl a tirar a neve com uma vassoura durante todo o inverno para que o vidro não quebrasse. Quando chegaram em frente à casa, ficaram parados sem fôlego.

– Agora você vai precisar ser forte, Liesel – disse Christian. – Saiba que sempre pode contar comigo, está bem? Não importa o que aconteça, estarei aqui quando você precisar.

A porta da casa estava encostada, coisa que não agradava à Auguste. Quando entrou com o coração acelerado, encontrou Maxl no corredor, pálido como um fantasma.

– Liesel – disse ele soluçando e abraçou-a. – Que bom que você chegou. A mamãe está desesperada e não está falando coisa com coisa.

Os três subiram as escadas. Hansl estava sentado no chão abraçado com o pequeno Fritz no andar de cima. Ambos choravam de soluçar. Quando viram a irmã, pularam em cima dela e a agarraram.

– O papai está morto. Ele não acorda mais – disse Hansl, chorando.

– Não é verdade, né? Liesel, você sabe que isso não é verdade. Ele só está dormindo muito pesado – disse Fritz, olhando para ela de olhos arregalados.

Ela ficou parada ali como se estivesse congelada, abraçando os dois irmãos que soluçavam e tentando entender em vão o que eles haviam dito. O pai deles estava muito bem na noite anterior.

– Deixem Liesel ir agora – pediu Christian, interferindo. – Vamos até a cozinha. Vou fazer um chá para vocês dois. E vamos ver o que tem na despensa.

Com isso, os dois meninos se distraíram enquanto Maxl, o mais velho, colocou o braço em volta de Liesel e a acompanhou.

– Não devemos deixar a mamãe sozinha. Acho que ela está com a cabeça confusa.

Ele abriu a porta do quarto dos pais e chegou para o lado, deixando Liesel entrar. Era um quarto pequeno, a cama de casal quase o tomava por completo, tinha mesinhas de cabeceira à direita e à esquerda e um armário do lado da janela. Liesel viu a mãe primeiro, sentada no canto da cama de costas para ela, e só depois viu o corpo do pai. Ele parecia estranhamente pequeno da forma como estava deitado esticado entre todos os cobertores e travesseiros remexidos. Estava vestindo seu pijama azul, e suas mãos estavam pousadas sobre seu peito. Liesel precisou dar mais alguns passos e passar pela mãe para ver o rosto de Gustav. Estava como sempre. As bochechas encovadas e cobertas da barba por fazer, a boca levemente aberta e os olhos quase totalmente fechados. Era aquela a aparência de um morto? Ela não sabia, pois nunca vira um morto antes.

– Mamãe? – chamou ela baixinho.

Auguste assustou-se e saiu andando de um lado para outro. Estava com uma aparência horrível. O cabelo estava solto e desgrenhado, os olhos estavam avermelhados e ela tinha um olhar fixo.

– Aí está você – disse ela com a voz rouca. – Olhe para ele! Ele se foi. Abandonou-nos na miséria, fugiu como um covarde e deixou tudo nas minhas costas.

Seu irmão tivera razão, o desespero a deixara totalmente baratinada. Liesel foi até ela e tentou abraçá-la, mas Auguste a empurrou.

– Não precisa mais vir para cá – esbravejou ela. – Por que não chegou mais cedo? Ele trabalhou até morrer, o pobre coitado. Mas você é fina demais para ajudar na plantação. Acha que é melhor que a gente, porque trabalha como ajudante de cozinha na Vila dos Tecidos. Ninguém nos ajudou! Ninguém! E do nada tudo está acabado. Não precisamos mais de ninguém. Tudo está perdido. Tudo aquilo pelo que trabalhamos durante anos.

Liesel seguiu o conselho que seu pai lhe dera outrora. Ficou calada e deixou a mãe falar, apesar de poder contrapor muitos argumentos em sua defesa, pois Christian os ajudara por muitas horas e ela mesma trabalhara na plantação no dia anterior, transplantando as mudas. Olhou para o pai morto, e a tristeza tomou conta dela. Mas não tinha lágrimas. Não conseguia chorar, pois sua mãe falava sem parar.

– Ontem à noite ele teve calafrios e um pouco de febre – contou ela, secando as bochechas com um lenço. – Achei que tivesse pegado a gripe de Maxl. Fiz um chá de sálvia com mel, que ele bebeu. Mas não ajudou, pois seu rosto estava cinza. E, quando foi se deitar, imaginamos que precisava descansar e acordaria melhor.

Porém, Auguste o encontrara morto ao seu lado de manhã, o sacudira e balançara, porque não queria acreditar naquilo. Depois tirou Maxl da cama, ainda gripado, para chamar um médico. O Dr. Kortner veio imediatamente. Quando examinou o falecido, ficou chocado, pois o coto estava tão inflamado que praticamente necrosara.

– Por que não me chamaram antes? – disse ele, balançando a cabeça. – Poderíamos ter tratado a infecção.

Seu pai morrera de sepse, uma intoxicação do sangue. A inflamação na perna adoecera o sangue e envenenara todo o corpo. Foi assim que sua mãe lhe explicou.

– Como eu poderia saber que ele estava tão mal? – lamentou ela. – Ele sempre disse que estava tudo bem.

– É verdade, mamãe!

Sua mãe finalmente havia desabafado toda a raiva e o desespero que trazia no peito e se acalmou. Liesel se sentou ao seu lado no canto da cama e as duas se abraçaram forte. Quando Auguste começou a soluçar, Liesel também conseguiu chorar. Por seu pai, que sempre fora tão bom e tão compreensivo. Ele aturara tudo em silêncio e raramente se queixara. Por que ninguém pôde ajudá-lo? Ah, ela o perdera para todo o sempre.

– Você é minha única esperança, minha filha – sussurrou a mãe. – Tudo desabará sobre nós. Contraí dívidas que não vamos conseguir pagar se o trabalho de jardinagem não prosperar. Vão tirar a casa de nós. As estufas. A terra. Tudo. Ficaremos sem um tostão furado. Você precisa ir até a Pomerânia e arranjar dinheiro. Ele vai precisar pagar agora que estamos passando necessidade. Entendeu?

Liesel assentiu prontamente e calou-se. Sua mãe estava de fato bastante confusa e pelo visto não falava coisa com coisa. Eles precisariam cuidar bem dela, senão ainda poderia acabar fazendo alguma besteira de tanto desespero.

Parte II

13

Setembro de 1930

O céu de Augsburgo estava coberto de nuvens cinza que pairavam sobre as torres e os telhados antigos. Elas pareciam ainda mais pesadas no lado leste, entre a cidade e o rio Wertach, um afluente do rio Lech, onde grandes indústrias haviam se instalado. As fábricas de tecidos, papel e máquinas tinham assegurado o bem-estar da cidade durante décadas. Mas agora essa era parecia ter chegado ao fim.

Paul se afastou da janela do escritório e prestou atenção nos barulhos de sempre. O bater irregular das máquinas de escrever na sala ao lado, o rolar de um carrinho de mão que era empurrado pelo pátio, os zumbidos e roncos abafados dos pavilhões da fábrica. Entre eles, conversas das secretárias em voz baixa, gritos em tom de ordem vindos do pátio, o ranger do portão de ferro quando o porteiro autorizava a entrada de um carro nas instalações da empresa. A fábrica era como um ser que fazia barulho e respirava, um sistema de prédios, máquinas e pessoas, todos conscientes de seu lugar e contribuindo para que todo o organismo permanecesse vivo. Fora assim que ele aprendera quando ainda era um menino, assim permanecera quando assumira o lugar do pai, e acreditara que aquela agitação da fábrica o acompanharia até o fim de sua vida.

Cansado, sentou-se e olhou para os móveis verdes de escritório que haviam pertencido ao pai Sr. Melzer. O que ele teria feito em seu lugar? Teria mantido a fábrica funcionando normalmente até o derradeiro fim? O fundador da empresa era teimoso e se opusera com unhas e dentes à produção de tecidos baratos de papel durante a guerra apesar da escassez de matéria-prima. Como Paul fora convocado no início do conflito, coubera à Marie convencer o pai da necessidade daquela ação e, com isso, salvar a fábrica.

Agora a situação era outra. Não eram as matérias-primas que estavam escassas, mas o dinheiro. As vendas estavam estagnadas. Quase não havia encomendas, especialmente de dentro do país, pois uma empresa após a outra falia na Alemanha. Mas a exportação também diminuíra de forma drástica.

Paul estava diante de uma decisão difícil. O que ele deveria fazer? Paralisar a fiação, demitir os funcionários? Provavelmente não haveria outro caminho. Tinha caixas e mais caixas de fios empilhadas no depósito e não fazia sentido continuar produzindo se os produtos não tinham saída. Talvez fosse melhor apostar na tecelagem, nas belas estampas que eram únicas na Alemanha. Mais para a frente, quando a situação econômica melhorasse, as máquinas de fiação de anel poderiam ser colocadas em operação novamente e os trabalhadores poderiam ser recontratados. Se Deus quisesse!

Pelo menos os funcionários haviam sido informados sobre as demissões iminentes uma semana antes, após uma dura batalha com a comissão de trabalhadores, onde Sebastian se opusera ferozmente àquela medida. Mas lutara em vão e não reconhecera que estava do lado mais fraco da corda, ao contrário de seus companheiros, que sabiam muito bem disso. Ele inclusive havia continuado a discussão com o cunhado na Vila dos Tecidos.

– Você não precisa demitir as pessoas. Podemos alocá-las em outro departamento da fábrica.

Mas isso só era possível em alguns poucos casos. Quase trezentos funcionários precisariam ser demitidos.

– O que farão as mulheres cujos maridos ficarão desempregados? Vão passar fome com seus filhos? Muitas vezes, eles também sustentam os pais e parentes – indagava Sebastian, insistindo.

Ele sabia que o seguro-desemprego não era suficiente. Naquele ano, os benefícios tinham sido diminuídos por decreto de emergência, mas os montantes haviam sido aumentados.

– Não é o suficiente para alimentar uma família – argumentara ele. – Mesmo aqueles que se enquadram para receber o auxílio emergencial quase não conseguem sobreviver, pois ele acaba após três trimestres e então não lhes resta nada além da previdência. É uma humilhação insuportável para um trabalhador que fielmente dedicou seus esforços à fábrica durante vinte anos ou mais. Combustíveis de aquecimento, auxílio-moradia ou outros subsídios... É preciso fazer requerimentos e se submeter a verificações para tudo isso. Só lhes resta comer no restaurante popular por vinte centavos. Usar roupas doadas que nem ao menos foram lavadas...

Para dar uma pequena vitória a Sebastian, Paul consentira com uma drástica redução do valor do aluguel nos apartamentos da fábrica, uma medida que decidira tomar fazia tempo. Ninguém seria posto na rua por atrasar os pagamentos do aluguel. Mas também não haveria reformas, porque não havia recursos para isso. A situação era ainda mais grave do que ele admitira, pois o crédito obtido em um banco americano para comprar novas máquinas de tecelagem estava sendo pedido de volta agora que a situação econômica se deteriorara.

O outro crédito que ele tomara para financiar a obra da Vila dos Tecidos também precisaria ser devolvido integralmente. Tudo estava estabelecido de forma legal e em contrato.

Além disso, Sebastian sempre o lembrava da situação dramática nos bairros operários de Augsburgo. Em Jakobervorstadt, Lechhausen, Hochzoll ou Oberhausen, a situação já era de miséria e pobreza extrema. Doenças como anemia ou tuberculose se alastravam, e a criminalidade aumentara. Paul também não ignorava isso.

– E o que você acha que devo fazer? – perguntara ele para o cunhado aos berros. – Vender a Vila dos Tecidos? Você gostaria de se mudar com sua família para um alojamento para trabalhadores?

– Estou disposto a fazer isso a qualquer momento – declarou Sebastian com orgulho.

Paul acreditava nele. Mas ele com certeza não seria tão abnegado quando Lisa e os filhos entrassem na jogada. Sebastian nunca submeteria sua amada esposa às condições de vida de uma família da classe trabalhadora. Muito menos seus filhos.

– Aliás, essas terríveis circunstâncias conseguiram muitos votos para o seu partido na votação parlamentar de ontem – comentou Paul, sarcasticamente.

Sebastian reagiu àquele comentário ácido com extrema indignação.

– Como os 107 representantes vão ajudar o KPD? O NSDAP já é o segundo partido com mais representantes, só perdendo para o SPD. Isso é uma catástrofe! Não entendo como alguém pode votar naquele Adolf Hitler.

De manhã, os jornais noticiaram que houvera uma vitória esmagadora nas eleições para o parlamento. O SPD sofrera perdas que já eram esperadas. Mas o número assustadoramente alto de votos do NSDAP fora a verdadeira surpresa para Paul. O partido popular da Baviera já se afirmara em Augsburgo, mas o NSDAP também ganhara terreno por ali.

    Ele concordava com Sebastian sobre o partido de Hitler representar um perigo para a Alemanha e então, finalmente, após árduas discussões no escritório da Vila dos Tecidos, chegaram a um acordo. Sebastian consentiu com as demissões e só denunciaria veementemente as reduções salariais, bem como asseguraria que a direção da fábrica tivesse misericórdia nos casos mais difíceis. Paul conseguiria viver com isso.

    – Também abrirei mão do meu emprego voluntariamente – disse Sebastian, encerrando a conversa.

    – Fique à vontade!

    Paul fechou a pasta que estava aberta diante dele em cima da mesa. Ele se sentia drenado e exausto. Quase não pregara o olho na noite anterior e se levantara bastante cedo para revisar mais uma vez o discurso que faria aos funcionários. Ele não deveria ter um tom definitivo, mas expressar a esperança do retorno ao trabalho, ainda que ele mesmo não soubesse se e quando isso seria possível.

Pouco antes das duas horas, a sirene da fábrica anunciou o fim do turno da manhã, e chegara o momento de fazer a caminhada mais dura de sua trajetória como diretor da fábrica de tecidos dos Melzers. A secretária abriu uma fresta da porta de seu escritório. Ele viu seus óculos brilharem enquanto ela espreitou em sua direção.

    – Senhor diretor, os funcionários estão esperando no refeitório...

    Na verdade, fazia dois meses que não havia mais refeitório. Os trabalhadores traziam a comida de casa, e o grande salão agora servia de depósito ou sala de reunião.

    – Obrigada, Srta. Hoffmann. Estou indo...

    Ele dobrou a folha com seu discurso, colocou-a no bolso do paletó e entrou na antessala, onde Sebastian esperava por ele.

    – Acompanharei você – falou o cunhado. – Preciso prestar contas perante os trabalhadores...

    Ele estava excepcionalmente nervoso, o que Paul conseguia entender. Apesar de Sebastian ser às vezes irritantemente insistente, era corajoso de sua parte percorrer aquele caminho difícil e defender suas convicções, o que, de certa forma, Paul respeitava.

A Srta. Lüders segurou a porta para eles, seu semblante dando a entender que estavam diante do fim do mundo. As duas secretárias de longos anos de casa claramente temiam perder seus empregos, pois sabiam que apenas uma delas daria conta do trabalho com facilidade. Por isso, ambas tomaram iniciativas para dar a impressão de que trabalhavam com extrema diligência. Separaram todos os arquivos, tiraram o pó das estantes, fizeram listas supérfluas do estoque do material de escritório e inclusive escreveram a mesma carta duas vezes por supostamente haverem se esquecido de colocar papel carbono e a fita corretora na máquina de escrever.

Os trabalhadores da fiação estavam aglomerados na antiga cantina, porque o espaço estava parcialmente ocupado por caixotes. O ar estava pesado, ninguém se lembrara de abrir uma janela, e ouviam-se vozes falando baixinho.

Quando Paul e Sebastian entraram, o burburinho se extinguiu e fez-se silêncio. Os trabalhadores abriram caminho para que ambos chegassem até o púlpito que o velho Josef Mittermaier construíra. Ele era um dos três trabalhadores que se aposentaria em poucos meses e, por isso, não seria tão fortemente afetado pela demissão.

Os outros, a maioria mulheres, seriam fortemente afetados. Quando caminhou até o púlpito, Paul pôde sentir os olhares fixos em si. A maioria sabia o que a esperava, quase mais ninguém tinha esperanças. Mas ele ainda podia ver súplica em seus olhos, como se o incontornável pudesse ser evitado.

– Hoje é um dia sombrio para todos nós – declarou ele, começando seu discurso, vendo o último lampejo de esperança desaparecer dos olhares à sua volta. – O último turno da fiação acabou de terminar, e, temporariamente, teremos que fechar. Essa decisão não foi fácil, mas, dado o momento atual, é o menor dos males...

Ele disse que tempos melhores viriam e que ele chamaria de volta seus funcionários fiéis. Não se esqueceria de ninguém e honraria pessoalmente sua palavra. Ficou claro que sua tentativa de amenizar as demissões fracassou. Algumas mulheres começaram a chorar enquanto outras deram as costas e foram embora antes mesmo que Sebastian tomasse a palavra. O discurso de seu cunhado não teve nem um pouco da repercussão esperada, e Sebastian inclusive recebeu alguns olhares hostis por ser o presidente da comissão de trabalhadores. Na verdade, a raiva foi mais direcionada a ele do que ao respeitado senhor diretor, que foi rapidamente cercado por suplicantes e pessoas buscando conselho e desejando saber o que aconteceria a seguir.

As demissões e as reduções salariais foram comunicadas por escrito às pessoas afetadas. As secretárias ficaram bastante ocupadas com a tarefa nos dias seguintes, mas não a fizeram com prazer. Paul voltou para o prédio da administração para dar-lhes os textos elaborados com os nomes dos funcionários. Os casos mais críticos haviam sido discutidos com Sebastian e continuariam empregados, mas encarariam uma redução salarial considerável.

– Ah, meu Deus – disse a Srta. Hoffmann quando ele lhe deu os arquivos. – São tantos!

– Infelizmente.

Ele hesitou por um momento, depois decidiu ir até a fiação para garantir que suas instruções tivessem sido seguidas corretamente. Uma tarefa desagradável, mas era seu dever como diretor da fábrica cumprir todas as medidas até o amargo fim. Encontrou Sebastian no pátio junto com um pequeno grupo de trabalhadoras, dizendo-lhes que deveriam afiliar-se ao KPD. Como se isso fosse amenizar sua miséria!

No pavilhão, o Sr. Mittermaier, que cuidara das máquinas de forma confiável durante anos, estava desligando a última máquina de fiação de anel. O zumbido alto e regular começou a engasgar, o motor começou a desacelerar, vibrando, chacoalhando, algumas peças balançaram violentamente, e então a máquina finalizou seu trabalho com um assobio suave e arrastado. Parecia o último suspiro de uma pessoa.

– É isso – disse o Sr. Mittermaier para seu chefe. – Espere, ainda quero passar óleo nela. As máquinas de fiação de anel precisam ser acionadas de tempos em tempos para que o óleo não engrosse e elas não estraguem.

As máquinas de fiação já haviam sido desligadas muitas vezes, porém só por alguns dias, após os quais o trabalho sempre fora retomado. Mas agora a situação era outra. As máquinas de fiação de anel, que tinham sido construídas segundo os projetos do pai de Marie, o falecido Jakob Burkard, ficariam paradas por muito tempo.

O silêncio no enorme pavilhão era insuportável para Paul. Aqui, onde normalmente mal se ouvia a própria voz em meio ao barulho das máquinas, agora era possível escutar cada passo, a chuva batendo contra os telhados e o Sr. Mittermaier chacoalhando sua lata de lubrificante. O cheiro do óleo da máquina, do algodão que fora fiado e das pessoas que haviam estado aqui ainda pairava no amplo espaço. Mas em breve chegaria o inverno, e tudo se esfriaria. A escuridão e o vazio tomariam este pavilhão, assim como também acontecera com as outras fábricas do ramo.

Paul esperou o Sr. Mittermaier terminar seu trabalho e estendeu-lhe a mão para se despedir.

– Desejo tudo de bom a você e sua família.

O funcionário limpou rapidamente as mãos sujas de óleo na calça antes de apertar a mão do diretor, e algumas lágrimas encheram seus olhos como se aquilo fosse uma despedida definitiva.

– Pode até não ter sido sempre fácil, senhor diretor – disse ele, emocionado. – E mesmo que nem sempre tenhamos concordado, foi maravilhoso. Tão bom, de fato, que sentirei falta de tudo isso.

Quando Paul trancou o pavilhão, começou a chover. Era uma garoa fina que provavelmente viraria uma chuva forte e envolveria a fábrica em um véu sombrio. Ele se obrigou a afastar os pensamentos obscuros. Por que estava se deixando ficar tão para baixo? As coisas seguiriam em frente. O trabalho certamente continuaria na tecelagem, as impressoras tinham o que fazer, e a administração permaneceria em funcionamento. Levantou a gola do casaco. Viu duas caixas esquecidas no pátio e chamou o funcionário do depósito. Depois subiu, fez um aceno de cabeça encorajador quando passou pelas secretárias, que escreviam diligentemente à máquina, e permitiu-se tomar um conhaque no escritório. Mal dera um gole quando o telefone tocou.

– Schmitt & Kummer de Heidelberg. Posso passar a ligação, senhor diretor?

– É claro!

Era uma grande confecção que gostava de comprar seus tecidos diretamente na fábrica. Por favor! Ele lhes enviara algumas padronagens de tecidos algumas semanas antes.

– Boa tarde, caro Sr. Melzer – disse alguém ao telefone. – Como está o senhor neste tempinho horrível?

Falaram rapidamente sobre o clima, as eleições no parlamento e a situação econômica geral antes de Theodor Kummer ir ao ponto.

— Trata-se de um pedido mais significativo, estimado Sr. Melzer. É claro que esperamos que o senhor nos ofereça um bom preço...

Melhor que nada, eram dez fardos de flanela estampada mais a linha de costura. Não era nem um pedido generoso nem péssimo. Ao negociarem o preço, Paul precisou ceder bastante, pois o Sr. Kummer era implacável e aproveitou-se da situação sem misericórdia. No final se acertaram, e o Sr. Kummer prometeu confirmar o pedido no dia seguinte por telefone.

Agora sim. Paul suspirou, aliviado, face àquele pequeno vislumbre de esperança. A tecelagem funcionaria até segunda ordem e, além disso, os estoques de linha de costura seriam usados. A fábrica seguiria em frente, bastava acreditar e não perder a confiança. Ele terminou de beber o conhaque e serviu-se de mais uma dose, que hoje realmente merecera. Por volta das cinco e meia, pegou seu chapéu e o guarda-chuva e recomendou às secretárias que não fizessem hora extra, pois o dia de amanhã as esperava. Começou a chover torrencialmente, e ele ficou feliz por ter vindo de carro naquele dia. A pé, chegaria encharcado na Vila dos Tecidos apesar do guarda-chuva. Acenou para o porteiro, que abriu o portão para ele com um cumprimento amigável. Só quando virara na entrada para o parque e avistara a Vila dos Tecidos ao fim da alameda envolta em um enorme véu de chuva é que os pensamentos desoladores retornaram.

O maldito crédito do banco americano. Eles tinham oferecido o dinheiro sob condições relativamente favoráveis, e ele seria um tolo se não aceitasse. Particularmente, porque a obra era urgente e necessária, já que Alicia Melzer achava que os seis dormitórios no segundo andar não seriam suficientes para onze pessoas. Construir o anexo fora uma boa decisão, pois naquela época a fábrica estava indo bem e eles esperavam tempos melhores.

Mas agora a situação era outra: ele precisava de alguma forma arranjar a quantia em um tempo relativamente curto e ainda não tinha a menor ideia de como fazer isso. Até aquele momento, as negociações com o banco haviam trazido pouca esperança de condições melhores. Se ele não pagasse, sua propriedade poderia ser penhorada.

Ele encontrou Christian no parque protegendo da chuva o novo cortador de grama, importado da Inglaterra, com uma lona. O pobre coitado trabalhava como um condenado, pois além de suas funções no parque da Vila dos Tecidos, ainda ajudava na floricultura dos Blieferts todos os dias desde que Auguste ficara em uma situação horrível após a morte do marido. Marie arranjara inclusive dois trabalhadores competentes para que a floricultura seguisse funcionando e Auguste não fosse parar no albergue para moradores de rua com seus filhos. Pelo menos por enquanto. Infelizmente Paul temia que a velha Auguste não tivesse aprendido muito com tudo isso.

Paul deixou o carro em frente à entrada e subiu a escada debaixo da chuva. Hanna segurou a porta para ele, pegou seu chapéu molhado e entregou suas pantufas.

— Minha esposa está em casa? — perguntou ele.

— A senhora está esperando pelo senhor na biblioteca.

Marie veio em sua direção pela escada e logo o abraçou.

— Paul! Pensei tanto em você hoje. Como foi? Foi terrível?

É claro que ela estivera a par de tudo e até mesmo se culpara por ter adormecido na noite anterior em vez de esperar por ele.

Ele a consolou.

— Graças a Deus tudo correu relativamente bem. Não, não foi agradável. Mas não tinha outro jeito, e me sinto aliviado apesar de tudo.

Foram para a biblioteca de mãos dadas, fecharam a porta e sentaram-se no sofá. Ninguém no mundo era tão próximo de Paul quanto Marie. Ela dividia suas preocupações e multiplicava suas alegrias, o obrigava a refletir sobre suas decisões, o consolava e lhe dava coragem e segurança.

— Realmente não é fácil lidar com Sebastian — disse ela, com um toque de indignação. — Você já tem preocupações suficientes, e ele ainda precisa brigar com tanta veemência por cada coisinha?

A raiva da esposa por Sebastian fez bem a ele, pois, para variar, se sentiu compreendido e até mesmo disposto a defender o cunhado um pouco.

— Ele com certeza exagera, mas temos que respeitar seu empenho pelos trabalhadores.

Ela acariciou sua bochecha.

— Você tem que cuidar mais de sua saúde, Paul, está tão pálido... — disse ela, preocupada. — Depois que resolver tudo na fábrica, poderia tirar uma licença de um ou dois dias. Podemos fazer um pequeno passeio, ficar em uma pousadinha no interior e caminhar, sentar em bancos isolados no meio do campo ou...

Ele sorriu com sua sugestão.

— Talvez mais para a frente, minha querida. No momento, não posso deixar a fábrica. Entrou uma encomenda nova e ainda preciso gerenciar algumas coisas.

Ela suspirou e zombou dele por desapontá-la mais uma vez, afirmando que, caso ele continuasse recusando suas sugestões bem-intencionadas, buscaria outra companhia para viajar. Isso fez com que ele a puxasse para pertinho de si e lhe desse um beijo, demonstrando que não concordava nem um pouco com isso.

O sino da refeição interrompeu a intimidade do casal. Os planos de descanso precisavam ser adiados, pois Alicia ficava aborrecida quando a família não estava reunida pontualmente para o jantar.

A mãe de Paul o esperava na sala de jantar, como sempre, vestida impecavelmente e com um belo penteado, sentada ao lado de Lisa, que estava com a filhinha no colo. Kurti se lançou no colo do pai e contou-lhe sobre uma "máquivapor" que Dodo ligara e com o qual ele queria brincar todos os dias dali em diante.

– Ele está falando da antiga máquina a vapor, papai – explicou Dodo, rindo. – Mostrei-lhe como funciona e acho que ele entendeu.

As crianças falavam muito alto, como sempre. Lisa teve que usar um tom de voz mais severo, Paul chamou a atenção do pequeno Kurt, e Johann levou uma bronca do pai, Sebastian, que lhe disse que deveria ser um exemplo para os menores. Estava chovendo, e o parque e tudo que havia fora da Vila dos Tecidos fora engolido pela neblina. Mas, na sala de jantar, estava quente e claro, todos estavam saudáveis e alegres, brincando uns com os outros e rindo sobre os relatos cômicos de Kurti. E, o mais importante, Marie estava sentada ao seu lado, sempre lhe lançando olhares sorridentes. Às vezes suas mãos se encontravam por baixo da toalha de mesa como se ela quisesse dizer-lhe "Estou aqui com você, meu amor. Ficarei ao seu lado aconteça o que acontecer".

Ele não era um homem de sorte?

14

Franz Schubert, *impromptu* em lá bemol maior. Leo tocou os arpejos suavemente com a mão direita, imaginando um raio de luz deslizando por um vaso de cristal e fazendo-o cintilar em muitas tonalidades. Em seguida, iniciou o contramotivo de forma corajosa nas notas graves, avançando como um navio na maré flutuante. Não era uma peça difícil, mas era muito bonita. Ele amava Schubert, pois sua música tocava o coração e nos deixava felizes e tristes ao mesmo tempo.

A Sra. Obramowa não o interrompeu nenhuma vez, deixando-o tocar a peça até o fim, e depois o silêncio pairou.

Suas mãos ainda repousavam sobre as teclas do piano enquanto ouviu a reverberação dos sons, encontrando um novo significado para eles, e sorriu.

– Você subestimar a obra – disse a professora.

Foi como um vento gelado que varreu a música para fora de sua cabeça, deixando uma profunda decepção. Aquela era a terceira aula de piano após as férias de verão, ele ensaiara passionalmente aquela peça em casa e achava que tinha tocado bem. Como ela só possuía desafios técnicos médios, Leo conseguia se concentrar completamente na música.

Em silêncio, observou a Sra. Obramowa andar pela sala, pegar uma bala de hortelã da bolsa e colocá-la na boca. E depois ir até a janela, parecendo entediada.

– Czerny – ordenou ela, sem se virar. – Estudo em dó maior. Devagar. Quero ouvir cada nota.

Ele procurou a partitura em sua bolsa e abriu o estudo, que era para iniciantes, e até mesmo crianças de cinco anos sabiam tocar. Leo não tinha a menor ideia do que a Sra. Obramowa desejava com aquilo. Mesmo assim, tocou as notas devagar e meticulosamente como ela pedira. Era terrivelmente chato.

A russa já lhe passara aquelas peças entediantes na última e na penúltima aula. Por que estava fazendo aquilo? Queria melhorar sua técnica? Se fosse isso, deveria escolher exercícios mais desafiadores, aqueles eram ridículos.

Ela novamente não o interrompeu e permaneceu junto à janela chupando a bala de hortelã. Quando ele terminou, ficou calada por um momento, depois ordenou:

– Mais uma vez!

– Por quê? – perguntou Leo, com certa ousadia.

– Porque eu dizer – respondeu ela.

– Mas de que isso vai adiantar?

Ela se virou, e ele pôde ver que ela estava com os olhos pretos estreitados, quase fechados. De resto, seu rosto não tinha expressão.

– Se você não fazer o que professora dizer, a aula não ser possível.

Com relutância, ele recomeçou a tocar o estudo do início. Mas eram só seus dedos que apertavam as teclas, e ele praticamente não estava ouvindo os sons, pois algo se quebrara dentro dele. Algo precioso, que fora grandioso e belo e que alimentara seus sonhos. Sonhos pelos quais ele subitamente sentia uma vergonha indescritível. Sua professora não era nem bondosa nem compreensiva, ela era maldosa e estava se vingando dele, porque ele a deixara na mão. Sua vingança era a indiferença. Ela doía mais do que uma explosão de raiva ou um discurso longo e indignado. O aluno de piano Leopold Melzer não lhe interessava mais, estava morto para ela.

E ele acreditara que agira em benefício dela quando decidira cancelar o concerto. Pensara muito antes de chegar àquela decisão tão difícil, refletira até ter certeza de que estava fazendo a coisa certa.

Ele tivera uma conversa com os pais. Uma noite, quando se sentara ao piano para praticar uma passagem difícil e, como de costume, fracassara. Conseguia tocar as passagens sem erros no máximo uma em cada três vezes e só quando seus dedos não falhavam nos trechos tecnicamente difíceis, se enrijecendo e obrigando-o a parar.

– Leo? – dissera Marie, interrompendo-o com um tom de voz suave. – Seu pai e eu gostaríamos de falar com você.

– Precisa ser justamente agora? – perguntou ele, nervoso, tentando tocar a passagem mais uma vez.

– Já está bem tarde, meu amor. Seu pai está esperando na biblioteca. Por favor, vá até lá daqui a pouco, vou na frente.

Apesar de querer tocar aquela maldita passagem pelo menos uma vez sem erros naquele dia, não havia possibilidade de resistência ou desculpas quando seu pai esperava por ele. Resignado, fechou a tampa do piano e subiu a escada. O grande relógio de parede do corredor bateu nove badaladas. Era mais tarde do que pensara, a claridade tardia dos longos dias de junho fazia a gente se esquecer das horas.

Na biblioteca, por outro lado, as cortinas estavam fechadas e as duas lâmpadas de pé estavam acesas. Seus pais estavam sentados lado a lado no sofá e claramente falavam sobre ele, pois se calaram quando ele entrou.

– Sente-se, Leo – disse o pai, apontando para uma das poltronas.

Leo obedeceu e teve a sensação desconfortável de estar diante de uma linha de frente parental contra ele.

– Você tem ensaiado piano com grande empenho ultimamente – falou Paul, inclinando-se em direção ao filho. – Por favor, não ache que não damos valor ao seu entusiasmo e ao seu trabalho árduo. Muito pelo contrário, quem se dedica a alguma coisa com tanta energia é digno de ser louvado. Contudo...

Havia muito tempo que o menino sabia o que aconteceria a seguir, pois essa não era a primeira vez que conversavam a respeito.

– Contudo, acho que você está investindo suas forças na coisa errada. O piano certamente é uma atividade de lazer bela e útil, mas a escola é mais importante para você. O seu último boletim foi lamentável, Leo!

– É verdade, papai – admitiu ele, com remorso. – Mas prometo que recuperarei o tempo perdido assim que o concerto passar.

Ainda faltavam cerca de três semanas até o dia do concerto, e Leo praticamente já não estava dormindo à noite. Pelo contrário, tinha pesadelos terríveis, acordava banhado em suor e ficava horas acordado na cama. Mas ninguém podia saber disso, nem mesmo seus pais.

Seu pai balançou a cabeça.

– Não, acho que você não deveria tocar este concerto, Leo. Ele está levando você para a direção errada, meu filho. E, além disso, sua mãe e eu temos sérias dúvidas sobre você estar realmente à altura deste grande desafio técnico.

Paul tocou no ponto nevrálgico. Leo não achava de forma alguma que a música o levava para a direção errada, porém infelizmente era verdade que ele não conseguia tocar o concerto de Tchaikovski sem erros. Mas ele não queria admitir.

– A Sra. Obramowa acha que consigo – disse ele com petulância.

Naquele momento Marie, que era muito mais difícil de enganar e que conhecia o coração do filho como ninguém, interferiu. Muitas vezes, enxergava coisas das quais nem mesmo ele próprio tinha consciência.

– E você, Leo? – perguntou ela em tom sério. – Você também acha que consegue dar conta desta grande obra?

– Vou me esforçar para isso – respondeu ele com hesitação e timidamente, após um momento.

Seu pai quis dizer algo, mas Marie colocou a mão em seu braço, e ele calou-se.

– Você deveria levar uma coisa em consideração, Leo. Você estará sozinho no palco. Naquele momento, nem sua professora nem seus pais nem mais ninguém no mundo estará do seu lado. E é por isso que você deveria tomar esta decisão sozinho. Você vai tocar este concerto porque você, Leo Melzer, realmente quer? Ou está fazendo isso pela sua professora?

Não houve resposta. O que ele deveria dizer? Ele que se metera naquela situação. Primeiramente se sentira lisonjeado pela sugestão da professora e acreditara que superaria os desafios técnicos com facilidade. Um erro fatal que limitara sua liberdade de ação, o aprisionara e o colocara cada vez mais em apuros. Ele não queria decepcionar a Sra. Obramowa de forma alguma. Sim, era isso. A verdade era que ele tocava piano porque ela esperava isso dele. Mas o que ele próprio esperava e via diariamente com os próprios olhos era uma catástrofe iminente.

– Acho que... acho que os dois... – disse ele, gaguejando, e sentiu que sua mãe lera seus pensamentos.

– Não queremos lhe impor nada, Leo – disse ela, sorrindo para ele. – Mas confiamos que você tem coragem para ser honesto. Reflita novamente sobre todos esses pontos com cuidado. Seja lá o que decidir, respeitaremos sua decisão. Prometo.

Depois o mandaram dormir, e estava claro que ele mais uma vez não conseguiria pregar o olho durante a noite. Ficou se revirando na cama sem saber o que fazer. Marie falara em tomar uma decisão. Como é que nunca pensara no fato de que ele tinha o direito de fazer isso em primeiro lugar? A Sra. Obramowa mandava, e ele obedecia. Afinal de contas, era sua professora e, além disso, uma pianista russa famosa que escolhia a dedo seus alunos para o conservatório. Ele se lembrou de como fora invejado por muitos alunos quando ela o escolhera enquanto outros mais velhos e muito talentosos foram preteridos. Como ela não enxergava que ele fracassaria?

– Você pode se dar ao luxo de um ou dois erros – dissera ela para ele havia algum tempo. – Ser normal, porque você ser muito jovem.

Com certeza haveria mais que dois erros. Talvez ele até precisasse interromper a apresentação. E o pior de tudo era que não conseguiria expressar adequadamente a incrível e grandiosa música de Tchaikovski. Porque seus malditos dedos incompetentes simplesmente não colaboravam.

Ser honesto. Ser corajoso. Sua mãe tinha razão: ele mesmo estava mais que insatisfeito com seu desempenho e nunca teria ousado se apresentar assim em público por vontade própria. Se subisse no palco um dia, precisaria estar tocando melhor. Para apresentar este concerto, ele precisaria de pelo menos mais um ano ou até mesmo dois se é que seria suficiente. Essa era a verdade. Quando comunicasse essa decisão à Sra. Obramowa no dia seguinte, ele ficaria com a consciência limpa e não a decepcionaria, pelo contrário. Ele queria tocar este concerto, mas só quando pudesse tocar de forma a deixá-la orgulhosa dele. Ele lhe explicaria, e ela acabaria o entendendo, disso ele tinha certeza. Se ela era ríspida daquele jeito com ele nas aulas, era para fazê-lo progredir. No fundo, era uma pessoa bondosa e cheia de compaixão.

Ele realmente acreditara nisso.

Na aula de piano no dia seguinte, ele explicou à Sra. Obramowa que decidira adiar o concerto em dois anos. A princípio ela não o levou a sério.

– Isso ser medo do palco, Leo! Vai passar. Hoje você tocar bem. Sei que você conseguir mostrar desempenho.

Mas sua decisão estava tomada. Ele só tocaria o concerto de Tchaikovski quando não fosse mais um árduo desafio acrobático para seus dedos, quando ele conseguisse sentir a música do compositor, dar-lhe vida e, ao mesmo tempo, recriá-la. Antes disso, seu desempenho não passaria de uma bagunça, e ele não queria fazer aquilo com sua querida professora.

– Vá para casa e refletir – ordenou ela. – Você não pode cancelar porque estar de mau humor. A orquestra ensaiar já. O maestro esperar grande público. A imprensa publicar artigo no jornal. Você tocar o concerto, se você não querer, vai envergonhar a professora na frente do mundo todo!

Ela realmente não estava facilitando para ele. Nem ouviu suas explicações e não quis saber de adiar o concerto em um ou dois anos. Era agora ou nunca. Ele não tinha como fugir daquilo.

– Vá para casa. Amanhã eu querer ouvir que você vai tocar, Leo!

De repente, ele a achou extremamente mandona. Ela mandava nele como se ele fosse um menininho. Não, ele não lhe obedeceria! Afinal de contas, se ele se negasse a tocar, também a beneficiaria. Em vez de ir para casa, bateu na porta do diretor e explicou ao homem perplexo que não queria tocar o concerto.

– Por quê, Leo? Você sabe o que está dizendo?

O Dr. Gropius tinha uma partitura aberta diante de si na escrivaninha e ainda segurava a batuta. Estava ensaiando a regência.

– Já saiu no jornal – disse ele, horrorizado. – Todos nós estamos muito animados, e muitas pessoas desejam ouvir você.

O susto fez seu pincenê escorregar e cair em cima da partitura. Depois de rapidamente reposicioná-lo na ponte do nariz, encarou Leo meticulosamente através das lentes para descobrir se ele estava falando sério.

– Já falei com meus pais – disse Leo. – Eles respeitam minha decisão.

O diretor do conservatório não o contradisse, só assentiu e retirou novamente as lentes.

– Seus pais, os Melzers – murmurou o diretor de forma sombria. – Bem... Então, meu jovem, vá para casa e se acalme.

Leo se sentiu imensamente aliviado no caminho de volta para a Vila dos Tecidos. Fizera o que decidira, e fora mais fácil do que temia. Liberto de sua angústia, sentou-se ao piano em casa e tocou todas as peças que deixara tanto tempo de lado para ensaiar uma obra desafiadora demais como um obcecado. Bach. Mozart. Brahms. Beethoven. Haydn e Schubert. Tudo aquilo lhe parecia novo, ele percebeu a música mais profundamente, sentiu a respiração dos grandes músicos e ficou feliz. De noite, seu pai bateu em seu ombro e lhe disse que o diretor Gropius ligara para ele pedindo que fizesse o filho mudar de ideia. Mas Paul respondera que respeitava e apoiava sua decisão.

– Ele também ligou para você, mamãe?

– Sim, ligou para o ateliê, e eu lhe disse a mesma coisa. Acho que foi a decisão correta, Leo. Certamente não foi uma decisão fácil para você, não é mesmo?

– Foi tudo bem... – falou ele, gabando-se e excepcionalmente deixando que ela lhe desse um beijo na bochecha.

Três dias depois, o jornal publicou que o concerto do conservatório com o jovem pianista Leopold Melzer fora infelizmente cancelado por motivo de doença.

No dia seguinte, aparecera um aviso na porta da sala de prática: "A Sra. Obramowa está doente, as aulas estão canceladas até segunda ordem".

Preocupado, foi até a secretaria para obter mais informações a respeito, mas a secretária, uma cantora corpulenta e conhecida do Dr. Gropius, o dispensou vagamente.

– É algo sério?

– Não posso fornecer informações sobre isso. Esperamos que ela retorne em breve.

Ele estaria imaginando coisas ou ela o olhara de forma acusadora? Será que a doença da Sra. Obramowa tinha algo a ver com ele?

Ele foi para casa, pensativo, e sentou-se ao piano sem conseguir realmente se concentrar na música.

Após um momento, Dodo bateu à sua porta.

– Você vem com a gente ao cinema? Tia Kitty está nos convidando. Henni também vai.

– Não – respondeu ele apaticamente.

Sua irmã percebeu na hora que tinha algo de errado. Afinal, ele estivera de excelente humor no dia anterior.

– O que aconteceu?

– Ela está doente.

– Quem?

– A Sra. Obramowa. Minha professora.

– E daí? – indagou Dodo, não se deixando impressionar e dando de ombros. – Ela provavelmente pegou a gripe de verão que está circulando por aí. Três meninas da minha turma já pegaram. Julia, Charlotte e, ontem, a pobre Bettine.

Leo respirou aliviado. Se a Sra. Obramowa estivesse com gripe, não haveria razão para ele se culpar por causa do concerto. Ele não tinha culpa de nada.

– Você vem ao cinema ou não? – perguntou Dodo, insistindo.

Na verdade, ele até estava interessado no convite, mas não se Henni, aquela chata de galocha, também fosse.

– Hoje não. Preciso fazer tarefas para a escola. Você sabe...

Ele estudou vocabulário de latim, repetiu regras gramaticais entediantes e estava satisfeito consigo de noite. Afinal, prometera ao papai que melhoraria as notas e queria fazer isso. Mas de vez em quando precisava fazer uma pausa entre fórmulas matemáticas e traduções de latim, pois a música que ouvia em seu interior se tornava demasiado poderosa. Agora que não estava mais ensaiando Tchaikovski como um louco, suas próprias ideias musicais ressurgiam. Eram tantos instrumentos e notas que ele nem ao menos sabia como anotá-los e quase acabou com seu papel de partituras. A Sra. Obramowa permaneceu doente até o início das férias de verão e falaram que ela retomaria as aulas só depois do recesso.

Nas férias, encontrou-se com frequência com Walter, que não estava mais usando gesso e podia tocar violino de novo. Teoricamente, pois ele estava com dificuldade. Leo precisava encorajá-lo o tempo todo, pois o amigo estava à beira do desespero.

– Acabou tudo – murmurou ele. – Não consigo mais tocar nem as peças mais fáceis de todas. Meus dedos simplesmente não fazem o que deveriam.

– Vai voltar, Walter – disse Leo, consolando-o. – E não exagere. Se doer, você precisa parar de tocar, senão pode piorar a situação.

Duas semanas depois, Walter finalmente conseguira se recuperar de forma que eles conseguiam tocar juntos, o que os alegrava muito. Os outros habitantes da Vila dos Tecidos também faziam comentários gentis quando a música do violino e do piano preenchia os cômodos. Ela podia ser ouvida até na cozinha e no anexo.

– Que linda esta música – disse a tia Lisa. – Charlotte ficou dançando ao som dela, acho que a menina é musical.

– Vocês têm que fazer uma apresentação de aniversário para a vovó em dezembro sem falta – falou Marie.

Mas foi Dodo quem deu a melhor ideia.

– Se vocês tocarem isso na praça da prefeitura, passarei o chapéu. Então ficaremos ricos!

Apesar da distração, Leo pensava muito na Sra. Obramowa. Ele realmente se perguntava se ela teria entendido sua desistência da forma adequada. Afinal, nem o ouvira nem lhe dera qualquer sinal de que tivesse compreendido. E ela nem sequer tivera oportunidade para isso, já que ficara doente.

– Será que devo escrever-lhe uma carta? – perguntou a Walter.

– E para onde a enviaria? Você não sabe qual é o endereço dela.

– Eu poderia entregá-la no conservatório.

– Ele está fechado para as férias de verão.

– A secretaria vai abrir uma semana antes do fim das férias. Aí levarei a carta para lá.

– Se você faz questão – disse Walter, em dúvida.

Era inútil falar com o amigo, pois Walter não gostava da professora. Ele achava que havia professores melhores, mas eles não se autopromoviam tanto. Leo dedicou-se à carta para a Sra. Obramowa durante três noites e a reescreveu várias vezes. Finalmente, com o coração acelerado, colocou a carta e uma de suas muitas composições, a qual dedicara a ela, em um envelope e fechou-o. Na manhã seguinte, jogou a carta dentro da caixa de correio do conservatório e aguardou ansiosamente pela primeira aula de piano após as férias.

Foi uma profunda decepção. A Sra. Obramowa nem ao menos mencionou sua carta, e quando ele, timidamente, tentou falar sobre o concerto cancelado, ela o interrompeu de forma rude.

– O que passou, passou! Você ter chance e desperdiçar. Vamos fazer aula normal. Estudos de Czerny! Bom para dedos fracos!

Ele ficara desapontado após a primeira aula de piano. Após a segunda, sentia-se anestesiado. Só na terceira foi que percebeu.

Ela o desprezava. As explicações dele não lhe interessavam. Para ela, ele covardemente fugira da situação em vez de encarar o desafio. Ele a expusera diante de todo o colégio. Perante todos os alunos e seus pais. Perante toda cidade de Augsburgo. E ela se vingara fazendo-o tocar estudos de Czerny. Um após o outro. Bem devagar. Prestar atenção na posição dos dedos. Relaxar o punho. Manter os ombros retos.

– Você não tocar em apresentação de alunos em três semanas. Dedos muito fracos. Você precisar praticar todos os dias.

Leo sofreu quando se deu conta de que ela era uma pessoa completamente diferente do que ele imaginara. Era como se ela tivesse tirado uma máscara e revelado um rosto estranho e terrível.

– A questão é simples – disse Walter. – Você precisa de outra professora. Melhor ainda, um professor. Fale com seus pais sobre isso.

Mas nada mudou. Curiosamente, ele não conseguia falar com os pais sobre o assunto. Não contara a ninguém em casa sobre seu sofrimento e se escondia no quarto, fazendo tarefas da escola. Só quando Walter o visitava é que se sentava ao instrumento, apático. Ia ao conservatório para as aulas de piano duas vezes na semana e suportava estoicamente a indiferença fria e destrutiva da Sra. Obramowa. Ele mesmo não entendia o que o impelia a buscar sua presença apesar de tudo. Talvez uma última pontinha de esperança que ainda queimava em seu coração.

Ele foi até a apresentação dos alunos com um misto de emoções. Enquanto isso, Walter fizera grandes progressos e tivera esperança de que lhe pedissem para acompanhar o amigo no piano, mas isso não acontecera. Escolheram uma aluna mais velha em vez dele.

Leo, que em geral era um dos pontos altos de eventos como aquele, agora se sentia extremamente desconfortável. Nenhum dos professores o cumprimentara, as pessoas o ignoraram, e alguns alunos trocaram olhares zombeteiros, mas a maioria deles fingia que ele nem existia. A Sra. Obramowa estivera sentada do lado do diretor na primeira fila e parecia não ter visto Leo. Em vez disso, ficou animada por dois meninos que tinham aula com ela e tocariam pela primeira vez em público.

A noite transcorreu da forma esperada para eventos daquele tipo. Alguns alunos brilharam por seu bom desempenho diante dos pais entusiasmados, outros se humilharam, e outros tocaram suas peças como marionetes e só pareceram confortáveis após passarem por aquela situação desagradável com dignidade. Walter fora um dos melhores da noite e tocara com paixão. Era nítida sua felicidade por poder tocar novamente.

No intervalo, um abismo se abriu para Leo. Ele se levantara para caminhar e pegar um pouco de ar fresco quando, de repente, ouviu seu nome no átrio. Um grupo de alunos estava falando sobre ele.

– Leo Melzer? Ele não pôde tocar, porque não deu conta do recado.

– Que bom ver aquele metido cair do cavalo pelo menos uma vez!

– Sua professora disse que precisou proibi-lo de tocar o concerto para que não se humilhasse completamente.

– Ela disse isso?
– Disse! E o Sr. Gropius também disse a mesma coisa. O adorável Leo realmente se superestimou muito!
– E ele queria muito brilhar como o novo menino prodígio.
– Sim. Quanto mais alto, maior a queda.

Leo sentiu-se tonto. É só fofoca, pensou. Estão distorcendo tudo. A Sra. Obramowa não iria dizer uma coisa dessas, não é a verdade. Ela não mentiria assim de forma tão cruel.

Ele saiu do conservatório sem o casaco e só se deu conta de que sua carteira estava nele quando chegou ao ponto do bonde. Por não ter como comprar a passagem, foi andando até a Vila dos Tecidos. Quando Hanna lhe perguntou sobre o casaco no corredor de entrada, ficou calado e foi se trancar no quarto. Não tocaria piano nunca mais.

15

Liesel estava muito confusa. Julgara que as palavras de sua desesperada mãe sobre a Pomerânia e a frase "Ele vai precisar pagar agora" eram delírios. Afinal de contas, sua mãe parecera ter enlouquecido de tristeza pela morte súbita do marido. Mas logo depois, durante o enterro, Else dera com a língua nos dentes e falara coisas estranhíssimas, e agora Liesel não sabia mais o que pensar.

O enterro fora bastante solene. Sua mãe juntara o dinheiro que faltava e comprara um caixão bonito para que seu pai não fosse carregado como um pobre qualquer até a cova. Christian fizera um arranjo com as flores caras que a Sra. Melzer mandara enviar da floricultura do cemitério municipal. Ele tinha rosas, cravos e lírios de todas as cores. O caixão de madeira marrom ficara apoiado bem à frente em cima dos degraus da capela do cemitério de St. Michael, e mais tarde as pessoas disseram que nunca tinham visto um arranjo floral tão bonito.

Liesel precisou sentar-se na primeira fileira com Auguste e os irmãos, e achou constrangedor que os outros olhassem para eles toda hora. Hanna lhe emprestara uma blusa preta, e o casaco escuro que vestia pertencia à sua mãe e estava muito largo. Os irmãos estavam vestidos com roupas normais, pois não tinham roupas pretas. Já Auguste estava com um vestido da época em que fora governanta na Vila dos Tecidos e que estava muito apertado, sem conseguir fechar atrás. Por isso vestira um casaco de tricô preto por cima. Enquanto o padre falava, enxugava os olhos com um lenço de renda branco. Maxl soluçava muito e limpava as lágrimas com o dorso da mão, pois não tinha nenhum lenço com ele. Fritz e Hansl não choraram, mas ficaram olhando com os olhos arregalados para o caixão marrom onde o pai estava deitado por baixo das belas flores. As palavras do padre passaram despercebidas por Liesel, e depois ela só conseguiu se lembrar de como ele as pronunciara de forma carinhosa, digna e temente a Deus. Quando o caixão foi colocado em uma carroça e empurrado para fora da capela até o cemitério, o sol brilhava e os botões estavam brotando nos arbustos, as flores coloridas brilhavam por toda parte nas covas e os pássaros saltitavam por entre as árvores. Maxl e a mãe seguiram o padre, depois veio Liesel de mãos dadas com Fritz e Hansl. Atrás deles vinha uma multidão de pessoas vestidas de preto que pareciam sinistras para Liesel, apesar de conhecer a maioria delas.

O que aconteceu em seguida foi horrível. Ela precisou segurar as mãos de Fritz com força, porque ele não queria que colocassem o pai na cova. Ele esperneou e chorou muito alto até que o padre veio até ele e colocou a mão em seu ombro.

– Seu pai está com a misericórdia divina – disse ele para o menino. – Você deveria ficar feliz por ele, não chorar.

– Saia daqui! – gritara Fritz.

Ele começara a chutar em direção ao padre, o que fez sua mãe dar um tapa forte no filho. E Fritz ficou quieto imediatamente.

Quando o enterro acabou, os muitos convidados foram até a casa dos Blieferts para tomar café e comer bolo de levedura. Liesel pudera fazer o bolo na cozinha da Vila dos Tecidos, que tinha um fogão melhor. A Sra. Brunnenmayer lhe dera farinha e manteiga. Foram cinco travessas grandes, devoradas até a última migalha.

Sua mãe estava muito orgulhosa, porque até a Sra. Melzer e o Sr. Melzer haviam vindo, bem como a Sra. Elisabeth e seu marido, o Sr. Winkler. A Sra. Alicia Melzer se desculpara pela ausência por estar com enxaqueca, e as crianças também não compareceram. Mas em compensação, vieram Kitty Scherer e seu marido, que conhecera Gustav na época em que trabalhara na Vila dos Tecidos. Quanto aos empregados, Hanna e Humbert vieram, e Gertie e Dörthe ficaram só o tempo de tomar um café, pois precisavam voltar ao trabalho. A Sra. Brunnenmayer infelizmente também não pudera estender a visita. Só a velha Else ficou mais um pouco e conversou bastante com Auguste sobre os bons e velhos tempos. Em seguida, foi até a cozinha, onde Liesel lavava as xícaras e os pratos emprestados da Vila dos Tecidos.

– Vocês tiveram muito gasto hoje – disse Else, com afeição. – Com o preço do café nas alturas!

– Mamãe falou que hoje não devemos nos preocupar com isso – respondeu ela. – Pois não devemos ser mesquinhos em um enterro respeitável.

Else assentiu pensativamente.

– Ele era um homem com um coração enorme, o Gustav – disse ela. – Ninguém imaginou que nos deixaria tão cedo.

– Não – respondeu Liesel.

A menina colocou uma pilha de pratos em uma cesta para levar de volta à Vila dos Tecidos mais tarde. Mas logo se deteve, pois Else dissera algo estranho.

– Gustav foi como um pai para você.

– É claro que foi – respondeu Liesel, um pouco confusa. – Afinal, ele era meu pai.

– Ah, meu Deus! – exclamou Else, colocando a mão sobre a boca, assustada. – Se é assim, por favor, finja que eu não disse nada.

Como Liesel a encarara com perplexidade, Else foi rapidamente pegar a cesta.

– Já vou levá-la comigo para você não ter que carregar tudo.

Antes que Liesel pudesse fazer-lhe mais perguntas, ela já estava na sala com a cesta para se despedir de Auguste, saindo em seguida com tanta pressa que os pratos chacoalharam.

Liesel ficou parada na cozinha pensando no que Else dissera. Como um pai? Por acaso ele não era seu pai? É claro que ela sabia que nascera antes do casamento dos pais, pois fizera as contas quando criança na escola.

Naquele momento a porta da cozinha foi aberta. Auguste entrou carregando uma bandeja cheia de louça e colocou-a ao lado da pia.

– Lave isso rapidinho, depois pode levar tudo de volta.

Sua mãe parecia cansada. Fora um dia longo e difícil para ela, e ela reclamava de dores nas pernas por causa das varizes das muitas gravidezes.

– Gostaria de lhe fazer uma pergunta, mamãe.

– Agora não, Liesel. Preciso voltar lá para dentro. O padre ainda está lá com a Loni e a Magda do mercado. Queria que fossem logo para casa, estou tão cansada que daqui a pouco vou cair dura.

A porta se fechou e Liesel começou a lavar a nova pilha de louças, suspirando. Enquanto isso, Maxl entrara na cozinha pedindo uma bolsa de água quente para Hansl, que estava deitado na cama com dores de barriga terríveis.

– Ele comeu doze pedaços de bolo. É claro que daria nisso.

– Aquele tonto – disse Liesel, balançando a cabeça. – Vou fazer um chá de camomila para ele rapidinho.

Enquanto isso, Auguste ainda estava na sala com os últimos convidados. Ela lhes servira uma dose de aguardente, depois uma segunda e uma terceira, e as conversas giravam em torno do pecado da avareza. Segundo o padre, ele assolava a América em especial, razão pela qual Deus punira os americanos com a quebra da Bolsa. Só quando Auguste mencionou que o último bonde partiria em quinze minutos, os três foram para casa.

– Que alívio poder finalmente tirar este vestido – disse ela. – Na frente está tudo espremido, e atrás está um frio do cão. Você ainda pode dar uma arrumadinha em tudo antes de voltar à Vila dos Tecidos, Liesel?

– Pode deixar, mas antes tenho que perguntar uma coisa...

– Mas o quê? Estou exausta – grunhiu sua mãe.

Liesel fora tomada pela insegurança. Será que teriam escondido algo dela? Algo que não só Else mas os funcionários antigos da Vila dos Tecidos também sabiam?

– Você sempre disse que Gustav era meu pai... – disse Liesel, hesitante. – Mas estou começando a achar que não é verdade.

Auguste a encarou, fechou os olhos por um momento e bufou.

– De onde você tirou isso? Alguém da Vila dos Tecidos contou alguma coisa? A Sra. Brunnenmayer?

Então era verdade. Ela conseguia ver nos olhos da mãe.

– Else disse algo...

– Aquela tagarela tola e velha! – exclamou Auguste, indignada, depois se conformou. – Então vamos lá, Gustav e eu já queríamos lhe contar fazia tempo e deixamos a oportunidade passar. Agora você descobriu de outra forma. É verdade, Gustav não era seu pai. Teve outra pessoa.

Outra pessoa. O coração de Liesel batia tão forte que precisou se sentar.

– Mas quem? – perguntou ela com medo.

Aquelas perguntas todas pareciam muito irritantes para sua mãe, que fez um gesto ríspido com as mãos.

– Foi uma burrice daquela época – disse ela, andando pelo cômodo para ajeitar as cadeiras. – Eu ainda era jovem e simplória e realmente acreditei que ele se casaria comigo. Pode rir da minha cara! Um nobre casando-se com uma governanta! Não existe isso. E é por isso que fiquei sozinha com uma criança bastarda...

Uma criança bastarda que Auguste vira como um grande azar, era isso que Liesel era. *Que horror*, pensou. Olhou novamente para a mãe com uma expressão tão aflita que a própria Auguste começou a lamentar suas palavras.

– Não fique triste, menina. Gustav criou você como sua própria filha. Você teve um bom pai. E o outro, seu pai de verdade, me deu algum dinheiro para ajudar a criar você. De vez em quando, pois ele nem sempre tinha dinheiro suficiente...

– Diga-me quem é – pediu Liesel, interrompendo a mãe. – Eu o conheço? Ou ele não está mais vivo? Qual o nome dele?

Sua mãe afastou uma mecha de cabelo da testa e olhou para Liesel atordoada.

– Justamente hoje você tinha que vir com isso – resmungou ela, rabugenta. – Então muito bem. Ele se chama Klaus von Hagemann e mora longe daqui, na Pomerânia.

– Na Pomerânia?

Sua mãe não lhe falara havia pouco sobre a Pomerânia? Que ela precisaria ir até lá para arranjar dinheiro? Então seu pai era rico?

Agora que a história de seu romance fracassado e do nascimento da filha bastarda estava às claras, sua mãe falava com ela de uma maneira bem diferente.

– Ele é um nobre, o Sr. Von Hagemann. Agora você sabe e não pode se esquecer mais disso. Você é minha filha, Liesel, mas corre sangue nobre em suas veias. O sangue dos Von Hagemanns. Por isso você pode ir mais longe do que eu. O Christian não é para você, minha filha. Você poderá subir na vida na Vila dos Tecidos. É claro que não entre os empregados, olhe para cima. Sabia que a Marie Melzer também foi ajudante de cozinha lá?

Sua mãe assentiu de forma enfática para ela, depois se queixou de que não aguentaria nem mais um segundo naquele vestido e foi embora. Liesel aguardou um instante para ver se ela voltaria para a cozinha, mas, ao que tudo indicara, fora se deitar. À menina não restava nada além de colocar o resto da louça em uma cesta, apagar todas as luzes na cozinha e na sala e ir para a Vila dos Tecidos. Era uma caminhada arrepiante, pois já estava escuro e não tinha mais nenhum poste aceso do outro lado da rua. Só quando entrara pelo portãozinho lateral do parque da Vila dos Tecidos é que vira uma luzinha brilhar entre as moitas. Devia ser na cocheira, onde guardavam os instrumentos de jardinagem. Ao que tudo parecia, Christian ainda estava trabalhando. Por um instante, ficou tentada a ir desabafar com ele. Mas desistiu, pois acabaria contando coisas que sua mãe dissera e que com certeza não agradariam ao rapaz. Então correu apressadamente sobre os campos úmidos até a Vila e constatou, feliz, que a luz ainda estava acesa no anexo. Sem fôlego, bateu na porta dos empregados, que eles trancavam durante a noite.

– É você, Liesel? – indagou a voz da cozinheira.

A Sra. Brunnenmayer ainda estava acordada! Aquilo era incomum, normalmente ela dormia cedo.

– Sim, sou eu, Sra. Brunnenmayer. Trouxe as xícaras e os pratos de volta.

O trinco foi aberto com um rangido, e a corpulenta cozinheira apareceu no corredor. Estava vestindo um casaco de tricô por cima da camisola. Tirara a touca branca que usava quando estava trabalhando, e dava para ver seu cabelo branco e um pouco ralo.

– Finalmente você está de volta, menina – disse ela, pegando a cesta de suas mãos. – Está um breu lá fora. Por que não trouxe uma lanterna?

– Esqueci.

A cozinheira colocou a cesta em um banquinho, balançando a cabeça, depois se sentou e pegou a caneca marrom em que gostava de beber sua cerveja.

– Foi um dia difícil, não é? – perguntou ela. – Pensei muito em você. Perdi o sono, por isso vim para a cozinha mais cedo para tomar mais uma bebida antes de ir dormir. Quer uma também?

Liesel respondeu que não. Mas sentou-se ao lado da cozinheira e esperou até que ela bebesse um grande gole da caneca.

– Todos vocês sempre souberam, não é mesmo? – perguntou Liesel baixinho e em tom reprovador. – Todos vocês sabiam que Gustav não era meu pai. Mas ninguém me disse.

A cozinheira limpou a espuma da cerveja da boca com o dorso da mão.

– Sua mãe finalmente lhe contou?

Liesel hesitou ao responder, pois não queria falar mal nem da mãe nem de Else. Depois acabou contando a verdade.

– Else deu com a língua nos dentes. Então perguntei para minha mãe, e ela me contou. Meu pai se chama Klaus von Hagemann e vive na Pomerânia.

Ela se calou e esperou a cozinheira dizer algo. Duas moscas voavam perto da lâmpada, se batiam contra o abajur, zumbiam com raiva e não desistiam de seu voo selvagem em torno da luz.

– E o que mais ela lhe contou sobre seu pai? – perguntou a Sra. Brunnenmayer, enfim.

– Nada.

– Bom, então você deve estar bem confusa agora, querida. Não é mesmo?

Liesel assentiu e começou a rabiscar com o dedo no tampo da mesa de tanta impaciência. A cozinheira bebeu mais um gole de cerveja antes de tomar a palavra novamente.

– Você precisa saber, Liesel, que o Sr. Von Hagemann foi casado com Elisabeth Melzer. Não foi uma história feliz para nenhum dos dois. Tudo acabou faz muito tempo, eles são divorciados, a patroa encontrou a pessoa certa, e seu pai parece estar bastante feliz na Pomerânia.

Liesel descobriu mais sobre o pai do que esperava. A propriedade rural na Pomerânia onde ele vivia pertencia, na verdade, a uma tal de Elvira von Maydorn, cunhada de Alicia Melzer e esposa de seu falecido irmão Rudolf.

– Naquela época, ela nomeara Elisabeth sua herdeira única após sua morte, mas, durante o divórcio, Lisa abriu mão de seus direitos em favor do Sr. Von Hagemann. Seja lá por que motivo.

Liesel entendeu que seu pai administrava uma propriedade rural que ele herdaria um dia. Então ele era rico. Além disso, a cozinheira contou-lhe que se casara com uma moça da vila após o divórcio.

– Você certamente não herdará nada – disse a Sra. Brunnenmayer. – Nem adianta ter esperança. Pois agora ele já tem filhos com Pauline. Além disso, Elvira é a proprietária oficial enquanto viver, e o Sr. Von Hagemann lhe presta contas na qualidade de administrador.

Ah! Então as caixas com linguiça, presunto e carne defumada que volta e meia eram entregues na Vila dos Tecidos vinham aparentemente da propriedade Maydorn. Seu pai provavelmente as enviava da Pomerânia para Augsburgo.

– Ele já me viu alguma vez? – perguntou ela. – Se sou filha dele, ele deve ter perguntado por mim em algum momento, não?

A cozinheira hesitou ao responder.

– Pode ser – disse ela por fim. – Mas não me lembro direito. Pergunte para sua mãe, ela vai saber.

Aflita, Liesel abaixou a cabeça. Se o Sr. Von Hagemann tivesse alguma vez a visitado, sua mãe com certeza teria dito. Ela só falara do dinheiro que ele dera. E apenas de vez em quando. Mas outra pergunta a consumia.

– Sra. Brunnenmayer...

– O que você ainda quer saber? – perguntou a cozinheira gentilmente.

– Meu pai é uma boa pessoa?

Pareceu-lhe que aquela não era uma pergunta fácil de responder, pois a cozinheira inspirou profundamente e olhou para a lâmpada do outro lado do cômodo, pensativa.

– Pelo menos uma pessoa ruim ele não é, querida. Quando começou a frequentar a Vila dos Tecidos, era um rapaz bem-apessoado. Alto, elegante, tinha uma pequena barbicha. Muitas moças se apaixonaram por ele, não só sua mãe. Mas ele só tinha olhos para uma pessoa...

– Para Elisabeth Melzer?

– Não. A irmã mais nova, a Srta. Kitty. Ele a pediu em casamento. Naquela época, todos os jovens corriam atrás dela.

A cozinheira sorriu como se belas lembranças ressurgissem em sua mente. Quanta coisa ela sabia dos patrões! Bem, era a cozinheira da Vila dos Tecidos havia quase 50 anos e com certeza vira muita coisa durante todo esse tempo.

– A Srta. Kitty é a Sra. Scherer, correto? – indagou Liesel, confirmando. – Ela ainda é muito bonita. Por que então meu pai se casou com a Sra. Elisabeth se na verdade gostava de Kitty?

– Muito simples. Porque Kitty o recusou.

Aquilo impactou Liesel. Então ele também passara por coisas ruins. Podia até ser um nobre, mas a mulher por quem se apaixonara não o quisera.

– Ele se casou com Elisabeth por causa de dinheiro. Por isso o casamento foi infeliz. Além disso, o destino o puniu: uma granada destruiu seu rosto na guerra.

– Meu Deus, que terrível! – exclamou Liesel, horrorizada.

– Aparentemente o ferimento está curado – disse a Sra. Brunnenmayer. – Ele foi operado e deve ser grato por ter escapado da morte. Muitos outros homens não tiveram a mesma sorte.

Era claro que Liesel sabia disso. Muitas de suas colegas tinham sido criadas só por suas mães. Ou tinham um padrasto que nem sempre era bom para elas.

– Ele não está nada mal lá na Pomerânia – disse a cozinheira. – Parece ser um bom fazendeiro, deu nova vida à propriedade e formou uma família. Acho que se tornou uma boa pessoa. Assim é a vida, menina. Alguns só encontram o caminho certo mais tarde. Antes erram, fazem besteiras, se casam com a pessoa errada e só descobrem seu lugar no mundo muito tempo depois. Muitas vezes o mais sábio a se fazer é nem se casar. Como eu fiz.

Liesel ouviu atentamente a filosofia de vida da cozinheira e foi tomada por um sentimento de desânimo. Então era assim. Quase todo mundo se apaixonava primeiro pela pessoa errada. Fora assim com sua mãe e também com seu pai. Então sobravam tristeza e dor, crianças bastardas e divórcio, e a vida nos sacolejava até que em algum momento se obtinha um tiquinho de felicidade.

– Agora estou exausta mesmo – declarou a Sra. Brunnenmayer com um bocejo. – Vamos subir e dormir. Amanhã será um novo dia.

No quarto no andar de cima, Dörthe dormia sob o edredom e roncava tanto que as paredes tremiam. Liesel já estava acostumada e normalmente conseguia adormecer apesar da sinfonia, mas naquele dia a cabeça dela estava muito cheia. Dörthe nunca se casara e não parecia precisar de um marido ou desejar ter um. Isso poupava a mulher de muito sofrimento. De repente, Christian veio à sua mente. Ele tinha olhos sinceros e um sorriso gentil e tímido. Um rapaz bonito como disseram que seu pai era, não, isso ele não era. Suas grandes orelhas de abano certamente se sobressaíam. Mas sem dúvida era uma boa pessoa, e talvez ela até fosse um pouco apaixonada por ele. Mas e se ele fosse a pessoa errada?

Sua mãe lhe dissera que deveria deixá-lo de lado e, em vez disso, olhar para cima. Ela não entendera muito bem o que ela quis dizer com aquilo. Para onde deveria olhar? Para o céu?

Ela preferiria olhar para a Pomerânia, onde seu pai vivia. Gostaria muito de vê-lo, nem que fosse uma só vez. Era estranho ter um pai que a gente nunca tinha visto na vida. Mas a Pomerânia era longe e ela não tinha dinheiro.

Além disso, ele nem queria saber dela mesmo.

16

— Não me sinto bem com isso, meu amor!
— Elisabeth, por favor! É uma grande honra para mim.

Sebastian colocou uma pedra de açúcar na xícara refinadíssima de porcelana chinesa, jogou chá por cima e entregou à esposa. Ela colocou a pequena Charlotte no chão diante de si, e o anjinho louro correu, animado, até o papai. Sebastian quase não conseguira colocar o chá quente em cima do aquecedor de bule de volta antes que a pequenina tentasse agarrar a calça.

— Papa! Pada! Dada. Brrrrrrr.
— Todo dia ela aprende uma palavra nova – disse Elisabeth, encantada.
— Ontem disse Anna, querendo dizer Hanna.

Sebastian não continuou a conversa sobre o desenvolvimento da filha, pois tinha outras preocupações.

— Quanto à minha palestra em Munique, Elisabeth, minha opinião é...
— Você colocou só uma pedra de açúcar na xícara de novo, querido? Assim o chá fica terrivelmente amargo... Dê-me mais uma.
— Desculpe, estava absorto em meus pensamentos.

Enquanto isso, Lisa pegara suas coisas de crochê e um novelo branco de fio fino, que deveria virar uma cortina para o banheiro.

— Voltando à palestra, querido – disse ela, segurando a malha de crochê no alto para analisá-la com um olhar crítico. – Acho que costuma haver conflitos violentos nessas manifestações. Vemos coisas assim no jornal o tempo todo. Não quero que algo ruim lhe aconteça.

— Mas, Elisabeth! Você não tem confiança nenhuma em mim?
— Confio em você infinitamente, mas você não conseguirá se defender contra um bando do NSDAP.
— Por favor, não seja tão alarmista.

É claro que lhe agradava que ela se preocupasse com ele. Era um sinal de amor, o que lhe era mais valioso do que tudo neste mundo. Sua esposa e seus filhos eram o centro de sua existência. Agora que não trabalhava mais na fábrica, seus amores se tornaram ainda mais importantes para ele. Por outro lado, como pai de família, não ter um emprego fixo nem salário minava sua autoimagem. Decidira abrir mão de seu cargo na fábrica, sobretudo porque houvera muitas demissões e ele não conseguira fazer nada contra isso como diretor da comissão de trabalhadores. Desde então se engajava mais pelo partido, frequentava reuniões e fazia pequenas palestras. Apesar de não ser um orador cativante, era capaz de expor a questão com conhecimentos sólidos, talvez assegurando que os erros fatídicos do passado não fossem repetidos.

Ele se sentia muito orgulhoso do fato de um grupo local de Munique tê-lo convidado para uma palestra e estava determinado a assumir a tarefa. Mas ainda estava sentado à mesa para dissipar a preocupação insensata de sua amada esposa.

– É um pequeno evento em uma estalagem decente. Disseram-me que nunca houve conflitos ou motins lá, independentemente de quais grupos aluguem a sala.

Elisabeth suspirou, largou a agulha de crochê e bebeu um gole de chá. Quando se inclinava para a frente, ele conseguia ver seu farto decote. Ela sabia que ele amava suas formas voluptuosas e às vezes as destacava intencionalmente.

– Vai falar outra vez sobre aquela abominável república soviética? – indagou ela.

– Com certeza, meu amor. Vou expor por que razões as primeiras tentativas de fundar um sistema soviético na Alemanha foram condenadas ao fracasso. É importante, pois só um sistema desse tipo poderá absorver a miséria que o colapso iminente do sistema capitalista ocasionará.

Ele viu as dúvidas na expressão de Elisabeth. Apesar de seus enormes esforços, ainda não conseguira convencer a esposa sobre as verdades da visão de mundo marxista. Sem dúvida, a razão para isso era o fato de que ela compartilhava as visões do irmão e da mãe naquele tocante, as quais se opunham integralmente às suas.

– Você acha que o sistema soviético que Stálin está fundando agora na Rússia à base de terror e sangue é algo bom? – perguntou ela, encarando-o de forma provocadora.

– Meu Deus, é claro que não! – exclamou ele, indignado.

Ele assegurou-lhe que acreditava que uma república soviética na Alemanha só poderia ser fundada exclusivamente por meios pacíficos e ordenados. E com base na vasta maioria da população.

– As empresas e instalações industriais precisam ser estatizadas, e todos os trabalhadores obterão uma participação da firma para que possam se beneficiar da mais-valia gerada. É claro que parte do lucro precisa ser reinvestida na empresa para máquinas novas e comodidades em benefício dos trabalhadores, como uma cantina, uma piscina ou creches.

Ela assentiu após suas observações e deu uma colher de chá para Charlotte para que ficasse distraída enquanto ela se voltava novamente para a árdua discussão.

– E as ações? Os trabalhadores não podem adquirir uma participação da empresa por meio delas?

– Um passo na direção certa – falou ele em tom professoral. – Contanto que essas ações não sejam vendidas e negociadas por um lucro perverso. A bolsa é a raiz de todo o mal capitalista.

Nesse aspecto, sua esposa concordava excepcionalmente com ele. Aquela terrível crise econômica vinda da América e que atingira a Europa fora desencadeada pela bolsa, por meio de especuladores mal-intencionados que salvaram seus lucros a tempo, lançando os investidores menos espertos à ruína financeira.

Sebastian ficou feliz com aquela rara concordância e sentou-se ao seu lado, serviu-lhe mais chá e colocou duas pedras de açúcar em sua xícara. Ele não gostava de chá, mas se dava ao luxo de comer um biscoito que dividia carinhosamente com a queixosa Charlotte. Em seguida disse que as ações de uma empresa deveriam ser uma responsabilidade e um dever, e não um objeto de especulação. Mapeou então a doença do sistema capitalista, que necessariamente precisaria destruir a si mesmo, pois cada vez menos pessoas adquiriam parcelas cada vez maiores de capital, empobrecendo as massas. Com isso, os capitalistas estariam fadados eles próprios à ruína, já que não poderiam mais vender seus produtos...

– Meu amor, você pode levar Charlotte até o quarto das crianças? – pediu Elisabeth, interrompendo seu discurso. – A fralda dela está caindo.

– Mas é claro, querida!

O quarto das crianças estava um tumulto só. A Sra. Knickbein tentava convencer Kurti e Johann a deixar Hanno, de apenas 3 anos, construir um castelo de cavaleiro de blocos de montar com eles, mas os dois mais velhos não estavam nem um pouco propensos a isso.

– Ele vai estragar tudo!

Sebastian pediu à babá que trocasse a fralda da filha e foi conversar com seu filho mais velho para encontrar uma forma de deixar o irmão mais novo participar da brincadeira.

– Ele ainda é muito burro, papai. Não sabe como é um castelo de cavaleiro.

– Então nós lhe mostramos como é, Johann.

Ele se sentou no chão e organizou a brincadeira. Kurti e Johann eram os construtores que faziam o muro circular com os blocos. Hanno era o pedreiro que escolhia os blocos corretos para eles. O sistema funcionou maravilhosamente bem, o muro do castelo ficou enorme, eles fizeram um portão, e Hanno ficou orgulhoso de administrar os blocos. Só quando Rosa sentou a recém-trocada Charlotte no chão de forma descuidada é que a bela construção cambaleou e, finalmente, desabou.

– Ela estragou tudo, essa estúpida!

Por sorte Hanna apareceu, pois as crianças fariam uma caminhada no parque com a avó, e os pequenos tinham que trocar de roupa. Fazia alguns anos que havia uma área infantil no parque, com uma caixa de areia, dois cavalos de madeira e um carrossel para as crianças serem empurradas por um adulto. Alicia Melzer, tão obcecada pela limpeza dos próprios filhos no passado, era menos rígida com os netos. Em geral, os pequenos voltavam para a mansão encrustados de areia, com as calças imundas e manchas verdes de grama.

Sebastian olhou para o relógio e percebeu que já passava da hora de sair para sua palestra. Sua apresentação seria à noite, mas ele não deveria subestimar o trajeto de trem e de bonde.

Enquanto isso, Elisabeth tivera tempo de pensar sobre o assunto e dera instruções a Gertie para separar seu traje de viagem.

– Acompanharei você.

– Não há a menor necessidade disso, Elisabeth. Você certamente ficaria entediada.

– Não se preocupe, nunca fico entediada quando vejo você falar.

Sebastian precisou adotar uma postura enérgica, o que não gostava de fazer. Mas não aceitou a condescendência da esposa, nem mesmo por cuidado e amor.

– Não quero que você vá, querida.

Ela desistiu, suspirou profundamente e balançou a cabeça de preocupação.

– Você quer mesmo ir para Munique vestindo estas roupas maltrapilhas?

– Acho que minhas roupas estão perfeitamente adequadas para este evento.

– Ainda temos aquele belo casaco do papai...

– Não, obrigado!

Ele foi até o pequeno cômodo que usava como escritório, pegou o esboço de seu discurso na escrivaninha e colocou-o dentro da pasta de couro gasta que o acompanhava havia muitos anos. Mal fechara a porta e Elisabeth estava atrás dele.

– Humbert levará você até a estação de trem, querido.

– Obrigado, mas pegarei o bonde.

– Você vai precisar de dinheiro.

– Tenho o suficiente comigo.

A despedida foi muito carinhosa, eles se abraçaram e trocaram beijos, e Elisabeth não queria mais largá-lo. Só se separaram quando Humbert apareceu no corredor e se retirou discretamente quando os viu.

– Quando você volta?

– Tarde, meu amor. Volto no trem noturno.

Ele desceu as escadas apressadamente como se estivesse fugindo, pegou o casaco e o chapéu correndo no saguão de entrada e deixou a vila com passos apressados. Quando chegou à metade da alameda, ficou parado para dar uma olhada rápida no parquinho onde Hanna empurrava o carrossel e Charlotte fizera um bolo de areia sob a supervisão de Rosa poucos momentos antes. Com ternos sentimentos no coração, saiu pelo portão em direção à estação. Tinham lhe prometido um pequeno honorário pela palestra, e a ideia de ganhar um pouco de dinheiro para sua família deixou-o animado.

Para preservar o orçamento apertado, comprou uma passagem para a terceira classe, também chamada de classe de madeira, pois os bancos eram de madeira sem acolchoamento. Os bancos desconfortáveis não o incomodavam muito, mas ele teve dificuldade de se concentrar no esboço de seu discurso durante o trajeto de uma hora e meia com o burburinho da vida cotidiana à sua volta. Um casal idoso lanchava pãezinhos com salsicha de fígado e picles, dois rapazes jovens haviam bebido várias cervejas e se xingavam grosseiramente, uma senhora perguntava a cada parada se já estava na França e um homem corpulento que vestia uma calça de couro de trabalho estava com um dachshund na coleira que não parava de cheirar a calça de Sebastian.

– Veja só como Poldi não para de farejar. O senhor tem cachorro em casa?

– Não, acredite!

– O senhor deve ter um cachorro, senão Poldi não o estaria cheirando desta forma.

Sebastian, que não conseguira passar os olhos em suas anotações, ficou feliz quando chegou à estação central de Munique, que achou grande e sombria. As abóbadas elevadas de ferro fundido e vidro estavam pretas de fuligem, pombos voavam pelo teto, os barulhos dos trens, apitos e as vozes dos viajantes se tornavam um amálgama de ruídos entorpecente que o deixou tonto. Ele passou pela fiscalização na plataforma e se misturou aos viajantes apressados na estação. Havia homens e mulheres parados com o jornal na mão buscando vagas de emprego entre quiosques de flores e barracas de salsicha. Do outro lado estavam distribuindo sopa. As pessoas, entre as quais muitos idosos e crianças, esperavam em uma longa fila para receber uma pequena tigela de comida e, de vez em quando, mais algum alimento em conserva.

Sebastian sentiu uma ira desesperadora surgir dentro de si. Que mundo era aquele em que os ricos ficavam sentados em suas casas quentes bebendo chá enquanto os pobres e fracos precisavam implorar por um pouco de comida! Ele vivia uma dicotomia intransponível que só era suportável porque ele se empenhava por uma grande e eficaz mudança e, caso necessário, até mesmo por uma revolução.

Tinham lhe indicado o caminho da estação de trem até o local do evento: ele precisava pegar o bonde e trocar de trem duas vezes, passando por Isar em direção a Giesing, onde esperariam por ele na estalagem Zum alten Thor. No bairro dos trabalhadores a maioria das pessoas vivia nas mesmas condições terríveis anteriores à crise econômica. Ele lhes abriria os olhos e lhes mostraria as causas de seu sofrimento e o caminho para um futuro melhor.

Chegou por volta de quatro e meia à estalagem, que ficava em um edifício médio e que parecia de construção sólida. Não era incomum, neste bairro, que o reboco da parede cinza estivesse descascando em algumas partes. Quase todos os prédios estavam decrépitos, com os tetos assustadoramente afundados em algumas partes, e os vidros de algumas janelas haviam sido substituídos por pedaços de papelão. O salão era mobiliado de forma simples, com mesas retangulares sem toalhas de mesa, cadeiras bambas e gravuras amareladas de paisagens de Munique nas paredes. O proprietário, um homem magro e careca, estava sentado com dois amigos tomando cerveja. Na mesa ao lado, um artesão comia um *knödel* com repolho; a carne defumada servida habitualmente devia estar sendo economizada.

– Boa tarde! – disse Sebastian amigavelmente. – Sou o palestrante de hoje à noite.

Com a exceção do proprietário, ninguém parecia saber do que ele estava falando. Enquanto tirava o casaco e o pendurava no gancho de parede junto com o chapéu, as pessoas o encaravam com curiosidade.

– Ah – fez o dono da estalagem. – Sirva-se à vontade da cerveja gratuita.

Isso soava bem, pensou Sebastian, sentando-se em uma mesa na parte de trás do salão, tirando suas anotações da pasta e colocando-as diante de si. O anfitrião lhe trouxe a cerveja e informou-lhe que o evento aconteceria na sala ao lado e que lá não era permitido cuspir no chão.

– O senhor quer comer algo?

Sebastian repassou na cabeça quanto dinheiro trouxera e pediu uma porção de linguiça com pão. Dado o esforço que a palestra iminente demandaria, era melhor comer algo, pois só comera um biscoito após o café da manhã. O anfitrião, que parecia ter esperado um pedido maior, deu de ombros e sumiu pela porta da cozinha. O artesão raspou o resto da comida do prato com o garfo, terminou de beber a cerveja e falou alto:

– A conta!

Como mais ninguém notou Sebastian, ele teve tempo de reler seu discurso e fazer mais anotações. Por volta das seis horas, ficou inquieto e se perguntou se ninguém do grupo local apareceria para cumprimentá-lo. Para sua surpresa, não aconteceu muita coisa. Só duas mulheres entraram no salão para pedir doações e um idoso se sentou ao balcão para beber a saideira. Já eram sete horas, e Sebastian temeu ter entendido errado a mensagem de seus conhecidos em Augsburgo.

O evento era realmente hoje? Ou será que seria amanhã? Isso seria desastroso!

Às sete e meia chegaram três homens que olharam à sua volta como se procurassem alguém e, então, dirigiram-se até o estranho sentado sozinho.

– O senhor é o Sr. Winkler de Augsburgo? Que bom que já está aqui. O senhor já bebeu alguma coisa?

Finalmente! Os camaradas da filial de Giesing se sentaram à mesa com ele, pediram cada um uma caneca de cerveja e o bombardearam com perguntas curiosas. Perguntaram-lhe se ele conhecia Max Brunner, que se mudara de Munique para Augsburgo, e se ouvira falar do comício deles, em que Julius Grantinger discursara belamente duas semanas antes e que inclusive saíra no jornal. Sebastian não conhecia nenhum dos dois e pediu para ver a sala para ter uma noção de como seria o evento.

– Não é lá essas coisas – disse o chefe do partido, um homem atarracado e de mãos fortes de trabalhador.

De fato, o cômodo que o anfitrião chamara de sala era relativamente pequeno e devia comportar cinquenta pessoas, talvez setenta. Tinha uma mesa na frente, e o resto do cômodo estava mobiliado com cadeiras e bancos de diversos modelos, inclusive uma poltrona antiga. Não havia um púlpito para Sebastian apoiar seu discurso.

Por volta das oito chegaram os primeiros ouvintes, entre os quais muitas mulheres. A princípio ficaram no salão, beberam cerveja e pediram *bretzel*, que foram cortados e divididos entre os presentes. Aos poucos, Sebastian foi sendo tomado pelo nervosismo. Falaria em breve e precisava impressionar as pessoas, mas não tinha certeza se conseguiria fazê-lo.

– Então vamos lá! – disse o chefe do partido, batendo na mesa de madeira com o punho. – Vamos começar!

A sala ficou cada vez mais cheia. A maioria das pessoas tinha um copo de cerveja na mão, procurava um lugar para se sentar e colocava o copo debaixo da cadeira. As mulheres se reuniram, todos falavam coisas debochadas e davam respostas mordazes, e ninguém tinha papas na língua. O chefe do partido e seus acompanhantes se sentaram à frente e levaram Sebastian junto.

– Aqueles três lá atrás são do BVP, o Partido Popular da Baviera, mas são tranquilos, um deles é meu cunhado – sussurrou-lhe o homem que estava ao seu lado. – O gordo de óculos é representante do SPD no conselho municipal. Pode ser que ele esteja nos espionando.

Por volta de oito e meia a sala estava lotada, o ar estava pesado e cheirava a cerveja, suor, roupas sujas, a cera de piso velha e a tabaco. O nervosismo de Sebastian aumentou, ele falaria em alguns minutos. Em pé, diante de todas aquelas pessoas.

O chefe do partido chamou a atenção dos presentes por meio de vários assovios agudos, obtendo o silêncio esperado. Levantou-se e foi cumprimentado pelos fiéis companheiros com aplausos retumbantes e gritos encorajadores. Suas declarações pareciam terrivelmente simples e chamativas para Sebastian, mas os expectadores prestaram atenção e gostaram bastante delas, interrompendo o companheiro o tempo todo com manifestações de aprovação.

Fora a escória! Precisamos de uma Baviera dos trabalhadores e camponeses! O sistema criminoso precisa ser destruído, só o comunismo salvará a todos! Não se deixem pisotear, companheiros!

Aquelas palavras de ordem não eram desconhecidas de Sebastian, pois também eram clamadas em comícios em Augsburgo. Ele sempre ficara incomodado com aquilo. Por que os companheiros eram tratados como crianças? Não era mais importante transmitir-lhes conhecimento e dados para que enxergassem a verdade com clareza?

– Por recomendação do companheiro Leukel, convidamos hoje o companheiro Sebastian Hinkler, que tem muitos seguidores em Augsburgo.

O anúncio animado foi aclamado pelos presentes. Sebastian se levantou, acenou com a cabeça, cumprimentando as pessoas à sua volta, e pigarreou.

– Agradeço sinceramente ao camarada e estou muito feliz por falar para vocês aqui em Munique – disse ele. – Mas preciso esclarecer um engano: Meu sobrenome é Winkler, não Hinkler...

A correção foi seguida de risadas. A corruptela do sobrenome parecia hilariante aos presentes.

– Winkler ou Hinkler – disse uma mulher corpulenta na primeira fila. – Contanto que não seja Hitler, está tudo certo.

Sebastian precisou esperar um momento até que os risos do público cessassem e então começou seu discurso. De início, foi ouvido com atenção, depois alguns ouvintes se levantaram para buscar mais uma cerveja, outros cruzaram os braços e enterraram o queixo no peito, e na mesa ao lado o chefe do partido sussurrava algo aos companheiros. Sebastian não se deixou irritar e mudou de tema, descrevendo a queda do capitalismo e a necessidade de um novo sistema. Agora muitos iam ao banheiro, alguns ouvintes se levantavam para sair, outros voltavam e conversavam descaradamente enquanto andavam pela sala. Sebastian começou a suar, pois estava insuportavelmente quente ali e ele achou inadequado tirar o casaco. Quando chegou à parte final do discurso, houve uma interrupção, pois alguém caíra da cadeira e derrubara dois copos cheios. Ele decidiu encurtar sua fala e agradeceu aos ouvintes pela atenção.

Recebeu aplausos moderados já que muitos já não estavam mais na sala e haviam se sentado no salão ao lado para conversar. As risadas chegavam até eles, e o clima parecia alegre e animado. O chefe do partido apertou sua mão e disse:

– Sua palestra foi bastante elaborada.

Sebastian agradeceu-lhe e explicou que precisava partir para pegar o trem noturno para Augsburgo. Não teve coragem de perguntar sobre o honorário.

– Bom retorno para casa – desejou-lhe o chefe do partido, pegando sua cerveja e sumindo no salão.

Sebastian colocou suas anotações dentro da pasta e ponderou se ainda precisaria beber alguma coisa, porque estava com a boca seca e a língua colava nos dentes. Mas todas as mesas estavam ocupadas no salão, e os companheiros estavam sentados bebendo, sem reparar na existência do palestrante de Augsburgo. Após procurar por um instante, Sebastian encontrou seu sobretudo entre os outros e achou seu chapéu no chão.

Então foi isso. Lá fora, inspirou o ar frio da noite e sentiu-se desiludido. Ele de fato não era um exímio orador e sabia disso. Mas se esforçara e talvez uma coisa ou outra tivesse entrado na cabeça de alguns deles. Colocou o chapéu mais para baixo para cobrir a testa e estava caminhando em direção à estação de bonde quando a porta da estalagem se abriu atrás dele, e três jovens saíram de lá.

– Já está de saída, Sr. Winkler? – perguntou-lhe um deles. – Que pena. Gostaria de conversar um pouco com o senhor.

O jovem rapaz não parecia um trabalhador, e as roupas que usava não eram típicas daquele bairro. Um estudante, talvez? Sebastian argumentou que estava com pressa para pegar o trem noturno para Augsburgo.

– O senhor também pode pegar o trem matutino, Sr. Winkler – aconselhou o rapaz.

Um dos outros rapazes acrescentou que também precisaria ir para a estação central e que poderiam ir juntos.

– Sua palestra foi extremamente interessante – disse o terceiro rapaz. – Nunca ouvi um resumo tão sucinto e esclarecedor do tema.

Sebastian ficou feliz com o elogio e tomou-o como prova de que suas palavras não haviam passado despercebidas por todos os espectadores. Ele tinha razão. Os três jovens se identificaram como estudantes de teologia; dois deles estudavam em Munique e o terceiro em Erlangen. Eles estudavam a teoria do marxismo em comparação com os ensinamentos cristãos e queriam complementar as teorias acadêmicas com experiências reais de vida.

– Especialmente no tocante à recepção do marxismo – explicou um deles. – Quanto da teoria chega até o simples trabalhador? E por que essa doutrina ateia é tão bem-sucedida?

Apesar de sentir que sua situação ia de mal a pior, o enorme anseio de Sebastian por uma boa conversa após o fracasso do discurso fez com que se deixasse convencer a parar em algum local para trocar ideias. Caminharam juntos por alguns quarteirões, mas nenhum deles conhecia a região. Após algum tempo, descobriram uma taverna que ainda estava com as luzes acesas.

O salão era pequeno e tinha mesas escuras e redondas nas quais não havia ninguém sentado. Só contava com alguns beberrões no bar, e o anfitrião, que estava secando copos, olhou para os novos clientes com desconfiança.

– Já estamos fechando...

– Só uma cerveja, por favor – disse um dos estudantes.

– Tudo bem.

Eles se sentaram em uma das mesas e logo começaram a conversar. Era uma questão básica: uma ideologia sem Deus conseguiria sobreviver? E a doutrina de Karl Marx não teria usado o cristianismo primitivo como exemplo? Os rapazes se esforçavam avidamente para demonstrar que havia um erro estrutural na teoria marxista e, enquanto ele contra-argumentava, desfrutava do jogo de pensamento e do desafio.

Estavam tão absortos nas discussões que não perceberam uma porta lateral se abrindo e vários homens entrando no salão.

– Deixem os rapazes em paz – disse o taberneiro. – Eles já estão de saída mesmo.

– São porcos comunistas! – berrou alguém. – Não têm nada que procurar aqui.

Perplexos, os três jovens se viraram para o fanático.

– Por favor, espere! – disse o estudante de Erlangen.

– Cale a boca senão vai sobrar para você – respondeu alguém.

Mais pessoas apareceram atrás dos homens, saídas da sala adjacente. Sebastian percebeu que uma reunião ocorrera ali e que ele fora parar em um lugar frequentado por uma facção de direita. Pegou sua carteira às pressas e deixou algumas moedas em cima da mesa.

– Vamos! – gritou para os três estudantes.

Naquele momento, foi atingido por um soco no ombro que o derrubou. Bateu a cabeça no canto da mesa e ficou atordoado por alguns instantes, ouviu gritos altos, pancadas abafadas e o barulho de madeira se partindo. Quando tentou se levantar do chão, foi atingido nas costas, caindo de frente em cima de uma cadeira e sentindo o sangue escorrer pelo rosto. Em seguida, levantou-se com cuidado e pegou um dos copos vazios de cerveja. Um murro quebrou-o em sua mão, e ele tropeçou para trás em direção à parede e pôde observar o tumulto dos homens brigando, horrorizado. Havia cassetetes e facas em ação: eles tinham parado nas mãos de um grupo das SA, as Tropas de Assalto.

Ele tentou entrar na briga para defender os estudantes e talvez até mesmo salvar a vida deles, mas, assim que deu alguns passos, as paredes giraram à sua volta, e ele foi parar no chão.

– Polícia! – gritou alguém.

De repente ficou tudo em silêncio. Ouviu um gemido, uma mesa caiu, um policial se inclinou em sua direção e pediu seus documentos. Ele só entendeu a pergunta na segunda vez e apalpou-se em busca da carteira, onde estava sua identidade, mas não a encontrou nem no casaco nem no bolso da calça.

– Então, vem junto para a delegacia – ordenou o policial. – Evacuar o local!

17

Marie acordou e se sentou na cama. Por acaso fora o telefone no escritório de Paul que havia tocado?

Não, pois, quando se concentrara no silêncio da casa, só conseguiu ouvir as respirações regulares do marido ao seu lado. Ou ela sonhara com aquilo ou a pessoa que ligara desistira. Mas quem ligaria para a Vila dos Tecidos de madrugada?

De repente ouviu passos suaves. Alguém bateu à porta do quarto. Então ela não tinha se enganado.

– Mamãe?
– O que foi, Dodo?
– A tia Tilly acabou de ligar.

Marie levantou-se depressa da cama e procurou seu robe no escuro.

– Espere – sussurrou ela. – Já estou indo.

Quando abriu a porta do quarto, a luz do corredor penetrou no cômodo e iluminou seu marido dormindo abraçado ao travesseiro e com os cabelos desgrenhados. Depois de sair, Marie fechou a porta em silêncio para que ele não acordasse. Ela sabia que ele mais uma vez ficara mexendo em arquivos até tarde no escritório e precisava dormir.

Dodo estava vestindo um pulôver por cima da camisola, meias até o joelho e pantufas.

– Por que você ainda está acordada, Dodo? – perguntou Marie em tom de crítica e franziu a testa – Sabe que horas são?

– Eu estava lendo...

Ela pegara emprestado na biblioteca municipal um livro do famoso piloto de caças Ernst Udet. O título era *Kreuz wider Kokarde* – "Cruz versus roseta". Marie suspirou profundamente e olhou para o relógio: eram duas e quinze da madrugada!

– O que Tilly queria no meio da noite?

Sua filha fez a expressão séria e importante que costumava fazer quando acreditava que estava instruindo os outros.

– Foi por causa do tio Sebastian. Ele está lá com ela. É para você contar isso para a tia Lisa com muito cuidado.

– Meu Deus! – exclamou Marie, assustada – Achei que ele havia voltado no trem noturno e já estivesse em casa há muito tempo. Então a pobrezinha deve estar esperando por ele, desesperada. Por que ele mesmo não ligou?

Dodo deu de ombros.

– A tia Tilly disse que ele estava com muita dor de dente e precisava ir ao dentista amanhã cedinho. Por isso ficaria mais alguns dias em Munique.

Aquela explicação não parecia fazer muito sentido para Marie. Dor de dente era algo desagradável, mas, ainda assim, ele poderia ter ligado mais cedo e avisado sua esposa.

– Talvez ele não consiga abrir a boca de tanta dor – presumiu Dodo.

– Seja como for, você vai para a cama agora, chega de ler!

– Sim, mamãe. Boa noite.

Marie abraçou a filha e lhe deu um beijo na bochecha. Enquanto a menina ia para seu quarto, ela a observou e se deu conta de que a menina estava crescendo. Já passara da hora de deixar seu guarda-roupa um pouco mais feminino. As saias de pregas quadriculadas de que Dodo gostava já estavam muito infantis para ela.

Ela apertou o cinto do robe para ir até o quarto de Lisa no anexo quando Paul apareceu na fresta da porta com uma expressão sonolenta.

– O que houve? – perguntou ele. – Aconteceu alguma coisa?

– Sebastian passará a noite na casa de Tilly. Estou indo avisar Lisa.

– Por acaso ela ainda está esperando por ele?

– Acho que sim.

– Meu Deus! Não seria melhor eu ir junto?

– Não – respondeu Marie, sorrindo. – Volte a dormir, meu amor. É um assunto de mulher.

Sua cunhada estava sentada na sala se debulhando em lágrimas entre uma confusão de xícaras usadas, latas de biscoito, copos de água e diversos frascos de remédio marrons com tinturas calmantes. O telefone preto estava no meio de tudo, ao lado de um bloco de anotações molhado de lágrimas e de uma caneta.

– Marie! – exclamou ela, aos soluços, e pulou para buscar consolo no abraço da cunhada.

– Fique calma, Lisa – sussurrou Marie, acariciando seus cabelos longos. – Está tudo bem. Ele está na casa de Tilly. Ela acabou de ligar.

Inicialmente, Lisa não conseguia falar de tanto chorar e tremer, e Marie achou melhor se sentar no sofá do lado dela.

– Você entendeu o que eu disse? – perguntou ela, com insistência. – Não precisa se preocupar mais. Tilly está cuidando dele.

Lisa soluçou e começou a rir alto, para a consternação de Marie.

– Ela vai cuidar dele? Ela disse isso? Ela lhe disse por quê?

– Porque ele está com dor de dente – disse Marie, insegura.

Lisa riu novamente, e sua risada soou hostil e desesperada.

– Dor de dente? Ha ha! De qual? Dos três que ele já perdeu? Acabaram com o rosto dele no murro. Machucaram seu joelho. A mão direita foi estraçalhada por um copo de cerveja quebrado...

Marie encarou a cunhada, perplexa. Preocupada, cogitou a possibilidade de que ela pudesse ter tomado uma sobredose daqueles remédios supostamente inofensivos do armário de sua sogra.

– Mas Lisa! Do que você está falando? Acho que você teve um pesadelo.

Como resposta, Lisa segurou o bloco de anotações molhado de lágrimas diante do rosto da cunhada. Ele estava coberto de palavras escritas a lápis de forma apressada. Marie precisou se esforçar para decifrar algumas delas.

Briga, local frequentado por membros do NSDAP, provocaram três companheiros, golpe com o copo de cerveja, ferimento na testa...

– Quando deu uma da manhã e ele ainda não tinha voltado, liguei para a polícia – explicou Lisa, assoando o nariz. – Eles me deram o número da delegacia de Giesing. E lá... e lá... me falaram... falaram... Ah, Marie, eu sabia que ia ocorrer algo de ruim. Se eu tivesse ido com ele para Munique, nada disso teria acontecido.

– É realmente terrível – sussurrou Marie. – Lisa, sinto muito mesmo. Mas como isso foi acontecer? Afinal de contas, Sebastian é uma pessoa gentil e pacífica.

O desespero da esposa em lágrimas se transformou em raiva. Gentil uma ova! Ele era um cabeça-dura, isso sim. Ela o alertara, mas ele não lhe dera ouvidos.

– Tilly disse mesmo que ele estava com dor de dente? Ah, aquele covarde! Ele nem tem coragem de me dizer a verdade, por isso manda outra pessoa no lugar. Dor de dente? Não me faça rir! Ela foi buscá-lo na delegacia! Ele teve que ficar esperando em uma cela, porque perdeu os documentos.

– Foi terrível – murmurou Marie, consolando-a –, mas poderia ter sido pior. Ele está vivo, e essa história lhe servirá de alerta no futuro.

Lisa nem mesmo a ouvira. Ela continuava aborrecida, xingava os companheiros de Giesing, toda a gangue comunista, os malditos hitlerianos e essa bebedeira desgraçada que causava aquelas brigas.

– E fico muito chateada com Tilly por ajudar a encobertá-lo. Em vez de me ligar e falar a verdade, está me contando mentiras deslavadas.

Ela se calou, pois a porta da sala se abrira. Alicia apareceu vestida em seu robe verde-musgo de seda com os cabelos cuidadosamente presos em um coque e cobertos com uma touca.

– Mas o que é que aconteceu, Lisa? – perguntou ela em tom reprovador. – Dá para ouvir seus gritos de lá de casa.

Para poupar os nervos da sogra, Marie a distraiu.

– Não se preocupe, não é nada de mais, mamãe – disse ela com um sorriso tranquilizante. – Sebastian ainda está em Munique e passará a noite na casa de Tilly e Ernst.

Alicia recebeu a notícia com estranhamento.

– E por que você está histérica deste jeito, Lisa? Não seja boba. Acha mesmo que seu marido vai trair você justamente com Tilly?

Marie viu os olhos de Lisa ficarem esbugalhados de espanto e ela mesma quase começou a rir apesar da seriedade da situação. Alicia realmente vivia em outro mundo.

– Precisamos dar espaço e liberdade ao nosso marido de vez em quando – declarou Alicia, prosseguindo. – Lembre-se disso, Lisa. E, por favor, pare de espernear como uma bêbada na feira sem dignidade. Vai acabar acordando as crianças.

Depois deu meia-volta e voltou para seu quarto enquanto Marie e Lisa ficaram sentadas no sofá, pasmas, uma ao lado da outra.

– Meu Deus – murmurou Lisa.

Marie acariciou-lhe o ombro, consolando-a.

– Quer que eu passe a noite aqui para você não ficar sozinha?

– Nem sei como lhe agradecer se você puder fazer isso – disse sua cunhada, suspirando. – Só de ver o lado dele da cama vazio...

Já eram quase três horas, logo amanheceria. Como todos os empregados estavam dormindo e Marie não queria acordar ninguém, foi rapidamente até seu quarto para avisar Paul de que passaria o resto da noite no quarto de Lisa.

– Você não está exagerando um pouco? – resmungou ele, insatisfeito. – Ela é adulta e escolheu o marido de livre e espontânea vontade.

– Volte a dormir, querido – disse Marie, depois lhe deu um beijo na bochecha.

Quase uma hora depois, Marie chegou à conclusão de que Paul não estava tão errado assim. Lisa encontrava-se agitada e perturbada demais para conseguir dormir. Sua imaginação pintava os cenários mais tenebrosos possíveis e ela os descrevia para a pobre cunhada com todos os detalhes. Quando Marie lhe explicou que precisava estar no ateliê muito cedo no dia seguinte, Lisa deu um suspiro profundo e ofendido e virou-se para o outro lado.

– Não vou conseguir pregar o olho – sussurrou ela. – Mas não quero ser egoísta. Durma bem.

Marie mal adormecera quando foi acordada por um choro alto de criança vindo do recinto ao lado. Aparentemente Charlotte tivera um pesadelo e precisou ser acalmada por Rosa, que estava dormindo com ela no quarto. Lisa não percebeu nada, pois àquela altura já estava em sono profundo. Por volta das seis da manhã, os meninos acordaram e foram até o quarto dos pais, como era de costume, onde Sebastian normalmente estava. Olharam para a tia deitada no lugar dele, surpresos.

– Cadê o papai? – perguntou Johann.

– Shh! – sussurrou Marie. – O pai de vocês está na casa da tia Tilly, em Munique. Deixem sua mãe dormir mais um pouquinho.

– Ele prometeu construir um castelo com a gente...

Marie, exausta, não estava nada disposta a discutir.

– Vão agora os dois para o quarto de vocês e durmam mais um pouco – ordenou ela de forma enérgica.

Johann se virou e saiu andando como um menino obediente, seguido do irmão menor. Marie ouviu os dois brigando e Hanno começar a lamuriar e chorar, mas por sorte Rosa foi até eles e levou os brigões para o quarto de Charlotte junto com ela. Como Lisa estava dormindo e não precisava mais de seus cuidados, pelo menos não por enquanto, Marie decidiu tentar tirar mais um cochilo na própria cama. Mas não conseguiu, pois o cheiro de café fresco já invadira a casa principal.

Lá embaixo, na cozinha, a Sra. Brunnenmayer estava preparando o desjejum. No corredor, Marie encontrou o filho Kurti descalço e completamente coberto por uma camisola longa, com um carrinho de metal em cada mão, e o abraçou.

– Deixe-me ir, mamãe. Quero brincar de carrinho com Johann.

Hanna apareceu na entrada de serviço e fez uma reverência.

– Bom dia, senhora – disse ela e se dirigiu à porta do quarto da filha. – Srta. Dorothea, acorde! São sete horas.

Leo saiu do quarto com cara de sono, olhou para a mãe e bateu à porta do banheiro.

– Você ainda vai demorar, papai?

– Já estou terminando! – gritou Paul.

Marie aceitou que o dia realmente começara e começou a se vestir. Quando Paul entrou no quarto alguns momentos depois, ela lhe contou baixinho o que a polícia de Giesing comunicara a Lisa.

– Meu Deus! – exclamou ele. – Ernst não vai gostar nem um pouco disso. Meu velho amigo é muito conhecido em Munique e preza pela própria reputação.

– Esse é o menor dos problemas em toda essa triste situação – declarou Marie. – O mais importante é que Sebastian esteja bem, na medida do possível, e que não fique com sequelas do incidente.

Paul concordou com ela, mas Marie percebeu que a compaixão que o marido dedicava ao cunhado era limitada. Sebastian criara muitas desavenças com a direção como presidente da comissão de trabalhadores.

O café da manhã, que já havia muito não contava com a presença de Alicia, Lisa e suas crianças, foi mais silencioso do que de costume. Paul já estava com a cabeça nos problemas da fábrica, Marie tentava mas falhava em afastar a exaustão com alguns goles de café, e Leo estava calado e inacessível fazia dias. O som do piano, que antes acordava os integrantes da casa de manhãzinha, silenciara.

Dodo apareceu no último minuto, engoliu um pão às pressas e bebeu o café em pé.

– Quer ir até o ateliê depois da escola? – indagou sua mãe. – Acho que você está precisando de umas roupas bonitas.

– Por favor, quero um macacão de aviador de linho branco, mamãe!
– Pensei em um vestido.
– Um vestido? Não pode ser outra coisa?

Leo foi o primeiro a levantar-se da mesa. Fazia algum tempo que ele ia à escola de bonde, pois chegar lá de motorista, como um "figurão", aparentemente o envergonhava diante dos outros alunos. Dodo acompanhava o irmão com frequência.

Já Paul não demonstrava estar com pressa naquele dia. Serviu mais um café para si e para a esposa.

– Você parece cansada, Marie – disse ele, compassivamente. – A egoísta da minha irmã não deixou você dormir?

– Ela está muito preocupada com o Sebastian, o que é totalmente compreensível.

Ele assentiu e mexeu o açúcar no café. Calou-se por um momento, e a sala de jantar ficou tão silenciosa que se podia ouvir o tique-taque do relógio na cômoda. Marie pressentiu que o marido estivesse pensando algo desagradável que também lhe dizia respeito.

– Vamos lá, diga logo o que há, Paul – disse ela, exortando-o.

Ele sorriu. A esposa sempre conseguia identificar seu comportamento e adivinhar o que se passava em sua cabeça.

– Marie, sinto muito falar sobre isso justamente após você ter passado a noite quase sem dormir...

– Chega de rodeios, Paul. Você sabe que não sou de açúcar.

Ele inspirou profundamente e se recostou na cadeira.

– Não tem outro jeito – falou ele, com apreensão. – Tentei negociar de todas as formas com o banco, mas eles querem a totalidade do crédito de volta. Se eu quiser manter a fábrica, precisarei vender os imóveis no centro da cidade.

– Entendo – disse Marie baixinho. – Isso diz respeito também ao prédio onde está o ateliê, não é mesmo?

– Infelizmente... Tentarei achar um comprador que cobre um aluguel razoável. Mas é claro que não posso prometer nada.

– É compreensível – respondeu ela, desolada. – Você precisa vender o prédio para quem oferecer mais dinheiro. Faça o que precisar fazer, Paul. A fábrica é mais importante que meu ateliê. Até mesmo porque está de mal a pior ultimamente.

– A situação não está muito melhor na fábrica. Precisamos superar esta crise de alguma forma, Marie. Ela não vai durar para sempre, com certeza as coisas vão melhorar em algum momento.

– Vamos dar um jeito, Paul – sussurrou ela, logo antes de se despedirem. – Sempre demos um jeito!

– Contanto que você esteja ao meu lado, Marie!

Mas, quando estava no carro indo para o centro, ela ficou apreensiva. Ela nem ao menos sabia se o novo senhorio aceitaria o ateliê como inquilino e, ainda por cima, por um valor moderado com que Paul e ela pudessem arcar. Só sob essas circunstâncias seria possível manter as costureiras, que já estavam com os salários reduzidos. Um pouco antes de estacionar na Karolinenstraße, teve a ideia de ligar para Kitty e perguntar se Robert não teria interesse em comprar o imóvel. Segundo ouviam dizer, seus negócios continuavam de vento em popa. Por que ela não tivera logo essa ideia? Já não era sem tempo de fazer aquela tentativa.

A Sra. Ginsberg, que redecorara a vitrine do ateliê, também a esperava com más notícias. Dois pedidos tinham sido cancelados. A senhora diretora Wiesler iria buscar seu casaco de inverno mais tarde, pois não queria mais ajustá-lo, e outra cliente decidira cancelar a encomenda de um vestido. Mas um pequeno raio de esperança animara as costureiras. A Sra. Künzel estava de aniversário e trouxera um bolo para o lanche da tarde.

Marie pegou o telefone para ligar para Kitty. A linha encontrava-se ocupada. Provavelmente sua cunhada estava conversando por horas com alguma amiga como de costume. Após alguns instantes, ao pensar na conta do telefone, decidiu não telefonar e aguardar até o próximo encontro em família para perguntar a Robert sobre o imóvel.

Então se voltou às faturas da contabilidade do ateliê. Pelo visto, algumas de suas notificações de cobrança haviam sido bem-sucedidas: várias clientes haviam quitado sua dívida pelo menos em parte. Infelizmente, inúmeros débitos maiores ainda estavam em aberto, e ela provavelmente não os receberia no futuro próximo. A única pessoa que pagava direitinho, e ganhava um desconto de três por cento por isso, era...

– Bom dia, Sra. Grünling! – Marie ouviu a voz da Sra. Ginsberg vinda da antessala de vendas. – Que belo dia de outono hoje, não é mesmo?

Lá estava ela novamente, sua única pagadora pontual. Agora, Serafina ia ao ateliê de Marie com bastante frequência, pois mandara fazer vários vestidos e conjuntos. Inclusive estava com um casaco de inverno em andamento e já encomendara o tecido. Uma cliente que faria a felicidade de qualquer ateliê de moda, se Serafina não fosse tão vil. Sempre encontrava alguma coisa para reclamar em todas as provas, fazendo com que cada peça de roupa fosse alterada inúmeras vezes até que estivesse satisfeita. E, no fim, as alterações se revelavam absolutamente desnecessárias, pois ela voltava atrás em todas sem motivo algum. Era uma impertinência descarada. A governanta demitida tantos anos antes estava brincando com o poder que detinha e queria se vingar pelas humilhações de fato sofridas (ou até imaginadas) por ela. Se o dinheiro daquela mulher terrível não fosse tão necessário para manter seu negócio de portas abertas, Marie com prazer já a teria expulsado há tempos do ateliê.

– Agora quero ver se ela finalmente conseguiu costurar a saia rente ao corpo – disse Serafina para a Sra. Ginsberg. – Estou vindo pela terceira vez e já prevejo que ainda não foi feito do jeito certo. Na verdade, já deveria ter cancelado esse pedido há muito tempo.

Marie ficou com pena da Sra. Ginsberg por ter que se sujeitar ao mau gênio da cliente, mas temia que ela própria perdesse a compostura mais cedo ou mais tarde em uma situação como aquela.

– O mesmo problema de novo! – exclamou Serafina triunfante no meio da loja. – Veja a senhora mesma, está muito larga. Não, assim a saia está impossível de ser usada.

– Estimada Sra. Grünling, pelo contrário, acho que a saia está bastante apertada.

– A senhora acha que sabe mais que eu, Sra. Ginsberg? Que eu não sei...

A campainha soou. Possivelmente uma cliente nova entrara na antessala de vendas. Marie levantou-se correndo da escrivaninha para evitar que a desagradável Serafina afugentasse possíveis compradoras, mas fora sua filha Dodo quem chegara.

– Bom dia, Sra. Ginsberg. Bom dia, Sra. Grünling. A mamãe está no escritório?

– Sim, Dodo – respondeu a Sra. Ginsberg gentilmente. – Pode ir até lá, tem até bolo hoje.

Marie estava preparando uma xícara de chá e um pedaço de bolo às pressas quando um diálogo altamente arriscado começou a se desenrolar na antessala de vendas.

– Ah, cá está a pequena Dodo – disse a Sra. Grünling com arrogância. – Como está magrinha, menina! Não estão lhe dando comida suficiente na Vila dos Tecidos? Afinal, dizem por aí que vocês estão precisando economizar bastante no momento.

Que audácia, pensou Marie, colocando a xícara de volta em cima da mesa para ir até o salão da loja antes que Dodo se tornasse hostil. Mas chegou tarde demais.

– Até agora ninguém precisou passar fome lá em casa, Sra. Grünling – respondeu sua filha. – Não preciso desses pneuzinhos que a senhora tem de sobra na barriga.

– Pneuzinhos? – disse Serafina, revoltada. – Que ousadia é essa, sua moleca? Vê-se bem o resultado de uma criação leniente. Seu irmão se julga um prodígio e acaba passando vergonha diante da cidade toda, e a irmã se destaca pelas más maneiras.

Marie deu de cara com uma cena grotesca. Serafina abrira a cortina do provador e estava parada diante do espelho vestindo sua saia apertada demais e uma blusa semiaberta, enquanto Dodo se preparava para a réplica com o rosto vermelho de raiva.

– Dodo! – chamou Marie. – Venha até o escritório!

– Ah! – exclamou Serafina. – Finalmente a mãe decidiu sair de seu esconderijo. Exijo uma desculpa de sua filha, Sra. Melzer. Imediatamente!

Ela até podia exigir. A resposta de Dodo fora atrevida, não havia dúvida. Contudo, Marie não estava nem um pouco disposta a exigir isso dela. E, como conhecia bem a filha que tinha, sabia que ela não se desculparia por vontade própria. A situação saíra do controle e não havia mais uma boa solução.

– Nem pensar – disse Dodo. – A *senhora* que se desculpe em primeiro lugar. A senhora ofendeu minha família. E meu irmão Leo. É a senhora que não tem boas maneiras!

– Dodo – disse Marie, intervindo em tom calmo. – Isso foi muito deselegante. Por favor, vá até meu escritório e espere por mim lá.

Sua filha seguiu a instrução e saiu desfilando pelo cômodo, empertigada, sabendo muito bem que levaria uma bela bronca da mãe. Por alguns segundos, um silêncio consternador tomou conta da antessala de vendas.

A Sra. Ginsberg estava paralisada em horror enquanto a Sra. Grünling recuperava suas energias para o *gran finale*.

– Então você aprova a ousadia de sua filha? – disse ela em tom ameaçador para Marie. – É o fim da picada! Só por pura pena continuo vindo até seu ateliê, senão ele já teria falido faz tempo, e é assim que me tratam!

– Não preciso da sua pena, Sra. Grünling. Por favor, saia da minha loja!

– Com prazer.

Serafina fechou a cortina para se vestir rapidamente. Mal tinha terminado, arremessou a saia na direção de Marie e jogou o trunfo que guardara por longo tempo.

– Você nem costurar direito sabe – declarou ela, com maldade. – Mas tanto faz, o ateliê vai fechar em breve mesmo. Já contei que meu marido vai comprar este imóvel? O contrato já foi assinado.

Ela deliciou-se com o silêncio horrorizado de ambas as mulheres e deixou o ateliê de cabeça erguida.

– O que ela disse? – sussurrou a Sra. Ginsberg, chocada.

– Mentiras. Nada mais que mentiras – disse Marie. – Esqueça o que ela disse.

18

O falatório entusiasmado da tia Kitty vindo do átrio adentrou o quarto. Dodo pegou sua mala de viagem e já estava descendo as escadas quando parou e abriu a porta do quarto de Leo. Seu irmão estava sentado à escrivaninha com a cabeça enfiada nos livros escolares.

– Não quer mesmo vir junto? – perguntou ela. – Afinal, a tia Tilly convidou nós dois para passarmos uns dias com ela.

– Não! Preciso estudar latim.

Ele nem ao menos se virara para ela. Continuara folheando a gramática de latim, murmurando alguma coisa incompreensível.

– São as férias de primavera!

– E daí? – respondeu Dodo, balançando a cabeça sem entender nada. – Nenhuma pessoa normal passa as férias estudando.

– Tenho que recuperar muito conteúdo – declarou ele. – Agora me deixe em paz. Divirta-se em Munique. Você pode me mandar um cartão-postal.

– Pode esperar sentado – ralhou ela, decepcionada, e fechou a porta.

Na sala de jantar, encontrou a tia Kitty com a vovó e a tia Lisa tomando chá e comendo biscoitos servidos por Humbert.

– Não, Kitty – grunhiu a tia Lisa, limpando o rosto com um lenço. – Não irei com vocês para Munique de jeito nenhum. Não suportaria ver aquilo, acabaria me debulhando em lágrimas e ainda passaria a viagem toda chorando. Não, não quero submeter ninguém a isso.

– Meu Deus. Ele ainda está vivo, Lisa! Um pouco combalido, tudo bem. Está especialmente mal da cabeça, como disse Tilly. Mas, como sabemos, ele nunca foi muito normal. O resto ainda está intacto. Pense no pobre Klippi, que está prejudicado em outras partes do corpo...

– Por favor, Kitty! – advertiu a avó. – *Pas devant les enfants!*

Dodo conhecia aquela frase desde que se entendia por gente. Sua avó sempre a dizia quando a conversa se tornava interessante.

– Ah, Dodo, aí está você! – disse a tia Kitty, esticando os braços para abraçar e beijar a sobrinha. – Já fez as malas? Como assim? Só esta mala pequena? Não cabe nada aí dentro. Você vai precisar de um vestido bonito para a tarde. Traje para a ópera. Um casaco diurno... Ah, sim: vou lhe dar uma camisola turquesa lindíssima de Natal. De renda. Ficará maravilhosa em você. Já escolhi as pantufas combinando.

Ai, meu Deus, pensou Dodo, horrorizada. Como não queria ofender a tia Kitty, fingiu ficar feliz com a notícia, mas explicou que adoraria ganhar uma calça e um casaco da mesma cor.

– Nos meus tempos, mulheres nunca vestiam calça – comentou a avó. – Nem mesmo para cavalgar. A gente usava uma sela lateral.

– Uma calça comprida é uma boa ideia, Dodo – admitiu a tia Kitty. – Ficaria muito bem em você. O que foi agora, Lisa? Não quer mesmo vir junto? Então, tudo bem. Não estou mesmo disposta a deixar você molhar todo o meu carro de lágrimas. Neste caso, trarei sozinha seu cavaleiro ferido de volta a Augsburgo. Que ideias que esses homens têm! Quando achamos que encontramos um decente, ele inventa de se meter em uma briga com um taberneiro.

Vovó Alicia retornara ao pires a xícara que levava à boca.

– O que você disse, Kitty? Sebastian brigou com alguém? Ele não estava com dor de dente?

Lisa lançou um olhar furioso para sua irmã, e Kitty mordeu o lábio inferior, apavorada. Mais uma vez dera com a língua nos dentes.

– Justamente, mamãe. Ele está com dor de dente. Você sabe, ele tropeçou. Em um bar, e lá estava também um taberneiro...

– Em um bar?

A vovó arregalou os olhos em choque, e a tia Kitty interrompeu suas explicações, desorientada.

– Meu Deus, como já está tarde! – exclamou ela, olhando para o relógio de pêndulo em cima da cômoda. – Precisamos ir agora, afinal de contas, meu carro não é dos mais rápidos. Lisa lhe explicará exatamente o que aconteceu com Sebastian. Não é, irmã querida? As encomendas da Tilly já estão lá fora? Então Humbert pode colocá-las na mala do carro. Dodo, vista um casaco, está frio. Mamãe do meu coração, amanhã já estarei de volta com Sebastian. Imagino que de tardezinha... Dê-me um abraço, mamãe querida! E dê um beijo nas crianças por mim! E, Lisa, amanhã você terá seu amor de volta e poderá cuidar dele, aquele pobre inválido.

Dodo achou o olhar de despedida da tia Lisa um verdadeiro espetáculo. Ela provavelmente teria apunhalado a irmã piadista caso tivesse tido a oportunidade. Mas a tia Kitty saiu caminhando com leveza e animação. Dava para ouvi-la conversando lá embaixo no átrio com Gertie e Humbert.

– Minha bolsa está uma catástrofe! Tudo que procuro fica no fundo. Onde estão as chaves do carro?

Dodo revirou os olhos e abraçou primeiro a avó e então a tia Lisa. Prometeu se comportar na casa da tia Tilly, não dar respostas atrevidas e sempre fazer uma reverência ao cumprimentar adultos. Depois, desceu os degraus correndo com tanta pressa que quase caiu por cima das lixeiras de papel colocadas perto da escada por Else, que as esvaziaria depois nas latas de lixo. Dodo ultrapassara o obstáculo com um salto arrojado, fazendo só uma das lixeiras se virar e espalhar seu conteúdo.

Ela olhou para todas aquelas folhas de papel jogadas no chão e quase não acreditou no que via. Eram partituras escritas à mão. As composições de Leo. Seu irmão jogara todas no lixo.

– Não precisa recolher nada agora – advertira a tia Kitty com impaciência. – Deixe que Else faça isso. Mas por que também ela foi colocar as lixeiras na frente da escada? Vamos, precisamos ir!

– Já estou indo, tia Kitty!

Dodo catou todas as folhas do chão e empilhou-as. A música maravilhosa de Leo! Como ele pôde jogar tudo aquilo fora? O que aquela bruxa russa do piano fizera com seu irmão?

Ela enrolou seu xale vermelho em volta das folhas e levou tudo com ela. Aquelas folhas não podiam ficar na Vila dos Tecidos de jeito nenhum. Se fossem parar nas mãos de Leo, ele acabaria queimando-as. Dodo não podia deixar isso acontecer. Ela guardaria as composições inestimáveis dele em um local seguro. E já sabia onde.

Entrou no carro com um suspiro. Andar de carona com a tia Kitty sempre era uma tortura, pois ela maltratava o pobre automóvel de forma tão atroz que quase causava dores físicas em Dodo.

– Pode trocar de marcha agora, tia Kitty.

– Mas por quê, Dodo? Ele está andando tão bem e dá uns estalos com um barulhinho tão bom!

– O motor fica superaquecido quando a gente força a marcha desse jeito.
– Ah, que nada. O vento frio com certeza o resfria.

Elas precisaram parar quatro vezes em um posto de gasolina no trajeto, pois o motor ficava trepidando. Mas, por mais que os mecânicos tentassem persuadir a tia Kitty, ela só assentia alegremente, sorria e continuava dirigindo da mesma forma.

Se um pecador desprezível for parar no inferno, talvez seja transformado em um carro dirigido pela tia Kitty, pensou Dodo. *Certamente seria uma punição terrível.*

Elas chegaram à tardinha a Pasing, em Munique, mas só porque Dodo segurou o mapa no colo e orientou sua tia na direção certa. Caso contrário, provavelmente teriam chegado à meia-noite.

– Meu Deus! – exclamou a tia Kitty ao ver a mansão. – Ernst construiu um verdadeiro parque. A casa parece uma miniatura da Vila dos Tecidos. Desça do carro, Dodo querida. Chegamos. Aquele não é Julius, que matou a pobre Maria Jordan anos atrás? Ah, não, não foi ele, ele só teve um caso com ela, acho... Julius, que bom revê-lo! Por favor, pegue primeiro aquelas três bolsas, lá estão os presentes para minha querida Tilly e Ernst. E depois, minha mala. Deixe que eu levo minha bolsa. O que está enrolado no seu xale vermelho, Dodo? Não vai dizer que são livros!

A sobrinha apenas balançou a cabeça e enfiou o xale com seu conteúdo na bolsa de viagem.

A tia Kitty andava para cá e para lá como uma galinha perturbada para que as bagagens fossem levadas para os lugares certos. No saguão de entrada, deu um abraço apertado na tia Tilly, tagarelou até dizer chega e beijou o tio Ernst nas duas bochechas. Dodo apertou a mão do tio com educação. Ele lhe pareceu ainda mais rabugento que antigamente, o que talvez se desse pelo fato de estar mais velho, mais magro e com ainda mais cabelos brancos.

– Que bom ver você novamente, Dorothea – disse ele, enquanto ela fazia sua reverência educada. – Você cresceu bastante.

Então ele foi para o escritório, fechou a porta e desapareceu. A tia Tilly abraçou Dodo e parecia estar nas nuvens com a visita dela e da tia Kitty.

– Vocês trazem vida à casa – declarou ela, sorrindo. – Uma pena que Leo não tenha vindo junto. Temos um piano na sala de estar que praticamente nunca foi usado.

O tio Sebastian estava sentado em uma poltrona na biblioteca com um cobertor de lã sobre as pernas. Dodo achou seu aspecto terrível. Seu rosto estava coberto de escoriações, ele tinha um galo avermelhado e aberto na testa, seus lábios estavam ressecados e a mão direita, enrolada em uma bandagem.

– Exxxtou muito enverrrgonhado, Kitxxxy – balbuciou ele quando elas chegaram mais perto para lhe cumprimentar.

A tia Kitty, que geralmente não tinha papas na língua, foi excepcionalmente gentil e compreensiva.

– Ah, pobrezinho! – disse ela, apertando-lhe a mão esquerda. – Imagino o que passou! Estou vendo que Tilly cuidou bem de você e que já está um pouco melhor, não é mesmo?

– Ela é um verrrdadeiro anjo. Exxxtou exxxtremamente grato a ela.

– Amanhã você estará em casa novamente – afirmou a tia Kitty, consolando-o.

Contudo, o tio Sebastian não parecia feliz em voltar para casa, o que não era de se admirar. Quando sua esposa o visse naquele estado, provavelmente teria outro ataque histérico. Mais tarde ele jantou, mas comeu na biblioteca, pois não queria estragar o apetite dos outros com sua aparência. Dodo ficou muito feliz com aquela decisão: era muito assustador olhar para aquele galo aberto em sua testa. Pobre tio Sebastian, ele com certeza estava sentindo muita dor.

Dada a circunstância, o jantar acabou sendo bastante divertido. A tia Kitty falava pelos cotovelos e ria enquanto o tio Ernst parecia se deleitar com suas palavras, o que era de se admirar. Ela trocara de roupa especialmente para o jantar e usava um de seus vestidos apertados e brilhantes, com um decote profundo na frente e nas costas. Ela tinha um armário cheio de vestidos como aquele, alguns com penas e outros bordados com pequenas pérolas, especialmente os brancos. Sua prima Henni ficava louca para usar os vestidos da mãe, já Dodo não vestiria um troço daqueles nem por todo dinheiro do mundo.

– Que pena que vai ficar apenas um dia, querida Kitty – disse o tio Ernst. – Fomos convidados para um jantar de gala na ópera amanhã. Que tal passar mais uma noite aqui em Munique?

A tia Kitty recusou o convite. Primeiramente por causa da pobre Lisa, que aguardava o marido em Augsburgo, mas também por causa de seu próprio marido, o que era compreensível. Dodo também teria optado por tio Robert se tivesse tido a escolha entre os dois. Ele, sim, era um homem muito simpático.

Já o tio Ernst subitamente se deu conta de que já estava tarde e de que as crianças deveriam ir dormir cedo. Por isso, Dodo precisou ir já às oito horas para o quarto, que dividiria com a tia Kitty naquela noite. Ela ficou feliz por ter levado dois livros da biblioteca municipal de Augsburgo para ler até que sua companheira de quarto subisse. A tia Kitty demorou para chegar. Só um pouco antes da meia-noite entrou no quarto meio cambaleante: provavelmente bebera um monte de vinho.

– Você ainda está acordada, menina – disse ela, espantada. – Lendo na cama! Vai se tornar uma quatro-olhos se continuar assim.

Dodo colocou o livro sobre o piloto de caças Manfred von Richthofen em cima da mesa de cabeceira e tirou da bolsa de viagem os papéis enrolados no xale vermelho de lã.

– Você precisa levar isto para a Frauentorstraße – pediu ela. – Precisa cuidar bem disto e não pode mostrar para ninguém.

– Ah, meu Deus – disse a tia Kitty quando Dodo desembrulhou as partituras do xale. – Mas o que é isto?

– As composições de Leo. Imagine só: ele jogou todas fora!

Sua tia era a pessoa certa. Olhou para as partituras e cantarolou algumas das melodias, achou tudo incrível e explicou que Leo era um artista e que seria um compositor famoso. Ela sempre soubera disso. Só Paul, aquele imbecil, ainda achava que ele um dia assumiria a fábrica.

– Ele compôs escondido, pobrezinho – disse ela, espantada. – Não ousou mostrar para ninguém. Ah, Dodo! Que bom que você foi atenta. Estas páginas inestimáveis não se perderam por pouco. Nem imagino o que a Sra. Obramowa, aquela peste, aprontou.

– Mas como é possível que Leo tenha jogado tudo fora por causa dela? – indagou Dodo, suspirando. – A música sempre foi a coisa mais importante para ele desde sempre.

A tia Kitty ergueu as sobrancelhas e explicou-lhe que Leo possivelmente se apaixonara.

– O primeiro amor é sempre muito marcante, Dodo. A gente esquece de tudo que é mais importante e é capaz das burrices mais terríveis. Eu fugi com Gérard para Paris naquela época... E quando esse primeiro amor acaba mal, é como se fôssemos engolidos por um abismo terrível.

Dodo presumiu que o vinho tornara a tia Kitty piegas demais e que ela não entendera bem a questão. Afinal de contas, Leo não poderia se apaixonar por uma mulher feia como a Sra. Obramowa. Não, era mais provável que aquela bruxa tivesse enfeitiçado seu irmão.

– Levarei as obras dele e as esconderei em casa – prometeu a tia Kitty, enrolando a pilha de papéis no xale vermelho novamente. – No fundo do meu armário. Ninguém as encontrará.

No café da manhã do dia seguinte, a atmosfera da casa estava estranhamente tensa. Como de costume, a tia Kitty dominou a maior parte da conversa, e o tio Ernst, para variar, lhe fazia elogios constantes. Já a tia Tilly falou pouco e parecia irritada com alguma coisa. Tio Sebastian tomou seu café na biblioteca, onde mergulhou pãezinhos no café com leite.

Um pouco depois, Julius e Bruni ajudaram a levá-lo até o carro, o que não era tão fácil por causa do seu joelho engessado e principalmente porque o tio Ernst não ajudara em nada. Em vez disso, entrara em seu escritório e desaparecera sem sequer dizer adeus ao ferido.

Pobre tio Sebastian, pensou Dodo. *Já é difícil andar de carro com a tia Kitty dirigindo quando estamos bem. Com dores pelo corpo todo, então, deve ser uma tortura.*

– Fiquem bem aqui na bela Munique – disse a tia Kitty por detrás do volante. – Dodo, seja gentil com a sua tia, pois ela merece. Tilly, espero ver você em breve, minha querida. Sinceramente, nem entendo por que ainda está aqui. Argh!

O carro deu um solavanco para a frente, pois o motor morrera mais uma vez, e Sebastian, que estava deitado atravessado no banco de trás, bateu com o ombro contra o assento dianteiro e deu um grito abafado de dor.

– Morreu! – disse Dodo de dentro da casa.

– Ah, este carro tem vontade própria – disse a tia Kitty com um suspiro.

Na segunda tentativa, conseguiu ligar o motor, e o automóvel foi se movimentando aos solavancos. Tilly, que era médica, disse com preocupação:

– Talvez não tenha sido uma boa ideia deixar Kitty buscar Sebastian. Seria melhor que eu estivesse dirigindo.

Com a partida de Kitty para Augsburgo, a atmosfera mudou dentro de casa. De repente, Dodo achou os móveis mais escuros, as cortinas mais pesadas e Julius e Bruni menos simpáticos. A tia Tilly subitamente adquiriu rugas em torno da boca e na testa e passou a dar respostas monossilábicas às perguntas.

– Ir para o aeródromo Oberwiesenfeld? Está tarde demais para isso, talvez amanhã, ok?

A programação de hoje era uma visita a um entediante museu de arte, que cheirava a cera de piso e a quadros velhos e onde todos falavam sussurrando. Andava-se por espaços grandes e altos que sempre desaguavam em outros espaços grandes e altos, com quadros por toda a extensão das paredes. A tia Tilly disse que Paul pedira-lhe que mostrasse um pouco de cultura à filha e que a levasse à pinacoteca.

O jantar na mansão fora ainda pior que o museu de arte. O tio Ernst se sentara em uma ponta da mesa, e a tia Tilly, na outra, com Dodo sentada entre os dois, se sentindo como um barquinho solitário no Oceano Ártico turbulento. Desde que a tia Kitty deixara a casa, o mau humor do tio Ernst piorara e às vezes ele parecia realmente cruel.

– Espero que me acompanhe no jantar de gala, Tilly – disse ele, olhando para a esposa de forma penetrante.

– Sinto muito, Ernst. Preciso dar atenção à visita.

Ela era a visita. Dodo. Ou seja, era a razão para a resposta indignada do tio de que não era a primeira vez que a esposa o decepcionava.

– Posso ficar sozinha, tia Tilly – sugeriu Dodo baixinho, mas ninguém a ouvira.

O tio Ernst começara a falar sobre Sebastian.

– Não entendo por que você precisou trazer aquele homem para nossa casa depois de levá-lo a vários médicos. E com as despesas por minha conta, é claro. Um comunista que saiu às turras em um local frequentado pelo NSDAP e que feriu um membro da SA, a tropa de assalto. Mas você não dá a mínima para a minha reputação. Já tive que ouvir vários comentários sobre o assunto e certamente meus inimigos se aproveitarão desse evento.

– Ele é uma pessoa decente e precisava da minha ajuda – disse a tia Tilly, defendendo-se. – É importante para mim, Ernst. Além disso, não consigo entender seu envolvimento neste partido.

– Já percebi isso – respondeu ele em tom ameaçador enquanto cortava seu sanduíche de presunto.

Dodo olhava de um para o outro e não conseguia comer uma garfada sequer. Que terrível! Ela deveria ter ficado na Vila dos Tecidos. Aquelas férias em Munique tinham sido uma das piores ideias que já tivera.

Mas mudou de opinião no dia seguinte. A tia Tilly levou-a até o aeródromo Oberwiesenfeld, que ficava entre os bairros Moosach e Schwabing. Ela podia ver o terminal grande e branco lá longe. Era um prédio novo com torres no teto e um relógio enorme sobre a entrada. O terreno era cercado para que pessoas não autorizadas não entrassem na área gramada, o que era uma pena, pois havia vários aviões lá. Dodo conhecia todos por fotos no jornal e nos livros, e era inacreditável ver todos eles de verdade.

– Veja, tia Tilly. Aquele é o D-1784! Para dois lugares. Tem três deles lá! E aquele ao lado é o 1831. E lá atrás estão os biplanos...

A tia Tilly já não estava mais irritada como estivera em casa. Agora estava muito mais alegre, tinha muitas perguntas e mostrava-se impressionada com o conhecimento de Dodo. Às vezes até mesmo ria e dizia que certamente gostaria de voar em um daqueles pássaros. Mas o ponto alto do dia foi quando elas clandestinamente entraram em um dos hangares, onde havia vários aviões um ao lado do outro, com um D-1712 bem na frente. Três homens vestidos com macacão escuro estavam trabalhando, empurravam o avião um pouco para a frente e mexiam na hélice.

– É ele – murmurou Dodo com veneração.

Ela estava tão entusiasmada que tropeçou em uma mangueira preta e quase caiu ao atravessar o pavilhão. Quase não ouviu os gritos da tia Tilly para que voltasse imediatamente. Ficou parada diante do D-1712 sem fôlego nenhum, segurando com a mão esticada o caderno que trouxera especialmente para aquela ocasião.

– Por favor, poderia me dar um autógrafo, Sr. Udet?

Como resposta, recebeu uma senhora bronca do ás da aviação. Mas o que ela estava fazendo ali? Era uma área restrita.

– Já estou indo embora – gaguejou ela. – Por favor, li muito sobre o senhor. Seu livro *Cruz versus roseta*. E os relatos dos voos acrobáticos. E vi todos os seus filmes... E quero ser piloto quando crescer. Por favor, me dê seu autógrafo.

Ele sorriu. Dodo conseguira. Ele não era tão deslumbrante como nos filmes, para os quais com certeza era maquiado. Que ele estava ficando careca, ela já sabia por causa de algumas fotos de jornal nas quais ele não estava usando chapéu. Na verdade, parecia mais um pai simpático do que um herói. Mas era o melhor piloto do mundo! Ela teria dado qualquer coisa para ter aulas de aviação com ele.

– Então me dê o caderno, garota – disse ele. – Você também tem uma caneta? Espere, tenho uma.

Ele tirou uma caneta esferográfica do bolso da camisa e escreveu seu nome com letras grandes e firmes no caderno. Ernst Udet!

– Quer ser piloto? – perguntou ele, devolvendo o caderno. – Você tem quantos anos, se me permite a pergunta?

– Quase quinze.

Ele deu um sorriso ainda mais largo e olhou para ela. Dodo percebeu, frustrada, que deveria estar parecendo uma aluna certinha e bem-comportada com aquele casaco ridículo.

– Bem – disse ele, dando uma piscadela. – Pode me procurar em alguns anos.

– Sério? – respondeu ela com uma terrível taquicardia de tanta felicidade.

– Claro. E agora chispe daqui. Sua mãe está esperando por você ali.

– Não é minha mãe, é minha tia Tilly.

Mas Udet não estava mais ouvindo, pois já explicava aos mecânicos que a máquina estava em um estado deplorável e que ele desejava voar no dia seguinte.

Dodo passou o resto do dia falando exclusivamente sobre aquele grande acontecimento, pelo qual secretamente ansiava e que enfim se tornara realidade. Ela vira o famoso piloto Ernst Udet em carne e osso e inclusive falara com ele! E tinha até um autógrafo dele que guardaria até o fim da vida.

– Ele disse que posso procurá-lo em alguns anos, tia Tilly. O que você acha? Será que devo tentar no ano que vem? Já terei quase 16 anos...

– Enquanto você não for maior de idade, seus pais que precisarão decidir isso – respondeu a tia, cortando seu entusiasmo.

Talvez sua mãe permitisse, pensou Dodo, mas seu pai provavelmente não. A avó com certeza não, mas Dodo nem pediria permissão para ela.

De noite colocou o caderno com a assinatura preciosa debaixo do travesseiro certa de que sonharia com aviação. Com ela deslizando pelo oceano cintilante e descobrindo a costa africana à distância. Ou sonharia com uma decolagem perigosa em um planalto na montanha pertinho do precipício e com um pouso de emergência no deserto no meio de uma tempestade de areia... Porém, de manhã não conseguiu se lembrar de nenhum desses sonhos. Só sabia que ouvira conversas agitadas e furiosas vindas da biblioteca. A tia Tilly e o tio Ernst haviam brigado feio.

Na manhã seguinte, a camareira Bruni bateu a sua porta.

– Srta. Dodo? Os senhores já estão tomando café lá embaixo.

Ela perdera a hora, que tola! Lavou-se na pia, vestiu-se às pressas e ajeitou os cabelos com os dedos enquanto descia as escadas. A tia Tilly prometera ir com ela ao museu de tecnologia naquele dia, que certamente seria mais interessante do que a pinacoteca. Ela queria comprar dois cartões-postais lá, um para Leo e outro para a mãe e o pai. Eles ficariam surpresos com o que acontecera no aeródromo!

Infelizmente o dia se desenrolou de forma bem diferente do que imaginara. Ela fora cumprimentada com um simpático "Bom dia, dorminhoca" pela tia Tilly enquanto o tio Ernst mastigava um pão com manteiga, pensativo, e pareceu nem ter percebido sua chegada.

– É exatamente isso, Tilly. Acho essas pesquisas muito importantes para nosso futuro.

– Pois eu acredito que são inúteis, Ernst – respondeu a tia Tilly, muito aborrecida. – Elas não trazem nada além de hostilidade. Pessoas que sempre viveram em paz entre nós estão sendo estigmatizadas de repente. De que isso nos serve?

Dodo não entendeu do que se tratava, mas a conversa parecia-lhe um tanto ameaçadora, e ela gostaria de ter voltado correndo para o quarto de visitas, o que naturalmente não era possível. Então se sentou em seu lugar, muda, e deixou que Julius lhe servisse um café.

– Por que você está tão irritada, Tilly? – indagou Ernst, dando um sorriso irônico para a esposa. – A família Bräuer é ariana até os bisavós e provavelmente além deles também. E a família de sua mãe também está segura. Os Mecklenburgs. Seus antepassados eram comerciantes, navegadores.

– E a quem interessa isso? – comentou a tia Tilly, enfurecida, no meio da conversa. – Sirva-se dos pães, Dodo. Tem geleia e presunto...

Dodo colocou um pão no prato com obediência na esperança de que o tio Ernst se levantasse e fosse para o escritório. Mas ele preferiu continuar a conversa.

– Já a família Melzer é um caso problemático. Jakob Burkard era um judeu convertido, e a mãe de Louise Hofgartner era judia. Sendo assim, Marie é três quartos judia, e as crianças são mestiços judaicos...

Tudo aconteceu de súbito e muito rápido.

A tia Tilly ficou farta e levantou-se de um pulo, derrubando a xícara e o pires no chão com um estrondo.

– Dodo! Arrume suas coisas. Partimos em meia hora.

As palavras foram ditas baixo, mas de forma excepcionalmente decidida. Quando o relógio da torre da igreja bateu dez badaladas, ambas estavam sentadas no carro com duas malas grandes e a bolsa de viagem de Dodo no banco traseiro.

– Para onde vamos, tia Tilly?

– Para casa.

19

A neblina típica do mês de novembro cobria o parque da Vila dos Tecidos, desaparecia em vapores leitosos sobre os campos e só raramente revelava a silhueta negra de um zimbro ou um corvo solitário sobre o esqueleto calvo de uma faia desfolhada.

– É como se estivéssemos sozinhos nesse mundo – comentou Else, apreensiva. – Não dá nem para ver a montanha de Perlach e a catedral, a neblina engoliu tudo.

– Estamos no outono – respondeu a Sra. Brunnenmayer. – A época das aparições da neblina e dos fantasmas.

– Pela Virgem Maria! – exclamou Else, assustada, e fez o sinal da cruz. – Não diga isso, Sra. Brunnenmayer. Tenho medo até de andar pelo corredor estreito para ir ao toalete à noite.

– Por que não liga a luz elétrica? – perguntou a cozinheira, balançando a cabeça. – O patrão a instalou justamente para a gente não precisar ficar tateando com a lanterna pelo corredor escuro.

Else fez um gesto defensivo.

– A luz elétrica? Nem pensar! Aquela luz forte que nos deixa ver tudo? E eu andando de camisola?

– Sim, exatamente – disse a Sra. Brunnenmayer, sorrindo. – Assim poderiam facilmente confundir você com um fantasma, Else. Pegue a caixa com o polidor de prata e o pano na despensa. O trabalho é o meio mais eficaz contra a melancolia e fantasmas da neblina.

Era domingo à tarde, e a cozinheira fizera um bule grande de café para os criados, que comeriam pão com manteiga e geleia de ameixa para adoçar o dia. Liesel recebera a instrução de esfregar o fogão e poliu-o até dizer chega, fazendo a chapa preta brilhar como uma pérola. Mais tarde, Hanna limparia a geladeira enquanto a cozinheira ficaria encarregada da despensa. No dia anterior, Liesel dera de cara com nítidos vestígios de um rato, por isso eles precisaram verificar minuciosamente os armários protegidos com arame, para ver se o roedor não havia feito um buraco em nenhum lugar. A Sra. Brunnenmayer pegara imediatamente uma ratoeira da gaveta da mesa e colocara um pedacinho de toucinho nela para atrair o impostor.

Era para Hanna já estar de volta. Ela fora chamada pela Sra. Melzer para passar óleo de hortelã em suas têmporas, pois a pobre sofria novamente de uma terrível enxaqueca causada pelo ar pesado da neblina.

Já Gertie estava chegando da entrada de serviço carregando uma bandeja com o bule grande e várias xícaras.

– A Sra. Elisabeth está mimando o marido como uma galinha poedeira – resmungou ela, e começou a imitá-la de maneira jocosa. – Ah, meu pobrezinho lindo. Sua almofada está macia o bastante? Já tomou o remédio? Deixe-me trocar seu curativo, meu querido...

– Ele realmente está mal, o Sr. Winkler – disse a cozinheira com pena. – Quem vai parar nas mãos daqueles malditos não se safa. Esses fanáticos da direita ficam só esperando por uma oportunidade para fazerem baderna e brigarem.

Gertie andava de mau humor nos últimos tempos. Deu de ombros e disse que o Sr. Winkler com certeza também não era nenhum santo.

– Ele está sendo processado – informou ela. – Porque machucou um homem da SA com uma caneca de cerveja.

– O Sr. Winkler? Não consigo nem imaginar isso – disse a Sra. Brunnenmayer, balançando a cabeça.

– Águas paradas são profundas – comentou Gertie, sentando-se à mesa junto a Else para beber um café. – À primeira vista nunca vemos o que um homem é de verdade. Algumas coisas só se revelam quando olhamos mais de perto. Mas vocês, as duas donzelas intocadas, não sabem nada sobre isso.

A cozinheira se segurou para não fazer um comentário sarcástico e preferiu ir até a despensa com a ratoeira para colocá-la em um bom local. Ela sabia que Gertie tivera vários amantes nos últimos tempos, inclusive, em sua folga, fora buscada de carro duas vezes e trazida de volta. Mas agora o dono do carro não aparecia mais, só um rapaz atraente com cabelos castanho-escuros e cacheados que vinha de bicicleta. Gertie era descuidada, achava a cozinheira. Corria um grande risco de acabar como Auguste, de repente grávida e à procura de alguém que assumisse a criança. Mas não era possível dar conselhos para Gertie, pois era grosseira e achava que sempre sabia mais que os outros.

A campainha mais uma vez tocou no anexo: Gertie estava sendo solicitada de novo.

– Mal me sentei por um minuto – resmungou ela. – Que pessoa preguiçosa, poderia fazer o próprio chá para variar. Afinal, a Sra. Elisabeth me contratou como camareira, mas nem consigo cuidar de seus vestidos, porque ela me manda para cá por qualquer coisinha.

Ela quase se chocou com Humbert, que estava carregando uma enorme cesta de alça cheia de pratarias escurecidas.

– Os talheres estão no fundo – explicou ele, colocando aquele peso no chão. – A Sra. Alicia disse que eles devem ser polidos primeiro.

– E ela acha que eles serão usados? – indagou Else, dando de ombros. – Há muito tempo que não recebemos convidados na Vila dos Tecidos. Quando penso nos belos bailes que fazíamos aqui quando a Srta. Kitty e a Srta. Elisabeth ainda não eram casadas! Aquilo sim era um luxo! As senhoras com seus vestidos de noite elegantes e os rapazes de fraque dançando pelo salão.

– Parece até que você dançou junto, Else – zombou Humbert.

– Que bobagem – comentou ela, corando. – Apenas assistia à dança depois que pegava os casacos dos convidados. E às vezes eu subia quando as senhoras precisavam de alguma coisa no banheiro.

– Aqueles belos tempos ficaram para trás – disse a cozinheira, suspirando. – A Sra. Elisabeth já reduziu meu cardápio outra vez. Aprovou o menu de Natal tradicional, mas, fora isso, teremos que economizar. Em breve vai começar a contar os carvões para o forno.

– Poderia ser pior – comentou Humbert baixinho. – Vocês leram o jornal ontem?

Ele não falou mais, porque Gertie acabara de entrar na cozinha junto com Hanna. As duas se sentaram à mesa perto de Else, e Hanna serviu café e leite nas xícaras. A cozinheira ficou calada, pois sabia muito bem ao que Humbert se referira. A mansão dos Mantzingers fora vendida e todos os empregados haviam sido demitidos. A Sra. Brunnenmayer conhecia alguns deles, eram quinze no total, uns trabalhavam lá havia mais de vinte anos e agora tinham perdido tudo. Que tempos terríveis! Ainda bem que a fábrica dos Melzers parecia ainda estar mais ou menos funcionando. E enquanto ela funcionasse, a Vila dos Tecidos também seguiria – a cozinheira acreditava piamente nisso.

Naquele momento, a porta para o quintal se abriu. Christian entrou e, logo depois dele, Dörthe, que tirou as galochas ainda no corredor.

– Dörthe está vindo aí – zombou Gertie. – Cuidem de seus pães com manteiga.

Christian foi até o fogão para falar com Liesel, mas ela estava tão absorta no trabalho que lhe deu respostas monossilábicas. Com isso, se sentou à mesa com uma expressão de decepção e reabasteceu as energias com um café com leite e uma fatia grossa de pão com geleia de ameixa. A Sra. Brunnenmayer levou o mesmo lanche até Liesel.

– Aqui, menina – disse ela, colocando a comida na beira do fogão. – Coma para ficar forte.

À mesa, começaram a conversar, entre outros assuntos, sobre a situação dos Melzers.

– A Sra. Tilly ainda está visitando Kitty? – perguntou a cozinheira para Humbert, que era o mais informado, dado seus encargos de motorista. – Ela já está lá faz mais de três semanas.

– É que ela não precisa mais trabalhar na clínica – disse Hanna. – Então tem tempo para visitar a mãe.

Gertie achou tudo aquilo muito estranho. Principalmente porque Humbert contara que Tilly viera de carro de Munique, não de trem como de costume.

– Algo não está batendo – comentou ela. – Quando eu encontrar Mizzi na cidade outra vez, tentarei descobrir algo.

– Mas o que é que pode haver de errado? – indagou Hanna, surpresa.

Já Gertie fez uma expressão de quem sabia mais que os outros e endireitou os ombros.

– Não é fácil quando se é casada com um homem que não consegue cumprir com suas obrigações matrimoniais...

Os outros não concordaram muito com ela. Humbert respondeu com frieza que ela só tinha aquilo na cabeça ultimamente, e a Sra. Brunnenmayer disse de forma severa:

– Aqui na minha cozinha não tem essa de fofoca desrespeitosa sobre os patrões. Lembre-se disso, Gertie!

Como era osso duro de roer, Gertie apenas sorriu com malícia e profetizou:

– Ela o deixou e vai ficar em Augsburgo. Vocês ainda vão ver que tenho razão.

– Mesmo que seja verdade – respondeu a cozinheira –, ainda não lhe diz respeito.

– Só estou com pena do pobre Sr. Von Klippstein – replicou Gertie, inabalável. – Primeiro ela diz que deseja um "casamento de conveniência" com ele e depois o deixa na mão.

– Tome cuidado para nenhum homem deixar você na mão, Gertie – sentenciou Humbert, alertando-a com seriedade. – Do jeito que você é boca-rota, isso não me surpreenderia.

Hanna deu-lhe uma cotovelada de leve.

– Pare, Humbert. Seja gentil. Gertie não está falando por mal.

– Mas é verdade – afirmou ele, cortando seu pão com geleia de ameixa em pedaços pequenos para não sujar o terno sem querer.

Ficaram em silêncio por um minuto, passaram o bule de café entre eles, com as facas raspando nos pratos e com Dörthe mastigando a comida de forma ruidosa.

Por fim, Else afirmou que estava sentindo falta de ouvir Leo tocando piano.

– O menino está tão magrinho... – disse a Sra. Brunnenmayer. – E está sempre sozinho no quarto.

– Isso não é saudável – opinou Else. – Ele não quis nem ao menos ir para a Frauentorstraße. E também não vejo seu amigo, Walter, na Vila dos Tecidos há semanas.

– Assim Leo está no caminho certo para se tornar um ermitão – disse Humbert, complementando. – A Sra. Melzer está muito infeliz com essa situação. Já seu pai, não. Um dia desses disse no café da manhã que estava feliz por Leo enfim entender o que vale a pena na vida.

– Exatamente – declarou Gertie, intrometendo-se. – Ele quer que Leo assuma a fábrica. Se é que a empresa de tecidos dos Melzers ainda vai existir por muito tempo.

– Mas que asneira é essa mais uma vez, Gertie? – indagou a cozinheira. – É claro que a fábrica continuará existindo quando ele for adulto. Ela já existe desde 1882, resistiu à guerra e sobreviverá igualmente a essa crise.

Como sempre, Gertie sentia um prazer indescritível em disseminar notícias ruins.

– Só para que vocês fiquem sabendo e depois não venham me criticar por não ter alertado: anteontem, o patrão foi conversar com a Sra. Elisabeth e como eu fui levar o chá, acabei pescando algumas palavras da conversa...

– Com o ouvido colado na porta, como sempre – comentou Humbert.

– Posso ficar calada se vocês não quiserem saber – respondeu Gertie com sarcasmo.

– Diga logo – grunhiu a cozinheira. – Senão você ainda acaba engasgando na própria fofoca.

Gertie tomou um gole grande de café e disse graciosamente que não precisava compartilhar seu conhecimento com os outros, mas que só estava fazendo-lhes um favor.

– É coisa ruim? – perguntou Hanna, preocupada.

– Depende do ponto de vista. O patrão pediu à irmã que escrevesse uma carta para a Pomerânia. Para pedir dinheiro emprestado para a tia Elvira. Foi o que ouvi. E sei também por que ele precisa de dinheiro com tanta urgência, o Sr. Melzer.

Ela fez uma pausa e olhou à sua volta. Como todos os olhos estavam direcionados para ela, assentiu com satisfação e continuou:

– O patrão precisa do dinheiro, porque o banco rescindiu o empréstimo e está pedindo tudo de volta de uma só vez.

– Que empréstimo? – perguntou Humbert.

– Ele pegou dinheiro emprestado no banco para a obra – explicou Gertie. – E como o anexo foi construído para a Sra. Elisabeth e sua família, ela tem que ajudar a recuperar o dinheiro. Mas ainda tem mais...

– Você ouviu tudo isso enquanto lhes servia o chá? – comentou Humbert, com ironia. – Por acaso teve que ficar contando as pedras de açúcar e limpando as xícaras várias vezes?

Todos sabiam que os patrões nunca falavam sobre aqueles assuntos na frente de um empregado: era óbvio que Gertie ouvira a conversa por trás da porta. Mas, com exceção de Humbert, ninguém se irritou, pois as notícias eram muito preocupantes. Agora Liesel também se sentara à mesa para ouvir a conversa, e só Dörthe pegara a última fatia de pão com indiferença e passava manteiga nela.

– Mais o quê? – perguntou a Sra. Brunnenmayer com apreensão.

Gertie fez uma pausa teatral, porque se irritara com a observação de Humbert, juntou algumas migalhas de pão em cima da mesa e fez uma pequena bolinha com elas.

– Parece que a situação está muito ruim na empresa – disse ela. – O Sr. Melzer já precisou vender três imóveis em Augsburgo para colocar dinheiro na fábrica.

– Por acaso a casa em que o ateliê funciona está entre elas?

Mas o conhecimento de Gertie era limitado; ela não sabia responder à pergunta de Hanna. Os Melzers tinham vários imóveis em Augsburgo, mas ela, assim como todos os outros à mesa, não sabia quantos.

– E se a fábrica falir mesmo assim? – perguntou Hanna, pronunciando aquilo que se passava secretamente pela cabeça de todos. – Aí pode ser que eles vendam inclusive a Vila dos Tecidos.

– Exatamente – assentiu Gertie. – E aí todos nós ficaremos desempregados.

Uma consternação silenciosa tomou a mesa. Christian ficou sentado com a boca aberta e os olhos arregalados em choque.

– Isso pode mesmo acontecer? – sussurrou Liesel, aterrorizada.

– Bem, sempre é possível que o novo proprietário mantenha alguns dos empregados – comentou Humbert, alongando as palavras.

A ideia de trabalhar para outro proprietário da Vila dos Tecidos, um completo estranho, era um tapa na cara de todos eles. Nem mesmo Gertie desejava aquilo. Para a Sra. Brunnenmayer e para Else, era algo simplesmente impensável. Hanna declarou que preferiria ir à procura de outro emprego. Humbert ficou envolto em um silêncio sombrio; Christian olhava para o prato vazio com desespero e só Dörthe disse laconicamente:

– Se for assim, eu volto para a Pomerânia. Lá tem bastante trabalho.

Com essas palavras, saiu da cozinha para calçar as galochas outra vez. Quando abriu a porta externa com o empurrão de costume, ouviram um xingamento aborrecido vindo lá de fora.

– Não dá para prestar atenção?

– Não sei enxergar através da madeira – respondeu Dörthe, entrando na neblina para podar as últimas árvores.

Auguste entrou cambaleando na cozinha com a mão na testa.

– Nunca vi pessoa mais desastrada que essa menina – resmungou ela.

– Bateu a porta na minha testa. Dê-me rápido um pano frio, Liesel, senão vou ficar com um galo.

Liesel levantou-se correndo para colocar um pano de cozinha debaixo da torneira enquanto os outros olhavam para Auguste com ressentimento, pois sabiam muito bem que viera para mendigar.

– Ainda tem um gole de café? – perguntou ela prontamente e tirou o casaco úmido. – Estou congelando. E não tem mais carvão em casa. Sabe-se lá como sobreviveremos ao inverno. Hansl está com bronquite e Fritz também está tossindo.

Ela pegou o pano úmido que Liesel lhe dera e pressionou-o na testa, depois afundou na cadeira de um jeito teatral.

– Pode pendurar seu casaco molhado na entrada, Auguste – disse a cozinheira com antipatia.

– Liesel pode fazer isso – respondeu Auguste, e soltou um gemido. – Tenho dificuldade de me levantar depois que me sento. Ainda trouxe uma cesta com ervas frescas da estufa, que deixei lá fora. Também tem repolho e um pouco de alho-poró para fazer sopa.

– Não posso comprar tudo isso – afirmou a cozinheira. – Ou então você tem que baixar o preço. Ainda tenho alho-poró de ontem e o repolho que você trouxe recentemente não está bom por causa da geada.

– Sempre tem uma reclamação. E você sabe muito bem a dificuldade que tenho passado desde que Gustav morreu. Está frio nas estufas por causa da neve. Como é que posso aquecê-las? Vamos, Liesel, sirva-me um café.

– O café acabou – declarou a cozinheira, resoluta. – Ferva a borra do fundo do bule, Liesel.

Enquanto isso, Humbert colocara a cesta com a prataria em cima da mesa para relembrá-los da tarefa a ser feita, e Hanna chegara carregando uma pilha de jornais velhos para proteger o tampo da mesa. Else ia começar pelo bule de creme, mas Humbert tirou-lhe o objeto da mão e abriu a caixa de talheres. Gertie tirou os garfos de dentro e disse para Auguste, que bebia seu café:

– Já que está aqui, você bem que podia ajudar, Auguste.

Ela riu alto com o comentário e disse que tinha trabalho suficiente em casa e não precisava polir a prataria na Vila dos Tecidos para completar seu dia.

– Ainda mais de graça, diga-se de passagem. Pois é, se a Sra. Elisabeth, agora responsável pelo orçamento, me contratasse para trabalhar por algumas horas durante a semana, ajudaria a mim e aos meninos. Infelizmente ela não quer.

Ninguém comentou nada. É claro que a Sra. Elisabeth não podia contratar ajuda extra se o dinheiro estava tão curto, mas nenhum deles comentaria aquilo na frente de Auguste. Seria uma traição aos patrões deixar tais informações vazarem da casa. Na semana anterior, contudo, a patroa lhe dera uma cesta cheia de roupas usadas, e a Sra. Marie Melzer separara também calças e casacos que já não cabiam em Leo para os meninos dos Blieferts. Mas Auguste nunca estava satisfeita, nem quando o marido era vivo. Ela, que sempre obrigara o pobre coitado a trabalhar, estava vendo agora como era se virar sem ele.

– Você pode mandar os meninos para cá amanhã – disse a Sra. Brunnenmayer. – Haverá macarrão com repolho, sempre sobra um pouco.

– Está certo – disse Auguste, um pouquinho satisfeita. – Precisamos de madeira para o inverno com urgência. E principalmente carvão – disse ela, em tom de exigência.

A Sra. Brunnenmayer deu de ombros. Mas o que é que Auguste achava? Que ela ia pegar escondido um pouco do estoque de carvão da Vila dos Tecidos para dar a Auguste?

– Então você precisa comprar madeira e carvão – replicou a cozinheira, sem piedade.

Auguste olhou à sua volta buscando ajuda, mas ninguém estava disposto a ficar do seu lado. Todos haviam retomado o trabalho.

– Comprar? – berrou Auguste. – E como vou pagar por madeira e carvão? Preciso quitar um empréstimo, e a jardinagem não vai dar dinheiro no inverno. Vamos passar fome e frio. Aqui na Vila dos Tecidos todos vivem no luxo. Com carne no prato e carvão no fogão. No domingo, todos vão à missa para rezar pelas pobres almas. Mas, ao mesmo tempo, esbanjam mesquinhez e não dão sequer um pedacinho de madeira para uma pobre viúva.

– Mamãe, por favor – murmurou Liesel, que não conseguia mais ouvi-la. – Pare de choramingar, isso é uma vergonha.

Auguste de imediato direcionou sua raiva para a filha. Falou que ela era uma atrevida, arrogante, e que se Gustav ainda estivesse vivo, teria lhe dado uma coça há muito tempo.

– Você não trouxe um fênigue para casa este mês – repreendeu-a Auguste. – O que fez com o seu salário? Maxl precisa de sapatos novos, e eles custam dinheiro.

A Sra. Brunnenmayer estava espumando de raiva, mas Gertie se manifestou antes que a colega conseguisse abrir a boca.

– E por que a menina tem que dar todo o salário para você, Auguste? Que despesas você tem com Liesel? Ela dorme na sua casa? Come lá? Se eu fosse Liesel, não lhe daria um mísero fênigue.

Excepcionalmente, Gertie dissera algo de certo. A culpa da miséria de Auguste era dela própria, pois não ouvira os conselhos da Sra. Melzer. Em vez de economizar parte do dinheiro para o inverno, comprara, entre outras coisas, várias toalhas de mesa de damasco, taças de vinho chiques e um decantador caro. Ela queria ter uma casa chique. Queria morar em uma mansão que nem a Vila dos Tecidos.

– Traga a cesta com os legumes para cá – ordenou a cozinheira de maneira enfática para evitar mais briga. – Verei o que posso usar e pagarei por isso.

Auguste se apressou para oferecer seus produtos, pois não queria voltar para casa sem pelo menos alguns tostões. Negociou com a cozinheira por alguns instantes por causa de um repolho, finalmente desistiu e recebeu seu dinheiro.

– Isto não dá nem para o gasto! – esbravejou ela, vestiu o casaco e foi embora com sua cesta.

O trabalho na cozinha continuou em silêncio. Humbert e Gertie, em especial, teriam adorado falar mal de Auguste, mas não o fizeram para não magoar Liesel. Apesar de tudo, Auguste era sua mãe. Mais tarde, quando o jantar dos patrões estava pronto e só a Sra. Brunnenmayer e Liesel estavam na cozinha, a cozinheira tentou consolar a menina.

– Não leve a sério o falatório de Gertie, Liesel. A Vila dos Tecidos com certeza não será vendida. E a situação na fábrica vai voltar a melhorar.

– Queria lhe perguntar algo, Sra. Brunnenmayer – disse ela, hesitante.

– Pergunte...

Liesel lavou o último prato e secou as mãos no avental, depois olhou para a cozinheira com um olhar suplicante.

– Eu... eu preciso de um pouco de dinheiro. De cinquenta ou sessenta marcos. Será que a senhora poderia me emprestar?

A Sra. Brunnenmayer não teve certeza se ouvira direito. Liesel precisando de dinheiro? Aquilo era inédito.

– E para que você precisa de tanto dinheiro? – perguntou a cozinheira, sem entender. – Dez marcos são suficientes para um bom casaco se você comprar usado.

Liesel retraiu os lábios e balançou a cabeça energicamente.

– Não quero comprar casaco nenhum, Sra. Brunnenmayer. Quero ir para a Pomerânia. Para ver meu pai.

– Tire isso da cabeça! – berrou a cozinheira, chocada. – Ele com certeza não está esperando por você.

A menina apenas ficou olhando para o chão em silêncio. A Sra. Brunnenmayer continuou:

– Vá dormir e esqueça essa bobagem, Liesel.

– Vou de qualquer jeito – respondeu a menina em uma voz baixa e decidida. – Mesmo sem dinheiro. Porque quero vê-lo. Senão, não terei mais sossego nessa vida.

20

Tilly mal desligara o telefone quando Kitty invadiu a sala e jogou-se na poltrona de vime.

– Foi o terceiro telefonema de hoje já – disse ela, indignada. – Mas o que ele pensa? Acha que vai ter você de volta fazendo terrorismo, ligando de meia em meia hora e lendo Levítico para você? Por que você não lhe diz que assim ele não conseguirá nada, mas nada mesmo?

– Faz dias que digo isso para ele, Kitty – disse Tilly dando um suspiro. – Mas ele não me ouve. É como falar com uma parede.

Ela colocou o telefone em cima da cômoda e inspirou profundamente. Não, ela não imaginara que seria tão difícil. Estivera convencida de que Ernst se comportaria como um cavalheiro. Tudo bem, sua partida precipitada o ofendera, o que era compreensível, já que até então ela não se mostrara uma mulher de decisões espontâneas e independentes. Contudo, ela ligara para ele no mesmo dia à noite para lhe dizer que estava na casa da mãe em Augsburgo e que queria se separar dele. De início, ele nem sequer fez comentários sobre a informação, mas ligara para ela na manhã seguinte para declarar que não estava de acordo com a separação e que lutaria pelo casamento deles com todos os meios que tivesse à sua disposição. Alguns dias depois, chegara uma carta na qual elucidara seu lado da história em cinco folhas timbradas escritas com letra miúda. No texto, lembrou-lhe de sua promessa matrimonial, bem como do acordo dos dois sobre o casamento de conveniência, promessa que ele sempre teria cumprido. Por fim, enumerou os erros de Tilly, que, segundo ele, iam contra o acordo: as ambições profissionais exageradas; o desinteresse pelas atividades do marido; a falta de empenho em cuidar da casa – que era seu dever como esposa; a frieza emocional; a insistência em abrir um consultório em um bairro operário, etc., etc., etc... Além disso, ele era da opinião de que ela se vestia de forma inadequada, evitando parecer feminina e desejável, bem como intencionalmente expressava seu tédio quando se encontrava com as damas da sociedade de Munique em eventos sociais.

Tilly leu e releu as páginas várias vezes e, ainda que tivesse algumas objeções, ficou profundamente deprimida. Em certa medida, Ernst tinha razão. Ela fora uma má esposa para ele, e ele tinha todos os motivos do mundo para reclamar dela. Por isso ficara perplexa com a reação de Kitty. Quando ela lhe mostrou a carta, a cunhada, após certa hesitação, se jogou no divã e quase se engasgou de tanto rir depois de uma rápida leitura.

– Ele não está batendo bem da cabeça... Não posso acreditar! Frieza emocional! Não me faça rir! Ha ha ha... cuidar da casa! Ha ha ha... Não, Klippi sempre foi um caso à parte...

As risadas desinibidas e totalmente exageradas fizeram bem para Tilly naquele momento. Era libertador ver uma mulher conseguir ignorar todas aquelas críticas com uma risada.

– Mas que cara é essa, Tilly querida? – perguntou Kitty, jogando a carta no divã de forma descuidada. – Por acaso vai vestir essa carapuça? Você realmente vai se dobrar à severidade masculina do Sr. Von Klippstein e ficar com a consciência pesada?

– É claro que não – respondeu Tilly, um tanto irritada. – Infelizmente não posso negar que fiz uma promessa de viver com ele em um casamento de conveniência...

Kitty revirou os olhos como sempre fazia quando alguém falava algo com que não concordava. Uma autoconfiança que sua cunhada sempre admirara: Kitty vivia eternamente convicta de que estava certa e todos os outros, errados.

– Você fez essa promessa ao homem que ele foi outrora – disse Kitty em tom de sermão com o dedo em riste. – Infelizmente, com o tempo ele acabou se transformando em um imbecil horroroso, megalomaníaco e perverso. Em uma pessoa que chamou minha amada Marie de... como ele disse mesmo?... uma pessoa com três quartos de sangue judeu. Não, este homem está morto e enterrado para mim. Nem o conheço mais! E sinto em tê-lo conhecido em primeiro lugar.

Tilly contara a Kitty sobre a conversa que fora a gota d'água, e Kitty ficara tão indignada que sua vontade era ir na mesma hora até Munique para arrancar os olhos do Sr. Von Klippstein com as próprias mãos.

– Achei especialmente grave ele ter falado isso na frente de Dodo – declarou Tilly com repulsa. – A menina ficou me perguntando a viagem inteira sobre o que ele quisera dizer com aquilo. E queria saber se era grave ser um mestiço judeu, porque agora sua mãe poderia ser espancada na rua, como acontecera com o amigo de Leo. Meu Deus, eu nem soube o que responder de tão indignada que estava...

– Mais nenhuma palavra sobre isso! – disse Kitty, enfatizando suas palavras com um gesto enfático – Você vai ficar aqui com a gente e ponto final!

Em seguida, Tilly a abraçou com gratidão. Agora já estava convencida de que fizera a coisa certa e de que já havia passado da hora de fazê-lo. Cada hesitação, cada prolongamento daquela situação insustentável, fora imperdoável. Agora ela estava na Frauentorstraße cercada de amor e carinho, da vida familiar alegre e de pessoas amáveis, tudo de que sentira tanta falta por anos. Especialmente sua mãe estava muito contente por ter a filha de volta e por poder mimá-la. E é claro, como não poderia ser diferente, estava feliz em poder soterrá-la com seus conselhos:

– Eu lhe disse desde o começo, Tilly. Este homem não é para você. Quem sofre um ferimento tão grave assim, que anula a masculinidade, se torna estranho com o passar do tempo.

– Ah, que besteira, Gertrude – dissera Kitty, intrometendo-se. – Klippi sempre foi esquisito. Pergunte para Paul que ele lhe dirá. E minha querida Marie também está ciente disso.

– Pode ser – comentara Gertrude. – Além do mais, eu sempre quis netos, e não havia o que esperar dele nesse sentido.

À noite, Robert, o marido de Kitty, também se intrometera na discussão. Ele só conhecia Ernst superficialmente de quando haviam se encontrado em um evento familiar e trocado algumas poucas palavras. Naquela ocasião, entretanto, percebera que o Sr. Von Klippstein tinha uma quedinha por sua esposa e por Marie, o que fora bastante desagradável. Por isso não ia muito com sua cara.

– Se estiver decidida a se separar, querida Tilly – disse ele quando estavam juntos –, deve contratar um advogado o mais rápido possível e apresentar o pedido de divórcio.

– Mas não recorra de jeito nenhum ao Sr. Grünling com aquela Serafina, uma baita cobra venenosa! – berrara Kitty no meio da conversa, fazendo Robert gesticular para ela aos risos.

– Se estiver mesmo decidida a se separar, Tilly, posso cuidar disso – sugeriu ele.

Tilly hesitara por um momento. Havia uma resistência interna que ela precisava superar. Um divórcio! A pedido dele, eles haviam se casado na igreja, o que significava que aquele casamento era indissolúvel aos olhos de Deus. Era assim que Tilly via as coisas, pois fora criada na religião católica, assim como Ernst. Ela tinha dificuldade em quebrar uma promessa feita no altar. Mas não tinha jeito, ela teria que fazê-lo. Pelo simples fato de não querer ser um estorvo financeiro nem para Kitty e Robert nem para sua mãe. Ela tinha que buscar emprego e, segundo a lei, precisava do consentimento do marido para assinar um contrato de trabalho, o que Ernst provavelmente usaria como moeda de troca enquanto Tilly ainda estivesse casada com ele.

– Se você puder fazer isso por mim, Robert – disse ela –, eu ficaria muito feliz. Quero me livrar dessas formalidades atrozes o mais rápido possível.

– Muito bem. Brindemos a isso – disse Kitty, triunfante. – Cadê o champanhe que comprei hoje, Gertrude?

– Na geladeira, onde mais estaria? Ah, Tilly! Você poderia ter poupado a si mesma de todo este mal-estar se tivesse me ouvido naquela época... Mas deixemos isso de lado.

Dois dias depois, Tilly tinha um horário marcado com um jovem advogado, um tal de Dr. Spengler, que Robert conhecia pessoalmente e admirava. Ele fizera o pedido de divórcio, com o foro sendo Augsburgo, pois fora onde se casaram. Tilly esperava que o pior já tivesse passado e que tudo seguisse o caminho da lei. Ela se enganara redondamente. Ernst se recusara a concordar com o divórcio e contratara um advogado para esgotar todas as possibilidades legais. Eles haviam trocado cartas e mensagens hostis e, para piorar, Ernst decidira passar a ligar para a Frauentorstraße várias vezes por dia.

– Simplesmente não atenderemos mais o telefone – declarou Kitty. – Já não aguento mais ouvir seu *Desejo falar com minha esposa*.

Kitty respondia com um frio "Não a conheço" todas as vezes e desligava o telefone.

Mas isso infelizmente não o impedia de tentar de novo alguns instantes depois.

Na noite anterior, Robert perdera a paciência e ameaçara comunicar a polícia e denunciar Ernst por assédio caso continuasse ligando. Afinal de contas, ele precisava do telefone para o trabalho, e era ruim para seus negócios que a linha ficasse constantemente ocupada pelo Sr. Von Klippstein.

– Tenha cuidado, Robert – afirmou Tilly, alertando-o. – Ele é vingativo e, além disso, conhece pessoas importantes em Munique.

– É para eu ter medo dele por acaso? – dissera Robert rindo.

– Claro que não. Apenas temos que ficar alertas.

Naquele dia, Ernst só ligara três vezes até então, ou seja, fora um avanço. Kitty atribuiu aquilo à ameaça de Robert enquanto Tilly esperava, no fundo, que seu marido tivesse finalmente recobrado a razão.

– Ele se comportou como uma criança mimada e agora percebeu quanto está sendo ridículo.

– Que Deus lhe ouça, querida.

Gertrude servira chá com biscoitos de Natal e chamara Henni e Dodo para que descessem. Desde que a tia Tilly se mudara para a Frauentorstraße, Dodo vinha visitá-la quase todos os dias.

– O que aquelas duas estão aprontando? – indagou Gertrude. – Estão tão quietas... Devem estar provando todas as suas roupas novamente.

– Mas é claro que não – disse Kitty, pegando uma estrela de chocolate. – Henni está estritamente proibida de mexer no meu armário.

Os biscoitos de Natal exalavam um aroma tentador, pois Gertrude usava grandes quantidades de manteiga, nozes e amêndoas. Aqui na Frauentorstraße pouco se notava que havia uma crise econômica, pois Robert se retirara a tempo dos negócios da bolsa e investira seu dinheiro em outro lugar. Como e onde, isso Kitty não sabia nem buscava saber, pois confiava cegamente no marido e julgava que era um homem de negócios competente. Afinal, ele lhe explicara exatamente as causas da quebra da bolsa de Nova York.

– Sabe, Tilly, Robert disse que só os desavisados perderam seu dinheiro na bolsa. Os negociadores antigos haviam identificado muito antes que as coisas não iriam continuar dando certo daquele jeito e já haviam vendido suas ações quando encontravam um preço decente. Imagine só: na América, qualquer engraxate e balconista podiam adquirir ações. Eles recebiam o dinheiro dos bancos de mão beijada e calculavam que os dividendos das ações seriam mais altos que os juros do crédito e que aquilo seria um bom negócio. Mas isso só funciona sob a condição de que a economia continue crescendo desenfreadamente.

Tilly assentia e bebia seu chá em pequenos goles, nervosa. Só conseguira acompanhar o discurso de Kitty de forma superficial, pois, por um lado, vivia com medo de que o telefone tocasse e, por outro, pensava em onde poderia encontrar um emprego. Naquele momento, isso também não era tarefa fácil em Augsburgo. Quanto mais cedo partisse em busca de trabalho, maior a chance de ter um golpe de sorte. Mas tinha consciência de que, em sua vida até então, a sorte não fora muito generosa com ela. Tilly se forçou a prestar atenção no que Kitty dizia.

– E quando as pessoas perceberam que as empresas e os estabelecimentos não podiam distribuir dividendos, decidiram vender todas as suas ações de uma vez. Com isso, os preços caíram, e falaram para esses pobres incautos: vocês precisam comprar ainda mais ações para sustentar o valor. Por isso alguns deles gastaram seus últimos fênigues e mesmo assim...

– O que vocês acham? – perguntou Tilly, interrompendo a explicação complicada da cunhada. – Devo tentar procurar um emprego no hospital central em Jakobervorstadt mesmo que ainda não tenha o consentimento de meu marido?

Gertrude balançou a cabeça em desaprovação, pois achava que sua filha deveria abrir um consultório próprio. Kitty franziu a testa para dizer algo quando ouviram uma gritaria de meninas vinda do andar de cima, onde nitidamente uma briga feroz começara.

– Me devolve, isso não é seu!
– Também não é seu!
– É do meu irmão!
– E por que está no armário da mamãe embaixo das camisolas?

Kitty jogou de lado o croissant de baunilha que estava comendo e levantou-se de um pulo.

– Henni! – berrou ela. – Desça imediatamente!

Suas palavras foram seguidas por um silêncio assustador. Depois ouviram a voz baixinha de Dodo:

– Bem feito!

– Dá para ser agora? – vociferou a mãe de Henni.

Tilly ficou ao mesmo tempo surpresa e impressionada com o volume da voz de Kitty. Mal dava para acreditar que aquele corpinho delicado continha um órgão tão potente.

As duas meninas de 14 anos desceram a escada e abriram a porta da sala devagar. A cena que se apresentara diante das mulheres foi caricata. Henni estava vestindo um deslumbrante vestido de baile verde que estivera pendurado no armário, caído no esquecimento. Dodo vestia um terno de Robert: uma calça listrada, um colete amarelo e um paletó azul-marinho que eram muito grandes para ela.

Tilly e Gertrude precisaram se controlar para ficarem sérias enquanto Kitty encarava o emaranhado de folhas nas mãos de Dodo com consternação furiosa.

– Você disse que esconderia direito – disse sua sobrinha com desaprovação.

Kitty ficou sem palavras por apenas três segundos, depois se dirigiu à filha com raiva.

– Por que você estava fuçando meu armário debaixo de minhas camisolas, Henriette? Não lhe proibi de mexer nas minhas coisas?

– Preciso de um vestido para a apresentação de Natal da escola, mamãe – disse Henni, tentando se justificar. – Para o anjo da anunciação.

– Acredito que as camisolas de renda transparentes de Kitty não sejam adequadas para isso – comentou Gertrude.

– Chega! – exclamou Kitty, aborrecida. – E você, Dodo, dê-me as partituras. Vou guardá-las em outro lugar. E vocês duas subam imediatamente e vistam-se...

– Esconder as folhas não vai adiantar nada, mamãe – afirmou Henni, protestando agitada. – Assim não vamos ajudar Leo de nenhum jeito. Precisamos mandá-las para alguém que o encoraje. Para um músico. Um músico bem famoso. Aí ele precisa escrever uma carta para Leo e convencê-lo de que ele sabe de fato compor muito bem.

Kitty continuava em pé com o braço esticado na frente da filha, com o dedo indicador apontando para a porta.

– Para fora!

Henni revirou os olhos e, naquele momento, ficou extremamente parecida com sua mãe.

– Vocês são todas muito burras – resmungou ela.

Com um gesto austero, ela levantou a saia ampla com as mãos e saiu, empertigada. Parecia que o vestido tinha sido feito para ela, estava apenas um pouco comprido.

– Que partituras são essas? – perguntou Gertrude quando as duas meninas estavam na escada.

– As composições de Leo. Ele as jogou fora e Dodo as resgatou – explicou Kitty.

Marie já contara a Tilly que Leo não estava mais tocando piano e passara a estudar para a escola com uma dedicação desmedida. Marie também insinuara o que acontecera no conservatório, e Tilly achou uma pena, pois sempre acreditara que a música fosse a vocação do garoto.

– Talvez Henni tenha razão – disse Tilly, pensativa – As composições são boas, Kitty?

– É claro – respondeu a cunhada com plena convicção. – São maravilhosas, pelo menos para um menino de 14 anos. Talvez realmente devêssemos mostrá-las para alguém. Para o Sr. Klemperer, o Sr. Furtwängler ou o Sr. Strauß...

– O rei da valsa de Viena? Ele já está morto faz tempo – afirmou Gertrude.

– Não Johann, mas Richard Strauß. Ele ainda está vivo.

Tilly recomendou-lhe que refletisse com calma sobre aquilo e, acima de tudo, que copiasse as páginas antes de enviá-las para alguém. Para que não se perdessem caso o maestro não as devolvesse.

O telefone tocou, e as três deram um pulo, assustadas.

– Não aguento mais isto – disse Tilly. – Vou agora para a clínica na Jakobervorstadt e perguntarei simplesmente se estão precisando de uma médica.

– Faça o que bem entender – disse Kitty, olhando irritada para o telefone. – Você pode aproveitar e deixar Dodo na Vila dos Tecidos, fica na mesma direção.

Gertrude levantou-se e caminhou até o telefone. Com serenidade, atendeu e deixou o receptor por um momento no ar.

– Alô? Alô, Tilly? É você? – Surgiu uma voz e um rangido do aparelho.

– Número errado – disse Gertrude, deixando o receptor cair no gancho. – É assim que se faz – disse ela, satisfeita, e sentou-se novamente à mesa para beber sua quarta xícara de café.

– Com isso você foi nomeada nossa telefonista – disse Kitty rindo, depois disparou pelo corredor para se certificar de que as meninas tivessem seguido suas ordens.

* * *

Lá fora estava frio e desconfortável, um típico dia de novembro. O céu estava carregado, prometendo chuva, a folhagem úmida se acumulava nas ruas e nas construções, e muitos pedestres já usavam casaco de inverno. Sentada no banco do carona ao lado de Tilly, Dodo observava todos os seus movimentos.

– Pelo indicador, o combustível está quase acabando, tia Tilly – comunicou ela. – E acho que também precisa trocar o óleo. Você quer que eu faça isso amanhã? Sei como se faz.

Era curioso como cada um dos gêmeos tinha um talento específico. Leo era o músico nato, e Dodo era a engenheira. Já Henni, a filha de Kitty, não demonstrava nenhum talento particular com a exceção de sua capacidade de virar a cabeça de rapazes de idades diversas.

– Acho que não será necessário, Dodo. Em breve não usarei mais o carro, passarei a andar de bonde.

– Por quê?

– Porque infelizmente o carro está no nome de meu marido, e ele o exigirá de volta.

Em seguida, Dodo calou-se e Tilly concentrou-se no trânsito. Já escurecera fazia tempo, e a cidade parecia um cenário sombrio de teatro sob a luz amarelada dos postes de luz. Pedestres encapuzados andavam apressadamente pelas ruas. Alguns faziam suas últimas compras nas lojas, e o bonde passava chacoalhando, iluminado, revelando os rostos pálidos das pessoas que estavam lá dentro. Quando se aproximaram do enorme prédio de tijolos do hospital central, Tilly perdeu a coragem. O prédio parecia muito grande e poderoso na escuridão. Inúmeras janelas claras eram testemunhas de que a janta estava sendo servida naquele momento, depois os pacientes seriam preparados para a noite. O médico-chefe se sentaria com os médicos assistentes para repassar a programação das operações do dia seguinte ou dos procedimentos complexos. Não, não fora uma boa ideia vir perguntar sobre uma vaga de trabalho justamente naquele horário. Era melhor esperar até amanhã de manhã. De qualquer forma, ela havia se esquecido de trazer seus documentos. Seus documentos! Entre eles, os papéis referentes ao afastamento da clínica Schwabinger, que eram tudo menos uma carta de recomendação. De súbito, teve a sensação de estar diante de um muro intransponível. Como pudera ser tão ingênua a ponto de querer se candidatar tão rápido em um hospital? Com certeza por aqui eles já sabiam de sua demissão desonrosa, era o tipo de coisa que os colegas comentavam uns com os outros.

– Vamos para a Vila dos Tecidos, Dodo.
– Não para o hospital?
– Não.

Dodo ficou feliz com aquela mudança de planos, pois não estava com vontade nenhuma de ficar esperando em um corredor entediante de hospital e seus cheiros estranhos.

– Vá e veja se seu tio Sebastian está bem – sugeriu Tilly. – Ele ainda não está andando direito, porque não consegue dobrar o joelho.

Tilly conhecia bem o problema, pois já visitara Sebastian várias vezes e ouvira as reclamações de Lisa de que não teriam tratado seu marido direito e agora ele ficara com um joelho fraco. Ela recomendara a Sebastian que fizesse movimentos cautelosos todos os dias e acreditava que, com o tempo, isso levaria ao fortalecimento e à melhora. Ela desaconselhara uma operação. Os ligamentos da patela precisavam de tempo para se curar, era preciso ter paciência. Conformado, Sebastian aceitava seu diagnóstico. Ele não era o problema, mas Lisa, que cuidava dele como uma mãe coruja preocupada e o atormentava constantemente com cobertores de lã, bandagens para o joelho e bolsas de água quente. E, com isso, acabou deixando-o pior do que estava antes.

– Veja, tia Tilly. Acenderam as luzes.

O prédio de tijolos da Vila dos Tecidos as cumprimentou com familiaridade e afeto no brilho da iluminação externa. Várias janelas estavam iluminadas. No andar de cima, Humbert colocava a mesa do jantar. O quarto principal estava escuro, mas no escritório de Paul havia luz. Havia sombras passando rapidamente atrás das janelas da cozinha, onde os empregados corriam para cá e para lá para preparar os pratos. Tilly fez a curva em torno do canteiro, que o jardineiro cobrira cuidadosamente com ramos de pinheiros, e estacionou o carro em frente à entrada principal.

– Não se esqueça do freio de mão – aconselhou Dodo antes de saltar do carro e subir as escadas para a porta de entrada, saltitando.

Lá em cima, as duas portas se abriram, e Gertie apareceu no brilho da iluminação interior com seu vestido escuro e avental branco. Atrás dela estava esboçada a silhueta de um jovem homem.

– Boa noite, Dorothea – disse uma voz conhecida que fez Tilly estremecer.

– Boa noite, Dr. Kortner – respondeu Dodo de forma educada. – O senhor veio ver Sebastian?

– Moça esperta – respondeu ele com um sorriso. – Isso mesmo.

– Poderiam ter-lhe poupado o trabalho agora que minha tia Tilly está aqui – disse Dodo com esperteza precoce.

– A Sra. Von Klippstein está em Augsburgo? Não sabia.

Ele olhou ansioso à sua volta.

– Ah, agora a vejo – disse ele, descendo os degraus da escada em direção ao pátio. – Que surpresa maravilhosa, senhora! Espero que desta vez fique um pouco mais na bela Augsburgo para que eu possa lhe mostrar meu consultório recém-reformado.

Ela pegou sua mão estendida e sentiu seu aperto caloroso e firme. Algo tomou conta dela, uma sensação havia muito tempo esquecida que acelerou seu coração e desorientou seus pensamentos.

– Boa noite, Dr. Kortner. Sim, desta vez ficarei mais tempo em Augsburgo.

– Que alegria! Como posso entrar em contato com a senhora?

– Por enquanto estou na casa de minha mãe e minha cunhada na Frauentorstraße.

Dodo ficou parada na porta de entrada esperando Tilly. Impaciente, pulava de uma perna para a outra até que finalmente não se segurou mais e disse:

– O senhor deve saber que minha tia está procurando emprego como médica. E, se me lembro bem, o senhor disse recentemente que estava sobrecarregado de trabalho.

Tilly quase teve uma taquicardia de tão grande que foi o susto que levara. Como aquela menina podia falar um disparate daqueles? Parecia até que queria bajular o médico!

– É verdade? – perguntou ele rápido, chegando mais perto dela de tanto entusiasmo. – Isso significa que a senhora ficará em Augsburgo?

Sua proximidade assustou Tilly, pois havia algo que a atraía até ele e que lhe parecia mais que inadequado, quase assustador.

– Não dê ouvidos à minha sobrinha – disse ela, sem graça. – Dodo é um pouco atrevida. Não quero tomar seu tempo, Dr. Kortner. Uma boa noite...

E então subiu as escadas, confusa, só se sentindo segura depois que Gertie fechou as portas após ela e Dodo terem entrado em casa.

– Você é estranha, tia Tilly – disse Dodo, balançando a cabeça.

21

— Veja ali!

O cocheiro barbudo apontou com o braço esticado para uma aglomeração de telhados cobertos de neve que quase não se destacavam na paisagem branca. Árvores desfolhadas cercavam a propriedade como teias negras e aqui e acolá se erguiam fios finos e cinzentos de fumaça que se misturavam ao céu escuro de dezembro.

– O que é aquilo? – perguntou Liesel.

– Maydorn, mocinha.

Ela não podia acreditar.

– A propriedade Maydorn?

– O que mais seria?

Liesel calou-se e tentou mexer seus dedos dos pés congelados, mas eles estavam totalmente dormentes. Ela vivenciara tribulações nunca antes enfrentadas. Duas noites passadas em bancos de madeira em salas de espera congelantes, horas sentada ao lado de estranhos em trens que sacolejavam, tudo isso assolada por uma fome terrível e pelo medo constante de ser assaltada. Mas agora finalmente alcançara seu objetivo, e era uma decepção profunda. A propriedade Maydorn não tinha nenhuma semelhança com a imagem que formulara em sua cabeça. Não era uma casa gloriosa à semelhança de um castelo, não havia torres pontudas e muros reforçados, nem uma entrada majestosa a partir da qual uma ampla alameda levava até a fazenda. Não passava de um punhado de construções baixas e aglomeradas na paisagem coberta de neve como uma cidadezinha desolada e esquecida por Deus, e nada mais. Como era possível que o lugar que enviara aquelas linguiças e aqueles presuntos deliciosos e produzira os gordos gansos de Natal e tortas de fígado picantes parecesse tão deplorável de longe?

– Pode ficar sentada, mocinha – disse o cocheiro. – Tem duas caixas lá atrás que são para o Sr. Von Hagemann. Você pode me pagar quando chegarmos lá.

O Sr. Von Hagemann! Agora não havia dúvida, aquela era de fato a propriedade Maydorn, e ela estaria diante do pai em menos de meia hora. Não importava se ele vivia em um castelo ou em uma cidadezinha horrorosa. Só importava o fato de que ela o veria. A ansiedade fez com que não sentisse o frio cortante no rosto e nas mãos, bem como a exaustão profunda que a fizera cochilar várias vezes e por um triz não a derrubara da carroça. Era tão longe! Finalmente chegaria o grande momento com que tantas vezes sonhara e imaginara sob todas as formas e cores possíveis nos últimos tempos. Ou será que não? Ela tirou uma das mãos do casaco de pele e beliscou a própria perna o mais forte que conseguiu. Não, não estava alucinando, aquilo era real.

Tão real quanto o casaco de pele que a Sra. Brunnenmayer lhe dera de presente e inclusive mandara um peleiro reformar.

– É pele de coelho, nada de mais – dissera a cozinheira quando entregara o casaco dentro de um embrulho à menina. – Mas é quente. Para você não congelar lá na Pomerânia.

Aquele presente generoso a pegara de surpresa, pois a cozinheira ficara revoltada e fora totalmente contra a "ideia de jerico" daquela viagem até o último instante e, por isso, não contribuiria com nem um fênigue sequer.

– Nada de bom vai sair disso – falara ela repetidas vezes. – Só tristeza e lágrimas. Seja prudente, minha filha, e fique aqui.

Mas Liesel estava decidida e teria feito a viagem mesmo sem um fênigue no bolso e com o casaco furado e os horríveis sapatos de verão de sola gasta. Desde que descobrira que Gustav não era seu pai, refletira todos os dias sobre que tipo de pessoa esse Sr. Von Hagemann seria, por que nunca desejara vê-la e se gostaria dela agora que era adulta. Não muito depois, todos os empregados já sabiam de sua intenção e ficaram falando e discutindo sobre o assunto. A Sra. Brunnenmayer era contra e Gertie achava que só uma doida viajaria voluntariamente para o campo, mas todos os outros ficaram do lado de Liesel. Ela quase não acreditou quando Humbert lhe entregou uma bolsinha com uma pequena quantia de dinheiro que eles haviam juntado para ela. À exceção da cozinheira, todos haviam contribuído, e a maior contribuição viera inesperadamente de Else.

– Porque você é uma boa moça – disse ela. – E porque o Sr. Von Hagemann é seu pai. Sempre gostei dele. Dê-lhe os cumprimentos de Else da Vila dos Tecidos.

Humbert lhe aconselhara a levar a questão à Sra. Alicia, pois o nome Klaus von Hagemann talvez pudesse despertar lembranças desagradáveis na Sra. Elisabeth. Fora um bom conselho, pois a Sra. Melzer sênior demonstrou um enorme entusiasmo quando Liesel mencionou a propriedade Maydorn.

– Ah, que maravilha – disse ela, dando um sorriso sonhador. – Cresci naquela paisagem linda e vasta. Penso tanto naqueles tempos que me vêm lágrimas aos olhos de saudade da época de infância...

Liesel ouviu os relatos com toda a paciência. Ficou sabendo das cavalgadas nas florestas da região, dos turbulentos passeios de trenó, das aventuras amorosas de seus irmãos nobres e das longas noites de inverno que eles passavam em frente à lareira jogando dominó. E, é claro, das grandes festas nas quais a fazenda ficava lotada de convidados, serviam ganso assado e bolinhas de ricota fritas, com mesas festivas e banquetes fartos. Com certeza aqueles relatos nostálgicos haviam contribuído para que Liesel imaginasse a propriedade como um castelo nobre. Por fim, a senhora se lembrou de que a menina que estava diante dela lhe pedira algo e assegurou-lhe que ela seria readmitida como ajudante de cozinha quando retornasse. Mas, é claro, só se a vaga não tivesse sido preenchida por outra pessoa naquele meio-tempo.

– Quando você chegar à propriedade Maydorn, melhor falar com minha cunhada Elvira – aconselhou Alicia quando Liesel se despediu com uma reverência. – Mandarei uma carta avisando que estou enviando uma pequena fada da cozinha para ela. E desejo-lhe uma boa viagem.

Ela não recebeu dinheiro, e Humbert lhe pagou o salário em aberto, dizendo casualmente que a Sra. Elisabeth também lhe desejava uma boa viagem.

– Sua mãe deve estar com raiva, não é mesmo? – perguntou ele, compassivo.

Como Liesel temia o mesmo, deixou para informar à mãe de seus planos só um pouco antes da partida. Mas, para sua enorme surpresa, Auguste ficara extremamente empolgada.

– Você é uma menina esperta. É o caminho certo, Liesel. Você é filha de nobre e seu pai vai enxergar isso, afinal. Você é sangue de seu sangue, tem os olhos e a constituição elegante dos Von Hagemanns. Ele só precisa bater o olho em você e vai saber exatamente o que fazer.

Liesel ficou bastante confusa, pois sua mãe nunca falara com ela assim.

– Me pareço mesmo com meu pai, mamãe?

– Mas é claro. Olhe só para o espelho!

Um conselho pouco útil, pois Liesel só conhecia o pai de uma foto amarelada. Ele estava de uniforme do exército e tinha um bigodinho, mas quase não dava para enxergar suas feições.

– Você tem dinheiro suficiente, filha? A viagem de trem é cara.

Liesel fez rodeios, depois confessou que seu dinheiro só a levaria até Berlim. Planejara procurar um trabalho lá para economizar mais um pouco e poder continuar a viagem.

– De jeito nenhum! – disse Auguste, indignada. – Não quero que minha filha chegue diante do pai maltrapilha como uma mendiga. Espere até amanhã que eu lhe darei alguma coisa.

– E onde você vai arrumar dinheiro, mamãe?

– Isso é preocupação minha!

De fato, Auguste foi no dia seguinte até a cozinha da Vila dos Tecidos, chamou sua filha até o corredor e lhe entregou uma bolsinha cheia de notas e sua mala de viagem antiga.

– Aqui – sussurrou para a filha. – Aqui tem cem marcos, dá para você comprar o bilhete de trem e ainda vai sobrar algo para comida e bebida. E vista algo bonito. Fique com meus sapatos bons, eles caberão em você. E este lenço de seda pura que os patrões me deram de presente de Natal anos atrás. E seja educada com seu pai. Não o contradiga, ele nunca aturou isso. E, acima de tudo, não se esqueça de que você tem sangue nobre e tem valor, minha filha. Sempre se lembre disso.

Liesel fora inteiramente pega de surpresa com aquele presente generoso. Sua mãe jamais havia lhe dado um presente, muito pelo contrário. A filha precisava entregar seu salário e sempre ouvia que não deveria ser vaidosa, que o vestido velho e os terríveis sapatos de sola gasta ainda serviriam por um bom tempo.

– De onde você tirou tanto dinheiro, mamãe? Não pegou nenhum empréstimo, né? – sussurrou ela, temerosa.

– Vendi algumas coisas que não tinham mais serventia mesmo. O decantador, as taças e outras tralhas.

– Mas o decantador que você tanto amava!

Auguste abrira a porta do quintal, pois escutara os passos pesados da cozinheira.

– Onde você está, Liesel? – chamou a Sra. Brunnenmayer, irritada. – Já foi para a Pomerânia e me deixou aqui trabalhando sozinha?

– Já estou indo, Sra. Brunnenmayer.

– Então é isso – disse sua mãe, despedindo-se. – Se seu pai aceitar você como filha e te conseguir um proprietário de terras rico como marido, não se esqueça de sua mãe, Liesel. Prometa.

– Mamãe, como pode dizer isso?

– Prometa – exigiu Auguste, apertando três vezes a mão da filha com força. – E fique bem, minha filha – disse ela, saindo às pressas para não dar de cara com a cozinheira.

A Sra. Brunnenmayer olhou com cara de poucos amigos para a silhueta já longínqua de Auguste, viu a bolsa de viagem e deu sua opinião.

– Por acaso ela acha que o Sr. Von Hagemann banhará a filha com moedas de ouro? Preste atenção, menina, para que não se decepcione. Coloque a bolsa no seu quarto rápido e volte para que eu ainda consiga ensinar como tostar os galetos no forno para que fiquem crocantes mas não ressecados.

Liesel aprendera mais sobre as pessoas à sua volta nos poucos dias antes de sua partida do que em todos os anos anteriores. Deixara a conversa mais difícil, aquela que talvez partiria seu coração, para a última noite, quando todos os empregados da Vila dos Tecidos se reuniram na cozinha para celebrar a despedida de Liesel com uma garrafa de vinho diluído em água. Humbert pagara por ela. Todos brindaram a uma viagem feliz e desejavam que Liesel voltasse logo para a Vila dos Tecidos justo quando Christian entrou. Calado, sentou-se diante de seu copo e não brindou com os outros, mas ficou olhando para o nada, aflito. Quando quase todos já tinham subido para dormir, ele já estava vestindo o casaco e colocando o gorro quando Liesel o segurou.

– Espere – disse ela. – Vou andar parte do caminho com você.

Ele ficou esperando lá fora no pátio escuro com as mãos nos bolsos do casaco e o gorro cobrindo-lhe quase todo o rosto. Quando Liesel saiu com uma lanterna, ele se virou para a direção da casa do jardineiro e eles caminharam lado a lado por alguns momentos sem dizerem uma palavra. O silêncio doeu nela, pois gostava de Christian e justamente por isso não sabia como começar a conversa.

Finalmente, ele ficou parado no caminho de cascalho e começou a falar.

– Então você vai embora, Liesel – disse ele baixinho sem olhar para ela. – Vai lá para longe, na Pomerânia, e sabe-se lá quando a verei de novo.

– Vou voltar com certeza, Christian – afirmou ela. – Não acredite no que minha mãe disse. Não sou uma senhora nobre como ela espera. Sou a Liesel que você conhece e permanecerei a mesma.

Ele finalmente teve coragem de olhar para ela, e ela pôde ver seus olhos marejados.

– Tudo aconteceu bem diferente do que imaginei – disse ele, aborrecido. – Ajeitei a casa, comprei tudo novo e deixei tudo bonito na esperança... Bem, sempre achei que...

Ele vacilou. Simplesmente não conseguia pronunciar sua confissão. Esperara tempo demais, não tivera coragem para falar, repreendera a si próprio por ser um covarde, e agora perdia as esperanças.

– Você sempre achou o quê? – perguntou Liesel, levantando um pouco a lanterna para ver melhor sua expressão.

Christian se virou para o lado e inspirou profundamente, como se tivesse o peito contido por uma argola de ferro.

– Que você... que nós dois moraríamos juntos lá um dia, era o que eu esperava, Liesel – confessou ele e olhou para ela, desolado. – Mas contei com o ovo antes da galinha. Se a Vila dos Tecidos realmente for vendida, com certeza precisarei deixar a casa para outra pessoa ir morar lá.

Ele falara em casamento? Na verdade, não. No máximo dissera que queria se mudar com ela para a casa do jardineiro. Liesel decidiu que aquilo não fora um pedido de casamento, mas simplesmente uma constatação entristecedora. Ela ficou feliz, pois não saberia como responder se ele pedisse sua mão.

– Não está nada certo, Christian – disse ela, consolando-o. – Primeiro que não acho que os Melzers vão abrir mão da Vila dos Tecidos, eles são muito apegados a ela. E mesmo que isso aconteça, o novo proprietário com certeza manteria você como jardineiro.

Christian balançou a cabeça.

– Não aprendi a profissão direito, Liesel. Simplesmente comecei a trabalhar nisso e não sou um jardineiro de verdade como Gustav era.

Decidida, Liesel pousou a lanterna no caminho de cascalho e tirou as mãos dele dos bolsos do casaco.

– Agora vamos nos despedir, Christian – disse ela, pegando suas mãos. – E prometa-me que não vai desanimar. Voltarei para você, isso é certo. Dou minha palavra de honra.

Subitamente, Christian se empertigou. Apertou as mãos de Liesel com força e, hesitante, encontrou coragem para puxá-la para perto dele.

– Então esperarei por você – sussurrou ele. – E, se não voltar para mim a tempo, irei buscar você na Pomerânia.

Seu rosto estava tão próximo que ela sentia sua respiração. De repente ele pareceu ser uma pessoa totalmente diferente. Olhava para ela com tanto desejo e a encarava de uma maneira tão encantadora que ela se deu conta de que amava aquele rapaz tímido.

– Você faria mesmo isso, Christian? – perguntou ela baixinho, e sorriu para ele.

– Sim – disse ele de forma inusitadamente decidida e a beijou.

Seus lábios eram secos e suas bochechas espetavam, mas, ainda sim, aquele beijo foi a coisa mais emocionante que já acontecera na vida de Liesel. Por isso, ofereceu-lhe sua boca para que ele a beijasse de novo. E eles se beijaram muitas outras vezes até que Christian finalmente conseguiu retomar a palavra.

– Quero que você seja minha esposa, Liesel. Diga se gosta de mim.

Ele finalmente fizera o pedido, e ela precisava dar uma resposta.

– Dê-me tempo até eu voltar, Christian. Aí lhe direi – sussurrou ela, beijando-o uma última vez na boca antes de pegar a lanterna e entregar a ele para que enxergasse o caminho até a casa do jardineiro.

Ela deixou a Vila dos Tecidos no dia seguinte, antes de todos os outros acordarem, e andou pela alameda até o portão. Estava vestindo o casaco de pele, o presente da Sra. Brunnenmayer, e suou profusamente embaixo dele ao correr para pegar o bonde.

Que casaco terrível e pesado, pensou Liesel. *Ele será um fardo, por que não o deixei em meu quarto?*

Mais tarde, porém, quando conheceu o inverno do leste, ficou grata de coração à Sra. Brunnenmayer pelo presente. O casaco a aquecera em estações de trem e fora um ninho protetor para ela durante as noites que passara em salas de espera sem calefação. Sem ele, teria congelado no assento alto do cocheiro que a levara de Colberga para Maydorn por um preço razoável.

O caminho para a fazenda era estreito e acidentado e, ainda por cima, estava congelado, o que fazia os cavalos escorregarem e o carro balançar para lá e para cá, incitando o cocheiro a proferir palavrões vez ou outra. Liesel precisara se segurar para não cair na neve acumulada na lateral da estrada. Quando se aproximaram da propriedade, ela avistou servos e criadas trabalhando no pátio, cachorros correndo livremente, um bando de galinhas que bicavam algo do chão e montes de esterco amarelo-amarronzados fumegando diante de algumas construções baixas.

Devem ser os estábulos, pensou Liesel. Ali deveriam ficar os porcos que resultavam nas deliciosas linguiças. Quando o cocheiro parou o carro em meio aos cachorros latindo, Liesel finalmente viu a casa. Ela ficava atrás do pátio, era feita de tijolos vermelhos e bastante desgastados e tinha uma varanda no meio, coberta de heras. Não era um castelo nem uma mansão como a Vila dos Tecidos, mas ainda assim era uma construção respeitável que se destacava entre as outras. Não, a propriedade Maydorn não era tão deplorável quanto temera.

O cocheiro desceu sem lhe dar atenção. Liesel observou-o ir até os dois servos que estavam parados ao lado de um dos montes de esterco fumegante e conversavam. Um deles vestia um colete desgrenhado e sujo de lã de carneiro e seus pés estavam enrolados em trapos. O outro vestia um casaco de couro ensebado, tinha um gorro de pele velho na cabeça e calçava botas marrons altas igualmente velhas. Este homem parecia ter um cargo mais alto que o outro da lã de carneiro. Liesel conseguiu vê-lo levantando o braço, irritado, enquanto o outro deixou a cabeça cair entre os ombros.

Sua conversa foi interrompida pelo cocheiro, que fez uma pergunta. O homem com as botas altas olhou para o carro e entendeu que eles tinham um convidado. Era a hora de Liesel pegar sua bolsa e saltar do veículo.

Ela teve que se esforçar para desembarcar. Não era fácil descer do assento alto e alcançar o chão com os pés dormentes e as mãos congeladas, ainda mais com os latidos e rosnados dos cachorros alertas que a cercavam e pareciam se divertir tentando arrancar a bolsa de suas mãos. Na verdade, ela gostava de cachorros, mas aqueles eram bem diferentes dos animais comportados que passeavam na cidade presos na coleira. Eles não pareciam ser de uma raça específica, eram amarelos ou marrons; alguns eram bastante peludos e não pareciam adestrados.

Mas ela se enganara. Duas mulheres saíram de uma casa, e uma delas gritou com a voz estridente:

– Já para lá. Saiam!

Em seguida, os cães se dispersaram calmamente em várias direções.

Nenhuma das duas se encarregou de receber Liesel, apenas olharam para a moça com desconfiança, depois pegaram a caixa que o cocheiro lhes entregara. Elas estavam vestidas de forma muito estranha, aquelas mulheres rurais pomeranas. Suas saias de lã amplas e pesadas se arrastavam pelo chão, e elas calçavam botas acolchoadas. Tinham um lenço de lã por cima da cabeça e dos ombros. Com certeza eram criadas, senão, não teriam carregado as caixas até a casa.

– São três marcos, mocinha – disse o cocheiro com a mão esticada na direção de Liesel. – Geralmente cobro mais para vir até tão longe, mas como eu já vinha para cá mesmo, está certo assim.

Ela pegou a bolsinha de dinheiro que levava no pescoço pendurada em um cordão. As moedas que ainda tinha mal deram para pagar, e só restaram alguns fênigues. Era caro viajar, mesmo sendo de terceira classe de trem, sem parar em restaurantes e comprando só um pãozinho de uma comerciante da estação uma única vez.

O cocheiro enfiou o dinheiro no bolso do casaco, subiu no assento e fez um estalido com a língua para os cavalos andarem. Ao virar, o carro passou raspando em um monte de esterco, e o cocheiro não deu qualquer atenção aos cachorros, às galinhas ou às pessoas à sua volta que gritaram algo que ela não entendera. Provavelmente um palavrão.

Agora Liesel estava sozinha no pátio amplo, segurando com força a bolsa de viagem, olhando para os lados como que pedindo ajuda para ver se não encontrava uma única pessoa que se importasse com ela. As duas mulheres haviam corrido até a casa com a encomenda e foram recebidas por uma empregada de vestido preto com uma touca no cabelo. Pelo jeito, era parecido com a Vila dos Tecidos: havia criados domésticos que trabalhavam no terreno, gerando lucro, e aqueles que eram responsáveis pelos cômodos elegantes e aquecidos dos patrões. Era provavelmente lá que encontraria seu pai.

Com cuidado para não escorregar no piso congelado, andou em direção à casa e recordou o que queria dizer à criada que abriria a porta para ela.

– Estou vindo a pedido da Sra. Alicia Melzer, de Augsburgo, e gostaria de falar com o senhor barão Von Hagemann para lhe dar uma notícia.

Ela refletira muito tempo sobre o que faria para que a deixassem ver seu pai, o administrador da propriedade a serviço de Elvira von Maydorn.

Uma estranha que chegasse do nada não seria recebida pelos senhores. Inicialmente iria para a cozinha e só depois chegaria até o administrador ou à senhora baronesa. Mas, se ela se referisse à nobre Alicia Melzer, que nascera naquela propriedade, talvez tivesse uma boa chance de que permitissem sua entrada na hora. Ela já atravessara o pátio quando a porta da fazenda se abriu, e a jovem criada com a touca no cabelo desceu as escadas apressadamente.

– Senhor barão! – chamou ela alto e passou correndo por Liesel com sua saia franzida. – Senhor barão, detenha o cocheiro...

Liesel se virou, assustada. O senhor barão só podia ser seu pai.

Mas onde ele estava? Por que ela não o vira?

– O cocheiro já foi embora faz tempo – disse o homem com as botas altas. – O que foi? Está faltando algo?

A empregada ficou parada e assentiu.

– Não veio a louça com as flores pintadas que a senhora encomendou. Ela está muito irritada.

O homem pareceu não se deixar impressionar e deu de ombros com indiferença.

– Diga-lhe que virá da próxima vez. O importante é que o vinho veio. E as roupas que ela pediu. Vá e diga-lhe!

– Sim, senhor – respondeu a empregada.

No entanto, ela estava com uma expressão particularmente infeliz quando voltou para a casa de braços cruzados e bateu a porta após entrar.

Liesel ficou parada como se estivesse pregada no mesmo lugar e não acreditava no que era óbvio. Aquele homem de casaco de couro ensebado que estivera parado do lado do monte de esterco como um cavalariço era o senhor barão, seu pai. Ele não usava um terno verde de lã de ovelha como os ricos de Augsburgo, ou um casaco de pele, ou pelo menos um belo casaco de tecido; parecia mais um cocheiro que protegia as orelhas do frio com um gorro de pele velho.

Ele finalmente percebeu sua presença e chamou-a com sua voz aguda e penetrante:

– Você aí! Venha até aqui!

Aquilo soou hostil, como se ela fosse uma intrusa que tivesse se infiltrado na propriedade, uma mendiga que precisava ser enxotada. No caminho até ele esqueceu tudo o que queria dizer e escorregou várias vezes, com o coração saindo pela boca. Tudo aconteceu de forma muito diferente de como sonhara e esperara.

Desencorajada, ficou parada a vários passos de distância dele e o encarou. Ele não era muito mais alto que o servo que vestia lã de carneiro, mas estava parado com a coluna ereta como um nobre. Sim, ela já notara isso antes. Agora também percebera que ele segurava um chicote curto para cavalo na mão direita. Não dava para ver seu rosto facilmente, pois ele puxara o gorro de pele muito para baixo. Ele não tinha barba, o nariz estava vermelho de frio, as bochechas eram estranhas e os lábios bastante finos.

– Qual é o seu nome e o que está fazendo aqui?

Então aquele era seu pai. Parecia que as casas à sua volta estavam girando, e ela precisou começar a falar duas vezes para conseguir pronunciar uma resposta.

– Eu... me chamo Liesel...

Aparentemente nem seu nome nem sua aparência significavam alguma coisa para ele. Sua mãe não lhe dissera que ela se parecia com seu pai? Ele não parecia notar.

– Liesel – repetiu ele, impaciente, quando ela não disse mais nada. – E o que você quer aqui em Maydorn? Está procurando emprego, não é mesmo? Então vá primeiro à cozinha e se esquente um pouco.

Em seguida, virou-se para entrar no alojamento dos animais. Liesel finalmente recobrou os sentidos.

– Espere, por favor! Eu... preciso lhe dizer mais uma coisa.

Sua voz provavelmente soara muito assustada, pois ele de fato se voltou em sua direção.

– O que é? – perguntou sem paciência.

Ela juntou toda sua coragem e foi até ele.

– Sou Liesel de Augsburgo, Sr. Von Hagemann. A filha de Auguste da Vila dos Tecidos.

Sua reação não foi a que ela esperara. Ele andou depressa em sua direção e encarou-a. Agora ela conseguia ver as várias cicatrizes e os cortes em seu rosto e se lembrou do relato de que ele fora ferido por uma granada na guerra.

– Você é... – disse ele baixinho, logo em seguida interrompeu a fala para mandar embora o servo que estava vestindo lã de carneiro. – O que está fazendo parado aqui, Leschik? Vá trabalhar!

Ele esperou Leschik fechar a porta do estábulo e fitou Liesel mais uma vez, avaliando-a de perfil, e depois olhou rápido na direção da casa, de forma desconfiada.

– Liesel – murmurou ele. – Foi sua mãe que enviou você até aqui?

– Não. Vim por decisão própria. Porque... porque queria ver meu pai uma vez na vida.

– Ah, sim – disse ele, parecendo não saber ao certo o que fazer. – Liesel. Você está bastante crescida. Está com quantos anos?

– Dezessete.

– Dezessete anos – repetiu ele, olhando novamente na direção da casa como se ponderasse sobre algo muito complexo. – E o que você planeja? Não quer ficar aqui, não é?

Aquilo soava como uma preocupação: *Espero que você não queira ficar aqui, não é, Liesel?*

– Não – respondeu ela, assustada. – Não, não, quero voltar para Augsburgo. Queria... Bem, eu queria ver meu pai uma vez na vida.

Ela sentiu as lágrimas vindo aos olhos, pois tudo estava tão errado e lamentável, e sua decepção era enorme.

– Escute – disse ele com uma voz mais suave. – A princípio pode pernoitar lá no alojamento dos empregados. Mas não diga a ninguém quem você é, certo? Amanhã pensaremos no que fazer.

Ela enxugou as lágrimas e assentiu.

– Obrigada. Não direi a ninguém, prometo. Ninguém ficará sabendo...

Ele assentiu rapidamente para ela e de repente ficou com muita pressa de ir até a casa.

Liesel se sentia tão intimidada que nem teve coragem de ir até a cozinha para se esquentar e pedir uma refeição. Uma criada do estábulo lhe mostrou onde era o alojamento dos empregados, uma construção comprida coberta com teto de palha. Ela procurou um quarto livre, fechou o trinco e se sentou no canto do chão de madeira, pois a cama de palha úmida parecia gelada e fedia a urina e podridão. Encolheu-se como um animalzinho com as pernas para cima debaixo do casaco de pele quente e deixou a exaustão escura e redentora abater-se sobre ela. Antes de ser levada pelo sono, lembrou-se mais uma vez das palavras da Sra. Brunnenmayer: "Só tristeza e lágrimas."

Será que ela tinha razão?

22

— Ah, que alegria! – exclamou Lisa, espremendo o nariz contra a janela lateral do carro. – Está nevando, Humbert. Por favor, não dirija tão rápido, quero ver o parque.

Humbert diminuiu a velocidade obedientemente para que a patroa pudesse admirar a neve suave nas folhagens e os campos pontilhados de branco. A neve caía em flocos grossos e fofos do pesado céu de inverno e grudava nas coníferas e nos troncos das árvores antigas, mas derretia rapidamente nos campos e canteiros, onde o chão não era frio o suficiente.

– Se fizer este tempo de inverno na noite de Natal, as crianças ficarão em êxtase! Especialmente porque Hanno ganhará seu primeiro trenó. E Charlotte ficará adorável com o casaquinho rosa e as botinhas de pele.

– Com certeza, senhora – afirmou Humbert.

Por que ele está tão quieto hoje?, pensou Lisa. *Tomara que ele não fique doente logo antes do Natal.*

– Humbert, você não está se sentindo...

Ela interrompeu sua fala, assustada, ao avistar o parquinho e ver seu querido Sebastian no campo com os três meninos jogando bola. Que moleque! O Dr. Kortner não dissera expressamente que ele precisava preservar o joelho? Colocá-lo para cima e aquecê-lo, só sobrecarregando-o caso fosse extremamente necessário, não fazer esporte e até mesmo ter cuidado ao subir as escadas?

– Pare! – gritou ela para Humbert. – Desça e vá até meu marido. Ele tem que interromper imediatamente esta loucura. Senão precisarei informar o Dr. Kortner.

– Mas, senhora... – disse Humbert, tentando argumentar, mas acabou se conformando.

Desligou o motor e fez o que lhe fora ordenado. Lisa observou Sebastian ficar parado por um momento e fazer um movimento tranquilizador com a mão na direção de Humbert. Depois pegou a bola e jogou-a para seu filho Johann.

Aborrecida, Lisa balançou a cabeça diante de tanta insensatez e fechou o casaco de pele na frente, pois Humbert não fechara a porta, e os flocos de neve estavam sendo carregados pelo vento para dentro do veículo.

– Seu marido só deseja terminar o jogo rapidamente, senhora, e logo em seguida irá para casa.

Humbert deu batidinhas no casaco para tirar a neve antes de sentar-se ao volante, mas ainda havia alguns floquinhos em seus cabelos, o que Lisa achou uma graça. Ele dirigiu até a entrada principal da Vila dos Tecidos, desceu do carro e abriu a porta para a patroa. Gertie e Hanna desceram as escadas às pressas para levar os vários pacotes que estavam no carro para dentro de casa. Lisa havia feito as compras de Natal naquela manhã.

– Obrigada, Humbert – disse ela com certo esforço enquanto descia do carro com sua ajuda.

Infelizmente não pudera colocar em prática sua intenção de perder alguns quilinhos. A culpa era sua paixão por molhos cremosos, macarrão e lanchinhos doces. Graças a Deus ela tinha Marie e seu ateliê para reformar suas roupas.

O átrio estava cheirando a pinheiro e seiva, já haviam colocado a grande árvore de Natal na sala, e as caixas com os enfeites já estavam a postos.

– Não! – exclamou Lisa, batendo as mãos em consternação. – Não pode ser verdade! O que este arbusto horroroso está fazendo em nosso átrio?

Realmente, a mansão já alojara pinheiros de Natal mais nobres e maiores. Especialmente no passado, quando Lisa e os irmãos ainda eram pequenos, parecia que a árvore chegava até o teto, e seus galhos eram tão próximos uns dos outros que todos os três conseguiam se esconder atrás deles.

– Aí está você, Lisa – disse Marie. – Estava procurando por você.

Lisa estranhou a cunhada não estar no ateliê naquele dia. Ao mesmo tempo, estava feliz por poder conversar com ela sobre aquele arbusto monstruoso, que provavelmente fora parar ali por engano.

– Isto é uma vergonha, Marie – falou Lisa, irritada. – Eu encomendei pessoalmente uma árvore muito linda. Como é que esta coisa deplorável...

– Era o que eu queria lhe contar hoje cedo, Lisa – disse Marie, interrompendo-a. – Paul e eu cancelamos a árvore. Por motivos financeiros. Em compensação, Christian cortou este abeto no parque, e acho que quando estiver decorado...

Lisa sentiu como se tivesse sido atingida por um raio. Paul e Marie haviam agido às suas costas. Havia anos que ela e a mamãe eram responsáveis por toda a gestão do orçamento na Vila dos Tecidos, e agora isso!

– Por motivos financeiros? Vocês vêm com suas medidas de austeridade justamente no Natal? Não, Marie! Isso realmente está indo longe demais.

Sua cunhada calou-se, porque Else e Hanna começaram a pendurar as bolas vermelhas na árvore, e Humbert chegara com a escada grande para prender a estrela dourada no topo. Aquele tipo de assunto nunca era conversado na frente dos empregados.

– Vamos até sua sala, Lisa – sugeriu Marie. – Com certeza você gostaria de um chá quente.

– Você que sabe – respondeu a cunhada, ofendida. – Hanna, por favor, pegue meu casaco de pele. E as botas. Ah, sim, e quando meu marido chegar do parque, dê-lhe suas pantufas acolchoadas.

– Claro, senhora.

Lisa subiu as escadas atrás de Marie sem se virar novamente. Se aquele monstro tenebroso de fato ficasse no átrio deles, ela só passaria por ali de olhos fechados.

– Mas por que você está em casa, afinal? – perguntou Lisa. – Agora está deixando seu ateliê a cargo da Sra. Ginsberg?

Lisa desabou em uma cadeira, esgotada. Depois chamou Gertie e pediu chá com uma tigela de biscoitos.

Marie esperou Gertie sair para responder.

– O ateliê ficará fechado até depois do Natal – disse ela, movendo uma boneca de pano do sofá para poder se sentar. – No momento não há encomendas, por isso mandei minhas costureiras para casa e lhes dei licença natalina.

– Não há encomendas? – perguntou Lisa, incrédula. – Como isso é possível? Pelo menos três amigas minhas me disseram que queriam um traje seu.

Marie suspirou profundamente. Não era nada fácil para ela responder.

– Eu me expressei mal. Com certeza há encomendas, mas essas clientes não pagam há meses, e não estou disposta a trabalhar sem receber o pagamento.

– Meu Deus! E se elas pagarem um pouco mais tarde? Você vai receber o dinheiro em algum momento.

– E o que digo para minhas funcionárias? – respondeu Marie. – Que só poderei pagar seus salários dentro de alguns meses? Que elas deverão trabalhar de graça até lá?

Lisa precisou aceitar. É claro que ela estava ciente da situação financeira complicada e estava disposta a se contentar com um orçamento domiciliar substancialmente reduzido. Nem sequer cogitavam viagens ou luxos desse tipo. Mas o fato de Marie ter que fechar o ateliê a fez refletir.

– A mamãe já sabe? – perguntou Lisa, preocupada.

– Não – confessou Marie –, mas ela vai superar isso. A mamãe sempre achou que seria melhor eu ficar em casa em vez de ter um ateliê de moda.

Aquilo era verdade. Mas não agradava a Lisa nem um pouquinho que Marie ficasse o dia todo na Vila dos Tecidos a partir de então.

– Por acaso você tem a intenção de assumir a gestão do orçamento? – perguntou ela com um tom desconfiado. – Acho que a mamãe e eu fazemos um bom trabalho nesse quesito.

– Sei muito bem disso, Lisa – disse Marie, inclinando-se para colocar a mão em seu braço de forma tranquilizadora. – Todos nós estamos muito felizes por vocês duas tomarem este fardo de nós.

Ela calou-se, pois Gertie bateu à porta e trouxe o chá. Depois de colocar a bandeja em cima da mesa, fez uma reverência e informou uma novidade com indignação contida.

– Infelizmente a cozinheira me proibiu de pegar as latas com os biscoitos natalinos. A Sra. Brunnenmayer acha que eles só devem ser comidos no Natal. Além disso, pediu para lembrar-lhes de que o almoço será servido dentro de aproximadamente uma hora.

– Isso passou dos limites – afirmou Lisa, irritada. – Diga à Sra. Brunnenmayer que desejo falar com ela após o almoço. Muito obrigada, não precisa servir o chá. Pode deixar que nos servimos.

– Sim, senhora.

Desde que a ajudante de cozinha Liesel tivera a ideia absurda de ir para a Pomerânia para ver o pai, a cozinheira estivera mais mal-humorada do que nunca. Lisa suspirou. Era só aborrecimento antes do Natal. E ela estivera tão animada para aquela tão bela comemoração familiar!

Marie se esforçou para retomar a conversa que fora interrompida.

– É claro que não vou me intrometer no orçamento, Lisa – disse ela de forma amável. – Preciso só cuidar de nossa parte financeira, que agora, infelizmente, está desequilibrada. É claro que faremos isso em acordo com você e com a mamãe. Sinto muito mesmo sobre a árvore. Queria falar com você antes, mas você já tinha saído.

– É claro. Fui comprar os presentes de Natal. Como sempre, nesta época – replicou Lisa, furiosa, pois se sentia atacada. – E se você está achando que onerei nosso frágil orçamento indevidamente com os presentes, saiba que paguei por tudo com meu próprio dinheiro.

Marie assentiu. Assim como os outros, ela sabia que Lisa recebia um pagamento mensal da Pomerânia que fora acordado com Elvira após seu divórcio de Klaus von Hagemann.

– Se você não herdar a propriedade e decidir deixá-la para seu marido, pelo menos receberá algum dinheiro antes de minha morte – informara-lhe Elvira quando as condições do divórcio lhe foram comunicadas.

Lisa ficara muito feliz, mesmo que o Sr. Von Hagemann constantemente ficasse irritado por causa daquela pensão e afirmasse que ele e sua família tinham que fazer restrições por causa dela.

– Mas, Lisa – disse Marie balançando a cabeça –, ninguém está criticando você. Pelo contrário. É extremamente gentil e generoso de sua parte comprar presentes para todos nós. Paul e eu seremos mais modestos neste Natal. Mas nossos empregados, em especial, não devem sofrer com a crise, então lhes daremos presentes conforme a tradição da casa.

Lisa deu de ombros, indiferente, e serviu-se de chá. Se Marie achava que eles deveriam presentear os empregados com generosidade e, em compensação, poupar com os presentes da família, era problema deles. Já ela achava que era preciso ser generoso com todas as pessoas no Natal. Especialmente com as pessoas mais queridas para nós.

– Perdão, senhora! – disse Hanna à porta.

Ela parecia apressada, com sua touca caída para o lado, como sempre. A moça era bondosa, mas não tinha talento para ser uma boa funcionária. Quando havia convidados em casa, Lisa gostava de deixar Hanna trabalhando nos bastidores.

– As crianças estão lá embaixo no átrio e querem ajudar a decorar a árvore.

Lisa lançou um olhar mortífero para Marie. Então eles afinal teriam que decorar aquele arbusto de meia-tigela com bolas e luzinhas junto com as crianças e os empregados. Mas, conforme ditava a tradição, os biscoitos de gengibre só seriam pendurados na noite de Natal.

– Estamos indo, Hanna.

Se Lisa achava que as crianças ficariam decepcionadas com o arbusto de Natal substituto, estava redondamente enganada. Johann e Kurti estavam lá embaixo distribuindo as bolas vermelhas e douradas nos galhos com entusiasmo, e Rosa pegara Hanno no colo para ele pendurar uma estrela de papel dourado em um dos galhos superiores. Mas o pequenino de 3 anos não queria largar aquela coisa linda e brilhosa e esperneava energicamente, dizendo que queria ficar com ela. Charlotte estava sentada no carrinho e também choramingava em alto e bom som por não poder participar do evento.

– Mamãe, esta é a árvore de Natal mais linda do mundo todo – disse Johann, enquanto ela descia as escadas.

– Ah, você acha mesmo, querido?

– É claro. Porque eu a cortei ontem com minhas próprias mãos. Christian só me ajudou um pouquinho.

– Eu também – disse Kurti com orgulho. – Ajudei a trazê-la para cá. Christian disse que não teria conseguido sem nossa ajuda.

Todos falavam ao mesmo tempo.

– Mamãe, quero subir as escadas...

– Mamãe, sua bola está torta...

– Mamãe, Hanno mordeu a estrela...

Era aquela confusão maravilhosa que acontecia todos os anos quando eles decoravam a árvore. Todos os empregados também participavam, e cada um deles queria pendurar pelo menos uma bola ou uma estrela dourada. Já as velas vermelhas eram responsabilidade exclusiva de Humbert. Elas tinham que ser colocadas com cuidado para que não houvesse nenhuma surpresa desagradável quando fossem acesas na noite de Natal. Em todo caso, sempre havia um balde grande com água ao lado da porta da cozinha.

– Mamãe, quero fios prateados para decorar – disse Kurti, puxando a manga da blusa de Marie.

Ela pegou o filho mais novo no colo com carinho.

– Só quando todas as bolas e estrelas estiverem penduradas... Rosa, tire a estrela de Charlotte, ela está colocando-a na boca.

Lisa foi falar com a Sra. Brunnenmayer, que também participava da decoração da árvore, e, como a cozinheira era inflexível quando o assunto era biscoitos de Natal, só conseguiu negociar um dos biscoitos de gengibre recém-assados para as crianças. Após o almoço, evidentemente.

Em seguida chegou Paul de chapéu e casaco. Ele viera da fábrica para almoçar na Vila dos Tecidos.

– Gostaria de falar rapidamente com você ainda antes do almoço, Lisa – disse ele para a irmã antes de se dirigir a Christian, que entrara atrás dele, um pouco constrangido.

– Você não precisava ter escolhido um arbusto tão deformado assim – disse Paul baixinho para o jovem jardineiro. – Por que não escolheu uma árvore mais bonita?

– Já que ela precisava ser arrancada até a primavera de qualquer forma, pensei que seria prático usá-la como árvore de Natal – respondeu o jardineiro, defendendo-se, angustiado.

Paul fez um gesto desdenhoso com a mão e comentou:

– Bom, agora já está aqui. Volte para o trabalho.

– Sim, Sr. Melzer – disse Christian e saiu apressadamente.

Paul deu seu casaco e seu chapéu para Gertie, observou a agitação alegre no átrio, trocou olhares com Marie e sorriu por um momento. Quando se virou para Lisa, ficou novamente muito sério. Ela estava enganada ou seu irmão estava com olheiras?

– Vamos até meu escritório, Lisa.

Ela não gostava nada daquilo, pois provavelmente uma conversa desagradável esperava por ela. Eles de fato não estavam poupando nenhuma oportunidade de estragar a festa de Natal dela naquele ano.

– O que há de tão importante? – perguntou, impaciente, enquanto Paul fechava a porta e se sentava à escrivaninha.

– Bem, você informou a Marie ontem à noite que a tia Elvira infelizmente recusou meu pedido de forma categórica – disse ele, olhando para ela em tom reprovador.

– Sim, ela me escreveu uma carta...

Por que ele a olhava tão zangado? Por acaso era culpa dela que a tia Elvira não quisesse lhes emprestar aquela quantia de dinheiro? Ela duvidara desde o início, mas, como Paul lhe pedira com tanta urgência, acabara enviando a carta com o pedido para a Pomerânia.

— Ela alegou os motivos para sua decisão?

Lisa vasculhou na memória. O que a tia Elvira escrevera mesmo? Ela se lembraria mais fácil se Paul estivesse com uma expressão menos severa. Parecia até que ela estava no banco dos réus!

— Ela escreveu que estava com dores na coluna e não cavalgava havia dias. De forma geral, pareceu-me insatisfeita nas últimas cartas. Você conhece a tia Elvira, ela sempre foi uma fortaleza, nunca reclamou de nada...

Ela se calou quando Paul fez um gesto impaciente.

— Mas isso não pode ter sido a razão para essa recusa.

— Não, não — respondeu Lisa. — Isso foi algo à parte. Ela escreveu, espere... Ah, sim, me lembrei agora. Escreveu que a propriedade estava tragando rios de dinheiro, porque seu administrador queria colocar energia elétrica em tudo e porque os cabos eram muito caros...

Paul bufou, irritado, e recostou-se no espaldar da cadeira da escrivaninha que outrora pertencera a seu pai.

— Isso é ridículo — ralhou ele. — Os latifundiários no leste têm benefícios fiscais e todo tipo de regalias. Nosso presidente cuida muito bem disso. Já aqui, precisamos nos virar como for possível. Nossos impostos sobem e os salários são reduzidos...

Lisa ficou feliz por ele ter outra pessoa em quem colocar a culpa. O presidente Hindenburg podia aguentar sua orelha ardendo lá longe, em Berlim. Que Paul descontasse sua raiva nele.

— Posso lhe dar a carta, Paul — disse ela. — Aí você pode ter uma ideia da situação.

— Sim, por favor, Lisa.

Ele suspirou e pareceu desabar em si mesmo. Talvez seu irmão tivesse de fato grandes preocupações, refletiu Lisa.

— Você não tinha vendido os imóveis em Augsburgo? — perguntou ela, um pouco tímida.

— Vendi todos, menos um. Ainda falta o imóvel onde fica o ateliê de Marie.

Ah, ele faz isso por amor a Marie, pensou Lisa, e ficou comovida por um momento. Depois se deu conta de que fora por isso que precisara implorar para a tia Elvira, e seu humor mudou. Então era assim que as coisas funcionavam. Ela precisava fazer o papel de pobre coitada e encarar uma rejeição para sua querida Marie ficar com o ateliê que precisou ser fechado de qualquer maneira. Isso realmente era levar o amor longe demais!

– Achei que você tivesse vendido o prédio para o advogado Grünling – disse Lisa com um sorrisinho. – Serafina mencionou algo assim. Nós nos encontramos por acaso quando eu acompanhava Sebastian em uma consulta ao dentista.

– Doce ilusão – respondeu Paul de forma sombria. – Bom, Lisa. Vamos terminar a conversa, o almoço logo será servido. Por favor, não me leve a mal por eu estar um pouco nervoso e aborrecido, eu havia depositado grandes esperanças em Elvira. Infelizmente, elas se dissolveram no ar.

Ele se levantou e a abraçou. Logo em seguida soou o sino do jantar, que precisava ser obedecido por todos na Vila dos Tecidos.

– Ah, Paul – disse ela, já reconciliada, com um suspiro. – Sinto muito por você ter preocupações tão terríveis. Tudo por causa desta crise econômica horrorosa.

– Sim, Lisa. Infelizmente todos nós precisamos encará-la.

No corredor, encontraram Sebastian, que acabara de subir e, como Lisa percebeu na hora, não estava usando as pantufas novas e acolchoadas que ela mandara fazer especialmente para ele.

– Finalmente você chegou! – exclamou ela com desaprovação. – Como pôde ser tão insensato?

Ele nem lhe deu ouvidos, mas pegou no braço de Paul para puxá-lo um pouco de lado.

– Meu caro Paul – disse ele baixinho. – Estou ciente da situação difícil na empresa e quero oferecer-lhe minha força de trabalho mais uma vez. De forma voluntária, é claro. Não quero nem pagamento nem salário. Mas desejo contribuir para enfrentar esta crise junto com você e todos os envolvidos.

Paul não soube o que dizer, pois não era muito fã das ideias do cunhado.

– Muito obrigado pelas suas boas intenções, Sebastian, mas o que nos falta não são forças de trabalho, mas encomendas. Sendo assim, não posso aceitar sua generosa oferta. Com licença, a mamãe está me chamando.

De fato, Alicia descera para o átrio para ver a árvore de Natal decorada, e Lisa imaginava o porquê de seu chamado irritado.

– Vá indo para a sala de jantar, Paul – disse Lisa rapidamente para seu irmão. – Deixe que cuido de mamãe.

– Obrigado, Lisa – disse ele baixinho, dando uma piscadela para ela.

Seu coração ficou mais leve: ele piscara da mesma forma travessa de quando era um menininho! Não, a situação não podia ser tão grave assim.

A mãe estava parada sem ação diante do abeto torto, que, mesmo decorado com as bolas coloridas, as estrelas e os fios de prata, não evocava muito o espírito natalino.

– É impossível que essa seja a árvore que encomendamos! – berrou Alicia em direção à filha. – Este arbusto patético em nosso átrio, isso é uma vergonha! Meu amado Johann deve estar se revirando no túmulo!

– Esqueça isso, mamãe – disse Lisa com um sorriso reconfortante – As crianças se divertiram muito e logo lhe contarão tudo pessoalmente. Johann e Kurti ajudaram Christian a cortar a árvore e trazê-la até a casa.

Alicia balançou a cabeça em desaprovação.

– Mesmo assim, Lisa! É constrangedor diante de nossos convidados. E inclusive diante dos empregados. Fica até parecendo um asilo.

– Certamente que não. O abeto está retinho e os galhos...

Naquele momento, pôde-se ouvir a voz aguda de Kurti vinda das escadas.

– Olá, vovó! Esta é a árvore de Natal mais linda do mundo! E você sabe por quê?

A expressão de Alicia se amenizou diante daquela explosão de alegria infantil. Sorrindo, ela chegou um pouco para o lado para enxergar as escadas em meio à árvore. Viu Marie com Johann e Kurti, que haviam vestido roupas limpas e sido cuidadosamente penteados para o almoço.

– Não, meu amorzinho. Por que ela é a árvore mais linda de todas? – perguntou ela, subindo as escadas.

– Porque finalmente pude segurar o machado grandão – respondeu Kurti. – Ele é pesado pra caramba!

23

— Seu professor pode tirar isso da cabeça já – ralhou Auguste, furiosa. – Dez marcos por mês! De onde vou tirar esse dinheiro? Não, esqueça isso, Hansl.

O menino estava com um olhar tão desolado que doía a ela. A culpa era unicamente daquele professor Bogner, que colocara ideias na cabeça de Hansl.

– O Sr. Bogner disse que como faço contas muito bem e tenho talento para as ciências naturais, deveria ir para a escola secundária técnica de qualquer maneira – respondeu Hansl em um tom suplicante. – Acha que é um desperdício eu ficar na jardinagem, foi o que ele disse, mamãe.

Auguste não acreditava no que ouvira. Que audácia daquele professor! Por acaso lhe dizia respeito o que ela fazia com seus filhos? Hansl e Maxl precisavam assumir a floricultura mais adiante, era esse o plano e precisava ser assim, senão eles nunca teriam nada na vida. Mas havia novas leis na república. Qualquer menino com notas razoáveis era logo enviado para a escola técnica ou até mesmo para o ginásio. Na época do império não havia nada disso. Nenhum artesão precisava estudar ou ir para a escola secundária técnica, havia ordem e todo mundo estava bem em seu nível. Mas, agora, era um azar ter um filho como o dela, que sabia fazer contas e mostrava "talento", como diziam. Ela não tivera nenhum problema com Liesel, pois os professores não se importavam com meninas.

– Diga ao Sr. Bogner que um jardineiro também precisa saber fazer contas e que com certeza também precisa de talento para "ciências naturais".

Hansl encarou o chão e assentiu, triste. Então fez uma última tentativa para mudar a opinião da mãe.

– O Sr. Bogner também disse que no futuro posso me tornar um engenheiro ou inspetor.

Auguste hesitou. Ela adoraria ter um engenheiro ou um inspetor na família, dado que Liesel já estava no caminho para ascender para círculos sociais melhores. Mas mandar o menino para aquela escola custaria muito dinheiro. E quem trabalharia na floricultura enquanto isso?

– Diga a seu professor que não tenho dinheiro – sentenciou Auguste. – E hoje à noite você e Maxl ficarão de vigia para que aquelas pestes não nos roubem ainda a couve-lombarda e a couve-de-bruxelas.

Ladrões haviam entrado nas estufas durante a noite, quebrado uma vidraça e levado grande parte do legume colhido com tanto esforço. Tinham agido de forma bastante silenciosa e furtiva, aquela gentalha. Ninguém ouvira nada, nem mesmo Fritz, que tinha o sono leve e acordava com qualquer coisinha. Em especial quando tinha pesadelos. Eles provavelmente tinham usado um carrinho de mão, dava para ver os vestígios no chão macio de terra.

Fora uma perda devastadora, pois estavam ganhando pouco dinheiro com grinaldas de advento e arranjos de galhos de abeto. E isso fora graças a Christian, que cortara alguns pinheiros no parque da Vila dos Tecidos que estavam muito próximos uns aos outros ou que eram muito tortos. Com os abundantes galhos de abeto, ela e Dörthe haviam trançado grinaldas. Agora a maior parte se fora. Aquele bando de ladrões, aquela miséria. Eles estavam em toda parte, invadiam lojas e casas, esvaziavam as despensas, roubavam batata, beterraba, linguiça, presunto, farinha e ovos. Era preciso prestar atenção redobrada na feira, porque agora até mesmo as crianças tinham se tornado ladras. Um dia desses, a polícia pegara duas delas com maçãs, nabo e um salame dentro dos casacos. As duas choraram e disseram que a mãe não tinha nada para botar na panela e que não recebiam sopa havia dias. Como se não houvesse as cantinas populares!

Hansl entrara com um suspiro profundo, e agora Fritz chegara em casa com a mochila herdada de Maxl e farejava o aroma da casa, faminto.

– Vai ter linguiça na sopa hoje? – perguntou ele, jogando a mochila em um canto.

– Claro – respondeu Auguste. – Mas não uma inteira para cada um... Você vai dividir uma com Hansl.

– Fraternalmente? – perguntou Fritz, desconfiado.

Dividir fraternalmente significava que um cortava e o outro escolhia o pedaço. Liesel introduzira essa tradição, e, desde então, nenhum dos meninos queria ser o que dividia.

– Eu vou cortar as linguiças – decidiu Auguste. – Você olhou na caixa de correio, Fritz?

– Esqueci...

– Então vá lá agora. A comida ainda não está pronta.

Obediente, Fritz foi até a porta de casa para calçar os sapatos de novo e correr até a caixa de correio que ficava presa em um poste, na entrada da floricultura. Auguste suspirou. Precisava ficar o dia todo atrás dos dois mais novos, chamando-lhes atenção para suas tarefas e falando tudo duas vezes. Fritz tinha que trazer a correspondência quando chegava da escola e Hansl deveria pôr a mesa para o almoço, mas o cabeça de vento costumava esquecer e fugir da responsabilidade. O único que sempre pensava nas coisas era Maxl. Ela estaria perdida se não o tivesse.

Ele substituíra o vidro quebrado da estufa por tábuas de madeira para evitar que o vento e o frio penetrassem-na com força. Por sorte a neve derretera e não tivera mais geada, e restara um restinho de madeira que fora suficiente para cozinhar. Com isso, pelo menos ficava quentinho na cozinha.

– Mamãe! Mamãe!

Eles ouviram os gritos vindos de fora naquele momento.

Era Fritz, que chegara correndo com um embrulho de cartas. Auguste levou um susto. Com certeza, havia muitas contas e notificações de pagamento. Aqueles abutres não podiam nem mesmo esperar até o fim do Natal, pensou, indignada.

– Mamãe, está escrito MAY. Será que é uma carta de Karl May?

Auguste pegou o embrulho de cartas de suas mãos e decifrou o endereço da que estava em cima: *Klaus von Hagemann. Propriedade Maydorn. Pomerânia.*

– Está escrito Maydorn, seu estúpido – ralhou ela. – Você está na escola desde a Páscoa e ainda não sabe ler direito! Karl May! Esse é o homem das histórias de faroeste que Hansl fica lendo para você. Romances estragam a humanidade. Lembre-se disso.

Ela mandou o menino subir para lavar as mãos, mexeu rapidamente a sopa que já estava fervendo e abriu o envelope. Ela escrevera uma longa carta para o Sr. Von Hagemann após a partida de Liesel. Relatara que ela era sangue de seu sangue e que ele precisava cuidar dela, que era uma moça bonita e inteligente e que a mãe havia se dedicado a dar uma boa educação para a filha. Agora seria a vez dele, como pai da menina, e ela acreditava piamente que Liesel estava destinada a algo melhor do que ser uma empregada.

A folha que retirou de dentro do envelope continha poucas linhas.

Prezada Sra. Bliefert,
sua filha está aqui na propriedade Maydorn há algumas semanas. Como não tenho a intenção de empregá-la, peço que a senhora envie à menina o dinheiro para a viagem de volta para Augsburgo.
Com meus melhores cumprimentos,
Klaus von Hagemann
Administrador

Ela quase deixou a sopa queimar de tanto que aquelas palavras secas a impactaram. Então era assim que ela seria tratada depois de todos aqueles anos? No passado, ele era louco por uma horinha de amor com ela, até que ela ficara grávida e ele perdera todo interesse. Meu Deus, que pessoa terrível ele era! Um egoísta sem consciência e desprovido de sentimentos, sem um pingo de amor pela própria filha. Bem, ela deveria ter imaginado. Ele também traíra a pobre então Sra. Elisabeth von Hagemann descaradamente. Mas agora ela estava feliz com seu Sebastian, enquanto ela própria tinha que encarar uma provação após a outra.

– É uma carta de Liesel? – perguntou Hansl durante a refeição.

– Não.

– Mas Fritz disse que era uma carta de Maydorn. E Liesel está em Maydorn...

– Tome sua sopa antes que esfrie.

Hansl e Fritz trocaram olhares irritados, calaram-se e tomaram a sopa. Hansl dividia sua linguiça de forma que sempre tivesse um pedaço até a última colherada. Já Fritz comia primeiro a linguiça toda e depois a sopa.

– Depois vocês precisam me ajudar a juntar os cacos de vidro da estufa – anunciou Maxl. – E vamos ficar de guarda hoje à noite. Eu fico com o cassetete e você com o ancinho, Hansl.

– Também quero participar – disse Fritz.

– Você vai dormir – determinou Auguste. – E vocês dois tratem de tomar cuidado. Se eles vierem em bando, a coisa pode ficar feia.

– Vou dar tanta pancada neles que não vão nem saber de onde veio – vangloriou-se Maxl, que trabalhara o dia todo para remediar o dano causado.

– Apronte a cesta para mim antes – ordenou-lhe Auguste. – Vou para a Vila dos Tecidos daqui a pouco.

– Eles não vão comprar nada mesmo, aqueles avarentos.

Maxl fez uma careta. Auguste achava que ele estava ficando cada dia mais parecido com o pai. Alguns dias antes, ela descobrira uma penugem delicada e clarinha em seu queixo e na região do buço. Seu menino estava virando um homem. Talvez ela devesse começar a cuidar para que encontrasse uma esposa sensata. Uma dócil, que se adaptasse na casa deles e não estivesse ali para disputar o lugar com a sogra. Até aquele momento, contudo, Maxl mostrara pouco interesse pelas meninas de sua idade. Tudo bem. Ela não tinha pressa em abrir sua casa para uma nora. O que ela queria mesmo era se casar novamente. Era muito solitário não ter um homem na cama; afinal de contas, ainda tinha suas necessidades de mulher. Infelizmente, não tinha ninguém à vista que lhe agradasse e, além disso, seu pobre Gustav morrera havia apenas oito meses.

– Vou mesmo assim – disse para Maxl. – Sempre fico sabendo de novidades. E com certeza eles vão acabar comprando alguma coisa.

– Tem algo aí atrás? – perguntou Hansl com um sorriso, referindo-se à sobremesa.

– Se você quiser – disse Auguste, levantando a mão espalmada.

– Melhor não ... – disse Hansl, rindo, e abaixou-se.

É claro que não tinha. A compota que ela fizera era para o Natal. Ela ainda faria alguns biscoitos doces, mas a coisa estava ruim no quesito presentes. Naquele ano não haveria mais do que casacos e calças de Leo que ela reformara para Hansl e Fritz. Além de dois bons pares de sapatos que cabiam em Maxl. Talvez ela conseguisse negociar na feira um frango para a ceia de Natal, ela veria mais adiante.

Enquanto Auguste caminhava até a Vila dos Tecidos com uma cesta cheia de ervas, salsão e alho-poró, a carta de Maydorn voltou à sua cabeça. Ela deveria mandar para Liesel o dinheiro da viagem de volta? Ele que esperasse sentado, porque ela não tinha nada. Se queria tanto se livrar da pobre menina, ele que pagasse a viagem de volta para Augsburgo do próprio bolso, aquele avarento. E o que quisera dizer com não ter a intenção de empregá-la? Ela era filha dele e tinha o direito de viver na propriedade com ele e sua família.

Auguste parou e pôs a cesta no chão para cobrir os cabelos com o lenço, pois começara a chover. Ela até achava melhor que também não houvesse um Natal branco naquele ano. A neve costumava ficar acumulada nos telhados das estufas, que corriam o risco de quebrar. O frio só era bom para as árvores frutíferas, porque afastava as pragas. Pelo menos fora o que dissera Gustav. Como ela sentia falta daquele pobre homem bondoso!

Seus pensamentos vagaram novamente para Liesel. Talvez a coisa fosse outra, talvez não fosse o Sr. Von Hagemann que não a quisesse lá, mas a camponesa com quem se casara. Como ela se chamava mesmo? Paula, Pauline ou algo parecido. Mas é claro! Ela tinha filhos com ele, aquela mulherzinha sorrateira. Com certeza não queria que uma jovem herdeira entrasse na casa deles. Ela estava querendo reivindicar tudo para si mesma e sua prole, aquela bruxa. Era uma baita de uma falsa, quem mais viraria esposa do administrador da fazenda sendo mera camponesa? Ninguém imaginara que o Sr. Von Hagemann se meteria com uma pessoa daquela espécie. Afinal, fora casado antes com uma Melzer, mas na verdade sempre correra atrás de todo rabo de saia que fosse.

Naquela hora, os empregados deveriam estar tomando o café da tarde na cozinha da Vila dos Tecidos e certamente comendo um bom bolo de levedura para acompanhar. Ela chegaria na hora certa, pois a sopa de legumes enchera o estômago, mas não a satisfizera. Quando estava diante da entrada de serviço para a cozinha, tirou o lenço molhado da cabeça e o sacudiu. Depois bateu à porta. Uma vez. Duas vezes. O que estava acontecendo, ninguém queria abrir a porta para ela? Quando já estava levantando o dedo indicador curvado pela terceira vez, a porta se abriu, e o rosto redondo e de nariz achatado de Dörthe apareceu.

– Ah, é você, Auguste. Entre.

A primeira coisa que viu foi Christian sentado em uma cadeira, pálido como um fantasma, com o braço esticado para o lado. Ao seu lado Gertie e Hanna seguravam unguentos, frascos marrons de remédio e gaze, que usavam para enfaixar a mão do rapaz. Havia uma bacia com uma água avermelhada no chão diante dele.

– Meu Deus! – exclamou Auguste, assustada. – Você foi assaltado?

Christian direcionou seus olhos azuis arregalados para a mulher diante dele sem realmente reconhecê-la. A Sra. Brunnenmayer, que estava parada do lado do fogão e preparava o café, respondeu por ele. Auguste sentiu o cheiro na hora: era a segunda infusão da borra.

– Sente-se, Auguste, já que já está aqui – ordenou a cozinheira, rabugenta. – O cortador de grama tentou triturar o pobrezinho, ele escorregou e agarrou a lâmina com as mãos. É isso que acontece quando a gente não sabe mais o que está fazendo por causa de um coração partido.

As mãos! Ainda por cima isso! Auguste deixou-se cair em uma cadeira e observou, horrorizada, Gertie e Hanna enfaixarem as mãos do pobre rapaz com muitas camadas de gaze. Ela esperava que aquilo sarasse rapidamente. As mudas precisavam ser transferidas em fevereiro, e Christian sempre fora de grande ajuda. Além disso, as árvores frutíferas precisavam ser podadas.

– Você teve sorte, pelo menos não perdeu nenhum dedo – zombou Gertie. – Como alguém pode ser tão desastrado?

Hanna acariciou os cabelos de Christian, consolando-o.

– Vai ficar tudo bem, fique tranquilo. E agora, no inverno, não tem mais tanto serviço no parque mesmo.

Else andava pela cozinha, perturbada.

– Não consigo nem olhar – sussurrou ela. – Passei mal com tanto sangue. Foi Hanna que limpou tudo, esse anjo.

Auguste não soube o que dizer, mas também se sentia bem enjoada.

A cozinheira trouxe o café e encheu as canecas, Else as distribuiu, e Humbert também chegou à cozinha. Envergonhado, olhou na direção de Christian, depois se sentou o mais distante possível dele, do outro lado da mesa, e bebeu seu café. Humbert era extremamente sensível e desmaiava logo que via uma aranhazinha qualquer ou um camundongo.

– Você recebeu alguma carta de Liesel? – perguntou a Sra. Brunnenmayer, que excepcionalmente se sentara do seu lado.

Auguste fez que não com a cabeça. Por nada nesse mundo ela mencionaria a terrível carta do Sr. Von Hagemann, aquilo não dizia respeito a ninguém ali.

A cozinheira balançou a cabeça.

– Pobre menina. Estou sempre pensando nela. Já foi embora faz três semanas e ainda não escreveu uma carta. Não sabemos nem se ela chegou lá.

Auguste poderia tê-la acalmado pelo menos naquele aspecto, pois Liesel havia chegado ao seu destino, isso era certo. Mas aí ela teria que mencionar a carta atroz. E isso ela não queria, então deixou estar.

– Com certeza está lidando com muitas mudanças – comentou Humbert. – Não deve estar com disposição para escrever cartas.

A campainha tocou no anexo. Era a Sra. Elisabeth, esperando pelo chá que estava pronto em cima da boca do fogão.

– Ela vai brigar comigo outra vez, a Sra. Elisabeth, porque não estou levando biscoitos junto com o chá – resmungou Gertie. – A culpa é da senhora, Sra. Brunnenmayer, que é tão avarenta com os biscoitos de gengibre. E sempre sobra para mim.

– Não posso fazer nada – disse a cozinheira com serenidade.

Para evitar a briga iminente, Hanna sugeriu que ela servisse o chá, e Gertie aceitou sua oferta com satisfação.

– Você é um amor, Hanna!

– Só deixa os outros abusarem de você! – berrou Humbert no fundo, furioso, mas Hanna já colocara as xícaras, o açucareiro e a leiteira na bandeja, e a carregara para a entrada de serviço.

Auguste reconheceu que não seria esperto de sua parte oferecer o conteúdo da cesta à cozinheira naquele momento. Então se dirigiu para Christian, que bebia seu café com as mãos enfaixadas.

– Nem sei como foi que tudo aconteceu – disse ele baixinho. – Foi tudo tão rápido. Por favor, não conte nada para Liesel, Auguste. Você certamente tem lhe escrito cartas, não é mesmo?

– É claro que tenho escrito – mentiu Auguste, que na verdade não enviara uma única carta para a filha.

– Já lhe escrevi duas vezes – confessou Christian, infeliz. – E ainda não recebi resposta. E agora não posso mais escrever com as mãos destruídas.

Mas vejam só, ele escrevera cartas para Liesel. Cartas de amor ainda por cima. Auguste não gostou nada daquilo. Se o Sr. Von Hagemann viu essas cartas, possivelmente pensou que Liesel tinha um namorado ou até mesmo um amante. Não era de se admirar que não quisesse saber dela.

– Escute, Christian – disse ela severamente. – Você não deveria escrever cartas para Liesel...

Ela parou de falar quando alguém bateu à porta. Dörthe, que estava mais perto, levantou-se calmamente e caminhou, arrastando os pés, até o corredor para abri-la.

– Bom dia – disse uma voz masculina. – Eu vir porque procurar uma mulher, moça, *dievutchka*...

Todos que estavam sentados à mesa olharam uns para os outros, atônitos. Subitamente, Humbert ficou pálido como um fantasma. O homem parado lá fora tinha um sotaque curioso. Ele se lembrou da guerra, quando homens que falavam como ele estiveram em Augsburgo.

– Entre – disse Dörthe. – Deixe o casaco lá fora para não molhar tudo.

O homem entrou na cozinha. Auguste fitou-o com interesse. Tinha estatura média, usava um casaco velho, uma calça folgada e calçava sapatos gastos. Estava de barba feita e seu rosto era simétrico, o nariz era fino, e os lábios, suaves. Um rapaz bem apessoado. Só os cabelos pretos selvagens e com alguns fios grisalhos eram grotescos e lembravam um cigano. Certamente queria vender algo, pensou Auguste. Era o tipo de pessoa com a qual era bom ter cautela.

Humbert se levantara, aproximara-se lentamente do estranho e ficara parado não muito longe dele com os braços cruzados diante do peito.

– Quem é você e o que deseja aqui? – perguntou Humbert para ele.

Ele soou mais que antipático, quase desdenhoso e hostil.

– Sou Grigorij Borissowitsch Schukov... Não querer atrapalhar, procurar moça que se chama Channa...

O estranho falara com uma voz grave e um pouco falha, mas Auguste achou o tom agradável. De repente se deu conta de quem ele era: Grigorij, o funcionário russo da fábrica, pelo qual Hanna se apaixonara perdidamente nos tempos de guerra. Alguém não havia dito que ele tinha voltado para a Alemanha? E que estava na cadeia, pois presumiram que seria um espião russo?

– Não tem nenhuma Hanna aqui – respondeu Humbert, despachando-o com veemência. – Pode ir embora!

A Sra. Brunnenmayer ficara sentada no lugar com uma expressão petrificada, Else encarava o russo de boca aberta, Gertie observava suas roupas maltrapilhas com repugnância crescente e até mesmo Christian parecia não gostar do estranho. Dörthe não mostrara nenhum interesse e simplesmente se sentara de novo com absoluta indiferença e bebia seu café com toda a calma do mundo.

O russo sorriu sem graça, olhou à sua volta, e seus olhos pararam em Auguste, a única que olhara para ele com curiosidade amistosa.

– Channa não estar mais aqui na Vila dos Tecidos? Muito triste. Channa ser amiga, conhecida próxima. Eu procurar ela, porque querer encontrar ela de novo... O Sr. Melzer me dar trabalho e apartamento. Agora eu não ter mais trabalho. Ter pouco trabalho na fábrica.

Humbert fez um gesto impaciente. Ele queria se livrar do russo o mais rápido possível, porque Hanna poderia voltar a qualquer momento.

– Isso não interessa a ninguém, Sr. Schukov – disse ele de forma severa. – Por favor, vá embora!

Como Humbert, geralmente tão simpático, podia ser tão rude?, admirara-se Auguste. Bem, ele queria evitar que a pobre Hanna se jogasse mais uma vez nos braços daquele homem. O que na verdade era assunto dela, e não dele.

– Que pena.

O russo continuou sorrindo. Ele tinha algo de sedutor, achou ela. Até entendia por que Hanna se apaixonara por aquele homem.

– Eu precisar de trabalho, vocês entender? Sentar o dia todo em casa não ser bom. Trabalhar só para comer ser melhor que trabalho nenhum...

– Não tem trabalho para o senhor aqui – disse Humbert. – Procure em outro lugar, Sr. Schukov!

Como o russo não pareceu disposto a ir embora, Gertie explodiu.

– O senhor acha que acolhemos qualquer zé-ninguém errante aqui? Dê o fora de uma vez por todas, cigano. Aqui não tem lugar para gente como você!

Não ficou claro se ele entendera tudo que Gertie berrara em sua direção, mas seu sorriso desapareceu, ele curvou-se rapidamente, virou-se e saiu. Logo em seguida, ouviram a porta bater após ele sair e, quase no mesmo instante, Hanna chegou à cozinha vinda do corredor.

– Imaginem só, ela nem perguntou dos biscoitos – contou ela, com um sorriso.

Como todos a encararam, ela achou estranho.

– Mas o que há? Aconteceu algo?

Humbert se fez de desentendido.

– Um homem veio aqui procurando emprego. Falamos para ele que os Melzers não estão empregando mais ninguém.

– Meu Deus – disse Hanna, suspirando, e sentou-se ao lado de Humbert, que lhe reservara uma xícara de café com leite. – Pobre coitado. Tomara que encontre trabalho em outro lugar.

– Tomara mesmo – respondeu Humbert.

Ninguém fez mais nenhum comentário, não acharam certo se intrometer naquela questão, que só dizia respeito a Humbert e Hanna.

Auguste achou o momento propício para oferecer seus legumes, e a cozinheira realmente ficou feliz com aquela distração. Ela adquiriu bastante alho-poró, todas as ervas e o salsão. Fora um dia de sorte para Auguste. Se as vendas na feira fossem razoáveis até as festas de fim de ano, ela poderia comprar frango para o Natal.

Auguste deixou a Vila dos Tecidos de bom humor e pegou o atalho pelo parque para chegar ao caminho estreito até a floricultura através do portãozinho lateral. Avistou uma silhueta escura não muito longe dali. Havia um homem parado embaixo de uma faia, com as costas apoiadas no tronco e que parecia fumar um cigarro, pois ela conseguia ver um pontinho brilhante. Ela ficou parada, assustada, até que ele se distanciou da árvore e apagou a brasa.

– Não ter medo – disse ele em sua direção. – Eu ser Grigorij... Eu estar parado aqui e pensar...

Ela hesitou e recompôs-se. Se o Sr. Melzer lhe oferecera um emprego, ele devia ser confiável. Além disso, sua voz lhe agradava. Ela se aproximou lentamente, ficou parada diante dele e lhe deu boa-noite.

– Boa noite – respondeu ele. – Você não trabalhar na Vila dos Tecidos?

– Não. Tenho uma floricultura. Logo adiante.

Ela apontou para o teto de sua casa, que despontava entre os galhos desfolhados pelo inverno.

– Você ser... jardineira? – perguntou ele. – Talvez... precisar de empregado?

Ela não se surpreendeu, pois o mesmo pensamento lhe ocorrera naquele momento. Um funcionário que se satisfizesse em trabalhar em troca de comida seria bastante rentável.

– No máximo por algumas horas agora no inverno... Sabe podar árvores frutíferas, Grigorij?

Ele deu um largo sorriso e pareceu feliz com a oferta.

– Grigorij saber fazer tudo!

24

O telefone, aquela perturbação insistente e maldosa que não queria deixá-la em paz, já estava tocando de novo. Não havia dúvida sobre quem estava ligando pela segunda vez naquele dia.

– Sinto muito estar causando tanto incômodo a vocês – desabafou Tilly, suspirando.

Kitty levara seu cavalete para a sala e estava diante dele com um pincel na mão, pintando paisagens em miniatura.

– Que bobagem – respondeu ela, desenhando dois borrões na tela. – Você não nos incomoda, pelo contrário, só enriquece nossa vida, Tilly querida. E o Sr. Von Klippstein vai se dar por vencido em algum momento. Queria só ver sua conta de telefone.

– A nossa também não está nada baixa – comentou Gertrude.

Ela estava tentando tricotar um xale de lã para dar de presente de Natal para Robert, mas a peça acabara tomando uma forma esquisita. Um problema que ela tentaria resolver usando o ferro de passar com insistência.

– Não se estresse – disse Kitty, dando dois passos para trás para analisar sua própria obra. – Robert nunca comentou nada a respeito de ninharias como contas de telefone. Além disso, já vendi sete quadros, o que cobre pelo menos cem contas de tele... Grrrrr... Daqui a pouco vou arremessar o telefone na parede!

– Eu atendo – disse Tilly, largando o livro que estava lendo.

– Diga-lhe que ele não passa de um pobre psicopata doente e que em breve o trancaremos em uma cela acolchoada sem linha telefônica! – berrou Kitty em sua direção.

– Casa dos Scherers.

– Perdão – disse a pessoa ao telefone. – Devo ter ligado errado, gostaria de falar com a Sra. Von Klippstein.

Tilly levou um susto. Era o Dr. Kortner. E ela falara com um tom tão hostil que ele não a reconhecera.

– Sou eu – disse ela baixinho. – Desculpe-me, achei que fosse outra pessoa.

– Perdão, não queria incomodá-la.

– Você não incomoda – respondeu ela rapidamente. – Pelo contrário.

Por trás de seu cavalete, Kitty espiou em sua direção, curiosa, enquanto Gertrude tentava recapturar com a agulha vários pontos que haviam escapulido.

– Queria reforçar minha oferta, cara Sra. Von Klippstein. Você se lembra? Meu novo consultório. Gostaria muito de mostrá-lo à senhora e saber sua opinião.

Tilly sentiu o coração disparado, provavelmente levantara-se rápido demais da cadeira. Devia ser algum problema de circulação.

– Gostaria muito – admitiu ela. – Talvez depois do Natal?

– Na verdade, estava pensando no próximo domingo à tarde. Seria prático, pois não atendemos pacientes neste dia. Eu poderia buscá-la por volta das duas horas.

Como ele era determinado! Seu coração acelerou mais ainda, e ela precisou admitir para si mesma que era aquele telefonema que estava afetando seu sistema circulatório.

– No domingo? Ah, infelizmente não será possível. Receberemos visita nesse dia.

Ela viu Kitty revirar os olhos. Tilly quase tinha a sensação de estar fazendo algo proibido.

– Que pena – disse ele com pesar. – Então talvez amanhã? Tenho que visitar alguns pacientes e depois poderia passar de carro na Frauentorstraße.

– Amanhã? – indagou ela, refletindo.

Kitty fez um gesto encorajador com a mão direita, que ainda estava segurando o pincel, como se dissesse: "Diga logo que sim! Não seja tão acanhada!"

Gertrude olhou para Kitty de forma repreensiva, pois Tilly parecia mais insegura do que nunca.

– Amanhã? Sim, talvez... Vou sozinha, não precisa vir me buscar.

– Então à tarde, por favor, pois antes disso visitarei pacientes. Ficarei muito feliz, Sra. Von Klippstein. Posso mesmo contar com a sua visita?

De fato, aquele Dr. Kortner era excepcionalmente obstinado. Talvez um pouco insistente. Mas de uma forma gentil, e ela se sentia lisonjeada.

– Sim, pode. Amanhã à tarde passo rapidamente em seu consultório. Por favor, me diga o endereço.

– Lange Gasse, número sete. Não na rua, você precisa entrar pelo portão do pátio. É no primeiro andar. Tem dois lances de escada. Ficarei muito feliz, Sra. Von Klippstein.

– Muito obrigada, Sr. Dr. Kortner. O prazer será todo meu. Então até amanhã.

– Até amanhã.

Ela esperou mais alguns segundos até ele desligar.

– Meu Deus! – exclamou Kitty. – Você está parecendo uma virgem velha e puritana. Mas o que há de errado em ir ver o consultório no domingo? Você acha que ele vai atacá-la e abusar de você na maca?

Tilly precisou de um momento para se recuperar do abalo causado pelo telefonema, que iluminara seu dia.

– É claro que não – respondeu ela, defendendo-se. – Contudo... Como mulher casada, não posso me encontrar sozinha com um homem em um consultório vazio. O que os vizinhos pensarão de mim?

A expressão de Kitty deixou evidente o que ela achava daquilo tudo.

– Se você continuar se comportando dessa forma ridícula, acabará com suas chances, querida Tilly. Imagine que ele lhe mostre seu consultório e depois a convide para ir a um belo café. Vocês têm uma conversa agradável, e depois ele leva você para casa. E na despedida, já está escuro... Está entendendo? Acredite em mim, Tilly, meu amor, conheço os homens. Ele é um romântico. Não ousa mais que, no máximo, um beijo delicado no primeiro encontro. E esses são os momentos mais lindos quando amamos. Toda a expectativa. O coração acelerado e as bochechas queimando. E os sonhos loucos durante a noite...

Tilly achou aquela imagem constrangedora, mas era admirável como Kitty ficava à vontade quando o assunto era homem. Já ela, infelizmente, tinha uma constituição diferente e se julgava uma pessoa de pensamento sóbrio e racional. O romantismo só dera as caras uma vez em sua vida, e acabara com a mesma rapidez com que começara. Não passava de uma lembrança encantadora que ela levaria consigo até a morte.

– Seria especialmente desagradável se Ernst ficasse sabendo – replicou

Tilly, ainda na defensiva. – Ele poderia usar isso contra mim no processo de divórcio.

– Meu Deus, Tilly do meu coração – disse Kitty, rindo. – Quando vocês se divorciarem, você será vista como culpada sem sombra de dúvida. Isso está certo como dois mais dois são quatro. O que mais de ruim pode lhe acontecer então? Ele ficará com todo o dinheiro, o Sr. Von Ganância. Mas, em troca, você ganhará sua liberdade, que vale mil vezes mais que o dinheiro vil dele!

Tilly sabia muito bem daquilo. Mas, ainda assim, insistia para que Ernst não fosse provocado de jeito nenhum.

– Muito bem – afirmou Gertrude. – Quem não escuta cuidado, escuta coitado.

No dia seguinte, a cidade estava cheia de gente. Os cidadãos de Augsburgo carregavam árvores de Natal, pacotes e cestas de compras lotadas sob o céu sombrio de inverno, e a cada esquina passavam por aleijados de guerra e mendigos, que eram constantemente expulsos de lá por policiais. Muitas pessoas ficavam paradas diante das vitrines admirando, com brilho nos olhos, linguiças, presuntos e peixes defumados – iguarias inacessíveis para elas. As crianças espremiam seus narizes nos vidros das lojas de brinquedos e encaravam os endinheirados que entravam e saíam de lá carregando vários pacotes e sacolas. Tilly teve dificuldade de passar com o carro pelo meio da multidão de ciclistas e automóveis e precisou frear bruscamente mais de uma vez para não atropelar nenhum pedestre que saísse correndo entre os carros. *Que estranho*, pensou. *As pessoas têm que fazer restrições, quase todo mundo tem que lutar pelo pão de cada dia, mas todos querem festejar o Natal da forma mais dispendiosa e bonita possível. Querem simplesmente esquecer a crise econômica por meio das festas. Fingir que ela não existe.*

Ela precisou procurar por um tempo até encontrar o endereço na Lange Gasse. Havia vários prédios de dois andares juntinhos uns aos outros e que já haviam visto dias melhores. Os telhados estavam cobertos de musgo em vários trechos, e o reboco descascava aqui e acolá, revelando a alvenaria avermelhada que havia embaixo. O Dr. Greiner, proprietário anterior do imóvel, já tivera que conviver com os danos do prédio outrora respeitável. Ela estacionou o carro no acostamento e passou pelo portão largo até chegar ao prédio de trás onde ficava o consultório. Uma placa recém-pendurada brilhava na entrada.

Dr. Jonathan Kortner. Clínico geral.
Primeiro andar à esquerda.
Atendimento: de segunda a sábado de 8 a 12 horas e de 15 a 17 horas
Domingo de manhã: só em caso de emergência

Aquilo lhe agradou, pois o Dr. Greiner em hipótese alguma fazia consulta aos domingos. Enquanto estava parada lendo a placa, duas mulheres que traziam uma criança se espremeram para passar por ela. O menino tossia muito, era uma tosse que indicava uma doença grave, possivelmente tuberculose. Apreensiva, ela seguiu os três, subiu a escada e constatou que a porta do consultório vidrada com grades fora repintada. Além disso, alguém prendera uma pequena almofadinha entre as maçanetas para que a porta não fechasse e para que as pessoas pudessem entrar sem tocar a campainha.

O corredor amplo era bem iluminado e agradável, as paredes eram brancas e havia vários quadros pendurados. Eram imagens de florestas, montanhas, mar. Para Tilly, o ambiente passava uma impressão tranquilizadora e de bom gosto. Os armários sombrios de outrora haviam desaparecido. A porta da sala de espera estava com uma fresta, e ela conseguiu dar uma olhada. Os pacientes se espremiam lá dentro, e eram tantos que não havia cadeiras suficientes. Nos tempos do Dr. Greiner, a situação era bem diferente. Ele só aceitava determinado número de pacientes, e quem chegasse tarde demais era mandado embora a não ser que fosse uma emergência.

Tilly decidiu bater à porta com uma placa de *Entrada proibida*. Era um acesso à sala de atendimento, que era utilizada pelo médico e pela assistente. Os pacientes entravam por uma porta de ligação que conectava a sala de espera com a sala de atendimento.

Após Tilly bater à porta, apareceu uma mulher robusta e de cabelos escuros vestindo um avental branco, que a encarou com antipatia.

– O que foi? Você não sabe ler? – perguntou ela, levantando as sobrancelhas escuras em tom reprovador.

– Perdão, sou Tilly von Klippstein. O Dr. Kortner está me aguardando.

Se eu estiver atrapalhando um atendimento, posso aguardar na sala de espera até que ele possa me receber.

A recepcionista assentiu e abriu a porta mais um pouco.

– Sra. Von Klippstein. Está certo, estou sabendo. Por favor, entre. O doutor foi chamado para uma emergência, mas já deve estar voltando.

– Muito obrigada.

A mulher tinha um olhar severo, seus movimentos eram firmes, quase rudes. Ela se parecia com algumas enfermeiras que Tilly conhecera na Clínica Schwabinger e que a tratavam de forma um tanto despótica.

– Pode pendurar o casaco ali.

A recepcionista apontou para dois ganchos na parede. Em um deles estavam pendurados um casaco escuro e de comprimento médio e um chapéu feminino fora de moda, o outro gancho estava vazio.

– Obrigada, muito gentil de sua parte.

– Pode se sentar naquele banco. Aceita uma xícara de chá de hortelã?

O aroma de hortelã realmente tomava o cômodo, ocultando o cheiro habitual de um consultório médico, uma mistura de desinfetante, linóleo, cera de piso e amônia.

– Muito obrigada.

Deveria ter inserido a palavra "não" na frase, pois a recepcionista entendera sua resposta como um sim. Ela serviu uma xícara de chá e trouxe-a para Tilly. Ah, meu Deus, ela odiava chá de hortelã. Como não queria ser indelicada, pegou a xícara, agradecendo.

– Pode beber, ainda está quente – instruiu a secretária. – Quer açúcar?

– Não, obrigada.

Tilly bebeu um pouco do líquido amarelo que lhe lembrava urina, engoliu-o e ficou enojada. Por que era tão sensível? Chá de hortelã era saudável, estimulava a circulação e purificava o sangue.

– Sou a Sra. Kortner, aliás – explicou a mulher.

E complementou com certa ironia:

– O braço direito do doutor e pau pra toda obra.

Ele é casado, pensou Tilly, colocando a xícara em um carrinho de instrumentos. Por que nunca mencionara nada? Ela foi tomada por uma profunda decepção e sentiu vergonha ao mesmo tempo. O que imaginara? Que ele poderia ter algum interesse pessoal nela? Que bobagem! Seu interesse era estritamente profissional, ele era um homem casado e inclusive trabalhava junto com a esposa no consultório. Tudo que ela julgara serem cantadas, os elogios, as gentilezas, tudo fora direcionado a ela como médica, não como mulher.

– Então o Dr. Kortner certamente tem uma pessoa de confiança ao seu lado – disse ela, sorrindo.

– Me esforço para isso – respondeu a assistente.

Como a conversa acabara, Tilly deu uma olhada na sala de atendimento. Da mesma forma que o corredor, as paredes eram brancas, e as cortinas das duas janelas eram suaves e claras, fazendo toda a sala parecer banhada por luz natural. Havia livros mais modernos nos armários de vidro altos e brancos. Os tijolões desatualizados que Dr. Greiner guardava ali haviam sumido. Também tinha dois armários de instrumentos novos e brancos com muitas gavetas e a mesa de exame. Já a divisória de tecido colorido, a pia e o armário de aço largo e fechado a chave nos quais ficavam as substâncias tóxicas eram os mesmos de antigamente. Arsênio, morfina e clorofórmio, entre outras substâncias, ficavam trancados.

Ele era casado, o que era totalmente normal. Como ela pudera imaginar algo diferente? Devia estar louca de pedra mesmo.

Ela se assustou ao ouvir passos apressados no corredor e ouvir uma voz alegre dizer:

– Bom dia a todos! Já, já estarei com vocês.

Antes que ela pudesse se recompor, a porta foi escancarada, e o Dr. Kortner apareceu diante dela com seu casaco e seu chapéu. Seu rosto se iluminou quando ele a viu.

– Sra. Von Klippstein – disse ele, indo até ela com a mão esticada. – Que bom que a senhora conseguiu vir. Muito bem-vinda ao meu novo consultório!

Em sua perplexidade, ela levantou-se para cumprimentá-lo, e ele tomou conhecimento daquele movimento com um sorriso caloroso. Apertou sua mão com entusiasmo, depois apontou para Doris.

– Vejo que já se conheceram, não é mesmo? Doris é meu braço direito, ela organiza e resolve a burocracia desagradável, a contabilidade e tudo que não sou capaz de fazer.

Que bom que ele lhe dava tanto reconhecimento, pensou Tilly, depois se sentiu extremamente nervosa. Será que sua esposa não ficava incomodada com aquela recepção efusiva direcionada a uma colega estranha? Bem, ela deveria estar acostumada, ele era uma pessoa expansiva.

– E então? – perguntou ele para Tilly com expectativa. – O que a senhora achou?

– O consultório ficou claro e acolhedor. Como posso ver, o senhor fez várias novas aquisições e manteve alguns itens.

Ele assentiu, satisfeito, e explicou que adquirira uma cadeira de exame moderna de um colega, bem como o aquecedor infravermelho e o monitor de pressão arterial.

– Quero adquirir um aparelho de eletroestimulação, de grande auxílio para tensões internas, mas no momento preciso fazer as coisas com um pouco mais de calma. Esgotei minhas reservas e não quero pegar um empréstimo no banco enquanto os juros ainda estiverem nas alturas.

Tilly desviou o olhar dele. A empolgação que ele mostrara naquele dia estava justificada, pois se concentrava cem por cento em sua carreira. Um jovem simpático que merecia todo o seu reconhecimento. Se, apesar de tudo, ela estava constrangida e ainda assim não conseguia encontrar as palavras certas, era apenas por causa de suas ilusões estúpidas e ridículas.

– Isso é totalmente compreensível, Dr. Kortner – concordou ela, esforçando-se para dar um sorriso caloroso. – Gostei muito do consultório, mas não quero continuar atrapalhando seu trabalho. Seus pacientes estão aguardando.

– A senhora tem toda razão, Sra. Von Klippstein. Doris, pode me dar meu avental, por favor? Acho que está pendurado na cadeira...

– Não, você o jogou em cima da régua da balança antropométrica – replicou a Sra. Kortner, balançando a cabeça. – Pela milésima vez, o lugar do avental é no armário.

Ele ficou um pouco sem graça por ser repreendido como um menino, mas agradeceu quando a esposa lhe deu a peça de roupa e ele a vestiu.

Era possível ver que o avental não fora uma aquisição recente, mas estava devidamente lavado, desencardido e passado. Doris, a mulher incansável e insubstituível, estava ao seu lado. Tilly sentiu seus pensamentos resvalarem para o lado do sarcasmo.

– Se a senhora ainda tiver dois minutos, cara Sra. Von Klippstein – disse ele quando ela lhe deu a mão para se despedir. – Queria retomar nossa conversa recente. Realmente não tenho substituto e faço muitas visitas domiciliares, o consultório acaba ficando lotado, e não é do meu feitio recusar pacientes. Posso rapidamente fazer-lhe uma proposta, cara colega?

Não, algo dizia dentro dela. *Não vai dar certo. Você se apaixonou. Por um homem casado. Assuma. Se você trabalhar aqui, será infeliz.*

– É claro – respondeu ela, deliberadamente passando por cima de sua voz interior.

De repente, o Dr. Kortner ficou ainda mais animado, foi até a escrivaninha e procurou algo, revirou uma gaveta até que Doris lhe gritou:

– Lado esquerdo, segunda gaveta de cima para baixo. Na pasta azul.

– O que eu faria sem você – respondeu ele, sorrindo. Pegou a pasta azul e abriu-a. – Tomei a liberdade de elaborar um contrato. Por favor, leia tudo com calma e me informe se a senhora cogitaria aceitar um cargo como esse. Três vezes na semana de manhã ou de tarde, mediante acordo. O pagamento é pelas horas de trabalho. Infelizmente não posso lhe oferecer condições melhores no momento. Claro que sei que a senhora merece muito mais com suas qualificações técnicas e seu conhecimento.

Tilly pegou as folhas, deu uma olhada rápida nelas, depois as dobrou e as colocou na bolsa. Era uma boa oferta de trabalho, e ela teria aceitado na hora se não houvesse um enorme obstáculo no caminho.

– Eu estaria de acordo, Dr. Kortner – respondeu ela. – Mas, como o senhor sabe, preciso do consentimento de meu marido para assinar um contrato. Por isso peço-lhe paciência por alguns dias.

– É claro. Seu marido pode vir até o consultório à vontade e ver tudo. Caso isso influencie sua decisão de forma positiva.

Com certeza não, pensou Tilly. Ernst provavelmente explodiria de tanto ciúme. Sem nenhum motivo para isso, é claro.

– Darei notícias.

Ela apertou sua mão, se despediu educadamente da Sra. Kortner, agradeceu a recepção acolhedora e deixou o consultório.

Quando já estava sentada no carro novamente, foi tomada pela autocrítica. Por que ela lhe dera falsas esperanças? Ela não aceitaria a proposta. Não podia. Se ainda lhe restasse um pingo de amor-próprio sequer, precisaria recusar. Colocara a si mesma naquela situação, pois se apaixonara como uma adolescente por um homem que era extremamente simpático, mas que de forma alguma correspondia a seus sentimentos ridículos e piegas. Estava tão confusa que se perdera duas vezes em sua cidade natal, na qual crescera, tendo que fazer a volta com o carro, e por um triz não atingiu o para-choque de um caminhão que estava estacionado.

Já começava a escurecer quando ela parou na frente da casa na Frauentorstraße e saltou do carro, aliviada. Um vento desagradável passava rugindo pelos telhados e trazia uma chuva fina, que parecia penetrar na roupa até chegar à pele. Tilly estava congelando e só queria entrar correndo e se jogar na cama, cobrir-se com o cobertor até a cabeça e esquecer tudo o mais rápido possível.

Mas não fora o que acontecera. Quando entrou em casa, um aroma acolhedor de pinheiro e biscoitos de gengibre veio em sua direção, e ela ouviu as vozes de Henni e Kitty vindas da sala em meio a advertências alegres de Robert.

– Tenha cuidado, Henni! Daqui a pouco você e os fios de prata vão cair por cima da árvore! Kitty, querida. Se você pendurar essa vela assim, ela vai incendiar aquele galho...

– Então faça você, senhor sabichão!

– Com prazer, senhora espertalhona!

– Quem botou esse raio de balde de água aqui? Os fios prateados caíram todos dentro dele – disse Henni.

Eles estavam decorando a árvore de Natal. Tilly ficara muito feliz por passar aquele Natal em Augsburgo com pessoas amadas, pois sua família a ajudaria a superar aquela história infeliz. Era maravilhoso estar rodeada de pessoas queridas para compartilhar a vida e trocar alegrias e aconchego. Ela entrou com um sorriso.

– Tilly querida! Você chegou – exclamou Kitty do alto de uma escada e com vários suportes de vela nas mãos. – E como foi? Ele convidou você para sair? Vocês tomaram café e comeram bolo?

– Infelizmente não! Ele precisou cuidar de seus pacientes. Por sinal, ele tem uma assistente muito eficiente. A Sra. Doris Kortner.

O queixo de Kitty caiu.

– Ele é casado?

– Isso mesmo.

– Atenção, tia Tilly – disse Henni. – Não pise na caixa com as bolas de Natal!

– Casado mesmo? – indagou Kitty, perplexa. – Com uma mulher? Mas que pilantra! Os homens sempre nos surpreendem. Não acredito! Eu teria colocado minha mão no fogo por ele, teria apostado que ele...

– Que ele o quê, mamãe? – perguntou Henni, curiosa.

Kitty pigarreou em alto e bom tom:

– ... que o Dr. Kortner é solteiro. E agora tire os fios prateados de dentro do balde e pendure-os no banheiro para secar.

– Achei que você iria dizer que ele está apaixonado pela tia Tilly, mamãe.

– Os fios prateados – ordenou Kitty severamente do alto da escada, e Henni, resmungando, agachou-se diante do balde de água que Gertrude, precavida, preparara caso a árvore pegasse fogo naquele dia mesmo.

– Quer nos ajudar, Tilly? – perguntou Kitty. – Os pássaros e os sininhos prateados estão naquela caixa ali.

Como as conversas haviam trazido pouco consolo até então, ela assentiu. Não adiantaria se retirar agora, só pioraria as coisas.

– Chegou uma carta para você, Tilly – anunciou Robert, que assistia à operação árvore de Natal sentado na poltrona enquanto lia o jornal. – Está em cima da escada. Talvez seja melhor você lê-la mais tarde.

Tilly suspirou. Com certeza era uma carta de Ernst, que lhe garantira recentemente que não tinha a menor intenção de se divorciar, pois nem ele nem ela eram capazes de apresentar um motivo jurídico válido. Alguns dias antes, ele lhe enviara uma consultoria matrimonial cristã para supostamente esclarecê-la sobre o significado do casamento e da constituição de uma família. Bem, talvez fosse melhor ler logo a carta.

A mensagem vinha do advogado de Ernst, um tal de Dr. Dröhmer. Ela rasgou o envelope, nervosa, e tirou uma folha de papel de dentro.

Prezada Sra. Von Klippstein,
informo-lhe em nome de seu marido que ele, o Sr. Ernst von Klippstein, não consentirá um contrato de trabalho com o Dr. Jonathan Kortner, seja de que natureza for, sob hipótese alguma.
Atenciosamente
Assinado
Dr. Artur Dröhmer
Advogado e tabelião

Ela precisou se sentar nos degraus da escada para reler aquela frase curta. Depois foi até a sala com a carta nas mãos e viu Robert agora em cima da escada, prendendo as velas na árvore segundo as instruções da esposa.

– Como isto é possível? – disse ela, dando a carta para Kitty ler. – Como é possível que ele saiba?

Kitty deu uma olhada rápida na carta e então tomou-a da mão de Tilly.

– É inacreditável... Robert, mais para a esquerda, senão ficará um buraco ali. Mais um pouquinho. Isso, assim... Tilly, realmente não entendo. Ele deve ter uma bola de cristal. Ou contratou um detetive para seguir você. Não duvidaria que fizesse isso! Um agente para observar cada passo seu.

Uma teoria que Tilly achava bastante improvável, apesar de não totalmente impossível. De qualquer forma, aquilo soava ameaçador.

– O que foi agora? – perguntou Robert.

– Imagine só, querido: Ernst não quer permitir que Tilly trabalhe com o Dr. Kortner.

Robert franziu a testa sem entender nada, pendurou o suporte de vela em um galho qualquer e desceu da escada.

– Você informou a Ernst que deseja trabalhar lá?

– É claro que não!

– Então também não entendo como ele ficou sabendo disso.

Henni voltou do banheiro com um dos fios prateados nos cabelos e se intrometeu.

– Foi a mamãe que contou para ele – disse a menina, alegremente. – Por telefone.

– Euuuu? – perguntou Kitty, ultrajada. – Jamais.

– Sim, foi você – reafirmou Henni com insistência. – Dodo nos disse que o Dr. Kortner estava precisando de ajuda no consultório e que queria empregar a tia Tilly. E você contou tudo para o tio Ernst no mesmo dia pelo telefone.

Kitty encarou a filha, furiosa, cerrou as pálpebras e esfregou o nariz, pensativa.

– Meu Deus, não consigo nem me lembrar disso – disse ela com um suspiro. – Deve ter sido há muito tempo. E se eu disse alguma coisa, devo ter dito, no máximo, que talvez ela pudesse trabalhar lá...

– Dona tagarela – disse Robert, fitando-a com um olhar repreendedor. – Isso é um baita contratempo.

Kitty partiu para o contra-ataque de forma enérgica.

– Se realmente falei algo, só o fiz porque aquele homem está nos aterrorizando há semanas e perdi a cabeça.

Tilly pegou sua mão e apertou-a para tranquilizá-la.

– Não precisa ficar nervosa, Kitty. Ninguém está criticando você.

Mas era assim que Kitty se sentia. Ela se ajeitou e olhou à sua volta com um brilho nos olhos.

– Tudo bem, falei mais do que devia. Então vou consertar o estrago. Irei até Munique e darei um jeito naquele cavalheiro. E, quando eu acabar com ele, ele assinará tudo que eu exigir. De joelhos e de bom grado! Isso eu prometo a vocês!

25

Ele se esquecera dela. Havia dias que Liesel só via seu pai à distância, ele não se importava nem falava com ela – era como se ela nem existisse. Ela tentara ser recebida na fazenda duas vezes, mas fora mandada embora já na porta.

– O senhor barão não tem tempo, e a Sra. Von Maydorn não recebe ninguém.

Na segunda vez, a empregada bonita a xingara.

– O que você está procurando aqui? Volte para o curral, onde é seu lugar.

Liesel não conseguia nem queria entender aquilo. Afinal de contas, ela era sua filha. Ele não ficara feliz em vê-la? Talvez tivesse de refletir sobre as coisas e precisasse de um tempo. Por outro lado, ela aparecera na fazenda sem avisar e literalmente o emboscara. Por isso decidiu esperar e fazer o que lhe pediam. Não lhe restava outra coisa mesmo, pois não tinha um tostão no bolso. Poderia, no máximo, andar até Colberga para procurar trabalho lá.

Já no dia seguinte à sua chegada, bem cedinho, quando ainda estava escuro, uma criada esmurrara a porta de seu alojamento.

– Acorde! Venha ordenhar os bichos!

Ela foi arrancada do sono profundo, assustada, a princípio sem saber onde estava. Em seu quarto no andar de cima da Vila dos Tecidos? Em uma sala de espera desconhecida? Ah, não, estava em Maydorn, em um quarto no sótão apertado e úmido que fedia terrivelmente a esterco. A criada descera as escadas novamente. Liesel apertou o casaco de pele mais ainda e aguçou os ouvidos para perceber os barulhos estranhos do andar de baixo. Havia o ruído baixinho de correntes e as bufadas e os grunhidos dos animais grandes que penetravam o teto fino de madeira de seu alojamento, logo em cima do curral.

O que a criada dissera mesmo? Ordenhar os bichos? Ela quis dizer as vacas? Ela tinha uma voz severa e de comando. De qualquer forma, era melhor levantar para não se meter em apuros sem nem ter chegado lá direito. Tateou à volta até alcançar a abertura no chão perto da porta com a escada. Desceu com cuidado os degraus, que estavam cobertos de esterco fresco, provavelmente da sola dos sapatos da criada. Lá embaixo havia várias lâmpadas de querosene penduradas nas paredes, em cujo brilho amarelado balançavam os traseiros das vacas, acorrentadas em ambos os lados do curral umas ao lado das outras. O corpo escuro delas dava um passo para a frente, depois para trás, elas balançavam os rabos com tufos de pelos pretos colados. O que se encontrava no chão de pedra embaixo delas fedia terrivelmente. Era esterco fresco que ainda estava líquido e quente. Ela tapou o nariz e tentou sair para o pátio escuro quando de repente uma criada apareceu do seu lado, vestida com um avental áspero e imundo.

– Aqui – disse ela, entregando um banco de um pé só a Liesel.

Depois saiu pelo corredor central, e Liesel ficou em pé com aquele móvel esquisito nas mãos, sem entender nada.

– Venha cá! – berrou a criada de um jeito rude.

Liesel olhou à sua volta no curral e viu, entre as vacas, uma mulher agachada em um banco como aquele diligentemente ordenhando uma teta gorda e rosada e esguichando o líquido branco em um balde de metal. Ela não conseguia reconhecer muita coisa naquela penumbra, mas identificou que as figuras agachadas usavam grossos lenços de cabeça e saias compridas e amplas, prendendo os baldes entre os joelhos.

– Não... não sei ordenhar – confessou Liesel, acanhada.

O rosto da criada era arredondado e franzido de rugas como um papel amarrotado. Ela falou algo que Liesel não entendera, se espremeu entre duas vacas, empurrou uma delas para o lado com palmadas vigorosas e se agachou do lado da outra.

– Segure firme!

Liesel compreendeu que deveria segurar o rabo imundo da vaca, o que lhe parecia desagradável. Depois observou com curiosidade a velha criada manipular as tetas de forma rítmica e esguichar o leite branco e fresco em um jato fino e regular para dentro do balde de metal. Parecia ser bem simples. Uma tarefa fácil se aquelas vacas enormes e agitadas não pudessem esmagá-la. Além de seus rabos imundos, que batiam nas orelhas da pessoa.

– Agora faça você – ordenou a criada quando terminou de ordenhar. – Pegue a Lonni, que é boazinha.

Lonni era uma vaca malhada em preto e branco como as outras, mas seu traseiro era um pouco mais ossudo, o que revelava que era uma senhora. Liesel acariciou seu pescoço, depois a cabeça, coçando atrás das orelhas, e percebeu que as vacas tinham olhos lindos e enormes. A ordenha, por outro lado, mostrou-se uma arte complicada, o que não era culpa de Lonni, que ficara quietinha e boazinha, quase sem mexer o rabo. Liesel precisou de um tempo para entender que não bastava só apertar para o leite sair. Era preciso deslizar os dedos suavemente de cima para baixo, como se estivesse primeiro liberando o leite, e daí só apertar de leve no momento certo. Lonni com certeza era o animal mais paciente em todo o curral, pois aguentara firme até que a criada nova e burra finalmente pegasse o jeito da coisa.

As costas de Liesel estavam doendo quando ela terminou e despejou o leite em um dos grandes recipientes que era levado até a leitaria. Ficou feliz em ver que, após terminado o trabalho, havia um bom café da manhã em uma sala adjacente aquecida, para onde os servos também iam. Tinha leite quente, pão, toucinho e até salame em cima da mesa rústica de madeira. Aparentemente eles não conheciam pratos, cada um recebia uma tigela para o leite e cortava o pão, o toucinho e a linguiça com a própria faca. A criada colocara uma faca de cozinha velha e enferrujada à disposição de Liesel. Ela estava com tanta fome que não conseguia parar de comer, pois não fizera nenhuma refeição desde a manhã anterior. Quando finalmente ficou satisfeita, sentiu um cansaço avassalador, mas dormir não era uma opção. As vacas precisavam ser alimentadas e o curral precisava ser limpo. O pior de tudo era limpar o esterco. Deram-lhe uma forquilha de madeira que usavam para jogar o feno aos animais, e só depois retirar o esterco do chão. Liesel sentiu nojo do esterco marrom e fedorento que precisava ser colocado em carrinhos de mão com a forquilha e depois levado até um dos montes fumegantes no pátio. E ai de quem não carregasse o carrinho no ritmo certo e em linha reta sobre a tábua de madeira torta e escorregadia, pois ele podia virar para o lado e derramar seu conteúdo sobre o piso e, no pior dos casos, nos sapatos e nas pernas de quem o conduzia. Ninguém teve pena dela quando lhe aconteceu exatamente isso logo no primeiro dia. Pelo contrário, todos riram alto e ainda a repreenderam. Por sorte ela não entendera todos os palavrões que falaram, pois não tinha intimidade com o dialeto pomerano. Quando o sol finalmente nasceu, sentiu que cairia dura no chão de tão exausta que estava, apoiou as costas na parede fria do curral, respirou profundamente o ar da manhã e sentiu uma necessidade desesperadora de dormir.

Enquanto estava parada quase sem conseguir se manter de pé, um grande trenó puxado por dois cavalos passou. A porta da casa se abriu, e duas mulheres apareceram, uma vestindo um casaco de pele, e a outra, um casaco de tecido – provavelmente uma empregada. A mulher de casaco de pele era jovem. Ela amarrara um tecido macio de lã na cabeça, estava de batom vermelho e calçava botas de couro delicadas com detalhes da mesma pele do casaco, as quais Liesel não pôde deixar de invejar.

– Você não pode trazer o trenó para mais perto, Leschik? – disse a mulher, indignada. – Não quero quebrar a perna no piso congelado só porque você não sabe dirigir direito.

O cocheiro recebeu o puxão de orelha calmamente e deu mais uma volta em torno do pátio para parar mais perto da casa. *Deve ser a esposa dele*, pensou Liesel e, apesar do cansaço, observou a dona da casa entrar no trenó e cobrir-se com um cobertor de pelo, deixando só uma pontinha do cobertor para a empregada. A bela criada carregou duas bolsas até o trenó com jarros enrolados em toalhas, mantimentos para a viagem.

– Vamos logo, Leschik! – exclamou a mulher. – Senão chegaremos tarde ao mercado.

O trenó deslizava sobre o gelo quase sem barulho, só os cavalos tinham que se esforçar para não escorregar na superfície lisa. O pouco de neve que o sol derretera alguns dias antes congelara novamente durante a noite. Quando eles seguiram para a saída, Liesel conseguiu ver o rosto da mulher por um momento. Parecia mesmo o de uma ex-camponesa. Ela tinha bochechas gordas e uma testa estreita, bem como um nariz pequeno e de batata: não era um rosto bonito, mas denotava determinação e sede de poder. Sem dignar um único olhar à nova criada, que estava apoiada na parede do curral, a jovem senhora passou deslizando no trenó pelo pátio, conversando com sua acompanhante.

– Dê-me a lista que a cozinheira fez. Precisamos de pimenta e noz moscada para o Natal.

Foi o que Liesel conseguiu ouvir.

Se ela for só agora para o mercado de Colberga, não achará muitas coisas, refletiu Liesel. *Pelo menos em Augsburgo, os melhores produtos esgotam cedinho.*

Os dias se passaram com as tarefas duras e repetitivas, mas Liesel não era de desistir facilmente – já de casa ela aprendera o que era trabalhar, apesar de nunca ter realizado uma atividade tão suja e bruta como aquela.

Logo entendeu que a velha criada recebera instruções não apenas para treiná-la, mas também para não deixar nenhum dos servos chegar perto dela. Liesel tinha pavor daqueles rapazes sujos e brutos, que ficavam bêbados à noite, faziam danças grotescas e beliscavam as criadas por debaixo das saias. Aquelas que trabalhavam no estábulo também eram chegadas a uma bebida depois do trabalho. Aí o alojamento dos empregados se tornava barulhento, os rostos ficavam vermelhos e o tom das pessoas se tornava bruto e obsceno. Com exceção da senhora, que de fato era bastante rude e brusca, nenhuma das criadas trocava sequer uma palavra com Liesel. Elas evitavam a novata, se esquivavam e falavam mal dela pelas costas. Quando ela se refugiava em seu abrigo minúsculo após o jantar, se enrolava no casaco de pele e tentava imaginar que estava em seu quarto na Vila dos Tecidos, com Dörthe deitada ao seu lado. Mas, em vez da sinfonia de roncos da companheira de quarto de Augsburgo, seu alojamento era invadido por gritos e risadas dos empregados bêbados, em meio ao barulho das correntes e bufadas das vacas.

Ela começou a se afeiçoar àqueles seres enormes e desamparados, que eram tão fortes e mesmo assim se submetiam tão docilmente às correntes. Antes de começar a ordenha, acariciava-lhes as orelhas macias e peludas, coçava o tufo de pelos que tinham na testa, falava com elas em tom baixinho e ficava convencida de que os animais a reconheciam. Elas eram suas companheiras na dor, também precisavam se comportar e obedecer, raramente ouviam uma palavra gentil e eram separadas de seus bezerros logo após o nascimento.

Liesel se sentia extremamente solitária e se perguntava por que havia inventado de fazer aquela viagem e onde tudo aquilo ia dar. Não raro a promessa da cozinheira lhe vinha à mente, de que daria o dinheiro para a viagem de volta, mas ela hesitava em escrever uma carta. Em primeiro lugar, porque nem ao menos tinha dinheiro para a postagem, mas também porque era orgulhosa demais para admitir que a Sra. Brunnenmayer tivera razão com sua profecia sombria.

Seu pai não era uma boa pessoa. Ele não cuidava dela, passava por ela com indiferença e intimidava servos e criadas, batendo neles com o chicote sem hesitar quando algo não ocorria de acordo com sua vontade. Mas, quando sua esposa aparecia, se tornava outra pessoa. Ficava temeroso, aturava seus berros sem dizer uma palavra, deixava-se humilhar na frente dos empregados e, receoso, esforçava-se em satisfazer todos os desejos dela. Eles tinham três filhos, dois meninos e uma menina de 3 anos, que às vezes caminhavam pelo pátio com uma babá, e todas as criadas tinham que fazer uma reverência e os servos, se curvar. Fora uma ordem da dona da casa, e quem não a cumpria sentia o chicote na pele. As três crianças vestiam casacos e calças de lã de qualidade e botas com forro de pele. A mãe deles também não economizava nas roupas e possuía vários casacos de pele e botas de couro de todas as cores. Liesel não conseguia ver o que ela vestia por baixo, pois continuava sem acesso à casa. Ela certamente tinha vários belos vestidos e uma caixa de joias repleta de objetos valiosos.

Quando Liesel tinha alguns minutos de intervalo, costumava ir até o estábulo para observar os belos animais que ficavam lá em baias de madeira e eram alimentados com feno de qualidade, cenouras e um pouco de aveia. Tinha que ter cuidado com Leschik, o homem de colete de lã de carneiro, pois ele não tolerava nenhum desavisado no estábulo. Mas, como mancava, era possível ouvi-lo chegando e escapar a tempo.

No início, ela precisou se esforçar para chegar perto daqueles animais enormes, que pareciam sempre tão nervosos. Eles eram diferentes das vacas, que eram calmas. Os cavalos se moviam com rapidez, bufavam, seus olhos brilhavam quando seguiam os visitantes com inquietação. Nem todos se deixavam acariciar, em especial o garanhão escuro, que às vezes batia contra as paredes da baia com raiva e fazia barulhos estranhos e selvagens, era quase intratável e até mesmo mordia a mão do cuidador de cavalos de vez em quando. Mas, quando Liesel falava baixinho com ele, ele parecia escutar, se acalmava e virava a cabeça para o lado, deixando as orelhas, que geralmente ficavam caídas, eretas.

Pouco antes do Natal, um grupo de jovens das cidadezinhas da região chegou a Maydorn, caminhando pela neve, ficou parado em frente à fazenda e cantou canções de Natal. Liesel achou a apresentação bonita, pois eles cantavam com várias vozes e as melodias eram claras e simples. Porém, a senhora da casa os expulsou da propriedade, chamando-os de mendigos, sem sequer dar presentes ou dinheiro pela apresentação.

Liesel ouvira as músicas com alegria e não percebera o frio que fazia lá fora. Ficara completamente congelada vestindo seu vestido fino, que não era adequado para o inverno pomerano, e começou a se sentir febril quando anoiteceu. Piorara durante a noite, os calafrios se alternavam com surtos de febre alta, seu pescoço inchou, a cabeça doía terrivelmente, e ela vira imagens fantásticas na escuridão: pássaros coloridos voando, tecidos de seda flutuando ao vento. Depois o rosto de seu pai aparecia, e ela se assustava com as cicatrizes e seus lábios finos e azulados. Sentiu-se melhor de manhã, forçou-se a se levantar e desceu as escadas. Bebeu um gole de leite no salão dos empregados, mas não conseguiu comer nada.

– Estou doente – disse ela para a criada velha.

– Vá trabalhar – respondeu a senhora, carrancuda.

Ela cerrou os dentes, pegou o banco e um balde e começou a ordenhar. A princípio conseguiu e despejou dois baldes de leite no recipiente maior, depois ficou tonta e precisou se apoiar em um poste de madeira.

– O que você está fazendo parada aí? – berrou a criada.

Liesel se recompôs e foi até a próxima vaca com o balde e o banco, sentou-se e prendeu o balde entre os joelhos. De repente, a vaca malhada girou diante dela, uma força implacável a puxou para baixo, e ela sucumbiu à escuridão infinita. Cem anos, mil anos, ela ficou uma eternidade pairando lá, dissolvida no nada, no calmo mar do inconsciente. Em algum momento ouviu vozes, primeiro indistintas, depois cada vez mais nítidas.

– Tire suas mãos dela ou sentirá a força do meu chicote.

– Eu a tirei de baixo da vaca, senhor. Só isso.

– O que ela tem?

– Deve ser epilética, patrão. Estava deitada debaixo da Meta com o rosto enfiado no feno.

– Saia de perto dela! Eu a carregarei para cima. Grita, lave o rosto e as mãos dela com água quente. Saiam da frente!

Aquele era seu pai? Ela conhecia sua voz imperiosa, mas clara, e ouviu-o ofegar enquanto subia as escadas. Ela estava pendurada em seu ombro? E agora ele a colocava deitada na cama?

– Por que ela não tem um cobertor, Grita? Eu não lhe ordenei que lhe trouxesse um cobertor quente? Pelo amor de Deus! É assim que vocês seguem minhas ordens? Vá logo, sua bruxa. Senão vai se arrepender.

Liesel mergulhou novamente no crepúsculo quente e febril, sentia o corpo todo em brasa e mal percebeu quando alguém colocou um pano áspero em seu rosto.

– Engula isso!

Alguém enfiou um comprimido em sua boca e lhe deu água. O gosto era amargo, e ela tossiu e engasgou. O segundo comprimido foi ainda mais difícil de engolir, ela bebeu todo o copo, sedenta, e deixou-se cair na cama.

A febre cedera durante a noite, Liesel adormecera e sonhara que estava caminhando de mãos dadas com Christian pelo parque na Vila dos Tecidos durante o verão. Depois o perdera e o procurara em toda parte, olhara atrás dos arbustos, correra até a casa do jardineiro e batera à porta, mas ninguém abrira. Quando acordou, a luz já estava penetrando pelas frestas das tábuas das paredes. Devia ser meio-dia. Do lado da cama tinha uma tigela de leite, um prato com pão e presunto e uma vasilha com mel. Tinha dois daqueles comprimidos amargos em cima de um papel do lado do prato.

Tomar um de manhã e o outro à noite, estava escrito a lápis no papel. Liesel não sentiu vontade de tomar os remédios, preferiu beber o leite e mergulhar o pão nele, comeu um pouco de presunto, comeu todo o mel e ainda lambeu a vasilha até não sobrar nada. Depois se enrolou no casaco de pele e se cobriu com o cobertor. Era um cobertor macio de lã que ela nunca vira antes e que aquecia que era uma maravilha. Dormiu profundamente, como uma pedra, e, quando acordou à noite, encontrou uma tigela com ensopado e uma caneca de sidra do lado de sua cama. Faminta, comeu tudo, tomou os dois comprimidos direitinho e ficou sob seu aposento escutando os barulhos das vacas, com os quais àquela altura já se acostumara. A febre não voltou: ela ainda se sentia fraca, mas convalescera.

Alguns dias depois, encontrou coisas estranhas do lado de sua cama: uma saia de lã grossa, uma blusa tricotada a mão de lã áspera, meias longas de lã, um lenço colorido e um par de botas de couro com pelo que eram dois números maiores que seus pés. Quem lhe trouxera aquelas dádivas? Era preciso fazer algum esforço para vestir aquelas peças desconfortáveis, mas ela o fez, pois aqueciam melhor no frio que o vestido fino e gasto com que chegara lá. Vestida com as roupas novas, desceu a escada e chegou ao salão dos empregados na hora em que estavam servindo o café da manhã.

Foi recebida com olhares hostis e fofocas sussurradas. Alguns servos a fitavam ironicamente, levantaram-se e foram trabalhar.

Enquanto enchia sua tigela de leite e pegava um pedaço de pão da cesta, a velha criada tirou o resto das coisas que estavam em cima da mesa e fitou-a com agressividade.

– Você está recuperada? Então venha ajudar a limpar o esterco!

Nevara novamente, e os dois servos tiravam a neve do caminho com uma pá. Viam-se marcas do trenó, indicando que a esposa de seu pai devia ter ido para Colberga fazer compras de novo. Liesel executou seu trabalho da melhor forma possível e depois foi até o estábulo para ver se seus amores ainda se lembravam dela. E ela realmente foi recebida com um bufar alegre, acariciou as narinas macias e os pescoços lisinhos dos cavalos, roubou algumas cenouras de um balde e deu-lhes de comer. Que estranho receber amizade e afeto de seres inocentes naquela fazenda enquanto os humanos a tratavam com inimizade.

Ela sempre prestava atenção para que não houvesse nenhum tratador de cavalos no estábulo enquanto ficava lá, senão sabia que seria expulsa. Por isso se assustou quando ouviu passos atrás de si.

– Afaste-se do garanhão, ou ele vai morder você! – ordenou uma voz feminina austera.

Uma senhora estava parada na porta do estábulo, vestindo um casaco verde de lã de ovelha, com uma pele jogada no ombro e um chapéu de feltro verde na cabeça, como usavam os homens em Augsburgo em dias de festa. Ela aproximou-se devagar de Liesel apoiando-se em uma bengala.

– Ele não me morde – respondeu a garota timidamente. – Até deixa que eu o acaricie. Olhe.

O garanhão relutou no início, depois pegou o pedaço de cenoura de sua mão, e ela acariciou suavemente seu pescoço enquanto ele mastigava.

– Macacos me mordam – disse a senhora de roupa de lã de ovelha, e aproximou-se, mancando. – E quem é você? Nunca a vi aqui.

Liesel refletiu sobre o que diria. Aquela senhora só podia ser Elvira von Maydorn, a cunhada da Sra. Alicia Melzer. Será que ela deveria se apresentar?

– Sou Liesel Bliefert de Augsburgo – disse ela com cautela. – Venho da Vila dos Tecidos e trago os cumprimentos da Sra. Alicia.

A senhora fitou-a, perplexa, e observou a roupa de lã que certamente não fora feita em Augsburgo.

– Você é de Augsburgo? Da Vila dos Tecidos? E o que está fazendo aqui em Maydorn?

A senhora da casa falava em um tom severo. Não arrogante como a jovem, mas com frieza. Liesel precisou reunir toda a sua coragem para responder.

– Estou aqui porque queria conhecer meu pai.

– Seu pai?

– O barão Von Hagemann, o senhorio. Ele é meu pai.

Aborrecida, a senhora fez uma expressão de desagrado, e seu rosto se enrugou todo.

– Ele não é barão coisa nenhuma – replicou a Sra. Von Maydorn de forma petulante. – Ainda que ele goste de se convencer disso. E também não é senhorio. Ele se acha muito, isso sim.

Com essas palavras, virou-se e voltou para a porta do estábulo, mancando.

– Não dê mais cenouras aos cavalos! – berrou ela para Liesel em tom ameaçador. – Senão eles ficam com cólica.

– Não sabia – gaguejou Liesel.

A garota saiu apressadamente em direção ao pátio e se esgueirou pelo estábulo, pois não queria esbarrar com Leschik de jeito nenhum. A senhora da casa fechou a porta do curral após sair, e Liesel pôde ouvi-la chamando o cavalariço lá fora.

Ela é velha e rabugenta, pensou Liesel, desanimada. *É claro que não me ajudará.* Ela fora sua última esperança, e agora também se fora. Não tinha jeito, ela precisava escrever uma carta humilhante para a Sra. Brunnenmayer para conseguir voltar para casa. Era até provável que eles já tivessem contratado outra ajudante de cozinha, e ela não teria mais trabalho. E sua mãe a repreenderia, pois tudo fora bem diferente do que ela esperara. Mas era melhor que ficar aqui por mais tempo, onde era uma estranha e todos a odiavam.

À tarde, o curral precisava ser arrumado e limpo para que ficasse com um aspecto natalino. Foram pendurados tufos de ramos de abeto nas vigas de madeira, porque o administrador, que já se sentia senhorio, passeava pelos estábulos com a família na Noite de Natal para presentear os animais com cenouras e maços de feno. Depois, segundo ouvira as criadas comentando, já era tradição os empregados também ganharem presentes e um barrilzinho de Schnapps.

Meu Deus, pensou Liesel. *Aí eles vão ficar de novo bêbados de cair, e precisarei trancar a porta do meu quarto à noite, porque os homens nem sabem mais o que estão fazendo naquele estado.*

Mas ela foi poupada daquele terror. No início da tarde, quando o sol já começava a se pôr e era hora de ordenhar as vacas no curral outra vez, Leschik chegou ao pátio com o trenó.

– Liesel! – Uma voz clara e cortante penetrara o curral.

Ela colocou o balde de leite no chão e foi até o pátio com o coração acelerado. Seu pai esperava por ela.

– Arrume suas coisas – disse ele bruscamente. – Aqui está o dinheiro para a viagem. Leschik levará você até Colberga para pegar o trem. Vamos. Não fique aí parada. Busque suas coisas, já vai escurecer!

Ela ficara em estado de choque. É claro que ela planejava deixar a fazenda o mais rápido possível, mas ser mandada embora daquele jeito não deixava de ser cruel.

– Já estou indo – gaguejou ela, depois subiu depressa a escada até o quartinho escuro e frio que fora sua casa por algumas semanas.

Ela tirou as roupas de lã e vestiu seu vestido fino de novo, se enrolou no casaco de pele e colocou o pouco que tinha em sua bolsa de viagem. Lá embaixo, os cavalos estavam inquietos e arrastavam os cascos no chão enquanto seu pai falava com o cocheiro.

– Suba – disse ele quando ela chegou com a bolsa. – Diga à sua mãe para não enviar você para cá novamente. Aqui não é lugar para você. E tudo de bom.

Ela não respondeu nada, porque sentiu as lágrimas quentes inundarem seus olhos. Então aquela era a despedida do homem que nunca seria um pai para ela. Seu pai era Gustav Bliefert, mas ele estava no túmulo, e ela não podia mais agradecer-lhe por todo o amor que ele lhe dera.

Quando já estava sentada no trenó com o cobertor de pele sobre as pernas, ouviu de repente um chamado alto que ecoou em todo o pátio.

– Pare, Leschik! Ela vai descer!

Perplexa, Liesel olhou para a fazenda e viu uma pessoa nas escadas vestindo um casaco longo e apoiada em uma bengala.

– Vá, Leschik! – ordenou seu pai com raiva e estalando o chicote, fazendo os cavalos se assustarem e arrancarem com força.

– Ainda sou a senhora de Maydorn, e minhas ordens valem alguma coisa! – berrou a velha senhora das escadas. – Venha até aqui, Leschik!

O cocheiro não hesitou um segundo sequer. Deteve os cavalos, deu uma volta no pátio sob o olhar curioso dos empregados que passavam e parou em frente à casa.

– Desça daí! – ordenou a Sra. Von Maydorn e acenou para Liesel com a bengala. – Você vem comigo. Devo isso à minha cunhada Alicia.

26

Apud Helvetios longe nobilissimus fuit et ditissimus Orgetorix...
Leo levantou a cabeça e murmurou a frase em latim. Sentiu o ritmo como batidas leves que perpassavam seu corpo e os sons começaram a vir.

Apud Helvetios longe nobilissimus fuit et ditissimus Orgetorix...
Ele ouvia a frase em várias vozes, os sons se sobrepunham ao ritmo e seguiam-no, transpassavam-no, faziam contrapontos e adornavam-no. Primeiro ouviu violinos, depois violas e violoncelos, às vezes flautas e raramente oboés, uma vez também um trompete. Não adiantava tapar os ouvidos, pois os sons vinham de dentro, e só lhe restava levantar-se, andar pelo quarto e bater nas orelhas com as mãos espalmadas. Aí os tons se desorganizavam e perdiam o domínio sobre ele. Outra solução era beber um gole de água gelada, assim eles se tornavam um zumbido atonal, um barulho que lembrava uma orquestra afinando os instrumentos antes do concerto. Em alguns dias, eles o invadiam com muita violência (tanto fazia se ele estivesse lendo um texto em alemão ou em latim, mas em grego era ainda pior), aí ele colocava logo uma jarra com água gelada em cima da escrivaninha. Só quando ficava ocupado com fórmulas matemáticas, as melodias deixavam-no em paz, mas a matemática já era uma tortura terrível, e, como ele estava brigado com Walter, precisava enfrentar aquele suplício sozinho. Às vezes Dodo tentava ajudá-lo, mas as meninas não precisavam aprender na escola os conteúdos mais difíceis, como as fórmulas binômicas, então ele sempre precisava explicar antes à Dodo do que se tratava. Em geral explicava errado, depois ela se queixava e queria ver seu livro de matemática, o que o irritava, e eles acabavam se desentendendo. Já haviam brigado por isso duas vezes.

– Então, você que se vire sozinho – dissera ela uma das vezes e batera a porta com força.

Antes, eles nunca brigavam. Mas, nos últimos tempos, Dodo só pensava naquele Ernst Udet e falava sobre um monte de aviões que não tinham nome, só letras e números que ele não sabia diferenciar. Ela ficava totalmente obcecada e era assustador como Dodo não falava sobre mais nada. Em no máximo três anos queria começar a fazer aulas de voo e um dia sobrevoar o Oceano Atlântico. Ela afirmava que as mulheres eram pilotos melhores e que isso já estava comprovado, só Udet era uma exceção. Leo dissera à irmã que tomasse cuidado para não se tornar uma intelectual reformista ou uma sufragista, e depois ela o ridicularizara e dissera que ele que era um certinho e só ficava enfiado nos livros escolares.

– No fundo, você é um músico, Leo. Pode estudar mil horas de matemática que vai continuar tendo nascido para a música. Da mesma forma que eu nasci para voar.

– Você pirou, Dodo.

Ele não queria ser músico, a música só lhe trouxera inveja, perversidade e desprezo. Na verdade, ainda pior: ela infligira um sofrimento profundo e irreparável que estava incrustado em seu coração e penetrara sua alma como uma flecha na carne. Assim que começava a mexer com ela, sofria. Um único som ao piano, uma teclazinha que fosse apertada gentilmente e de forma quase inaudível era suficiente para fazer dor, desespero e decepção explodirem dentro dele. Não, ele não era músico. Ele faria o exame final da escola e seria um bom filho para seu pai. Era algo importante, principalmente agora que seus pais estavam com tantas preocupações. O dinheiro estava curto, e até ele e Dodo haviam percebido isso quando precisaram comprar cadernos, lápis e tinta para a escola. Algum tempo antes, sua mãe lhes dava dinheiro suficiente e sempre sobrava uma pequena quantia para comprar doces. Agora, fazia questão de saber exatamente de que precisavam e contava o valor direitinho.

As idas frequentes ao cinema de Dodo estavam sendo bancadas pela vovó e, às vezes, pela tia Lisa. Já Marie explicara que não era preciso ver um filme três vezes, mesmo que tivesse a atuação de Ernst Udet. Às vezes Dodo também ia ao cinema com Henni, aí a tia Kitty comprava seu ingresso. Leo nunca as acompanhava. Não se interessava por cinema e, além disso, Henni o incomodava, pois sempre perguntava se ele compusera algo. Por que ele fora tocar aquela sonata no retorno de Kurti do hospital? Se não fosse aquilo, ninguém saberia que ele às vezes escrevia a música que ouvia em sua cabeça. Mas isso era passado. Agora ele tentava simplesmente se anestesiar contra aqueles malditos sons para se livrar deles.

No dia anterior, sua avó lhe dera dinheiro para comprar dois cadernos de vocabulário e dois de cálculo, e ele fora até a lojinha da viúva Rosenberg, que vendia tudo que se podia imaginar: jornais, doces, tabaco, cigarros, cadernos e lápis. A dona era uma boa conhecida da mãe de Walter, por isso ele comprava lá. Quando entrou na loja, encontrou sua prima Henni com dois meninos do ensino fundamental comprando uma pilha de cadernos de pauta musical.

– O que você quer com isso? – indagara ele.

Henni o cumprimentou com um abraço constrangedor, como sempre, e ele percebeu que os dois alunos o encaravam de forma hostil. Eles certamente sabiam que Henni era sua prima, mas estavam com ciúme do mesmo jeito. Se Henni continuasse agindo daquele jeito, haveria mortos e feridos entre seus admiradores.

– Ah, é para a mamãe. Ela precisa disso para os quadros dela.

Henni sorriu exatamente como a tia Kitty. Era um sorriso que parecia dizer: *sou feliz e acho você incrível!*

– Posso dar os meus para ela, então. Ainda tenho uma pilha em cima da escrivaninha.

– Mas você vai acabar precisando deles, não?

– Não, ela pode ficar com eles – respondeu ele sem delongas e comprou seus cadernos.

A Sra. Rosenberg lhe deu três balas de framboesa de presente, que ele colocou em sua sacolinha, fechando-a em seguida.

– Porque amanhã é Natal – disse ela. – E mande minhas lembranças a seus pais. O novo senhorio infelizmente aumentou o aluguel, então não sei se conseguirei manter a loja.

– Sinto muito por isso, Sra. Rosenberg – disse Leo, educadamente, e despediu-se fazendo uma reverência.

Tempos antes, a casa era de sua família, mas seu pai precisara vendê-la, como todas as outras, porque a fábrica não estava bem das pernas e ele precisava arranjar dinheiro de alguma forma. A situação era ruim, mas alguns de seus colegas estavam passando por coisas piores: os pais não tinham mais emprego e não conseguiam mais pagar a mensalidade da escola. Leo esperava do fundo do coração que as coisas nunca chegassem a esse ponto na Vila dos Tecidos. Especialmente agora que ele estava estudando tanto e alcançara o terceiro lugar na classificação dos alunos. E seria o primeiro se não fosse pela maldita matemática.

Henni esperara por ele na frente da loja, e, quando ele saiu, um dos garotos perguntou-lhe de forma maldosa:

– Por que você está comprando na loja da Sra. Rosenberg? Ela é judia, não devemos comprar em estabelecimentos assim.

Henni fitara seus colegas friamente com os olhos apertados.

– Você é mesmo um cabeça de vento, Anton. A Sra. Rosenberg vende o caderno de pauta musical um fênigue mais barato por folha que o Sr. Abel. Acha que sou de jogar dinheiro pelo ralo?

Aquela menina era inacreditável. Uma verdadeira sovina que regateava os preços na feira implacavelmente, coisa que Dodo achava constrangedor e relatara ao irmão. Ela contara também que Henni fazia pequenos desenhos de estrelas do cinema e os vendia aos colegas de turma por um preço considerável. Bem como outros desenhos sobre os quais Dodo nem queria falar.

– Vamos ao cinema hoje? – perguntou Anton, um dos alunos.

– Talvez – respondeu Henni de forma imponente. – Mas só se você tirar boas notas nos trabalhos e não cometer nenhum erro ao copiar. Você também, Emil.

Emil assentiu, obediente, e se sentiu honrado por poder carregar a pilha de cadernos de pauta musical e três lápis para a rainha Henni. Leo não entendia como aqueles meninos podiam ser tão burros e ficar na cola de sua prima por livre e espontânea vontade. Henni e suas ideias. Sem contar que era uma baita exploradora. Talvez se tornasse dona de um banco no futuro, como seu pai, Alfons.

– Ah, Leo? – gritou Henni quando ele passou por ela na direção do ponto de bonde.

Ele adoraria ter fingido que não ouvira nada, mas, para sua infelicidade, Henni era insistente.

– O que foi? – perguntou ele, relutante.

– Walter pediu para lhe dar seus cumprimentos. Disse que sente muito e gostaria...

Mas o que era aquilo? Por que ela fazia papel de pacificadora e se intrometia em assuntos que não lhe diziam respeito?

– Ele que venha falar diretamente comigo – respondeu Leo de forma brusca e já saiu andando, pois, por sorte, seu bonde acabara de chegar.

Desde então, sentia muito pela briga com Walter, mas era algo entre ele e seu amigo, Henni não tinha que se meter. Walter o pressionara o tempo todo para tocar piano, dizia que era uma pena ele perder todas as habilidades que tinha praticado. O velho ditado *Pedra que não rola cria limo* era a mais pura verdade. Como se ele não soubesse disso! Leo ficara especialmente chateado com o que Walter lhe contara de forma casual um dia. Dissera que a Sra. Obramowa tinha um discípulo novo de apenas 10 anos que ela supostamente considerava um talento excepcional. No ano seguinte, ele apresentaria um trecho do concerto de piano em ré menor de Mozart com a orquestra do conservatório. Já tinham anunciado tudo e inclusive vendido os ingressos. Isso despertara toda a dor que estava encrustada no coração de Leo como um redemoinho.

– Deixe-me em paz, ok? – berrara ele para seu amigo. – Agora vá! E não precisa voltar!

Fora uma reação exagerada, e ele se sentira muito mal pelo resto do dia. Infelizmente, não podia retirar o que havia dito, e Walter saíra da Vila dos Tecidos bastante abalado. Marie lhe perguntara o que acontecera, afinal eles nunca tinham brigado antes. Leo só dera de ombros, pois não conseguia e não queria explicar o ocorrido. Especialmente para sua mãe. Talvez tivesse contado para seu pai, mas ele tinha as próprias preocupações e quase não tinha mais tempo para o filho. Quando se encontravam, às vezes ele acariciava os cabelos de Leo meio de brincadeira, meio afetuosamente e dizia algo como: "Você já está quase do meu tamanho"; ou "Como estão as coisas na escola, Leo? Tudo certo?" Ele mal ouvia a resposta, pois voltava depressa para o escritório e fechava a porta.

Era a véspera de Natal. Leo não se sentia nem um pouco animado. Invejava seu irmão Kurti, que estava eufórico de tanta empolgação e ficara perambulando junto com Johann pelo parque encharcado de chuva em busca do Papai Noel. Hanno se debulhou em lágrimas, pois eles não quiseram levá-lo junto, e Rosa brigara com os dois quando pisaram com a calça molhada e os sapatos imundos no átrio recém-limpo. Isso também fazia parte do Natal, e, quando eram pequenos, Leo e Dodo faziam as mesmas coisas. De forma geral, tudo era mais bonito e mais simples no passado, não havia preocupações e angústias, e o Natal era uma festa linda e muito aguardada, cheia de mistérios e surpresas.

Naquele ano, ficaria feliz quando tudo acabasse e as aulas voltassem. Então aquela espera interminável chegaria ao fim e parariam de lhe perguntar o tempo todo por que ele não tocava mais piano. Recentemente até Else dissera que sentia falta de sua bela música. Era de enlouquecer! Mesmo os presentes de Natal haviam se tornado um problema. No ano anterior, ele e Dodo haviam economizado dinheiro para comprar lembrancinhas para os pais, mas naquele ano isso não fora possível. Ele conseguira terminar um pequeno avião de latão que havia iniciado em novembro para presentear Dodo. Para seu pai, criara um calendário com imagens de revistas. A mãe recebeu um coração grande de papelão que ele encarregara Henni de pintar e decorar com embalagens de bombons coloridos. Sua prima era ótima em tarefas assim, apesar de sua mãe provavelmente adivinhar que ele não fizera aquilo sozinho, pois era bastante desajeitado com trabalhos manuais. Mas tudo bem, o que importava era a intenção. A avó teria que se contentar com um poema de Theodor Storm, mas pelo menos ele o copiara com uma letra bonita e caprichada no papel de cartas caro de sua mãe. Ele precisara de três folhas, pois sempre cometia erros. A música infernal em sua cabeça o atrapalhava, especialmente no caso de poemas.

Fora isso, o Natal passou como sempre passara. Teve macarrão na manteiga de almoço, e depois eles tinham que se arrumar, pois os empregados seriam presenteados por volta das quatro horas no átrio. A árvore de Natal estava bastante pequena naquele ano – culpa de Christian, que não quisera arrancar os belos pinheiros do parque de jeito nenhum e preferira cortar um arbusto deformado. Mas até que não ficara de todo ruim com as velas vermelhas e os aromáticos biscoitos de gengibre, especialmente depois que Humbert acendera os pavios e desligara a luz elétrica. Paul fez um breve discurso para os empregados. Como sempre, agradeceu-lhes pela lealdade e pelo trabalho duro e disse-lhes que eram indispensáveis e faziam parte da família. O discurso fora curto naquele ano, pois ele estava resfriado e a tosse o ficava interrompendo. Depois, todos foram chamados um por um, e a tia Lisa lhes entregou os presentes. O tio Sebastian ficou bem atrás, nas escadas, segurando as mãos de Johann e Hanno para que não saíssem correndo pela casa de tanta impaciência. O pobre tio Sebastian estava com dores de dente terríveis e quase não conseguiu comer nada, pois a prótese que o dentista fizera para ele não cabia direito. Kurti segurara a mão de sua mãe e olhava para a árvore iluminada com os olhos arregalados.

Depois que todos os presentes foram distribuídos, Humbert agradeceu em nome dos empregados e disse que eles tinham orgulho e estavam muito contentes por terem o privilégio de trabalhar na Vila dos Tecidos, torcendo para que tivessem muitos anos mais juntos à família Melzer. Todos aplaudiram. Rosa ficou tão emocionada que nem percebeu quando Charlotte arrancou um biscoito de gengibre da árvore e quase incendiou o pinheiro. Por sorte, Dodo fora rápida em segurar o galho instável que apoiava uma vela acesa, e Christian borrifou água por precaução.

– Pelo amor de Deus, Rosa! – dissera a tia Lisa com desaprovação, conseguindo acalmar-se depois para não estragar o clima natalino.

Ela ficou feliz que a avó não percebera nada, pois a família sempre temia que ela estivesse à beira de um infarto.

Após a distribuição dos presentes, os empregados foram liberados para festejar a noite de Natal entre eles. Else e Hanna foram à igreja, Gertie foi visitar um parente, e os outros fizeram uma pequena comemoração na cozinha. Antes disso, prepararam salada de arenque, sanduíches e bebidas para a família na sala de jantar. A ceia só acontecia no dia de Natal. Enquanto ia até o salão vermelho, onde fariam a distribuição dos presentes da família debaixo de uma pequena árvore de Natal, Leo deu uma olhada rápida na sala de jantar, onde estavam os pratos frios que a Sra. Brunnenmayer sempre cobria com panos de prato limpos. Tinha menos comida do que nos anos anteriores, meio ovo cozido para cada um sem caviar em cima e faltava, sobretudo, o tradicional prato de frios. Mas, em compensação, havia presunto defumado e uma torta salgada deliciosa da Pomerânia, que também eram gostosos. Além disso, haveria dois pratos com biscoitos de Natal no salão vermelho, então de fome ele não morreria.

Mas o destino tinha que lhe pregar uma peça, pois a tia Lisa exigiu que todos cantassem *Noite feliz* juntos e que Leo tocasse piano para acompanhar.

– Não faça desfeita, é Natal – falou ela.

Não adiantava tentar explicar algo que ninguém entenderia. Então ele se sentou ao piano com um desgosto imensurável e fez o acompanhamento às coxas. Queria ter tapado os ouvidos enquanto tocava, mas até que foi melhor do que imaginara, pois a flecha no seu coração não se mexera.

– Você já foi melhor no piano – sussurrou Dodo para ele quando eles terminaram.

– Obrigado, irmãzinha querida – disse ele, com ironia maligna.

Quando acabaram de cantar, chegou a hora do discurso da avó para seus queridos filhos, genros e netos, que era o mesmo todos os anos, e finalmente eles puderam abrir os presentes. Geralmente era Paul que distribuía os embrulhos, mas, naquele ano, ele parecia cansado demais e ficou sentado na poltrona, calado, bebendo uma taça de vinho tinto. Em compensação, Marie andava por todo lado, elogiava os presentes, dizia algo gentil para cada um, fez carinho na cabeça das crianças, perguntou ao tio Sebastian se ele queria um remédio para a dor de dente e brincou um pouco com Kurti, que ganhara um posto de gasolina de metal para seus carros. Às vezes ela ia até Paul e colocava a mão sobre seu ombro, se inclinava em sua direção e lhe dizia algo que Leo não entendia. Então ele sorria para ela e sussurrava:

– Está tudo bem, querida.

Os presentes de Leo não foram lá essas coisas. Recebera cadernos de pauta musical da mãe e de Dodo, os quais deixou de lado imediatamente, e seu pai lhe dera o presente de que mais gostara: um livro sobre a teclagem mecanizada, que começaria a ler naquela noite mesmo. Sua avó lhe entregara um relógio de bolso de ouro que pertencera ao seu avô e que ele deveria guardar para usar no futuro e a tia Lisa lhe dera um peso de papel de vidro azul com muitas bolhas de ar. Quando olhava em seu interior, parecia que tinha mergulhado em um mar brilhante e azul-claro, e claro que isso o fazia ouvir novamente os sons, suaves e belos como o barulho de água correndo. Um contraste com a barulheira que as crianças faziam ao abrirem seus brinquedos. Só Johann ficou um pouco aturdido, parado diante de seu presente, um trenó novo, porque não tinha neve lá fora e ele não poderia experimentá-lo na hora. Em compensação, Charlotte esmurrava seu xilofone colorido com tanta força que os ouvidos de todos doíam e Dodo chegara a perguntar se não havia risco de as taças chiques de vinho se estilhaçarem. Em seguida, o tio Sebastian tomou o xilofone das mãos de sua filha e entregou-lhe uma bolacha de canela. A tia Lisa estava radiante com a alegria do Natal e ia de um a outro para perguntar:

– E então? Gostou do presente? Acertei?

É claro que todos diziam que tinham gostado muito dos presentes e agradeciam de coração. Até mesmo Dodo conseguiu fazer isso, apesar de ter ficado horrorizada com o colar de pérolas rosadas que recebera.

No fim o tio Sebastian apagou as velas da árvore de Natal e todos foram até a sala de jantar para comer. Os adultos beberam vinho, e as crianças, limonada e sidra. Hanno agarrava-se ao seu novo ursinho, do qual não queria se separar de jeito nenhum; Johann arrastava o trenó pelo carpete para levá-lo até a sala de jantar, e só Kurti deixou-se convencer pela mãe a deixar o posto de gasolina embaixo da árvore.

– Ah, o Natal só é bonito mesmo quando há crianças em casa – disse Alicia, suspirando de deleite. – Lisa, coloque essa gracinha da Lotti no meu colo. E então, minha querida? O Papai Noel foi bonzinho com você? Meu Deus, como você está pesada, meu anjinho...

Marie se sentara ao lado de Paul e ficou lhe oferecendo toda hora a salada de arenque ou um sanduíche, mas ele comeu muito pouco e ficou conversando com o tio Sebastian. Leo não conseguiu ouvir sobre o que falavam, mas provavelmente o assunto era a fábrica. Ele queria ter se sentado junto a eles, pois desejava mostrar seu novo interesse ardente pela fábrica de tecidos, mas a avó começara a falar do passado e teria sido muito indelicado não prestar atenção no que ela dizia.

– Quando ainda era uma menininha e morava com meus pais em Maydorn na Pomerânia, subíamos no grande trenó de cavalos e íamos até Colberga para a feira de Natal...

Dodo estava sentada do outro lado, perto da tia Lisa, e também precisava escutar as histórias, apesar de conhecê-las muito bem, já que Alicia falava de Maydorn em todo Natal. Às vezes lia cartas antigas que seus irmãos ou seus pais haviam lhe escrito.

– Perdão, mamãe – disse tia Lisa, finalmente interrompendo-a, com leve impaciência. – Acho que deveríamos levar as crianças para a cama daqui a pouco, elas estão exaustas de tanto brincar.

– Você tem razão, Lisa. Venham dar boa-noite para a vovó, meus amores.

Leo ficou feliz com o silêncio depois que as crianças menores foram dormir. A avó Alicia aproveitou a oportunidade para satisfazer sua curiosidade e perguntar à Dodo sobre a tia Tilly.

– Nunca houve um divórcio sequer em minha família, da parte dos Maydorns – disse ela, balançando a cabeça. – Eu teria tido tanta vergonha que nem sairia mais de casa se algo assim acontecesse comigo...

Leo não se interessava por aquele assunto e ficou feliz quando seu pai lhe perguntou se gostara do livro.

– Já vou começar a lê-lo daqui a pouco. Quando eu for trabalhar na fábrica mais adiante, precisarei saber esse tipo de coisa, não é mesmo?

Seu pai sorriu.

– Seria bom mesmo, fico feliz por estar interessado, meu filho.

Ele sorriu de uma forma diferente, pensou Leo. Parecia cansado, quase atormentado. A situação na fábrica estaria tão ruim? Aparentemente sim, pois seu pai estava pensativo e ficava bebericando a taça de vinho tinto de vez em quando. De repente, levantou-se.

– Por favor, não me levem a mal por eu me retirar. Estou muito cansado, quase não dormi nas últimas noites.

Ele acariciou os cabelos do filho, acenou para Sebastian e foi até Alicia e Dodo para explicar também a elas que estava cansado e queria se deitar. E não se deixou convencer do contrário apesar dos esforços de sua mãe.

– Não se preocupem comigo, nos vemos amanhã quando formos à igreja.

Quando sua mãe e a tia Lisa voltaram, a avó se acalmou, e todos se aproximaram para conversar mais um pouco. Leo prestou atenção na conversa apenas por um momento, até sentir uma tristeza profunda abater-se sobre ele. A véspera do Natal, que o deixava louco de felicidade quando era criança, acabara. Ele não tivera grandes expectativas, mas, mesmo assim, agora sentia vontade de chorar.

– Também vou dormir, mamãe. Boa noite.

– Tão cedo, Leo? Não quer ficar mais um pouco com a gente?

Ele explicou que estava exausto, pois não conseguira dormir na noite anterior. Não fora muito convincente, e Marie voltou a exibir sua expressão de preocupação, mas deixou-o ir. Ele entrou no corredor e ficou parado ao pé da escada para olhar mais uma vez para o átrio.

Não fora uma boa ideia. A luz do luar suave e leitosa iluminava o salão amplo através de uma janela, fazendo o cenário parecer irreal, como em um sonho. Uma estrela dourada brilhou por um momento no ramo seco do abeto, os móveis antigos pareciam relíquias do passado parados ali, uma cadeira tombada que ninguém percebera estendia suas pernas como um animal morto de uma fábula. Aquilo era realmente o átrio da Vila dos Tecidos, que ele conhecia como a palma de sua mão desde a infância? Naquele momento, ele lhe parecia um país estranho, cheio de segredos e perigos ocultos. Algo não se mexera embaixo dos ramos? Um rato? Uma sombra? Um ser do luar azulado que tomara forma no crepúsculo? Que se tornara um som suave e irreal? Um tom que puxava uma melodia inicialmente triste e pesada, depois mais suave, crescente, brilhante como a luz do luar...

Chega!, Leo tapou as orelhas com as mãos. *Pare!* Ele se virou, subiu as escadas até o segundo andar e entrou em seu quarto. Inexplicavelmente, apareceram cadernos de pauta musical em cima da escrivaninha e igualmente inexplicável era o fato de ter um lápis na mão que desenhava várias claves como se tivesse vida própria. A primeira voz, a segunda voz. Ainda faltava o baixo, mas primeiro ele precisava arrancar aquela melodia da cabeça. Tirar de sua mente e colocar no papel. Simples assim. Era a solução. Escrever. Só assim se livraria daqueles sons inconvenientes.

27

Janeiro de 1931

Kitty amava seu Robert acima de tudo, apesar de ele ser terrivelmente teimoso às vezes.

– Mas qual é o problema de eu ir até Munique ver meu cunhado?

– Não há problema algum, meu amor. Só não quero que você vá sozinha até lá.

Kitty teve vontade de gargalhar. Seu querido Robert estava com ciúme. Que maravilhoso e, ao mesmo tempo, irritante!

– Meu Deus, Robert. Ernst não é exatamente o homem mais sedutor que já cruzou meu caminho. E, além disso, ele é, você sabe...

Ele só não queria que ela dirigisse sozinha até lá, respondeu ele, defendendo-se. O carro pode enguiçar, e, nesse caso, certamente seria melhor que estivesse acompanhada.

– Se isso acontecer, muitas pessoas virão me ajudar.

Era a mais pura verdade, mas ela omitiu o fato de que os ajudantes que apareciam eram sempre homens jovens, majoritariamente mais interessados na condutora do que no carro.

– Tudo bem, deixemos isso para lá, estarei muito ocupado nos próximos dias de qualquer forma – disse ele. – Por que não leva Marie com você?

– Marie? De jeito nenhum. Ela me disse ontem mesmo ao telefone que Paul não está bem e que não quer deixá-lo sozinho. O que você acha de eu levar Mizzi comigo?

Aquela ideia também não satisfazia seu marido preocupado, pois Mizzi, a criada, não era das mais espertas. Ele franziu a testa e sugeriu que ela pedisse a Gertie.

– Gertie? – perguntou Kitty, dando de ombros. – Por mim, pode ser.

O ar de Munique lhe fará bem. Ela parece um pouco abatida ultimamente. Já vou ligar para Lisa.

Sua irmã ficou um pouco contrariada por abrir mão de sua camareira durante um dia inteiro, porém, como a própria se mostrara disposta a ir, acabou consentindo. Mas só porque estava com pena da pobre Tilly, que estava entre a cruz e a espada com o divórcio e não podia assinar nenhum contrato de trabalho.

Quando Kitty parou o carro na entrada da Vila dos Tecidos no dia seguinte, Gertie estava pronta, aguardando com o chapéu e a bolsa. Ela se arrumara para a viagem até Munique e estava bastante bonita, cacheara os cabelos curtos com o ferro de frisar, escovara o chapéu e o casaco, pintara os cílios e passara um batom vermelho vivo.

– E aí, Gertie? Quem você quer seduzir em Munique? Tome cuidado, pois, se o carro enguiçar, seremos cercadas de jovens rapazes. O que você tem nesta bolsa grande, afinal? Seu dote?

Gertie enrubesceu.

– Achei que as mulheres se vestissem de forma mais moderna em Munique do que aqui em Augsburgo. A senhora acha o batom chamativo demais, senhora?

– Um pouco. Mas está combinando com seus cabelos loiros. Coloque a bolsa no banco traseiro, não tem muito espaço na frente. E é melhor não tirar o casaco, está ventando no carro, porque o teto está com duas aberturas. E, quando chegarmos, e eu for conversar com meu cunhado, se afaste, entendeu? Certamente ele ficará desconfortável caso alguém ouça nossa conversa.

– É claro, senhora. De qualquer forma, eu queria... bem, tenho um conhecido em Munique, e se a senhora puder me liberar por uma horinha, gostaria de encontrá-lo.

Essa era boa, pensou Kitty, achando aquilo engraçado. A moça não era burra e aproveitaria a oportunidade para perseguir os próprios interesses. Conhecido uma ova. Afinal de contas, todos sabiam que ela estava procurando emprego de secretária. Ela devia estar querendo ir a alguma entrevista. Se desse certo e ela conseguisse o emprego, Lisa provavelmente apedrejaria a irmã por ter levado sua camareira. Mas no fim das contas, torcia para ela conseguir, pois era uma pena Gertie trabalhar para Lisa. Ela merecia coisa melhor que ser torturada pelas crianças e ficar servindo chá e biscoitos para sua irmã a cada cinco minutos.

– Pode acompanhar o mapa? – perguntou Kitty para Gertie. – Está no porta-luvas. Infelizmente está um pouco amassado e com algumas manchas de café, mas basta dar uma alisadinha com a mão. Iremos primeiro até Lechhausen e depois sempre para a direita...

– A senhora com certeza quer dizer para o leste, patroa...

– Para Munique, ora bolas.

– Certo, senhora.

Com o passar do tempo, Gertie soltou-se e começou a tagarelar, à vontade. Contou que tinha uma irmã em Augsburgo que era casada com um funcionário do Conselho de Educação, um homem terrível, rude que só vendo. Sua irmã era muito infeliz, por isso Gertie nunca quis se casar. No entanto, prometeu a si mesma que se dedicaria totalmente ao trabalho, razão pela qual fizera o curso de secretária e o concluíra com êxito. Já se candidatara dezessete vezes até então. Mas descobrira que as contratações eram raras, e, mesmo quando aconteciam, era por indicação, troca de favores ou por dormir com o chefe...

– Meu Deus! – exclamou Kitty, horrorizada. – Com um velho babão? Que nojo!

– Também há homens jovens, mas não farei isso de jeito nenhum. Porque a gente pode pegar uma doença. Uma amiga minha pegou...

– Olhe para o mapa, Gertie. Viro à esquerda ou à direita ali na frente?

– Siga em frente!

No fim das contas aquela conversa fiada começou a dar nos nervos de Kitty. De que lhe interessavam as anedotas amorosas de Gertie ou o sofrimento de sua irmã, que não conseguia ter filhos havia dez anos? O fato de ela ter sido a melhor da turma em estenografia também não impressionou Kitty.

– Por favor, fique quieta, preciso me concentrar no caminho.

– Perdão, Sra. Scherer. Não queria entediá-la – respondeu Gertie, ofendida.

Meu Deus, agora ela estava ofendida! E justamente naquele momento começara a chover, e a estrada ficava cada vez mais acidentada.

– É inacreditável que ninguém faça nada para resolver estes buracos – esbravejou Kitty. – Daqui a pouco vou perder o controle do volante.

– Não são buracos, senhora.

Um estouro alto ecoou na paisagem tranquila, o carro virou bruscamente para a esquerda e parou pertinho de uma árvore.

– O que foi isso? – gaguejou Gertie.

– Um pneu estourou. Na frente, à direita – explicou Kitty com base em seu rico arsenal de experiências com pane no carro. – Fique calma, temos um estepe.

A chuva batia forte no teto do carro, escorria pelas janelas e pingava no ombro direito de Gertie por meio de um dos vazamentos. Calmíssima, Kitty procurou um lenço na bolsa, borrifou um pouco de perfume nele e deu leves batidinhas na testa e nas têmporas.

– E agora? – perguntou sua acompanhante, perplexa.

– Esperamos os rapazes aparecerem para trocar o pneu.

Gertie olhou para fora através das janelas molhadas de chuva. Avistou plantações cinzentas, campos esverdeados, uma vaca aqui e acolá e, bem longe, a torre de uma igrejinha.

– Mas não está vindo ninguém, Sra. Scherer.

Kitty pegou um espelho da bolsa e retocou o batom.

– Sempre aparece alguém, Gertie. Talvez precisemos esperar um pouco.

Três carros passaram por elas, mas não pararam. Um caminhão de leite passou na direção contrária, desviou e espirrou água suja no radiador do carro.

– Que abuso! Vou denunciar aquele infeliz!

– A senhora não disse que temos um estepe, Sra. Scherer?

– Claro que temos. Lá atrás, em algum lugar do porta-malas.

Gertie puxou a maçaneta e a chuva penetrou no carro.

– O que você está fazendo? Vamos nos molhar! – exclamou Kitty, aborrecida.

– Vou trocar o pneu, senão amanhã de manhã ainda estaremos sentadas aqui. A senhora quer me ajudar, Sra. Scherer?

– Eu? Por acaso sou louca?

Kitty não podia acreditar. Aquela desvairada de fato saíra do carro e abrira o porta-malas. Fuçara tudo, colocara tudo que encontrara na chuva e viera até o lado do motorista.

– É muito pesado para mim, a senhora vai ter que me ajudar a carregar.

Como se buscasse ajuda, Kitty olhou para a direita e para a esquerda e não encontrou nenhum homem. Que raiva! Antes tivesse trazido Humbert. Furiosa, saiu do carro, pisou em uma poça de lama e xingou como um taberneiro.

– Segure aqui, Sra. Scherer. Já afrouxei a correia. Assim está bom. Maravilha! Conseguimos. Ainda precisamos de uma chave quadrada e do macaco.

Kitty limpou os dedos pretos de graxa com seu lenço perfumado.

– Macaco? Não vejo nenhum macaco por aqui.

– Não o animal. Aquela ferramenta ali.

Gertie era mesmo uma mão na roda! Ela parecia Tilly, que também sabia agir com rapidez e serenidade em situações como aquela.

– Fique ali em cima, Sra. Scherer! Aí não. Aqui. Ótimo. Mais uma vez. E agora abaixe a roda. Cuidado com seu casaco claro! Pegue o estepe aqui. Segure com força! Um pouco mais alto. Para a esquerda. Esquerda é o outro lado...

Elas realmente conseguiram trocar o pneu. Ofegante, Gertie apertou os parafusos, depois devolveu o macaco, a chave cruzada e o pneu furado ao porta-malas. Encharcadas e exaustas, com os sapatos enlameados e os chapéus encharcados pela chuva, estavam retornando ao veículo quando um carro passou e parou ao seu lado.

– Posso ajudar as senhoras? – perguntou o motorista bem-apessoado através da janela lateral aberta.

– Obrigada – disse Kitty com dignidade, torcendo uma das pontas do casaco – A mulher moderna não precisa de ajuda.

– Tudo bem, então – disse ele e acelerou.

Ela quis estrangular Gertie. Mais uma meia horinha e elas estariam secas dentro do carro e quem sujaria os dedos e o terno trocando o pneu seria o motorista.

Ela não trocou mais nenhuma palavra com Gertie até Munique, e o silêncio só foi quebrado quando entraram na agitação da cidade grande e Kitty se perdera completamente.

– Por favor, consulte o mapa, Gertie, acho que erramos o caminho... Precisamos ir para Pasing.

Gertie sorriu, pois ela esperara pacientemente por aquela ordem.

– Com prazer, Sra. Scherer.

Menos de quinze minutos depois, Kitty estacionou o carro em frente à mansão dos Klippsteins. Naquele momento, o sol apareceu por entre as nuvens e animou-a.

– Muito bem, Gertie – elogiou Kitty. – Vamos entrar na cova dos leões agora!

Parecendo um pouco sonolento, Julius abriu a porta e levou um susto quando viu Kitty e uma criada. Ela não anunciara sua chegada por motivos estratégicos.

– Querido Julius – disse Kitty, dando-lhe um sorriso radiante. – Avise o Sr. Von Klippstein que estamos aqui e nos conduza até o banheiro. Precisamos nos recompor um pouco.

Julius curvou-se de forma serviçal, mas era nítido que não sabia ao certo o que fazer.

– É claro, senhora. Por favor, venha por aqui. Mas tenho que lhe avisar que o Sr. Von Klippstein está indisposto e não receberá ninguém.

– Veremos.

No banheiro, ela percebeu que era impossível remover todos os vestígios deixados pela troca de pneus. Limpar as mãos por si só já se mostrava mais trabalhoso do que esperava. Gertie limpou os sapatos e tentou dar forma ao chapéu molhado, no que falhou miseravelmente.

– Meu Deus... – disse Kitty com um suspiro. – Você não pode aparecer assim diante de seu conhecido. Leve meu chapéu, ele sofreu menos sob a chuva e combina bem com seu casaco.

– A senhora está falando sério? Meu Deus, um chapéu tão caro!

A moça ficou louca de tanto entusiasmo, pegou o chapéu da moda e deixou Kitty orientá-la sobre a melhor forma de usá-lo.

– Não demore muito! – alertou Kitty.

– Já, já estarei de volta, Sra. Scherer.

Kitty deu uma última olhada no espelho, ajeitou o cabelo úmido e saiu do banheiro.

Não havia sinal nem de Julius nem de Bruni no átrio, nem sequer de barulhos. Aquela casa era silenciosa demais mesmo. Quase deixava os nervos à flor da pele de tão calma. Não era de se admirar que a pobre Tilly se sentisse solitária e abandonada ali. Onde estaria o dono da casa? Indisposto, fora o que disseram. Isso poderia significar muitas coisas. Deveria estar ou no escritório ou na biblioteca. Na verdade, aquele homem estava morto para ela, e ela prometera nunca mais trocar uma palavra sequer com ele. Mas enfim, era por sua amada Tilly, e é claro que também tinha aquela história chata de ela ter falado o que não devia... mas aquilo não fora sua culpa de forma alguma! Afinal, todos sabiam que ela tinha a língua maior que a boca.

Ela bateu rapidamente à porta da biblioteca e entrou sem rodeios. Lá estava ele! Sentado na poltrona com um travesseiro nas costas, o cobertor sobre as pernas e encarando-a com uma expressão taciturna.

– Você deveria ter ligado para avisar sobre sua visita, Kitty – disse ele com a voz rouca, depois tossiu. – Estou com uma gripe terrível e febre alta.

– Sinto muito – respondeu ela, sentando-se em uma poltrona sem ser convidada. – Eu teria vindo mesmo assim, pois preciso conversar com você sobre um assunto.

Ele se inclinou para a frente com esforço, pegou uma xícara que estava em cima de uma mesinha do seu lado e bebeu um gole, fitando Kitty criticamente por cima da borda.

– Tendo em vista meu estado, agradeceria se você evitasse determinados temas – disse ele, colocando a xícara de volta na mesa, e fungou no lenço.

Meu Deus, ele realmente estava mal. Mesmo assim, Kitty não sentiu nenhuma pena e partiu para seu objetivo. E ela o fez do seu jeitinho.

– Meu querido Ernst – disse ela com ênfase. – Sei que você é um homem inteligente e prático. Por isso sempre tive respeito por você. O que vejo diante de mim agora, para minha grande consternação, é alguém digno de pena. Como pôde deixar as coisas chegarem até esse ponto?

Ele olhou para ela com um olhar rígido e pareceu precisar processar o que ela falara. Depois, seu rosto retomou a expressão perturbada e parecia imerso em autopiedade.

– Pergunte à sua cunhada – resmungou ele, limpando o suor da testa. – Você se surpreende com meu sofrimento? Ela me abandonou de forma mal-intencionada, me expôs ao ridículo, acabou com minha reputação e feriu meus sentimentos mais profundos...

Kitty ficou enojada. Veio-lhe à mente o que ele falara sobre Marie, sobre sua ascendência judaica, seu terrorismo ao telefone e as cartas do advogado. Ah, não, mesmo que quase explodisse de tanto ódio, ela não argumentaria sobre tudo aquilo agora. Era verdade que tinha a língua maior do que a boca. Mas nem sempre.

– Não entendo você, Ernst – disse ela, continuando. – Cadê seu amor-próprio? Por que está se agarrando tão desesperadamente a algo que lhe trouxe tanto sofrimento? O casamento com Tilly foi um erro desde o início, vocês dois simplesmente não combinam. O que poderia ser mais libertador que dar um fim a esse estado de infelicidade?

Antes de responder, ele colocou a mão no bolso do robe em busca de um lenço.

– Se veio para me convencer do divórcio, Kitty, perdeu a viagem... Julius, meu Deus, cadê você?

O empregado devia estar escutando atrás da porta, pois entrou imediatamente.

– Traga-me lenços e um café para a Sra. Scherer. Ou prefere um chá, Kitty?

– Nada, obrigada.

– Como preferir. Então traga lenços limpos e um chá quente para mim.

– É claro, Sr. Von Klippstein.

Julius lançou um olhar hostil para Kitty, pegou a xícara vazia e saiu da biblioteca.

Bem, como um bom empregado, ele permanecia ao lado do patrão. Kitty estava longe de esmorecer e deu início à próxima tentativa.

– Entendo que percebemos as coisas de forma diferente quando estamos envolvidos em uma situação, mas vejo a questão como alguém que está de fora e me dói ver você se tornando cada vez mais um velho rabugento e triste. Você precisa disso? Não é a bíblia que diz: *Se o dedo de sua mão aborrecer você, arrancar-lhe-ei fora. É melhor perder o dedo que ver o corpo todo apodrecer...*

Pelo menos a lógica da citação bíblica ela acertara. Mas as contrações no canto da boca de Ernst deixaram transparecer que ele provavelmente sabia como era o texto original.

– Você tem uma capacidade incrível de distorcer tudo como lhe convém, querida Kitty – disse ele, ironicamente.

– Mas só estou pensando em você – respondeu ela. – E em Tilly, é claro.

– Com certeza – afirmou ele, ofendido, levantando o queixo. – Você quer me convencer a me divorciar para que ela fique livre para seu novo pretendente, não é mesmo?

– O Dr. Kortner? É um homem casado e trabalha com a esposa no consultório.

– Ah! – exclamou Ernst, admirado. – Você não me falou isso ao telefone. É verdade mesmo?

– É claro! Você realmente acha que Tilly é o tipo de mulher que vai se jogar nos braços do primeiro homem que aparecer?

Ele teve um acesso de tosse, pegou um dos lenços recém-passados que Julius trouxera e secou o rosto suado.

– Tudo bem, então – disse ele, precisando pigarrear, pois sua voz estava falhando. – Por mim ela pode trabalhar lá, pelo menos isso nos poupará despesas.

Ele deve ter visto o triunfo no rosto de Kitty, pois a encarou, desnorteado, e complementou de forma restritiva:

– Mas isso está longe de significar que consinto com o divórcio. Vou refletir sobre isso. Mas preciso concordar com você em um aspecto: minha esposa me fez muito mal e já passou da hora de eu cuidar de mim mesmo.

Kitty tinha certeza de que não dissera nada daquilo. Mas, de qualquer forma, alcançara uma vitória parcial e deveria agarrá-la.

– Seria bom para todos nós você me dar essa autorização por escrito agora para que não surja nenhum mal-entendido depois.

O Sr. Von Klippstein relutou por um momento e afirmou inclusive que estava doente demais para ir até o escritório, mas Kitty não deixou barato.

– Pode deixar que pego um bloco de anotações lá para elaborar um texto.

– Não, pode deixar que eu vou. Julius, minhas pantufas – disse ele.

Mas que pessoa mais desconfiada! Será que ele achava que ela mexeria em seus arquivos ou surrupiaria documentos importantes?

– Senhor, chegou uma criada da Sra. Scherer – avisou o empregado que ele acabara de chamar.

– Gertie! – exclamou Kitty, contente. – Minha criada se formou como secretária, você pode ditar que ela datilografa.

Resignado, Ernst jogou o cobertor para o lado, calçou as pantufas e levantou-se, gemendo. Enquanto isso, Julius conduzira Gertie, que estava surpresa, até o escritório, e Kitty conseguiu ver através da fresta da porta que ela já estava sentada à máquina de escrever, cheia de expectativa.

– Nós não nos conhecemos? – perguntou Ernst, mal-humorado.

– É possível... O senhor pode ter me visto quando visitou Augsburgo em algum momento. Trabalho na Vila dos Tecidos. Mas fiz um curso de secretária e estou tentando evoluir.

Ele se sentou em uma cadeira e fechou a porta da biblioteca com o pé. Foi bastante mal-educado, achou Kitty. Mas o importante era que parasse de se comportar como um menino teimoso.

Era possível ouvir o barulho das teclas da máquina e a voz rouca do Sr. Von Klippstein, depois uma folha de papel sendo arrancada da máquina e os barulhos da máquina novamente.

– Há um erro de novo – reclamou o Sr. Von Klippstein. – Onde você aprendeu a usar a máquina? Em um clube de crochê? Do início novamente!

Pobre Gertie. Era tão inteligente e habilidosa, mas aquele brutamontes conseguira perturbá-la por completo. Demorou quase meia hora até que Ernst voltasse para a biblioteca com o texto e o papel carbono e se sentasse na poltrona, exausto.

– Pegue – disse ele, entregando a folha assinada para Kitty. – Espero que esteja satisfeita. Aquela mulher é completamente incompetente. Bela e burra, uma combinação fatal!

– Ela não é burra coisa alguma – replicou Kitty, irritada. – Você a intimidou, e ela ficou nervosa.

– O que posso dizer? Não fui feito para as mulheres – disse ele com escárnio mordaz e observou-a lendo a folha com uma expressão crítica.

Kitty, que não tinha paciência para seu mau gênio e insinuações irônicas, dobrou a folha e colocou-a na bolsa.

– Espero realmente que haja uma solução aceitável para Tilly e você nos próximos dias – disse ela, levantando-se. – Já passou da hora.

– O tempo dirá – respondeu ele bruscamente. – Boa viagem de volta!

– Boa recuperação!

Quando saiu da casa, Kitty precisou respirar fundo. Aquele homem era um psicopata e deveria estar internado no hospício. Pobre Tilly, ela esperava que se livrasse dele em breve. Pelo menos aquilo era um começo, ela estava com o papel na bolsa. Tilly poderia assinar o contrato e trabalhar como médica.

No carro, trocou de chapéu com Gertie e perguntou-lhe como tinha sido com seu conhecido.

– Ele não estava em casa – respondeu Gertie, deprimida.

Kitty entendeu: a vaga de emprego já fora preenchida.

– Só tenho azar nesta vida. Tudo que faço dá errado.

Mais uma pessoa afundada em autopiedade. Kitty já tivera o suficiente daquilo para o dia.

28

— Só temos o suficiente para aquecer a cozinha, doutora. Por uma ou duas horas por dia.

Tilly assentiu com compreensão em resposta às palavras da jovem. Era a mesma história por toda a cidade antiga: as pessoas tinham muito pouco carvão para o aquecimento, as janelas tinham infiltrações, as paredes estavam mofadas, e todos ficavam juntos no mesmo cômodo, desde o recém-nascido até os avós. Era a incubadora ideal para doenças contagiosas. Quase ninguém tinha noções básicas de higiene, lavavam as fraldas na pia, a avó moribunda carregava o recém-nascido, as pessoas se lavavam com pouca frequência por causa do frio e da falta de espaço, e lavar as mãos regularmente com sabão era algo raro. Mas, acima de tudo, as pessoas estavam subnutridas e em geral não faziam mais do que uma refeição espartana ao dia, o que deixava as crianças especialmente suscetíveis a todo tipo de infecção.

Tilly explicava tudo incansavelmente, dava instruções para que mantivessem os membros da família que estivessem doentes longe das crianças, diminuindo o risco de contágio, orientava-os a arejar a casa todos os dias e clamava às pessoas que não deixassem as roupas sujas de doentes jogadas pelos cômodos por muito tempo, mas que as fervessem juntamente com as fraldas.

– Receite um remédio, doutora.

Tilly ouvia isso diariamente e prescrevia xaropes e antitérmicos mesmo que não ajudassem muito. Para piorar, os benefícios dos seguros de saúde haviam sido reduzidos por decreto de emergência e os doentes passaram a precisar pagar por boa parte dos remédios.

– Não há um remédio milagroso – explicava ela aos pacientes. – O mais importante é vocês seguirem minhas orientações.

– Sim, faremos isso.

Tilly sabia que aquilo não passava de palavras vazias, mas o que poderia fazer? Por que o seguro de saúde não podia cobrir a prescrição de pão, carne, gordura e ovos? Isso teria poupado a maioria das pessoas de doenças. Mas eles esperavam que se curassem com um pouco de xarope, antitérmico e comprimidos para dor de cabeça. Naquele dia ela já estava visitando a sétima paciente, a velha Sra. Treffner, que nitidamente estava com tuberculose. Não podia transferi-la para um sanatório, pois o seguro de saúde não cobria esse procedimento no caso de pessoas mais velhas, e a pobre senhora já tinha 78 anos. Ela estava deitada em um colchão na cozinha e parecia que ia tossir o pulmão para fora: não viveria por muito mais tempo.

– Muito obrigada, doutora. Estamos muito felizes pela senhora ter vindo nos ver.

– Mas é claro que viria, Sra. Treffner. Voltarei na semana que vem. Onde posso lavar as mãos, por favor?

A gratidão dos pacientes era comovente, e Tilly ficava com a consciência pesada por poder fazer tão pouco pelas pessoas. Com frequência só lhe restava consolá-las, falar algumas palavras de conforto, ouvir pacientemente suas queixas e preocupações e animá-las um pouco. Em alguns casos, por sorte conseguia salvar o paciente. Eram raios de esperança no trabalho, aos quais se agarrava.

A última paciente que ela visitaria naquele dia era uma menina de 8 anos que de súbito tivera febre alta. Provavelmente pegara da irmã menor, que estava com escarlatina, mas já parecia ter passado pela fase mais complicada da doença. A família tinha uma situação melhor. O pai era funcionário da prefeitura, e eles moravam em um apartamento espaçoso de quatro quartos na Ludwigstraße, limpo, organizado e aquecido por lareira. Tilly esperava que o pior tivesse ficado para trás, pois tivera a impressão de que a menina estava estável em sua última visita.

O tempo esfriara e um vento gélido soprava entre os prédios de Augsburgo. Alguns trechos da rua estavam cobertos de gelo, o que exigia que ela dirigisse com cuidado. Ainda assim, havia muitas pessoas na praça da prefeitura ouvindo um comício e pedintes parados na frente das lojas – alguns enrolados em cobertores encardidos para resistir ao frio. Em frente à prefeitura, um funcionário jogava areia na calçada para evitar acidentes e a luz ainda estava acesa em uma das salas de reunião, onde sem dúvida deliberavam sobre o declínio das receitas fiscais e a situação lamentável dos fundos da cidade.

Tilly tremia de frio quando parou diante do prédio. Enrolou no pescoço um cachecol de lã colorido, presente de Natal de sua mãe, pegou sua maleta de médica e se apressou para chegar ao portão que dava nas escadas, onde estava pendurado o planejamento que encarregava os moradores com as tarefas de varrer, limpar ou encerar. Tilly sentiu-se esgotada após os dois primeiros lances de escada. Não era de se admirar, pois estivera na rua desde as oito da manhã, substituíra o Dr. Kortner no consultório durante duas horas e depois fizera visitas domiciliares a pacientes. Nem ao menos tivera tempo para comer.

Tocou a campainha e esperou abrirem a porta. Desta vez demorou certo tempo, muito mais do que o normal, depois ela ouviu passos lentos e sussurros e cogitou tocar pela segunda vez, mas a corrente de segurança interna foi solta e abriram a porta.

Um homem de cerca de 40 anos estava parado sob o batente, provavelmente o pai da menina, que ela não vira na visita anterior. Tilly viu seu rosto pálido, os cabelos pretos desgrenhados, a expressão incrédula e desesperada em seus olhos e se deu conta, aterrorizada, de que possivelmente acontecera uma tragédia.

– O que a senhora ainda quer aqui? – gaguejou o homem. – Não precisamos mais de médico. Ela está morta. Minha pequena Elisa está morta. Por que a senhora não pôde ajudá-la?

Tilly precisou de um momento para se recompor. A morte era onipresente em sua profissão, ela vira pessoas jovens e velhas morrerem tanto na clínica quanto nas últimas semanas em que trabalhara no consultório, emitira certidões de óbito e consolara parentes. Mas, ainda assim, não podia deixar de sentir horror e impotência diante da efemeridade inclemente.

– Sinto muitíssimo – disse ela baixinho. – Meus sinceros pêsames, Sr. Pageler.

– Aconteceu durante a noite – disse ele, passando os dedos trêmulos pelos cabelos. – Minha esposa foi até ela para lhe dar algo para beber e primeiro acreditou que Elisa estivesse dormindo profundamente...

Ele começou a soluçar, virou-se e sinalizou para que Tilly o seguisse. A porta da sala estava só encostada, e por um momento ela viu o rosto inchado de choro da irmã menor, até alguém puxar a menina de volta para dentro e fechar a porta. A pequena Elisa estava deitada em sua cama com as mãos cruzadas sobre o peito e o rosto relaxado, parecia que estava dormindo. A mãe estava entorpecida, sentada no canto da cama, fitando a filha morta.

– Chamamos o Dr. Thomas durante a madrugada, ele emitiu a certidão de óbito – disse o pai.

Tilly ficou calada e só conseguia sentir uma tristeza profunda por aquela jovem vida. Por que ela morrera? Ela não encontrou explicação, porque a menina parecera completamente saudável havia apenas dois dias. Será que não fora escarlatina? Será que fizera um diagnóstico errado e talvez tivesse culpa por aquela morte lamentável?

Era possível que os pais suspeitassem exatamente disso, senão por que não teriam ligado para o Dr. Kortner, mas procurado outro médico?

– Então só me resta lhes dar meus sinceros pêsames – disse ela, desolada.

Ela não obteve resposta. O Sr. Pageler foi até sua esposa, calado, e acariciou seus cabelos. Tilly se sentiu completamente inútil.

– Tudo de bom para vocês – disse baixinho.

Ela atravessou o corredor, saiu do apartamento e fechou a porta. Desceu as escadas devagar e sentiu-se pesada e inerte, como se tivesse uma tonelada sobre suas costas. Lá fora, sentiu o vento do norte gelado puxar seu casaco e tentar levar seu cachecol. Mas não se incomodou, a luta contra a natureza a trouxera de volta à vida. O que passara, passara, e ela não podia mudar os fatos. Não podia se deixar abater, mesmo que fosse difícil digerir momentos como aquele. Afinal de contas, escolhera aquela profissão e fazia seu trabalho com todas as forças e dedicação de que dispunha. Já ajudara muitas pessoas, se orgulhava disso, mas sabia que também precisava conviver com erros e derrotas amargas.

Sentindo-se angustiada, entrou no carro e dirigiu até o consultório para fazer um pequeno relatório e, eventualmente, ainda atender alguns pacientes. O Dr. Kortner preparara uma antiga sala de armazenamento de materiais para servir de sala de atendimento provisória, que era suficiente pelo menos para os casos mais simples. Já estava escuro quando ela caminhou pelo pátio em direção ao consultório e subitamente sentiu muita falta da primavera, das noites claras, da luz do sol e dos passarinhos cantando nas árvores de folhas verdes. Em vez disso, a tempestade de inverno assobiava com força nas esquinas e lembrava-lhe de que ainda estavam na primeira metade de janeiro e de que o inverno estava longe de dar uma trégua.

De fato, ainda havia pacientes na sala de espera. Enquanto Tilly foi até sua pequena sala de atendimento, uma senhora lhe desejou um simpático *Bom dia, doutora*, e ela respondeu com um sorriso. Era um sentimento bom ver que os pacientes já lhe depositavam plena confiança. Sim, havia até aqueles que a preferiam em vez do Dr. Kortner. Especialmente no caso de questões femininas, as jovens procuravam a doutora como confidente em detrimento do belo doutor. Ninguém se importava com o fato de ela não ter o título de doutorado. Ela era automaticamente chamada de doutora, e a Sra. Kortner lhe dissera que ela não deveria passar insegurança para as pessoas. Um médico é "doutor" e ponto final.

No início ela tivera dificuldade de aceitar aquele emprego, mas a insistência de Kitty a convencera.

– Tive que juntar forças para ir até Munique e falar com seu esposo atroz e bajulá-lo – falou Kitty como se lhe desse um sermão, nervosa. – Fiz isso só por você, querida Tilly, e é por isso que você não pode desistir de jeito nenhum.

Mas que pessoa excepcional e maravilhosa era Kitty. Ela podia ser caótica e extremamente emotiva, louca, brincalhona, idealista, mas aquilo não passava de uma fachada. Kitty também era uma esposa amorosa, uma mãe dedicada e uma amiga fiel e destemida.

Os primeiros dias no consultório haviam sido uma verdadeira tortura para Tilly. Os pacientes precisavam se acostumar com ela, pois a maioria deles não confiava em uma médica. O Dr. Kortner a apresentara a todos, não lhe poupara elogios e lhe prometera todo o suporte profissional e pessoal. Tilly sofria quando ele sorria para ela com seus olhos brilhantes e cheios de entusiasmo. Ela lembrava então que seu sorriso não era destinado a ela, mas à médica Tilly von Klippstein, e, mesmo assim, desencadeava ciúme em Doris. Por que ele fazia aquilo? Será que aquele homem tão simpático não era um marido fiel? Por acaso sentia prazer em flertar com outras mulheres e, por isso, sua esposa estava sempre em alerta? Independentemente do comportamento dele, Tilly considerava inaceitável se envolver com um homem casado, ainda que, infelizmente, estivesse apaixonada.

Seu trabalho em especial ajudava-a a suportar aquela situação desagradável. Era bom ser útil, e, mesmo que não pudesse fazer muita coisa em vários casos, sentia a gratidão dos pacientes. Ela não os abandonava, mas os consolava, lhe dava conselhos, cuidava deles e tentava fazer tudo que estivesse a seu alcance. Talvez Doris também reconhecesse isso e tivesse passado a conversar com ela com menos reservas.

– Existe uma razão para a senhora não ter feito o doutorado? – perguntou ela um dia. – Um título de doutora pode até não ajudar tanto no trabalho com os pacientes, mas aumenta o prestígio.

No início as conversas eram curtas. Em geral Doris fazia uma pergunta e Tilly se esforçava para dar uma resposta adequada. Ela não tinha muita vontade de falar sobre sua vida particular, mas as perguntas sempre seguiam nessa direção.

– Seu divórcio está avançando?

– Está encaminhado.

Tilly ficava irritada com a curiosidade da colega e decidiu começar a rebater as perguntas com outras perguntas.

– A senhora já trabalha há muito tempo com seu marido?

Tilly constatou que a Sra. Kortner também não gostava de falar sobre sua vida particular.

– Há muitos anos. Somos uma boa equipe.

Tilly podia atestar que nisso ela tinha razão, e a Sra. Kortner pareceu alegrar-se com aquele elogio. Infelizmente, isso a encorajou a se intrometer ainda mais na vida pessoal de Tilly.

– Seu marido deve ser uma pessoa difícil – comentou ela, e Tilly sentiu o escrutínio em seu olhar.

– Todos nós temos nossas dificuldades.

Às vezes parecia que a Sra. Kortner ficava feliz em falar sobre o próprio marido.

– Jonathan é extremamente distraído e pouco prático. Sempre tem grandes planos na cabeça, vive cheio de entusiasmo e também não tem inibições em questões de despesas.

Tilly sorriu e pensou no pequeno empréstimo bancário que o Dr. Kortner fizera para adquirir um inalador moderno e uma manta térmica.

– Nesse caso, que bom que ele tem a senhora ao lado para trazê-lo de volta à realidade quando necessário – respondeu ela.

– Com certeza. Uma assistente para tudo, desde emitir faturas, acertar as contas com o seguro de saúde, fazer a contabilidade e garantir que o doutor coma algo entre uma consulta e outra. Só para citar algumas de minhas funções.

Com o tempo, a Sra. Kortner tinha passado a fornecer chá e sanduíches para Tilly, sendo que inicialmente agia como se o lanche não fosse destinado a ela.

– Veja só, sobrou um pouco. Talvez a senhora goste de salsicha de fígado com picles... Fique à vontade.

– Obrigada, é muito gentil de sua parte.

Quanto ao chá de hortelã, ela só descobriu a verdade mais tarde, pois Tilly ainda não tivera coragem de confessar sua aversão àquela bebida tão saudável. A Sra. Kortner acabou percebendo pelo odor de hortelã que a pia exalava.

– Por que a senhora não me disse? – perguntou ela, irritada. – Uma pena desperdiçar tanto chá!

– Sinto muito mesmo. Sempre tinha que tomar chá de hortelã quando ficava doente na infância, e devo ter desenvolvido uma grande repulsa.

– Acontece. Jonathan, por exemplo, não gosta de cominho, e eu detesto alho.

O Dr. Kortner continuou se comportando de forma simpática, mas sem os elogios excessivos. Além disso, não mostrava mais interesse na vida pessoal de Tilly e perguntava, no máximo, como estava sua mãe e se satisfazia com respostas curtas, como *Obrigada por perguntar*. Por outro lado, sempre se mostrava disponível para conversas sobre pacientes, o que era de valor inestimável para Tilly. Ao contrário da clínica, onde a equipe não gostava de falar sobre erros e fracassos, ela podia desabafar com ele sobre suas preocupações com muita sinceridade. Ele próprio não ocultava suas dúvidas relativas às decisões que tomava, e eles costumavam achar uma boa solução quando discutiam um caso e cada um contribuía com sua opinião e suas experiências.

Naquele dia acontecera o mesmo. Depois que todos os pacientes tinham sido atendidos, Tilly ainda estava ocupada com os relatórios quando a porta se abriu e o Dr. Kortner entrou.

– Incomodo? – perguntou ele com aquele sorriso sedutor, ao qual ela já conseguia resistir, porque não o atribuía mais a si própria.

– Não, não. Já estou quase acabando mesmo.

Ele olhou à sua volta com insatisfação.

– A senhora precisa de uma escrivaninha sem falta, não dá para continuar escrevendo seus relatórios em cima de uma mesa para instrumentos.

– Uma escrivaninha pequena não seria nada mau. Talvez possamos pegar a que está na sala de espera, aí teríamos lugar para mais uma cadeira lá.

Ele não pareceu aprovar a ideia: o móvel antigo estava muito bambo, e ela precisava de uma mesa decente e de uma cadeira confortável. Prometeu que arranjaria as duas coisas.

– Como foi hoje? – perguntou ele, enfim.

Tilly deixou o caderno de relatórios de lado com um suspiro.

– Uma criança morreu ontem à noite. Elisa Pageler, o senhor se lembra? A menina que provavelmente foi contagiada pela irmã com escarlatina.

Era bom poder expor aquele caso trágico. Ela não poupou nenhum detalhe, mencionou sua insegurança, a possibilidade de ter feito um diagnóstico errado e, com isso, ter cometido um erro fatal e terrível. Ele a ouviu pacientemente, fitou-a com um olhar sério e, quando ela terminou, fez um gesto impulsivo como se quisesse pegar sua mão. Mas não o fez e só assentiu, dizendo com delicadeza que conseguia entender muito bem sua preocupação.

– Acho que eu teria agido da mesma forma. Febre alta, dificuldade de engolir e amídalas inflamadas. Além disso, a irmã menor estava com escarlatina...

– Bem, a língua dela não estava vermelha. Será que pode ter sido uma infecção totalmente diferente?

Ele balançou a cabeça de um lado para o outro e disse não acreditar naquilo.

– É possível que ela tivesse uma leve má-formação cardíaca não diagnosticada até então.

Eles discutiram durante algum tempo, repassaram várias possibilidades, compararam casos parecidos e não chegaram a nenhuma conclusão.

– Esqueça o pensamento absurdo de que a senhora teve qualquer tipo de culpa nessa tragédia – disse ele, finalmente, de forma enfática. – Isso não vai ajudar ninguém e atrapalha nosso trabalho.

– Pelo menos serei mais cuidadosa e minuciosa com os diagnósticos no futuro – respondeu ela baixinho. – Levarei esse aprendizado para meu trabalho daqui em diante.

Sua expressão angustiada pareceu perturbá-lo. Com um gesto impulsivo, acabou pegando a mão dela e segurou-a por um instante.

– A senhora está se preocupando em excesso, Sra. Von Klippstein. Precisamos aprender a encarar nosso trabalho sempre com coragem e segurança apesar de todas as derrotas.

Tilly não retirara sua mão. Era agradável sentir o calor e a energia positiva; naquele momento, ele era só uma pessoa que a compreendia, melhorava seu ânimo e que estava muitíssimo próximo dela. Como um parente amoroso. Um irmão.

– Sabe o que mais? – disse ele de súbito. – Quero convidar a senhora para jantar hoje. Vamos juntos a um restaurante agradável para que a senhora pense em outras coisas.

– Sua esposa deve ter outros planos para hoje à noite – comentou ela.

– Doris? Ela estará ocupada com as declarações de impostos.

Tilly ficou paralisada quando entendeu o que se passara. Meu Deus, por que ela era tão ingênua? O médico não estava pensando em uma saída a três, mas em um encontro a dois. Ele não era o parente amoroso ou o irmão. Era um homem casado que estava aproveitando aquela oportunidade. Ela estava separada do marido, e ele sabia disso. Provavelmente achava que poderia satisfazer certas necessidades com ela.

– Sinto muitíssimo – disse Tilly, levantando-se para vestir o casaco. – Estão me aguardando em casa. Uma ótima noite, Dr. Kortner!

Ela encontrou sua esposa no corredor, o que a deixou bastante desconfortável naquele momento. Com um cumprimento rápido, passou apressada por ela e saiu do consultório, mas não conseguiu evitar ouvir um grito irritado.

– Jonathan! O que está acontecendo?

– Nada, Doris, uma tolice de minha parte.

– Eu avisei!

Tilly deixou o consultório como uma fugitiva.

29

Liesel hesitara em seguir a ordem da Sra. Von Maydorn e descer do veículo. Ela não queria ficar ali, queria voltar para casa o mais rápido possível, para longe daquela terrível fazenda, daquelas pessoas hostis e daquele pai que não queria saber dela. Mas Leschik acalmou os cavalos, o trenó parou e a senhora inquieta ficou batendo impaciente com a bengala no chão da escada da casa.

– Vamos logo! – resmungou Leschik, apressando-a irritado. – Está esperando o quê?

Liesel pegou sua bolsa de viagem e desceu. Caminhou timidamente até a casa enquanto sentia os olhares dos empregados a seguindo, pois quase todos eles tinham ido até lá para espiar a briga entre a velha senhora da casa e o administrador. Era como um espetáculo de chibatadas públicas, pois na escada da mansão também havia espectadores curiosos reunidos: a criada estava parada, boquiaberta, do lado da porta de entrada, duas cozinheiras espreitavam no canto e a babá puxava para trás um dos meninos curiosos que tentava ir até o pátio.

– Finalmente – grunhiu Elvira. – Suba a escada e depois vire à direita.

Assim que Liesel adentrou a casa, as pessoas voltaram a se mexer. As cozinheiras desapareceram em um piscar de olhos, a criada se virou de costas e fez uma reverência e a babá se meteu em um canto de mãos dadas com o menino. O motivo para isso não fora Liesel, que, constrangida, ousara dar alguns passos em direção à escada. Uma mulher chegara e estava parada no meio do átrio.

– O que está acontecendo aqui?

Liesel se deteve ao ouvir aquela voz autoritária. Ficou paralisada de medo e não soube o que fazer. Na sua frente estava a esposa de seu pai, que obviamente dava muitas ordens na casa. Ela a via pela primeira vez sem o casaco de pele e o lenço de lã com o qual cobria os cabelos quando saía.

A mulher era loira, voluptuosa e usava um vestido verde-escuro de tecido brilhante. Seus seios se projetavam no amplo decote e pareciam dois foles agora que ela estava irritada daquele jeito.

– Isso não lhe diz respeito – disse a Sra. Von Maydorn com uma voz não menos autoritária atrás dela. – Por que está parada aqui, Liesel? Suba a escada!

– Você vai se arrepender! – chiou a jovem mulher.

– Cuide de sua vida – replicou a senhora.

Liesel sentiu de repente a ponta da bengala em suas costas e caminhou até as escadas com pressa. Conforme ordenado, subiu os degraus, virou à direita e ficou parada em frente a uma porta. A senhora da casa subiu mancando atrás dela, precisando parar algumas vezes para esticar a coluna.

– O que vocês estão fazendo aqui paradas que nem postes? – vociferou a jovem rival lá embaixo, no átrio. – Vão trabalhar, senão vão ver só! Greta, vá buscar meu marido. Ele deve vir até aqui imediatamente. Imediatamente! Entendeu?

Lá em cima, no primeiro piso, a Sra. Von Maydorn abriu uma porta sem dizer uma palavra e empurrou Liesel para dentro do cômodo. Era como um novo mundo diante dela. O quarto era iluminado por três janelas e tinha móveis lindos. Uma lareira aquecia o recinto, e havia tapetes coloridos espalhados no assoalho de madeira. Liesel ficou tonta com tanto luxo, e o calor que a envolvera após semanas de um frio congelante fora a cereja no bolo. A bolsa caiu de sua mão, e ela sentou-se no chão.

– Você está fraca, menina. Não lhe deram nada para comer, não é mesmo? Tire o casaco de pele e sente-se à mesa. Não precisa ficar agachada no chão enquanto estiver aqui comigo.

Obediente, Liesel tirou o casaco e já estava se sentando quando um grito agudo a impediu.

– Pare! Não se sente. Você vai sujar meu estofado. Não tem outra coisa para vestir além deste trapo imundo?

– Só tenho este vestido – gaguejou ela. – Estava limpo quando cheguei.

– Há muito tempo!

A velha senhora da casa emitiu um grunhido irritado e foi até um armário alto e talhado. Quando o abriu, um cheiro intenso de bergamota inundou o quarto, e Liesel viu que o armário estava lotado de trajes e roupas de cama. A Sra. Von Maydorn deixou a bengala de lado e fuçou os compartimentos durante alguns instantes antes de tirar várias roupas de cama e um monte de peças de roupa.

– Aqui, pegue. Eu usava isto quando ainda era jovem e magra. Vai caber em você. Tem um lavatório ali, você pode se lavar direito. O cabelo também. Se você estivesse cheirando a cavalo, não me importaria. Mas não gosto do fedor do curral.

Havia um pequeno quarto adjacente com uma cama, uma mesinha de cabeceira, uma cadeira e um lavatório antiquado junto a uma bancada de mármore e um espelho. A água do balde tinha que ser jogada em uma tigela de porcelana, e o sabonete ficava em uma saboneteira pequena e com estampa de flores em formato de concha. Liesel tirou o vestido e esperou até ser deixada sozinha, mas sua benfeitora ficou parada ali com a porta aberta.

– Tem panos de banho e toalhas na gaveta. Por que está parada aí? Está com vergonha? Uma senhora como eu não vai ficar olhando para você. Tome cuidado para não espirrar no espelho!

Não era fácil para Liesel se despir na frente de uma estranha, mas ela passou por cima daquele sentimento, afinal, não lhe restava alternativa.

– Você é uma menina bonita – comentou a senhora da casa. – Então a sua mãe também não deve ser feia, não é mesmo? Tire a camisa, vou lavar seu cabelo.

Havia muito tempo que Liesel fizera aquilo. No passado, quando ainda era pequena, sua mãe costumava lavar seu cabelo, mas não era algo agradável, pois Auguste era impaciente e Liesel sentia o cabelo repuxar. Já as mãos da senhora eram suaves, a espuma tinha um cheiro delicioso de rosas e mel, e Liesel quase ficou triste quando o procedimento acabou com uma jorrada vigorosa de água quente.

Com uma toalha enrolada na cabeça e um vestido de lã preto fora da moda, Liesel sentou-se à mesa com o resto do café da manhã que fora servido à senhora.

– Coma até ficar satisfeita. Se não for o suficiente, peço para trazerem mais comida – disse sua protetora, observando-a comer com um sorriso. – Antigamente eu comia desta forma e era magra como uma borboleta. Agora petisco como uma andorinha, mas, mesmo assim, fico cada vez mais pesada.

Liesel deliciou-se com pão branco com geleia, presunto suculento, ovos mexidos e café com leite. Era como estar no céu. Ela nunca acreditaria que coisas tão boas pudessem acontecer para ela naquele dia. Aceitou tudo de bom grado, desfrutou do calor, do belo ambiente, das roupas agradavelmente macias, e sentiu pena por seu estômago não conseguir receber mais daqueles pratos deliciosos.

– Preciso me desculpar diante da minha cunhada Alicia por terem feito você trabalhar no curral – resmungou a baronesa. – O problema é que seu pai é um baita de um covarde. Não quis dizer à esposa quem você era quando chegou. Houve uma senhora confusão quando contei tudo para ela ontem à noite.

Finalmente Liesel entendeu por que o pai a mandara embora naquela manhã com o dinheiro da viagem. A Sra. Von Maydorn lhe contara com satisfação que a camponesa esperneara a noite toda e ficara histérica, chorara, berrara e se trancara no quarto. Ela chamava a esposa do Sr. Von Hagemann exclusivamente de "a camponesa".

– De manhã ela achou que tivesse feito sua vontade prevalecer, mas não conseguiu sua vitória, porque eu estraguei tudo. Você pode ser útil para mim, Liesel. Minha Maydorn se tornou um ninho de ratos desde que essa gentalha se mudou para cá. Deus sabe o que passo. Mas sigo persistindo, mesmo que minhas costas me atormentem terrivelmente. Não sou do tipo de pessoa que se deixa abater tão fácil.

Após o café da manhã generoso, Liesel sentiu uma enorme exaustão. Enquanto ouvia a velha senhora da casa queixar-se da camponesa descarada e recordar os lindos tempos do passado, quando seu marido Rudolf ainda era vivo, Liesel quase não conseguia ficar de olhos abertos.

A Sra. Von Maydorn percebeu, por fim, que sua ouvinte estava prestes a adormecer à mesa e levantou-se, gemendo.

– Dê-me minha bengala, menina! E depois abra o baú. Devagar, ele tem quase cem anos, pertenceu à minha mãe. No passado, herdou o enxoval dela, assim como eu. Tire o cobertor marrom e o travesseiro de penas de dentro. Bata os dois com vigor à janela.

Era um travesseiro de penas que dobrou de tamanho depois que ela o sacudiu, e o cobertor era tricotado de lã de ovelha macia e tinha uma fita de veludo.

– Você é uma moça inteligente, Liesel – elogiou sua protetora. – Pode deitar-se no sofá, com certeza tem muitas horas de sono para recuperar.

Liesel quase não podia acreditar que objetos tão maravilhosos assim se destinavam a ela. Travesseiros macios de penas como aquele só eram usados pelos patrões na Vila dos Tecidos, os empregados se contentavam com uma roupa de cama mais simples.

– E cuidado para não cair do sofá – alertou a senhora enquanto Liesel se aninhava em sua cama macia e quentinha e se cobria com o cobertor.

– Muito obrigada, senhora. Estou muito grata.

– Está tudo bem, menina!

Antes de adormecer, Liesel foi de súbito tomada pelo pensamento de que tudo poderia não passar de um sonho e de que ela acordaria de novo em seu alojamento em cima do curral, mas a exaustão a arrebatou e apagou todas as suas preocupações.

Ela acordou com o barulho de raspagem e rangidos metálicos de quando se limpava a lareira e levantou-se, assustada. Onde estava? O quarto estava na penumbra e, à luz fraca de uma lanterna, viu uma senhora sentada em uma poltrona com um jornal no colo. Tinha uma criada ajoelhada diante da lareira com uma pá na mão, assoprando a brasa cuidadosamente. Quando uma chama se formou, ela fechou a porta da lareira e se levantou.

– E diga na cozinha que é para trazerem o jantar para duas pessoas – ordenou a senhora sentada na poltrona. – Quatro fatias de torta salgada, não as corte finas demais. O frango do almoço de hoje estava duro, quase não dava para comer. E agora pode ir.

– Sim, senhora. A propósito, a cozinheira falou que a torta salgada acabou.

– Pode trazer quatro fatias grossas. Senão vou descer para ver direitinho se a torta salgada realmente acabou.

– Pode deixar, Sra. Von Maydorn.

A criada fez uma reverência, pegou o balde e a pá e foi embora. Liesel saiu debaixo do cobertor quente e passou as mãos pelos cabelos despenteados. Então não fora um sonho, ela estava mesmo na fazenda, usava roupas da proprietária de terras e dormira com um travesseiro fofo de penas.

– Enfim acordou? Já estava achando que hibernaria como os ursos da floresta.

– Estava realmente exausta... Mas agora estou acordada e me sentindo bem.

– Fico feliz.

O jantar foi servido perfeitamente de acordo com os desejos da velha senhora da casa, e Liesel pôde sentar-se com ela à mesa e comer o quanto quis. Aquilo era muito estranho para ela, que nunca na vida sentara à mesa com os patrões, pois ninguém podia fazer isso a não ser Rosa, que cuidava das crianças. A Sra. Von Maydorn parecia não ligar para regras como aquela. Ela jantava à vontade com a filha de uma governanta e garantia que seus pratos não ficassem vazios. Por outro lado, era uma professora rígida que não deixava de reparar que sua nova protegida não tinha a menor noção de como comer na companhia dos outros.

– Não apoie o braço na mesa! E sente-se reta! Mas que jeito é esse de segurar o garfo? Por acaso é uma forquilha? Veja como faço. E dê leves batidinhas na boca com o guardanapo, não esfregue rudemente como se precisasse limpar a lama do estábulo.

Liesel esforçava-se desesperadamente para fazer tudo certo, mas, quando segurava o garfo ao contrário, o pedaço de torta salgada caía de novo no prato, e o guardanapo de pano fino escorregava de seu colo e caía no tapete.

– Não seja tão estabanada!

Graças a Deus a baronesa logo passou para seu assunto favorito: seus cavalos da raça trakehner. Ela criava aqueles belos animais fazia cinquenta anos, e alguns dos melhores cavalos de corrida do país vinham de Maydorn. Até seis meses atrás, passava várias horas do dia sentada na sela, domando os cavalos jovens e cumprindo uma rotina puxada. O garanhão Gêngis Khan era uma nova aquisição para renovar sua criação, mas o jovem se mostrara osso duro de roer e só aceitara a cavaleira depois de muita relutância.

– E então aconteceu – contou ela, apontando para a bengala. – Ele saiu disparado por baixo de um galho e, apesar de ter tido sorte em não bater a cabeça, me machuquei bastante. São os melhores cavaleiros que têm as piores quedas...

Ela lesionara uma vértebra e ficara dias deitada na cama, imóvel, e quando voltou a se levantar, com cuidado, as dores não foram mais embora.

– Estou numa situação parecida com a de Riccarda, que está deitada em seu quarto, pois seu quadril não funciona mais.

Riccarda von Hagemann, descobrira Liesel, não era ninguém menos que sua avó biológica. Os pais de seu pai, Riccarda e Christian von Hagemann, haviam vindo para a fazenda junto com ele no passado e tinham vivido lá. Então, dois anos atrás, seu avô morrera e sua avó desenvolveu um problema sério no quadril que a forçou a ficar de cama.

– Na verdade, eu me entendia bem com ela enquanto minha sobrinha Lisa ainda estava aqui com a gente. Só quando o Sr. Von Hagemann trouxe a camponesa para cá é que tudo piorou. Só tenho problema e aborrecimento desde que essa pessoa passou a administrar as coisas por aqui.

A princípio, a avó de Liesel ficara contra a Sra. Von Maydorn mas, por amor a seu filho, tomara partido da camponesa recém-chegada.

– Mas a camponesa nunca foi uma pessoa boa. Agora Riccarda fica deitada sozinha lá em cima, e, se seu filho não for visitá-la de vez em quando, ela vai definhar. Sua esposa não deseja que a sogra doente fique lá embaixo com eles. Ela é dessa laia. Não liga sequer para os próprios pais, pois acha que é superior a todo mundo. Quer que a chamem de senhora da casa. Mas na verdade não passa da esposa de um inspetor, nada mais – declarou a Sra. Von Maydorn, bufando com desdém. – A propriedade sempre foi e continua sendo minha. Só após minha morte é que ela passará para o Sr. Von Hagemann, e é por isso que todos esperam ansiosamente que eu bata as botas, mas não farei esse favor a eles. Prefiro viver até os 100 anos para que não fiquem com a propriedade!

Que terrível, pensou Liesel. Como é que ela podia morar aqui com todos torcendo para que morresse?

– Conte-me sobre Augsburgo, Liesel – pediu a Sra. Von Maydorn. – Especialmente sobre minha cunhada, Alicia. É verdade que ela tem uma saúde frágil?

Liesel contou abertamente tudo que sabia, ficou feliz por poder alegrar aquela senhora amargurada e se esforçou muito para descrever os moradores da Vila dos Tecidos sob uma luz favorável.

– Então ela sofre de enxaqueca – disse sua ouvinte balançando a cabeça. – Não vai matá-la, ela já sofria disso antes. Fale-me sobre as crianças. Leo ainda toca piano daquele jeito lindo? E o que anda fazendo Dodo?

A noite foi longa. A senhora parecia gostar muito da companhia de Liesel. Ela pegou um tabuleiro fino na cômoda, e elas jogaram trilha. No começo, quando Liesel ainda não conhecia o jogo, a Sra. Von Maydorn ganhou quase todas as partidas. Mas, como a menina aprendeu depressa as regras, a sequência de vitórias da senhora da casa logo acabou.

– Muito bem – disse ela. – Agora guarde tudo. Você pode passar bálsamo em minhas costas antes de eu ir dormir.

– Com prazer, Sra. Von Maydorn.

Nos dias seguintes, a principal ocupação Liesel fora, acima de tudo, facilitar a vida de sua protetora e animá-la. Acompanhava-a até o estábulo para que cumprimentasse seus amores e lhes levasse guloseimas, lia o jornal em voz alta para ela, cerzia meias e outras roupas, trazia-lhe tudo de que ela precisasse dos andares de baixo. Certo dia, perguntou-lhe se não poderia ver sua avó pelo menos uma vez.

– Se faz questão. Mas não se assuste, ela está bastante confusa da cabeça.

Liesel precisava ser cuidadosa quando saía do quarto, pois, do outro lado daquelas paredes, era a esfera de influência da esposa de seu pai. Quando Liesel ouvia seus passos estridentes, corria apressadamente de volta para a sala de estar da baronesa, que era a senhora da propriedade Maydorn de fato.

O quarto de sua avó biológica Riccarda ficava onde Elisabeth, a filha dos Melzers, morara quando ainda era casada com o Sr. Von Hagemann. Liesel bateu à porta baixinho e, como não recebeu nenhuma resposta, girou a maçaneta com cuidado. A visão que se apresentou assustou-a. Riccarda estava deitada na cama, vestida, com as mechas de cabelos grisalhos sobre o rosto franzino. Seus olhos vagaram pelo quarto e se fixaram na jovem parada na porta.

– Até que enfim! – exclamou ela, gesticulando com os dois braços. – Traga-me algo para beber, Greta. Estou quase morrendo de sede. Depressa!

– Imediatamente, Sra. Von Hagemann.

Liesel compreendeu que fora confundida com outra pessoa e pensou se deveria esclarecer quem de fato era. Não, a senhora doente não entenderia nada. Era melhor trazer-lhe uma xícara de chá ou uma limonada.

O trajeto até a cozinha oferecia perigo, pois Liesel poderia dar de cara com a camponesa subindo as escadas a qualquer momento. Com cuidado, inclinou-se sobre o corrimão da escada e espiou lá embaixo para avaliar se havia risco. Havia. Quando estava diante do último lance de escada, a porta de entrada se abriu lá embaixo, e alguém entrou no átrio com passos ligeiros. Era seu pai. Liesel ficou paralisada e, com o coração disparado, esperou para ver se ele iria para outra direção, mas ele se dirigiu diretamente até a escada. Três, quatro degraus, e ele estava diante dela. Ele não estava com o gorro na cabeça, e ela viu seus cabelos ralos e as cicatrizes em sua testa. Seu rosto era feio e coberto de cortes e lacerações. Devia ser terrível ficar desfigurado daquele jeito pelo resto da vida.

– Liesel? – perguntou ele, espantado. – Que roupas são essas?

Ela recuara e se preparara para insultos desprezíveis, mas sua voz soara mais surpresa que outra coisa, e ele falava mais baixo que o normal.

– Foi a Sra. Von Maydorn que me deu.

Ele deu um passo atrás e a olhou de forma crítica.

– Você se tornou uma bela jovem. Não se parece em nada com sua mãe. – Era a primeira vez que ele dizia algo quase gentil para ela. – Você causou a maior confusão – disse ele, olhando para o topo das escadas, como se estivesse preocupado com a possibilidade de alguém aparecer lá.

– Não foi minha intenção, sinto muito.

– Não é culpa sua. Mas seria melhor você ir embora. Infelizmente, a velha se afeiçoou a você, não é mesmo?

Ela não chegou a responder, porque naquele momento uma porta se abriu, e a voz de comando de sua esposa ecoou pela casa.

– Mande Leschik preparar o trenó. Preciso ir até a costureira em Colberga.

Seu pai fez um sinal para que ela descesse e subiu as escadas rapidamente.

– Espere, querida – respondeu ele. – Preciso de algumas coisas da cidade, você poderia trazê-las para mim?

Será que ele sempre falava de forma tão submissa assim? Ela não conseguia entendê-lo, mas ainda assim fora tomada por um sentimento de felicidade. Afinal de contas, ele fora simpático com ela e inclusive admitira que ela não tinha culpa na situação toda. Então ele não era aquela pessoa tão horrível quanto ela pensara.

A impressão positiva logo desapareceu na cozinha, onde foi recebida com animosidade por ambas as criadas e pela cozinheira.

– Você quer uma xícara de chá para a velha Sra. Hagemann? Nós é que levamos tudo para ela, não venha se intrometer.

– Mas ela está com sede.

– Cada vez ela pede uma coisa diferente – zombou uma das criadas, rindo. – A gente que suba e desça o dia todo.

– Por favor, dê-me uma xícara de chá. Ou água – disse Liesel, insistindo. Suas palavras não foram bem recebidas.

– Sua estúpida arrogante! Fica andando por aí com as roupas dos patrões e quer nos dar ordens.

– Não vai levar nada! Pode se satisfazer com uma bela bofetada minha – disse a outra criada, levantando a mão de forma ameaçadora.

Naquele momento, um homem, que estava sentado à mesa e tomava sopa, se virou. Era Leschik, o cocheiro.

– Abaixe a mão – ordenou ele à criada. – Faça o que ela pede ou vai se arrepender.

A criada riu jocosamente, mas obedeceu e deu uma xícara de chá para Liesel, que subiu e levou-a até sua avó que acabara de conhecer.

– Obrigada, Greta – disse a senhora doente, acariciando a mão de Liesel. – Você é uma boa moça.

30

Auguste caminhava pelo parque a passos largos em direção à Vila dos Tecidos. Ela carregava na cesta só algumas cebolas, um salsão seco e dois repolhos pequenos, mas aquilo não afetava seu bom humor. Eles ficariam surpresos, os empregados da cozinha! Ela sabia que sim.

Parecia que o parque estava em hibernação, com coníferas sombrias e arbustos desfolhados erguendo-se dos campos cobertos pela neve que já derretia e deixava grandes poças pelo caminho. Se o chão ficasse coberto de gelo naquela noite, seria preciso ter cuidado para não escorregar. Mais essa agora, como se ela já não tivesse preocupações suficientes. Não era fácil para ela guardar dinheiro no banco ou enfiá-lo na meia que separara para suas economias. Os marcos de sua carteira queriam se aventurar pelo mundo: iam embora e nunca mais eram vistos. No verão não era tão ruim, pois a floricultura dava algum lucro, mas a situação se tornava desoladora no inverno. Ela vendera alguns arranjos no Natal, mas fevereiro era tempo de vacas magras.

Se Maxl não trouxesse alguns trocados para casa, eles nem ao menos teriam uma refeição quente no jantar. Ele estava trabalhando para o advogado Grünling, que comprara vários imóveis e agora os ajeitava para alugá-los. Seu pobre menino passava reboco nas paredes ou tapava buracos nos pisos de madeira por um salário miserável. O Sr. Grünling era um vigarista, uma das poucas pessoas que ficavam cada vez mais ricas naqueles tempos de crise econômica.

Apesar de todo cuidado, ela quase caiu em um trecho congelado no pátio da Vila dos Tecidos. Deu um grito alto de susto, mas conseguiu se segurar a tempo. A cesta de legumes voou e caiu no caminho de pedras coberto de ramos de abeto.

– Meu Deus, Auguste! – gritou Hanna, que varria a escada externa. – Você se machucou? Espere, vou ajudar você.

Auguste ajeitou o lenço de lã.

– Não foi nada, só minha cesta...

Hanna, uma pessoa muito gentil, já estava ajoelhada nas pedras catando os legumes.

– Muito obrigada. Vai à cozinha tomar um café com leite?

– Assim que eu acabar – disse Hanna, pegando a vassoura que deixara encostada no muro.

Auguste foi recebida sem muito entusiasmo na cozinha da Vila dos Tecidos. Else sentara-se à mesa com a cabeça nos braços, descansando após o serviço como de costume. Dörthe estava agachada ao lado do forno, pois pegara um resfriado. Christian estava do lado da janela olhando lá para fora. E a Sra. Brunnenmayer estava ocupada cortando uma galinha cozida que usaria para fazer a sopa.

– Já está de volta? – perguntou ela, rabugenta, quando a vendedora de legumes entrou. – Nem precisa tirar as cebolas da cesta, temos muitas. E quanto ao repolho, não sei. O de ontem estava bolorento, tive que jogar quase tudo fora.

Auguste pendurou seu lenço no gancho do corredor e disse calmamente que a cozinheira levaria um repolho de graça naquele dia.

– Então se sente. Mas só vai ter café depois que Hanna e Humbert terminarem o serviço.

– Está certo!

De qualquer forma, quase não dava mais para beber o café com leite da Vila dos Tecidos, pois já era a segunda ou terceira infusão e, para piorar, eles também estavam economizando no açúcar. Auguste logo declarou seu trunfo para fazer-se de importante.

– Liesel escreveu uma carta!

Christian começou a andar desnorteado pelo local, como se tivesse sido picado por uma abelha, e a cozinheira jogou a coxa de frango que estava desossando de volta na tigela.

– Ela está precisando de dinheiro para a viagem de volta? – perguntou ela. – Pois pode dizer-lhe que eu vou dar.

Auguste não pôde se segurar e soltou uma gargalhada diante daquela oferta. A Sra. Brunnenmayer estava mesmo disposta a fazer de tudo para transformar Liesel em uma cozinheira. Não, ela podia esquecer aquilo.

– Melhor eu ler a carta para vocês – disse ela, tirando a carta de dentro da blusa e alisando a folha cuidadosamente com a mão.

Querida mamãe,
tenho certeza de que você está preocupada por não receber notícias minhas há tanto tempo. É porque eu não tinha dinheiro para a postagem. Por sorte, tudo acabou bem. Estou morando agora junto com a proprietária das terras, a Sra. Elvira von Maydorn. Durmo com um travesseiro de pena de ganso e um cobertor de lã macio e não faço mais nada além de cuidar de duas senhoras: a Sra. Von Maydorn e a Sra. Von Hagemann, minha avó. Infelizmente, ela está muito doente e com a cabeça confusa. A Sra. Von Maydorn é muito amável comigo, deu-me roupas e até sapatos de presente, e tenho que ler o jornal para ela todos os dias. Tem tanta comida que nem dou conta de comer tudo que recebo. À noite, a Sra. Von Maydorn e eu jogamos trilha e dama juntas.
Por favor, mande meus melhores cumprimentos para meus irmãos. Também para a Sra. Brunnenmayer e para todos os outros empregados, principalmente para Christian. Espero que vocês estejam bem e vivendo juntos na Vila dos Tecidos, como sempre foi.
Agora preciso terminar a carta, porque já usei a folha inteira.
Sua filha, Liesel

Auguste deu um suspiro satisfeito quando terminou de ler e aguardou, curiosa, a reação dos outros. Primeiro fez-se silêncio. Else adormecera, a cozinheira raspava os ossos da galinha, Christian olhava pela janela. Dörthe pegou um lenço e assoou o nariz.

– A Sra. Von Maydorn tem suas próprias ideias – disse ela, e Auguste assentiu.

– Pois é, ela reconheceu que Liesel nasceu para algo melhor do que trabalhar como ajudante de cozinha.

– Por acaso alguém disse que ela deveria ser ajudante de cozinha pelo resto da vida? – resmungou a cozinheira.

– Não – respondeu Auguste, dobrando a carta. – Agora minha filha é acompanhante da baronesa Von Maydorn, está vestindo belas roupas e lê jornal para sua patroa. Não se esqueçam de que o pai de Liesel é de origem nobre.

– Ela não escreveu uma única linha sobre o pai – comentou a cozinheira e jogou os ossos de galinha sem pele em um balde. – E, se entendi direito, está usando roupas e sapatos usados.

Auguste sorriu de forma depreciativa. É claro que a Sra. Brunnenmayer estava irritada, pois seus planos não haviam dado certo e, por isso, procurava defeito onde não tinha.

– E daí? Ela certamente pediu a uma costureira para reformar as roupas. Afinal, eles moram no campo e não têm acesso fácil a tecidos bons como aqui em Augsburgo. Acho que as roupas devem ficar maravilhosas em Liesel, ela tem um lindo corpo. Eles provavelmente receberão convidados ou aceitarão convites, talvez até mesmo haja um baile, quem sabe? E tenho certeza de que minha filha vai virar a cabeça de alguns jovens senhores quando estiver usando um belo vestido.

– Pelo visto você tem grandes planos para Liesel – disse a cozinheira com ironia. – Cuidado para não se decepcionar.

Aquela insinuação ofendeu Auguste. Eles estavam com inveja e não queriam aceitar a ascensão de Liesel para a alta sociedade.

– Não se esqueça de que ela é filha de um barão – disse Auguste com soberba, guardando a carta. – Isso a diferencia de todos que trabalham na Vila dos Tecidos.

– Se você diz – respondeu a Sra. Brunnenmayer, rindo baixinho. – Mas isso não muda o fato de que a mãe dela era governanta. E é claro que Liesel não tem culpa nenhuma disso.

Auguste quase explodiu de tanta raiva e, orgulhosa, já estava quase se levantando e saindo, mas justo naquele momento Else acordou de seu cochilo e deu sua opinião.

– Liesel é uma menina de ouro e vai chegar longe na vida.

– Também acho – disse Auguste. – Vocês ainda vão se surpreender!

A cozinheira jogou a carne de galinha na sopa e pareceu não ter mais nenhum comentário sobre o assunto.

Já Christian se sentara em uma cadeira e apoiara a cabeça nas mãos.

– Também sei muito bem disso – afirmou ele, aborrecido. – Ela se tornará uma nobre e já deve ter me esquecido.

– Isso não temos como saber – opinou a Sra. Brunnenmayer.

– Temos, sim, está sacramentado. Já lhe escrevi três ou quatro cartas desde que minha mão ficou boa novamente, mas ela não respondeu nenhuma vez. Acabou tudo, nunca mais verei Liesel.

Até Auguste ficou um pouco abalada pela sua tristeza. O pobre rapaz se apaixonara por sua filha. Que pena para ele. Ela bem que tentara evitar aquele final triste, mas infelizmente os dois não haviam lhe dado ouvidos.

– A vida é assim mesmo, Christian – disse ela, resoluta. – Nem sempre conseguimos o que desejamos. Mas o que importa é que você ainda é um menino jovem e bonito. Outras mães também têm belas filhas.

As palavras bem-intencionadas não surtiram nenhum efeito. Christian enterrou o rosto nas mãos e não respondeu.

– Outras filhas têm mães mais espertas – disse a Sra. Brunnenmayer com raiva e mexeu a sopa vigorosamente no fogão. – E você, Christian, não deveria ficar aqui sentado se lamentando, mas correr para Maydorn para trazer sua garota para casa.

Auguste começou a rir. Aquele conselho não tinha pé nem cabeça. Christian parecia ser da mesma opinião, pois olhou para a cozinheira com uma expressão angustiada.

– Mas ela nem quer saber de mim...

– Ela com certeza não vai querer uma mosca-morta molenga – respondeu a Sra. Brunnenmayer, irritada, e colocou a tampa na panela de sopa com violência. – Quem não luta já entra na batalha perdendo.

Auguste começara a abrir a boca para defender seus interesses e dizer à cozinheira que não colocasse ideias na cabeça do rapaz quando alguém começou a descer a escada de serviço. Ela, que conhecia bem aqueles passos, levantou-se rapidamente.

– O que *você* está fazendo aqui? – perguntou Humbert quando colocou os olhos nela. – Não precisamos das suas verduras murchas.

Auguste já colocara o lenço na cabeça. Ela preferia evitar uma briga com Humbert.

– Já estou de saída – explicou ela, pegando sua cesta – Aqui, tomem isto de presente. Não preciso ficar aqui para ser ofendida.

Ela colocou o repolho, a cebola e o salsão em cima da mesa e já estava de saída, mas Humbert embarreirou seu caminho.

– Ele ainda está indo até sua casa?

– Deixe-me em paz – queixou-se ela, tentando empurrá-lo para o lado.

Foi em vão. Humbert estava fincado em frente à porta como se estivesse fundido no piso.

– Primeiro me responda!

– Não sei do que você está falando!

– Você sabe muito bem!

É claro que ela sabia. Ele estava se referindo a Grigorij. Fazia algum tempo que ele vinha trabalhando uma ou duas horas por dia na plantação, ajeitando o galpão, serrando tábuas para fazer lenha e arrumando os equipamentos. Eram tarefas que Maxl não estava conseguindo fazer naquele momento por estar cansado demais à noite.

Grigorij era uma pessoa simpática. Não queria dinheiro dela, trabalhava só pela comida e às vezes até trazia uma linguiça ou um pedaço de carne cozida. Por que ela deveria mandá-lo embora?

– Pelo visto você não se importa com nossa Hanna, não é mesmo? – rugiu Humbert. – Não faz diferença para você se a garota for infeliz contanto que tenha sua mão de obra barata.

– Mas qual é o seu problema? Ele está indo para minha casa, não está indo ver Hanna!

Humbert gesticulou com as mãos no ar, furioso.

– Todas as vezes ele passa pelo pátio da Vila dos Tecidos em direção à sua casa. Não me diga que não sabe disso. Ele fica rondando por aqui, espia nas janelas, assobia canções alto. Por que será?

Auguste deu de ombros. Não era sua culpa. Hansl deixara escapar ao russo que Hanna ainda trabalhava na Vila dos Tecidos. Ele fora desenterrar suas informações com o menino, o astuto Grigorij. Ele gostava de Hansl, até dissera para ela um dia desses que o *maltchik* era inteligente e deveria ir para uma boa escola e estudar.

– Então diga a ele que não pode passar por aqui, pois é propriedade privada – sugeriu ela.

– Fiz isso, mas ele não respeita.

Àquela altura, Auguste estava disposta a fazer concessões, afinal queria continuar vendendo seus legumes e flores na Vila dos Tecidos.

– Está certo, Humbert. Vou falar com ele quando ele vier mais tarde.

Suas palavras tiveram o efeito contrário do que esperara. Humbert arregalou os olhos, aterrorizado.

– Ele vai à sua casa hoje? Que horas?

– Ao meio-dia – disse Auguste, constrangida. – Deve estar lá daqui a pouco.

– Cadê a Hanna?

– Está varrendo a escada – respondeu Dörthe. – Na verdade, é meu serviço, mas ela assumiu hoje, porque estou com febre.

Humbert apoiou as mãos na cabeça, aturdido, e foi em direção à porta que levava ao átrio.

– Não precisa ficar nervoso! – berrou Auguste para ele ouvir. – Hanna já deve ter terminado de varrer faz tempo.

– Não terminou, senão estaria aqui! – grunhiu Humbert, com a mão já na maçaneta.

– Tarde demais – disse Christian, que olhava pela janela. – Os dois estão lá juntos.

Todos foram até a janela da cozinha para observar o encontro que Humbert conseguira evitar por tanto tempo. De fato, lá estava aquele russo de conversa com Hanna. Eles não conseguiam ver o rosto dela, pois estava de costas para a parede da casa. Mas o sorriso meigo e os gestos de Grigorij não deixavam dúvida sobre o que ele estava dizendo para sua *Channa*.

– Vou matá-lo! – berrou Humbert em desespero. – Ele não vai destruir a vida de Hanna uma segunda vez!

– Você não vai sair daqui! – ordenou a Sra. Brunnenmayer. – Christian, segure-o!

A cozinha em geral tão pacífica foi tomada por um tumulto. Christian não conseguiu agarrar Humbert pelo casaco para detê-lo. Por sorte, antes que ele saísse, a Sra. Brunnenmayer estava a postos e puxou-o para longe da porta e se colocou no caminho.

– Você enlouqueceu, Humbert? – perguntou ela, ofegante e respirando com dificuldade. – Você acha que Hanna vai ficar feliz com você na cadeia e Grigorij enterrado no cemitério?

– Deixem-me! Não aguento mais! – gritou Humbert em desespero.

Ele saiu em disparada em direção ao corredor da cozinha para sair pela entrada principal. Auguste, preocupada com o russo, conseguiu segurar Humbert por um triz pela manga do paletó com a ajuda de Dörthe e Else. Humbert tentou se desvencilhar com todas as suas forças, mas ficou impotente diante da força de Dörthe. Com as costas apoiadas na parede da cozinha, ficou parado, com a respiração pesada, e olhou à sua volta com uma expressão selvagem.

– Mas que alvoroço! – esbravejou a Sra. Brunnenmayer. – Você realmente acha que conseguiria esconder Hanna de Grigorij para sempre? Tome juízo. Ela é uma mulher adulta, não uma criança, e sabe o que faz.

– Também acho! – exclamou Christian de repente para o espanto de todos. – Desculpe, Humbert, mas eu precisava dizer isso.

– A Sra. Brunnenmayer tem razão nesse caso – falou Else, ela própria tão reservada. – Deixe os dois conversarem, qual a pior coisa que pode acontecer?

Para terror de todos, Humbert subitamente recobrou as forças. Primeiro olhou à sua volta de forma feroz como se estivesse cercado por inimigos, depois se virou e passou sorrateiramente por Dörthe em direção ao corredor da cozinha.

– Christian! – berrou a Sra. Brunnenmayer, aterrorizada. – Vá pelo átrio e intercepte-o!

Mas a cozinheira se preocupara em vão: Humbert subira para seus aposentos e se trancara lá.

– Que homem mais maluco! – exclamou a cozinheira, secando o suor da testa e das bochechas com um pano. – Meu Deus, minha sopa de galinha já deve ter passado do ponto.

Às pressas, puxou a panela do meio do fogão para a beirada e mexeu a sopa com cuidado. Auguste poderia ter ido para casa, pois ninguém mais prestava atenção nela, mas permanecera junto à janela e olhava para o pátio com curiosidade. Infelizmente não havia mais nada emocionante para ver. Grigorij sumira, e Hanna pegara a vassoura de volta para varrer os últimos degraus. Varria devagar e meticulosamente, raspava cada manchinha e empurrava a sujeira com a pá e a escova para dentro de um balde, que ao final esvaziou na lixeira.

Quando entrou na cozinha, reinava um silêncio tenso. A Sra. Brunnenmayer estava cortando o pão para a sopa de galinha do almoço, Dörthe se sentara novamente perto do fogão e Else, para própria frustração, fora chamada pela Sra. Alicia até o andar de cima e subira a escada de serviço.

– Vocês sabem quem estava no pátio agora há pouco? – perguntou Hanna com um sorriso inocente enquanto desamarrava o avental.

– Não somos cegos – respondeu a Sra. Brunnenmayer.

– Ah, vocês também o viram? Sim, era Grigorij. Ele está trabalhando aqui perto, por isso deu uma passada para saber de mim.

– É mesmo? – perguntou a cozinheira. – E o que ele contou?

– Muita coisa. Falou sobre a Rússia e disse que trabalhou na fábrica do patrão por um tempo. E que quer continuar trabalhando duro para conseguir algo na vida.

– E ele não contou mais nada? – perguntou Auguste, aflita de tanta curiosidade.

Hanna, que estava ensaboando as mãos na pia, deixou a água escorrer e olhou para os azulejos azuis e brancos da parede com um ar sonhador.

– Ele falou que ainda me ama – disse ela, finalmente, com a voz emocionada. – Imaginem só. Depois de tantos anos...

Enciumada, Auguste ficou calada. Dörthe assoou o nariz no lenço e Christian olhava pela janela com uma expressão triste.

– Vá trocar de roupa, Hanna – disse a Sra. Brunnenmayer em tom severo. – Você vai precisar servir o almoço. Humbert não está se sentindo bem.

– Ah, meu Deus! – exclamou Hanna, assustada. – O que ele tem? Ele estava ótimo agora há pouco.

Aquela Hanna! Era uma moça gentil, mas não tinha o raciocínio muito rápido.

Auguste não conseguiu manter a boca fechada.

– Por acaso você acha que Humbert fica feliz vendo você lá fora de conversa fiada com aquele russo?

Hanna olhou para ela com os olhos arregalados e deixou a toalha cair.

– Ah, mas que estúpido, estúpido! – exclamou ela, aborrecida, e entrou no corredor da cozinha.

Ela não podia mais ouvir os chamados da cozinheira para que ficasse quieta em seu lugar.

– Parabéns, Auguste! – esbravejou a Sra. Brunnenmayer. – Agora os dois se escafederam. E quem vai servir o almoço dos patrões lá em cima?

– Não é problema meu – respondeu Auguste sarcasticamente. – Será que não pode ser a Dörthe?

E, com isso, pegou seu xale e foi embora.

31

Paul levantou-se rapidamente da escrivaninha para abrir a janela. Como o ar estava abafado em seu pequeno escritório! Estava tão apertado e lotado de arquivos que quase não dava para respirar. Ele apoiou as mãos no parapeito da janela, respirou profundamente e olhou para o parque iluminado pelo sol, onde os primeiros açafrões brancos e lilases já despontavam nos campos. Era meio de março e a primavera chegaria em breve, em dias como aquele já dava para sentir o cheiro da terra despertando. Lá estava seu parque, que ele herdara. Sua casa. Sua fábrica. Seu pai depositara muita confiança nele. Que Deus lhe permitisse ser digno de tudo aquilo.

Pela primeira vez na vida, desejou conversar com o finado patriarca. Pedir um conselho. Ele fora um homem forte. Não importava o que fizesse, sempre tinha a convicção inabalável de que estava fazendo a coisa certa. Paul acreditara durante anos que a autoconfiança passara de pai para filho, mas, na situação complicada daquele momento, não sabia mais se suas ações estavam certas ou erradas. A responsabilidade pesava sobre seus ombros como uma pedra de moinho. Empresas e fábricas fechavam à sua volta, famílias outrora prósperas de Augsburgo haviam perdido tudo e passavam necessidade. A preocupação com a possibilidade de que o mesmo destino se abatesse sobre eles assombrava suas noites como um fantasma.

Era Marie, sua amada e única confidente, que afinal lhe dera um conselho decisivo. Ele resistira durante muito tempo. Não era agradável ter que se expor por inteiro, e seu pai nunca fizera algo assim. Mas sua amada lhe dissera que os tempos dos patriarcas que reivindicavam toda a responsabilidade para si tinham acabado.

– A questão diz respeito à família, Paul. A todos nós. Tenho certeza de que será mais fácil para você se todos os afetados souberem de nossa situação. E quem sabe? Talvez encontremos uma solução juntos.

Ainda que não acreditasse naquilo, por fim cedera e convocara uma reunião familiar naquela tarde. Marie de fato tinha razão em um aspecto: caso o destino quisesse e a catástrofe enfim chegasse, seus familiares não deveriam ser pegos de surpresa. Todos deveriam estar preparados.

Ele olhou para o relógio e se deu conta de que chegara a hora de ir até a sala de jantar para a reunião. Fechou a janela com cuidado, pois a madeira da moldura estava estufada, e a pintura branca, descascando. Eram reformas que deveriam ter sido feitas há tempos, mas com as quais ele não podia arcar, pois o dinheiro estava curto.

Ele repassou novamente o esboço que elaborara para aquela reunião e saiu do escritório. Agora precisava encontrar as palavras certas, e para isso esperava poder contar com o apoio da esposa.

A mesa de café da tarde estava servida na sala de jantar, havia uma bandeja com bolo de cereja fresco e chantili em uma tigela de cristal de chumbo. Um raio de sol penetrava pela janela e gerava um feixe de luz multicolorido no vidro polido. Paul sentiu aquele brilho ofuscante como uma punhalada e precisou fechar os olhos por um instante.

– Os senhores também desejam chá? – perguntou Humbert.

– Não. Pode se retirar, não precisaremos que nos sirva – respondeu Paul.

– É claro, senhor.

Será que ele estava imaginado coisas ou Humbert parecia excepcionalmente pálido nos últimos tempos? E por que seus gestos normalmente tão seguros e elegantes estavam robóticos naquele dia?

– Humbert? – O empregado se virou e olhou para Paul com diligência. – Por acaso não está doente, não é?

– Não, senhor. Tenho dormido mal à noite, certamente por causa da lua cheia.

– Ah, sim – respondeu Paul, sorrindo aliviado. – Pode ser, também estou passando por isso.

Quando Humbert já tinha ido, Marie chegou. Colocou o braço em volta do marido e beijou-o.

– Vamos lá, coragem – sussurrou ela. – Vamos superar tudo isso, meu amor.

Sua presença lhe fazia bem. O lado positivo do fechamento do ateliê é que ela tinha mais tempo para ele e ficava ao seu lado, o que era de grande ajuda.

– Foi *você* que pediu o bolo e o chantili? – perguntou ele.

– Com certeza não – afirmou ela, sorrindo. – Deve ter sido Lisa.

Naquele momento, Sebastian entrou e se sentou em seu lugar.

– Lisa já está vindo, ela ainda quer vestir meias limpas em Hanno. Infelizmente tem muitas poças na parte em que as crianças brincam no parque.

Paul pigarreou e sentou-se na cabeceira da mesa, onde normalmente sua mãe se sentava. Empurrou o prato para o lado, afinal aquela reunião em família não seria um café da tarde, como Lisa aparentemente imaginara.

– É claro que Kitty se atrasará de novo – disse ele com um suspiro, balançando a cabeça. – Minha irmãzinha nunca consegue ser pontual.

Então Lisa apareceu bufando de raiva.

– Imaginem só: Gertie simplesmente tirou uma tarde inteira de folga! Mas que comportamentos são esses? No passado, os empregados sempre perguntavam de forma educada se poderiam ser liberados, e hoje simplesmente não aparecem.

Marie respondeu com delicadeza que por sorte eles ainda tinham Hanna e Rosa à disposição, o que Lisa não aceitou de forma alguma. Além das liberdades que tomava, disse que Gertie era insolente, dava respostas atrevidas e era simplesmente geniosa.

– Ontem ela disse para mim que não queria trocar a fralda de Charlotte, pois fora contratada como camareira e não como babá. O que me dizem disso?

– Ela tem toda razão – disse Paul abruptamente, porque a tagarelice de Lisa já o irritava.

Para seu alívio, a voz luminosa e alegre de Kitty ecoou naquele momento vinda do átrio. Todos haviam finalmente chegado e poderiam acabar logo com aquela situação.

– Cadê a mamãe? – perguntou Marie baixinho à Lisa.

Ainda ofendida, Lisa deu de ombros.

– Passeou com Rosa e as crianças no parque e foi se deitar um pouco. Mas o que é que está havendo?

A chegada espalhafatosa de Kitty impedira a resposta. Como sempre, ela estava no meio de uma frase, mas interrompeu a fala para abraçar Paul, Marie e Lisa, e contou, agitada, que a pobre Tilly infelizmente não pudera comparecer, pois estava trabalhando o dia todo como médica.

– Ela não para de trabalhar de manhã até de noite, já lhe avisei várias vezes que é ela que vai acabar precisando de um médico se continuar assim.

Mas posso gastar todo meu latim que ela simplesmente não me ouve... A massa do bolo de cereja é de levedura? Só nossa Brunni consegue fazê-lo ficar fofinho. Quando Gertrude faz, sempre fica pegajoso.

Kitty trouxera Robert, mesmo sem o consentimento de Paul. Por outro lado, provavelmente seria o primeiro a compreender a situação e ainda poderia dar um conselho.

– Por favor, sentem-se – pediu Paul. – Reuni todos vocês para falar sobre nossa situação atual, bastante complicada... Lisa, agradeceria se pudéssemos deixar o café para depois.

Sua irmã já estava com o bule na mão e olhou à sua volta, indignada.

– Nossa situação complicada... Está certo, Paul. Mas enquanto falamos podemos tranquilamente tomar café e comer bolo, ou não?

Paul recebeu ajuda de seu cunhado Sebastian, que pousou carinhosamente a mão no braço da esposa.

– Seja gentil, meu amor, e faça o que seu irmão está pedindo.

Com um suspiro profundo e exasperante, Lisa colocou o bule novamente em cima do aquecedor.

– Muito bem, então falemos de nossa situação. Mas, por favor, não se delonguem muito!

Paul sentiu, como se tornara frequente nos últimos tempos, uma pontada desconfortável no peito e sentou-se com a coluna bem ereta na cadeira, pois em geral a dor vinha quando ele apoiava as costas. Depois pigarreou e começou a falar.

– Para resumir e deixar claro, estou diante da seguinte questão: será que podemos continuar bancando esta casa ou seria melhor vender a Vila dos Tecidos...

Todos ficaram em silêncio. Lisa o encarou com um olhar incrédulo, Kitty balançou a cabeça, indignada. Sebastian e Robert olharam para Paul de forma compreensiva: ele percebeu que ambos sabiam muito mais sobre seus problemas financeiros do que ele imaginara.

Aos poucos e esforçando-se para ser compreendido, explicou como a situação chegara tão longe. Falou sobre os empréstimos que teria que pagar de volta integralmente mais os juros, a péssima situação das encomendas na fábrica e, sobretudo, as altas despesas com o orçamento e os empregados da Vila dos Tecidos. A venda dos imóveis possibilitara o pagamento dos débitos que oneravam a fábrica, mas o resto das reservas esgotara-se rapidamente.

– Agora só a tecelagem está em funcionamento, e mesmo lá estamos produzindo sem a certeza de que conseguiremos vender os produtos. Apesar das demissões e do turno reduzido, estamos no vermelho e as despesas de manutenção e os salários estão acabando com as reservas, já quase zeradas. Nas circunstâncias atuais, basicamente poderei pagar os salários do mês que vem e depois a situação ficará apertada se não houver uma melhora significativa.

– Já estamos economizando onde podemos – disse Lisa, preocupada.

Paul não tinha forças para argumentar, mas Kitty surpreendentemente interveio.

– Não é o suficiente, meu bem. Você não ouviu: tem um empréstimo bem alto no nome da Vila dos Tecidos que precisa ser devolvido ao banco de uma só vez, e no momento Paul não está ganhando um marco sequer com a fábrica. No longo prazo não vai dar certo, não é verdade, Robert?

Seu marido assentiu com uma expressão séria.

– Eu adoraria ajudar você, Paul. Infelizmente minha situação financeira também não está boa no momento. Minhas ações americanas estão no chão, estou mantendo-as sem lucro nenhum. A situação dos outros investimentos também está complicada.

– Meu Deus – disse Kitty. – Você não me disse nada sobre isso. Que bom que fiquei sabendo agora.

– Agora parece ser a hora da verdade – disse Robert com um sorriso sombrio e abraçou sua esposa.

– Ainda bem que estou vendendo meus quadros – disse Kitty com um suspiro. – Não se preocupe, querido. Não morreremos de fome.

Lisa decidiu pegar o bule de café apesar da proibição do irmão, porque precisava tomar algo revigorante depois daquele susto.

– Se eu tivesse imaginado que estava nesse ponto, Paul, teria escrito novamente para a tia Elvira e pediria o dinheiro – queixou-se ela. – Vou imediatamente sentar-me à escrivaninha...

– Não vai adiantar de nada, Lisa. – respondeu Paul, balançando a cabeça. – Temo que ela também não tenha liquidez. Mas, mesmo assim, agradeço por sua disponibilidade.

Sebastian, que até então não dera um pio, tomou a palavra e declarou achar a decisão de Paul de investir o dinheiro da venda dos imóveis na fábrica totalmente correta. Afinal de contas, a fábrica não era só o sustento da família, mas também o de muitos trabalhadores.

– Mas você não pode vender a Vila dos Tecidos, Paul! – exclamou Kitty, perturbada. – Onde vocês vão morar? E, além disso, a mamãe tem direito vitalício de residência. Por acaso você vai vendê-la junto com a casa?

Marie argumentou que, se fosse o caso, explicariam a situação para ela com toda a calma do mundo.

– Mas graças a Deus ainda não precisamos chegar a esse ponto, meus queridos. Ainda acreditamos piamente que conseguiremos manter a Vila dos Tecidos. Contanto que pensemos em uma solução.

Sebastian sugeriu vender uma parte do parque, ideia que Paul já tivera, mas infelizmente não aparecera nenhuma oferta decente.

– O Sr. Grünling queria pagar dois mil marcos por toda a propriedade.

– Aquele sanguessuga! – exclamou Kitty, dirigindo-se então a Lisa. – Vi sua querida amiga Serafina um dia desses em uma Mercedes-Benz novinha em folha com motorista. Ela estava usando um chapéu absolutamente ridículo.

– Ela não é mais minha amiga – respondeu Lisa, irritada.

– É mesmo? Desde quando? Você não tomava sempre chá com ela?

– Por favor, não briguem – pediu Marie, pegando a mão de Kitty. – Vamos refletir juntos sobre possíveis soluções.

– Antes de tudo preciso de um pedaço de bolo – declarou Lisa. – Se ele ficar ressecado, não ajudará ninguém. Ah, meu Deus, Sebastian, meu amor. Para onde iremos com nossos três filhos? É tudo culpa minha, Paul. Essa obra tola nos arruinou.

Marie imediatamente assegurou-lhe, com razão, de que aquilo não era verdade. Quando eles pegaram o crédito, ainda não tinha crise econômica, a fábrica estava funcionando a pleno vapor e era fácil realizar os pagamentos mensais. Lisa entregou-se ao bolo, parcialmente tranquila, e Kitty sugeriu vender alguns móveis da Vila dos Tecidos e reduzir o número de empregados ao mínimo indispensável.

– Isso mesmo – disse Lisa. – A primeira que demitirei será Gertie.

Porém, Paul e Marie se negaram veementemente a fazer mais demissões. Em vez disso, Marie sugeriu vender também o imóvel onde ficava seu ateliê.

– Os preços baixaram, Marie – explicou Paul. – Não receberemos quase nada por ele e iremos sacrificar o imóvel de forma desnecessária.

O que ele deixou de mencionar foi o pensamento de que aquele imóvel poderia lhes servir de moradia caso a Vila dos Tecidos realmente acabasse sendo vendida. Se a situação apertasse de fato, eles inclusive poderiam abrigar Lisa e sua família, pois os inquilinos que vivam lá haviam morrido fazia um tempo.

– Então é simples, Paul – zombou Kitty com seu jeito às vezes sem tato. – Você vende o parque e o ateliê, todos os móveis da Vila dos Tecidos e o que mais houver de valor. Além disso, demitimos todos os empregados e alugamos o anexo. Assim podemos salvar pelo menos a Vila dos Tecidos.

– Obrigado por sua sugestão esplêndida e bastante antissocial, que espero que seja uma brincadeira.

Paul olhou para Marie, resignado. Fora exatamente assim que imaginara aquele encontro. Eles haviam deixado todo mundo nervoso, criado pânico e procurado culpados. Teria sido melhor passar aquela tarde na fábrica.

– Também não tenho solução, Paul – disse Robert. – A não ser que eu consiga obter uma prorrogação junto ao seu banco para o pagamento do empréstimo.

Aquela fora a primeira e única sugestão útil, pela qual Paul ficou grato. Apertou a mão do cunhado, acenou para os outros e declarou que eles poderiam tomar café e comer bolo com calma, mas ele próprio voltaria para a fábrica para resolver pendências.

Marie o acompanhou até o átrio e o abraçou amorosamente enquanto ele estava de pé na porta com seu casaco e o chapéu.

– Apesar de tudo, foi um pequeno avanço, não acha? Se pelo menos a situação melhorasse na fábrica... Você não disse que entrou uma encomenda?

– Alguém ligou ontem, mas não tem nada certo enquanto não determinarmos se eles realmente podem pagar.

– As coisas têm que melhorar em algum momento, Paul. Quer que eu fale com a mamãe mais tarde?

– Não, farei isso eu mesmo, Marie. Não tem jeito, ela também tem que encarar a realidade dos fatos.

– Até mais tarde, meu amor.

Naquele dia foi especialmente difícil para ele deixar Marie na Vila dos Tecidos e ir para a fábrica. Encarou aquilo como uma fraqueza e sentia vergonha. Caminhou a passos apressados pela alameda em direção ao portão, abaixou mais o chapéu para cobrir a testa e seguiu contra o vento gelado que soprava na Haagstraße. O velho Sr. Gruber, que continuava trabalhando na portaria enquanto seu colega mais jovem fora demitido um pouco antes do Natal, tinha uma novidade para ele.

– Boa tarde, senhor diretor. O senhor já ficou sabendo? A MAN demitiu mais duzentas pessoas. Todos eram trabalhadores que estavam na empresa havia mais de 25 anos.

Paul assentiu, ele já havia lido no jornal. A mesma coisa acontecia em tudo que era lugar: demissões, jornada reduzida, falências. Em geral, os jovens e as mulheres eram os primeiros afetados, mas agora os problemas alcançavam os trabalhadores veteranos da MAN. Um mau sinal.

– O que importa é que o senhor ainda está fazendo seu serviço aqui na portaria, Sr. Gruber.

– Farei meu trabalho aqui até cair duro um dia, senhor diretor. E depois ficarei sentado em minha nuvem lá em cima prestando atenção para meu sucessor não fazer nenhuma besteira.

Paul assentiu para ele com um sorriso e caminhou pelo pátio até chegar ao prédio da administração. O local estava assustadoramente silencioso, só a tecelagem ainda funcionava, e em apenas três dias na semana. Todo o resto estava parado. E ele ainda adquirira, um pouco antes da crise, vários novos teares por um valor alto, um investimento totalmente equivocado. Àquela altura, pequenas empresas de indústrias familiares de tecidos haviam se estabelecido tanto em Augsburgo quanto em outros lugares. Por não precisarem cumprir os pisos salariais nem os horários fixos de trabalho, elas conseguiam produzir mercadorias mais baratas que as grandes fábricas, ou seja, eram concorrentes a serem levadas a sério. Muitos de seus antigos funcionários haviam encontrado emprego nelas, mas continuavam morando nos alojamentos da fábrica. À sua custa, pois pagavam um aluguel baixo – quando pagavam.

Na contabilidade restara apenas um funcionário, Karl Stollhammer, que, dos seus 60 anos, tinha quarenta de casa. Estava sentado de casaco à escrivaninha, pois a sala não era mais aquecida. Paul entrou rapidamente para trocar algumas palavras triviais com ele.

– A primavera está chegando, senhor diretor – disse o contador. – Sinto em todos os meus ossos.

– O senhor tem razão – afirmou Paul. – Sinto da mesma forma.

Mas não era verdade. Em seu caso, eram a pontada no peito e uma falta de ar desagradável que acabavam com ele. Enquanto subia o último lance de escadas até o escritório, precisou parar duas vezes, porque seu coração batia de forma estranha. Estava fazendo pouco exercício, pensou. Afinal de contas, ficava todos os dias sentado no escritório. Marie tinha razão, eles deveriam tirar um tempo para eles. Mais à frente fariam isso, quando a situação melhorasse...

Ao chegar em seu escritório, a Srta. Hoffmann o recebeu com uma expressão excepcionalmente alegre, pegou seu casaco e seu chapéu e explicou que ele deveria ligar imediatamente para Keller & Weingart, pois eles estavam interessados em uma encomenda mais volumosa.

– Que ótimo – disse ele com falsa alegria. – A senhora enviou as notificações?

– A Srta. Lüders fez isso ontem, senhor diretor.

As duas secretárias haviam passado a dividir o cargo. Elas tinham concordado com isso para que nenhuma delas, que trabalhavam havia anos na empresa, precisasse ser mandada embora.

Em cima de sua escrivaninha estava o jornal da manhã aberto, várias recusas de ofertas, incontáveis currículos que ele nem havia olhado e diversas faturas de reparos. O diretor da Keller & Weingart, o Sr. Mühlstein, já havia ligado para ele no dia anterior. Estavam supostamente interessados em uma quantidade mais significativa de fio de algodão para compradores na Áustria. Paul oferecera um preço muito em conta, mas temia que a concorrência já o tivesse suplantado havia tempo. Era provável que o Sr. Mühlstein quisesse negociar o preço para baixá-lo ainda mais, o que nem ao menos cobriria os custos de produção, mas, como Paul ainda tinha grandes quantidades de fios em estoque, era melhor vender barato do que não ter receita nenhuma.

– É o senhor diretor Melzer de Augsburgo? – disse a secretária da Keller & Weingart do outro lado da linha. – Um momento, por favor. Vou passar a ligação.

– Meu caro Sr. Melzer – cumprimentou-o o Sr. Mühlstein em seu tom jovial de costume. – Que bom que ligou, eu já ia telefonar para vocês de novo. Como estão as coisas em Augsburgo? Tempos difíceis, não é mesmo? E sua família? E sua esposa querida? Sua mãe está bem? Fico feliz, meus mais sinceros cumprimentos para elas.

Paul conhecia o Sr. Mühlstein de outrora, quando ele fazia negócios com seu pai. Era preciso ficar atento com ele. Não era uma pessoa ruim, mas ao mesmo tempo era um negociador implacável.

– Está tudo ótimo, querido Sr. Mühlstein. Tirando a situação econômica, que certamente melhorará em breve. Em algum momento, tem que melhorar.

Ele tagarelou sobre superficialidades para manter o bom humor de seu interlocutor.

– Tenho algo complexo para você, caro Sr. Melzer. Linha de costura fina, da melhor qualidade. Não é algo fácil de encontrar... De qualquer forma, acredito que você seja a pessoa certa para isso. Também posso fornecer o algodão, farei um bom preço.

Linha de costura fina. Eles haviam fabricado aquilo no passado, não em grandes quantidades, mas como serviço especial para clientes antigos que desejavam obter o fio combinando com o tecido.

– É possível – disse Paul, cauteloso. – Depende da quantidade e do preço...

– Como disse, é um pedido mais significativo. No total, uma tonelada de linha de costura fina, verde-musgo. Pode ser que haja mais encomendas adiante. Por acaso o gato comeu sua língua, meu camarada?

Paul ficara sem palavras de fato. Os números rodopiavam em sua cabeça como em uma calculadora. Se o preço fosse razoavelmente aceitável, aquele pedido poderia manter a fábrica funcionando nos meses seguintes.

Três por rolo? É muito pouco. Cinco. Três e meio? Também preciso pagar o aquecimento, isso vai onerar os custos. Preciso de pelo menos quatro. Não preciso do algodão, ainda tenho em estoque...

O Sr. Mühlstein insistiu em fornecer o algodão, garantindo sua boa qualidade. Paul afinal precisou ceder e comprar o produto dele. Ele alegou que provavelmente poderia obter o algodão por um preço mais em conta em outro lugar, ainda que não em grandes quantidades. Mas isso acabou sendo uma tática de negociação.

– Tudo bem. Quatro. E o senhor me enviará o algodão. A Keller & Weingart arcará com as despesas do envio.

Após choramingar um pouco, o Sr. Mühlstein cedeu, e os dois acordaram um prazo de entrega: três meses. Era viável.

– Enviarei o contrato amanhã, querido Sr. Melzer. Já pode iniciar a produção. Como eu disse, verde-musgo. Vocês ainda estão fazendo as estampas que tenho aqui, não é mesmo?

– É claro.

– Então meus mais sinceros cumprimentos à sua família. À sua bela esposa. A seus filhos. E à minha querida Sra. Alicia em especial.

Paul retribuiu os cumprimentos, desligou o telefone e ficou sentado na escrivaninha, imóvel, por um momento. Seu coração estava novamente batendo de forma estranha, talvez por causa da empolgação. Linha de costura fina! Eles tinham duas máquinas de fiação por anéis que Jakob Burkard, o pai de Marie, projetara. Os malditos americanos as roubaram após o fim da guerra, por isso ele precisara mandar reconstruí-las de acordo com os projetos antigos. Infelizmente, estavam paradas naquele momento, assim como todas as outras máquinas de fiação. Ele precisava garantir que elas fossem ligadas o quanto antes. Assim que seu coração voltou a bater de forma regular, levantou-se e correu até a antessala.

– Chame o Sr. Mittermaier, Srta. Hoffmann. Ele tem que vir até a fábrica, precisamos colocar as máquinas de fiação por anéis em operação. Se ele não tiver telefone, mande alguém buscá-lo.

As bochechas pálidas da Srta. Hoffmann adquiriram manchas vermelhas, pois ela sabia o que aquela instrução significava.

– Temos uma encomenda, senhor diretor?

– Parece que sim, Srta. Hoffmann.

Paul tirou a chave da fiação do gancho, pegou seu casaco e desceu as escadas. Marie mais uma vez tivera razão: a maré estava virando. Se ele conseguisse fornecer um fio decente, coisa de que não duvidava, provavelmente novas encomendas se seguiriam. E retomaria os negócios justamente com a fiação, que ele menosprezara havia tanto tempo.

O salão estava um gelo, e o ar abafado cheirava a óleo envelhecido, poeira e madeira moderna. É claro: uma das janelas do telhado estava com infiltrações, a água do degelo entrara e agora pingava no chão. Ele chamaria alguém no dia seguinte para limpar as poças e providenciar o reparo do telhado.

Paul caminhou até as duas máquinas de fiação por anéis e tirou a capa de pano que as protegia da poeira e da umidade. Primeiro elas precisariam ser lubrificadas, e depois fariam um teste. Ainda havia um restinho de algodão que daria para algumas centenas de carretéis de linha.

O Sr. Mittermaier apareceu mais cedo do que o esperado, vestindo seu macacão de trabalho, que ele havia levado para casa.

– Quem poderia imaginar, senhor diretor? – disse ele, apertando a mão de Paul. – Que alegria poder ligar minhas duas meninas de tantos anos. Então vamos lá!

Paul observou-o limpar a primeira máquina carinhosamente com um pano macio, pegar a lata de óleo, enchê-la com cuidado e, por fim, assentir com a cabeça, satisfeito.

– Ligando!

Paul apertou o interruptor. Nada aconteceu.

– Desligando!

O Sr. Mittermaier balbuciou palavras incompreensíveis, coçou atrás da orelha e começou a verificar o que poderia estar errado. Paul ajudou, os dois debateram sobre o problema, tentaram várias coisas, ligaram a energia várias vezes e precisaram desligá-la todas as vezes.

– Ela não quer ligar! – gritou o Sr. Mittermaier. – Esta porcaria velha! Vamos tentar ligar a outra, ela sempre foi a melhor das duas mesmo. O senhor pode buscar uma lanterna?

Eles trabalharam juntos durante várias horas, olearam, limparam, poliram, xingaram, discutiram e até mesmo brigaram. Nenhuma das duas máquinas estava disposta a retomar o trabalho.

– As meninas estão ofendidas. Nós as desativamos, e agora elas estão nos culpando. É sempre assim com as mulheres: se a gente não lhes disser o quão maravilhosas são todos os dias, ficam temperamentais e nos servem esterco no jantar.

Paul não estava mais ouvindo. Sentia-se exausto até a alma e decepcionado, ao mesmo tempo em que era tomado por uma grande inquietação. O que ele faria se não conseguisse colocar as máquinas em operação? Aquilo era inexplicável, elas estavam funcionando perfeitamente antes de serem desligadas.

– Vamos esquecer isso por hoje, Sr. Mittermaier. Já passa das nove horas. Amanhã continuamos.

O Sr. Mittermaier assentiu, frustrado. O fato de suas meninas não quererem obedecer feria sua honra como mestre de fiação. Colocou o gorro e limpou o óleo das mãos.

– Amanhã, às dez horas – disse ele. – Amanhã riremos de tudo isso. Um carretel provavelmente enferrujou faz algum tempo e teremos que removê-lo. Uma coisinha sem importância.

– Também acho. Obrigado por seu empenho, Sr. Mittermaier. É claro que lhe pagarei pelo serviço.

– Não vou dizer que não faz falta, senhor diretor.

O porteiro, Sr. Gruber, ainda estava a postos mesmo àquela hora. Ele chegou com uma lanterna de querosene e abriu o portão da fábrica para eles. Paul seguiu a luz com os olhos. De repente teve a sensação de estar caindo e precisou se segurar no portão de ferro forjado.

– Não vale a pena acender a iluminação do pátio, senhor diretor. É um desperdício de energia. Boa noite a todos. Até amanhã de manhã. Senhor diretor? Meu Deus!

Em um piscar de olhos, Paul foi tomado por uma dor absurda. Seu peito se contraiu de forma brutal, o coração bateu em disparada e lhe tirou o fôlego. Quando achou que não aguentaria mais aquela agonia insuportável, um desmaio benevolente o libertou.

32

Leo resistira à tentação de continuar trabalhando em sua nova composição. Em vez disso, repassou o vocabulário de grego e arrumou o material escolar para o dia seguinte. Agora estava deitado na cama e lia algumas páginas do livro que ganhara de Natal. Ele tinha dificuldade e precisava reler alguns trechos para entender o que era dito, pois os sons inúteis em sua cabeça o atrapalhavam.

Quando finalmente decidiu deixar o livro de lado e desligar a lâmpada de cabeceira, ouviu vozes baixas e nervosas. Sentou-se na cama e prestou atenção: as vozes estavam vindo do átrio. Era sua mãe, e então Humbert, a tia Lisa, Gertie e a tia Tilly. O que ela estava fazendo na Vila dos Tecidos àquela hora?

Devia ter acontecido alguma coisa. Ele saiu da cama, vestiu seu robe por cima do pijama, foi até o corredor e encontrou Dodo, que também estava saindo de seu quarto, sonolenta.

– O que está acontecendo lá embaixo? – sussurrou ele.

– Não sei.

Ele desceu a escada, seguindo-a. O corredor do primeiro andar estava iluminado, a porta da biblioteca fora aberta, mas o cômodo encontrava-se vazio.

– Eles estão lá embaixo.

– Espere.

Um medo generalizado invadiu-o, e ele segurou o braço da irmã, que queria descer de camisola. Dali já dava para entender bem a conversa.

– Vocês tinham que ter chamado uma ambulância imediatamente, Marie – disse a tia Tilly.

– Não podíamos deixá-lo deitado ali... Estava muito frio. Por isso o trouxemos para casa.

– Entendo, Marie. Mas agora temos que agir rápido.

– Eles chegaram – avisou Humbert. – Estão na entrada.

Graças a Deus!

Algo terrível acontecera. Leo sentia o corpo todo trêmulo e sentou-se no chão. Dodo agachou-se ao seu lado.

– Acho que aconteceu algo com o papai – murmurou ela. – Graças a Deus a tia Tilly está aqui.

De repente ela se levantou e foi até a biblioteca. Logo em seguida ele ouviu as portas de correr da varanda se abrirem. Ele também se levantou apressadamente e correu atrás de Dodo. Os dois saíram para a varanda aberta sobre o pórtico da entrada da casa e foram recebidos por um vento congelante. Podiam ver luzes no pátio ao chegarem perto da balaustrada, e o vento fazia seus pijamas esvoaçarem.

– Realmente aconteceu alguma coisa com o papai – disse Dodo com a voz rouca. – Os paramédicos estão levando-o embora. Meu Deus, ele deve estar muito doente para precisarem levá-lo para o hospital.

Leo não conseguiu pronunciar uma palavra sequer, o horror travara sua garganta. Lá embaixo, no pátio, havia um carro iluminado, e eles viram dois homens empurrarem uma pessoa enrolada em cobertores em cima de uma maca para dentro da parte traseira do veículo. Depois fecharam as portas.

– Você pode ir comigo, Marie, em meu carro – disse a tia Tilly.

– Não – respondeu ela. – Não o deixarei sozinho. Nem por um segundo!

Ela entrou na ambulância, ligaram o motor, e o veículo se movimentou lentamente em torno do canteiro em direção à alameda. Era possível ver os faróis traseiros vermelhos se tornando cada vez menores até desaparecerem além do portão.

– O que vocês dois estão fazendo aqui na varanda? – perguntou o tio Sebastian atrás deles. – Querem pegar um resfriado?

Ele estava segurando a mão de Kurti, que acordara com o barulho e agora se queixava para Dodo, chorando, porque seu pai fora colocado por estranhos em um carro grande e sua mãe fora embora.

– Seu tolinho – disse Dodo, abraçando o irmão menor. – O papai precisou ir rapidinho ao hospital, e a mamãe foi com ele.

– Ele não está conseguindo respirar direito, que nem eu naquele dia?

– É algo parecido – disse Dodo, insegura. – Não se preocupe, os médicos vão deixá-lo bem de novo.

O tio Sebastian fechou as portas de correr e prestou explicações cuidadosas a Leo e Dodo.

– O pai de vocês ficou tonto na fábrica, e a tia Tilly acha melhor ele ser examinado no hospital. Não tem razão para ficarmos desesperados. Por isso vamos todos voltar para a cama e amanhã teremos mais informações.

Aquelas palavras não acalmaram nem Leo nem Dodo, pois os dois sabiam que era mentira do tio. A verdade só podia ser que o pai deles talvez morresse, senão Marie não teria dito que não o deixaria sozinho nem por um segundo.

– Venha, Kurti – disse Dodo, pegando o irmãozinho pela mão. – Pode dormir comigo hoje. Quer?

– Leo também tem que dormir junto com a gente – suplicou o pequeno.

O irmão estava menos animado, mas não tinha jeito. Hanna chegou, perturbada, e sussurrou ao ouvido do tio Sebastian que a Sra. Alicia, mesmo sem ter sido acordada, levantara e exigia notícias.

– Um momento. Pedirei para minha esposa falar com ela.

Dodo lançou um olhar encorajador para o irmão, depois foi com Kurti até o quarto, e Leo ficou parado no corredor, sem ação.

– Pegue sua roupa de cama e venha para cá – disse ela. – Vamos fazer um ninho. Quer, Kurti?

– Melhor fazer uma caverna.

Leo controlou-se, carregou sua coberta e seu travesseiro até o quarto ao lado e observou Dodo transformar sua cama em uma espécie de iglu com as cobertas e os travesseiros.

Àquela altura, os passos pesados da tia Lisa também podiam ser ouvidos. Ela estava ofegante como sempre ficava quando precisava andar rápido. Foi até sua mãe, que também já estava no corredor.

– Mamãe querida, não há razão para se preocupar. Paul está se sentindo um pouco fraco, certamente por causa do resfriado prolongado. E aí Tilly achou melhor levá-lo...

– No meio da noite? E de ambulância? Fiquei apavorada até a alma quando olhei para o pátio e vi aquilo.

– Você conhece nossa Tilly, mamãe. Ela é uma médica cuidadosa e às vezes exagera um pouco.

– Não pregarei o olho até amanhã de manhã, Lisa. Você ainda tem aquelas gotas de valeriana?

– É claro, vou pedir para Gertie trazê-las para você. E agora volte a dormir. Não precisa mesmo se preocupar.

Por que ela está mentindo pra gente?, pensou Leo, revoltado. Aquilo só piorava as coisas. Ele desejava arduamente entrar em um carro qualquer e ir até a clínica para ver seu pai. Mas não era possível, ninguém lhe daria autorização. Então não restava mais nada a não ser entrar na caverna de travesseiros junto com seus irmãos. Estava apertado e desconfortável, Kurti não parava quieto e ficava fazendo travessuras. Demorou um pouco até ele finalmente se acalmar e adormecer.

– Você acha que rezar vai ajudar? – perguntou Dodo baixinho por cima de Kurti, que já estava dormindo.

– Mal não vai fazer – disse Leo, hesitante.

Em seguida, a irmã sussurrou a ave-maria enquanto ele próprio não conseguia se lembrar de uma única oração, e notas dissonantes e escalas descendentes retumbavam em sua cabeça, uma tortura insuportável. Somente a respiração regular de Kurti e o calor de seu corpinho adormecido finalmente acalmaram Leo, e os sons se tornaram mais baixos, o fluxo de pensamentos arrefeceu, e o sono engolfou os três irmãos.

Na manhã seguinte, sua mãe os acordou e acendeu a luz. Ela abrira a porta do quarto de Dodo bem devagar e olhara para dentro.

– Mas que ninho mais lindo que meus pintinhos construíram! Venha até aqui, Kurti, meu querido. Johann e Hanno estão sentindo sua falta.

Leo piscou em direção à luz da lâmpada de teto. Estava feliz em ver a mãe e ouvir sua voz. Contudo, ela estava muito pálida, seu rosto parecia ter diminuído e seus olhos pareciam maiores e mais escuros. Dodo sentou-se ereta na cama e puxou o pijama de Kurti.

– Deixe-o, Dodo. Ele ainda não acordou direito. Humbert o levará.

Ela pegou o menino sonolento no colo e passou-o para os braços do criado, que estava esperando no corredor atenciosamente.

– Escutem, meus meninos grandes – disse sua mãe depois que Humbert saíra do quarto com Kurti no colo.

Ela se sentou no canto da cama e ficou séria de repente.

– O pai de vocês está no hospital central com uma miocardite. É uma doença muito perigosa que pode acometer a gente depois de um resfriado mal curado. Ontem à noite ele não estava bem, mas agora seu estado já melhorou, o que infelizmente não significa que esteja fora de perigo. Ele precisa descansar muito, não pode se aborrecer e ainda vai precisar ficar no hospital por um tempo.

Ela fez uma pausa e sorriu de leve, e agora seus olhos expressavam afeto e confiança.

– Quero que vocês vão para a escola hoje. De tarde, se os médicos permitirem, poderão fazer uma visita rápida ao seu pai. Irei para o hospital outra vez daqui a pouco com a tia Tilly e, enquanto isso, tenho confiança em que meus dois amores serão muito ajuizados...

A ordem era seguir as instruções da tia Lisa e do tio Sebastian, cuidar dos menores e, acima de tudo, não deixar a avó nervosa.

– E a fábrica, mamãe? – perguntou Dodo. – Quem vai cuidar dela enquanto papai estiver doente?

– Tudo está seguindo o curso normal por lá temporariamente – respondeu Marie, acalmando-a. – O mais importante agora é o papai ficar saudável de novo, não é mesmo?

– É claro, mamãe!

Aquela conversa honesta acalmara Leo. A situação não era boa, mas todos estavam unidos e cada um tinha sua responsabilidade. Ele foi até seu quarto, arrumou-se para ir à escola, carregou a bolsa debaixo do braço e correu com ela para a sala de jantar, onde o café da manhã estava sendo servido. Dodo mais uma vez fora mais rápida que ele e já estava sentada em seu lugar, bebendo café com leite. Não queria comer nada e, além disso, esquecera-se de pentear os cabelos.

– Você está parecendo um espanador, irmãzinha – disse ele com um sorriso torto.

– E você se esqueceu de fechar dois botões da camisa – respondeu ela, fazendo uma careta.

Humbert serviu o café com uma expressão séria, mas aquilo não era novidade: ele andava com aquela cara fazia dias. Lá embaixo, no átrio, Hanna aguardava, como sempre, as crianças com o lanche da escola. Com um olhar aflito, disse:

– Tenho certeza de que o pai de vocês vai ficar bem novamente. Não se preocupem. Leve uma maçã, Dodo. Leo, coloque o gorro, o vento está frio.

Alguém soluçava na cozinha. Era Else.

– Ele não vai voltar – lamentava ela. – Nosso bom patrão não vai mais voltar.

– Feche a boca – ralhou a Sra. Brunnenmayer. – Você está pensando no pior e vai atrair isso com sua choradeira.

Lá fora, Leo ficou feliz enquanto caminhava pela alameda do lado de Dodo em direção ao portão para ir ao ginásio de bonde. Desejava já ser de tarde para poder visitar o pai no hospital. A Vila dos Tecidos ficava terrivelmente vazia sem ele, a casa lhe parecia muito estranha, como se tivesse perdido a alma. De repente ele compreendeu como todos aqueles anos tinham sido felizes, como pudera se sentir seguro e protegido e quanto suas preocupações haviam sido pequenas comparadas com o medo que o tomava por completo. E se seu pai não melhorasse, e se ele o perdesse? Como suportaria aquilo?

Durante as aulas, ficara sentando em seu lugar sem participar, dera respostas absurdas e sem sentido ou simplesmente não respondera nada, fazendo seus professores balançarem a cabeça.

– O que houve com você, Melzer? Está doente?

– Não, não, só estou com dor de cabeça.

A manhã se arrastou de maneira torturante. Leo ficara sozinho em um canto durante o recreio, olhando para o prédio de tijolos escuro e imenso do hospital, que dava para ver da escola. Era lá que estava seu pai lutando pela própria vida. Por que ele não podia ajudá-lo?

Depois da última aula, o garoto correra até a estação de bonde, subiu no vagão traseiro no último segundo com um salto imprudente e recebeu uma furiosa advertência. Ele não ligava para nada daquilo. Correndo sem parar, saiu da estação, apressou-se pela alameda até chegar à Vila dos Tecidos, subiu os degraus aos saltos e, como ninguém lhe deu entrada, esmurrou a porta de entrada.

Finalmente Else apareceu com o rosto de quem andava chorando e com seu olhar triste de cachorrinho.

– É o Leo – disse ela. – Gertie não abriu a porta para você?

– Não. Minha mãe está aqui?

– Acho que está no hospital com o coitado de seu pai.

Ele jogou a bolsa da escola no chão, arrancou o casaco e o gorro e subiu as escadas correndo para pedir à tia Lisa as notícias mais recentes. Lá em cima, no corredor, encontrou a irmã, que chegara mais cedo da escola, porque as meninas não precisavam estudar tanto.

– Ele está melhor – disse ela. – A tia Lisa ligou para o hospital e recebeu a notícia. Mais tarde ela vai para lá com a gente.

– Graças a Deus – sussurrou Leo, aliviado. – Ele vai ficar bom de novo, né?

– Com certeza – respondeu Dodo com plena convicção.

Ele ficou tão feliz que abraçou a irmã, coisa que não fazia havia anos. Foi como no passado, quando os dois eram inseparáveis, os gêmeos Dodo e Leo, unidos contra o resto do mundo.

Uma voz desconhecida vinda da biblioteca trouxe-os de volta para a realidade. Como aquilo era possível? Não era o tio Ernst de Munique?

– Era o que nos faltava – sussurrou Dodo. – Ele está furioso porque a tia Tilly não foi encontrá-lo. Veio mais cedo, gritou horrores com a pobre Gertie, pois queria ver a tia Tilly.

Leo precisou refletir por um momento, depois se deu conta de que a tia Tilly se separara do marido. Ela queria se divorciar dele, mas não conseguira por alguma razão. Parecia que o tio Ernst não queria abrir mão dela ou algo do tipo.

– Mas por que ele veio para nossa casa? – indagou Leo, surpreso.

– Porque a tia Tilly dormiu aqui na noite passada quando chegou do hospital com a mamãe. Ele está muito zangado, porque eles tinham um compromisso hoje de manhã. No tribunal, eu acho.

Meu Deus! Pelo visto a tia Tilly esquecera-se por completo do compromisso por causa do susto que levara com seu pai. Não era de se admirar que o marido dela estivesse enfurecido. Por outro lado, não era certo descontar a raiva em Gertie e gritar com ela, que não tinha culpa de nada.

– Você entende de estenografia, é isso? – Ouviram a voz do tio vindo da biblioteca. – Se você fizer isso tão mal quanto usa a máquina de escrever, não preciso desse serviço!

– Não, não. Por favor, escrevo cento e oitenta sílabas por minuto...

– E depois ninguém consegue decifrar nada, é isso?

– Sempre bati todas as cartas na máquina de escrever sem nenhum erro e fui a melhor aluna do curso...

– Você quer que eu acredite nisso?

– Por favor, posso provar para o senhor.

– Não estou interessado.

– Que pena. Posso lhe trazer mais um café, Sr. Von Klippstein?

O tio suspirou.

– Pelo amor de Deus, sente-se e comece a escrever!

– Com prazer, Sr. Von Klippstein. Deixe-me buscar rapidamente um bloco e um lápis.

Os irmãos fugiram para o lado como dois pecadores pegos no flagra quando Gertie saiu correndo da biblioteca com a saia esvoaçando e as bochechas queimando. Por sorte não percebera os dois intrometidos escutando escondido, passara por eles apressadamente e desaparecera atrás da porta que dava no corredor da cozinha.

– Incrível – disse Dodo com apreço. – Talvez a Gertie consiga afinal.

– Consiga o quê?

– Você realmente vive no mundo da lua, irmãozinho querido – disse ela, sorrindo para ele. – Gertie quer ser secretária do tio Ernst. Foi a tia Kitty que me contou.

Ele deu de ombros, afinal aquilo não lhe interessava. Ele não gostava muito de Gertie e preferia mil vezes Hanna. Além disso, estava chegando a hora do almoço, e depois a tia Lisa iria com eles até o hospital.

O almoço fora uma tortura. Kurti e Johann ficaram pulando nas cadeiras, Hanno chorara sem parar e Charlotte jogara seu prato de mingau no chão quando Rosa se distraiu por um momento. O Sr. Von Klippstein, também sentado à mesa, mantivera uma expressão sombria e perguntara a Sebastian por que criara seus filhos daquela forma. Aquilo deixara a tia Lisa indignada, e ela declarara que pessoas que não tinham filhos não deveriam julgar os outros.

Em seguida, o tio Ernst não disse mais nada, levantou-se antes da sobremesa e se despediu.

– Meus negócios em Munique exigem meu retorno. Desejo uma boa recuperação para Paul e tudo de bom para o resto da família!

– Ele sempre foi uma pessoa desagradável – comentou a avó quando Humbert fechara a porta após tio Ernst sair. – Que bom que nunca terá filhos.

– Que crítica dura, mamãe querida – disse o tio Sebastian com certa reprovação.

– A mamãe tem toda a razão – declarou a tia Lisa. – Que sorte que Tilly se livrará dele em breve! Ele concordou com o divórcio afinal.

Leo quase não comera nada e ficou feliz quando Humbert tirou a mesa e serviu compota de maçã de sobremesa.

Quase não se falou sobre seu pai durante a refeição, porque ninguém queria aborrecer Alicia com qualquer notícia em relação à sua doença. Só seu genro Sebastian mencionara brevemente que o querido Paul ainda precisaria ficar alguns dias no hospital.

– É um resfriado prolongado, mamãe. Tem que ser curado direito, entende... Você quer pegar Charlotte no colo? Ela já está esticando os braços para você.

Pobre vovó Alicia! Ninguém lhe dizia a verdade, pois acreditavam que tinha os nervos fracos. Talvez tivesse os nervos fracos justamente porque ninguém lhe dizia a verdade. De qualquer forma, ela parecia muito contente com a gorduchinha Charlotte no colo. Se a pequena continuasse comendo daquele jeito, um dia ficaria roliça como a mãe.

Depois do almoço, Leo e Dodo ficaram sentados no átrio, impacientes, esperando a tia Lisa. Já haviam vestido seus casacos e gorros e, como estava tudo muito quieto, conseguiam ouvir Humbert gritando com Hanna na cozinha:

– Por que você sempre tem que ir correndo para ele? Ele não lhe escreveu que não queria mais saber de você naquela época? Amor uma ova! Ele muda de ideia como muda de roupa, isso sim!

Leo não tinha a menor ideia da razão pela qual estavam brigando e também não se interessava em descobrir. Desejava ansiosamente que a tia Lisa chegasse logo. Mas ela estava demorando de novo, provavelmente resolvendo algo para Charlotte, ou talvez Hanno estivesse com dor de barriga.

– Por que a mamãe não volta para casa? – indagou Dodo. – Não é possível que ela fique o dia inteiro no hospital com o papai. – Será que o papai piorou de novo? – perguntou Leo, assustado.

– Pare com isso! – exclamou sua irmã, cutucando-o nas costelas. – O papai está melhor, a tia Lisa já disse.

Leo calou-se. Mas o medo não fora embora. Impaciente, andava de um lado para outro, espiava o terraço através das vidraças e se movimentava pelo saguão. O casaco do papai e dois chapéus dele, assim como o casaco que ele usava em casa, estavam pendurados no cabide. Era de enlouquecer. Seus pertences estavam aqui, mas ele estava naquele maldito hospital, e ninguém sabia se ele voltaria para a Vila dos Tecidos.

– Estão esperando por mim? – perguntou a tia Lisa do alto da escada. – Humbert, já tirou o carro? Imaginem só o que Gertie aprontou! Em vez de me ajudar a trocar de roupa, trabalho pelo qual é paga, foi até a fábrica para bater alguma coisa na máquina de escrever. Dá para acreditar?

Na verdade, Dodo poderia ter explicado que Gertie precisava escrever alguma coisa para o tio Ernst e provavelmente não tivera coragem de usar a máquina de escrever do escritório de seu pai. Durante a viagem de carro, Leo sentara-se atrás, ao lado da tia Lisa, que usava seu casaco de pele e ocupava quase todo o banco traseiro. Já Dodo se sentara logo ao lado de Humbert e lhe informava o tempo todo quando ele precisava mudar a marcha ou lhe explicava por que não seria bom para o motor dirigir muito devagar.

Humbert apenas dizia volta e meia:

– Certamente, Srta. Melzer. A senhorita tem toda razão, Srta. Melzer.

Muitas vezes sua irmã conseguia ser uma baita sabichona insuportável. Especialmente quando o assunto era carro ou avião. Ele ficou aliviado quando chegaram ao seu destino.

O hospital não lhe era estranho: eles haviam visitado Kurti lá da última vez. Leo odiava aquele prédio enorme, que já parecia ameaçador pelo lado de fora. Lá dentro, precisaram passar por uma freira que queria saber quem eles eram e qual paciente visitariam. Depois, pegaram o elevador, porque a tia Lisa não queria subir quatro lances de escada de jeito nenhum. Já Leo ficava tonto dentro daquele cubículo apertado, seu coração acelerava terrivelmente e uma profusão de tons e sons invadia seus ouvidos.

O corredor do hospital fedia a desinfetante, como sempre, e a outras coisas desagradáveis, mas felizmente a tia Kitty já estava vindo na direção deles junto com Henni.

– Graças a Deus ele está melhor – disse ela, e abraçou a irmã. – Quando penso que ele teve um colapso ontem e quase morreu... Ah, meu querido Paul nunca me deu ouvidos. Sempre lhe disse que ele estava trabalhando demais.

O papai quase morreu, pensou Leo, horrorizado.

– Bom dia, Leo – disse Henni, dando-lhe um abraço apertado. – Sinto muito que o tio Paul esteja doente. Quando tiver um tempinho, tenho uma notícia maravilhosa para você.

Henni era realmente impossível. Ele se libertou de seus braços com um movimento revoltado e murmurou:

– Deixe-me em paz, por favor!

Uma enfermeira com touca de freira conduziu-os até o quarto e colocou o dedo indicador sobre os lábios. Aquilo significava que eles não podiam falar alto.

– Não podem entrar todos de uma vez e só podem ficar alguns minutos – advertiu ela.

Dodo e Leo, hesitantes, foram os primeiros autorizados a entrar pela porta. Seu pai estava deitado sozinho no quarto branco de hospital e parecia estranho naquela cama estreita. Sua pele estava cinzenta, e ele usava um avental branco esquisito em vez de pijama.

Ele sorriu um pouco quando eles foram até sua cama, acanhados, segurando as mãos. Leo se deu conta, chocado, de que não lhe trouxera nem mesmo flores ou outra coisa, mas por sorte havia um buquê de rosas brancas em cima da mesinha de cabeceira, provavelmente trazido pela tia Kitty.

– E aí, como vocês estão? – disse Paul com uma voz anormalmente baixa. – Dei um baita susto em vocês, não é mesmo?

Os dois assentiram ao mesmo tempo. Leo ficou sem palavras, e Dodo perguntou timidamente como ele estava.

– Melhor que ontem, mas ainda não estou cem por cento.

Leo não conseguiu dizer uma palavra sequer. Estava incrivelmente feliz por seu pai estar vivo e até mesmo falando com ele. Ao mesmo tempo, estava muito assustado, porque ele falava muito baixinho e parecia bem cansado e doente.

– Ouçam – disse Paul, olhando de um para o outro. – Ainda precisarei ficar aqui por algum tempinho. Por isso quero que você, Dodo, obedeça à sua mãe, ajude-a e lhe dê apoio. Vai fazer isso?

– Sim, papai.

– E você, Leo, é temporariamente o homem da casa e cuidará de sua mãe, de Dodo e de Kurti até que eu esteja recuperado. Posso contar com você?

– Sim, papai.

Com isso, os dois foram liberados. Leo sentia-se lisonjeado e ao mesmo tempo desorientado com o que o pai lhe dissera. Ele tinha que cuidar de sua mãe e de seus irmãos? Como é que ele seria capaz de fazer isso?

33

Ficar a madrugada esperando no corredor do hospital foi a pior parte para Marie. Eles haviam levado Paul para uma das salas de tratamento. Tilly entrara com ele, mas Marie precisara ficar sentada no corredor, e só lhe restou esperar e torcer pelo melhor. E rezar. O medo se apossou dela como um peso no peito, e o silêncio do corredor comprido e escuro parecia querer sufocá-la. Não havia nada que ela pudesse fazer enquanto sua pessoa mais querida da face da terra lutava contra a morte. Que tortura terrível!

Até aquele momento, conseguira manter o medo e o pânico longe de si e simplesmente entrara no piloto automático, mantivera a calma e se esforçara para tomar decisões sensatas. Quando o porteiro da fábrica ligara para informar, gaguejando de tanto nervosismo, que o senhor diretor estava inconsciente no chão, ela sentira um medo que atingira cada célula de seu corpo, mas, ainda assim, agira de forma rápida e assertiva. Primeiramente acordara Humbert, depois ligara para Kitty para pedir que Tilly fosse imediatamente à Vila dos Tecidos, e ainda acordara Lisa. Quando chegara à fábrica com Humbert, o Sr. Mittermaier e o Sr. Gruber já haviam carregado Paul, inconsciente, até a guarita do porteiro. Fora uma imagem terrível: o rosto dele distorcido, a pele quase cinza, e ele gemendo baixinho, mas sem reagir a nada.

Alguns momentos depois, ela estava sentada na ambulância, ao lado do motorista, olhando o reflexo da cabeça do jovem médico e do socorrista pelo espelho retrovisor. Não conseguia ouvir o que falavam, pois o motor do carro era muito barulhento. Quando pararam em frente à clínica, ela desceu rapidamente e correu do lado da maca, olhando para seu marido, assustada. Naquele meio-tempo, Paul abrira os olhos e olhava para ela, confuso e impotente.

– Marie... Marie... o que houve? Onde estou?

– Fique calmo, meu amor... Está tudo bem, estou aqui com você.

Mas ela não pudera acompanhá-lo. Ele fora carregado para uma sala de tratamento, e Marie não sabia o que fariam com ele. Enquanto isso, precisara preencher um formulário: nome, profissão, idade, histórico de doenças, telefone...

– Ele tomou um analgésico – disse Tilly, entrando no corredor por um momento e indo até ela. – Agora vão estabilizá-lo. Graças a Deus não foi infarto. O músculo cardíaco está infeccionado, e tem risco da infecção se alastrar para o pericárdio.

Não fora um infarto. Marie respirou aliviada. Aquilo era uma boa notícia, não? Mas uma infecção no coração com certeza era algo perigoso.

Tilly retornara à sala de tratamento, deixando Marie mais uma vez sozinha. Alguma enfermeira aparecia volta e meia no corredor, depois outro paciente foi trazido em uma maca: um acidente de trânsito. O pobre coitado encontrava-se encharcado de sangue, sua cabeça estava virada para o lado, e o corpo fora coberto com um lençol branco. Logo em seguida, Kitty e Robert apareceram nas escadas. Sua cunhada não conseguiu se contentar em ficar em casa, na Frauentorstraße, depois de ligar três vezes para a clínica sem receber informações. Por isso, pegara o carro para ir até lá.

– Pelo amor de Deus! – exclamou Kitty, nervosa, jogando-se nos braços de Marie. – O que aconteceu com nosso querido Paul? Por favor, não diga que ele está morto. Ele não está morto, não é mesmo? Só desmaiou, porque está trabalhando demais. Imagine só, Robert não quis me deixar vir dirigindo sozinha até a clínica, achou que eu poderia sofrer um acidente de trânsito.

Marie ficou feliz por não precisar mais se sentir solitária, esperando sozinha, mesmo que o falatório de Kitty não exatamente amenizasse seu nervosismo.

– Ele está com uma inflamação no músculo cardíaco – explicou ela. – Graças a Deus está consciente de novo. Tilly está lá dentro com ele e me mantendo informada.

– Graças a Deus – disse Kitty, suspirando. – Inacreditável! Aquela freira no portão não queria nos deixar entrar! Disse que não era horário de visita, aquela bruxa. Mas eu lhe disse poucas e boas!

Naquele momento a porta da sala de tratamento finalmente foi aberta, e empurraram para o corredor uma cama de hospital, onde Paul estava deitado de olhos fechados.

– Não se preocupe – disse Tilly, acalmando-a. – Ele está dormindo. Poderemos obter notícias amanhã cedinho com o médico responsável. Agora é melhor irmos para casa.

Marie caminhou um momento ao lado da cama, observando Paul, mas, quando fizera menção de pegar sua mão, foi orientada a não fazer isso.

– E se ele piorar durante a noite?

– Aí eles nos ligarão. Por precaução, ficarei com você e dormirei na Vila dos Tecidos.

Marie estava grata por aquele gesto. O jeito calmo e objetivo de Tilly era muito mais agradável para ela do que a tagarelice caótica de Kitty. No caminho de volta para casa, ela se sentara ao seu lado no carro e lhe explicara os detalhes médicos. Ela não entendera tudo, mas era reconfortante ver que os médicos sabiam qual era a doença de Paul e o tratamento que ele deveria receber.

– A possibilidade de uma terapia medicamentosa é baixa. Ele precisa de muito descanso e deve evitar, na medida do possível, esforços físicos e qualquer agitação. Com o tempo, ele vai se curar sozinho. É claro que não vai ser de hoje para amanhã...

As luzes externas ainda estavam acesas na Vila dos Tecidos. Sebastian estava na biblioteca esperando notícias sobre o estado de Paul. Fora uma conversa curta. Tilly explicara que Marie e ela precisavam dormir pelo menos um pouco, e Sebastian correra até o anexo para transmitir à Lisa a notícia tranquilizadora de que o estado de Paul era satisfatório, considerando as circunstâncias.

Tilly fora alojada no quarto de Kurti, depois Marie deitou-se para descansar, exausta. O sono não vinha. Toda hora via diante de si o rosto de Paul, cinza e desfigurado pela dor, ouvia sua pergunta "O que houve, onde estou?" e criticava-se por não ter sido mais firme ao impedi-lo de ficar trabalhando à noite no escritório. Não era de se admirar que aquilo tivesse acontecido. De dia ele ia para bancos, cuidava da venda dos imóveis, ficava na fábrica, e passava as noites acordado, ocupado com documentos e contas. Por que ela assistiu àquilo por tanto tempo sem intervir? Por que as coisas só se tornavam claras em retrospectiva?

A noite fora curta. Acordara por volta das seis horas, porque Tilly se levantara para descer as escadas com cuidado e ir até o escritório para telefonar. Marie vestiu o robe e a seguiu.

– Ele teve uma noite tranquila – informou-lhe Tilly, aliviada. – Na verdade, o horário de visitas é só à tarde, mas falei ontem com o médico-chefe, o Dr. Peuser. Você poderá fazer uma visita rápida excepcionalmente por volta das dez horas. Ele está no segundo andar, no quarto 207.

– Às dez horas? Terei que esperar esse tempo todo? – indagou Marie, suspirando.

– Isso mesmo. E você só vai depois que tomar um café da manhã decente, Marie. Está tão abatida que parece até que passou a noite com um fantasma.

Os empregados já estavam de pé. Humbert colocava a mesa do café da manhã e perguntou sobre o estado do patrão, preocupado.

– O estado dele é satisfatório, Humbert. Esperamos que fique bem em breve.

– Que ótima notícia, senhora. Ontem levei o maior susto quando o vi inconsciente, deitado no sofá do Sr. Gruber. Então me deixe dar a notícia na cozinha, todos estão muito nervosos.

As duas comeram juntas, e Tilly fez questão de garantir que Marie tomasse um belo café da manhã antes de voltar ao trabalho para atender seus pacientes.

– Se precisarem de mim, liguem para Kitty.

– Muito obrigada por tudo, Tilly. Nem sei o que faríamos sem você...

Marie achou estranho não ter que ligar para o consultório do Dr. Kortner, onde era mais fácil encontrar Tilly. Contudo, não pensou mais no assunto, pois havia coisas mais importantes a fazer, como informar as secretárias sobre o estado de Paul.

A Srta. Lüders, uma das secretárias, estava tendo uma crise nervosa. O porteiro já lhe dissera que o senhor diretor sofrera um colapso.

– Ainda não divulguei nada, Sra. Melzer, para não causar pânico entre os empregados. Também instruí o Sr. Gruber a segurar as informações por enquanto.

– Isso foi muito sensato de sua parte, Srta. Lüders. Meu marido está bem, considerando as circunstâncias. Irei lhe comunicar hoje à tarde sobre como procederemos daqui em diante.

A Srta. Lüders agradeceu e pareceu muito aliviada, pois não soubera o que havia acontecido com o senhor diretor após o colapso. Afirmou que o Sr. Melzer era uma pessoa agradável e alegre, e que ela estava bastante preocupada.

– Meus mais sinceros votos de melhoras para seu esposo, Sra. Melzer!

Marie desligou o telefone e foi até o anexo para discutir com Lisa os próximos passos a serem tomados. Encontrou a cunhada sentada na sala, de robe, chorando, com um lenço diante do rosto enquanto Sebastian tentava consolá-la em vão ao seu lado.

– Meu Deus! – disse ela, soluçando. – É tudo minha culpa, Marie. Este anexo que nos arruinou foi construído por minha causa. Paul ficou doente com tantos problemas financeiros...

– Ninguém tem culpa de nada, Lisa – disse Marie com firmeza. – Foi esta crise que nos comprometeu. Agora precisamos nos unir mais do que nunca para que Paul fique tranquilo e possa melhorar. E cada um de nós deve contribuir para isso.

Lisa se mostrou prontamente disposta para a tarefa. Iria até a clínica à tarde com os gêmeos para visitar Paul e, caso pudesse falar com ele, não iria chorar nem de forma alguma se lamentaria, mas tentaria irradiar confiança e paz de espírito.

– Espero que eu consiga, Marie – disse ela com um suspiro, procurando um lenço seco no bolso do robe.

Sebastian acariciou gentilmente seus cabelos e sua nuca, dizendo que estava orgulhoso por ela demonstrar coragem e força em tempos tão difíceis. E aí Lisa começou a soluçar de novo.

– E, se você não se importar, irei até a fábrica – disse Sebastian. – Talvez eu possa ser útil lá.

– Com certeza poderá ajudar a secretária a organizar as correspondências e atender telefonemas.

– Foi exatamente o que pensei, Marie!

Antes de pegar o bonde para ir até a clínica, ela trocou de roupa e examinou-se no espelho de forma crítica. Tilly tinha razão: ela estava terrivelmente pálida e abatida. Não queria aparecer assim diante de Paul de jeito nenhum. Passou pó compacto e penteou os cabelos, fez um coque bonito e tentou dar um sorriso. Conseguiu apenas em parte: dizer que parecia confiante seria um exagero.

– Não estamos em horário de visita agora.

Foi isso que Marie ouviu no portão da clínica. A freira usava óculos redondos de lentes grossas, e sua boca estava contraída, parecendo estreita.

A mulher olhou para Marie por um instante e voltou-se para seu livro de encadernação preta.

– Por favor, pergunte ao Dr. Peuser, tenho uma autorização especial. Trata-se de meu marido, o paciente Paul Melzer.

– Aqui não há tratamento especial, Sra. Melzer – respondeu a recepcionista sem dignar-se a olhar para ela.

Marie ficou parada diante dos vitrais do portão, perplexa, enquanto a freira fervorosa mergulhava de novo em seu breviário. Ao que parecia, era bastante míope, pois precisava segurar o livro bem pertinho dos olhos apesar das lentes grossas dos óculos. Marie decidiu passar por ela discretamente com passos silenciosos.

Pegou o elevador para não topar com mais nenhuma enfermeira ou nenhum médico, foi até o segundo andar e caminhou pelo corredor, passando por três enfermeiras jovens que conversavam alegremente. Quarto 204... 203... era a direção errada. 205... uma porta com uma placa de *Acesso proibido*, e finalmente quarto 207.

Ela bateu baixinho à porta. Como nada aconteceu, virou a maçaneta e abriu uma fresta. Era um quarto pequeno e pintado de branco com uma janela, uma cadeira e uma cama de solteiro com mesa de cabeceira facilmente alcançável por todos os lados. Paul estava deitado de bruços com a cabeça virada para o lado e os olhos fechados. Ela entrou no quarto devagar, depois fechou a porta da forma mais silenciosa possível e aproximou-se da cama. Não queria acordá-lo de jeito nenhum, só queria vê-lo e ouvi-lo respirando, saber que seu coração estava batendo.

– Marie? – murmurou ele, virando a cabeça sem abrir os olhos. – Você finalmente está aqui?

– Sim, meu amor, como sabe que sou eu?

Ele abriu os olhos e sorriu para ela daquele jeito afetuoso e travesso que só ele sabia fazer, da mesma forma que sorrira quando ela ainda era assistente de cozinha na Vila dos Tecidos.

– Conheço seus passos, Marie. Venha, sente-se ao meu lado.

Ele apontou para a beira da cama e empurrou o cobertor um pouco para abrir espaço.

– Não sei de devo, Paul – argumentou ela. – Ontem eu não podia nem tocar em você.

– Sente-se, Marie – pediu ele. – Por favor!

Ela cedeu a seu desejo, ele a puxou para perto de si, envolveu-a e beijou-a.

– A partir de agora cuidarei de você, querido – sussurrou ela.

– Mas você sempre cuida de mim, meu amor!

– Fui negligente, Paul. Meu Deus, tive tanto medo por você!

Ele acariciou suas costas e segurou-a firme em seus braços.

– O tempo todo pensei que não queria deixar você, Marie. Que existe algo que me une a esta terra: você e nossos filhos. Principalmente você, minha Marie. Você me mantém preso aqui com os laços poderosos do amor.

Ele calou-se, e ela não conseguiu responder nada, pois tentava segurar as lágrimas. Não, ela não queria chorar. Mas acabou deixando uma mancha de lágrimas naquele maldito avental branco que haviam vestido nele.

– Você precisa descansar muito agora – disse ela por fim, enxugando as bochechas o mais discretamente possível.

É claro que ele percebeu e levou a ponta do cobertor até ela para ajudar.

– Infelizmente – disse ele. – Isso é muito inoportuno, Marie. Você ainda não está sabendo. Conseguimos uma encomenda da Keller & Weingart. É um pedido bem grande.

– Você não pode se preocupar com a fábrica agora – respondeu ela, revoltada. – Cuidarei de tudo e tenho a ajuda de Sebastian. Então pode ficar tranquilo.

Ele balançou a cabeça de forma defensiva.

– Eles querem linha de costura fina. Uma quantidade grande...

– Isso é maravilhoso, meu amor... Vamos iniciar a produção.

– O problema é justamente esse, Marie – disse ele. – As malditas máquinas de fiação por anéis não funcionaram ontem. O Sr. Mittermaier ia tentar de novo hoje, às dez horas. Você precisa ligar para a fábrica e perguntar se ele finalmente conseguiu.

Ela sentou-se, chocada, pois sentira o batimento cardíaco agitado e irregular do marido. Então esse fora o problema? Ele ficara tão nervoso no dia anterior que seu coração vacilara?

– Cuidarei disso, Paul – disse ela em tom apaziguador. – Você não pode se preocupar com esses assuntos, deve se concentrar apenas em ficar bom. Administrei a fábrica quando você estava na guerra e farei o mesmo agora outra vez.

Ele respirava com força e não queria tranquilizar-se. Marie entrou em pânico. Se ele ficasse muito nervoso, seu estado poderia piorar de novo.

– Você tem que me manter atualizado, Marie – disse ele, tossindo. – Reconstruímos as máquinas naquela época de acordo com os projetos de seu pai. A maior parte foi o Sr. Huntzinger quem fez, o Sr. Mittermaier também participou. Talvez eles precisem dos projetos. Eles estão na estante de arquivos em meu escritório.

– Agora chega! – disse ela com veemência. – A partir de agora a fábrica é minha função, Paul. Sua função é ficar bem novamente. Porque precisamos de você, eu preciso de você, meu amor.

Ele fez menção de responder algo, mas ouviram vozes no corredor. Várias pessoas se aproximavam do quarto.

– Visita – disse uma enfermeira enquanto abria a porta. – O que a senhora está fazendo aqui? – indagou ela, incrédula, ao encarar Marie.

Antes que Marie pudesse responder, o médico-chefe entrou com seu séquito e andou até ela com um sorriso.

– Sra. Melzer, bom dia. Espero que a senhora não tenha gerado palpitações muito violentas em seu marido. Apesar de acreditar que algumas palpitações agradáveis não façam mal ao paciente.

Para perplexidade da severa enfermeira, ele apertou a mão de Marie antes de se dirigir ao paciente.

– A senhora pode ficar tranquila – disse ele por cima dos ombros. – Estamos cuidando bem dele. Aliás, meus melhores cumprimentos à sua cunhada, Sra. Von Klippstein. Uma mulher muito impressionante.

– Muito obrigada, Dr. Peuser – disse Marie, aliviada. – Vou passar seus cumprimentos. Agora estou de saída. Mais uma vez, muitíssimo obrigada por tudo.

Ela sorriu para Paul afetuosamente para se despedir, mas ele estava sendo auscultado e não percebeu. Depois saiu da sala, passando pela enfermeira, que fechou a porta com um puxão brusco.

Uma encomenda grande, pensou ela enquanto descia as escadas. *As máquinas têm que funcionar, agora nada importa mais que aquilo. Paul não pode mais ficar preocupado com esse assunto. Ah, talvez o Sr. Mittermaier já tenha resolvido o problema.*

Ela foi de bonde até a parada da fábrica de tecidos, e o Sr. Gruber a recebeu com uma reverência pronunciada.

– Sra. Melzer, bom dia – disse o velho porteiro, tirando o gorro. – Que bom que a senhora chegou. Agora tudo ficará bem de novo. Como antigamente, quando o Sr. Melzer sênior ainda estava vivo.

Marie não pôde deixar de sorrir com sua alegria sincera. Esperava poder fazer jus à confiança que ele tinha nela.

– O Sr. Mittermaier veio?

O Sr. Gruber assentiu e apontou na direção da fiação.

– Ele já está trabalhando desde as nove e meia da manhã. Xinga como um taberneiro, mas não desiste nunca!

Aquilo não soava nada bem. Parecia que o Sr. Mittermaier ainda não conseguira acionar as máquinas de fiação por anéis. Ela passou por um grupo de operárias da tecelagem que estavam no intervalo de almoço e entrou no galpão. O local, que algum tempo antes era dominado pelo barulho das *selfactor* e máquinas de fiação por anéis, agora estava tomado por um silêncio sepulcral. Fazia tempo que o telhado de vidro não via uma limpeza, e o sol de março banhava o cômodo enorme de uma luz fraca e cinzenta. O cheiro de inatividade e estagnação pairava no ar.

– Sr. Mittermaier?

O velho mestre de fiação estava agachado no chão entre as duas máquinas de fiação por anéis e olhou para ela, resignado.

– Nada – respondeu ele, aborrecido, limpando o queixo com a mão manchada de óleo. – Estão em greve total! Não entendo isso…

Ele reforçara, analisara, limpara e lubrificara várias peças e as instalara novamente, mas as máquinas se negavam a fazer seu trabalho.

– Estão ofendidas porque nós as desligamos. Talvez precisemos simplesmente trocar umas palavrinhas com elas, com essas meninas – disse o Sr. Mittermaier com uma mistura de humor sombrio e cinismo. – Fazer alguns elogios. Convencê-las com belas palavras. Talvez trazer um buquê de rosas e bombons de chocolate… Pelo amor de Deus! Fui eu que as montei, naquela época, junto com o Sr. Huntzinger.

Marie caminhou em volta das duas máquinas e as observou. Não eram as que seu pai originalmente construíra, mas haviam sido reproduzidas de acordo com seus projetos. Onde estava o problema? Na época de seu pai, elas ainda não eram elétricas, mas operavam a vapor. Contudo, funcionaram durante anos sem incidentes e grandes reparos.

– O velho Huntzinger, que Deus o tenha, saberia o que fazer. Já teria encontrado o problema faz tempo – comentou o Sr. Mittermaier, seguindo desesperado. – Quando seu pai ainda era vivo, o Sr. Huntzinger trabalhou ao seu lado, aprendeu muito com ele e sempre dizia: "O Sr. Burkard é um gênio. Não larga sua bebida, mas independentemente disso é um gênio."

Marie ficou calada. Nunca conhecera o pai, mas sabia que ele morrera em consequência do alcoolismo.

– Vá descansar agora, Sr. Mittermaier – disse ela. – Não conseguiremos nada com violência. Suba até o escritório. A Srta. Lüders lhe trará um café e algo para comer. Enquanto isso, vou buscar os projetos de meu pai, e vamos analisá-los com toda a calma. Talvez assim consigamos descobrir o mistério.

34

Liesel não tinha motivos para reclamar. A vida junto à Sra. Von Maydorn era agradável, ainda que um pouco monótona. A senhora se levantava junto com as galinhas, então Liesel a ajudava a se vestir e a acompanhava até o estábulo. Elvira von Maydorn era amazona e desde sempre ia ver seus cavalos antes mesmo do café da manhã. No passado, selava um de seus animais para uma pequena cavalgada e voltava revigorada.

– Ficar um pouco sozinha com a natureza logo de manhã cedinho – disse ela de forma romantizada. – Isso não tem preço, Liesel. Com o vento no rosto, o barulho dos cascos do cavalo batendo no chão e os cervos se alimentando no campo aqui ao lado... Ah, como sinto falta disso!

Às vezes ela fazia Liesel vestir sua antiga calça de montaria, que não usava havia tempo, calçar botas altas, e mandava que Leschik selasse a égua mansinha para ela. Aí ela saía para cavalgar enquanto o cavalariço conduzia a égua pela fazenda e a proprietária de terras lhe dava instruções.

– Está sentindo o ritmo, menina? Você tem que segui-lo. Levante o bumbum. Isso mesmo! Assim está correto. Sente-se reta, não afundada. Deixe as rédeas relaxadas, não é para se segurar nelas. Você deve usar as coxas para mostrar à égua aonde deseja ir.

Liesel tinha dificuldade de fazer tudo certo. Gostava de cavalgar, amava os cavalos, mas não conseguia relaxar, porque todas as criadas e os servos ficavam olhando para ela com inveja e lhe falavam todo tipo de coisas perversas quando passava por eles com o cavalo. O pior era quando a babá aparecia com as três crianças, pois os pequenos jogavam bolinhas de barro na égua. Por mais que a patroa gritasse várias vezes para que parassem, eles riam com atrevimento, e nem mesmo a babá intervinha.

– Aquela camponesa instigou o pequeno – dizia a baronesa com raiva. – Graças a Deus Soljanka é mansa como um cordeirinho e não se deixa irritar com isso.

Depois da cavalgada, elas tomavam um café da manhã maravilhoso. Nem mesmo na Vila dos Tecidos Liesel vira tamanha abundância de alimentos nutritivos. Só o café era mais gostoso em Augsburgo, e o pão, mais fresco. Em compensação, em Maydorn havia tortas deliciosas e presunto defumado, ovos cozidos com toucinho e salsicha de fígado com grandes pedaços de carne dentro. Naquele meio-tempo, as bochechas encovadas de Liesel haviam se arredondado, e as roupas de juventude de sua benfeitora passaram a caber nela como se tivessem sido feitas sob medida. Não usava mais o cabelo em uma trança grossa, mas passara a fazer um coque conforme a Sra. Von Maydorn lhe mostrara, e seu andar também mudara.

– Por que está correndo por aí tão acanhada, Liesel? – perguntara a senhora com insatisfação. – Ande devagar e com a coluna ereta. Não dura, mas de cabeça erguida, não encurvada como uma criada. Não tenha vergonha de chamar atenção, você não precisa se esconder na minha casa.

A situação na fazenda realmente parecia ter se acalmado. A "camponesa" evitava a Sra. Von Maydorn e sua jovem acompanhante, e as criadas e empregadas domésticas evitavam apenas Liesel. Quando ela tinha alguma tarefa na cozinha, as outras se viravam e continuavam trabalhando como se ela não estivesse lá. Mas todos na casa sabiam que se tratava de uma paz frágil. Sempre ouviam vozes brigando. Os gritos estridentes da jovem Sra. Von Hagemann e a voz clara e furiosa de seu marido chegavam a todos os andares.

– Que briguem – disse a legítima senhora da casa com satisfação. – Seria ótimo se ele finalmente conseguisse se impor. Não é bom quando a mulher domina o homem assim. Sobretudo quando se trata de uma pessoa simplória de nariz empinado.

A jovem Sra. Von Hagemann, que a baronesa chamava pejorativamente de "camponesa", humilhava a família e os empregados ainda de outra forma. Dia sim, dia não, Leschik tinha que preparar a carroça para levar a patroa e uma criada para Colberga para fazer compras. De tardinha, elas voltavam com o veículo carregado, e as criadas tinham que levar aquele monte de coisas até a casa. A maior parte das mercadorias estava em caixas ou pacotes, e não se sabia exatamente o que tinha lá dentro. Contudo, o odor de sabonetes finos e perfume enchia a casa, e uma das criadas mais velhas contou para a velha Sra. Von Maydorn que eram casacos de pele e luvas de renda, roupa íntima cara de seda, porcelana de Meissen e botas vermelhas de couro com aplicações de pele branca.

– É para lá que o dinheiro está indo – esbravejou a dona da casa. – Para bugigangas inúteis e quinquilharias da moda. E não sobra dinheiro para a rede elétrica, que já deveria ter sido terminada faz tempo. Instalaram três postes que agora ficam ali no meio da paisagem servindo de casa para os corvos.

Liesel achava isso estranho. Afinal, a energia elétrica era bastante prática, pois não era preciso acender uma lâmpada de querosene o tempo todo nem andar pela casa no escuro com uma vela na mão.

– A camponesa não conhece outra vida, apesar de ter uma bela residência hoje em dia – zombou a Sra. Von Maydorn. – A energia elétrica é algo estranho para ela, que prefere gastar rios de dinheiro em querosene e velas caras. Arrogância e burrice sempre florescem juntas.

O pai de Liesel batera à porta da Sra. Von Maydorn duas vezes para falar com ela sobre negócios. Depois Liesel fora enviada à cozinha para resolver algo, e, quando voltou, encontrou a senhora da casa com um terrível mau humor.

– Pegue a caixinha marrom no armário – ordenou ela. – Coloque aqui em cima da mesa. E depois saia e não olhe pela fechadura!

Liesel sabia que ela guardava seu dinheiro e suas joias naquela caixinha. Seu pai, em sua função de administrador, aparentemente lhe trouxera dinheiro. Dinheiro oriundo da venda de madeira ou de outros negócios e que cabia à Sra. Maydorn na qualidade de proprietária. Ele deduzia as despesas com gestão orçamentária, salários e demais encargos, e o montante que restava não era lá essas coisas. Leschik levava parte do dinheiro para Colberga, para depositar no banco e enviar para a Sra. Elisabeth, e a Sra. Von Maydorn guardava o resto na caixinha.

– Coloque-a de volta no armário – ordenou ela para Liesel. – E depois volte para cá. Quero lhe dar algo.

O presente que lhe fora dado naquele dia foi inexplicavelmente precioso para a jovem: um anel delicado de ouro com uma pérola de brilho rosado.

– Não serve mais para uma senhora. Já está apertado em mim faz tempo, não cabe mais nem no dedo mindinho. Vá, experimente. Agora sim! É de seu agrado? Foi meu irmão mais novo quem me deu quando eu tinha sua idade.

– A senhora quer dizer que é para eu ficar com ele? – perguntou Liesel, incrédula.

– Se seu pai não lhe dá nada, menina, quero fazer isso por você. Você mereceu.

Quando seu pai se mostrava generoso em algum momento, fazia-o à sua maneira e sem altruísmo nenhum. Uma noite, quando ela fora buscar na cozinha uma xícara de leite quente com mel, encontrara-o parado na subida da escada esperando por ela. Liesel, segurando a vela em uma mão e a xícara na outra, levara um baita susto e ficara paralisada, pois ele surgira de forma bastante inesperada da sombra do grande armário do corredor.

– Ainda por aqui tão tarde? – perguntou ele.

– Só fui pegar uma última bebida para a Sra. Von Maydorn na cozinha – respondeu ela.

– Me dê isto! – ordenou ele, tomando-lhe a vela e a xícara das mãos para colocar em um dos degraus da escada. – E agora me ouça com atenção, porque tenho algo para lhe dizer.

Ele parecia enorme e intimidante à luz trêmula da vela, e ela preferiria ter se esgueirado por ele para entrar de fininho no quarto da senhora da casa. Não ousou fazê-lo por medo de que a segurasse.

– Você não é burra, Liesel. Então já deve imaginar que não há nenhum futuro sustentável para você aqui. No momento, a velha ainda está mimando você, mas, quando ela não estiver mais entre nós, a situação vai mudar drasticamente. Minha esposa não tolerará você sob nenhuma circunstância.

Liesel ficou calada. O que ele dissera soou duro e pouco paternal, mas era a verdade.

O Sr. Von Hagemann percebeu que suas palavras a impactaram e, satisfeito, continuou:

– Veja bem, menina. Não pretendo banir você. Quero garantir que tenha um futuro. Por isso estou fazendo uma proposta generosa: pago a sua viagem e, além disso, quinhentos marcos como dote se você voltar para Augsburgo dentro dos próximos dias. O que você acha?

Ela não entendeu de imediato. Quinhentos marcos eram uma fortuna para ela. Mas o que ele queria dizer com dote?

– O que você quer dizer com isso?

– Com certeza tem alguém em Augsburgo esperando por você – disse ele em tom baixo, retorcendo o rosto e dando um sorriso estranho. – Um rapaz que lhe escreve cartas de amor ardentes.

Ela o encarou e não conseguiu acreditar no que estava ouvindo. Cartas? Christian lhe escrevera cartas?

– Cadê minhas cartas? – perguntou ela. – Por que não as recebi?

Ele percebeu na hora que fora um erro mencionar as cartas que ele havia escondido.

– Elas ficaram presas em algum departamento dos correios e só foram entregues hoje. Abri por acaso, pois estava distraído. O que, aliás, é meu devido direito como seu pai, já que se trata claramente de um romance. O rapaz me parece bastante inexperiente, mas sincero e trabalhador. Ou seja, eu não teria nenhuma objeção a esse casamento.

Ele realmente se preocupava tanto assim com seu futuro? Liesel não queria pensar sobre aquilo.

– Quero ver minhas cartas, por favor – exigiu ela.

– É claro, Liesel. Mas primeiro quero saber o que acha de minha proposta.

Ele ainda estava bloqueando sua passagem, e ela não teve coragem de passar por ele para subir as escadas.

– Eu... preciso pensar – gaguejou ela. – Mais tarde lhe direi.

Ele assentiu a contragosto e acrescentou severamente:

– Amanhã, Liesel. Preciso da resposta amanhã, porque terei que buscar o dinheiro no banco. Além disso, seria bom você ficar de bico calado. Senão nosso acordo não vale mais.

– Minhas cartas...

Ele olhou para ela, insatisfeito, depois tirou uma pilha de papel do bolso do casaco. Eram cinco ou seis envelopes, todos abertos. Ela enfiou as cartas debaixo da blusa, pegou a vela e a xícara e olhou para ele, instando-o a sair do caminho. Quando ele chegou para o lado, ela subiu as escadas correndo como se estivesse sendo perseguida por um bando de fantasmas.

– Por que você demorou tanto? – perguntou a Sra. Von Maydorn com severidade.

Primeiro Liesel colocou a xícara com o leite já frio na mesa, depois tirou as cartas de dentro da blusa. Ele mentira para ela. Quando a gente recebia uma pilha de cartas endereçadas para outra pessoa, até poderia acontecer de abrir uma delas por engano. Mas ninguém abriria todas até perceber o erro. Ela foi tomada por ódio: ele mentira para ela. Seu pai era um mentiroso.

– Aqui – disse Liesel para a baronesa. – Ele me deu isto.

Ela jogou as cartas em cima da mesa e irrompeu em lágrimas. Com cuidado, a Sra. Von Maydorn pegou os envelopes abertos, observou o endereço e o remetente, e sua mão começou a tremer.

– Foi assim que o Sr. Von Hagemann lhe entregou sua correspondência? Aberta?

Liesel assentiu, soluçando, e cobriu o rosto com as mãos.

Seu pai mentira para ela. Então a proposta do dote grandioso com certeza também não passava de uma mentira. Ele queria se livrar dela e recorreria a todos os meios necessários para isso. Mas que tipo de pessoa ele era? Havia pouco ela acreditara que havia se enganado a seu respeito, pois ele fora gentil com ela. Mas aquilo não passara de dissimulação.

– Ele me fez uma proposta.

Não foi inteligente contar tudo para a Sra. Von Maydorn. A senhora já estava irritada por causa das cartas, mas, ao saber da conversa que acontecera entre eles ao pé das escadas, foi tomada por uma fúria desmedida.

– Dê-me minha bengala! E a vela! – ordenou ela. – Você fica aqui, Liesel, e não se mexa por nada.

– Por favor, a senhora não pode ficar nervosa deste jeito, Sra. Von Maydorn...

– Isso não é da sua conta.

Ela não conseguiu evitar que sua benfeitora saísse mancando do quarto e descesse as escadas sem sua ajuda. Ficou onde estava, com medo, abriu uma fresta da porta em silêncio e ficou escutando a conversa.

– Tenho que falar com você! – gritou a Sra. Von Maydorn lá embaixo no átrio enquanto esmurrava a porta da sala com sua bengala.

Liesel não conseguiu ouvir direito o que aconteceu depois, porque duas criadas subiram as escadas, curiosas, e seus sapatos fizeram um barulhão nos degraus de madeira. Enquanto isso, alguém deve ter saído da sala, pois as batidas cessaram e a Sra. Von Maydorn irrompeu em um acesso de raiva.

– Traindo-me pelas costas como um rato sorrateiro! Quinhentos marcos? De onde você tiraria este dinheiro, para início de conversa?

– Me escute – pediu Klaus von Hagemann de forma calma e tranquilizadora. – A menina mentiu para a senhora... Ninguém falou em um valor desta monta.

Ah, como ele era vil! Simplesmente negara tudo.

– No que me diz respeito, acredito em cada palavra de Liesel. É em você que não acredito mais. Isto foi a gota d'água! Agora chega. Estou lhe dizendo com todas as letras, Klaus von Hagemann: estou pensando seriamente em mudar meu testamento.

– Mas por que tanta agitação, minha senhora? É melhor pensar sobre isso com calma. Será que vale mesmo a pena trair a confiança de seus fiéis funcionários e amigos por causa de uma mentirosa de meia-tigela? Além disso, seu testamento está reconhecido em cartório e assinado.

– Isso é o que veremos!

Liesel estava apavorada quando sua benfeitora subiu as escadas novamente, bufando e gemendo. Foi até o corredor para pegar a vela de suas mãos e escorá-la, mas foi repreendida por sua boa intenção.

– O que está fazendo aqui? Não lhe disse para ficar no quarto?

– Fiquei preocupada, Sra. Von Maydorn – disse Liesel, justificando-se.

– Não é necessário! Ainda não sou uma velha decrépita!

Naquela noite, a Sra. Von Maydorn bebeu dois copos do precioso uísque que sobrevivera dos tempos de seu falecido marido. Depois Liesel precisou ajudá-la a tirar a roupa, e ela foi se deitar.

– Amanhã é um novo dia, menina – disse ela de forma solene e desejou-lhe uma boa noite.

Liesel deitou-se no sofá, puxou a vela para perto de si e começou a ler as cartas de Christian. Sentiu um aperto no coração. Não tinha ideia de que ele havia escrito tantas vezes para ela. Na verdade, até mesmo temera que a tivesse esquecido. Pelo menos ela também lhe escrevera duas cartas depois que a Sra. Von Maydorn a acolhera, mas, ao que parecia, Christian não as recebera.

Querida Liesel,
Estou lhe escrevendo pela sexta e última vez, porque sua mãe nos contou há pouco tempo que agora você é uma nobre e que preciso esquecer você. Isso não será nada fácil para mim, mas não acredito que seja sua culpa. Desejo do fundo do meu coração que seja feliz.
Quando o anúncio de seu noivado com um proprietário de terras da Pomerânia chegar até a Vila dos Tecidos, ficarei feliz por você. Sempre serei bom com ele e sempre pensarei em você com carinho.

Um grande abraço de seu amigo fiel,
Christian

Angustiada, Liesel leu e releu todas as cartas, chorou e culpou a si mesma amargamente por ter ficado longe de casa por tanto tempo. Logo de manhã cedinho pediria à Sra. Von Maydorn para ir com ela até os correios de Colberga para ligar para a Vila dos Tecidos. Mesmo se o telefonema viesse a ser muito caro, ela pagaria por meio de trabalho, e até mesmo voltaria a cuidar das vacas se fosse necessário. Christian tinha que saber que ela não o esquecera, que pensava nele todos os dias. Depois de tomar essa decisão, acalmou-se um pouco, colocou as cartas debaixo do travesseiro de penas, apagou a vela e adormeceu.

Bem cedinho, a voz vigorosa de sua benfeitora a acordou.

– Hora de levantar, dorminhoca! O galo já cantou! Traga meu vestido marrom e a roupa de baixo quente! E água para eu me lavar!

Sonolenta, Liesel subiu no sofá e acendeu a lâmpada. A senhora da casa estava sentada na beira da cama, animada, e esperava por Liesel para ajudá-la a levantar e encher a tigela de banho.

– Ainda está cedo – disse ela. – Quero ir logo para Colberga e terminar tudo que tenho que fazer.

Ela queria ir para Colberga, que feliz coincidência!

– Posso ir junto? – perguntou Liesel.

A Sra. Von Maydorn passou um pano úmido sobre o rosto e o pescoço e pegou uma toalha.

– Por mim tudo bem. Traga-me os sapatos resistentes para irmos ao estábulo.

É claro que antes ela faria uma visita a seus amores, depois elas tomariam café da manhã e trocariam de roupa para sair.

Ainda estava escuro quando desceram a escada para o átrio. Só havia uma luz fraca vinda da cozinha, os empregados domésticos já estavam de pé e trabalhando. Por um instante, Liesel viu a silhueta de uma criada. Ela deu uma espiadinha rápida no recinto e logo em seguida desapareceu na cozinha.

– Antigamente eles vinham correndo e faziam uma reverência, diziam bom-dia e perguntavam-me o que eu desejava – contou a Sra. Von Maydorn, parecendo amargurada. – Hoje se esquivam de mim. São uma cambada de traidores. Acham que em breve estarei apodrecendo debaixo da terra.

A luz estava acesa no estábulo, pois Leschik também acordava cedo. O ar tinha cheiro de feno quente e cavalos. Àquela altura, Liesel já estava familiarizada com aquele odor, que se distinguia bastante do cheiro das vacas e dos porcos. Os cavalos estavam inquietos, à espera do aguardado petisco. Bufavam e viraram a cabeça para o lado quando a senhora e a jovem se aproximaram.

– Pode preparar tudo para sair em meia hora, Leschik – disse a Sra. Von Maydorn enquanto caminhava, mancando, até a baia de Gêngis Khan, que balançava a cabeça para cumprimentá-la.

Liesel pegou o balde em que Leschik misturara maçãs cortadas, cenouras e um pouco de aveia e ia entregá-lo à Sra. Von Maydorn quando, de repente, um estrondo alto e o barulho de vidro se quebrando assustaram a todos.

– A janela! – exclamou Leschik.

O estábulo foi tomado pelo caos. Vários objetos foram arremessados na direção delas, outras janelas se quebraram; os cavalos relinchavam e berravam, assustados, arqueavam-se e batiam com os cascos contra as paredes. Depois a porta da baia de Gêngis Khan escancarou-se. O garanhão devia ter sido atingido por muitos cacos, pois empinou, avançou em direção à baia e saiu galopando ferozmente pelo estábulo apertado, derrubando o balde e diversos equipamentos. Liesel ficou espremida com as costas apoiadas contra um poste de madeira e podia ver o corpo imenso e ameaçador daquele cavalo enorme diante de si, com as patas dianteiras inquietas e seus olhos distorcidos pelo medo. Paralisada e incapaz de fazer um movimento sequer, achava que a qualquer instante seria pisoteada e enterrada pela ferocidade daquele animal gigante. Mas os cascos dianteiros passaram bem pertinho da garota sem encostar nela. O cavalo ainda deu alguns saltos, perturbado, e saiu galopando pela fazenda depois de Leschik abrir a porta do estábulo.

– Sra. Von Maydorn! – berrou Liesel, assustada. – Sra. Von Maydorn, a senhora está bem?

A senhora da casa fora atingida pela porta da baia e atirada para o lado. Liesel correu até ela e ajoelhou-se ao seu lado.

– Sra. Von Maydorn, está me ouvindo?

– Não sou surda – grunhiu a senhora. – Cadê o garanhão?

Ela estava viva, graças a Deus!

– Leschik está com ele no pátio. A senhora consegue se levantar? Espere, vou ajudá-la.

As éguas ainda bufavam e relinchavam em suas baias, em pânico, enquanto os servos e as criadas corriam até ali para ver o que acontecera.

– Alguém jogou pedras na gente...
– Lá em cima, todas as janelas estão quebradas...
– Cuidado! Tem cacos de vidro por toda parte!

A senhora da casa conseguiu se sentar com a ajuda de Liesel, e olhou à volta, bufando.

– Liberte os cavalos das baias – ordenou ela. – Primeiro as éguas jovens. Uma depois da outra. Leve todos até o quintal.

Assim que os animais se acalmassem, verificariam se havia algum ferimento neles, pois a maior parte dos cacos de vidro fora parar nas baias.

Fervendo de raiva, Leschik voltou mancando para o estábulo e ajudou a conduzir os animais para fora. Era possível ver nitidamente os cacos dos vidros das janelas à fraca luz da manhã.

– Eles jogaram pedras – disse ele, rouco de tanto ódio. – Kolja os viu. Foram homens da cidade. De Malzow. Ele os reconheceu, porque é de lá. As pestes já trabalharam aqui antes, mas foram mandados embora por serem preguiçosos.

Malzow. A esposa de seu pai não era de lá?

– Por que a baia de Gêngis Khan não estava trancada? – perguntou a senhora da casa.

Leschik deu de ombros. Normalmente a porta da baia ficava trancada o tempo todo. Ele não entendeu por que estava aberta.

– Alguém deve ter desaparafusado a tranca – respondeu ele. – E não percebi, senhora. Ah, como sou um tolo de meia-tigela!

A Sra. Von Maydorn não fez nenhum comentário. Levantou-se com a ajuda de Liesel, cambaleou um pouco e pegou a bengala, que um dos servos lhe dera. Estava novamente de pé e firme no chão. Liesel limpou a poeira de seu casaco e tirou as palhas da saia.

– O empurrãozinho me fez bem – disse a senhora de forma sombria. – Colocou os ossos de volta no lugar. Em umas duas horas, quando os cavalos já tiverem se acalmado, prepare o carro, Leschik.

Depois saiu caminhando ereta e com passos pesados pelo quintal até a casa e subiu as escadas como se nunca tivesse sofrido uma lesão grave.

Só quando já estavam em seu quarto, sucumbiu no sofá com um gemido e proferiu palavrões terríveis.

– Aquela bruxa maldita quer matar nós duas! Eles conseguiram acabar com a minha paciência. Agora vão ver do que sou capaz!

35

Tilly estava chocada. Como pudera ser tão estúpida! Os dois haviam feito um joguinho perverso, e, infelizmente, a culpa fora toda dela por aquilo durar tanto tempo até finalmente abrir os olhos. Ela era uma boa médica, que se dedicava aos seus pacientes com devoção e costumava fazer o diagnóstico correto, mas, na realidade, não passava de uma tola simplória, uma menininha inocente que qualquer um podia enganar.

Tudo acontecera durante um exame no consultório. A Sra. Meyerbrink, uma paciente mais velha da Georgenstraße, queimara o braço ao acender o fogão e precisava de tratamento. Tilly tratou o local com uma pomada para queimadura, cobriu-o com gaze e precisou chamar a Sra. Kortner, porque os curativos já estavam quase acabando. Mas justo naquele momento Doris estava assistindo o Dr. Kortner em uma pequena operação: um espinho de cacto que infeccionara precisava ser retirado.

– Tudo bem – disse Tilly para sua paciente. – Vamos dar um jeito. Por favor, fique com o braço bem paradinho…

– Ah, sim – disse a senhora com um suspiro e levantou o braço em sua direção. – A irmã dele realmente é uma grande mão na roda.

Inicialmente Tilly fora estúpida o suficiente para interpretar a frase de forma errada.

– A senhora quis dizer esposa, não? Sim, ela seria uma excelente enfermeira se tivesse seguido essa profissão.

Então fora a vez da paciente de fazer uma expressão de que não estava entendendo nada.

– Esposa? Não, estou falando da Sra. Kortner, a irmã dele.

Tilly subitamente teve a sensação de que o chão se abrira sob seus pés. Sua irmã? Doris não era sua esposa, mas sua irmã? Aquilo devia ser um mal-entendido.

– Por acaso a senhora não sabia disso, doutora?

Tilly recompôs-se. Se era verdade ou não, precisava dizer algo. De preferência revelando o mínimo possível.

– É claro, Sra. Meyerbrink. Por favor, segure aqui... Está ótimo. E, por favor, poupe seu braço, não pegue peso e não pressione a área... Agora já pode baixar a manga da camisa. A senhora pode voltar depois de amanhã? Aí trocaremos o curativo e veremos se está tudo bem.

Sua torrente de palavras evitara que a paciente continuasse falando sobre o assunto. Tilly desejou-lhe melhoras e abriu a porta para ela.

– Muito obrigada, doutora, até mais. Doutora... Posso segurar a chaleira, pelo menos?

– Só se estiver cheia pela metade – aconselhou Tilly com um sorriso e liberou-a.

Em vez de pedir para o próximo paciente entrar, sentou-se na maca e tentou pôr seus pensamentos em ordem.

Só pode ser um mal-entendido, pensou ela, apreensiva. *Não há nenhuma semelhança física entre os dois. Ele é magro e loiro, e ela é morena e corpulenta. Ele é entusiasmado, sensível e um pouco ingênuo, ela é realista, fria e reservada. Como é que podem ser irmãos?*

Ele chamara Doris de sua esposa alguma vez? Não tinha sempre a chamado pelo primeiro nome? E Doris? Tilly cavou em sua memória, estava certa de que Doris dissera que era sua esposa, mas não conseguia se lembrar de quando isso havia acontecido.

Será que ela deveria simplesmente perguntar para eles? Se não fosse verdade, o quão ridícula pareceria? E, se fosse verdade, ele deveria ter percebido, em algum momento, que ela tinha entendido algo errado. Então ele já teria esclarecido o mal-entendido muito antes. Não, era melhor ficar de boca fechada.

Contudo, quando foi até a sala de espera para pedir que o próximo paciente entrasse, topou por acaso com o Dr. Kortner no corredor.

– Dia agitado, não é mesmo? – comentou ele com um sorriso ao passar. – Meu paciente acabou de tecer enormes elogios a você por ter curado sua esposa de urticária.

Aquilo era engraçado, porque a irritação causada pela urticária costumava desaparecer sozinha, ela só prescrevera uma pomada contra coceira para a paciente. Mas então ela simplesmente não se segurou e colocou-o contra a parede.

– Ah, Dr. Kortner. Por favor, diga à sua irmã que a gaze acabou em minha sala.

Ele ficou parado como se estivesse preso ao chão, depois se virou para ela. Naquele momento, Tilly entendeu que a paciente falara a verdade. O Dr. Kortner parecia um aluno que tinha sido pego no flagra.

– Devo dizer a quem? – perguntou ele, esforçando-se para fazer uma expressão de surpresa.

– À Doris. Sua irmã, Dr. Kortner!

Ele esperou até que ela voltasse, seguida de uma paciente. Então segurou seu braço e puxou-a para o lado.

– Por favor, Sra. Von Klippstein. Posso explicar tudo – sussurrou ele com uma expressão infeliz.

– Mais tarde, Dr. Kortner. Uma paciente me espera – respondeu ela, secamente.

Ela mal tivera chance de pensar naquele evento bizarro até a noite, pois examinara um paciente após o outro. Era um mês de março frio e úmido, e muitas pessoas sofriam de resfriado comum, amigdalite, dor de ouvido, infecção urinária ou infecção do trato gastrointestinal. Quando o último paciente foi embora, ficou sentada em seu consultório, exausta, perplexa e sem saber o que deveria fazer. A reação dele no corredor algumas horas antes a tirara completamente do sério. Mas por que aquilo? O que estava por trás daquela história?

Alguém bateu à porta, e Tilly levantou-se.

– Sim, pois não?

Era a Sra. Kortner. Estava com uma expressão de culpa e, ao mesmo tempo, de certa irritação.

– Por favor, venha falar conosco, Sra. Von Klippstein. Jonathan e eu desejamos explicar algo para você.

De repente, Tilly foi tomada pela vontade de sair correndo.

Ela se apaixonara por aquele homem: por que ele simulara aquela situação toda? Será que ela alguma vez lhe dirigiu uma cortesia exagerada, e ele tentara proteger-se daquela forma? Mas que pensamento terrível! Não, ela não estava em condições de ouvir longas explicações naquele momento.

– Sinto muito. Estão esperando por mim em casa. Você poderia me responder uma única pergunta, Sra. Kortner?

A irmã do médico ficou surpresa, provavelmente tivera a plena convicção de que Tilly a seguiria até o consultório sem pestanejar.

– O que você deseja saber? – respondeu ela, franzindo a testa.

– Qual de vocês foi o autor desta brincadeira? Você ou seu irmão?

A Sra. Kortner balançou a cabeça e explicou que tudo se tratava de um mal-entendido. Ninguém fizera nenhum joguinho com ela.

– Você entendeu algo errado, e nós demoramos um pouco para esclarecer as coisas. Não passou disso.

– E o seu irmão também vê isso da mesma forma?

– Vá lá e pergunte a ele!

Aquilo bastava para ela. Tilly estava se sentindo tão humilhada e ferida que se levantou sem dizer uma palavra e vestiu seu casaco. Deixou o consultório sem se despedir, e queria ter entregado uma carta de demissão aos dois na hora para nunca mais precisar voltar àquele lugar. Seguiu calada ao chegar à Frauentorstraße, disse à Kitty e à sua mãe que estava exausta e foi dormir cedo.

Ficou deitada na cama, insone, ruminando sobre o que deveria fazer. Será que aquilo tudo tinha sido sua culpa? Nada mais que um mal-entendido ridículo? Ela estava sendo injusta com os dois? Será que sua reação ofendida tinha sido estúpida e exagerada? Decidiu conversar sobre o assunto no dia seguinte, afinal enterrar a cabeça na areia não levaria a nada; precisava enfrentar a situação. Mesmo que fosse terrivelmente constrangedor e humilhante.

De manhã, foi acordada por Kitty, que simplesmente entrara em seu quarto e se sentara na cama.

– Tilly querida, você perdeu a hora, meu amor. Mas não tem problema, você anda trabalhando demais mesmo. Sua querida mãe fez panquecas para o café da manhã! Infelizmente estão um pouco queimadas, por isso jogamos açúcar de confeiteiro em cima, quase não dá para notar. Seu tenebroso quase ex-marido ligou e queria falar com você e, além disso, o médico-chefe do hospital ligou duas vezes.

Tilly despertou de supetão e sentou-se na cama.

– O que você disse? O Dr. Peuser ligou para cá? Por acaso Paul piorou?

– Claro que não! – exclamou Kitty, já no corredor. – Paul está bem. O belo e grisalho Dr. Peuser queria algo bem diferente. Provavelmente está caidinho por você e deseja convidá-la para um romântico *rendez-vous* na sala de cirurgia.

– Ah, Kitty! – grunhiu Tilly, pegando seus sapatos que estavam debaixo da cama. – Não pode deixar suas piadas tolas de lado um minuto?

– Meu Deus, Tilly! Em breve você será uma pessoa livre, e já passou da hora de ganhar alguma experiência nessa área. Ou quer morrer solteirona? Seria um verdadeiro desperdício, Tilly querida!

Tilly soltou um grande suspiro. Kitty era daquele jeito e ponto, não adiantava discutir com ela, mesmo que aquelas insinuações a magoassem bastante. Especialmente naquele momento.

Para redimir-se de outro erro, ligou para seu marido, que estava em Munique. Teve sorte, pois Ernst estava em casa e atendera a ligação.

– Sinto muito ter perdido a audiência no tribunal – disse ela. – Foi uma emergência, Paul passou mal.

– Eu sei – respondeu ele bruscamente. – Dei meu consentimento para o divórcio e estabeleci minhas exigências por escrito, você receberá tudo em breve. Provavelmente o tribunal estipulará uma nova data.

– Infelizmente terá que ser assim.

– Realmente espero que você compareça desta vez.

– Com certeza.

– Então não há mais nada a ser dito entre nós. Ótimo dia para você.

– Também lhe desejo...

Ele já desligara o telefone. Mas que irritante tudo aquilo! Nos últimos tempos parecia que tudo estava dando errado em sua vida. Ela tinha a sensação de lutar incessantemente contra novas catástrofes que desmoronavam sobre ela. Já que tinha a manhã livre, desceu para tomar café da manhã na sala, onde esperavam por ela.

Como de costume, sua mãe recebeu-a com uma expressão de reprovação.

– Você está outra vez com uma cara terrível, Tilly. O problema é sua falta de rotina. Já estamos esperando você há quinze minutos.

Apesar de tudo, o café da manhã com Kitty, Robert e Gertrude se mostrou um bálsamo para sua alma ferida, pois as conversas distraíram-na de suas preocupações. Falaram sobre Paul, debateram sobre a situação da fábrica e da Vila dos Tecidos. Robert contou que o prazo do pagamento do empréstimo tinha sido adiado por quatro semanas, mas fora o máximo que conseguira.

– Você deveria ter dado um tiro naqueles bancários gananciosos – resmungou Kitty, aborrecida. – Aí o coitado do Paul não precisaria mais devolver o dinheiro.

– Quer que eu vá parar na penitenciária, meu amor? – indagou Robert, divertindo-se. – E eu que até agora achava que tínhamos um casamento feliz.

– Você descobriu meu segredo, Robert Scherer – respondeu Kitty, fazendo-se de arrependida. – Faz tempo que ando pensando sobre como me livrar de você, pois estou perdidamente apaixonada pelo Sr. Grünling e sonho com ele todas as noites.

– Quer saber, meu amor – replicou Robert sorrindo. – Dou-lhes minha bênção.

– Seu salafrário! – exclamou Kitty, puxando-o pela orelha com força sem que ele oferecesse nenhuma resistência.

– Quando vocês dois vão crescer? – perguntou Gertrude, suspirando.

Tilly aproveitou aquele ambiente descontraído e desejou que ele nunca chegasse ao fim, mas teve que retomar a rotina após o café da manhã. Já de volta em seu quarto, refletiu sobre a conversa que se seguiria. Qual era o problema, afinal? O Dr. Kortner era um homem charmoso que flertara um pouco, pois precisara dela como sócia de seu consultório. Nada mais do que isso. Só quando percebeu que ela se apaixonara por ele, começou a recuar. Naquele momento, o mal-entendido sobre a esposa lhe viera a calhar, e ele não esclarecera nada por precaução. Com um suspiro, confessou a si mesma que era muito inexperiente em questões de amor e que qualquer um conseguia perceber o que se passava em seu coração. Talvez Kitty não estivesse errada: uma mulher daquela época deveria ter experiência com homens. Infelizmente ela fora criada segundo as regras do século anterior, que sugeriam que as mulheres deveriam subir ao altar ingênuas e virgens. E fora o que fizera. E o mais embaraçoso em toda a história era que seu estado de virgindade não fora afetado em nada pelo casamento com Ernst.

Decidiu ir primeiro até a clínica para informar-se sobre o estado de Paul e entrar em contato com o Dr. Peuser, que talvez precisasse de mais alguma informação. Só depois encararia a visita difícil ao consultório do Dr. Kortner. Ai, como queria já ter deixado aquilo para trás!

Contudo, uma reviravolta completamente inesperada e maravilhosa acontecera naquele dia.

Daquela vez, fora recebida na clínica pela jovem freira que ficava no portão com um sorriso acolhedor.

– Sra. Von Klippstein. O médico-chefe, o Dr. Peuser, já está esperando a senhora. Seguindo o corredor, terceira sala à esquerda. Seu nome está na porta.

Tomara que não seja nenhum diagnóstico ruim, pensou, ansiosa. Será que Paul passaria a vida combatendo uma insuficiência cardíaca? Era até possível, mas ela esperava que ele se recuperasse. Apreensiva, bateu à porta e foi recebida por uma funcionária.

– Só um momento, por favor, Sra. Von Klippstein. O Dr. Peuser acabou de ser chamado para ver um paciente. A senhora pode aguardá-lo aqui.

– Por acaso é sobre Paul Melzer, que deu entrada no hospital duas noites atrás?

– Infelizmente não posso dar nenhuma informação.

É claro que não podia, por que ela estava fazendo perguntas tão estúpidas? Inquieta, ficou sentada por alguns instantes na sala de móveis escuros e olhou para o relógio algumas vezes. Ela planejava ainda chegar ao consultório perto da hora do intervalo do almoço. Ele finalmente entrara.

– Bom dia, Sra. Von Klippstein – disse o médico alegremente, estendendo-lhe a mão. – Desculpe por fazer a senhora esperar. A senhora sabe como é...

– É claro.

Tilly sentiu-se aliviada. Com certeza não se tratava de uma notícia ruim, senão ele não teria andado em sua direção tão sorridente e tão à vontade. Ele sentou-se à escrivaninha e olhou para ela com entusiasmo.

– A senhora trouxe seus documentos? – perguntou ele. – Assim poderemos logo dar início ao processo.

Ela encarou-o, perplexa.

– Meus... documentos?

Ele fez um gesto irritado e suspirou.

– Temi que a mensagem sobre minha proposta não chegasse até a senhora da maneira correta. A jovem ao telefone me pareceu um pouco perdida. Ainda que bastante encantadora, devo admitir. É sua cunhada, não é mesmo?

– Se o senhor estiver se referindo à Sra. Scherer, sim, é minha cunhada. Ela esteve aqui na clínica duas noites atrás.

– Isso mesmo – disse ele, com um sorriso. – Lembro-me bem. Mas agora voltando à senhora, Sra. Von Klippstein. Estamos com uma vaga de emprego e eu gostaria de indicar a senhora. Sei que está trabalhando atualmente em um consultório médico, mas talvez deseje mudar um pouco de ares. De qualquer forma, eu ficaria muito feliz.

Era uma oferta de emprego. De forma completamente inesperada e sem que ela tivesse movido um dedo! Será que existiam milagres no mundo de fato? Ou uma nova decepção esperaria por ela?

– Na verdade, gostaria muito de trabalhar aqui na clínica – respondeu ela com hesitação. – Mas infelizmente houve algumas, bem, algumas complicações na Clínica Schwabinger, e, em virtude disso, minhas credenciais não são das mais favoráveis.

O médico-chefe estava sentado debruçado à escrivaninha com os braços apoiados na mesa e olhava para ela com um sorrisinho esquisito.

– Tenho conhecimento da situação, Sra. Von Klippstein. Fiz minhas averiguações. O professor Sonius é meu colega. Bem, não quero revelar mais detalhes de nosso telefonema, mas ele sente muito pelo ocorrido e me recomendou a senhora como uma médica excepcional. O que me diz?

Tilly ficara sem palavras. O médico-chefe da Clínica Schwabinger a usara como bode expiatório apesar de saber muito bem o que realmente acontecera na clínica. E agora a recomendara a seu colega. Para aliviar sua consciência, com certeza. Mas que mundo era aquele?

– Perdão – disse ela, precisando engolir em seco. – Estou um pouco surpresa.

O Dr. Peuser fitou-a com um sorriso quase paternal e estendeu-lhe a mão.

– Diga que sim, Sra. Von Klippstein. Precisamos de médicas como a senhora. Mande seus documentos para mim, e eu encaminharei a questão. Acho que a senhora será uma excelente aquisição para a clínica!

Ela apertou sua mão e caminhou meio cambaleante, mas eufórica, até a saída do hospital. Só quando já estava do lado de fora, deu-se conta de que se esquecera de perguntar sobre Paul. Tudo deveria estar bem, acalmou-se. Senão ele certamente teria lhe dito algo.

O sol brilhava, aquecendo a cidade, e em toda parte as primeiras vegetações, flores de açafrão e tulipas, brotavam nos canteiros. A Páscoa não tardaria a chegar.

Será que ela realmente virara o jogo? Tilly não estava mais com medo da conversa que se aproximava. Era simples: ela recebera uma ótima oferta de emprego e, por isso, se demitiria. Era uma solução perfeita que lhe permitia escapar de toda aquela história estúpida de cabeça erguida.

Só restaria aquela mágoa em seu coração, mas não levaria isso em consideração. Já estava acostumada com o sofrimento de sempre.

36

— Excelente, Leopold – disse o professor de turma. – Neste semestre você passou do vigésimo lugar para o terceiro melhor da classe. Continue assim!

Leo pegou o boletim da mão do professor, agradeceu e fez uma reverência, que era uma tradição da escola. Sob os olhares invejosos de seus colegas, sentou-se novamente e colocou o boletim dentro da bolsa com indiferença. Terceiro lugar! Mas que decepção. A culpa era da maldita matemática, que lhe custara o primeiro lugar da classe. Ele estudara e estudara como um condenado, mas aquela porcaria simplesmente não queria entrar em seu cérebro.

Seu amigo Walter ficara em quinto lugar, porque passara raspando em latim e grego, mas aquilo não parecia incomodá-lo. Estava sentado, olhando distraidamente para o nada. Leo evitava encontrar-se com ele, porque não queria ouvir seus relatos entusiasmados sobre o novo professor de violino do conservatório. Walter fizera progressos significativos, inclusive fora mencionado no jornal um dia desses e se destacara no recital tocando o *Presto da Sonata para Violino número 1* de Bach. Já para Leo, tudo que tinha a ver com o conservatório não passava de água passadas. Talvez a música realmente fosse sua vocação, mas sua missão naquela vida era a fábrica de seu pai.

No último dia de aula antes das férias de primavera, muitos alunos foram buscados pelos pais ou seus funcionários. A tia Kitty aguardava Leo em seu carro decrépito. Como o dia estava ensolarado, abaixara a capota, e ele pôde vê-la conversando animadamente com a Sra. Ginsberg, e é claro que Walter também estava lá.

– Sim, estou muito feliz que tudo finalmente tenha dado certo – disse Kitty. – Meu Robert não poupou esforços e enviou um monte de cartas.

– Tenho uma enorme dívida de gratidão com seu marido – disse a Sra. Ginsberg.

Walter permaneceu calado, ele não parecia tão contente quanto a mãe.

– Ah, Leo! – exclamou a tia Kitty, acenando com entusiasmo para o sobrinho. – Você ainda não está sabendo. Walter e sua mãe atravessarão o oceano e irão para a América.

Leo sentiu uma pontada no coração. Para a América!

– Para sempre? – perguntou ele, olhando para seu amigo de forma incrédula.

Ele assentiu, desolado.

– É a mamãe que quer ir – disse ele. – Porque está com medo de que façam ainda mais mal a pessoas como nós. E porque também não está mais encontrando trabalho mesmo.

O ateliê de Marie estava fechado provisoriamente, e a Sra. Ginsberg se candidatara no conservatório como professora de piano, mas não fora aceita.

– É uma pena para a amizade de vocês, Leo. – A Sra. Ginsberg olhou para ele com tristeza. – Mas vocês poderão trocar cartas um com o outro. E quem sabe? Talvez você possa nos visitar no Novo Mundo um dia.

– Quando... – gaguejou Leo, e precisou pigarrear para pronunciar as palavras. – Quando é que vocês partem?

– Logo depois da Páscoa. Até lá vocês ainda podem se ver algumas vezes e tocar juntos, não é mesmo, Walter?

– Sim, mamãe – respondeu o garoto com uma voz de quem estava sendo pressionado. – Se Leo quiser tocar piano...

– Quero, sim.

Leo recompôs-se. Ele não podia deixar Walter ir embora daquele jeito.

– Infelizmente hoje não posso, porque irei visitar o papai no hospital. Posso visitar vocês amanhã?

– É melhor Walter ir para a Vila dos Tecidos – disse a Sra. Ginsberg. – Nossas coisas já estão todas embaladas em caixas e malas, e vendi meu piano. Começaremos do zero em Iowa. Trabalharei em uma loja lá, e Walter estudará em Charles City.

– Que bom – disse Leo, apesar de não achar nada daquilo bom. – Então nos vemos amanhã às dez horas na Vila dos Tecidos, Walter.

Ele entrou no carro da tia Kitty e ficou feliz por não precisar mais falar sobre o assunto, porque ela ficou falando pelos cotovelos, como sempre.

– E você está feliz com seu boletim, Leo querido? A Henni foi uma verdadeira preguiçosa neste semestre, passou raspando. Poderia tirar notas muito melhores, mas não está tão interessada na escola assim... Ah, pobre Sra. Ginsberg, não vai ser fácil para ela lá em Iowa. Robert tinha esperança de conseguir acomodá-la em Nova York ou em Boston, mas os planos não saíram como o esperado. A América também não é mais aquelas coisas, a crise econômica foi um duro golpe para eles, todos foram atingidos, e as ruas estão cheias de desempregados. Iowa é um lugar agrícola, lá as coisas ainda vão bem, foi o que disse Robert, apesar de não haver um vestígio sequer de cultura. De início, o pobre Walter não terá nenhuma aula decente... Ah, sim, eu trouxe uma carta de Henni para você... Olá, Dodo querida! Vá para aquele lado, não posso parar o carro aqui... Um pouco mais para a frente... Ah, diabos, ele já começou a sacudir novamente.

Dodo estava esperando por ela em Perlachberg. Estava cercada de amigas, às quais contava algo empolgante. Provavelmente falava mais uma vez daquela piloto que pousara na África ou em alguma outra selva. Como era mesmo seu nome? Nelly Einhorn ou algo assim...

– Você não soltou o freio de mão, tia Kitty? – perguntou a sobrinha ao entrar. – Está um cheiro horrível de queimado.

– Meu Deus do céu, de novo! É por causa da preocupação pelo meu querido Paul, estou muito angustiada por ele ainda precisar ficar naquela clínica horrorosa. E enquanto isso a fábrica está de pernas para o ar. Mas vocês não podem contar isso para o pai de vocês de jeito nenhum, tudo bem?

Leo e a irmã sabiam daquilo havia muito tempo. Quase não viam mais a mãe na Vila dos Tecidos. Quando não estava junto com o seu pai na clínica, estava na fábrica.

– Eles não estão conseguindo ligar as máquinas de fiação por anéis – dissera Dodo para seu irmão com agitação. – Já falei para a mamãe que sei como arrumar. Mesmo assim ela não quer me deixar nem chegar perto daquelas máquinas preciosas...

Leo enfiou a carta de Henni na bolsa da escola, onde estava o boletim, não se contendo e rindo do enorme ego e do jeito sabichão de sua irmã. "Sei como arrumar" era sua frase favorita. Fosse o assunto carro, avião ou máquina a vapor, Dodo metida a besta sempre sabia exatamente como arrumar.

Após o almoço, Leo ficou sentado em seu quarto encarando o piano. Havia meses que ele nem ao menos levantara o tampo do teclado. As partituras estavam em cima do instrumento em pilhas organizadas e os pedais estavam cobertos de poeira, porque Else só tirava o pó superficialmente. Levantou-se e caminhou pelo quarto, passando bem pertinho do instrumento duas vezes, e na terceira encostou no tampo com o dedo cuidadosamente e recuou como se tivesse encostado em um fogão pelando. Nunca mais, ele jurara a si mesmo. Será que era possível quebrar um juramento feito para si mesmo?

Só por alguns dias, pensou ele. *Não posso deixar Walter ir embora assim. Sem tocar nada. Mas depois disso não tocarei nunca mais. Nunca mais mesmo!*

Puxou a banqueta para trás e sentou-se. Inspirou profundamente e levantou o tampo. O protetor de teclas vermelho-escuro de feltro estava amassado, porque ele não o colocara no lugar com o devido cuidado. Isso fora na época em que ele ainda estava tendo aulas no conservatório. Evitou continuar pensando. No nome dela. No rosto dela. Não podia pensar de jeito nenhum em sua blusa e em tudo mais com que sonhara tantas vezes...

Quando colocou as mãos sobre as teclas, seus dedos começaram a se mexer como se tivessem vontade própria. Beethoven. Sonata ao luar. Primeiro movimento. Uma paisagem montanhosa desolada, uma luz pálida, tudo estéril, amplo, infinitamente solitário. A atmosfera o envolveu e o prendeu. Nunca ele havia sentido aquele primeiro movimento calmo de forma tão intensa. Preferira o segundo movimento, pois era selvagem e o deixava sem fôlego, era uma tempestade com relâmpagos e trovões, arpejos furiosos, era a natureza agitada e desenfreada. No entanto, o primeiro movimento era muito mais grandioso. Com algumas notas, evocava uma profunda melancolia, um mundo dormente e sombrio...

– Leo querido! Que maravilha ouvi-lo tocar piano de novo! – disse uma voz vinda das escadas. – Mas precisamos ir, seu pai está nos esperando.

Era a tia Kitty. Quem mais conseguiria destruir um estado de espírito magnífico daqueles com uma única palavra? *Leo querido*. Como ele odiava quando ela o chamava assim...

– Já estou indo.

Ele não levou o boletim estúpido para a clínica, afinal de contas não podia aborrecer seu pai. Dodo fizera o mesmo, apesar de ser a primeira da classe. Não queria ofuscar seu irmão.

Graças a Deus o pai estava melhor. Não estava mais deitado na cama branca do hospital, e sim sentado em uma cadeira perto da janela, lendo o jornal. Além disso, não usava mais aquele avental esquisito. Vestia seu pijama e o robe que sempre usava quando ia ao banheiro.

– Aí estão vocês dois! – exclamou ele. – Estão satisfeitos com seus boletins? Que bom, hoje excepcionalmente não farei perguntas sobre isso. Querem chocolate? Foi a tia Lisa quem trouxe para mim. Se vocês não me dedurarem, cada um pode comer um pedaço.

O papai estava excepcionalmente amável e generoso, lhes deu uma barra de chocolate inteira, e eles puderam acompanhá-lo em um breve passeio pelo corredor.

Ele estava dizendo coisas bem estranhas. Que só naquele momento tinha entendido quanto a vida era preciosa e que não deveríamos vivê-la com imprudência e desperdício.

– Vocês realmente precisam ficar ao lado de sua mãe e lhe dar apoio. Você, Dodo, ajude-a com as obrigações domésticas, e você, Leo, pode ajudar com a fábrica. Estão dispostos a isso?

– Sim, papai! – asseguraram os dois em uníssono.

Depois que ele se despedira, Paul deitara-se novamente na cama do hospital para tomar uma injeção e beber um chá de camomila.

– O papai é antiquado mesmo – comentou Dodo, em pé ao seu lado no bonde e se segurando em uma barra de metal, por causa do balanço do trem. – Por que devo ajudar a mamãe com os afazeres domésticos enquanto você pode cuidar da fábrica?

– Porque você é menina – respondeu Leo.

Embora ainda não soubesse como poderia ajudar a mãe na empresa, estava disposto a tudo. Contanto que não tivesse nenhuma relação com números ou matemática.

O velho Sr. Gruber cumprimentou-os no portão da fábrica.

– Trouxe sua irmã hoje, é?

– Sim, hoje nós dois viemos.

– Sua mãe está lá no galpão. Melhor vocês não a atrapalharem, todos estão muito ocupados.

Eles caminharam pelo quintal, que parecia vazio e sombrio. A última vez que Leo estivera lá fora com seu pai algumas semanas antes. Desde então muitos funcionários haviam sumido, pois precisaram ser demitidos. Lá na tecelagem algumas máquinas ainda estavam em funcionamento, mas no setor de impressão reinava um silêncio sepulcral. Em frente ao prédio da administração, um funcionário estava em pé apoiado sobre a vassoura. Assim que reconheceu o filho do diretor, começou a varrer efusivamente.

No galpão, havia vários homens mexendo nas duas máquinas de fiação por anéis. Dois deles aparafusavam algo enquanto os outros observavam e falavam ao mesmo tempo. Sua mãe estava entre eles. Colocara os antigos projetos em cima de uma mesa e prendera os cantos com tijolos para que o papel não enrolasse e se fechasse.

– As máquinas ainda não estão funcionando – sussurrou Dodo para seu irmão. – Como são burros!

Leo não lhe dignou nenhuma resposta. Às vezes sua irmã o envergonhava terrivelmente. Depois fora até sua mãe e lhe dissera algo, mas ela fizera um gesto defensivo e voltara-se para um dos homens. Era o Sr. Mittermaier. Seu pai o apresentara a ele uma vez quando a fábrica ainda tinha muitas encomendas, e o Sr. Mittermaier ainda era mestre de fiação. Logo em seguida começou uma briga.

– Tire seus dedos daí, menina – disse um dos trabalhadores. – Senão vai prendê-lo.

– Sei o que estou fazendo – sussurrou Dodo para ele. – Aquela peça está instalada ao contrário. É por isso que as máquinas não estão funcionando.

Eles podiam ouvir as risadas. Sua mãe foi até ela e pegou em seu braço.

– Por favor, Dodo. Não nos atrapalhe e volte para a Vila dos Tecidos com Leo.

– Não, mamãe! Sei que estou certa. Por favor, me ouça. É o eixo. Está instalado errado, e é por isso que os fios estão rompendo.

Agora os homens não estavam mais rindo, mas pareciam bem aborrecidos. O Sr. Mittermaier empurrou Dodo para o lado. Balançando a cabeça, aparafusava alguma coisa no passador e colocava os parafusos em uma tigela.

– Você não ouviu o que eu disse, Dodo – disse Marie com rispidez incomum. – Vá embora do galpão imediatamente. Conversaremos hoje à noite.

Bem feito para sua irmã estúpida. Por que ela sempre tinha que se meter em tudo? Leo já estava indo para a saída do galpão para esperar por ela, confiando sinceramente que Dodo tivesse criado juízo.

– Enfim! – disse ele com um suspiro quando ela apareceu na saída com uma expressão sombria.

– Venha rápido! – exclamou ela.

Por que ela estava com tanta pressa de repente? Ele correu atrás dela, acenou gentilmente para o Sr. Gruber no portão e recebeu um aceno de cabeça distraído como resposta. O Sr. Gruber lia o jornal e olhou rapidamente para eles, pois o portão já estava aberto. Dodo passou por ele em passo acelerado e estava ligeiramente inclinada para a frente, com os braços cruzados diante do peito. Por acaso estava chorando?

– O que há com você? – perguntou Leo. – Não lhe deram ouvidos e agora está ofendida? Meu Deus, Dodo! Eles são especialistas que trabalham há anos com aquelas máquinas. Você não pode simplesmente chegar e dizer que sabe mais que eles!

Sua irmã não lhe respondeu nada, andando a passos apressados. Só quando já estavam na alameda da Vila dos Tecidos que a ficha de Leo caiu.

– O que você tem aí debaixo do casaco? Não me diga que...?

Ela ficou parada e olhou para ele com os olhos cinzentos apertados. Seu olhar era ameaçador e determinado. Chegava a dar medo.

– Você não vai me entregar, vai?

Ele não podia acreditar: ela tinha roubado os projetos. Se a mãe deles percebesse aquilo, Dodo sofreria uma baita punição.

– Não vou trair você, Dodo – disse ele. – Mas você vai ficar no mínimo três semanas de castigo sem poder sair de casa se descobrirem. As férias de primavera inteiras!

Ela jogou os cabelos curtos para trás com desdém.

– Não me importo!

Marie mais uma vez não compareceu ao jantar, o que Alicia bem percebeu, suspirando.

– Não entendo o comportamento da mãe de vocês. Tudo bem, ela tem que cuidar da fábrica, mas Paul sempre comparecia pontualmente às refeições.

A tia Lisa salvou o dia oferecendo-se para acompanhar Alicia à clínica no dia seguinte para que se convencesse da recuperação de Paul.

– Se você faz questão – disse ela. – Odeio hospitais. Você não disse que ele vai receber alta em breve de qualquer forma?

* * *

Eles comeram salada de batata com ovos e pão com presunto de acompanhamento. Dodo ficou cutucando a comida no prato sem dizer um pio e empurrou seu ovo para Leo. Estava extremamente impaciente, porque escondera os projetos em seu quarto e desejava estudá-los antes que a mãe voltasse. Infelizmente a avó queria ver os boletins, e eles precisaram ir até o quarto buscá-los.

– Mas que droga! – grunhiu Dodo. – Ela nunca percebe nada, mas justamente hoje notou que entregaram nossos boletins.

Alicia aguardava-os no salão vermelho e trouxera sua carteira. Dava cinco marcos de presente se o boletim fosse bom, pelo menos isso. Especialmente agora que o dinheiro estava mais curto do que nunca na Vila dos Tecidos.

– Muito bem, Leo – elogiou ela depois de colocar os óculos e analisar seu boletim. – Terceiro lugar. A situação mudou muito desde o verão, não é mesmo?

Ela ainda tinha uma memória fenomenal para algumas coisas, a querida vovó. Dodo, que quase perdeu a compostura de tanta impaciência, também recebeu um elogio, e por fim cada um recebeu uma moeda prateada de cinco marcos. Leo achou aquilo um pouco injusto, porque ele ficara só em terceiro lugar, enquanto Dodo ficara em primeiro, mas não disse nada: a avó era antiquada e não havia nada que pudesse ser feito contra aquilo.

– Continuem assim, meus amores – disse ela, com um sorriso, finalmente. – Hoje vocês me deixaram muito feliz. Durmam bem.

Ainda estava cedo para ir dormir. Leo estava sentado na cama, refletindo seriamente se não deveria sentar-se ao piano. Amanhã Walter viria visitá-lo, eles tocariam as antigas peças mais uma vez, e ele não sabia se conseguiria fazê-lo sem praticar antes. Ele simplesmente devia aquilo ao amigo. Não dava para insistir naquele disparate de não tocar mais justo naquele momento. Eles se despediriam um do outro por meio da música, que era sua paixão em comum. Determinado, levantou-se para procurar as partituras e topou com um pedaço de papel em cima do tapete. Ah. Era a carta que a tia Kitty lhe dera. Da Henni. Mas o que seria aquilo? Bem, ele iria descobrir.

– Dorothea!

Ele parou, pois a voz da mãe soara furiosa. Ai, ai! Agora vinha a tempestade.

– Peguei os projetos, porque queria verificar tudo novamente – disse Dodo com uma voz tímida e culpada. – Sei exatamente qual é o problema, mamãe. Por favor, vou lhe mostrar... amanhã de manhã ou agora mesmo se você quiser.

Leo escutou o barulho de papel e presumiu que sua mãe tivesse tomado os projetos de volta. Ele conseguia imaginar perfeitamente seu semblante. Apesar de não modificar sua expressão, eles sabiam muito bem quando ela estava excepcionalmente brava.

– Não quero mais ver você nos próximos dias, Dodo. Você está de castigo em casa até o fim das férias.

A mãe deles não gritara, mas falara bem baixinho e calmamente. Depois saiu do quarto da filha, fechou a porta e ele pôde ouvi-la descendo as escadas e indo até o escritório do pai.

Tudo ficou quieto por um momento. Era a calmaria após a tempestade. Leo guardou a carta de volta na bolsa da escola, inspirou profundamente e decidiu ir ver sua irmã. Apesar de a culpada por toda aquela confusão ser ela, ele estava com pena.

– Ela é cruel! – exclamou Dodo aos prantos. – Cruel! Cruel! Cruel!

Ele não disse nada. Não adiantaria com ela brava assim. Mas achou que falar sobre a mãe daquele jeito era falta de respeito. Sem dizer uma palavra, estendeu um lenço, e ela assoou o nariz com força.

– Você vem junto, Leo?

Ela estava mais uma vez com aquele olhar decidido. Com certeza bolando mais alguma maluquice.

– Para onde?

– Para a fábrica.

– Agora? De noite? Você está doida, Dodo!

– Então vou sozinha!

Ele se virou. O que ela queria fazer era mais que doidice. Era pura insanidade. Mas ele era seu irmão. Não a deixaria sozinha. Acontecesse o que acontecesse.

– Não temos chave.

– Está pendurada no corredor.

– Você realmente sabe o que está fazendo, Dodo?

– Sim!

Eles vestiram um casaco por cima da roupa e desceram de meias até o primeiro andar. Ele ficou de guarda na escada para o átrio enquanto Dodo pegava o chaveiro de Paul do gancho de parede. Ninguém percebera nada. Sua mãe continuava no escritório, e os funcionários estavam sentados na cozinha, conversando. Naquele dia falavam realmente alto, como se alguém estivesse comemorando aniversário. Eles tiveram todo o tempo do mundo para calçar os sapatos e abrir a porta de casa, que estava trancada. Lá fora fazia frio. Leo tremia e desejava estar sentado ao piano em seu quarto lá em cima.

Demorou um pouco até seus olhos se acostumarem com a fraca luz do luar, e então os contornos do parque e da alameda apareceram diante deles.

– A alameda, não – sussurrou Dodo. – Vamos pelos campos, sob a sombra das árvores.

Ainda por cima essa! Eles ficariam com os pés encharcados. Tudo bem, não fazia mais diferença: já estavam ali e arcariam com as consequências. Graças a Deus os postes de luz ainda estavam acesos na Haagstraße, e eles chegaram à fábrica sem dificuldade. A guarita estava escura: o Sr. Gruber, o vigia que nunca descansava, estava dormindo o sono dos justos.

Dodo encontrou a chave correta sem dificuldades no grande molho de chaves do pai, e fez um barulhão quando a girou na fechadura, mas por sorte o Sr. Gruber não acordara. Estava um breu no setor de fiação, e eles precisaram ir até o disjuntor principal para ligar a energia. As lâmpadas se acenderam, e era óbvio que a luz poderia ser vista até mesmo da Vila dos Tecidos.

– Precisa de alguma ajuda? – sussurrou Leo.

– Já, já.

Dodo contornou uma das duas máquinas de fiação por anéis, pegou uma ferramenta que estava jogada por ali e subiu na escada. Com o coração angustiado, Leo ouviu-a desenroscar parafusos e retirar peças de metal. Se ela quebrasse a máquina de uma vez por todas, seria o fim. Assustado, contemplou os inúmeros carretéis, grandes e pequenos, que estavam conectados uns após os outros e giravam em velocidades distintas quando a máquina estava ligada. Alguns fios tinham sido arrancados e pendurados.

– Agora me ajude a juntar e enrolar aquele negócio. Cuidado para não colocar na direção errada.

Que trabalhinho irritante! Ele não invejava mesmo as mulheres que faziam aquilo o dia inteiro. Provavelmente, à noite não viam nada além de carretéis de linha dançando e girando e ficavam com todos os dedos feridos.

– Ótimo – afirmou a irmã. – Agora vamos ver se funciona. Levante a alavanca ali atrás. Devagar.

Leo empurrou a alavanca pesada da eletricidade para cima e sentiu a máquina ganhar vida. Ela começou a zumbir, chacoalhar, ranger. O barulho aumentou e tornou-se desagradável de tão alto. Os carretéis giravam como dançarinas fazendo uma pirueta interminável.

– Tem algo se arrastando ali – disse Dodo.

Ele também ouviu e a princípio acreditara que o barulho fazia parte do grande concerto das máquinas de fiação por anéis, que ele escutava com fascínio.

– Ali! – exclamou Dodo, caminhando para o lado direito ao longo das bobinas.

– Não – disse ele. – Não é aí. Aqui. Mais para a esquerda.

– Lá não tem nada que arraste assim!

– Mas eu estou ouvindo!

Quando o assunto era ouvir, Leo era o especialista. Dodo ficou parada e encarou com atenção a máquina que zumbia e chiava.

– Abaixe a alavanca! – exclamou ela. – Você tem razão, Leo. Tem algo ali.

A máquina assobiou e ofegou como uma pessoa dando seu último suspiro, parecendo entrar em colapso até calar-se. Dois carretéis que não estavam corretamente encaixados haviam caído.

Dodo cutucou entre ambos com a chave de fenda e praguejou terrivelmente. Inacreditável, sua irmã sabia praguejar quase tão bem quanto a tia Kitty.

– Uma porca caiu ali no meio. Preciso de uma chave de fenda, uma bem estreita e comprida.

Leo remexeu na caixa de ferramentas, mas não encontrou nenhuma chave de fenda que correspondesse ao desejo de Dodo.

– Muito curta. Dê-me esse pedaço de arame que está no chão na sua frente – pediu ela.

Dodo começou a cutucar entre os carretéis com o arame, grunhindo toda hora, dizendo impropérios. E continuou tentando, arranhando, deslizando, xingando...

– Maldição!

Eles ouviram um barulhinho metálico, depois um *ploft* duas vezes e então sentiram uma corrente de ar soprar pelo galpão, vinda da porta da frente.

– Eu sabia – gritou Marie com desespero. – O que vocês estão pensando?

Pegos no flagra! Era o fim. A mãe e Humbert tinham ido até a fábrica, e o velho Sr. Gruber vinha mancando atrás deles, resmungando que não conseguia entender como aqueles dois podiam ter entrado lá.

– Eles devem ter voado, Sra. Melzer. Juro para a senhora... voado!

Dodo, com o sinistro arame na mão, encarou a mãe e olhou para Leo.

– Não diga nada, mamãe – disse ela. – Leo, levante a alavanca!

As mãos de Leo tinham ficado tão úmidas de nervoso que a alavanca escorregou de seus dedos na primeira tentativa, mas teve sucesso na segunda. A máquina ganhou vida. Primeiro roncou um pouco, depois zumbiu, chacoalhou, assobiou. Os pequenos carretéis se esticaram e começaram a girar. Os maiores se seguiram a eles, devagar. A máquina de fiação por anéis começou a entoar seu canto. Sua sinfonia de deslizes, zumbidos e assobios tinha cem vozes, mil vozes, as bailarinas faziam suas piruetas infinitas, giravam em torno de seu eixo e se cobriam com seus vestidos brancos de delicados fios de algodão. Dançavam e cantavam uma composição interminável, que se repetia infinitamente e não queria parar.

– Está vendo, mamãe! – berrou Dodo por cima da sinfonia da máquina de fiação por anéis. – Estava ao contrário, de quando vocês a desmontaram. Você não queria acreditar em mim, que eu sabia como arrumar... eu sei...

Ela não pôde continuar falando, porque a mãe a tomara nos braços e a abraçou forte. Não deu para ouvir o que ela lhe sussurrou ao ouvido, mas as duas começaram a chorar. O velho Sr. Gruber também enxugou as lágrimas da barba e Humbert se apoiou em uma coluna com os olhos arregalados, como se tivesse presenciado um milagre. Leo sentiu um nó na garganta. Alguma coisa subiu implacavelmente dentro dele, quase o sacudiu, e ele começou a soluçar alto.

A máquina estava funcionando. Agora tudo ficaria bem.

37

Era só o que faltava! Antes não tivesse deixado o homem entrar em casa, pois ela achara que poderia persuadi-lo. Mas agora ele andava por sua sala, inspecionando cada móvel. Tirava descaradamente seus belos vasos e decantadores do armário e colava seu selo de apreensão horroroso neles.

– Você não pode pelo menos colar de um jeito que não dê para ver? – esbravejou ela. – Em vez de no meio do armário. Onde todo mundo olha de cara.

– Deixe-me em paz, Sra. Bliefert. Isso é um ato oficial, e tenho minhas instruções!

Ela colocara os braços na cintura e se postara em frente à cômoda, onde ficava seu faqueiro de prata. Mas aquele homem repugnante e barbudo simplesmente a empurrou para o lado e abriu a gaveta. Na mosca.

– Preciso destes talheres! – exclamou ela. – Para nossas necessidades diárias. O senhor quer que a gente coma com as mãos?

Sem piedade, o homem pegou um dos garfos de prata com suas patas vorazes, examinou a marca de fabricação e contou um por um. Colheres de sopa, colheres de chá, facas, garfos, duas colheres de servir, seis garfos de sobremesa e uma espátula para bolo feito de chifre com a alça prateada. Ele colou o selo na caixa do faqueiro e anotou seu conteúdo na lista.

– Pague suas dívidas, aí a senhora poderá voltar a comer com colher de prata – disse ele. – Por enquanto, a senhora terá que comer com as colheres de metal.

Ele deu um sorriso irônico para ela com aquele bigode. *Pode esperar para ver*, pensou ela. *Quando minha Liesel se casar com um nobre, vou jogar o dinheiro nos seus pés, aí você fará reverências e precisará se desculpar.* Se ao menos a hora já tivesse chegado! Depois daquela única carta, Auguste não recebera mais nenhuma notícia da Pomerânia e começava a achar que Liesel pudesse ter se esquecido de sua mãe e de seus irmãos em sua nova vida.

– E o que tem lá em cima? Os quartos?

– O que você acha que tem? Um salão de dança?

– Não seja impertinente, Sra. Bliefert. Só estou cumprindo com meu dever.

– Não tem nada para penhorar lá em cima. Precisamos das camas, e os armários são velhos, ninguém irá querer comprá-los.

Mesmo assim, ele subiu a escada e olhou dentro de todos os armários, ajoelhou-se e verificou se tinha algo escondido debaixo da cama.

– O senhor acha que tenho um saco de dinheiro aí? – indagou ela, aborrecida.

– Isso não, mas tem uma bela roupa de cama...

– Isso não é da sua conta – grunhiu ela, deixando-o sozinho.

Se ele estava achando que ela desejava pagar suas dívidas de outra forma, enganara-se redondamente. Havia mulheres que não precisavam pagar as dívidas por anos porque tratavam os representantes da autoridade com atenção especial. Mas ela não era daquela laia. Especialmente com um magricelo horroroso daqueles. Ela conseguia pensar em algo melhor. Sem dúvida, algo bem melhor. E tinha motivo para isso.

– Então encerramos por hoje – comentou o oficial de justiça. – O prazo é de três semanas. Se a senhora não pagar dentro desse prazo, viremos buscar as coisas. Até mais ver, Sra. Bliefert!

Pelo menos ele fora embora antes que os meninos chegassem da escola. Também não tirara os sapatos: suas pegadas imundas estavam por toda parte. Furiosa, Auguste fechou a porta com força e buscou um balde e um pano para remover os vestígios daquela visita desagradável. Depois tentou cuidadosamente tirar o selo pelo menos do armário da sala, mas a saliva do funcionário já secara e ela não conseguiu arrancar aquele negócio.

Mas que droga! Quando Maxl chegasse em casa mais tarde, a recriminaria. Ele mudara, seu Maxl. Tornara-se abusado, xingava sua mãe e dizia que era culpa dela o fato de o terreno e a casa talvez serem leiloados em breve.

– Tudo porque você fica comprando coisas de que ninguém precisa, mas que custam muito dinheiro – acusou ele um dia desses.

Teria sido melhor pagar a hipoteca em vez de adquirir jarros de vidro e colheres de prata. E também ninguém precisava de sabonete de rosas, dava muito bem para ficar limpo sem ele.

Maxl largara o trabalho na cidade, pois recentemente voltara a ter muito trabalho na floricultura. As mudas novas precisavam ser plantadas nos canteiros e nas estufas. Eles já estavam vendendo amores-perfeitos na feira, ervas frescas, rabanetes e alface-de-cordeiro, e, se o tempo colaborasse, em breve as cabeças de alface estariam maduras. Na verdade, a situação financeira nem estava tão ruim assim naquele momento, e ela até poderia ter feito um pagamento antecipado ao oficial de justiça sem grandes problemas se não tivesse gastado o dinheiro da feira do dia anterior até o último centavo. Precisara pagar a dívida com o leiteiro, que já ameaçava não lhe vender mais nada, e dera algum dinheiro ao açougueiro, mas, ao mesmo tempo, teve que fazer novas dívidas com ele, pois quis levar um pedaço de carne e meia linguiça apimentada para que seus três filhos finalmente tivessem uma refeição decente na mesa. E agora Maxl queria repreendê-la por causa disso?

Ele se parecia pouco com o pai, até mesmo no aspecto físico. Tivera um estirão no inverno, já era uma cabeça mais alto que a mãe e não era mais um menino magricela, ganhara corpo. Sendo assim, não era de se espantar que achasse que agora era o homem da família e poderia controlar a mãe e os irmãos. Mas ele daria com os burros n'água. Era ela quem ainda mandava em casa, e isso não mudaria tão cedo.

Foi até a cozinha para dar uma olhada no ensopado com o pedaço de carne de boi. Apesar de dura, a carne estava mastigável. No dia seguinte haveria caldo de carne com cevadinha e cebolinha fresca. Por que será que Maxl estava tão aborrecido? Afinal de contas, estava entrando dinheiro. Podia até não ser muito, mas, se ela economizasse, poderia pagar uma parte das dívidas e as coisas não precisariam ser vendidas. O importante agora era fazer aquele selo vergonhoso desaparecer. Talvez conseguisse tirá-lo com um pouco de água quente.

Quando estava indo para a sala com um pano úmido, ouviu a porta de casa se abrir. Maxl estava parado no corredor, calçando os sapatos de casa.

– Você chegou cedo – disse ela, insatisfeita, colocando o pano de volta na pia.

Seu filho limpou os dedos sujos com extrema diligência e sentou-se à mesa da cozinha.

– É melhor eu comer logo alguma coisa. Meu plano é ir plantar as batatas no campo mais tarde. Não gosto de interromper o trabalho.

Não agradava a Auguste que ele determinasse as coisas de forma autoritária; seria muito melhor se eles agissem como as pessoas elegantes da Vila dos Tecidos.

– Grigorij virá mais tarde – respondeu ela. – E Christian também queria ajudar. Assim, até o final da tarde vocês já vão ter terminado de plantar as batatas.

Maxl permaneceu impassível e exigiu sua refeição imediatamente.

– Não vejo Christian desde ontem de manhã – disse ele, levantando o prato de sopa. – E quanto a Grigorij, ele não vem mais.

Auguste quase deixara cair a concha de sopa da mão.

– Como assim ele não vem mais?

– Eu lhe disse que ele não precisa mais vir – disse Maxl com indiferença. – Porque não gosto que ele se engrace com você.

Mas era só o que faltava! Auguste jogou a concha da sopa de volta na panela e apoiou as mãos no amplo quadril, furiosa.

– Mesmo que Grigorij realmente se engraçasse comigo, isso não lhe diz respeito! – exclamou ela, transtornada. – Quem você acha que é? É um fedelho, isso sim. Mal tirou as fraldas e já quer mandar na própria mãe! Vá imediatamente falar com ele e se desculpar.

Seu filho ouviu seu surto de fúria com toda a tranquilidade do mundo. Nisso se parecia com o pai. Mas, em vez de se calar e abaixar a cabeça, como Gustav sempre fizera, começou a falar.

– Escute, mamãe – disse ele, remexendo-se um pouco na cadeira. – Se você encontrasse alguém que se adaptasse à nossa família e fosse um moço decente, eu até gostaria. Mas Grigorij, aquele sujeito não passa de um mulherengo. Vi vocês dois ontem debaixo da janela da cozinha...

– Debaixo da janela da cozinha? – perguntou ela, chocada.

– Isso mesmo. Vocês estavam em pé debaixo da janela da cozinha, você e Grigorij.

Aquilo era verdade. Ela conversara com Grigorij ali por um instante. E não apenas conversara. Auguste se sentiu ruborizar de vergonha diante de seu filho.

Maxl percebeu e olhou para a janela, porque a situação também era constrangedora para ele. Afinal, ela era sua mãe.

– Não aconteceu nada – alegou ela.

– Não sou cego, mamãe. Ele estava com a mão debaixo de seu casaco.

– Não é verdade!

Mas era a mais pura verdade. A mão de Grigorij inclusive fora mais além: se metera debaixo da blusa e da camiseta até alcançar a pele, onde seus dedos haviam feito todo tipo de travessuras, fazendo o coração de Auguste bater muito acelerado. E, com sua voz russa aveludada, ele ainda sussurrara confissões extraordinárias ao pé do ouvido que a deixaram enlouquecida.

– Ainda que seja – afirmou ela, aborrecida. – Grigorij é um homem decente e trabalhador que quer fazer algo da vida aqui na Alemanha.

– Exatamente – disse Maxl, rindo. – E para isso precisa de alguma estúpida que se case com ele. Ele também correu atrás de Hanna, mas parece que sem sucesso. Por isso começou a se aproximar da Riecke, aquele desgraçado.

Auguste resistiu a acreditar que seu Grigorij pudesse ser capaz daquilo. Que fora apaixonado por Hanna tempos antes, isso ela evidentemente sabia, mas aquela história já acabara fazia tempo.

– Quem é Riecke?

Maxl retorceu o rosto e parecia enfurecido naquele momento.

– Ela é a filha mais velha de Lisbeth Gebauer da fábrica de tecidos. Riecke trabalha como criada na casa do advogado Grünling. Grigorij lhe contou todo tipo de mentiras que você possa imaginar, depois se tornou truculento. Aí eu lhe mostrei que não concordava com aquilo e acho que ele se tocou.

Riecke Gebauer, refletiu Auguste. Era uma loira magrinha de sardas. Ela não a encontrara um dia desses na leitaria? Estava fazendo compras para o patrão e, agora Auguste estava se lembrando, mandara um abraço para Maxl. Aquilo era novidade. Maxl tinha uma namoradinha. Se aquilo continuasse daquele jeito, seu filho poderia transformá-la em avó em breve! Essas coisas podiam acontecer de uma hora para a outra, isso Auguste sabia muito bem.

– Ele até tentou seduzir a Sra. Grünling, aquele malandro grisalho – afirmou Maxl, prosseguindo. – Mas ela é esperta demais para cair na conversa dele.

Então Grigorij teria tentado seduzir a Sra. Grünling? Ela era uma mulherzinha horrorosa já na época em que Auguste era governanta na Vila dos Tecidos, e desde então não melhorara em nada. Pelo contrário.

– Você só pode estar inventando coisas, Maxl – disse ela, insegura. – Não acredito que Grigorij seja desses.

– Por acaso já menti para você alguma vez na vida, mamãe?

Ela precisou admitir que ele era justamente o filho que sempre fora honesto com ela. Hansl mentia e a enganava aqui e acolá, mas Maxl nunca.

No máximo, ficava calado. Nisso puxara ao pai. Gustav também não era nenhum tagarela.

– Então coma – respondeu ela, finalmente servindo-lhe a comida e colocando um prato diante dele.

Enquanto ele comia o ensopado, ela olhou pela janela sem querer acreditar que Grigorij não voltaria mais. Se ele tinha tanto apreço por ela, como lhe dissera, e inclusive estava perdidamente apaixonado e tinha intenções sérias, como podia deixar-se dissuadir assim de visitá-la? Olhou pela janela, mas não conseguia ver ninguém perto das estufas. E ele já deveria ter chegado há bastante tempo ...

– Está esperando Grigorij, mamãe? – perguntou Maxl, empurrando o prato vazio para longe dele.

– Não, estou esperando Christian – respondeu ela, aborrecida.

– Ele também não vem – disse Maxl. – Se entendi direito o que ele disse ontem, irá para a Pomerânia. Por causa de Liesel.

Mas era um susto atrás do outro!

– Por causa de Liesel? Meu Deus, o rapaz enlouqueceu de vez por acaso?

Que impressão teriam seus parentes nobres, refletiu Auguste em pânico, se Christian, mero jardineiro e andarilho cansado e estropiado, aparecesse na fazenda e, por fim, alegasse estar noivo de Liesel? Aquilo acabaria com todas as esperanças de um casamento que os ascendesse à alta sociedade.

– Escute, Maxl – disse ela, vestindo o casaco. – Preciso ir correndo para a Vila dos Tecidos. Quando seus irmãos chegarem da escola, cuide deles. A comida está em cima do fogão.

Ela calçou os sapatos às pressas e saiu andando pelo atalho em direção ao parque da Vila dos Tecidos. Rezava para que ele ainda não tivesse saído. Ainda bem que Christian não era dos mais rápidos, ele sempre pensava duas vezes antes de fazer qualquer coisa. Talvez ela tivesse sorte e conseguisse chegar a tempo de impedi-lo de fazer aquela asneira.

Aos bufos e sem fôlego por causa da caminhada acelerada, bateu à porta da entrada de serviço da mansão. Por que estavam demorando tanto para abrir a porta? Impaciente, tentou girar a maçaneta e, então, finalmente, ouviu passos vindos em sua direção.

– Sim, oi, Auguste – disse Gertie, sorrindo para ela. – Você chegou tarde hoje. Cadê sua cesta de verduras? A Sra. Brunnenmayer está precisando de cebolinha e alface-de-cordeiro.

– Pode deixar que Fritz trará tudo para vocês mais tarde – respondeu Auguste, que esquecera a cesta em sua agitação.

– Então pode entrar. Temos grandes novidades.

Já estava satisfeita de novidades para aquele dia, mas ela entrou mesmo assim, pendurou o casaco e foi até a cozinha. A Sra. Brunnenmayer estava em uma cadeira enquanto Hanna passava uma pomada em suas pernas inchadas, e Else, para variar, tirava sua soneca à mesa. Não havia sinal de Christian.

– Como você está esbaforida – comentou a cozinheira com um olhar espantado. – Sente-se, você vai até beber um café de verdade hoje, feito de grãos. Cortesia de Gertie.

Auguste quase não acreditou no que viu quando Gertie lhe serviu uma xícara cheia de um café muito aromático e forte.

– Meu Deus, Gertie, por acaso você ficou rica?

A camareira deu uma risadinha e serviu mais duas xícaras, uma para Else e a outra para Hanna. A Sra. Brunnenmayer recusou, pois café forte não era bom para seu coração.

– Consegui um emprego de secretária particular em Munique – disse Gertie com uma expressão radiante. – Hoje é meu último dia na Vila dos Tecidos.

Então Gertie afinal conseguira! Auguste ficou com uma ponta de inveja, porque achava que ela própria poderia ter aprendido uma profissão assim em sua juventude. Infelizmente a gravidez acabara com suas chances.

– Então lhe desejo boa sorte – disse ela, levantando a xícara na direção de Gertie. – E obrigada pelo delicioso café.

– Recebeu alguma carta de Liesel? – perguntou a Sra. Brunnenmayer, contorcendo o rosto, porque Hanna estava calçando as meias de algodão em suas pernas doloridas de novo.

– De Liesel? Claro. Ela está bem – mentiu Auguste. – Mas preciso ter uma conversa séria com Christian. Ele está lá fora?

– Christian partiu hoje cedo para a Pomerânia – disse a Sra. Brunnenmayer com um sorriso. – Comprei a passagem de trem, porque ele não tinha dinheiro. Ele quer trazer Liesel de volta. E faz muito bem.

Auguste se engasgou e pousou a xícara de café depressa na mesa. Aquilo era uma conspiração. A cozinheira entregara a passagem de trem para Christian de mãos beijadas. Não era de se admirar que o rapaz tivesse tomado uma atitude.

– Mas onde estava com a cabeça? – esbravejou ela. – Liesel não é para Christian, ela tem outros pretendentes bem diferentes agora. Seu pai irá apresentá-la à alta sociedade.

A Sra. Brunnenmayer não se deixou perturbar. Calçou os sapatos e acenou com a cabeça para Hanna em agradecimento.

– Acho que você está enganada, Auguste. Liesel ligou aqui para a Vila dos Tecidos. Foi anteontem. E como a Sra. Elisabeth não estava em casa e ninguém atendeu o telefone, Humbert atendeu.

Ela telefonara! Para a Vila dos Tecidos. Aquilo era a maior prova de que fazia parte da nobreza agora. Afinal de contas, uma criada não poderia simplesmente ligar para a Vila dos Tecidos.

– Veja só – disse ela cheia de orgulho. – Então ela ligou para cá, minha filha. Com certeza para transmitir os cumprimentos de seu pai...

Os olhares trocados pela cozinheira com Gertie e Hanna naquele momento foram menos reverentes e estavam mais para divertidos.

– Isso não – disse a cozinheira. – Ela pediu que Humbert dissesse a Christian que ela não o esquecera e que pensa nele todos os dias. E parece que houve um acidente no estábulo e a Sra. Elvira von Maydorn quase perdeu a vida.

Aquela era a velha baronesa, a cunhada da Sra. Alicia. E quem é que se importava? Que quebrasse o pescoço, aí o pai de Liesel se tornaria proprietário de terras. Apenas a história com Christian não lhe agradava nem um pouco. Como Liesel podia ser tão burra e desperdiçar sua vida daquele jeito?

– E o que ela disse sobre o pai?

– Nada – respondeu a Sra. Brunnenmayer secamente.

Auguste calou-se, angustiada, e tomou um longo gole do café feito de grãos de verdade. Não estava mais acostumada com aquela bebida forte e ia acabar tendo palpitações para completar seu dia de descobertas. Era óbvio que Christian já estava a caminho, ela chegara tarde demais. Além disso, Liesel de fato parecia ser insensata a ponto de fazer confissões amorosas ao rapaz. E ainda por cima teve o tal do acidente: isso deve ter preocupado Christian e ele partira para a Pomerânia sem raciocinar direito.

– Então poderemos celebrar o casamento em maio – comentou Else, que acordara de seu cochilo e ouvira a conversa por alto. – Liesel e Christian, que casal lindo e jovem. Meus parabéns por ganhar um genro tão gentil.

Auguste encarou Else como se tivesse visto um fantasma. Ela estava tirando sarro dela ou falara aquilo porque estava ficando uma velha cada dia mais caduca? De qualquer forma, ela nunca fora das mais inteligentes.

Auguste estava farta de receber más notícias. Tivera que engolir uma após a outra naquele dia, e elas estavam arruinando todos os seus belos sonhos, todas as suas esperanças de finalmente deixar aquela miséria para trás e viver uma vida confortável. *Mas espere,* pensou ela. *Também tenho uma notícia que pelo menos um de vocês vão gostar.*

– Preciso voltar para casa, os meninos estão voltando da escola – disse ela, levantando-se. – Hanna? Pode me acompanhar até o portão lateral? Perdi minha chave mais cedo quando vim correndo até aqui. Você tem a vista melhor que a minha.

– Meu Deus! – exclamou Hanna com compaixão. – Que ruim, Auguste. Claro que posso acompanhar você, costumo encontrar quase tudo que as pessoas perdem.

Hanna vestiu um casaco às pressas e berrou para a cozinheira ficar sentada descansando, pois voltaria logo para lavar a louça.

Auguste imediatamente ficou com a consciência pesada. Preferiria ter trazido uma má notícia para a cozinheira ou para Else em vez de justamente para Hanna, que era uma moça tão doce e bondosa. Por outro lado, estava fazendo um favor à garota – abrir seus olhos era a coisa decente a ser feita.

– Qual foi a última vez que você viu a chave? – perguntou Hanna quando elas se aproximaram do portãozinho lateral.

– Preste atenção – disse Auguste e ficou parada. – Não perdi minha chave, eu queria ficar sozinha com você por um momento para dizer-lhe algo.

Hanna olhou para ela como se tivesse visto um fantasma. Ela nunca teria imaginado que Auguste a enganaria daquela maneira.

– Então você não perdeu sua chave?

– Não. Preciso lhe contar algo sobre Grigorij. Ele é um vigarista descarado que anda atrás de tudo que é rabo de saia.

Ela lhe contou como Grigorij tentou seduzir Riecke e se envolver com a Sra. Grünling. Além disso, confessou que ela própria fora alvo de suas investidas.

– Ele disse que estava apaixonado por mim e que eu era a mulher de seus sonhos. Ele me disse muitas coisas nesse sentido. Contudo, ri da cara dele, você deve imaginar. Mas, como sei que ele está tentando conquistar você, quis lhe avisar. Para que saiba a verdade, Hanna, e não acabe se iludindo.

Hanna a ouvira com um olhar atento e preocupado, sem dizer uma palavra. Quando Auguste terminou de falar e olhou para ela como se exigisse uma resposta, ela baixou os olhos, empurrou as pedrinhas do chão de um lado para outro com o pé e deu um suspiro.

– Muito obrigada, Auguste, por ter a decência de me alertar – disse ela baixinho. – Humbert me contou coisas parecidas sobre Grigorij, mas eu não queria acreditar nele. Agora sei que estava falando a verdade.

Ela ficou calada por um momento, e Auguste sentiu pena de verdade dela. Ela conseguia entender a menina muito bem: era triste e humilhante ser enganada daquele jeito.

Hanna começou a falar de repente, enquanto mexia os botões do casaco.

– De qualquer forma, está tudo acabado, Auguste. Não precisei de muito tempo para perceber o que desejo. Na verdade, sempre soube que Humbert é meu melhor amigo e a pessoa que mais amo no mundo e que nunca quero perdê-lo. Ainda assim, doeu muito falar isso para Grigorij. Porque ele foi meu primeiro amor.

Ela começou a chorar, e lágrimas também começaram a escorrer pelo rosto de Auguste. Que vigarista. Ainda que ele não merecesse uma única lágrima delas, as duas estavam ali chorando por ele. Talvez nem se tratasse tanto dele, do russo Grigorij com a voz aveludada e os belos olhos negros. Estavam chorando pelo sonho que ele as fizera ter. Pelo grande amor maravilhoso e inebriante ao qual ele dera vida em sua imaginação e que agora sucumbia como um balão estourado por um alfinete.

– Ele voltou a trabalhar na fábrica – falou Hanna, fungando. – As máquinas voltaram a funcionar agora na fiação. Ah, desejo a ele tudo de bom. Que encontre uma mulher bondosa e seja feliz com ela.

Auguste abraçou Hanna, elas choraram mais um pouco juntas, depois seguiram caminhos separados. Hanna voltou à mansão para lavar a louça, e Auguste apressou-se, porque queria remover aquele maldito selo da penhora.

Encontrar uma mulher bondosa, pensou ela, ironicamente. *Espero que encontre uma bruxa. Uma bruxa terrível que lhe dê o troco. Para que tenha o que merece, aquele salafrário.*

38

— O casamento é o pacto entre um homem e uma mulher que se entregam um ao outro com devoção mútua. O casamento é celebrado perante Deus e recebe a bênção do Criador.

O juiz estava sentado em um lugar mais elevado e dirigia aquele sermão sobretudo a Tilly. O Sr. Von Klippstein, que estava sentado ao seu lado, assentia o tempo todo, com uma expressão austera, às observações do jurista. Tilly se sentia terrível naquela sala escura e revestida de madeira que cheirava a arquivos e cera de piso. Toda a culpa do mundo pesava sobre ela, pois fora ela quem destruíra aquela comunhão de vida que seguia a vontade divina.

O juiz ajeitou seus óculos rapidamente, folheou os arquivos que tinha à sua frente e pigarreou.

– Vocês vieram aqui para fazer uma última tentativa de perpetuar esta comunhão de vida que iniciaram seis anos atrás. Por isso peço à senhora, Tilly von Klippstein, que reflita com seriedade se não há pontos comuns entre a senhora e seu marido que possam reconectar vocês dois. No decorrer de um casamento, de vez em quando há mal-entendidos que podem ser superados por meio de uma conversa franca com benevolência e razão.

A mão de Tilly procurou pelo pequeno pingente que colocara naquele dia por alguma razão. *Que inapropriado*, pensou ela, tocando o coração vermelho com o dedo indicador. *Aquela paciente idosa tivera um casamento feliz antes de a guerra levar seu marido embora. Já eu...*

– Já conversamos um com o outro, Meritíssimo – disse ela. – E concordamos que nós dois desejamos o divórcio.

Com o olhar, o juiz pressionou a mulher obstinada que estava diante dele prestes a se divorciar, tentando forçá-la a mudar de ideia. Mas como Tilly não esboçou nenhuma reação, dirigiu-se a seu marido.

– Então rogo ao senhor, Ernst von Klippstein, que reflita se o senhor, com o amor cristão, deseja perdoar sua esposa para continuar vivendo com ela em um casamento de acordo com a vontade divina.

Ele não parecia querer desistir tão cedo. Tilly ficou perdida em pensamentos. O dia seguinte seria Sexta-Feira Santa, o consultório estabelecera um serviço de emergência durante o feriado da Páscoa, e ela assumira as tardes voluntariamente apesar de já ter renunciado ao cargo. Os correios haviam enviado o contrato de trabalho do hospital central antes do esperado, e ela já o tinha assinado. Sua vida sofrera uma reviravolta emocionante, que fazia seu coração bater acelerado à noite. Tinha um novo futuro diante de si. Livre, com independência financeira e divorciada.

– Você é uma mulher de sorte, Tilly querida! – exclamara Kitty, tomando-a em seus braços. – Ah, estou tão feliz por você!

Ela própria ainda estava longe de estar realmente feliz. Pelo contrário, tinha a consciência pesada. No dia anterior à tarde, fora ao consultório para ter a conversa que estava pendente e, ao mesmo tempo, comunicar sua rescisão. Não queria se meter em uma situação que exigisse longas explicações, apenas resolver a questão de uma forma agradável. É claro que tudo ocorreu de uma maneira bem diferente do planejado. Mal abrira a porta para dar uma espiada na sala de espera, e o Dr. Kortner veio em sua direção.

– Sra. Von Klippstein – disse ele, pegando sua mão. – Estou lhe devendo uma explicação. É uma questão tão boba e embaraçosa, nem sei como dizer...

Ele parecia completamente desamparado e a fitava com um olhar tão jovial de culpa que ela teve que se esforçar para lutar contra a irrupção de seus sentimentos. Não havia dúvida de que ele era atraente, sobretudo desconcertado daquele jeito. O sorriso dele penetrou seu coração e seu olhar queria envolvê-la suavemente, mas Tilly resistiu. Não cometeria aquele erro uma segunda vez.

– Sinto muito – disse ela, puxando a mão. – Você não me deve nada, Dr. Kortner. A culpa por esse mal-entendido é só minha.

Em seguida, refugiou-se em sua salinha, fechou a porta rapidamente e apoiou-se contra a parede, com a respiração ofegante. Será que ele estava indo até a sala de espera para chamar o próximo paciente? Ela esforçou-se para ouvir, mas sem sucesso. De repente ouviu batidas tímidas na porta.

– Sra. Von Klippstein, só uma palavrinha...

O que ela deveria fazer agora? Ele claramente parecia julgar que a conversa deles ainda não terminara.

Uma voz áspera e masculina vinda da sala de espera a libertou do dilema.

– Perdão, doutor. Minha filha piorou. O senhor poderia me ajudar, por favor?

– Estou indo – disse o Dr. Kortner, afastando-se.

Meu Deus, como ela era covarde, pensou Tilly, envergonhada. Ela respirou profundamente e foi até a sala de espera, onde o Dr. Kortner acudia uma garota inconsciente. Ela ajudou-o a carregá-la até a sala de atendimento e chamou o próximo paciente.

Só por volta das duas horas, quando a sala de espera esvaziara, ela ousou entrar na sala do doutor para finalmente resolver aquele assunto desagradável de forma satisfatória.

Como de costume, foi recebida pelo cheiro de chá de hortelã. Jonathan estava sentado à sua escrivaninha com os braços apoiados na mesa e a encarou com um olhar estranhamente resignado. Doris estava trocando o lençol da cama e só se dirigiu a Tilly quando terminou a tarefa.

– Aí está você. Acho melhor termos uma conversa clara. O que aconteceu foi o seguinte...

– Espere, Doris – pediu seu irmão. – Por favor, Sra. Von Klippstein, primeiro sente-se.

– Não, obrigada – respondeu Tilly, balançando a cabeça. – Prefiro ficar em pé.

Doris lançou um olhar punitivo para o irmão e continuou abruptamente, como era de seu feitio.

– É evidente que nós notamos o mal-entendido de sua parte no início. Acabei convencendo Jonathan de que, na verdade, era fácil passar a impressão de que ele era casado, afinal quase todos os pacientes acham isso. Queríamos esperar até que a questão fosse esclarecida naturalmente mais cedo ou mais tarde. Como aconteceu de fato, não é mesmo? Agora você já sabe, e tudo está na mais perfeita ordem.

Ela sorriu para Tilly, satisfeita, depois olhou para o irmão, que cobrira o rosto com as mãos. Tilly não entendia o que se passava na cabeça daquela mulher, mas uma coisa ficou clara: o gentil Dr. Kortner era completamente dominado pela irmã mais velha. Aquela descoberta era decepcionante, mas pelo menos tornava mais fácil parar de vê-lo como um homem que ela poderia desejar e começar a percebê-lo como um fracote que vivia à sombra da irmã.

– Você tem razão – disse Tilly com complacência. – Tudo está na mais perfeita ordem. Seguiremos caminhos distintos a partir do dia 15 de abril. O hospital central me ofereceu um emprego e decidi aceitar. É claro que até essa data estarei à disposição do consultório com o empenho de costume.

Ela já preparara a carta de demissão e colocou o envelope em cima da escrivaninha. Ele ergueu a cabeça, mas não olhou para ela, só encarou o papel à sua frente.

– Infelizmente amanhã de manhã não estarei disponível, porque tenho um compromisso oficial – disse ela, antes de sair da sala. – À tarde poderei assumir as visitas domiciliares se você estiver de acordo.

Como não recebeu nenhuma resposta, saiu da sala e fechou a porta sem fazer barulho. Foi ao centro da cidade para comer um pedaço de bolo e tomar uma xícara de *mocaccino* em um café na Maximilianstraße. Era a primeira vez que fazia algo assim. A ideia de uma mulher sentada sozinha em um café lhe parecia escandalosa, sua mãe teria ficado horrorizada. Em tese passava a impressão de que estava só esperando alguém abordá-la. Já Kitty teria rido dela e argumentado que não havia nada de mais naquilo. De fato, ninguém parecia admirar-se com a jovem dama sozinha na confeitaria. Só duas senhoras mais velhas que estavam comendo bolo de maçã a observavam com um olhar de curiosidade, mas ela não ligou. No dia seguinte, estava sentada na sala do tribunal que havia na prefeitura. Uma mosca voava e zumbia pela sala revestida de madeira, bateu inúmeras vezes contra a parede e caiu no arquivo que estava aberto diante do juiz. Ele fizera um movimento involuntário para matar o inseto, mas errara o alvo, e a mosca saiu voando em direção à janela.

– Então vamos resumir a situação – afirmou o juiz e olhou para o relógio pendurado na parede ao seu lado. – Foi feita uma última tentativa de levar o casal Von Klippstein à reconciliação e à continuação de seu casamento, que, infelizmente, chegou ao fim. Nesse sentido, o tribunal anunciará uma audiência para o divórcio em breve. As custas do processo serão arcadas por ambas as partes.

Finalmente! Tilly levantou-se do assento duro e estava com pressa para deixar a sombria sala do tribunal, onde o juiz já anunciava o próximo processo. No corredor, esperou por Ernst, que não conseguia se levantar tão rápido por causa de sua ferida de guerra e deixara a sala alguns minutos depois.

– Você finalmente conseguiu o que queria – disse ele. – Está satisfeita?

Seu tom era menos reprovador que irônico, e, na verdade, Tilly estivera preparada para críticas mais duras.

– É melhor assim, Ernst. Não só para mim, mas também para você.

– Ah, é? – respondeu ele com ironia. – Então será que devo agradecer a você por me possibilitar uma vida melhor?

– Só cabe a você saber o que fará com isso.

Ele caminhou calado ao seu lado pelos corredores sinuosos e pela escada ampla que conduzia à saída. Lá fora um lindo dia de primavera os acolhera. A larga praça da prefeitura estava banhada pela luz do sol, as barracas da feira tinham sido montadas em torno da fonte Augustus e as primeiras flores brilhavam entre as verduras. Quem tinha condições estava fazendo compras, pois o feriado de Páscoa logo chegaria. Quem não tinha dinheiro ou contava só com alguns trocados caminhava pelas barracas para pelo menos admirar os cobiçados alimentos e talvez conseguir alguma coisa de graça.

– Meu carro está logo ali – disse Ernst, apontando para a Steingasse. – Muito bem, então tudo de bom. Vamos nos ver mais uma vez na audiência de divórcio, provavelmente pela última vez.

Ele esticou a mão para ela. Ainda havia rancor em seu olhar, mas pelo menos a raiva e o ódio haviam desaparecido – ele parecia conformado. Aliviada e um pouco triste, Tilly observou-o passar rigidamente entre as barracas para chegar ao outro lado da praça. Apesar de tudo, eles haviam vivido alguns bons momentos, sobretudo no início do casamento, quando os dois precisavam um do outro e eram próximos. Era especialmente daquilo que ela queria se lembrar quando pensasse no ex-marido.

De repente hesitou. Ernst ficou parado em frente a uma barraca de flores para falar com uma mulher que usava um casaco de lã de ovelha verde e um chapéu de tirolês. Havia uma mala ao seu lado, e ela pegou-a para seguir o Sr. Von Klippstein. De onde ela conhecia aquela mulher? Quando a estranha virou a cabeça para o lado, pôde ver que era Gertie, a camareira loira de Lisa. Será que Ernst a havia surrupiado da Vila dos Tecidos? Fosse como fosse, a moça caminhava de forma bastante animada ao seu lado, tagarelava sem parar e parecia estar muito feliz.

Que curioso, pensou Tilly, entretida. *Se ele acabar levando-a para Munique, Lisa, que é bastante exigente, ficará muito aborrecida.*

Olhou para o relógio de Perlach e constatou que ainda tinha um tempinho antes da visita aos pacientes. Talvez pudesse comprar algumas maçãs ou ameixas secas. Ah, não, ela compraria um vasinho de amores-perfeitos para Kitty, que pintava quadros de flores tão lindos.

– Com licença, Sra. Von Klippstein, desculpe-me abordá-la assim – disse uma voz bem conhecida atrás dela, dando-lhe um baita susto.

Mas o que é que o Dr. Kortner queria com ela?

– Você não deixou seus pacientes desamparados, não é mesmo? – perguntou ela quase com atrevimento, imediatamente se aborrecendo por não conseguir permanecer indiferente.

– Preciso falar com você, Sra. Von Klippstein – disse ele, envergonhado, girando o chapéu nas mãos. – Não posso deixar as coisas assim. Eu lhe rogo...

O coração de Tilly começou a bater acelerado. Ela temia que ele quisesse convencê-la a recusar o novo emprego no hospital para continuar trabalhando em seu consultório, coisa que sua irmã poderia tê-lo incitado a fazer. Por qualquer que fosse a razão.

– Agora não posso – replicou ela. – Preciso fazer as visitas domiciliares daqui a pouco.

– Tem tempo suficiente até lá – objetou ele. – Posso convidá-la para um café e um pedaço de bolo?

Não tinha jeito, ele era simplesmente cativante demais, e ela não conseguiu recusar seu convite.

– Tudo bem, então... Como você sabia onde eu estava?

– Não foi difícil de adivinhar. Era evidente que seu compromisso oficial de hoje de manhã tinha relação com o divórcio. Então imaginei que você provavelmente ficaria esperando perto da prefeitura. Conheço um café muito agradável na Maximilianstraße. Se estiver de acordo...

Ela se conteve para não perguntar se aquela ideia era dele ou de sua irmã.

– Por que não?

Eles caminharam calados um ao lado do outro, esquivando-se dos pedestres que se aproximavam, e volta e meia o Dr. Kortner olhava para ela de lado, como se temesse que ela fugisse dele a qualquer momento. Mas Tilly teve que admitir que não achava sua companhia desagradável, muito pelo contrário.

Mas que coincidência: era o mesmo café em que estivera no dia anterior. Agora ele estava lotado, porque também servia sopa para o almoço. Tinha uma única mesa livre no fundo do salão, justo a mesa em que se sentara ontem.

– Pode ser esta mesa? Ou será que devemos procurar outro lugar?

– Aqui está ótimo.

Ele ajudou-a a tirar o casaco, puxou a cadeira para que ela se sentasse e sentou-se na frente dela. De tão nervoso que estava, derrubou o suporte de chão para o cardápio.

– Perdão.

– Não foi nada – disse ela, sorrindo.

A garçonete era rechonchuda e maternal. O Dr. Kortner pediu dois cafés e bolo de maçã. Infelizmente o strudel de cereja e o chantili já tinham acabado.

– Não tem problema – afirmou Tilly, tranquilizando-o. – Não estamos aqui para comer bolo, mas para conversar, não é mesmo?

– Você tem toda razão.

A agitação e as conversas altas à sua volta aparentemente o incomodavam, pois ele parecia constrangido, esfregava as mãos e olhava para a frente.

– Primeiro quero parabenizá-la pelo novo emprego – disse o Dr. Kortner. – É mérito seu conseguir um cargo apropriado para suas habilidades. De qualquer forma, seu trabalho em meu consultório era para ser temporário. Buscarei outro colega de trabalho, mas devo confessar que será difícil substituí-la. Por vários motivos...

Ele hesitou, e seu olhar divagou. Em silêncio, Tilly aguardou para ver como continuaria a conversa.

– Não é fácil dizer certas coisas neste ambiente, Sra. Von Klippstein – confessou ele. – Pode ser que minhas palavras soem implausíveis e que você ria de mim. Mas tentarei mesmo assim.

Naquele instante a garçonete chegou até a mesa, serviu o pedido e já trouxe a conta.

Ele lhe dava pena de alguma forma. O dinamismo e o entusiasmo, aquele ser radiante: tudo que a fascinara tanto no início desaparecera. Parecia angustiado e impotente, mas ainda assim ela gostava dele. Tinha um fraco por homens indefesos. Afinal de contas, conhecera Ernst justo quando ele estava no hospital de campanha da Vila dos Tecidos, infeliz e precisando de ajuda. O que era um motivo para ser muito cuidadosa naquela situação.

Eles bebericaram o café ralo e provaram o bolo, no qual o açúcar e a maçã haviam sido usados com parcimônia. Após alguns minutos, ele arriscou falar mais um pouco.

– Já lhe disse que não será fácil encontrar um substituto para você, Sra. Von Klippstein. Não só porque você é uma médica excepcional e extremamente empenhada, mas também porque gostei muito de trabalhar com você. Desde o início senti uma profunda simpatia por você, uma espécie de sintonia de almas. As conversas sobre nossos pacientes me provaram repetidamente que também temos uma postura parecida no trabalho. Isso tudo soa bastante patético, não é mesmo?

De fato, Tilly não contivera o sorriso quando ele mencionara a *sintonia de almas*, fato pelo qual se sentiu envergonhada no mesmo momento.

– Não, não – disse Tilly. – Você tem toda razão, tenho a mesma impressão que você. As nossas conversas sempre foram de grande ajuda para mim.

Ele assentiu e remexeu seu pedaço de bolo.

– Queria explicar-lhe algo, mas agora não sei por onde começar. É sobre Doris, minha irmã. Sou grato a ela por muitas coisas.

Meu Deus do céu, pensou Tilly. *Agora ele vai contar a história comovente sobre a irmã mais velha que sempre foi como uma mãe para ele.* Ela queria mesmo ficar ali ouvindo aquilo?

Mas a história foi bem diferente do que presumira. Jonathan fora para a guerra quando ainda era um jovem estudante de medicina e vira muitas coisas terríveis durante quatro anos trabalhando como socorrista. Quando a guerra finalmente acabou, ele retomou o curso e se apaixonou perdidamente. O casamento acabou se revelando infeliz, uma verdadeira catástrofe. Após o divórcio, ele ficou sem um tostão e emocionalmente destruído. Ao mesmo tempo, seus pais, que haviam perdido tudo com a inflação, morreram.

– Não sei o que teria sido de mim sem Doris – confessou ele em voz baixa. – Eu estava praticamente a ponto de desistir de tudo. Mas ela intercedeu por mim, trabalhou para financiar meu curso de medicina, me ajudou na hora de estudar e me encorajou quando achei que não passaria na prova. – Ele fez uma pausa antes de chegar à parte mais importante. – Acima de tudo, minha irmã queria evitar que novamente eu mergulhasse de cabeça em um casamento infeliz. Achava que eu me entregava demais aos sentimentos em vez de usar a razão. Foi esse o motivo, entendeu? Como estava com medo de que eu fizesse algo precipitado, aquele mal-entendido acabou vindo a calhar para ela. Ele criou certo distanciamento, e ela teve a oportunidade de formar uma opinião melhor sobre as pessoas que conviviam comigo. Ou seja, você.

– Compreendo – assegurou-lhe Tilly, pensativa e comovida por sua história de vida.

Ela só estava com uma pergunta na cabeça e precisava fazê-la.

– Por que sua irmã quis observar e testar justamente a mim? Qual motivo ela tinha para isso?

Os olhos grandes e infelizes dele buscaram os dela.

– Eu ainda não lhe disse? Apaixonei-me perdidamente por você, Sra. Von Klippstein. Loucamente. Já em nosso primeiro encontro na Vila dos Tecidos. Foi como se eu tivesse sido atingido por um raio...

Tilly ficou sem fôlego. Será que aquilo era uma armação? Não, com certeza não, e muito menos era uma mentira deslavada, algo que sempre temia. Não, a forma como ele olhava para ela, como procurava as palavras certas, aquilo não podia ser encenado. Ele estava falando sério. Tilly sentiu um tímido sentimento de felicidade surgir dentro de si. Um homem se apaixonara por ela. Quando fora a última vez que aquilo acontecera? Meu Deus, fazia muito, mas muito tempo.

– Não posso esperar que você corresponda a meus sentimentos – disse ele baixinho. – Por outro lado, esse não foi o motivo para esta confissão. Só queria explicar por que minha irmã se comportou daquela forma. Infelizmente acabei entrando no jogo durante algum tempo por causa dela, e isso foi rude de minha parte. Mas naquela época eu acreditava que não deveria criar esperanças, e sim ver você como uma colega correta e competente.

Tilly estava maravilhada com aquela confissão, assim como perplexa. Será que ela deveria se vingar e pagar na mesma moeda? Aqui, neste café barulhento? Não, aquilo seria muito inapropriado. Não havia dúvidas, estava apaixonada. Mesmo agora que sabia mais sobre ele, ou então justamente por causa disso. Ao mesmo tempo, tornara-se cautelosa. Ele era uma pessoa impetuosa e adorável, um médico incrível e um homem charmoso. Ela acreditara nele quando dissera que se apaixonara perdidamente por ela, mas o que aconteceria se ele se interessasse por outra mulher alguns anos depois? E ainda tinha aquela dependência da irmã, que não lhe agradava em nada. Por outro lado, não queria que ele achasse que era indiferente para ela. Nesse caso, talvez o perdesse, e ela não queria que isso acontecesse de jeito nenhum. Não, ela não suportaria.

– Você foi muito honesto comigo, Dr. Kortner – disse ela com hesitação e escolhendo cada palavra com cuidado. – Por isso também quero lhe dizer a verdade. Desde o início senti uma simpatia por você...

Ele sorriu, resignado. Simpatia era muito pouco para ele, o que ficou claro em seu sorriso decepcionado.

– Muita simpatia. Na verdade: mais que simpatia... Por favor, não me entenda mal. Estou em uma situação difícil, em breve estarei divorciada após seis anos de casamento e, por isso, preciso ser muito cautelosa.

Era como se Jonathan tivesse desabrochado naquele momento. Ele sorria calorosamente para ela, queria pegar sua mão e só não o fez por causa dos muitos espectadores à sua volta.

– Entendo completamente, então não me iludi nem me enganei em meus sentimentos... Você sabe quanto me deixou feliz?

Tilly sabia muito bem, porque ela própria sentira a mesma felicidade pouco antes. Agora bastava encontrar um caminho em comum.

– Mesmo que nossas trajetórias profissionais sigam caminhos separados, não devemos nos perder de vista. Acho que aqui e acolá teremos a oportunidade de termos encontros... amistosos. Você acha que podemos permanecer assim?

Ele esperara mais, o que ela via nitidamente em seu olhar desolado.

– Seguirei você cem por cento, querida Tilly – disse ele com uma voz suave –, e considere-me seu humilde servo.

Enquanto ele ajudava Tilly a vestir o casaco, pegou sua mão e segurou-a com força. Ela não conseguiu resistir e esperou, com o coração batendo acelerado, para ver o que ele faria. Ele puxou sua mão lentamente até seus lábios e beijou-a. Foi como um choque elétrico, uma corrente ardente que a perpassou com aquele toque inofensivo, fazendo-a estremecer até os ossos. Tilly subitamente compreendeu que estava entregue. Não havia meio-termo quando o assunto era amor. Era tudo ou nada. Bem ou mal. Vida ou morte.

Kitty! Meu Deus, ela precisava falar com Kitty nesse minuto!

39

— Você precisa se deitar, Paul – disse Marie em tom reprovador. – Assim que estivermos em casa, precisará descansar, foi o que o médico disse.

Paul estava sentado ao seu lado no banco traseiro do carro. Usava o terno que ela trouxera para ele e recusara-se a vestir um casaco. O sol brilhava e flores coloridas desabrochavam nos canteiros em toda parte, a primavera se aproximava a passos largos: por que devia caminhar por aí como se estivesse em pleno inverno, principalmente quando estava sentado em uma limusine fechada?

— Meu amor – replicou ele, sorrindo –, primeiro vamos à fábrica. Quero ver como andam as máquinas.

— Por favor, Paul! Deixe para fazer isso hoje à tarde. Não pode sobrecarregar seu coração de jeito nenhum.

Ele colocou o braço em torno dela e puxou-a para perto.

— O médico disse que palpitações prazerosas estão liberadas – sussurrou ele em seu ouvido. – Iremos experimentar isso hoje à noite, não é, querida?

Marie ficou vermelha com a possibilidade de Humbert ter ouvido as palavras sussurradas.

— Você sempre foi e continua sendo uma pessoa insensata – afirmou ela, repreendendo-o e balançando a cabeça. – A recomendação é de repouso absoluto nas próximas semanas, meu amor. E seguirei isso à risca.

Ele sorriu daquela forma travessa que ela amava.

— Cuidado, minha querida. O médico também disse que não posso ficar com raiva nem sentir grandes emoções… Humbert, siga reto e depois vire à esquerda! Agora sim.

Marie suspirou. Se não cuidasse bem dele, ele voltaria a mergulhar no trabalho, e o próximo colapso não tardaria a acontecer. O médico lhe recomendara tirar umas férias no Báltico para convalescer, ficar em um hotelzinho, com boa comida, caminhadas diárias na beira do mar e a companhia amorosa de sua esposa. Um belo sonho. Mas, naquele momento, como cabia tomar decisões difíceis e já que o destino da família estava em jogo, uma viagem de férias não era uma opção.

O velho porteiro Sr. Gruber estava no portão da fábrica, balançou seu gorro e sorriu com satisfação.

– Senhor diretor, que alegria recebê-lo de volta! Estou tão feliz que poderia subir nas árvores como se ainda fosse jovem.

E abriu o portão com tanta pressa que quase tropeçou.

– Meu querido Sr. Gruber – disse Paul, emocionado. – Você sabe muito bem: vaso ruim não quebra!

– E a senhorita sua filha tão competente – comentou o Sr. Gruber. – Nossa, mas que coisa! Dez homens não conseguiram ligar a máquina, e aí a menina vem no meio da noite e coloca a danada para funcionar. É uma menina muito inteligente, senhor diretor. Herdou isso de seu avô, o Sr. Burkard. No assunto máquinas, ele era um gênio.

É claro que Marie lhe contara sobre a missão noturna dos gêmeos, e seu marido a princípio acreditara que seu filho Leo tivera realizado aquela proeza.

– Não, Paul – contradissera ela. – Foi nossa Dodo. Ela surrupiou os projetos de meu pai que eu já tinha separado e analisou-os minuciosamente. Por fim, incitou Leo a acompanhá-la, e os dois invadiram o setor de fiação à noite, no meio da neblina. Dodo realmente conseguiu identificar o problema que havia nas máquinas de fiação por anéis e ligá-las. Portanto, se vamos conseguir entregar os produtos dentro do prazo, o mérito é todo de nossa filha e seu talento técnico. E quando eu penso em como a repreendi terrivelmente e até mesmo ameacei colocá-la de castigo em casa...!

Ah, ela não confiara em sua filha. Mesmo tendo consciência das habilidades de Dodo. Desde o início seu dom para a tecnologia e as ciências fora nítido. Infelizmente a paixão exagerada pela aviação a levara a enxergar sua filha como uma sonhadora fora da realidade. Desde então tivera que refletir sobre o assunto. Se Dodo quisesse mesmo fazer aulas de voo em alguns anos, ela dificilmente poderia se contrapor àquele desejo. Apesar da enorme apreensão de Marie, pois a aviação era uma paixão perigosa que já tirara a vida de muitos.

Por ora, a obra-prima da filha fora a recuperação das máquinas de fiação por anéis, e era aquilo que seu pai queria ver primeiro. Várias operárias estavam ocupadas retirando os carretéis cheios, encaixando peças internas novas ou prendendo de novo os fios arrancados às pressas. Os recipientes com os fios prontos eram levados para a tinturaria. O Sr. Mittermaier estava sentado em uma cadeira, conferindo o trabalho enquanto comia um pão com manteiga e bebia uma cerveja. Dodo se sentara ao seu lado em uma caixa de madeira e segurava uma lata de biscoitos no colo, pois a Sra. Brunnenmayer não pudera deixar de fazer os biscoitos favoritos da "menina talentosa".

– Papai! – berrou Dodo quando viu os pais entrarem no galpão.

A lata de biscoitos tombou quando a menina se jogou nos braços do pai e começou a falar com ele, empolgada.

– Está vendo como ela está funcionando direitinho, papai? Foi muito simples. Logo imaginei que era porque tinham desmontado e limpado tudo. Aí peguei os projetos emprestados e...

– Eu sei, meu amor – disse Paul com delicadeza. – Eu sei. A mamãe me contou. É mesmo extraordinário. Todos nós subestimamos você, minha filhinha inteligente.

Com um sorriso de felicidade, Marie viu Dodo absorver as palavras de seu pai. Ela não parou de falar um segundo sequer, puxou o pai com ela, caminhou em volta das máquinas e explicou exatamente como funcionavam.

– O fio original entra no carretel grosso e é girado lá antes de chegar ao carretel pequeno. Os grandes giram mais devagar, e os pequenos, mais rápido, e quando não há uma sintonia perfeita entre eles, os fios rasgam sem parar...

Paul, que evidentemente conhecia a função da máquina, escutava com paciência, trocava olhares brincalhões e de apreço com o Sr. Mittermaier e perguntou quantos rolos de linha já havia na tinturaria. Constataram que já haviam produzido aproximadamente um quinto da quantidade do pedido. O tempo estava apertado, mas, se tudo continuasse funcionando sem intercorrências, conseguiriam entregar no prazo.

Marie tinha esperança de que Paul se desse por satisfeito e que eles fossem para a Vila dos Tecidos para ele se deitar por uma horinha. Ela não poderia estar mais errada. Fizeram uma inspeção na tinturaria, onde muitos operários estavam trabalhando, depois foram até a sala de embalagem para verificar se havia matéria-prima suficiente à disposição. Finalmente, ele não se deixou dissuadir de subir as escadas do prédio administrativo para cumprimentar o contador, o Sr. Stollhammer, que ficou feliz como uma criança em dia de Natal. E, como não podia ser diferente, subiu mais uma escada para ver se estava tudo em ordem no escritório e para desejar um bom dia à secretária que estivesse presente. Isso tudo apesar de ter sido liberado para subir escadas, sim, mas em um ritmo lento e com pausas para descanso.

Naquele dia, que era sábado de Páscoa, as duas secretárias estavam presentes. Tinham vindo justamente porque a notícia de que o senhor diretor teria alta da clínica chegara até seus ouvidos. A Srta. Lüders e a Srta. Hoffmann trouxeram suco e biscoitos caseiros para celebrar o grande acontecimento de maneira apropriada. Não serviram café em consideração ao coração fragilizado do chefe.

– Que enorme alegria, senhor diretor! Estamos tão contentes de ter o senhor novamente entre nós... Podemos oferecer-lhe um copinho de suco fresco e os biscoitos de mel de que sua filha tanto gosta?

Sebastian estava sentado à escrivaninha no escritório de Paul, organizando as correspondências. Levantou-se rapidamente para lhe dar o lugar.

– Querido Paul, fiz tudo que estava ao meu alcance para manter as coisas funcionando por aqui – disse ele, bastante ocupado. – Entraram duas encomendas menores. Já pagamos os salários, mas os subsídios não, a situação está complicada demais para isso. As pessoas estão gratas por ainda terem pelo menos um trabalho, e temos que garantir que isso continue assim. Parece que o grupo Nordwolle está agitado, mas todo dia tem um boato novo, e se formos acreditar em todos...

Ele calou-se, porque Marie lhe dirigiu um olhar de advertência pelas costas de Paul. Os boatos sobre o grupo Nordwolle, a empresa de preparação e fiação de fibras do tipo lã penteada do norte da Alemanha, não eram novos, mas ele realmente não precisava incomodar o cunhado com aquilo naquele dia.

– Duas encomendas? – disse Paul alegremente. – Maravilha. Melhor do que nada. Agradeço-lhe de coração, Sebastian. E ficaria muito feliz se você também pudesse me amparar nas próximas semanas.

Era uma trégua, que Sebastian aceitou com grande entusiasmo. Os dois trocaram um aperto de mãos. Paul deixara suas reservas de lado, e Sebastian parecia ter, por ora, adiado a luta incondicional contra o capitalismo pelo bem-estar dos trabalhadores. Sem fábrica não tinha trabalho. Até mesmo um comunista de carteirinha tinha que respeitar aquele argumento simples.

– Paul, agora chegou a hora mesmo – falou Marie, insistindo. – Vamos para casa. A mamãe e Lisa estão nos esperando.

Ela não mencionou a palavra descansar, porque reconhecera que seu marido não queria ser tratado como doente. Era mais inteligente agir de forma diplomática.

– Como sempre, você tem razão, meu amor.

Quando eles viraram na alameda, o canteiro colorido em frente à Vila dos Tecidos brilhava: as tulipas e os narcisos haviam florescido, com amores-perfeitos amarelos e lilases entre eles e jacintos brancos e rosas no meio.

– Que lindo – disse Paul baixinho para Marie. – Você sabia que só agora aprendi a apreciar este tipo de coisa? Antes eu passava por elas sem sequer vê-las.

Hanna, parada na escada para manter a porta de entrada aberta para eles, sorriu com ar conspiratório e chegou para o lado para revelar a visão do átrio. Os funcionários haviam envolvido às pressas o corrimão da escada principal com uma guirlanda de abeto, que fora decorada com flores de papel brancas e vermelhas. No topo da escada, Johann, Hanno e Kurti estavam agachados para observar o acontecimento, mas Hanno se interessava mais pelas flores de papel do que pelas pessoas lá embaixo.

– Querido patrão – disse Humbert um pouco envergonhado. – Queríamos oferecer ao senhor uma pequena saudação de boas-vindas para que o senhor soubesse como sentimos sua falta. Todos nós daremos nosso melhor para que o senhor fique bem...

Não se pôde ouvir o resto da frase, porque Kurti descera a escada correndo para abraçar seu pai, e Paul levantou o menino no alto, para o pavor de Marie. Afinal de contas, esforços físicos haviam sido estritamente proibidos pelos médicos.

– Agradeço de coração por essa recepção maravilhosa e inesperada – disse Paul, colocando Kurti de volta no chão. – É uma sensação ótima estar de volta em casa na Vila dos Tecidos.

Contudo, Marie estava extremamente preocupada, porque Paul estava pálido e trêmulo. Os esforços daquele dia haviam sido demais para ele.

Ainda deixou-o cumprimentar Alicia e Lisa, mas depois explicou que Paul precisava descansar e acompanhou-o até o quarto.

– Só por uma horinha, Marie – disse ele, caindo na cama de roupa e tudo. – Acorde-me para o almoço, ok?

Ele adormecera imediatamente, e Marie saiu do quarto em silêncio. Bateu à porta de Leo, que estava na companhia de Walter para tocar com o amigo durante a manhã. Os dois meninos estavam sentados sobre uma pilha de partituras e olharam para Marie como se fossem dois conspiradores.

– Não quero atrapalhar vocês – disse ela com um sorriso. – Só lhes peço, por favor, que não façam barulho, o papai acabou de se deitar.

– É claro, mamãe, já estávamos pensando nisso. Quando podemos tocar novamente?

– Quando ele tiver acordado, Leo. Que partituras são essas com vocês?

– Hum, nós copiamos de partituras da biblioteca que não pudemos pegar emprestadas.

– Então vocês estão bastante ocupados – disse Marie, aliviada.

Paul estava dormindo profundamente quando o sino do almoço soou lá embaixo, e Marie decidiu deixá-lo dormir mais.

– O que diremos para a mamãe? – perguntou Lisa quando Marie lhe deu a notícia. – Ela ficará preocupada. Até agora acha que Paul esteve na clínica para um exame de rotina e que está perfeitamente saudável.

– Diremos a ela que o médico mandou que ele dormisse – afirmou Marie.

– Ela não gostará nada disso!

Mas Alicia estava de novo com enxaqueca naquele dia. Aparecera rapidamente para tomar um pouco de sopa, ficou sentada à mesa com uma expressão de sofrimento, sem fazer nenhuma pergunta, e voltou para seu quarto antes da sobremesa.

– Chegou um telegrama, senhora – disse Humbert, entregando o papel para Alicia quando ela estava saindo da sala de jantar.

– Agora não, Humbert. Coloque em cima da cômoda, por favor – murmurou ela. – Lerei mais tarde.

Já era de tarde quando Paul acordou. Marie se sentara ao seu lado na cama para ficar perto dele e teve que ouvir suas reclamações.

– Por que não me acordou?

– Você precisava dormir.

Ele respirou profundamente e sentou-se na cama.

– Não adianta, Marie. É este estado de limbo que está pesando sobre meu peito como uma bigorna. Não dá para continuar assim. Sou recebido com carinho por nossos empregados enquanto cogito colocar a Vila dos Tecidos à venda. Isso não está certo.

– Então o futuro de nossa casa e de nossa família precisa ser decidido de uma vez por todas – declarou ela. – Amanhã convocaremos todos os envolvidos e discutiremos tudo mais uma vez.

– Não – disse ele, pegando sua mão. – Tem que ser hoje. É o que quero, Marie.

Ela não gostava nada daquilo. Sugeriu que pensassem sobre o assunto por mais uma noite. Ele precisava juntar forças e não podia sobrecarregar o coração tanto assim de uma só vez. Mas ele estava determinado e não se deixou dissuadir.

– Chamaremos Lisa e Sebastian também – disse ele. – Kitty e Robert serão menos afetados, não sofrerão grandes mudanças se a casa acabar sendo vendida. Infelizmente precisaremos ser francos com a mamãe.

– Ela está com enxaqueca, Paul.

Ele suspirou e levantou-se da cama para trocar de roupa.

– Então só Lisa e Sebastian. Mande Hanna pedir que venham até a sala de jantar.

Meia hora depois estavam sentados juntos. Sebastian estava muito ansioso e prometeu que trabalharia durante todo o feriado de Páscoa para que eles entregassem tudo a tempo. Marie estava menos esperançosa, ela sabia que aquela encomenda grande só poderia salvar a fábrica por mais alguns meses; os dois pedidos seguintes eram pequenos e dariam mais trabalho do que lucro. Só quando a união aduaneira com a Áustria fosse celebrada é que haveria uma revitalização do comércio e algum motivo para ter esperança. Infelizmente as negociações se arrastavam e o acordo ainda não fora assinado.

O empréstimo que comprometia a Vila dos Tecidos e que o banco exigia de volta era uma ameaça à parte. Naquele caso, era necessário agir antes que a instituição de crédito colocasse suas mãos no imóvel, senão seria tarde demais.

– Como há muitas casas e muitos terrenos à venda no momento – explicou Paul –, os preços estão no chão. Nosso pai gastou mais de um milhão de marcos para construir a Vila dos Tecidos naquela época, e o preço de mercado atual, por sua vez, não passa de cem mil marcos e cai a cada dia que passa.

– Não podemos desperdiçar a Vila dos Tecidos por uns trocados de jeito nenhum! – exclamou Lisa, horrorizada. – Nosso pai se reviraria no túmulo se deixarmos isso acontecer. Em caso de urgência, venderemos o parque – sugeriu ela. – Assim teremos pelo menos um teto sobre nossa cabeça.

Marie argumentou que aquela receita praticamente só seria suficiente para pagar o empréstimo e que não restaria nenhuma reserva. A fábrica não estava mais dando lucro, eles não poderiam mais pagar os funcionários e provavelmente teriam que fazer mais dívidas.

– Além disso, continua havendo só uma pessoa disposta a adquirir o parque sem a Vila – comentou Paul.

– Deixe-me adivinhar – disse Lisa. – Você não quer dizer...

– O diligente e honorável advogado Sr. Grünling!

– Que o diabo o carregue para o inferno! Prefiro sair do país a deixar Serafina construir um palácio em nosso terreno justamente ao lado da Vila dos Tecidos.

A discussão girava em círculos, mas Marie sabia que, no final das contas, só havia uma decisão sustentável. Eles teriam que sacrificar a Vila dos Tecidos e uma pequena parte do parque para pelo menos salvar a maior parte do terreno e não se afundar financeiramente. Se a situação melhorasse em algum momento, mais tarde poderiam construir uma nova casa na parte do terreno que lhes restasse.

– E se vendermos todos os móveis e demais objetos de valor que temos? – choramingou Lisa, sem conseguir se conformar com aquele pensamento. – Seria suficiente?

– Não, porque...

Paul fora interrompido por Humbert, que abrira a porta para Alicia.

– Por que não me disseram que a família está tomando café? – reclamou ela. – Por acaso não faço parte dela? E cadê as crianças?

Ela direcionou seus olhares indignados para Paul, mas, antes que ele pudesse responder, Marie interveio.

– Por favor, sente-se com a gente, mamãe. Precisamos conversar sobre um assunto muito sério. Está melhor da enxaqueca?

– Minha enxaqueca está maravilhosa. Não tem café?

– Mais tarde, mamãe – objetou Paul. – Acho que depois todos nós precisaremos de uma xícara.

– Preciso de uma imediatamente – insistiu sua mãe, irritada. – Humbert, por favor, traga café, chá e biscoitos. E agora adoraria saber o que está acontecendo. Afinal de contas, não estou tão caduca assim a ponto de não perceber que vocês não param de trocar segredinhos.

Lisa e Marie trocaram olhares constrangidos, Sebastian tentou dizer algo, mas calou-se, pois Paul tomara a palavra.

– Mamãe do meu coração. Sinto muitíssimo ter que lhe descrever nossa situação desagradável sem rodeios. Mas, considerando a situação atual, preciso fazê-lo...

Alicia portou-se de maneira exemplar. Marie observou, com imensa admiração, como a senhora acompanhava as explicações de Paul sem interrompê-lo. Dava para ver que ela entendera o conteúdo e a gravidade da situação, pois volta e meia fechava os olhos, e suas mãos, que mantinha uma sobre a outra em cima da mesa, tremiam de leve.

– Infelizmente passaremos por alguns inconvenientes, mamãe, mas você poderá levar todos os móveis que são importantes para você. Estaremos perto do ambiente da cidade na Karolinenstraße, você poderá ir ao teatro, acompanhar a feira ou caminhar com as crianças pelo centro da cidade.

Aquelas palavras fizeram a senhora se manifestar. Bateu com a palma da mão na mesa e olhou para o filho com revolta.

– Chega! Por favor, não se esqueça, Paul, de que tenho direito vitalício de moradia nesta casa. Meu querido Johann estabeleceu isso em seu testamento naquela época. A meu pedido. Qual é o valor deste empréstimo que aqueles abutres estão exigindo que paguemos de volta de uma vez?

– Um pouco mais de oitenta mil marcos – admitiu Paul.

– Isso é uma piada! Na época da construção, a Vila dos Tecidos custou mais que dez vezes este valor! – exclamou Alicia. – Proíbo-lhe expressamente de vender esta casa, o legado de seu pai, desta maneira!

Marie viu Paul se reclinar na cadeira, exausto. Eles precisariam explicar para Alicia que o valor da casa caíra consideravelmente com o passar do tempo, o que geraria mais um abalo emocional nela. Infelizmente isso não tinha como ser evitado. Ela apoiou a mão no braço de Paul com cuidado para sugerir que falaria dali em diante.

Naquele momento, Alicia tomou a palavra novamente.

– Se for para eliminar este empréstimo ridículo, sacrifico meus brilhantes – disse com a cabeça erguida e um brilho no olhar.

Paul sorriu, atormentado.

– Isso é muito generoso de sua parte, mamãe. Contudo, nem a venda de suas joias alcançará uma quantia assim.

– Você não sabe do que está falando – disse Alicia para ele em tom de sermão. – Não estou falando de minhas joias que uso de vez em quando, mas dos brilhantes que seu pai me deu de presente de casamento. São valiosos demais, por isso nunca mais os usei desde então. Johann considerou a gargantilha um investimento, são pedras da mais alta pureza, as maiores têm de três a cinco quilates.

– Você nunca nos contou nada disso, mamãe! – exclamou Lisa, surpresa. – Você sabia desses brilhantes, Paul?

Seu irmão tivera conhecimento de que sua mãe mantivera as joias de seu casamento em sua posse após a morte de seu pai, mas nunca as vira.

– Seu pai sempre guardou os brilhantes em um cofre no banco. Mas, ao contrário dele, nunca confiei nos bancos e trouxe-os para cá após sua morte. Pensei em deixar a gargantilha para uma de minhas filhas, mas Kitty nunca a usaria, assim como eu, e ela não cairia bem em Lisa.

Lisa arregalou os olhos.

– O que quer dizer com isso, que não cairia bem em mim? – perguntou ela timidamente.

– Como você é muito rechonchuda, pareceria estar sendo enforcada – explicou a mãe sem piedade alguma. – Por isso, coloco a gargantilha à disposição para manter esta casa, que abriga nossa família.

Fez-se silêncio. Paul olhou para Marie, inseguro. Era uma oferta generosa. Para julgar a situação com precisão, seria preciso primeiro solicitar a um profissional que avaliasse o valor da joia. Havia a possibilidade de Alicia estar sendo otimista demais.

– E onde é que você está guardando esse objeto tão valioso? – perguntou Paul.

Alicia olhou à sua volta na sala de jantar, como se buscasse algum penetra escondido atrás do bufê ou da cristaleira.

– Em um nicho do lado de minha cama – sussurrou ela. – Se quiser, posso levar a gargantilha amanhã até o joalheiro na Steingasse e perguntar quanto vale.

Paul rejeitou a sugestão.

– Você não deve fazer isso de jeito nenhum, principalmente desacompanhada, mamãe. Acho que Marie e eu podemos ir junto...

Humbert bateu à porta e abriu uma fresta, interrompendo a conversa.

– Perdoe-me, patrão. Tem duas pessoas lá embaixo solicitando uma conversa com o senhor.

– Mais tarde, Humbert – respondeu Paul, levemente irritado. – Não queremos ser incomodados agora.

– Não vai demorar muito, patrão – disse a Sra. Brunnenmayer, que estava esperando no corredor. – E me parece algo muito importante. Para todos nós.

Todos olharam uns para os outros com perplexidade. Geralmente a cozinheira só deixava a cozinha uma vez por semana para repassar o cardápio com Lisa. E Else, que estava parada ao seu lado e sorria, constrangida, nunca em sua vida ousara aventurar-se na sala de jantar dos patrões em causa própria.

Marie teve um vislumbre do que seria dito, pois conhecia a Sra. Brunnenmayer, que tinha uma alma leal e era uma pessoa decidida.

– Podem entrar, por favor – disse ela. – E podem sentar-se.

Nem a Sra. Brunnenmayer nem Else aceitaram se sentar. Imagine, sentar-se junto aos patrões em seus cômodos elegantes! Nenhuma das duas julgava aquilo adequado.

– É o seguinte – disse a Sra. Brunnenmayer, que tirara seu avental branco e estava em pé diante deles com um vestido azul-escuro florido, o que era bastante inusitado. – Else e eu nunca gastamos muito dinheiro. Sempre tivemos tudo de que precisamos na Vila dos Tecidos. Então economizamos. Else tem 15 mil marcos alemães, e eu tenho 20 mil. Queremos emprestar esse dinheiro para vocês, para que não precisem vender a Vila dos Tecidos.

Muito emocionado, Paul rejeitou a proposta.

– Não posso aceitar isso, são as economias de uma vida inteira. E nem mesmo sei se poderei lhes devolver essa quantia um dia.

Alicia não disse nada, mas Marie sabia que ela também estava emocionada. Ao mesmo tempo, a senhora achava uma impertinência pegar uma quantia daquelas emprestada das empregadas. Sebastian, por sua vez, gostaria de ter se levantado para apertar a mão das duas mulheres. Lisa olhou para seu irmão, franzindo a testa.

– Por que não, Paul? Isso ajudaria todos nós, não é mesmo? O dinheiro da senhora está no banco, Sra. Brunnenmayer? Seja como for, agora lá também não é um local seguro.

– É o que a senhora pensa, patroa! – exclamou a Sra. Brunnenmayer, rindo. – Não confio nos bancos. Meu dinheiro está lá em cima em meu quarto em um bom esconderijo. Assim como o dinheiro de Else.

Foi uma cena comovente. Marie precisou rir baixinho, Paul estava completamente atônito e não sabia o que dizer.

– Por favor, aceite o dinheiro, senhor – disse então Else acanhada. – Quando eu estava doente, o senhor me carregou até o hospital em seus braços e salvou minha vida. Nunca me esqueci disso. A Vila dos Tecidos é minha casa. Vivo aqui há mais de quarenta anos e quero dar meu último suspiro aqui um dia. E Fanny deseja o mesmo.

– Contanto que não seja tão cedo – disse a cozinheira. – Ainda desejo ter alguns belos anos pela frente e não quero servir estranhos que nunca vi na vida.

– Então talvez precisemos negociar de novo – disse Paul, conseguindo recuperar as palavras. – Ainda assim peço a vocês duas que reflitam mais uma vez muito bem se realmente querem colocar este dinheiro...

– Não tem nada para refletir – respondeu a cozinheira bruscamente. – Já dissemos o que tínhamos para dizer. E agora preciso voltar para a cozinha, senão o fogo vai apagar.

Elas fecharam a porta, e a família ficou sozinha outra vez. De início ficaram em silêncio, depois Alicia afirmou que pegar dinheiro emprestado dos empregados era injustificável. Lisa discordava, Sebastian elogiou a bondade e a abnegação das duas empregadas e não se esqueceu de acrescentar que elas eram pessoas simples que, ao contrário de muitos exploradores capitalistas, tinham coração.

Marie percebeu que Paul estava fazendo cálculos na cabeça e pensando em formalidades jurídicas, considerando e descartando cenários. Inesperadamente, novos caminhos haviam surgido para sair daquela crise: se eles conseguiriam fazê-lo, isso ainda não sabiam.

– Sugiro adiar a decisão – manifestou-se Sebastian. – Mediante essas circunstâncias, seria precipitado vender a Vila dos Tecidos. Estou certo?

– Com certeza – afirmou Alicia, determinada.

Lisa a apoiou e assentiu diligentemente.

– O que você acha, meu amor? – perguntou Paul.

– Estou profundamente emocionada – disse Marie. – Nos esquecemos do quão maravilhosa é essa grande comunidade que vive junta na Vila dos Tecidos. De fato, quando nos vemos em dificuldade é que vemos quem se importa conosco de verdade.

– Vamos esperar – disse Paul, que não estava de todo convencido. – E agora preciso de um café. Humbert, você se esqueceu de nós?

O criado entrou com a bandeja e distribuiu as xícaras. Marie tentou, em vão, evitar que Paul bebesse café, mas ele era um paciente desobediente.

– Só uma xicarazinha, não estou pedindo mais nada, Marie.

Alicia tomou o primeiro gole com prazer e olhou para a cômoda por acaso.

– Mas o que é que tem ali? Ah, sim, estou me lembrando. Aquilo chegou hoje cedo para mim, por favor, dê-me aqui, Marie... É de Elvira. Meu Deus, tomara que não seja mais uma notícia ruim.

Ela segurou o telegrama bem longe dos olhos, pois conseguia ler mais facilmente daquela forma.

– Elvira está vindo nos visitar. Ela escreveu: *chegarei na quarta-feira com Liesel e cinco cavalos Trakehner*.

– Você deve ter lido errado, mamãe – comentou Lisa. – Com certeza está escrito "cinco malas grandes". Para seus pertences ou outra coisa qualquer.

Alicia arrastou o telegrama para a filha por cima da mesa e pegou um pedacinho do bolo com frutas cristalizadas.

– Leia você mesma se está achando que estou com a vista ruim.

Lisa analisou o texto com a testa franzida, depois colocou o papel ao lado de seu prato.

– Realmente está escrito cinco Trakehner. A tia Elvira deve ter ficado maluca.

40

O sofrimento que ela carregava no coração ficaria lá para sempre. Não havia ninguém para quem pudesse contar sobre aquela dor, pertencia somente a ela. Para o resto da vida. Liesel estava sentada no veículo sacolejante e, com os olhos cegos de tantas lágrimas, olhava para a paisagem de primavera que desabrochava. Olhava para os campos enormes e verdes nos quais floresciam ilhas de dentes-de-leão amarelos, para as silhuetas confusas das florestas escuras no horizonte, para o brilho irresistível de um riacho fugaz à luz do sol.

– Não está feliz por estar voltando para casa? – perguntou Leschik, virando-se para trás em sua direção. – Sua mãe e seus irmãos estão lá, afinal.

– Sim, sim – respondeu Liesel prontamente. – Estou feliz.

Suas palavras não soaram muito convincentes, e o cavalariço, sem saber o que fazer, virou-se para a frente outra vez para impulsionar a égua idosa. Ele decidira permanecer na propriedade Maydorn, mas a partida de sua mestra pesava grandemente sobre ele. Do lado de Liesel, havia caixas, malas e trouxas empilhadas, bem como sua mala de viagem, desta vez cheia de roupas íntimas e outros trajes, meias de seda e sapatos. Em uma bolsinha de couro estava o lindo anel que a Sra. Von Maydorn lhe dera de presente, embrulhado com todo o cuidado em algodão. O casaco de pele da Sra. Brunnenmayer, que lhe fora vital em seus primeiros e terríveis meses, estava enrolado em uma das malas. Ela já não precisava mais daquele casaco quente naquele momento. Os ventos da primavera roçavam suavemente pelo solo, coelhinhos pulavam pelos campos, garças brancas e acinzentadas podiam ser vistas imóveis como varas em lagos e aves de rapina revoavam no céu em círculos.

A Sra. Von Maydorn cavalgava na frente do veículo. Ela enviara o garanhão para ficar uns dias com as éguas nos campos para se divertir e se acalmar, de forma que ela tivesse coragem de cavalgar nele até Colberga.

Suas costas não estavam nem perto de indolores, mas tinham melhorado significativamente. Afinal de contas, quem tinha passado quase cinquenta anos em cima da sela não sucumbiria nos últimos metros da viagem.

– Aquela camponesa tentou se livrar de mim – resmungou ela. – Mas os céus tinham outros planos e colocaram minha coluna de volta no lugar. Deus é justo!

Duas éguas jovens acompanhavam a carruagem com seus potros. A proprietária de terras escolhera aqueles animais a dedo, e sua maior preocupação fora ter que deixar o resto da manada por ora em Maydorn. Enquanto a esposa do Sr. Von Hagemann ainda estivesse na propriedade ou em suas proximidades, ela temia que houvesse mais um ataque terrível que causasse grandes danos a seus cavalos ou até mesmo lhes tirasse a vida.

– Ela deve tentar, e ele provavelmente a impedirá de fazê-lo – comentou a velha senhora da casa. – Com certeza ficará furioso com ela, talvez isso sirva de lição para o Sr. Von Hagemann.

A Sra. Von Maydorn falara com seu advogado, que estava encarregado de organizar sua herança. Enquanto Liesel ligava da agência dos correios de Colberga para Augsburgo a fim de informar ao desolado Christian que não o esquecera, Elvira tivera uma longa e séria conversa com o jurista, que lhe esclarecera sobre seus direitos.

– Meu espólio vai ficar com o Sr. Von Hagemann – explicou ela para Liesel na viagem de volta. – Não há como voltar atrás nesse termo, foi o que estabeleci quando Lisa se divorciou e eu ainda era uma jovem tola. Mas o que deixarei e quanto deixarei, isso só cabe a mim decidir. A propriedade está nas mãos dos Maydorns há mais de duzentos anos, sendo que meu amado Rudolf foi o último herdeiro homem. Alicia não quis ficar com a propriedade, e Lisa, a herdeira seguinte, cedeu-a para o Sr. Von Hagemann quando se divorciou. Por acaso alguém me perguntou se eu me importava? Ninguém. Lisa tirou a propriedade de mim pelas minhas costas e deu-a para seu ex-amante. E ele se juntou com uma mulherzinha horrorosa daquela que inclusive quer me matar. Mas eles vão conhecer meu verdadeiro eu. Àquele bando de traidores só restarão choro e sofrimento!

Ainda que Liesel estivesse familiarizada com os ataques de raiva de sua mãe, aquilo não era nada comparado à fúria descontrolada que acometera a senhora da casa, que se sentia traída desde o atentado ao estábulo, pois aquilo só podia ter sido um atentado. A prova disso era o fato de que alguém afrouxara a tranca da baia do garanhão Gêngis Khan. Todas as baias haviam sido verificadas na noite anterior e estavam em perfeito estado. Leschik, que amava os Trakehner como se fossem seus filhos, garantira isso. Eles nunca descobririam quem entrara sorrateiramente no estábulo antes do amanhecer. Provavelmente fora uma das pessoas que logo em seguida jogara aquelas pedras enormes nas janelas do estábulo.

– Imagine só, menina – comentou a Sra. Von Maydorn –, se uma das lâmpadas de querosene tivesse caído do suporte naquele tumulto? Ela teria colocado fogo no estábulo com tudo que havia lá dentro, e lamentavelmente nós teríamos sido queimados junto com os cavalos. O fogo poderia ter se alastrado até mesmo para os outros estábulos e a casa dos empregados. A situação poderia ter sido muito pior!

Quando retornara de Colberga para a fazenda naquela tarde, a Sra. Von Maydorn tomara a firme decisão de vender a propriedade. O Sr. Von Hagemann podia até continuar tendo direito ao dinheiro da venda, mas a senhora encontrara uma solução para isso.

– Gastarei o dinheiro, menina. Em Augsburgo, junto à minha cunhada Alicia, a única de minha geração que ainda não se foi. Alugarei um bom campo e um estábulo para meus cavalos. E me darei o luxo de fazer algo para mim. Torrarei o dinheiro sem piedade até não restar mais nada. Ele não herdará um centavo sequer de mim.

Em seguida, encontrara um corretor, que aparecera de carro na propriedade alguns dias depois para examinar tudo minuciosamente e fazer suas anotações. É claro que aquele homem baixinho e ocupado que vestia um terno escuro e usava chapéu chamou a atenção do administrador, o Sr. Von Hagemann. Exasperado, confrontara o estranho e assim ficara sabendo dos planos da senhora da casa. Aquilo devia ter sido um duro golpe para ele. Através da janela, escondida atrás da cortina, Liesel vira seu pai ficar imóvel e encarar o corretor, que não parava de falar, como se estivesse vendo um fantasma. Ele gritara algo que Liesel não entendera, levantara o chicote e partira para cima do corretor, que recuara apressadamente. Esbravejando, ele correu até seu carro, enxotou duas galinhas intrusas do assento e saiu voando dali.

– Não há nada que você possa fazer, Klaus von Hagemann! – gritara a Sra. Von Maydorn, que estivera de pé ao lado da janela do quarto que dava para o quintal. – Pode espantar um que virão mais três! – esbravejou ela, furiosa. – Vamos ver quem é que manda aqui!

Logo depois ela ouviu o pai subindo as escadas a passos pesados. Ele bateu à porta com insistência, depois entrou no quarto vestido com o casaco de couro e com as botas sujas do esterco de porco que as criadas do estábulo haviam derrubado no chão.

– O que significa isso? – berrou ele. – O que esse corretor patético veio fazer aqui em Maydorn?

Liesel foi para trás da poltrona, assustada, mas a senhora da casa levantou-se e enfrentou-o destemidamente.

– Acho que não dei autorização para você entrar em meus aposentos – disse ela com autoridade.

O administrador bufou, enfurecido, fazendo as cicatrizes em seu rosto se sobressaírem como grossas linhas vermelhas, desfigurando-o ainda mais.

– Deixe as formalidades de lado, por favor – disse ele, esforçando-se para parecer mais calmo. – Esta propriedade foi atribuída a mim como herança, e isso está reconhecido e atestado em cartório. A senhora não pode vendê-la!

A senhora precisou levantar a cabeça levemente para poder olhar para o rosto de seu interlocutor. Então sorriu para ele com ironia.

– Uma herança só é herança quando o testador está morto. E como ainda estou viva, não há herança para você. A propriedade pertence a mim, e eu faço o que quiser com ela.

Ele a encarou, nervoso, e seu queixo começou a tremer.

– Nenhum tribunal aprovará isso, Sra. Von Maydorn. Existe um contrato registrado em cartório.

– Falei com o advogado ontem, é legítimo. Mesmo que não lhe agrade: a propriedade terá um novo dono, e, se você tiver sorte, poderá manter o cargo de administrador. Contudo, não farei recomendação alguma.

– Isso é loucura! – berrou ele, irado. – Por que está inventando que alguém cometeu um atentado contra a senhora? Que ridículo. Foi um acidente infeliz. Uns loucos jogaram pedras, e a senhora está usando isso contra mim e contra minha família!

– Cansei de ouvir você – disse a senhora de forma enérgica. – Saia de meus aposentos, Sr. Von Hagemann!

Ele queria continuar fazendo objeções, mas, quando seu olhar encontrou os olhos arregalados e assustados de sua filha, calou-se.

– Por favor, reflita mais uma vez sobre isso, Sra. Von Maydorn – replicou ele com a voz trêmula. – A senhora está prejudicando a si própria.

Ele se virou e saiu do quarto, deixando algumas sobras de esterco no chão.

– Agora a camponesa vai ter que ouvir poucas e boas – comentou a alegre Sra. Von Maydorn, sentando-se em sua poltrona com o jornal na mão.

Uma briga feroz realmente fora deflagrada naquela noite no andar de baixo. Daquela vez, a voz masculina dominara a situação, enquanto a feminina choramingava de vez em quando e depois se lamentava. Liesel tapara os ouvidos, porque não queria nem imaginar o que acontecera lá embaixo. Sua benfeitora, por sua vez, sorria com satisfação e parecia apreciar aquele concerto de vozes.

Alguns dias depois, o corretor aparecera na fazenda novamente e daquela vez trouxera dois homens corpulentos com ele, que o acompanharam em sua vistoria. Negociara com a proprietária de terras, examinara a planta do terreno e das casas e fora embora em seguida. Ele veicularia anúncios em todos os grandes jornais de Berlim, Munique e Hamburgo, segundo o que prometera. Agora era oficial.

Os dias se passaram e tudo estava muito calmo na fazenda, só as três crianças faziam barulho de vez em quando, mas sempre eram silenciadas rapidamente. O Sr. Von Hagemann estava ocupado nos campos e nos estábulos, a terra era preparada e semeada, bezerros e leitões vinham ao mundo e duas éguas haviam dado à luz. O administrador se mostrava excepcionalmente severo, recorria ao chicote prontamente e sem qualquer aviso prévio, servos e criadas baixavam a cabeça e sussurravam entre si. Corria à boca pequena que a propriedade seria vendida e que talvez outro administrador fosse contratado. Quando Liesel descia até a cozinha, as criadas agora eram simpáticas, falavam com ela e perguntavam-lhe se realmente era verdade que o administrador e sua esposa precisariam ir embora dali. Liesel dava de ombros e dizia que não sabia nada a respeito. Mas, quando saía, ouvia as mulheres sussurrando que seria uma bênção se a esposa do administrador desaparecesse.

Havia uma tensão desconfortável no ar. À noite, Liesel achava que escutava passos no corredor e os degraus da escada rangendo. Como se alguém estivesse subindo as escadas de meias. A Sra. Von Maydorn também estava preocupada, trancava a porta do quarto cuidadosamente e barricava a maçaneta com o encosto de uma cadeira.

– É só por precaução – dizia para Liesel. – Não precisa ter medo, menina. Tenho a espada de meu falecido marido do lado da cama. Ele era militar e a usava, a lâmina é lisa e afiada.

Liesel, que continuava dormindo no sofá da sala, não ficava nem um pouco tranquila com aquela garantia. Cobria-se com o casaco de pele da Sra. Brunnenmayer e esperava que não visse ninguém caso o pior acontecesse.

Mas, mesmo com as portas trancadas, a morte conseguira chegar até a propriedade: a sombra negra subira as escadas sem dar um pio e fizera seu trabalho sujo. Pela manhã, quando Liesel fora levar uma xícara de leite quente com mel para sua avó, Riccarda, encontrara a senhora sem vida deitada na cama.

– Agora não está sofrendo mais – dissera Elvira ao entrar no quarto da falecida para se despedir dela. – Riccarda não era uma pessoa ruim. Sempre me entendi bem com ela enquanto ainda estava bem de cabeça. Que Deus a tenha e lhe dê a vida eterna.

Liesel não sabia se seu pai lamentara a morte da mãe. De tarde, dois servos carregaram a falecida enrolada em um lençol para o andar de baixo e deitaram-na em um caixão de madeira trazido por uma carroça. O enterro aconteceria após a Páscoa, mas Liesel não poderia participar: até lá, decidira a Sra. Von Maydorn, elas já teriam deixado a propriedade.

Na tarde do mesmo dia elas viram a esposa do administrador, que se julgara senhora da casa durante anos, entrar em uma carroça com os filhos e duas criadas. Trouxeram caixas e malas, e a "camponesa", como a Sra. Von Maydorn a chamava depreciativamente, usava um casaco largo de tecido escuro e enrolara um cachecol no cabelo. Ela não olhara nem para um lado nem para o outro enquanto um dos servos conduzira a carroça para fora do pátio. Criadas e servos ficaram parados em frente aos estábulos e prédios administrativos para assistir à cena, boquiabertos. Liesel e a Sra. Von Maydorn viram tudo através da janela da propriedade, mas a senhora não dissera nenhuma palavra sobre o assunto.

De noite, o Sr. Von Hagemann batera à porta de seus aposentos, e a conversa que ele tivera com a Sra. Von Maydorn não saiu da cabeça de sua filha durante um bom tempo.

– Só uma palavrinha, Sra. Von Maydorn, por favor – pediu ele com a voz firme. – Acho que tenho o direito de expor a situação do meu ponto de vista.

A senhora da casa permitiu sua entrada. Constatou, com satisfação, que agora estava vestindo um terno e não calçava botas, mas sapatos normais. E, sobretudo, falava em tom dócil, usando a expressão "imploro, por favor". Apesar de tudo, ela não o convidou para se sentar, e ele precisou ficar em pé enquanto ela olhava para ele sentada em sua poltrona.

– Meus pêsames pelo falecimento de sua mãe – disse ela. – Escutarei você em respeito a ela.

Liesel ficara sentada no sofá, consciente de que sua presença era constrangedora para seu pai, mas, como a Sra. Von Maydorn não a mandara sair, ficara exatamente onde estava.

Seu pai começou o discurso louvando o próprio serviço fiel na fazenda e o trabalho bem executado.

– Quando assumi este cargo, dez anos atrás, os rendimentos agrícolas e florestais eram baixos, a negligência e a má gestão se multiplicavam, os empregados levavam uma vida desregrada, as instalações para os animais eram imundas e ninguém cuidava dos equipamentos. Resumindo: com a exceção da criação de cavalos, todo o resto estava abandonado. Fui eu que coloquei os negócios nos trilhos.

A Sra. Maydorn ouviu-o com paciência e, quando ele terminou, assentiu pensativamente.

– Apesar de você ter exagerado um pouco, seu relato é verdadeiro em sua essência. Você provou ser um administrador eficiente, Sr. Von Hagemann. Infelizmente, foi se engraçar com a mulher errada.

O Sr. Von Hagemann tentou defender sua esposa timidamente, mas acabou reconhecendo que a Sra. Von Maydorn tinha razão.

– Mandei-a de volta para sua cidade natal – afirmou ele. – Ela nunca mais nos incomodará. Vou me separar de vez dela, e ela está estritamente proibida de pisar aqui na propriedade.

Ele olhou para a senhora da casa com expectativa. Mas a Sra. Von Maydorn não parecia impressionada com aquele sacrifício. Pelo contrário:

– Então ela confessou ter encomendado o atentado? – perguntou ela sorrateiramente.

O Sr. Von Hagemann calou-se. O silêncio demonstrou-se bastante eloquente.

– Eu não sabia de nada, Sra. Von Maydorn – disse ele baixinho, por fim. – Isso eu lhe juro.

Fez-se silêncio na sala por alguns instantes. O Sr. Von Hagemann aguardava uma resposta, e Liesel podia ver a súplica em seus olhos, seu apelo veemente para que não acabassem com todas as suas esperanças. Quase não conseguia acreditar que aquele era o mesmo que se despedira dela e a mandara embora tão friamente. Ver seu pai humilhando-se daquele jeito era quase mais doloroso para ela do que suportar sua indiferença. Liesel desejou intensamente que tivesse escapado para o quarto ao lado antes do início daquela conversa, para não ter que presenciar aquilo tudo. E a coisa ainda ia piorar.

– Acredito – falou a Sra. Von Maydorn – que você não estava por trás do ocorrido, mas poupe-me de seu teatrinho sobre a separação de sua esposa. Sei muito bem como isso vai acabar.

– Estou falando sério, de verdade. Por que a senhora não acredita em mim?

– Porque sei que você nunca mais vai se livrar daquela mulher – disse a Sra. Von Maydorn com serenidade. – Assim que eu, Liesel e os cavalos sairmos daqui, ela voltará para cá. Mesmo contra sua vontade.

– A senhora vai embora? – perguntou ele, apavorado.

– Evidentemente. O corretor cuidará da venda, e eu não preciso estar presente para transferir a propriedade para o comprador. Partiremos amanhã.

Naquele momento o Sr. Von Hagemann foi tomado por puro desespero. Balançou a cabeça inconformado, até seu olhar voltar-se à filha, que testemunhara tudo aquilo, horrorizada.

– Liesel! – exclamou ele em tom de súplica. – Diga algo, por favor. Você é minha filha, e sou seu pai. Interceda por mim!

Aquilo era um dilema para Liesel, pois ela gostaria de tê-lo ajudado. Mas era impossível, ela era impotente diante da vontade de sua benfeitora.

– Deixe a menina em paz – disse a senhora da casa por fim, zangada. – Você nunca se preocupou com ela, não tem vergonha de implorar agora?

E no momento estou cansada e quero dormir. Amanhã será um dia duro. Boa noite, Sr. Von Hagemann!

Ele saiu sem dar mais uma palavra, sem nem olhar mais uma vez para Liesel, e fechou a porta com força. Então aquilo era o fim. O fim de sua busca por seu pai e o início de um sofrimento eterno.

No dia seguinte, quando viu o imenso farol de Colberga ao longe, enxugou as lágrimas e decidiu não pensar mais no pai daquele dia em diante. O mais importante era olhar para a frente, onde certamente outros problemas a aguardavam. Sua mãe não ficaria nada feliz com seu retorno, pois esperava algo bem diferente. Além disso, não sabia se ainda teria seu cargo na Vila dos Tecidos. Caso eles tivessem empregado outra pessoa naquele meio-tempo, moraria temporariamente com a mãe e precisaria trabalhar na floricultura. E Christian? Será que acreditaria que ela não havia se esquecido dele? Talvez ele já tivesse tirado a desleal Liesel da cabeça há muito tempo e não quisesse nem mais saber dela.

A chegada da pequena caravana na estação de trem dissipara por ora suas preocupações com o futuro, porque era necessário embarcar as bagagens e os cavalos no vagão disponível. Foi fácil levar as caixas e malas com a ajuda de dois carregadores que andavam apressadamente à sua volta e esperavam receber uma boa gorjeta. Já os cavalos foram outra história. Leschik e a Sra. Von Maydorn precisaram ter uma paciência de Jó para as duas éguas e os potros avançarem pela rampa de madeira e entrarem no vagão.

Mesmo quando os dois potros já estavam lá dentro e eram segurados por Leschik, suas mães relutavam, desconfiadas, em entrar no compartimento escuro.

– Dá para ser hoje ainda? – perguntou o chefe da estação com impaciência. – O trem sairá em meia hora.

– O senhor está vendo que estamos nos esforçando para isso – respondeu a Sra. Von Maydorn. – Eles não são cavalos militares, são animais reprodutores. Nunca viram um vagão em toda a vida.

– Então espero que vejam em breve – resmungou o homem. – E, se o garanhão causar algum problema durante a viagem, o condutor o expulsará.

A Sra. Von Maydorn olhou para o funcionário uniformizado com indignação e endireitou as costas.

– Se alguém tentar tirar meu garanhão do vagão, pode ter certeza de que terá o pescoço torcido pessoalmente por mim.

– A senhora tem meia hora e nem um segundo a mais – disse o chefe da estação, despreocupado, e foi embora para cuidar do trem de passageiros que ia para Koszalin.

Para que não agitasse as éguas, o obstinado Gêngis Khan deveria ter sido abrigado sozinho no segundo vagão. Contudo, ele não queria entrar em seu compartimento de luxo de jeito nenhum, e nenhum tipo de isca, petisco ou persuasão o fez sequer se aproximar da entrada. Teimoso, permaneceu diante do carro onde estavam as éguas com os potros, balançando a crina, revoltado, e exigindo suas fêmeas de volta.

– Não vai ter jeito, teremos que tirar Cora e levá-la até o vagão – sugeriu Leschik. – Ela é uma égua boazinha, vai entrar, e Gêngis Khan entrará em seguida. Depois pego Cora de volta, e a senhora fecha a porta depressa.

– Pelo amor de Deus – disse a Sra. Von Maydorn, suspirando. – Vá logo, o maldito funcionário de gorro vermelho está olhando para o relógio.

Liesel andava atrás de Leschik, porque ainda havia dois baldes com petiscos para os cavalos no carro que seriam levados na viagem. Mas, após os primeiros passos, parou e ficou imóvel como se tivesse sido paralisada.

– Perdão – disse alguém para Leschik. – Me disseram que o senhor está indo para a propriedade Maydorn.

– Estou, sim – disse o cocheiro, conduzindo a égua. – Mas ainda vou demorar um pouco para partir. Você quer ir para lá?

– Sim, quero ir para Maydorn. Ficaria muito agradecido se o senhor pudesse me levar.

Christian realmente ficaria muito agradecido naquele dia. Levou um susto enorme quando ouviu os gritos surpresos de Liesel.

– Christian! Christian! Não, não posso acreditar! É você mesmo?

Ele ficou tão perplexo que não conseguiu pronunciar uma só palavra e ficou parado, imóvel, quando Liesel correu em sua direção e deu-lhe um abraço.

– Sim, Liesel... – gaguejou ele, sem conseguir acreditar que ela estava em seus braços. – Liesel, você está aqui.

– E você, Christian? O que está fazendo aqui? Achei que você estivesse em Augsburgo e não quisesse mais saber de mim.

Ele finalmente compreendera que chegara a seu destino. Mais cedo e mais facilmente do que imaginara. E aquele reencontro fora ainda mais maravilhoso do que poderia ter imaginado.

– Estou aqui para levar você de volta para casa – disse ele, envergonhado. – Porque cansei de esperar. E porque não quero que você se case com um conde ou príncipe qualquer e seja infeliz com ele.

Liesel não conteve o riso com aquelas besteiras que ele falava. Conde ou príncipe! De onde tirara aquilo?

– Fiz questão de ligar para a Vila dos Tecidos e falei para Humbert lhe dizer que não me esqueci de você, Christian!

Ele balançou a cabeça, pensando que não ficara sabendo de telefonema nenhum. Mas como Liesel ainda estava bem pertinho dele e não queria sair dali, ele a beijou delicadamente na bochecha.

– Liesel? – Ouviram a voz vigorosa da senhora da casa. – Onde você se enfiou, menina? O garanhão já está lá dentro, e o trem vai partir daqui a pouco. Cadê os baldes com a comida?

Os dois se assustaram. Liesel pegou um balde, Christian pegou o outro, e os dois foram até a plataforma de carregamento, onde a Sra. Von Maydorn esperava ansiosamente e o chefe da estação balançava o sinalizador, impaciente.

– Mas o que é isso? – indagou a senhora, admirada. – Você arranjou um amigo?

– Este é Christian Torberg de Augsburgo, Sra. Von Maydorn. Por favor, ele pode viajar conosco para casa?

Sua benfeitora examinou o novo passageiro e achou-o robusto e vigoroso.

– Ele entende de cavalos?

– Claro que entende – afirmou Liesel com audácia.

– Então entre, Christian.

A viagem fora longa e extenuante para as pessoas e os animais. Em cada estação era necessário olhar os cavalos, dar-lhes água fresca, limpar o esterco e distribuir mais palha. Quando o trem voltava a andar, Liesel retornava ao vagão, sentava-se ao lado da Sra. Maydorn, conversava ou jogava cartas com ela, dava-lhe a bolsa de comida ou o jornal. Christian geralmente ficava no corredor e observava a paisagem pela janela do trem. Quando a senhora tirava um cochilo, Liesel escapava para perto dele para levar-lhe algo para comer ou trocar algumas palavras. Eles tinham muito para contar um ao outro, trocaram confissões, e, quando não havia nenhum condutor ou passageiro à vista, Christian colocava o braço em torno da amada e lhe provava que sentira uma saudade esmagadora dela.

# 41

Leo odiava cenas piegas de despedidas. Nunca chorara e soluçara na frente de outras pessoas, como as mulheres faziam. Preferia manter uma expressão séria e cruzar as mãos atrás das costas.

– Desejo toda a sorte do mundo para você – disse Marie para a Sra. Ginsberg, abraçando-a.

As duas tinham lágrimas nos olhos e continuaram abraçadas por um momento.

– Vamos nos ver novamente. Tenho certeza de que vamos nos rever um dia. Não se esqueça de escrever uma carta assim que chegar à América.

Elas estavam paradas na escada, no primeiro andar da Vila dos Tecidos. Lá embaixo, no átrio, Humbert já esperava pelos Ginsbergs para levá-los de carro até a estação de trem. Primeiro iriam até Hamburgo, depois para Bremerhaven, de onde partiria o barco a vapor em dois dias. Depois iriam para Nova Iorque, a terra das oportunidades.

Walter colocara seu violino no estojo, afrouxara a corda do arco, prendera-o cuidadosamente ao lado, guardara as partituras junto e fechara a tampa. Leo estava em pé ao lado do amigo e engoliu em seco várias vezes, mas o nó na garganta não queria ir embora. Eles haviam tocado várias vezes a pequena sonata de violino que Leo escrevera para Walter, e agora chegara o momento de despedirem-se um do outro. Por um bom tempo. Talvez para sempre.

– Então... estou indo agora – disse Walter com a voz rouca. – Fique bem, Leo. E me escreva, tudo bem? E não me esqueça.

Leo balançou a cabeça vigorosamente. Como poderia esquecer seu único amigo?

– Você precisa me escrever primeiro, Walter, porque não tenho seu endereço...

– É claro, prometo que farei isso.

As duas mães desceram a escada juntas para o átrio, onde estava Hanna para ajudar a Sra. Ginsberg e Walter a vestirem seus casacos. Walter e Leo permaneceram olhando um para o outro e não se mexeram.

– Então – murmurou Walter. – Adeus...

– Adeus – sussurrou Leo.

Eles se abraçaram, o que normalmente era constrangedor para os dois. Sorriram de leve, depois se afastaram, e Walter desceu a escada com a caixa do violino tão apressadamente que parecia estar sendo perseguido por alguém.

A Sra. Ginsberg se virou para trás novamente quando estava na porta de entrada e deu tchau para os que ficavam para trás. Depois entrou no carro, onde Walter já estava, e Humbert ligou o motor. Eles partiram pela alameda, passando pelo portão em direção à Haagstraße e ao centro da cidade. Estavam indo para a estação de trem, onde começaria a nova vida de Walter, de que Leo não faria mais parte.

– Leo, querido – disse sua mãe, envolvendo-o em seu braço. – Você está triste, não é mesmo? Lembre-se de que é para o bem deles.

– Sim, mamãe.

Ele não sabia bem se ela tinha razão. Mas os adultos haviam decidido, só lhes restava obedecer. Ele se soltou do abraço consolador de sua mãe e disse que ainda queria dar um passeio rápido no parque para ver os cavalos.

– Não demore, Leo. Depois faremos um lanche com todas as guloseimas que a tia Elvira trouxe da Pomerânia. A tia Tilly, a tia Kitty e o tio Robert virão também.

Meu Deus, pensou ele. Então com certeza Henni também estaria lá, e ele não queria nem um pouco ficar perto dela, justamente agora que estava pensando tanto em Walter.

– Voltarei a tempo, mamãe.

É claro que ele teve azar novamente. Ao descer as escadas da mansão, o carro da tia Kitty estava chegando ao pátio, vibrando e sacolejando, encobrindo o canteiro cheio de flores em uma nuvem escura e fétida e parando em frente à casa.

– Por acaso você se esqueceu de puxar o freio de mão de novo, meu amor? – indagou o tio Robert em tom de brincadeira.

– De onde você tirou isso? – perguntou a tia Kitty com uma expressão inocente. – Estou é achando que o carro precisa ser levado para a oficina.

Os freios são muito fracos. Preciso fazer uma força descomunal com o pé quando quero parar o carro...

Leo tentou escapar apressadamente pelo lado direito em direção aos campos, mas Henni o vira. Ela era daquelas pessoas que sempre percebiam tudo, sua prima Henni.

– Aonde você está indo, Leo? Vão servir café e bolo agora. Vovó Gertrude fez torta de cereja.

Ele virou-se rapidamente e disse:

– Voltarei depois.

– Você leu minha carta? – perguntou ela.

Carta? Mas que carta? Ah, sim, ela ainda deveria estar em sua bolsa da escola. Provavelmente era um convite para a festa de aniversário da prima. Típico de Henni. Só fazia aniversário em maio, mas já estava fazendo o maior alvoroço agora.

Sem dar nenhuma resposta, Leo saiu andando a passos apressados, esperando ardentemente que ela não o seguisse. Olhou à sua volta quando chegara à casa do jardineiro. Tivera sorte, Henni fora com os outros para a Vila dos Tecidos. Lá poderia fofocar com Dodo, que logo chegaria da fábrica com o pai. Agora ela ia todos os dias com ele e ficava por lá, dizendo aos empregados o que deveriam fazer e sentindo-se importante. Ele amava muito sua irmã, mas lhe doía ver o pai subitamente se afeiçoar tanto a Dodo e quase não ligar mais para ele.

Atrás da casa do jardineiro ficava o pasto dos cavalos, que eles haviam delimitado dois dias antes às pressas com gravetos e faixas, porque a tia Elvira fora para lá com seus Trakehner. Aquilo fora um verdadeiro espetáculo! Ela ligara para a Vila dos Tecidos da estação de trem, dizendo que precisava de duas pessoas para ajudar com os animais e, além disso, que tinha um montão de bagagens para serem carregadas. A tia Lisa e Alicia quase enlouqueceram de susto enquanto a mãe de Leo resolvia a situação e organizava tudo que era necessário. Eles mandaram duas pessoas da fábrica, Humbert e a tia Kitty foram de carro para a estação de trem para trazer as bagagens até a Vila dos Tecidos, e os cavalos foram conduzidos pelos campos até o parque. Elvira viera logo com Christian e, é claro, com Liesel. Fora aquilo que mais agradara a Leo, porque ele gostava muito de Liesel.

Agora ela estava lá, com as pessoas que estavam construindo uma cerca fixa, distribuindo-lhes pão com presunto e sidra. O campo deveria ser dividido em três áreas, e a tia Elvira queria mandar construir um estábulo mais para a frente. Leo ficou parado a uma distância segura, olhando os cavalos. Eram lindos, sobretudo o garanhão, que era maior que as éguas e bastante selvagem. Quando galopava, fazia a grama voar do chão, de tão forte que ele era. Às vezes as éguas corriam atrás dele e os potros começavam a saltar loucamente de alegria. Todos deviam estar felizes por não estarem mais presos em um vagão de trem.

Naquele momento, Liesel o avistara. Pegou a cesta com o lanche e foi até ele.

– Bom dia, Leo – disse ela, corrigindo a si mesma em seguida. – Ah, não, tenho que falar Sr. Melzer e chamá-lo de patrão.

– Que besteira! Pare com isso, Liesel. Sou simplesmente Leo. Como sempre fui.

Ela sorriu e disse que era o costume a ser seguido. Como voltara a ser ajudante de cozinha da Vila dos Tecidos, dali em diante não podia chamar ninguém da casa pelo primeiro nome.

– Bom, pelo menos quando estivermos sozinhos, pode me chamar de Leo, está bem?

– Se você realmente desejar, farei isso, Leo.

Ele enrubescera um pouco, porque ela sorrira para ele de forma travessa e com certo ar de superioridade. Ela só ficara alguns meses fora, mas havia mudado muito naquele período. Tornara-se mais feminina, mais adulta e mais bonita. E tinha outra expressão nos olhos. Leo sentia que ela sabia de coisas que ainda eram um mistério para ele, coisas que dominavam seus sonhos à noite e lhe inspiravam melodias doces e penetrantes.

– E como está tudo em casa? – perguntou ele para dizer alguma coisa.

– Está tudo bem. No momento Maxl está cuidando de tudo, até do dinheiro. Hansl está frequentando a escola secundária técnica, e Fritz já está no segundo ano da escola primária. Ele não é muito de estudar e prefere mexer na terra.

Ela riu, e Leo concordou. Christian, que estava ajudando a erguer a cerca, acenou para ela de longe.

– Preciso voltar para a cozinha – disse ela com um suspiro. – Senão a Sra. Brunnenmayer vai se perguntar por que estou demorando tanto.

Leo acompanhou-a com os olhos enquanto ela caminhava agilmente com a cesta na mão e refletiu se deveria segui-la de volta até a Vila dos

Tecidos, mas desistiu e preferiu continuar observando os cavalos por mais um tempo. Eles estavam juntos uns aos outros, pastando, e volta e meia o garanhão levantava a cabeça e olhava com desconfiança para as pessoas que enfiavam as hastes no chão. Mas não parecia ter medo delas, pois continuava comendo a grama.

Com tons e melodias na cabeça, foi se dirigindo lentamente de volta para a Vila dos Tecidos, subiu a escada da entrada e abriu a porta. Eles aparentemente já haviam começado a lanchar no andar de cima, na sala de jantar. O falatório da tia Kitty podia ser ouvido já do átrio, bem como as vozes da tia Lisa e, sobretudo, de Henni e Dodo. Ele não estava muito animado com aquele encontro familiar barulhento e preferia se esconder em seu quarto para escrever algumas melodias novas, mas isso deixaria sua mãe triste e, além do mais, seu pai chegara da fábrica. Com um suspiro, tirou os sapatos e procurou suas pantufas. Quando finalmente as encontrou, a porta da cozinha foi aberta atrás dele.

– Ah, é você, Leo – disse a Sra. Brunnenmayer. – Por que não está lá com os outros, menino? Ainda está triste porque Walter se foi? Venha, fiz seus biscoitos preferidos. Para você e sua irmã.

A incrível Sra. Brunnenmayer! Eram aqueles biscoitos deliciosos que ele e Dodo antigamente surrupiavam da cozinha quando a governanta, aquela mulher terrível, não permitia que comessem doces.

– Muito obrigado, Sra. Brunnenmayer – disse ele, comovido, colocando a mão na lata que ela segurava em sua direção. – A senhora com certeza está feliz por Liesel estar de volta, não é mesmo?

– Agora você falou uma grande verdade, menino – disse ela, sorrindo para ele. – Agradeço todos os dias e todas as noites pela menina ter voltado sã e salva. Desde o início fui contra ela ir embora, mas tinha que ser assim. Pelo menos ela voltou mais esperta. Ela e Christian estão oficialmente juntos agora, e em breve teremos um noivado em casa.

Leo pegou outro biscoito e refletiu se já vira a cozinheira tão falante antes. Ela já não era das mais jovens, talvez a idade a estivesse fazendo se tornar tagarela. Então parecia que Liesel ficaria noiva de Christian. Leo sentiu uma leve pontada no coração. Christian era um rapaz gentil, mas, ainda assim, Leo achava que Liesel era boa demais para terminar com um jardineiro.

Ele foi para seu quarto para trocar de roupa rapidamente. Olhou para a escrivaninha e para as partituras que estavam em cima dela com certa melancolia e se deu conta de que, naquele momento, Walter deveria estar sentado no trem com sua mãe e que com certeza estava tão triste quanto ele. Eles pegariam o navio a vapor em dois dias. Com um suspiro, foi para a sala de jantar.

– Leo! – exclamou sua mãe. – Eu já estava indo lá para cima, temi que você tivesse se escondido em seu quarto.

Dodo e Henni não estavam mais lá: Que sorte! Seu pai, o tio Robert e o tio Sebastian haviam se retirado para o escritório. Tia Lisa, que agora tinha a companhia de Leo todinha para si, empurrou o prato de linguiça defumada e presunto em sua direção, onde também havia pão fresco, pepinos em conserva e abóbora agridoce, que ele particularmente odiava.

– Este presunto é um poema, Leo – afirmou ela, entusiasmada. – Que pena que daqui em diante ficaremos sem ele, porque a tia Elvira está com a ideia insana de vender a linda propriedade Maydorn.

Leo colocou um pedaço de presunto em cima do pão e mastigou o lanche de forma apática. A tia-avó Elvira estava sentada junto da avó de Henni, Gertrude, e da avó Alicia, contando histórias cabeludas sobre uma tal camponesa que seria uma bruxa e teria tentado matar Liesel e ela. De início Leo ficara aterrorizado, principalmente por causa de Liesel, mas a avó não parecia acreditar tanto naquilo, e Gertrude até dera risada. Então Elvira devia ter inventado tudo aquilo. Ele só a havia visto uma ou duas vezes na vida quando ainda era muito pequeno. Ela tinha cabelo grisalho e era um pouco mais alta que sua avó e, acima de tudo, tinha um jeito muito diferente de andar e falar. Tinha muito mais vigor, era muito mais espalhafatosa que a avó Alicia e usava palavras que sua avó nunca pronunciaria. Nem mesmo a mãe de Tilly, Gertrude, falaria coisas assim, apesar de geralmente não ter papas na língua.

– Aquela bruxa deixou-o enlouquecido na cama, e ele acabou virando seu escravo.

– Por favor, Elvira. Há crianças no recinto!

– Ah, que bobagem! – exclamou a baronesa da Pomerânia olhando para Leo. – Ele já tem a voz grossa, é melhor ser alertado cedo sobre este tipo de mulherzinha.

Leo não sabia ao certo sobre o que ela estava falando, mas, como o encarara e falara sobre sua voz grossa, ele ficara muito constrangido. Realmente fazia algum tempo que ele ficava rouco com frequência e começara a falar em um tom uma oitava mais grave às vezes. Fazia meses que alguns de seus colegas de turma haviam passado a falar com voz muito grave e emitir barulhos guturais e desinibidos no pátio durante o recreio. Dois deles haviam recebido uma advertência.

– E o corretor já deu alguma notícia? – perguntou a tia Lisa.

– Ainda não, mas com certeza haverá alguma novidade nos próximos dias – respondera Elvira enquanto a avó suspirava com uma expressão de tristeza e bebia o resto de seu café.

– Não consigo imaginar que um estranho qualquer possa simplesmente comprar minha querida Maydorn – murmurou ela.

A tia Elvira riu e afirmou que enquanto o Sr. Von Hagemann fosse o administrador de lá, quem quer que fosse a nova senhora da casa teria que aceitar a camponesa. E ela era osso duro de roer, podendo transformar a vida de qualquer um em um inferno.

– Então seria melhor o novo dono demitir o Sr. Von Hagemann – disse a mãe de Leo. – O que é uma pena. Acho que é um bom administrador.

– Isso é verdade, minha querida Marie – admitiu Elvira com pesar.

A tia Lisa franziu a boca e apertou os olhos.

– Talvez eu conheça alguém que esteja interessado, tia Elvira – disse ela, rindo baixinho.

– Verdade? Se pagar um preço bom, podemos conversar sobre o assunto.

– Com certeza ela seria uma senhora da casa à altura para enfrentar sua camponesa.

Alicia se intrometeu naquele momento. Balançou a cabeça, indignada, e perguntou:

– Pelo amor de Deus, você não está pensando no Sr. Grünling, está? Não, não quero nem imaginar isso. Por que ele deveria comprar uma fazenda?

– Bem – respondeu a tia Lisa, dando de ombros. – A família de Serafina já teve terras no leste, que eles perderam com a inflação no pós-guerra. Com certeza ela gostaria de assumir o papel de senhora da casa.

– Não sei não, Lisa, que ideia mais bizarra.

Leo engoliu o último pedaço do pão com presunto e perguntou a si mesmo por que tinha que ficar sentado ali ouvindo aquele papo estranho. Ninguém dava bola para ele mesmo, não faria a menor diferença se ele fosse para seu quarto. Então Marie colocou um pedaço de linguiça defumada em seu prato e sussurrou que seu pai perguntara por ele.

– Ele está no escritório. Termine de comer e depois vá para lá.

– Sim, mamãe.

Ele cortou a linguiça vermelha que cheirava a fumaça com indiferença e espetou-a com o garfo. Naquele momento, ouviu a voz da tia Kitty, que falava em tom curiosamente baixo naquele dia. Ela estava sentada do outro lado da mesa junto com a tia Tilly, e elas pareciam estar conversando sobre coisas que a avó não deveria ouvir de jeito nenhum. Leo precisou rir contra sua vontade.

– Então você tem um encontro? – perguntou a tia Kitty. – Meu Deus, minha Tilly. Como estou feliz! Você está olhando para o mundo com outros olhos, querida. Você se tornou uma mulher linda e sedutora, não é de se admirar que ele tenha mordido a isca.

Leo não achava que a tia Tilly estivesse tão diferente assim. Talvez tivesse prendido os cabelos de uma forma mais graciosa, e o pequeno pingente com a pedra vermelha em seu pescoço ficou particularmente bonito, combinando com o vestido cinza.

– Por favor, Kitty. Não fale tão alto. Sim, me encontrarei com ele. Queremos ir até o Reno e caminhar um pouco. Nada mais.

– Então, querida Tilly, você tem que levar um preservativo sem falta. E não me olhe deste jeito, indignada! Afinal de contas, você é médica e deveria saber muito bem como essas coisas funcionam. Ou quer ficar grávida logo na primeira vez?

Leo deixou a linguiça cair do garfo e precisou espetá-la três vezes para pegar o pedaço outra vez. Um preservativo! Era sobre isso que seus colegas de classe falavam, e eles também usaram outras palavras para aquilo, mas, quando ele fizera uma pergunta inofensiva, eles haviam se acabado de rir dele e ido embora. Disseram que aquilo não era de sua conta. Ele achou que era algo proibido, terrivelmente imoral. Talvez ele perguntasse para Maxl em tom de confidência. Ele sabia daquelas coisas.

– De onde você tirou a ideia de que eu poderia ir para a cama com ele? – perguntou a tia Tilly, aborrecida. – É uma caminhada inocente, Kitty. Sua imaginação realmente não tem limite.

– Você quer me ensinar a entender os homens? – indagou a tia Kitty, rindo. – Você pisca, ele te convida para um hotel, e logo em seguida você está experimentando o céu na terra.

– De jeito nenhum!

– Quer permanecer uma virgem inexperiente pelo resto da vida, Tilly? Não seja ridícula. A vida tem tantos momentos preciosos, insubstituíveis e maravilhosos para nos oferecer, e você está se fechando para eles. Quando estiver velha e de cabelos brancos, lamentará cada oportunidade desperdiçada.

– Certamente que não, Kitty. – Tilly segurou o pingente do colar entre os dedos. – Só quero um homem para mim. O homem que amo. E quero ser feliz com ele. É assim que imagino as coisas.

– Bem, então tomara que você encontre o homem certo de cara – disse a tia Kitty, suspirando e com uma expressão cética. – Eu precisei de várias tentativas... Ah, Leo, meu querido! Henni pediu para você ir vê-la, acho que quer perguntar algo para você.

Leo pigarreou, envergonhado, porque ainda estava completamente perturbado pela conversa que ouvira. Então havia mulheres que amavam vários homens, um após o outro. E que não queriam se casar, mas, digamos assim, experimentavam os homens até acharem um que lhes agradasse. Aquilo parecia assustador. Ele mesmo sempre imaginara algo diferente quando pensava em amor. Achava que era como fora com seus pais. Bastava apaixonar-se e ser feliz para sempre.

– Henni? Sim, estou sabendo – disse ele para a tia Kitty. – Ela já me perguntou. Obrigada pelo recado.

– Você está com uma linda voz grave agora, Leo querido – disse a tia Kitty e deu uma risada. – Meu Deus, você se tornou um jovem interessante, e sua velha tia Kitty nem percebeu isso acontecer!

Leo gostaria de ter enfiado a cabeça em um buraco naquele momento. A tia Kitty quase conseguia ser pior que Henni: ela realmente sabia constranger uma pessoa com sua tagarelice. E ainda ficava tirando sarro dele! "Velha tia" uma ova. Era vaidosa e ainda extremamente bela e sedutora.

– Então vou até o escritório – declarou ele, despedindo-se ele. – O papai quer falar comigo.

Fez uma pequena reverência e se refugiou no corredor. A risada estridente da tia Kitty o seguiu até o outro lado da casa. No escritório, foi recebido pela fumaça do charuto, que ele achava agradável, pois cheirava a algo másculo e adulto. Seu pai não estava fumando, mas bebia um conhaque pensativamente e colocou o copo de volta na mesa assim que Leo entrou.

– Então seu pai investiu uma pequena fortuna em brilhantes – disse o tio Robert, que não percebera a chegada de Leo. – Infelizmente você não obterá seu pleno valor se vender agora, mas pelo menos não será nenhuma mixaria. Contabilizando tudo, pode ser que seja suficiente...

– Aí está você, Leo – disse Paul, apontando para a poltrona que estava livre. – Venha, sente-se conosco.

Eles começaram a falar sobre a viagem dos Ginsbergs, e Leo ficou sabendo que Walter não poderia ter aulas de violino tão logo, pois a Sra. Ginsberg não ganharia dinheiro suficiente.

– Que pena – disse Leo. – Walter fez progressos significativos, ele quer se tornar solista um dia.

O tio Sebastian fumava seu charuto e assentiu com uma expressão compreensiva, o tio Robert explicou que havia coisas mais importantes que uma carreira de músico.

– O que está acontecendo em nosso país neste momento é motivo de preocupações muito maiores – disse ele para Paul. – Como podemos ler nos cartazes do NSDAP, eles estão responsabilizando os judeus pela derrota na guerra, pelo desemprego e, é claro, pela crise econômica mundial. Dizem que se alguém quiser salvar a Alemanha, terá que combater os judeus. E esses provocadores mentirosos têm cada vez mais seguidores.

– Inclusive li recentemente que o marxismo também seria uma invenção judaica e que, como tal, deveria ser combatido – disse tio Sebastian cheio de indignação. – É terrível como as pessoas se deixam emburrecer.

– Quem está sem trabalho e não sabe mais como alimentar a família fica inclinado a acreditar em qualquer charlatão que lhe prometa um futuro melhor – afirmou Paul.

O tio Robert inclinou-se para a frente para bater as cinzas de seu charuto no cinzeiro de pedra verde.

– Alguém disse – comentou ele, segurando o charuto entre o polegar e o dedo indicador – que esse tal de Hitler em tese disse em Lípsia que em duas ou três eleições eles terão a maioria e construirão o Estado alemão da forma como desejam.

– Que Deus nos proteja! – exclamou Paul, horrorizado.

A fumaça azulada e de odor picante cercou o grupo de homens, e parecia delicioso fumar um daqueles charutos, mas a caixa de madeira com a tampa entalhada em marfim e ébano era estritamente proibida para Leo. Ainda assim, era interessante ficar ali sentado junto com os homens, mesmo que as conversas sobre política e inflação parecessem mais ameaçadoras que outra coisa. Ninguém na Vila dos Tecidos estava satisfeito com a república em que vivia naquele momento, nem mesmo o tio Sebastian. Ele queria que os comunistas obtivessem maioria no parlamento, porque acreditava que isso melhoraria a situação dos trabalhadores. Os pais de Leo eram mais inclinados ao SPD, pelo menos na maioria das vezes. E ninguém queria saber do NSDAP. Maxl dissera um dia desses que, enquanto o velho Sr. Hindenburg ainda estivesse vivo, Hitler não teria chance alguma de qualquer forma.

O tio Robert tomou um gole de seu copo de conhaque e sorriu para Leo.
– Posso experimentar um golinho, papai? – perguntou ele.

Seu pai franziu a testa e parecia estar ponderando sobre a questão, e o tio Robert disse que realmente não haveria nenhuma objeção a isso.

– Você já não tem 15 anos? – perguntou ele para Leo com um sorriso e, virando-se para Paul, acrescentou: – Ele já está quase do seu tamanho, Paul. Mais um pouquinho e alcançará você.

O papai sorriu e pareceu ficar feliz com aquilo.

– Então suba e me traga seu boletim, Leo – sentenciou seu pai. – Ainda não tive tempo de vê-lo. E, se me agradar, talvez você possa beber um golinho aqui entre os homens.

Leo saiu correndo. Era melhor do que nada. Ainda que ele próprio tivesse ficado irritado com o maldito boletim, seu pai ficaria satisfeito com o terceiro lugar. Procurou o documento em seu quarto no andar de cima. Ele não o colocara em cima da escrivaninha? Será que tinha caído entre as partituras? Não, não estava lá. Então ele devia tê-lo enfiado dentro da bolsa da escola. Onde foi parar? Else tinha arrumado seu quarto e mudado tudo de lugar de novo. Ele encontrou a bolsa dentro do armário, na parte de baixo, e tirou o boletim de dentro dela. Ah, sim, a carta de Henni também estava ali. Toda amassada, debaixo do livro de geografia. Ele abriu o envelope para lê-la rapidamente e foi pego de surpresa, pois o papel de dentro do envelope estava escrito com uma letra estranha. O que Henni estava inventando desta vez? Com certeza se tratava de alguma piada.

Querido jovem artista,
examinei suas composições com grande alegria. Elas demonstram uma criatividade incomum, independência e uma clara sensibilidade para criar atmosferas. Se realmente for verdade que você tem apenas 14 anos, como está escrito na carta, então estas primeiras tentativas são motivo para grandes esperanças.
Se surgir uma oportunidade, adoraria conhecê-lo pessoalmente para dar-lhe alguns conselhos sobre seu aprimoramento musical.

Com meus melhores cumprimentos,
RichardStrauß

Mas é claro! Ele já suspeitava. Mas que piada estúpida e cruel. Franziu a testa e olhou de novo para a assinatura. Ela realmente se esforçara para fazê-la. Pressionara a caneta com força e escrevera rápido e com vigor. Escrevera em uma palavra só. RichardStrauß. Bem, ela sabia desenhar, então aquilo não teria sido tão difícil para ela. Na verdade, ele queria ir até o escritório com o boletim, mas, como estava furioso, foi até o quarto de Dodo com a carta na mão e esmurrou a porta.

– O que foi? – perguntou Dodo.

– Ele leu – disse Henni. – A bomba estourou.

As duas meninas estavam sentadas em cima da cama de Dodo, olhando um álbum de fotos. Quando Leo entrou, fora de si de tanta raiva e com a carta na mão, Dodo jogou o álbum para o lado e sorriu para ele.

– E então? – perguntou ela, orgulhosa. – O que me diz agora?

Ele encarou-a e não conseguia acreditar que sua irmã Dodo participara daquela perversidade.

– A piada foi bem-sucedida – disse ele com desprezo, jogando a carta a seus pés. – Muito engraçado. Querem saber de uma coisa? Vão catar coquinhos vocês duas!

Depois se virou para trás na intenção de sair do quarto e bater a porta com força. Mas não chegou a fazê-lo, porque Dodo pulou da cama e segurou-o.

– Mas que papo é esse, Leo? – exclamou ela, agitada. – Isso não é nenhuma piada, é verdade. Não vá embora. Peguei suas composições da lixeira, e Henni enviou-as para o maestro Richard Strauß. É tudo verdade! Não é piada!

Como Dodo estava muito nervosa, ele ficou parado e ouviu o que ela dizia. Henni era uma malandra, ele sabia, mas sua irmã Dodo sempre ficara ao seu lado.

– Minhas composições? Da lixeira?

– Sim. Else colocou a lixeira lá embaixo, ao pé da escada, para esvaziá-la. Sempre aquela Else! Ela bagunçava tudo.

– Que besteira! – exclamou ele, aborrecido. – As coisas que compus estão na malinha de couro debaixo de minha cama. O que joguei no lixo foram os primeiros esboços. Eu os joguei fora porque não eram bons.

Naquele momento sua prima Henni, que até então ficara sentada na cama de Dodo e não dissera nada, se manifestou.

– Como assiiiiim? – berrou ela, indignada, e levantou-se de um pulo. – Aquelas composições não estavam finalizadas? E nós demoramos semanas copiando aquilo tudo tim-tim por tim-tim.

Seu olhar ia de Dodo para Henni e depois novamente de Henni para Dodo. Seria possível que aquela história tivesse mesmo um fundo de verdade?

– Nunca mandei nada para Richard Strauß em toda a minha vida – gaguejou ele, confuso. – Nunca teria tido coragem de fazer isso. Escrever para um homem tão famoso.

– Fui eu que mandei – disse Henni como se aquilo fosse a coisa mais simples do mundo. – Copiei tudo e enviei. Bem, mandei Anton e Emil copiarem. E ele respondeu. Está vendo, Leo? É assim que as coisas funcionam. Quem quer ficar famoso precisa ter contatos, conhecer pessoas importantes que nos ajudem. Senão não dá certo.

Dodo pegou a carta do tapete, alisou-a com a mão e deu-a para seu irmão.

– Palavra de honra, é tudo verdade, Leo. Você demonstra *motivo para grandes esperanças*, é o que está escrito aqui. Não é incrível?

Ele pegou a carta e leu-a mais uma vez, começou de novo do início, e de repente as letras ficaram fracas e transparentes diante de seus olhos. Ainda não conseguia acreditar naquilo, mas estava ali, sem margem para dúvida. Ele queria conhecê-lo! Meu Deus! O grande compositor e maestro Richard Strauß desejava conhecer o aluno Leo Melzer.

Leo ficou tonto e conseguiu se sentar na cama a tempo de não cair, depois tudo ficou preto diante dele por alguns instantes.

Sou um músico, pensou ele. *Walter tinha razão. Sou um músico. Ah, se Walter estivesse aqui agora! Se eu pudesse lhe mostrar esta carta!*

Henni e Dodo sentaram-se ao seu lado. Sua irmã o abraçou e lhe deu um beijo na bochecha. Henni fez o mesmo.

– Você também precisa me dar um beijo, Leo – exigiu ela. – Fiz tudo isso por você. E foi muito trabalhoso, acredite.

Ela virou a bochecha para ele, e ele estava tão feliz que queria de fato dar um beijinho nela. Mas aquela espertinha virou a cabeça muito rápido, e o beijo pegou em sua boca sem querer.

– Muito bom para o primeiro beijo – constatou ela, radiante, enquanto ele pressionava o dorso da mão nos lábios, horrorizado. – No futuro, quando for um compositor famoso, vou me casar com você e virar sua empresária.

– E eu assumirei a fábrica – disse Dodo. – Mas só depois de ir para a América e para a Sibéria de avião. Em voo solo, é claro.

Henni fez um beicinho com o lábio, porque não estava de acordo com aquilo.

– Sou eu que quero assumir a fábrica, Dodo. Farei isso em meu tempo livre.

Leo leu sua carta pela enésima vez e tentou ignorar o falatório das meninas, que não paravam de fofocar.

– Então você cuida das transações financeiras, e eu ficarei responsável pela parte técnica – sugeriu Dodo.

– Por mim, tudo bem – cedeu Henni. – É claro que também vou querer ter filhos. O que acha, Leo? Dois são suficientes para a gente, não acha? Uma menina e um menino.

– Vocês piraram de vez.

Leo levantou-se para finalmente mostrar o boletim para o pai. Guardaria a carta para si por enquanto. Aquilo tudo era uma grande novidade, era incrível e irreal demais. Ele era um músico. Leo Melzer era um músico. Ah, ele sempre soubera. E agora se tornara realidade.

LEIA UM TRECHO DO PRÓXIMO LIVRO DA SÉRIE

Tormenta na Vila dos Tecidos

I

Augsburgo, maio de 1935

Passava um pouco das dez da manhã. Depois de arrumarem os quartos dos patrões, limparem os banheiros e adiantarem alguns preparativos para o almoço, os empregados tinham agora um tempinho para tomar um café com leite e fazer um pequeno lanche na cozinha – afinal de contas, já estavam de pé e trabalhando desde as cinco e meia da manhã.

– O moço das cartas finalmente está chegando de bicicleta – disse Auguste, parada junto à janela da cozinha e olhando para a alameda da Vila dos Tecidos.

– Como sempre, deixando a Vila dos Tecidos para o final. Para que os patrões recebam sua correspondência só ao meio-dia! – grunhiu a Sra. Brunnenmayer.

– Hoje vou perguntar se ele está distribuindo a correspondência do Império ou de bichos-preguiça – disse Humbert.

Hanna, prestes a colocar a cesta com os pãezinhos que tinham sobrado do café dos patrões em cima da mesa comprida da cozinha, deteve-se, apavorada.

– Tenha cuidado, Humbert – alertou ela, com medo. – Não brinque com ele, dizem que ele já fez denúncias contra algumas pessoas.

O carteiro velhinho e simpático se aposentara havia seis meses, o que todos os residentes da Vila dos Tecidos lamentavam. Seu sucessor não podia ser mais diferente. Era jovem (ainda não tinha nem trinta anos), magro que nem um palito, branquelo e rabugento. E ainda por cima era um fervoroso membro do partido: um nacional-socialista de carteirinha, como gostava de se vangloriar. Provavelmente fora isso que o fizera conseguir o emprego junto aos correios do Império.

— Antigamente nunca teriam contratado um imbecil desses! – disse a Sra. Brunnenmayer. – Três vezes por semana ele nos traz cartas endereçadas para outras pessoas, e sabe-se Deus onde está entregando as nossas!

Entretanto, o mais irritante no "moço das cartas", como eles tinham-no batizado, era sua saudação nazista ostensiva. Toda vez que entrava de bicicleta no pátio da Vila dos Tecidos, erguia o braço direito e berrava um "Heil Hitler!" tão vigoroso que podia ser ouvido lá da Haagstraße. E se aquela saudação que o Estado impunha não fosse devidamente respondida, ele se tornava ainda mais desagradável. Dois dias antes, quando Hanna lhe respondera com um simpático "Deus te abençoe", ele a ameaçara, dizendo que os católicos ferrenhos também seriam corrigidos em breve. O que era ridículo, é claro, mas não deixara de impactar a temerosa Hanna.

— Ele já está quase no pátio – informou Auguste.

Hanna ajeitou seu avental e apressou-se para ir abrir a porta, mas Humbert segurou-a pelo braço.

— Você não! – disse ele com firmeza. – Pode deixar que vou recebê-lo com as devidas honras.

— Por favor, não, Humbert – pediu ela. – Não vale a pena se meter com gente assim.

— Então eu vou – disse Liesel, cobrindo o bule com uma capa acolchoada para o café não esfriar.

Mas a Sra. Brunnenmayer não gostou nada daquilo, pois Liesel era sua protegida querida e agora praticamente também sua sucessora.

— De jeito nenhum, Liesel! – ordenou ela. – Seu cargo é de cozinheira, não de criada.

Auguste revirou os olhos ao perceber que sobraria para ela. Voltara a trabalhar na Vila dos Tecidos fazia quase dois anos, desde que Gertie se demitira e suas duas sucessoras não haviam sido do agrado da Sra. Elisabeth. Auguste estava orgulhosa, feliz com aquela providência divina e firmemente decidida a manter aquele emprego até o fim de sua vida.

— Já estou indo – disse ela. – Ele não poderá fazer nada comigo. Direi "Heil Hitler" amigavelmente, e, se ele falar que devo levantar o braço direito, falarei que estou com uma artrose terrível e não consigo nem coçar meu nariz.

E saiu a tempo de encontrar o carteiro entrando no pátio e tocando a campainha da bicicleta de forma insistente. Carrancudo, Humbert ficou parado à janela do lado de Hanna para observar a cena e Liesel se juntou a eles; só a Sra. Brunnenmayer ficou sentada, por causa do persistente inchaço nas pernas e da dificuldade de ficar em pé.

– Ele já está levantando o braço – disse Liesel. – E nem desceu da bicicleta ainda...

– Meu Deus! – gritou Hanna. – Isso não vai acabar bem!

– Não acredito! – comemorou Humbert. – Agora ele entortou o guidom. Bem-feito! Caiu no canteiro. E bateu a cabeça com força na borda!

– As cartas estão todas espalhadas pelo pátio! – exclamou Hanna, colocando a mão sobre a boca em estado de choque.

Nem a Sra. Brunnenmayer quis perder a cena, levantando-se e correndo até a janela apesar de suas pernas doloridas. De fato, a bicicleta estava caída no pátio, e o "moço das cartas" estava sentado ao lado dela, segurando a cabeça com as mãos. Os dois sacos de correspondência que estavam presos na parte traseira da bicicleta haviam se aberto na queda, espalhando parte de seu conteúdo.

– Meu Deus! – exclamou Auguste. – Espero que o senhor não tenha se machucado!

O carteiro não lhe dignou uma resposta e procurou um pano no bolso do casaco para limpar o sangue que escorria do nariz. Enquanto isso, Auguste descera as escadas da entrada para amparar o ferido.

– Veja só, logo imaginei isso – disse ela, inclinada sobre a bicicleta. – Com uma bicicleta tão carregada, a pessoa precisa ficar com as duas mãos no guidom, senão pode facilmente perder o equilíbrio. O senhor tem que descer primeiro e fincar os dois pés no chão antes de fazer a saudação...

– Não teve nada a ver com isso! – grunhiu o rapaz acidentado com o lenço na mão. – Tinha alguma coisa no meio do caminho. Eu escorreguei!

– Bom, não estou vendo nada no meio do caminho – respondeu Auguste. – Espere, vou ajudar o senhor a recolher as cartas...

– Tire as mãos das correspondências – ralhou o ferido, levantando-se com esforço. – Elas estão sujeitas ao sigilo postal. Traga-me um lenço úmido.

Auguste continuou fingindo estar profundamente abalada e mostrou-se solidária.

– Para o seu nariz, não é mesmo? Meu Deus, como está inchado. Imagine só se estiver quebrado! O senhor vai ficar com um calombo no meio do rosto...

– Traga um lenço úmido! – exclamou o ferido com insistência.

Então tirou o lenço do rosto para apalpar o nariz. Realmente estava inchado.

Na cozinha, todos foram tomados por pura satisfação maliciosa pela má sorte do rapaz. Finalmente, Hanna compadeceu-se, pegou um pano limpo de cozinha e segurou-o debaixo da torneira.

– Um trapo daria para o gasto – observou Humbert.

– Meu Deus, você sabe ser maldoso! – afirmou ela, censurando-o, e saiu às pressas para levar o pano para Auguste.

Depois eles ficaram observando pela janela o "moço das cartas" limpar o rosto, tatear o nariz várias vezes e depois levantar a bicicleta, que ficou com o para-lama dianteiro torto. Infelizmente ele a apoiara na parede da casa, de forma que eles não conseguiam mais vê-lo pela janela da cozinha – só o pano molhado, que ele jogara aos pés de Auguste, continuava no campo de visão deles. Depois ele recolheu suas cartas, segurando-as debaixo do braço, e as enfiou de volta nas bolsas dos correios.

– E as correspondências da Vila dos Tecidos? – perguntou Auguste de forma destemida.

– A senhora não pode esperar?

– Só estou perguntando...

– Isto não vai ficar assim – afirmou ele em tom de ameaça. – Isso eu lhe garanto. Foi uma armadilha para cima de mim. Tinha algo no meio do caminho!

– Não vi nada e posso ser testemunha para qualquer efeito. Muito obrigada pelas correspondências. Não é lá muita coisa, será que o senhor esqueceu alguma?

– Isto não vai ficar assim... – afirmou o carteiro mais uma vez, furioso.

– Sim, sem dúvida – tagarelou Auguste com naturalidade, dirigindo-se para as escadas da entrada com as cartas na mão. – Então tudo certo, e o senhor tome mais cuidado no futuro. Ah, e "Heil Hitler" atrasado...

– Aí ela foi longe demais – comentou a Sra. Brunnenmayer à janela da cozinha, virando-se para se sentar novamente enquanto soltava um resmungo.

– Ele já está indo embora – informou Liesel. – Como está pedalando rápido! Está borbulhando de tanto ódio.

– Espero que isso não nos traga nenhum problema – disse Hanna com um suspiro. – Se os patrões forem denunciados por nossa causa...

– Ah, sua medrosa! – exclamou Humbert, colocando o braço ao redor dos seus ombros para acalmá-la. – Vamos tomar café, senão ele vai esfriar.

Auguste retornou à cozinha com uma expressão de satisfação.

– É a vida – disse ela, com um sorriso malicioso. – Quem anda com o nariz empinado acaba se esborrachando. Falei para Christian ir logo varrer o pátio.

Depois correu para a pia para lavar as mãos e sentou-se à mesa do café da manhã. Os outros a acompanharam. Agora o tempo havia ficado apertado, a cozinheira precisava cuidar do almoço, Humbert tinha que pôr a mesa na sala de jantar, e Auguste também tinha tarefas a cumprir assim que Johann, Hanno e Charlotte chegassem da escola em breve.

– Por que Christian tem que varrer o pátio? – perguntou a Sra. Brunnenmayer.

Auguste já estava comendo um pãozinho com manteiga, que ela mergulhara em seu café com leite.

– Porque está cheio de cascalho.

– Cascalho?

– Ai, meu Deus – disse Liesel, apavorada. – Christian queria encher os dois buracos na alameda hoje de manhã. Deve ter caído um pouco do cascalho do carrinho...

– Então o moço das cartas... – gaguejou Hanna. – Então o coitado realmente escorregou no cascalho...

Humbert colocou a xícara em cima da mesa, quase engasgando de tanto rir.

– Christian é mesmo um malandro – comentou ele, rindo. – Sempre quietinho e com o ar inofensivo, mas é um baita de um espertalhão!

– Mas ele não fez de propósito! – exclamou Liesel com consternação. – Meu Christian nunca faria nada assim!

Humbert acenou como se desconsiderasse o comentário e esticou-se para pegar um pedaço de presunto defumado para colocar no pão cortado.

A Sra. Brunnenmayer fitou o relógio da cozinha, depois olhou à sua volta como se procurasse alguém.

– Mas onde a Else se meteu?

Realmente, Else não aparecera para o segundo café da manhã. E de tanta agitação, não haviam percebido nada, até mesmo porque Else geralmente só ficava dormindo à mesa e precisava ser acordada para a refeição. Estava ficando velha, quase não conseguia mais arrumar um quarto e havia muito tempo não ajudava mais a bater os tapetes. Mas nenhum empregado era mandado embora por motivo de idade na Vila dos Tecidos. Else pertencia à casa, fazia o trabalho do jeito que ainda conseguia, ficava sentada com os outros na cozinha e morava em seu quarto no andar de cima como sempre.

– Hoje de manhã ela estava aqui – disse Humbert.

– É verdade. E subimos juntas até o primeiro andar – disse Auguste. – Ela foi para os quartos dos patrões para fazer as camas, e eu fui ao anexo para arrumar as crianças para a escola.

Hanna havia arrumado o salão vermelho e o jardim de inverno, onde os patrões haviam jantado na noite anterior. O salão dos cavalheiros não era usado havia dias. Nos quartos dos "jovens patrões", ou seja, de Dorothea e de Leopold, só era necessário tirar um pouco o pó, pois eles não estavam sendo utilizados naquele momento. Leo havia concluído o ensino médio no ano anterior e estava estudando música e teoria da composição em Munique. Sua irmã Dodo, para o horror de sua mãe, abandonara a escola logo antes do exame de conclusão para fazer um curso de aviação em Staaken, perto de Berlim. Quem arcara com o elevado valor da formação fora tia Elvira, que àquela altura estava maravilhosamente adaptada à Vila dos Tecidos e ficava entusiasmada com as ambições de Dodo.

– Vou dar uma olhada lá – disse Hanna, terminando sua bebida às pressas. – Provavelmente Else acabou adormecendo em algum lugar.

– Como é que ela não consegue se controlar? – esbravejou a Sra. Brunnenmayer. – É uns oito anos mais nova que eu, mas parece uma velha caquética!

A cozinheira de longa data da Vila dos Tecidos passara dos setenta alguns anos antes, mas continuava comandando a cozinha com mão de ferro, além de supervisionar sua "sucessora" Liesel no trabalho e colocar a mão na massa sempre que julgava necessário. Só suas pernas eram motivo de preocupação. Seus joelhos estavam sempre muito inchados e doloridos, e seus pés também não queriam mais desempenhar seu trabalho direito, razão pela qual àquela altura ela só conseguia caminhar com largas pantufas de feltro.

– É o que acontece quando passamos cinquenta anos na frente do fogão – comentou ela, rabugenta.

A campainha do terraço tocara: era para Auguste, que se levantou com um suspiro. A Sra. Elisabeth estava sentada com o marido ao sol e provavelmente desejava mais uma jarra de limonada e biscoitos. Quando a criada já estava na porta do átrio, Hanna apareceu no corredor de serviço, conduzindo Else, que estava completamente perturbada, pela mão.

– Aí está você, Else! – exclamou Auguste. – Onde você se escondeu? Sentimos sua falta.

Else soluçava e enxugava as lágrimas com o dorso da mão.

– Por que tenho que passar por isso agora, já no fim da vida... – dizia ela aos prantos. – Peço, por favor, que ninguém conte isso ao patrão. Ficarei morta de vergonha para todo o sempre...

– Primeiro beba um café com leite, Else – disse Hanna, tranquilizando-a. – Ninguém percebeu nada, eu encontrei você a tempo.

Auguste lamentou por não ter tempo para mais perguntas; a Sra. Elisabeth era uma pessoa impaciente e ela precisava se apressar. Mas, na cozinha, todos ficaram sabendo que Else ficara tão cansada depois do árduo trabalho de fazer a cama que adormecera. Hanna a encontrara roncando serenamente no leito dos patrões.

– Agora você foi longe demais! – esbravejou a Sra. Brunnenmayer, horrorizada. – Se o patrão tivesse encontrado você lá, teria se espantado de verdade!

Else ficou sentada à mesa com a cabeça abaixada, sendo consolada por Hanna. Bebia um café preto em grandes goles e assegurou várias vezes que algo assim nunca mais aconteceria.

– Agora estou desperta – afirmou ela. – Isso foi uma mensagem de Deus para eu tomar jeito.

Christian, que estava sentado do outro lado da mesa, colocou o último pãozinho na boca enquanto, pensativo, bebia seu café com leite. Ele também estava com a consciência pesada, porque àquela altura já ficara sabendo o resultado do que aprontara.

– Exagerei um pouco na quantidade de cascalho que joguei no carrinho de mão – admitiu ele. – Eu não queria fazer três viagens, então superlotei o carrinho nas duas vezes. E como estava empurrando com embalo em torno do canteiro de flores, parte do carregamento caiu no pátio. Eu ia voltar na hora para varrer tudo, mas aí vi que o garanhão tinha empurrado a cerca de novo, e eu...

– Está tudo bem, Christian – afirmou Liesel, consolando-o, em pé na frente do fogão para refogar as cebolas para o *goulash*. – Não é culpa sua se aquele estúpido não sabe andar de bicicleta.

– E se ele fizer uma denúncia? – indagou Christian, preocupado. – Ele já está de olho na gente. Lembram? Em abril ele armou a maior confusão porque a gente não tinha pendurado as bandeiras com a suástica.

Eles de fato haviam esquecido das bandeiras para o aniversário do Führer, mas depois repararam o erro. A família Melzer também tivera que se habituar ao novo governo, que, àquela altura, já controlava o país com mão de ferro. Uma das razões era pela própria fábrica, que sobrevivera à crise econômica por pouco e não teria tido a menor chance de receber mais encomendas sem uma clara orientação para o espírito nacional-socialista. Coisas terríveis haviam acontecido dois anos antes, quando Adolf Hitler fora eleito chanceler do Império, e logo em seguida os nacional-socialistas haviam conseguido a maioria nas eleições parlamentares. Após alguns dias, a "Revolução Nacional", como chamavam os nazistas, alcançou todos os cantos do país. Também houvera muitas prisões em Augsburgo. Eles chamavam de prisão preventiva quando alguém que era inconveniente para os nazistas era levado para a prisão da corte "Katzenstadel" durante a noite ou em plena luz do dia e, de lá, para o campo de concentração de Dachau. Isso já acontecera com cidadãos prestigiosos, conselheiros municipais do SPD, o Partido Social-Democrata da Alemanha, e do KPD, o Partido Comunista da Alemanha, sindicalistas, mas também simples trabalhadores. Alguns operários da fábrica de tecidos dos Melzers foram levados, e a maioria nunca fora vista novamente. Só o Sr. Winkler, que fora levado para a prisão logo no início, fora poupado do campo de concentração de Dachau por causa da ajuda de bons amigos. Mas só após quatro semanas ele pôde deixar a Katzenstadel, e a Sra. Elisabeth foi então autorizada a buscar o marido.

Humbert, que havia dirigido o carro na ocasião, ainda não conseguira se recuperar completamente da visão do prisioneiro liberto.

– Ele estava só pele e osso – relatara o criado. – Com os cabelos raspados e muitos hematomas no rosto. Bateram muito nele. Chutaram seu rosto com botas. Qualquer criminoso é tratado com mais humanidade do que os pobres coitados que eles estão levando embora na calada da noite.

Desde então, o Sr. Winkler vivia na Vila dos Tecidos como um prisioneiro. Passava seu tempo com a família e não se arriscava mais a ir até a cidade.

No máximo ia até os estábulos da tia, onde seus filhos aprendiam a cavalgar. E toda noite, contara Auguste, escrevia em um livro qualquer "de doutor". Não podia mais ser visto na fábrica, onde antes cuidara da contabilidade.

– É uma pena – costumava dizer a Sra. Brunnenmayer. – Ele sempre teve boas intenções com suas ideias comunistas, o Sr. Winkler. É uma pessoa boa, não faria mal a uma mosca.

– Acho que devemos ficar aliviados por ele simplesmente estar de novo entre nós – comentou Humbert.

Depois do susto inicial, eles tomaram cuidado para se adaptar às novas circunstâncias. Não tinha jeito, a vida continuava. A situação na fábrica estava melhor, eles haviam contratado funcionários, a tecelagem estava recebendo encomendas novamente e as dívidas estavam quitadas. Contudo, ainda existia a jornada de trabalho reduzida, a indústria têxtil nem de perto ia tão bem quanto outros setores em Augsburgo, sobretudo a MAN, a fábrica de máquinas onde estavam fazendo turnos extras para dar conta da demanda. Mas os empregados da Vila dos Tecidos não eram mais atormentados pela preocupação com a possibilidade de terem que trabalhar para outros patrões ou até mesmo perderem seu emprego. Em vez disso, a cozinheira ficava feliz em poder tirar proveito da riqueza novamente e mimar os patrões até cansar com todo tipo de comida. Em especial, agora podia passar seus dotes culinários adiante para Liesel, que já estava casada havia quatro anos com o jardineiro Christian. Até então, Liesel não dissera nada sobre aumentar a família, e a Sra. Brunnenmayer estava bastante satisfeita por isso, porque do contrário Liesel talvez tivesse desistido de seu cargo na Vila dos Tecidos. E isso teria sido uma pena, já que ela demonstrava um enorme talento para a cozinha.

– Melhor vocês não arranjarem uma criança – dissera a cozinheira. – Vocês dois têm um bom emprego, não têm tempo sobrando para cuidar de um bebê.

Mas a verdade era que todo mundo sabia que Liesel e Christian desejavam muito ter um filho. Só a cegonha é que estava se negando terminantemente a fazer uma visitinha a Liesel.

Naquele dia, Christian estava com pressa para voltar ao parque para supostamente replantar os canteiros de flores do terraço. Assim, só Else, Liesel e a Sra. Brunnenmayer ficaram na cozinha. Liesel colocara a tábua de madeira com a cebolinha e uma faca diante de Else para que ela tivesse algo para fazer e não adormecesse novamente. A Sra. Brunnenmayer estava sentada à mesa fazendo os bolinhos *Klöße* e molhando as mãos toda hora em uma bacia com água fria para a massa não grudar em seus dedos. Liesel adicionava vários ingredientes ao *goulash*, cujo delicioso aroma já se espalhava por toda a cozinha.

– Não se esqueça da noz-moscada, Liesel – alertou a cozinheira. – Só uma pitadinha, mas não pode faltar. Você colocou alho demais, estou sentindo meu nariz pinicar...

– Ah, meu Deus – disse Liesel com um suspiro. – Era o que eu temia, mas quando vi já era tarde demais.

Else picara a cebolinha direitinho, conforme instruída, e levantara-se para levar a tábua até a cozinheira, que dera uma olhadela rápida e observara que ela poderia ter cortado os talos um pouco mais fininhos para a salada.

– Um carro chegou ao pátio – anunciou Else.

– Deve ser o patrão – afirmou Liesel. – Chegou cedo hoje...

– Não é o carro do patrão – contestou Else. – É visita.

– Visita? – resmungou a cozinheira. – Parece até que adivinhei. Fiz alguns bolinhos a mais, e vamos precisar aumentar o rendimento do *goulash*. Quem é, Else? Você consegue ver pela janela?

Else foi até o vidro e avisou que uma senhora descera do carro.

– É magrela, mas está vestindo roupas caras. E também tem um motorista. Ele segurou a porta para ela e fez uma reverência como se ela fosse a rainha da Inglaterra. Agora está se virando. Sim, mas eu o conheço... aquele não é... o russo?

– Que russo? – quis saber Liesel.

Mas a Sra. Brunnenmayer entendera na hora.

– Aquele Grigorij? Que seduziu nossa Hanna e depois ainda correu atrás de Auguste? Se for ele mesmo, então também sei quem foi que desceu do carro.

Liesel só conhecia aquelas histórias por alto, por isso deu de ombros e continuou mexendo o *goulash*.

– E quem é que você acha que desceu do carro? – perguntou ela por cima do ombro.

– Serafina, aquela malandra – respondeu a Sra. Brunnenmayer. – Então ela realmente contratou Grigorij como motorista depois que voltou de Maydorn.

– Serafina Grünling – afirmou Else, admirada. – Que foi governanta aqui na Vila dos Tecidos quando ainda era "Von Dobern"?

– A própria – resmungou a cozinheira, colocando o último *Klöße* no prato de servir. – Mas ela pediu o divórcio do Dr. Grünling.

– Mas por quê?– indagou Else. – Ela não ficou rica depois que se casou com ele?

– Sim – respondeu a Sra. Brunnenmayer. – Mas o Dr. Grünling é judeu.

– Ah, sim – disse Else como se aquilo fosse uma explicação aceitável. – E o que será que ela quer aqui na Vila dos Tecidos?

– Coisa boa é que não é! – grunhiu a Sra. Brunnenmayer, levantando-se com um resmungo para jogar os *Klöße* na água escaldante.

CONHEÇA OUTROS LIVROS DA EDITORA ARQUEIRO

As sete irmãs
Lucinda Riley

Em *As sete irmãs*, Lucinda Riley inicia uma saga familiar de fôlego, que levará os leitores a diversos recantos e épocas e a viver amores impossíveis, sonhos grandiosos e surpresas emocionantes.

Filha mais velha do enigmático Pa Salt, Maia D'Aplièse sempre levou uma vida calma e confortável na isolada casa da família às margens do lago Léman, na Suíça. Ao receber a notícia de que seu pai – que adotou Maia e suas cinco irmãs em recantos distantes do mundo – morreu, ela vê seu universo de segurança desaparecer.

Antes de partir, no entanto, Pa Salt deixou para as seis filhas dicas sobre o passado de cada uma. Abalada pela morte do pai e pelo reaparecimento súbito de um antigo namorado, Maia decide seguir as pistas de sua verdadeira origem – uma carta, coordenadas geográficas e um ladrilho de pedra-sabão –, que a fazem viajar para o Rio de Janeiro.

Lá ela se envolve com a atmosfera sensual da cidade e descobre que sua vida está ligada a uma comovente e trágica história de amor que teve como cenário a Paris da *belle époque* e a construção do Cristo Redentor. E, enquanto investiga seus ancestrais, Maia tem a chance de enfrentar os erros do passado – e, quem sabe, se entregar a um novo amor.

Beleza oculta
Lucinda Riley

Nascida e criada num vilarejo nas charnecas de Yorkshire, Leah trabalha com a mãe na casa da influente e complicada família Delancey. Mais bonita a cada dia que passa, ela chama a atenção de Madelaine Winter, dona da agência de modelos mais bem-sucedida da Europa, e sua vida se transforma totalmente.

Anos depois, Leah se destaca no mundo da moda, viajando de Milão a Londres e Nova York e levando uma vida luxuosa. Mas o passado a persegue como uma sombra escura, misteriosamente entrelaçado com a história trágica de dois jovens irmãos na Polônia durante a Segunda Guerra Mundial.

Quando duas gerações de segredos ameaçam explodir, Leah é assombrada por uma profecia fatal do seu passado e precisa lutar para desafiar o destino que foi escrito para ela nas estrelas...

CONHEÇA OS LIVROS DE ANNE JACOBS

A Vila dos Tecidos
As filhas da Vila dos Tecidos
O legado da Vila dos Tecidos
O regresso à Vila dos Tecidos

Para saber mais sobre os títulos e autores da Editora Arqueiro,
visite o nosso site e siga as nossas redes sociais.
Além de informações sobre os próximos lançamentos,
você terá acesso a conteúdos exclusivos
e poderá participar de promoções e sorteios.

editoraarqueiro.com.br